WAHN

STEPHEN KING

Wahn

Roman

Aus dem Amerikanischen
von Wulf Bergner

Weltbild

Die amerikanische Originalausgabe erschien unter dem Titel
Duma Key bei Scribner, New York.

Besuchen Sie uns im Internet:
www.weltbild.de

Genehmigte Lizenzausgabe
für Verlagsgruppe Weltbild GmbH,
Steinerne Furt, 86167 Augsburg

Übersetzung: Wulf Bergner
Umschlaggestaltung: Jarzina Kommunikations-Design, Holzkirchen
Umschlagmotiv: Corbis, Düsseldorf (© NASA)
Gesamtherstellung: Bagel Roto-Offset GmbH & Co.KG, Schleinitz
Printed in the EU
ISBN 978-3-8289-9439-3

2012 2011 2010 2009
Die letzte Jahreszahl gibt die aktuelle Lizenzausgabe an.

Für Barbara Ann und Jimmy

Erinnerung ... ist ein internes Gerücht.
George Santayana

Life is more than love and pleasure,
I came here to dig for treasure.
If you want to play you gotta pay
You know it's always been that way,
We all came to dig for treasure.
Shark Puppy

Wie man ein Bild zeichnet (I)

Beginnen Sie mit einer leeren Fläche. Sie braucht nicht aus Papier oder Leinwand zu sein, aber ich finde, sie sollte weiß sein. Wir nennen es Weiß, weil wir ein Wort dafür brauchen, aber sein wahrer Name ist Nichts. Schwarz ist das Fehlen von Licht, aber Weiß ist das Fehlen von Erinnerung, die Farbe von »weiß nicht mehr«.

Wie erinnern wir uns daran, uns zu erinnern? Das habe ich mich seit meiner Zeit auf Duma Key oft gefragt, oft in den frühen Morgenstunden, während ich in die Abwesenheit von Licht blickte und mich an abwesende Freunde erinnerte. Manchmal denke ich in diesen kurzen Stunden an den Horizont. Man muss den Horizont festlegen. Eine Markierungslinie ins Weiße zeichnen. Klingt einfach, könnten Sie sagen, aber jeder Akt, der die Welt neu erschafft, ist heroisch. Zu dieser Überzeugung bin ich gelangt.

Stellen Sie sich ein kleines Mädchen vor, kaum älter als ein Baby. Es ist vor fast neunzig Jahren von einer Kutsche heruntergefallen, hat sich den Kopf an einem Stein angeschlagen und alles vergessen. Nicht nur seinen Namen, alles! Und eines Tages dann hat es sich an eben genug erinnert, um nach einem Bleistift zu greifen und diesen ersten zögernden Strich ins Weiße zu ziehen. Eine Horizontlinie, gewiss. Aber auch ein Schlitz, durch den Schwärze hereindringen konnte.

Trotzdem, stellen Sie sich diese kleine Hand vor, die den Bleistift hebt … zögert … und dann ins Weiße zeichnet. Stellen Sie sich den

Mut vor, den dieser erste Versuch erforderte, die Welt zeichnend neu zu erschaffen. Ich werde dieses kleine Mädchen immer lieben, trotz allem, was es mich gekostet hat. Ich muss. Ich habe keine Wahl.

Bilder sind magisch, wie Sie wissen.

1
Mein anderes Leben

I Mein Name ist Edgar Freemantle. Ich war mal eine große Nummer im Baugewerbe. Das war in Minnesota, in meinem anderen Leben. Diese Mein-anderes-Leben-Sache habe ich von Wireman gelernt. Ich möchte Ihnen von Wireman erzählen, aber erst wollen wir den Minnesota-Teil abhandeln.

Man kann es nicht anders sagen: Ich war ein echter amerikanischer Erfolgsmensch. Ich habe mich in der Firma, bei der ich angefangen hatte, hochgearbeitet, und als ich dort nicht weiter aufsteigen konnte, bin ich gegangen und habe eine eigene Firma aufgemacht. Mein ehemaliger Boss hat mich ausgelacht und mir prophezeit, in spätestens einem Jahr würde ich pleite sein. Ich denke, dass die meisten Bosse das sagen, wenn irgendein ehrgeiziger Jungspund sich selbstständig macht.

Mir ist alles geglückt. Als Minneapolis-St. Paul boomte, hat auch die Freemantle Company geboomt. War das Geld mal knapper, habe ich nie versucht, etwas zu forcieren. Aber ich habe mich auf mein Gespür verlassen und damit meist richtig gelegen. Als ich fünfzig war, waren Pam und ich fünfzig Millionen Dollar schwer. Und unsere Beziehung war noch immer intakt. Wir hatten zwei Mädchen, und am Ende unseres eigenen Goldenen Zeitalters war Ilse an der Brown

University und Melinda im Rahmen eines Austauschprogramms als Lehrerin in Frankreich. Kurz bevor alles schiefging, haben meine Frau und ich Pläne geschmiedet, sie dort zu besuchen.

Ich hatte auf einer Baustelle einen Unfall. Ziemlich einfache Geschichte; wenn ein Pick-up, selbst ein Dodge Ram mit allem Drum und Dran, sich mit einem zwölfstöckigen Kran anlegt, zieht er in jedem Falle den Kürzeren. Die rechte Seite meines Schädels wurde eingedrückt. Die linke Seite knallte so heftig gegen die Türsäule des Rams, dass sie an drei Stellen eingedellt wurde. Vielleicht auch an fünf. Mein Gedächtnis ist besser geworden, aber längst nicht das, was es mal war.

Die Ärzte nennen das, was mein Kopf erlitten hat, ein Schädel-Hirn-Trauma, und oft hat so etwas schlimmerc Folgen als die ursprüngliche Verletzung. Meine Rippen wurden gebrochen. Meine rechte Hüfte war zertrümmert. Und obwohl ich siebzig Prozent des Sehvermögens meines rechten Auges behielt (an guten Tagen mehr), verlor ich den rechten Arm.

Ich hätte mein Leben verlieren sollen, aber das tat ich nicht. Wegen der Hirnprellung sollte ich geistig beeinträchtigt bleiben; das war ich zunächst auch, aber es verging wieder. Gewissermaßen. Bis es so weit war, war meine Frau gegangen – und das nicht nur gewissermaßen. Wir waren fünfundzwanzig Jahre verheiratet, aber Sie wissen ja, wie es so schön heißt: Shit happens. Vermutlich spielt das keine Rolle; fort ist fort. Und vorbei ist vorbei. Das hat manchmal auch sein Gutes.

Wenn ich sage, dass ich geistig beeinträchtigt war, meine ich damit, dass ich anfangs Leute nicht erkannte – nicht mal meine Frau – oder nicht wusste, was passiert war. Ich kapierte nicht, warum ich so grässliche Schmerzen hatte. An Stärke und Beschaffenheit dieser Schmerzen kann ich mich jetzt, vier Jahre später, nicht mehr erinnern. Ich weiß, dass ich Schmerzen hatte und dass sie unerträglich waren, aber das ist alles ziemlich theoretisch. Damals waren sie nicht theoretisch. Damals kam ich mir vor, als wäre ich in die Hölle geraten, ohne zu wissen, weshalb.

Erst hattest du Angst, du stirbst, dann hattest du Angst, du stirbst nicht. Das sagt Wireman, der es gewusst haben muss; er hatte selbst eine Zeit in der Hölle verbracht.

Alles tat ständig weh. Ich hatte ununterbrochen dröhnende Kopfschmerzen; hinter meiner Stirn war es ständig Mitternacht im größten Uhrengeschäft der Welt. Weil mein rechtes Auge ziemlich kaputt war, sah ich die Welt durch einen Blutfilm – und wusste noch immer kaum, was die Welt war. Nichts hatte einen Namen. Ich erinnere mich an einen Tag, an dem Pam im Zimmer war – ich war noch im Krankenhaus – und an meinem Bett stand. Ich war stinksauer, weil sie sich nicht hinsetzte, obwohl das Ding, auf das man sich setzte, gleich drüben in der Maismiete stand.

»Hol den Freund«, sagte ich. »Setz dich auf den Freund.«

»Wie meinst du das, Edgar?«, fragte sie.

»Den *Freund*, den *Kumpel!*«, brüllte ich. »Hol den gottverdammten *Kameraden* her, du dumbe Kuh!« Die Kopfschmerzen brachten mich um, und sie begann zu weinen. Ich hasste sie dafür. Sie hatte nichts zu weinen, denn nicht sie steckte im Käfig und sah alles durch rote Nebel. Nicht sie war der Affe im Käfig. Und dann fiel es mir ein. »Hol den *Spezi* her und *setz* dich um Himmels willen!« Näher kam mein verwirrtes demoliertes Hirn nicht an *Stuhl* heran.

Ich war ständig zornig. Es gab zwei ältere Krankenschwestern, die ich Trockenfick eins und Trockenfick zwei nannte, als seien sie Figuren in einer schmutzigen Dr.-Seuss-Geschichte. Es gab eine Lernschwester, die ich Windelpastille nannte – keine Ahnung, weshalb, aber auch dieser Spitzname hatte irgendeine sexuelle Nebenbedeutung. Zumindest für mich. Als ich wieder zu Kräften kam, versuchte ich, Leute zu schlagen. Zweimal versuchte ich, Pam mit einem Messer zu verletzen, und beim ersten Mal gelang mir das auch, obwohl es nur ein Plastikmesser war. Trotzdem musste sie am Unterarm genäht werden. An manchen Tagen musste ich im Bett fixiert werden.

Woran ich mich aus diesem Teil meines anderen Lebens am deutlichsten erinnere: ein heißer Nachmittag gegen Ende meines Aufenthalts in einer teuren Rehaklinik, die Klimaanlage ausgefallen, ich im Bett fixiert, im Fernsehen eine Seifenoper, in meinem Kopf das Bimmeln von tausend Glocken, Schmerzen, die meine rechte Seite wie ein glühendes Schüreisen verbrennen, mein fehlender rechter Arm juckend, meine fehlenden rechten Finger zuckend, für eine Weile kein Oxycontin fällig (für wie lange, kann ich nicht sagen, weil ich kein Zeitgefühl habe), und aus dem Rot schwimmt eine Krankenschwester heran, ein Wesen, das sich den Affen im Käfig ansehen will, und fragt: »Sind Sie bereit für einen Besuch Ihrer Frau?« Und ich sage: »Nur wenn sie eine Pistole mitgebracht hat, damit sie mich erschießen kann.«

Man glaubt nicht, dass solche Schmerzen jemals aufhören werden, aber das tun sie. Dann wird man nach Hause verfrachtet und die Schmerzen durch die Agonie körperlicher Rehabilitation ersetzt. Das Rot begann aus meinem Gesichtsfeld zu verschwinden. Ein auf Hypnosetherapie spezialisierter Psychologe zeigte mir ein paar tolle Tricks zur Bewältigung von Juckreiz und Phantomschmerzen in meinem fehlenden Arm. Das war Kamen. Es war Kamen, der mir Reba mitbrachte: eines der wenigen Dinge, die ich mitnahm, als ich aus meinem anderen Leben in das auf Duma Key hinüberhinkte.

»Dies ist keine anerkannte psychologische Therapie für Wutmanagement«, sagte Dr. Kamen, obwohl er vielleicht auch nur log, um Reba attraktiver zu machen. Er forderte mich auf, ihr einen Namen zu geben, den ich verabscheute. Zwar sah sie wie Lucy Ricardo aus, aber ich nannte sie nach einer Tante, die mich als Kind in die Finger gezwickt hatte, wenn ich nicht alle Karotten aufaß. Ich hatte sie noch keine zwei Tage, als ich ihren Namen vergaß. Mir fielen bloß Jungennamen ein, von denen mich einer wütender machte als der andere: Randall, Russell, Rudolph, sogar River-fucking-Phoenix.

Inzwischen war ich wieder zu Hause. Pam kam mit meinem Morgenimbiss herein, und ich konnte sehen, dass sie sich auf einen Ausbruch gefasst machte. Aber obwohl ich den Namen der flauschig roten Zornpuppe vergessen hatte, erinnerte ich mich daran, wie ich sie in einer solchen Situation gebrauchen sollte.

»Pam«, sagte ich, »ich brauche fünf Minuten, um mich unter Kontrolle zu bringen. Ich schaffe das.«

»Bist du sicher …«

»Ja, sieh nur zu, dass du diese Kalbsachse rausbringst und in deinen Gesichtspuder steckst. Ich schaffe das.«

Ich wusste nicht, ob ich es wirklich konnte oder nicht, aber das sollte ich sagen: *Ich schaffe das.* Ich konnte mich nicht an den Namen der gottverdammten Puppe erinnern, aber *Ich schaffe das* konnte ich mir merken. Zu den klaren

Erinnerungen aus der Genesungszeit in meinem anderen Leben gehört, dass ich immer wieder *Ich schaffe das* sagte, obwohl ich wusste, dass ich im Regen stand, erledigt, total im Arsch.

»Ich schaffe das«, sagte ich, und weiß der Teufel, wie ich ausgesehen habe, aber sie ging nur wortlos rückwärts hinaus. Auf dem Tablett, das sie weiter in den Händen hielt, klapperte die Tasse auf der Untertasse.

Als sie gegangen war, hielt ich die Puppe vor meinem Gesicht hoch und starrte in ihre dämlichen blauen Augen, während meine Fingerkuppen sich in ihren dämlichen nachgiebigen Leib bohrten. »Wie heißt du, du schleimgesichtige Schlampe?«, brüllte ich sie an. Ich kam nie auf die Idee, dass Pam mich über die Sprechanlage zur Teeküche belauschte, sie gemeinsam mit der Tagschwester. Aber wäre die Sprechanlage defekt gewesen, hätten sie mich durch die Tür gehört. An diesem Tag war ich gut bei Stimme.

Ich schüttelte die Puppe. Ihr Kopf schwang vor und zurück, und ihre künstlichen *I love Lucy*-Haare flogen. Ihre blauen Cartoon-Augen schienen zu sagen: *Aua, du böser Mann!* Wie Betty Boop in einem dieser alten Zeichentrickfilme, die sie im Kabelfernsehen manchmal noch zeigen.

»Wie heißt du, du Miststück? Wie heißt du, du Fotze? Wie heißt du, du billige, mit Lumpen ausgestopfte Nutte? Sag mir deinen Namen, sonst bringe ich dich um! Sag mir deinen Namen, sonst bringe ich dich um! *Sag mir deinen Namen, sonst schneide ich dir die Augen heraus und hacke dir die Nase ab und reiße dir die …*«

Dann stellte mein Verstand eine Überkreuzverbindung her, was noch jetzt, vier Jahre danach, hier unten in der Stadt Tamazunchale im Bundesstaat San Luis Potosí in Mexiko, Edgar Freemantles Wohnsitz in seinem dritten Leben, manchmal passiert – allerdings weit weniger häufig. Für einen Moment saß ich in meinem Pick-up, im Fußraum vor dem rechten Sitz klapperte mein Schreibbrett gegen den alten Henkelmann aus Stahl (bestimmt war ich nicht der einzige arbeitende US-Millionär, der noch einen Henkelmann mit herumschleppte, aber man hätte uns vermutlich nach Dutzenden zählen können), und mein PowerBook lag auf dem Beifahrersitz. Und aus dem Radio kam die Stimme einer Frau, die mit missionarischem Eifer *»It was RED!«* rief. Nur drei Wörter, aber drei waren genug. Der Song handelte von einer armen Frau, die ihre hübsche Tochter auf den Strich schickt. Ich hörte »Fancy« von Reba McEntire.

»Reba«, flüsterte ich und drückte die Puppe an mich. »Du bist Reba. Reba-Reba-Reba. Das vergesse ich nie wieder.« In der folgenden Woche tat ich es doch, aber beim nächsten Mal wurde ich nicht wütend. Nein. Ich hielt sie wie einen kleinen Schatz an mich gedrückt, schloss die Augen und stellte mir den bei dem Unfall demolierten Pick-up vor. Die Stahlklammer des Schreibbretts klapperte gegen den Henkelmann aus Stahl, und dann hörte ich wieder die Frauenstimme aus dem Radio, die mit demselben missionarischen Eifer frohlockte: *»It was RED!«*

Dr. Kamen nannte das einen Durchbruch. Er war ganz aufgeregt. Meine Frau wirkte weit weniger aufgeregt, und der Kuss, den sie mir auf die Wange drückte, war von der pflichtschuldigen Art. Ungefähr zwei Monate später erklärte sie mir, sie wolle sich scheiden lassen.

II Unterdessen waren die Schmerzen entweder erheblich abgeklungen, oder mein Gehirn hatte bestimmte entscheidende Anpassungen vorgenommen, was den Umgang mit ihnen betraf. Die Kopfschmerzen kamen noch immer, aber weniger oft und selten mit solcher Gewalt wie früher: Zwischen meinen Ohren war es nicht mehr *immer* Mitternacht im größten Uhrengeschäft der Welt. Ich wartete immer sehnlich auf das Vicodin um fünf und das Oxycontin um acht – ich konnte kaum an meiner leuchtend roten kanadischen Krücke humpeln, bevor ich sie eingeworfen hatte –, aber meine zusammengeflickte Hüfte begann zu heilen.

Kathi Green, die Reha-Queen, kam montags, mittwochs und freitags in die Casa Freemantle in Mendota Heights. Obwohl ich vor unseren Sitzungen ein zusätzliches Vicodin einnehmen durfte, hallten meine Schreie durchs Haus, bevor wir endlich fertig waren. Unser Hobbyraum im Keller war zu einer Therapiesuite umgebaut worden; dort gab es sogar einen behindertengerechten Whirlpool. Nach ungefähr zwei Monaten Folter war ich in der Lage, abends allein dort hinunterzuhumpeln. Kathi sagte, mehrstündiges Training vor dem Schlafengehen würde Endorphine freisetzen und mich besser schlafen lassen.

Es passierte an einem dieser Trainingsabende – Edgar auf der Suche nach jenen schwer fassbaren Endorphinen –, dass meine Frau, mit der ich seit einem Vierteljahrhundert verheiratet war, in den Keller kam und mir erklärte, sie wolle sich scheiden lassen.

Ich hörte mit meinen Sit-ups auf und sah sie an. Ich saß auf einer Turnmatte. Pam war vorsichtshalber auf der anderen Seite des Raums am Fuß der Treppe stehen geblieben. Ich hätte sie fragen können, ob das ihr Ernst war, aber das Licht dort unten war sehr gut – all diese Rasterleuchten –, und ich konnte mir das sparen. Ich glaube ohnehin nicht, dass dies ein Thema ist, über das Frauen ein halbes Jahr nach dem fast tödlichen Unfall ihres Ehemanns Scherze machen. Ich hätte sie nach dem Grund fragen können, aber den wusste ich: Ich konnte die kleine weiße Narbe an ihrem Unterarm sehen, wo ich sie mit dem Plastikmesser von meinem Esstablett verletzt hatte, und das war eigentlich nur das Geringste gewesen. Ich erinnerte mich, wie ich sie vor nicht sehr langer Zeit aufgefordert hatte, die Kalbsachse rauszubringen und in ihren Gesichtspuder zu stecken. Ich dachte daran, sie zu bitten, sich die Sache wenigstens noch einmal zu überlegen, aber dann kehrte die Wut zurück. Damals war die *unangemessene Wut*, wie Dr. Kamen sie nannte, mein hässlicher Freund. Und he, was ich in diesem Augenblick empfand, erschien mir ganz und gar nicht unangemessen.

Ich hatte das Hemd ausgezogen. Mein rechter Arm endete neun Zentimeter unterhalb der Schulter. Ich zuckte damit in ihre Richtung – ein Zucken war alles, was ich mit den verbliebenen Muskeln noch zustande brachte. »Das bin ich«, sagte ich, »der dir den Stinkefinger zeigt. Verschwinde, wenn das dein Ernst ist. Hau ab, du treuloses Mistbeet.«

Die ersten Tränen liefen ihr jetzt übers Gesicht, aber sie versuchte zu lächeln. Das sah ziemlich grässlich aus. »Miststück, Edgar«, sagte sie. »Das Wort heißt Miststück.«

»Das Wort heißt so, wie ich es sage«, konterte ich und machte mit den Sit-ups weiter. Die sind verdammt schwierig, wenn einem ein Arm fehlt; der Körper will sich verdrehen und nach dieser Seite abkippen. »Ich hätte *dich* nicht verlassen, darum geht's. Ich hätte *dich* nicht verlassen. Ich wäre durch den Schlamm und das Blut und die Pisse und das verschüttete Bier weiter an deiner Seite geblieben.«

»Das ist was anderes«, sagte sie. Sie versuchte nicht, sich die Tränen abzuwischen. »Das ist was anderes, und das weißt du genau. Ich könnte dich nicht in Stücke brechen, wenn ich einen Wutanfall kriege.«

»Für mich wär's verdammt schwierig, dich mit nur einem Ärmel in Stücke zu brechen«, sagte ich und steigerte mein Übungstempo.

»Du hast mich mit einem Messer verletzt.« Als ob das der springende Punkt wäre. Das war er nicht, das wussten wir beide.

»Es war bloß ein Plastikding, ich war nicht richtig bei mir, und das werden deine letzten Worte auf deinem beschissenen Totenbett sein: ›Eddie hat mich mit 'nem Plastikding gestochen, leb wohl, du grausame Welt.‹«

»Du hast mich gewürgt«, sagte sie mit kaum verständlicher Stimme.

Ich hörte mit meiner Übung auf und starrte sie an. In meinem Kopf war wieder das Uhrengeschäft zu hören; kling-klang, halt dich ran. »Was sagst du? Ich soll dich gewürgt haben? Ich habe dich nie gewürgt!«

»Ich weiß, dass du dich nicht daran erinnerst, aber du hast es getan. Und du bist nicht mehr derselbe wie früher«

»Ach, hör auf damit. Heb dir diesen New-Age-Scheiß für den ... für deinen ...« Ich kannte das Wort und hatte den Mann dazu vor Augen, aber es fiel mir nicht ein. »Für den glatzköpfigen Arsch auf, zu dem du in die Praxis gehst.«

»Mein Therapeut«, sagte sie, und das brachte mich natürlich noch mehr auf: Sie hatte das Wort, das mir fehlte. Weil ihr Gehirn nicht geschüttelt worden war wie Jell-O-Pudding.

»Wenn du die Scheidung willst, kannst du sie haben. Wirf alles weg, warum nicht? Aber mach den Alligator gefälligst anderswo. Verschwinde!«

Sie ging die Treppe hinauf und schloss die Tür, ohne sich noch einmal umzusehen. Und erst als sie gegangen war, wurde mir klar, was ich hatte sagen wollen: Krokodilstränen. Vergieß deine Krokodilstränen gefälligst anderswo.

Nun ja. Dicht genug dran für Rock 'n' Roll. Das sagt Wireman.

Und am Schluss war ich derjenige, der auszog.

III Außer Pam hatte ich in meinem anderen Leben nie eine Partnerin gehabt. Edgar Freemantles Vier Goldene Erfolgsregeln (Sie dürfen gern mitschreiben) lauteten: Leih dir nie einen höheren Geldbetrag als dein IQ mal hundert, borg dir nie etwas von einem Mann, der dich schon beim ersten Kennenlernen mit dem Vornamen anspricht, trinke niemals Alkohol vor Sonnenuntergang, und nimm dir *niemals* eine Partnerin, die du nicht nackt auf einem Wasserbett würdest umarmen wollen.

Aber ich hatte einen Buchhalter, dem ich vertraute, und Tom Riley war es auch, der mir half, die wenigen Dinge, die ich brauchte, von Mendota Heights in unser kleineres Haus am Lake Phalen zu transportieren. Tom, ein trauriger zweimaliger Verlierer in der Ehelotterie, setzte mir auf der gesamten Hinfahrt zu. »In einer solchen Situation gibt man das Haus nicht auf«, sagte er. »Außer der Richter schmeißt einen raus. Das ist so, als würde man bei einem Play-off-Spiel auf den Heimvorteil verzichten.«

Der Heimvorteil war mir egal; ich wollte nur, dass er beim Fahren aufpasste. Ich zuckte jedes Mal zusammen, wenn ein entgegenkommender Wagen etwas zu nahe an die Mittellinie heranzukommen schien. Manchmal versteifte ich mich und trat die unsichtbare Beifahrerbremse durch. Was den Zeitpunkt betraf, an dem ich mich selbst wieder ans Steuer setzen würde, klang in meinen Ohren niemals ziemlich richtig.

Kathi Green, die Reha-Queen, hatte erst eine Scheidung hinter sich, aber Tom und sie waren auf derselben Wellenlänge. Ich weiß noch, wie sie in ihrem Stretchanzug mit gekreuzten Beinen auf der Veranda zum See hinaus saß, meine Füße festhielt und mich grimmig empört anstarrte.

»Da bist du also frisch zurück aus dem Motel Tod und mit einem Arm weniger, und sie will Schluss machen. Weil du sie mit einem Krankenhausmesser aus Kunststoff gepikst hast, als du dich kaum an deinen eigenen Namen erinnern konntest? Verfluchte Scheiße! Kapiert sie nicht, dass Stimmungsschwankungen und kurzzeitiger Gedächtnisverlust nach einem Unfalltrauma *ganz normal* sind?«

»Sie kapiert, dass sie Angst vor mir hat«, sagte ich.

»Echt wahr? Nun, dann hör auf deine Mama, Sunny Jim: Wenn du einen guten Anwalt hast, kannst du sie's büßen lassen, dass sie so ein Schwächling ist.« Aus ihrem Pferdeschwanz à la Reha-Gestapo hatte sich eine Haarsträhne gelöst, die sie sich jetzt aus der Stirn blies. »Sie sollte dafür büßen müssen. Merk dir, was ich sage: *Nichts davon ist deine Schuld.*«

»Sie sagt, dass ich versucht habe, sie zu erwürgen.«

»Und wenn's so wäre, muss es sie schlimm mitgenommen haben, von einem einarmigen Invaliden gewürgt zu werden. Komm schon, Eddie, lass sie dafür büßen. Ist mir egal, ob ich mir damit mehr rausnehme, als ich dürfte. Sie sollte nicht tun, was sie tut.«

»Ich denke, dahinter steckt mehr als die Sache mit dem Würgen und dem Buttermesser.«

»Und zwar?«

»Weiß ich nicht mehr.«

»Was sagt *sie* dazu?«

»Nichts.« Aber Pam und ich waren seit Langem zusammen, und selbst wenn der Strom der Liebe sich zu einem Delta aus passiver Akzeptanz aufgefächert hatte, glaubte ich sie gut genug zu kennen, um zu wissen, dass es noch etwas anderes gegeben hatte – dass es *weiterhin* etwas anderes gab –, vor dem sie flüchten wollte.

IV

Nicht lange nach meinem Umzug an den Lake Phalen kamen die Mädchen – die jungen Frauen – mich besuchen. Sie brachten einen Picknickkorb mit, und wir saßen im Tannenduft auf der Seeveranda und blickten übers Wasser hinaus und knabberten an den Sandwichs. Inzwischen war es Mitte September, und die meisten der schwimmenden Spielsachen waren bis zum Frühjahr eingemottet. In dem Korb war auch eine Flasche Wein, aber ich trank nur wenig davon. Zusammen mit meinen Schmerzmitteln wirkte Alkohol bei mir sehr stark; ein einziges Bier konnte mich zum Lallen bringen. Die beiden Mädchen – die *jungen Frauen* – teilten sich den Rest Wein, und das ließ sie auftauen. Melinda, seit meiner bedauerlichen Auseinandersetzung mit dem Kran zum zweiten Mal aus Frankreich zurück und darüber nicht glücklich, fragte mich, ob alle Erwachsenen in den Fünfzigern diese unangenehmen regressiven Phasen hätten und auch sie sich darauf gefasst machen müsse. Ilse, die Jüngere, fing an zu weinen, lehnte sich an mich und fragte, warum nicht wieder alles so sein könne wie früher, warum wir – sie meinte ihre Mutter und mich – nicht wieder sein könnten, wie *wir* waren.

Lin erklärte ihr, dass jetzt nicht der richtige Zeitpunkt für Illys patentiertes Kleinkindverhalten sei, und Illy zeigte ihr den Stinkefinger. Ich musste lachen. Ich konnte nicht anders. Dann lachten wir alle. Lins Gereiztheit und Ilses Tränen waren nicht gerade angenehm, aber sie waren wenigstens ehrlich, und ich erkannte beide Reaktionen aus all den Jahren, die wir zusammen unter einem Dach verbracht hatten; sie waren mir so vertraut wie das Muttermal an Ilses Kinn oder die schwache senkrechte Sorgenlinie zwischen Lins Augen, die sich im Lauf der Zeit wie bei ihrer Mutter zu einer Falte vertiefen würde.

Linnie wollte wissen, was ich vorhatte. Ich erklärte ihr, dass ich das noch nicht wusste, und in gewisser Weise stimmte das auch. Ich war auf dem Weg zu der Entscheidung, mir das Leben zu nehmen, schon weit fortgeschritten, aber mir war klar, dass mein Freitod unbedingt wie ein Unfall aussehen musste. Ich durfte diesen beiden, die ihr Leben gerade erst begannen, keine Restschuld am Selbstmord ihres Vaters aufhalsen. Und ich wollte auch der Frau, mit der ich mir einmal ein Milchmixgetränk im Bett geteilt hatte – beide nackt und lachend, während aus der Stereoanlage die Plastic Ono Band schallte –, keine Ladung Schuldgefühle hinterlassen.

Nachdem sie Gelegenheit gehabt hatten, sich auszusprechen – in Kamen-Jargon nach einem *gründlichen und vollständigen Austausch von Gefühlen* –, kehrte etwas Ruhe ein, und meiner Erinnerung nach verbrachten wir tatsächlich einen netten Nachmittag, blätterten alte Fotoalben durch, die Ilse in einer Schublade entdeckt hatte, und tauschten Erinnerungen an die Vergangenheit aus. Ich glaube, wir lachten sogar einige Male, aber nicht alle Erinnerungen an mein anderes Leben sind zuverlässig. Wireman sagt, dass wir alle beim Mischen mogeln, wenn es um die Vergangenheit geht.

Ilse wollte, dass wir zu dritt zum Abendessen ausgingen, aber Lin wollte sich noch mit jemandem in der Bibliothek treffen, bevor die zumachte, und ich sagte, dass ich keine große Lust hatte, irgendwohin zu humpeln; ich würde ein paar Kapitel des neuen John Sandford lesen und dann ins Bett gehen. Sie küssten mich – wir waren wieder dicke Freunde –, dann gingen sie.

Zwei Minuten später kam Ilse zurück. »Ich habe Lin erzählt, ich hätte meine Schlüssel vergessen«, sagte sie.

»Was nicht der Fall ist, wie ich vermute.«

»Nein. Daddy, würdest du Mama jemals etwas antun? Jetzt, meine ich. Absichtlich?«

Ich schüttelte den Kopf, aber das genügte ihr nicht. Das merkte ich an der Art, wie sie einfach dastand und mir ins Gesicht sah. »Nein«, sagte ich. »Niemals. Ich würde …«

»Was würdest du, Daddy?«

»Ich wollte sagen, ich würde mir eher den eigenen Arm abschneiden, aber das scheint mir doch eine sehr schlechte Idee zu sein. Ich täte es nie, Illy. Belassen wir's dabei.«

»Warum hat sie dann noch immer Angst vor dir?«

»Ich denke … weil ich verkrüppelt bin.«

Sie warf sich mir mit solcher Gewalt an die Brust, dass wir fast auf die Couch geplumpst wären. »Oh, Daddy, das tut mir so leid! Alles ist einfach so *beschissen!*«

Ich fuhr ihr sanft übers Haar. »Ich weiß, aber du musst immer an eines denken – schlimmer kann's nicht mehr werden.« Das entsprach vielleicht nicht ganz der Wahrheit, aber wenn ich achtgab, würde Ilse vielleicht niemals erfahren, dass das eine glatte Lüge war.

In der Einfahrt wurde gehupt.

»Geh jetzt«, sagte ich und küsste ihre feuchte Wange. »Deine Schwester wartet auf dich.«

Sie rümpfte die Nase. »Was gibt's sonst Neues? Du übertreibst es nicht mit den Schmerzmitteln, nicht wahr, Dad?«

»Nein.«

»Ruf mich an, wenn du mich brauchst, Daddy. Ich nehme sofort das nächste Flugzeug.«

Das täte sie wirklich. Deshalb würde ich es niemals tun.

»Klar doch.« Ich drückte einen Kuss auf ihre andere Wange. »Den gibst du deiner Schwester.«

Sie nickte und ging hinaus. Ich setzte mich auf die Couch und schloss die Augen. Hinter ihnen schlugen die Uhren und schlugen und schlugen.

V

Mein nächster Besucher war Dr. Kamen, der Psychologe, der mir Reba mitgebracht hatte. Eingeladen hatte ich ihn nicht; seinen Besuch verdankte ich meiner Reha-Domina.

Obwohl er bestimmt nicht älter als vierzig war, hatte Xander Kamen den Gang eines viel älteren Menschen, schnaufte sogar im Sitzen und betrachtete die Welt durch eine riesige Hornbrille und über einen gewaltigen birnenförmigen Bauch hinweg. Er war ein sehr großer, sehr schwarzer Mann mit holzschnittartigen Gesichtszügen, die etwas Unwirkliches hatten. Diese großen starrenden Augäpfel, diese Galionsfigur von einer Nase und diese totemartigen Lippen waren Ehrfurcht gebietend. Kamen sah wie irgendeine unbedeutende Gottheit in einem Anzug vom Men's

Wearhouse aus. Und er sah aus wie ein sicherer Kandidat für einen Herzschlag oder einen Schlaganfall vor dem fünfzigsten Geburtstag.

Er lehnte die angebotene Erfrischung ab, weil er nicht bleiben könne, und legte dann seinen Aktenkoffer neben sich auf das Sofa, wie um dieser Behauptung zu widersprechen. Er hockte mit seinen eins fünfundneunzig neben der Armlehne meiner Couch (und sank immer tiefer, sodass ich um die Sprungfedern fürchtete), sah zu mir auf und schnaufte wohlwollend.

»Was führt Sie hierher?«, fragte ich ihn.

»Oh, Kathi erzählt mir, dass Sie sich umbringen wollen«, antwortete er. In diesem Tonfall hätte er auch sagen können: *Kathi erzählt mir, dass Sie ein Gartenfest geben, auf dem es frische Krispy Kremes gibt.* »Irgendwas Wahres daran?«

Ich öffnete den Mund, dann machte ich ihn wieder zu. Als Zehnjähriger in Eau Claire hatte ich einmal ein Comicheft aus dem Drehständer im Drugstore geklaut, es vorn in meine Jeans gesteckt und mein T-Shirt darübergezogen. Als ich zur Tür hinausging und mir sehr clever vorkam, hielt eine Verkäuferin mich am Arm fest. Mit der anderen Hand hob sie mein T-Shirt hoch, sodass mein unrechtmäßig erworbener Schatz sichtbar wurde. »Wie ist *das* da reingekommen?«, fragte sie mich. In den vierzig Jahren seit damals war ich nie wieder so restlos verlegen um eine Antwort auf eine einfache Frage gewesen.

Endlich – lange nachdem diese Antwort irgendein Gewicht haben konnte – sagte ich: »Das ist lächerlich. Ich weiß echt nicht, wie sie auf diese Idee kommt.«

»Nein?«

»Nein. Wollen Sie wirklich kein Cola?«

»Danke, ich passe lieber.«

Ich stand auf und holte mir ein Cola aus dem Kühlschrank in der Küche. Ich klemmte die Flasche zwischen Armstumpf und Brustkorb ein – möglich, aber schmerzhaft, ich weiß nicht, was Sie vielleicht im Kino gesehen haben, aber gebrochene Rippen tun verdammt lange weh – und drehte den Verschluss mit der linken Hand auf. Ich bin Linkshänder. Wenigstens einmal Glück gehabt, *muchacho*, wie Wireman sagt.

»Es überrascht mich, dass Sie sie überhaupt ernst nehmen«, sagte ich, als ich zurückkam. »Kathi ist eine verdammt gute Physiotherapeutin, aber ein Seelenklempner ist sie nicht.« Ich machte eine Pause, bevor ich mich hinsetzte. »Sie genau genommen auch nicht. Nicht auf dem Papier.«

Kamen legte eine Hand hinter sein Ohr, das ungefähr die Größe einer Schreibtischschublade zu haben schien. »Höre ich da … ein verräterisches Knarzen? Ich glaube, das tue ich!«

»Wovon reden Sie überhaupt?«

»Von dem bezaubernd mittelalterlichen Geräusch, wenn jemand seine Abwehr hochfährt.« Er versuchte ironisch zu blinzeln, aber die Gesichtsgröße dieses Mannes machte Ironie unmöglich; ihm stand nur Burleske zu Gebot. Trotzdem verstand ich, was er meinte. »Was Kathi Green betrifft, haben Sie recht, was weiß sie schon? Sie arbeitet nur mit Querschnittsgelähmten, Quadriplegikern, nach Unfällen Amputierten wie Ihnen und Leuten, die sich von traumatischen Kopfverletzungen erholen – wieder wie Sie. Seit fünfzehn Jahren macht Kathi Green diese Arbeit, sie hat Gelegenheit gehabt, tausend verkrüppelte Patienten dabei zu beobachten, wie sie darüber nachdenken, dass sich keine einzige Sekunde Zeit zurückholen lässt, wie sollte sie also imstande sein, die Anzeichen für eine zum Selbstmord führende Depression zu erkennen?«

Ich setzte mich in den klumpigen Sessel gegenüber der

Couch – wie immer linkslastig, um meine Hüfte zu schonen – und starrte ihn mürrisch an. Er bedeutete Ärger. Und Kathi Green erst recht.

Er beugte sich nach vorn … aber bei seinem Körperumfang schaffte er nur eine Handbreit. »Sie müssen noch warten«, sagte er.

Ich starrte ihn mit offenem Mund an. Das hatte ich zuallerletzt erwartet.

Er nickte. »Sie sind überrascht. Ja. Aber ich bin kein Christ, erst recht kein Katholik, und in Bezug auf Selbstmord denke ich sehr offen. Trotzdem glaube ich an Verantwortung, und ich sage Ihnen eines: Wenn Sie sich jetzt umbringen – oder auch erst in einem halben Jahr –, wissen Ihre Frau und Ihre Töchter Bescheid. Auch wenn Sie es noch so clever vertuschen, wissen sie, dass es Selbstmord war.«

»Ich habe nicht …«

Er hob eine Hand. »Und die Gesellschaft, bei der Ihr Leben versichert ist – bestimmt auf eine sehr hohe Summe –, die weiß auch Bescheid. Sie kann es vielleicht nicht beweisen … aber sie wird es sehr, sehr intensiv versuchen. Die Gerüchte, die sie dabei in die Welt setzt, werden Ihre Kinder verletzen, auch wenn Sie sich vielleicht einbilden, dass sie gegen solche Dinge gut gepanzert wären.«

Melinda war gut gepanzert. Bei Ilse sah die Sache jedoch anders aus. Wenn Melinda wütend auf Illy war, bezeichnete sie sie als stehen geblieben, aber das stimmte nicht. Für mich war Illy immer nur zart besaitet.

»Und zuletzt gelingt es ihr vielleicht sogar.« Er zuckte mit seinen gewaltigen Schultern. »Ich möchte nicht darüber spekulieren, wie viel solche Ermittlungen kosten würden, aber ich weiß, dass der Schadenersatz einen großen Teil Ihres angesammelten Vermögens aufzehren könnte.«

Ich dachte nicht einmal an das Geld. Ich dachte an ein Team aus Versicherungsdetektiven, das unter die Lupe nahm, was immer ich arrangiert hatte. Und plötzlich fing ich an zu lachen.

Kamen saß mit seinen gewaltigen dunkelbraunen Pranken auf den Türstopperknien da und beobachtete mich mit seinem kleinen *Ich kenne das alles*-Lächeln. Nur war auf seinem Gesicht überhaupt nichts klein. Er ließ mich fertig lachen und fragte mich dann, was so komisch war.

»Sie erzählen mir, dass ich zu reich bin, um mich umzubringen«, sagte ich.

»Ich erzähle Ihnen, dass Sie sich Zeit lassen müssen, Edgar, das ist alles. Außerdem werde ich Ihnen einen Vorschlag machen, der einem Großteil meiner praktischen Erfahrung widerspricht. Aber in Ihrem Fall habe ich eine sehr starke Intuition – dieselbe Intuition, aus der heraus ich Ihnen die Puppe mitgebracht habe. Ich schlage vor, dass Sie es mit einer Ortsveränderung versuchen.«

»Wie bitte?«

»Alkoholiker in fortgeschrittenem Stadium versuchen es oft mit dieser Therapie. Sie hoffen, dass ein Ortswechsel ihnen einen Neuanfang ermöglichen wird. Eine Wende einleiten.«

Ich fühlte einen Hauch von irgendwas. Ich will nicht sagen, dass es Hoffnung war, aber es war etwas.

»Das funktioniert selten«, sagte Kamen. »Die Veteranen bei den Anonymen Alkoholikern, die eine Antwort auf alles haben – das ist ebenso ihr Fluch wie ihr Segen, obwohl nur sehr wenige das erkennen –, sagen gern: ›Wenn man in Boston ein Arschloch ins Flugzeug setzt, steigt in Seattle ein Arschloch aus.‹«

»Was bedeutet das für mich?«, fragte ich.

»Ich schlage vor, dass Sie einen möglichst weit entfernten Ort wählen und von Ihrer Vorortresidenz hier in St. Paul dorthin übersiedeln. Wegen Ihrer finanziellen Situation und Ihres Familienstands sind Sie dazu ohne Weiteres in der Lage.«

»Wie lange?«

»Mindestens ein Jahr.« Er betrachtete mich mit undurchdringlicher Miene. Sein großes Gesicht war für diesen Ausdruck wie geschaffen; hätte es auf Tutanchamuns Grab geprangt, hätte vielleicht sogar Howard Carter gezaudert. »Und wenn Sie nach diesem Jahr etwas unternehmen, Edgar, dann lassen Sie es um Himmels willen – nein, um ihrer *Töchter* willen – gut aussehen.«

Er war tief in das alte Sofa gesunken; jetzt kämpfte er darum, wieder hochzukommen. Ich trat vor, um ihm zu helfen, aber er hob abwehrend die Hand. Endlich schaffte er es, noch lauter schnaufend als sonst auf die Beine zu kommen, und griff nach seinem Aktenkoffer. Diese starrenden Augäpfel mit ihren gelblichen Hornhäuten wurden durch seine sehr dicken Brillengläser noch vergrößert, als er aus seiner Höhe von eins fünfundneunzig auf mich herabsah.

»Edgar, gibt es irgendetwas, das Sie glücklich macht?«

Ich beschränkte mich auf die Oberfläche dieser Frage (den einzigen Teil, der ungefährlich zu sein schien) und sagte: »Früher habe ich gezeichnet.« Tatsächlich hatte ich etwas mehr getan als nur zu zeichnen, aber das lag lange zurück. Seit damals waren andere Dinge dazwischengekommen. Heirat, eine Karriere. Die jetzt beide futsch gingen oder futsch waren.

»Wann?«

»Als Junge.«

Ich überlegte, ob ich ihm erzählen sollte, dass ich früher von der Kunstakademie geträumt hatte – sogar gelegentlich ein Buch über Reproduktion erstanden hatte, wenn ich es mir leisten konnte –, ließ es dann aber bleiben. In den letzten dreißig Jahren hatte mein Beitrag zur Weltkunst aus kaum mehr als beim Telefonieren gekritzelten Strichmännchen bestanden, und es war bestimmt mindestens zehn Jahre her, dass ich eins von diesen illustrierten Kunstbüchern gekauft hatte, die man auf dem Kaffeetisch platziert, um Besucher zu beeindrucken.

»Seither?«

Ich überlegte, ob ich lügen sollte – ich wollte nicht als unkreatives Arbeitstier erscheinen –, blieb aber bei der Wahrheit. Einarmige sollten möglichst immer die Wahrheit sagen. Das sagt nicht Wireman; das sage ich. »Nein.«

»Fangen Sie wieder damit an«, riet Kamen mir. »Sie benötigen einen Schutzwall.«

»Schutzwall«, echote ich verständnislos.

»Ja, Edgar.« Er wirkte überrascht und leicht enttäuscht, als hätte ich einen sehr einfachen Sachverhalt nicht verstanden. »Einen Schutzwall gegen die Nacht.«

VI

Ungefähr eine Woche später kreuzte Tom Riley wieder bei mir auf. Inzwischen hatte das Laub angefangen, sich bunt zu verfärben, und ich weiß noch, wie das Personal im Wal-Mart Halloween-Plakate aufhängte, als ich dort meine ersten Skizzenblöcke seit dem College kaufte … Teufel, vielleicht seit der Highschool.

Am deutlichsten erinnere ich mich daran, wie befangen und verlegen Tom bei diesem Besuch wirkte.

Ich bot ihm ein Bier an, das er dankend annahm. Als ich

aus der Küche zurückkam, begutachtete er eine Federzeichnung von mir – drei Palmen als Silhouetten vor einer Wasserfläche; am linken Rand eine ins Bild hineinragende Veranda mit Fliegenfenstern. »Das ist ziemlich gut«, sagte er. »Hast du das gezeichnet?«

»Nee, die Elfen«, sagte ich. »Die kommen nachts. Flicken meine Schuhe und lassen gelegentlich ein Bild da.«

Er lachte zu laut und legte die Skizze auf den Schreibtisch zurück. »Sieht abba nick sähr nach Minnesödda aus«, imitierte er mal wieder einen schwedischen Akzent.

»Ich hab es aus einem Buch abgezeichnet«, sagte ich. Tatsächlich hatte ich ein Foto aus einem Immobilienprospekt als Vorlage benutzt. Es war aus dem sogenannten »Florida-Raum« des Hauses aufgenommen, das ich gerade für ein Jahr gemietet hatte. Ich war noch nie in Florida gewesen, nicht einmal im Urlaub, aber dieses Bild hatte etwas tief in meinem Inneren angesprochen, und ich empfand zum ersten Mal seit meinem Unfall etwas wie Vorfreude. Sie war schwach, aber immerhin vorhanden. »Was kann ich für dich tun, Tom? Wenn's ums Geschäft geht…«

»Tatsächlich hat Pam mich gebeten, zu dir rauszufahren.« Er zog den Kopf leicht ein. »Ich hatte keine große Lust dazu, aber ich dachte, ich kann nicht ablehnen. Aus alter Freundschaft, weißt du.«

»Klar.« Tom stammte noch aus der Zeit, als die Freemantle Company aus nichts anderem als drei Pick-ups, einem Caterpillar D9 und jeder Menge hochfliegenden Träumen bestanden hatte. »Also spuck's aus. Du weißt, ich beiße nicht.«

»Sie hat sich einen Anwalt genommen. Sie macht mit dieser Scheidungssache weiter.«

»Ich dachte nie, dass sie damit aufhört.« Das war die Wahrheit. Ich konnte mich noch immer nicht daran erinnern, sie gewürgt zu haben, aber ich erinnerte mich an den Blick, mit dem sie mir vorgeworfen hatte, ich hätte sie gewürgt. Und unabhängig davon kehrte Pam selten um, wenn sie einmal angefangen hatte, einer Straße zu folgen.

»Sie möchte wissen, ob du dich von Bozie vertreten lassen willst.«

Darüber musste ich lächeln. William Bozeman III. war ein adretter, manikürter, Fliege tragender Mittsechziger, und wenn er gewusst hätte, dass Tom und ich ihn seit über zwanzig Jahren Bozie nannten, hätte das vermutlich eine Embolie verursacht.

»Darüber habe ich noch nicht nachgedacht. Worauf läuft das denn hinaus, Tom? Was will sie genau?«

Er trank sein halbes Bier in einem Zug aus, dann stellte er das Glas neben meiner bescheuerten Zeichnung ab. Sein Gesicht war matt ziegelrot angelaufen. »Sie hat gesagt, dass sie hofft, dass es nicht gemein werden muss. Sie hat gesagt: ›Ich will nicht reich werden, und ich will keinen Streit. Ich will nur, dass er die Mädchen und mich fair behandelt, wie er es immer getan hat, richtest du ihm das aus?‹ Und das tue ich hiermit.« Er zuckte mit den Schultern.

Ich stand auf, trat an das große Fenster zwischen Wohnzimmer und Veranda und sah auf den See hinaus. Bald würde ich in meinen »Florida-Raum« gehen, was immer das war, und über den Golf von Mexiko hinausblicken können. Ich fragte mich, ob das anders, ob das besser sein würde, als auf den Lake Phalen hinauszusehen. Ich befand, ich würde mich mit anders begnügen, zumindest vorläufig. Anders wäre schon ein Anfang. Als ich mich wieder umdrehte, hatte Tom Riley sich fast bis zur Unkenntlichkeit verändert. Erst dachte ich, ihm sei schlecht. Dann merkte ich, dass er verzweifelt gegen Tränen ankämpfte.

»Tom, was ist los?«, fragte ich.

Er versuchte zu sprechen, brachte aber nur ein wässriges Krächzen heraus. Er räusperte sich und nahm einen neuen Anlauf. »Boss, ich kann mich einfach nicht daran gewöhnen, dich mit nur einem Arm zu sehen. Tut mir so leid!«

Das war ungekünstelt, spontan und rührend: ein glatter Herzschuss. Ich glaube, wir waren einen Augenblick kurz davor, zu flennen wie zwei sensible Kerle in der *Oprah Winfrey Show*.

Diese Vorstellung half mir, mich wieder unter Kontrolle zu bekommen. »Mir tut's auch leid«, sagte ich, »aber ich komme zurecht. Wirklich. Jetzt trink dein verdammtes Bier, bevor es schal wird.«

Er lachte und kippte sich das restliche Grain Belt ins Glas.

»Ich gebe dir ein Angebot mit, das du ihr überbringen kannst«, sagte ich. »Wenn sie einverstanden ist, können wir die Einzelheiten festklopfen. Ein Do-it-yourself-Deal. Keine Anwälte nötig.«

»Ist das dein Ernst, Eddie?«

»Klar doch. Du erstellst einen Gesamtabschluss, damit wir eine Zahl haben, mit der wir arbeiten können. Dann teilen wir die Beute in vier gleich große Teile. Sie bekommt drei – fünfundsiebzig Prozent – für sich und die Mädchen. Ich nehme den Rest. Die Scheidung selbst ... he, in Minnesota kann man sich einvernehmlich scheiden lassen, sie und ich können nach dem Lunch zu Borders gehen und zwei Exemplare von *Scheidung für Dummies* kaufen.«

Er wirkte verblüfft. »Gibt's so ein Buch wirklich?«

»Habe ich mich bisher noch nicht nach erkundigt, aber wenn nicht, fresse ich ein Wesen.«

»Ich glaube, es heißt: ›Ich fresse einen Besen.‹«

»Habe ich das nicht gesagt?«

»Schon gut, Eddie, aber nach einer solchen Teilung ist der Nachlass futsch.«

»Das geht mir am Arsch vorbei. Mir liegt weiterhin an der Firma, und der Firma geht's gut, sie ist intakt und wird von Leuten geführt, die ihr Geschäft verstehen. Was den Nachlass betrifft, schlage ich nur vor, auf den Egotrip zu verzichten, der meistens nur dafür sorgt, dass die Anwälte kräftig absahnen. Für alle ist reichlich da, wenn wir vernünftig sind.«

Er trank sein Bier aus, ohne mich dabei aus den Augen zu lassen. »Manchmal frage ich mich, ob du noch derselbe Mann bist, für den ich früher gearbeitet habe«, sagte er.

»Dieser Mann ist in seinem Pick-up gestorben«, erwiderte ich.

VII

Pam nahm das Angebot an, und ich glaube, sie hätte stattdessen auch wieder mich genommen, wenn ich es ihr angeboten hätte – das schloss ich aus dem Ausdruck, der wie ein durch Wolken fallender Sonnenstrahl auf ihrem Gesicht erschien und wieder verschwand, als wir beim Lunch saßen, um die Einzelheiten zu besprechen –, aber ich bot es nicht an. Ich war in Gedanken in Florida, diesem Zufluchtsort der frisch Verheirateten und fast schon Toten. Und ich denke, im Innersten wusste auch Pam, dass dies die beste Lösung war – sie wusste, dass der Mann, der aus seinem demolierten Dodge Ram gezogen worden war, mit seinem stählernen Schutzhelm um die Ohren, zerdrückt wie eine Katzenfutterdose, nicht mehr der Kerl war, der ihn zuvor bestiegen hatte. Mein Leben mit Pam und den Mädchen und dem Bauunternehmen war vorüber; es gab keine weiteren Räume mehr zu erforschen. Es gab jedoch Türen. Die mit der Aufschrift SELBSTMORD war im Augenblick eine schlechte Option, wie Dr. Kamen mir auseinandergesetzt hatte. Also blieb noch die andere, auf der DUMA KEY stand.

Aber bevor ich durch diese Tür schlüpfte, passierte noch etwas in meinem anderen Leben. Nämlich die Sache mit Monica Goldsteins Jack-Russell-Terrier Gandalf.

VIII

Falls Sie sich mein Genesungsheim als ein Landhaus mit Seezugang vorgestellt haben, das in den nördlichen Wäldern am Ende einer selten befahrenen unbefestigten Straße herrlich einsam steht, sollten Sie noch mal darüber nachdenken – es geht hier um eine simple Vorortgegend. Unser Haus am See stand am Ende der Aster Lane, einer befestigten Straße, die von der East Hoyt Avenue ans Wasser hinunterführt. Unsere nächsten Nachbarn waren die Goldsteins.

Mitte Oktober befolgte ich endlich Kathi Greens Rat und begann Spaziergänge zu machen. Das waren nicht die Großen Strandwanderungen, die ich später machte, und ich kam selbst von diesen kurzen Trips nie zurück, ohne dass meine kranke Hüfte um Gnade flehte (und mehr als einmal mit Tränen in den Augen), aber das waren Schritte in die richtige Richtung. Ich war auf dem Rückweg von einem dieser Spaziergänge, als Mrs. Fevereau Monicas Hund anfuhr.

Ich hatte drei Viertel meines Heimwegs zurückgelegt, als die Fevereau in ihrem lächerlichen senfgelben Hummer an mir vorbeifuhr. Sie hatte wie immer ihr Mobiltelefon in einer Hand und eine Zigarette in der anderen; wie immer fuhr sie zu schnell. Ich achtete kaum auf sie und sah erst recht nicht, wie Gandalf vor ihr über die Fahrbahn schoss und nur Augen für Monica hatte, die auf der gegenüberliegenden Seite in voller Pfadfinderuniform die Straße entlangkam. Ich konzentrierte mich auf meine wieder zusammengeflickte Hüfte. Wie immer gegen Ende meiner kurzen Spaziergänge fühlte dieses sogenannte medizinische Wunder sich an, als wäre es mit ungefähr zehntausend winzigen Glassplittern gespickt.

Dann kreischten die Reifen, und in dieses Geräusch mischte sich der Aufschrei eines kleinen Mädchens: *»GANDALF, NEIN!«*

Einen Augenblick lang hatte ich ein unirdisch klares Bild davon, wie der Kran, der mich beinahe umgebracht hatte, das rechte Fenster meines Pick-ups ausfüllte, sodass die Welt in der ich immer gelebt hatte, plötzlich von einem Gelb verschluckt wurde, das viel kräftiger war als das von Mrs. Fevereaus Hummer, und schwarze Buchstaben herantrieben, anschwollen, immer größer wurden: **LINK-BELT**.

Dann begann auch Gandalf zu kreischen, und die Rückblende – die Dr. Kamen vermutlich als *zurückgewonnene Erinnerung* bezeichnet hätte – verschwand. Bis zu diesem Oktobernachmittag vor vier Jahren hatte ich nicht gewusst, dass Hunde überhaupt kreischen *können*.

Ich verfiel in schwerfälligen Trab, bewegte mich seitwärts wie eine Krabbe und stampfte mit meiner roten Krücke den Gehsteig entlang. Das sah garantiert albern aus, aber niemand achtete im Geringsten auf mich. Monica Goldstein kniete mitten auf der Straße neben ihrem Hund, der vor dem hohen, kastenförmigen Kühlergrill des Hummers lag. Ihr Gesicht über der forstgrünen Uniform, zu der sie eine Schärpe mit Abzeichen und Medaillen trug, war kreidebleich. Das Ende ihrer Schärpe sog sich in der größer werdenden Lache aus Gandalfs Blut voll.

Mrs. Fevereau verließ den absurd hohen Fahrersitz des Hummers halb springend, halb fallend. Ava Goldstein kam aus der Tür des Goldstein-Hauses gestürzt und rief laut den Namen ihrer Tochter. Mrs. Goldsteins Bluse war nur halb zugeknöpft, und sie war barfuß.

»Fass ihn nicht an, Schätzchen, fass ihn nicht an«, sagte Mrs. Fevereau. Sie hielt weiter ihre Zigarette in der Hand und paffte nervös daran. »Er könnte beißen.«

Monica beachtete sie nicht. Sie streichelte Gandalfs Flanke. Der Hund kreischte bei der Berührung erneut auf – es *war* ein Kreischen –, und Monica bedeckte ihre Augen mit beiden Handballen. Sie begann den Kopf zu schütteln. Das konnte ich nur zu gut verstehen.

Mrs. Fevereau streckte eine Hand nach dem Mädchen aus, dann überlegte sie es sich anders. Sie machte zwei Schritte rückwärts, lehnte sich an die hohe Seite ihres lächerlich gelben Fahrzeugs und sah zum Himmel auf.

Mrs. Goldstein kniete sich neben ihre Tochter. »Schätzchen, o Schätzchen, bitte nicht …«

Gandalf heulte. Und nun konnte ich mich auch wieder an das Geräusch erinnern, das der Kran beim Zurücksetzen gemacht hatte. Nicht das *Miep-miep-miep*, das er hätte machen sollen (sein akustisches Warnsignal war defekt), sondern das vibrierende Stottern seines Dieselmotors und das Mahlen seiner Raupen, die die Erde fraßen.

»Gehen Sie mit ihr rein, Ava«, sagte ich. »Bringen Sie sie ins Haus.«

Mrs. Goldstein legte ihrer Tochter einen Arm um die Schultern und zog sie hoch. »Komm jetzt, Schätzchen. Komm ins Haus.«

»Nicht ohne *Gandalf!*« Monica war elf und für ihr Alter sehr verständig, aber in diesem Augenblick war sie auf den Stand einer Dreijährigen zurückgefallen. »Nicht ohne mein *Hundchen!*« Die Schärpe, deren Ende sich eine Handbreit mit Blut vollgesogen hatte, klatschte an ihren Rock und ließ eine lange Blutspur die Wade hinunterlaufen.

»Monica, geh rein und ruf den Tierarzt an«, forderte ich sie auf. »Sag ihm, dass Gandalf angefahren worden ist. Sag ihm, dass er sofort kommen muss. Ich bleibe so lange bei deinem Hund.«

Monica sah mich mit Augen an, aus denen mehr als nur ein Schock sprach. Sie waren verrückt. Aber ich hatte keine Mühe, ihren Blick zu erwidern; ich hatte ihn oft genug in meinem Spiegel gesehen. »Versprechen Sie das? Großes Ehrenwort? Beim Namen Ihrer Mutter?«

»Großes Ehrenwort, beim Namen meiner Mutter. Geh jetzt!«

Sie ging mit ihrer Mutter, sah sich noch einmal um und ließ einen weiteren trauernden Jammerlaut hören, bevor sie die Stufen zur Haustür hinaufhastete. Ich kniete mich neben Gandalf, indem ich mich an der Stoßstange des Hummers festhielt und mich auf dieselbe Weise sinken ließ wie neuerdings immer: unter Schmerzen und stark nach links geneigt, während ich versuchte, mein rechtes Knie nicht mehr zu beugen als unbedingt nötig. Trotzdem stieß auch ich einen kleinen Schmerzensschrei aus und fragte mich, ob ich ohne Hilfe je würde aufstehen können. Von Mrs. Fevereau war vermutlich keine zu erwarten; sie stakste breitbeinig an den linken Straßenrand, knickte in der Taille ab, als würde sie sich vor einer königlichen Hoheit verbeugen, und übergab sich in den Rinnstein. Dabei hielt sie die Hand mit der Zigarette seitlich weit vom Körper weg.

Ich wandte meine Aufmerksamkeit Gandalf zu. Ihn hatte es am Hinterteil erwischt. Sein Rückgrat war gebrochen. Kot und Blut quollen träge zwischen seinen gebrochenen Hinterläufen hervor. Er sah zu mir auf, und ich erkannte in seinem Blick einen grässlich hoffnungsvollen Ausdruck. Seine Zunge kam langsam heraus und leckte die Innenseite meines linken Handgelenks. Sie war trocken wie ein Teppich und kalt. Gandalf würde sterben, aber vielleicht nicht früh genug. Sicher kam Monica bald wieder heraus, und ich wollte nicht, dass er dann noch lebte und ihr das Handgelenk lecken konnte.

Mir war klar, was ich tun musste. Beobachten konnte mich dabei niemand. Monica und ihre Mutter waren im Haus. Mrs. Fevereau kehrte mir weiter den Rücken zu. Falls andere in dieser kleinen Sackgasse ans Fenster (oder auf ihren Rasen) gekommen waren, versperrte der Hummer ihnen den Blick auf mich, wie ich neben dem Hund kniete und mein schlimmes rechtes Bein unbeholfen ausgestreckt hielt. Ich hatte ein paar Augenblicke Zeit, aber nur wenige, und wenn ich zu lange überlegte, war meine Chance verspielt.

Also umschlang ich Gandalfs vordere Körperhälfte mit meinem heilen Arm und bin ohne Übergang wieder auf der Baustelle in der Sutton Avenue, wo die Freemantle Company beim Aushub für den Bau eines vierzigstöckigen Bankgebäudes ist. Ich sitze in meinem Pick-up. Im Autoradio singt Reba McEntire »Fancy«. Plötzlich merke ich, dass der Kran zu laut ist, obwohl ich kein piepsendes Warnsignal gehört habe, und als ich nach rechts sehe, ist die Welt vor diesem Fenster verschwunden. Die Welt auf dieser Seite ist durch Gelb ersetzt worden. Dort schweben schwarze Buchstaben: **LINK-BELT**. Sie schwellen an. Ich drehe das Lenkrad des Rams hastig nach links, kurble bis zum Anschlag, weiß aber, dass meine Reaktion zu spät kommt, als das Kreischen eingedrückten, reißenden Metalls beginnt, das den Song im Radio übertönt und das Fahrerhaus von rechts nach links schrumpfen lässt, weil der Kran in meinen Raum eindringt, mir meinen Raum *stiehlt*, und der Pick-up zu kippen beginnt. Ich versuche die Fahrertür zu öffnen, aber das geht nicht mehr. Das hätte ich sofort tun sollen, aber es war sehr schnell für alles zu spät. Die Welt vor mir verschwindet, als die Windschutzscheibe zu einer milchweißen Fläche wird, die von einer Million Rissen durchzogen ist. Dann kehrt die Baustelle zurück, scheint langsam weiterzukippen, als die Frontscheibe herausspringt. Herausspringt? Sie *fliegt raus* wie eine zu heftig gebogene Spielkarte, und ich drücke mit beiden Ellbogen auf die Hupe, was für meinen rechten Arm der letzte Job ist. Der Kranmotor ist so laut, dass ich mein Hupen kaum hören kann. Der **LINK-BELT** rasselt unaufhaltsam weiter, drückt die Beifahrertür ein, quetscht den rechten Fußraum zusammen und demoliert das Armaturenbrett, das in gezackte Kunststoffteile zersplittert. Der Scheiß aus dem Handschuhfach schwebt in der Luft, das Radio verstummt, mein Schreibbrett klirrt gegen den Henkelmann, und hier kommt der **LINK-BELT**! Der **LINK-BELT** begräbt mich unter sich; ich könnte die Zunge herausstrecken und den gottverdammten Bindestrich ablecken. Ich beginne zu kreischen, denn nun setzt der Druck ein. Er beginnt im rechten Arm, der erst gegen meine Seite gepresst, dann flach gequetscht und aufgerissen wird. Blut ergießt sich in meinen Schoß wie ein Eimer heißes Wasser, und ich höre etwas zerbrechen. Vermutlich meine Rippen. Es klingt wie Hühnerknochen unter einem Stiefelabsatz.

Ich hielt Gandalf an mich gedrückt und dachte: *Hol den Freund, setz dich auf den Freund, setz dich auf den gottverdammten KUMPEL, du dumbe Kuh!*

Und jetzt sitze ich auf dem Freund, sitze auf dem gottverdammten Kumpel, ich bin zu Hause, aber mein Zuhause fühlt sich nicht wie ein Zuhause an, weil in meinem angeknacksten Kopf alle Uhren Europas schlagen, und ich kann mich nicht an den Namen der Puppe erinnern, die Kamen mir mitgebracht hat, mir fallen nur Jungennamen ein: Randall, Russell, Rudolph, River-fucking-Phoenix. Ich fordere sie auf, mich in Ruhe zu lassen, als sie mit dem Obst und der gottverdammten Quarkspeise reinkommt, ich sage ihr, dass ich fünf Minuten Zeit brauche. *Ich schaffe das,* sage ich, weil das der Satz ist, den Kamen mir gegeben hat, er ist der Notausstieg, er ist das *Miep-miep-miep*, das warnt: Vorsicht, Pammy, Edgar setzt zurück. Aber statt zu gehen, nimmt sie die Serviette vom Tablett, um mir den Schweiß von der Stirn zu wischen, und während sie das tut, packe ich sie an der Gurgel, weil es mir in diesem Augenblick so vorkommt, als wäre es ihre Schuld, dass ich mich nicht an den Namen meiner Puppe erinnern kann, *alles* ist ihre Schuld, auch der **LINK-BELT**. Ich packe sie mit meiner heilen linken Hand, da hab ich wenigstens einmal Glück gehabt, *muchacho*. Einige Sekunden lang will ich sie umbringen, und wer weiß, vielleicht versuche ich es tatsächlich. Sicher weiß ich jedoch, dass ich mich lieber an alle Unfälle auf dieser runden Welt erinnern würde als an den Blick in ihren Augen, während sie in meinem Griff zappelt. Dann denke ich *It was RED!* und lasse sie los.

Ich hielt Gandalf an meiner Brust, wie ich früher meine Töchter als Babys gehalten hatte, und dachte: *Ich schaffe das. Ich schaffe das. Ich schaffe das.* Ich spürte, wie Gandalfs Blut meine Hose wie heißes Wasser tränkte, und dachte: *Mach schon, du trauriger Scheißer, hau ab aus Dodge.*

Ich drückte Gandalf an mich und dachte daran, wie es sich anfühlte, lebend zerquetscht zu werden, weil das Fahrerhaus deines Pick-ups die Luft um dich herum auffrisst und der Atem deinen Körper verlässt und dir das Blut aus der Nase spritzt, und diese knackenden Geräusche, während dein Bewusstsein schwindet, das sind die Knochen, die in deinem Körper zerbrechen: deine Rippen, dein Arm, deine Hüfte, dein Bein, dein Wangenknochen, dein gottverdammter Schädel.

Ich hielt Monicas Hund an mich gepresst und dachte mit gewissem elendem Triumphgefühl: *It was RED!*

Einen Augenblick lang umgab mich Dunkelheit, die von diesem Rot durchschossen war, und ich hielt Gandalfs Hals in der Beuge meines linken Arms, und seine Augen starrten mir ins Gesicht …

Nein, daran vorbei. Blicklos zum Himmel auf.

»Mr. Freemantle?« Das war der alte John Hastings, der übernächste Nachbar der Goldsteins. Mit seiner englischen Tweedmütze und dem ärmellosen Pullover schien er für eine kleine Wanderung durchs schottische Hochmoor bereit zu sein. Von dem bestürzten Ausdruck auf seinem Gesicht mal abgesehen. »Edgar? Sie können ihn jetzt loslassen. Der Hund da ist tot.«

»Ja«, sagte ich und ließ Gandalf los. »Würden Sie mir aufstehen helfen?«

»Ich weiß nicht, ob ich das kann«, sagte John. »Eher gehen wir beide zu Boden, fürchte ich.«

»Dann gehen Sie ins Haus, kümmern Sie sich um die Goldsteins«, sagte ich.

»Es ist ihr Hund«, sagte er. »Ich habe gehofft ...« Er schüttelte den Kopf.

»Es ist ihrer«, sagte ich. »Und ich will nicht, dass sie ihn so sieht.«

»Natürlich nicht, aber ...«

»Ich helfe ihm«, sagte Mrs. Fevereau. Sie sah etwas besser aus, und sie hatte die Zigarette weggeworfen. Sie griff nach meiner rechten Achsel, dann zögerte sie. »Wird Ihnen das wehtun?«

Das würde es, aber weniger, als wenn ich blieb, wo ich war, deshalb sagte ich Nein. Während Hastings durch den Vorgarten der Goldsteins lief, umklammerte ich die Stoßstange des Hummers. Gemeinsam schafften wir es, mich wieder auf die Beine zu stellen.

»Sie haben nicht zufällig etwas, mit dem wir den Hund zudecken könnten?«

»Doch, im Laderaum liegt ein Teppichrest.«

»Gut. Großartig.«

Sie machte sich auf den Weg nach hinten – wegen der Größe des Hummers würde das ein langer Marsch werden –, dann drehte sie sich noch mal um. »Gott sei Dank, dass er gestorben ist, bevor das kleine Mädchen zurückkommt.«

»Ja«, sagte ich. »Gott sei Dank.«

IX

Der Weg zu meinem Haus am Ende des Sträßchens war nicht weit, aber es war trotzdem eine langwierige Angelegenheit. Bis ich endlich dort ankam, hatte ich in der Hand Schmerzen, die ich für mich als »Krückenkrampf« bezeichnete, und auf meinem Hemd trocknete Gandalfs Blut an. Zwischen Fliegentür und Türrahmen steckte eine Karte. Ich zog sie heraus. Unter einem lächelnden Mädchen, das die Hand zum Pfadfindergruß hob, stand folgender Text:

> EINE FREUNDIN AUS DER NACHBARSCHAFT HAT SIE AUFGESUCHT, UM SIE MIT KÖSTLICHEN PFADFINDERPLÄTZCHEN BEKANNT ZU MACHEN!
> WEIL SIE HEUTE NICHT DA WAREN, KOMMT
> Monica WIEDER!
> BIS BALD!

Monica hatte den i-Punkt in ihrem Namen durch ein Smiley ersetzt. Während ich zur Dusche hinkte, zerknüllte ich die Karte und warf sie unterwegs in den Papierkorb. Hemd, Jeans und die blutbefleckte Unterwäsche stopfte ich in den Mülleimer. Ich wollte sie nie wieder sehen.

X

Mein zwei Jahre alter Lexus stand in der Einfahrt, aber ich hatte seit meinem Unfall nicht wieder am Steuer eines Fahrzeugs gesessen. Ein junger Mann von der hiesigen Sozialstation erledigte an drei Tagen in der Woche Besorgungen für mich. Auch Kathi Green war immer bereit, beim nächsten Supermarkt vorbeizufahren oder mich vor einer unserer kleinen Foltersitzungen (danach war ich immer zu fertig) zum DVD-Verleih mitzunehmen. Hätten Sie mir erzählt, dass ich mich im Herbst wieder ans Steuer setzen würde, hätte ich gelacht. Das lag nicht an meinem schlimmen Bein; schon der Gedanke, selbst fahren zu müssen, ließ mich in kalten Schweiß ausbrechen.

Aber nicht lange nach dem Duschen tat ich genau das: Ich setzte mich ans Steuer, ließ den Motor an und sah über meine rechte Schulter, während ich rückwärts aus der Einfahrt stieß. Statt der gewohnten zwei hatte ich vier der kleinen rosa Oxycontin-Pillen geschluckt und vertraute darauf, dass sie mich zu dem Stop-and-Shop-Supermarkt an der Kreuzung von East Hoyt Avenue und Eastshore Drive bringen würden, ohne dass ich ausflippte oder jemanden totfuhr.

Ich hielt mich nicht lange auf. Dies war keine gewöhnliche Einkaufstour, nur ein schnelles Stoßtruppunternehmen – ein kurzer Halt an der Fleischtheke, dann ein rasches Hinken durch die Express-Spur für Leute mit weniger als zehn Artikeln, keine Rabattmarken, nichts zu verzollen. Trotzdem war ich offiziell bekifft, als ich in die Aster Lane zurückkam. Wenn mich ein Cop angehalten hätte, wäre ich nie im Leben durch den Drogentest gekommen.

Ich wurde nicht angehalten. Ich fuhr am Haus der Goldsteins vorbei, wo jetzt vier Autos in der Einfahrt und mindestens ein halbes Dutzend weitere am Randstein parkten, während aus allen Fenstern des Hauses Licht fiel. Monicas Mama hatte offenbar über die Hühnersuppen-Hotline Verstärkung angefordert, und offensichtlich waren zahlreiche Verwandte ihrem Ruf gefolgt. Gut für sie. Und gut für Monica.

Weniger als eine Minute später bog ich in meine eigene Einfahrt ab. Trotz der Pillen hatte ich im rechten Bein pochende Schmerzen vom ständigen Wechsel zwischen Gas- und Bremspedal; außerdem hatte ich Kopfschmerzen – einfache altmodische Stresskopfschmerzen. Mein Hauptproblem war jedoch der Hunger. Er war es, der mich überhaupt aus dem Haus getrieben hatte. Nur war Hunger ein zu schwacher Ausdruck für das, was ich fühlte. Ich war heißhungrig, und der Rest Lasagne im Kühlschrank hätte nicht ausgereicht. Da war zwar Fleisch drin, aber nicht genug.

Ich schlingerte an meiner Krücke ins Haus, benommen von dem Oxycontin, zog eine Pfanne aus dem Schubfach unter dem Herd und knallte sie auf einen der Brenner. Ich drehte den Schalter auf große Flamme, ohne das *Fump!* des sich entzündenden Gases richtig zu hören. Ich war zu sehr damit beschäftigt, die Kunststoffhülle einer Packung Rinderhackfleisch aufzureißen. Ich warf es in die Bratpfanne und matschte es mit dem Handballen breit, bevor ich aus der Schublade neben dem Herd einen Pfannenwender kramte.

Bei der Rückkehr ins Haus, als ich meine Klamotten abgestreift hatte und unter die Dusche gegangen war, hatte ich das Flattern in meinem Magen mit Übelkeit verwechseln können – eine scheinbar vernünftige Erklärung. Aber als ich mir den Seifenschaum abbrauste, hatte sich dieses Flattern in das gleichmäßige tiefe Pochen eines starken Motors verwandelt. Das Medikament hatte es leicht gedämpft, aber jetzt war das Pochen wieder da – und stärker als zuvor. Ich konnte mich nicht erinnern, jemals in meinem Leben so hungrig gewesen zu sein.

Ich wendete die grotesk riesige Frikadelle und versuchte, langsam bis dreißig zu zählen. Ich rechnete mir aus, dass diese Zeitspanne bei größter Hitze zumindest andeutungsweise den Effekt erzielen würde, den Leute meinten, wenn sie von »Fleisch braten« sprachen. Hätte ich daran gedacht, den Dunstabzug einzuschalten, um den Fleischgeruch abzusaugen, hätte ich es vielleicht geschafft. So kam ich nicht mal bis zwanzig. Bei siebzehn schnappte ich mir einen Pappteller, kippte das Hacksteak darauf und schlang das halb rohe Fleisch an den Küchenschrank gelehnt in mich hinein. Ungefähr nach der Hälfte sah ich den roten Saft aus dem roten Fleisch treten und hatte flüchtig ein sehr klares Bild von Gandalf vor Augen, der zu mir aufsah, während Kot und Blut zwischen seinen gebrochenen Hinterläufen hervorquollen und sein Fell verfilzten. Mein Magen zuckte nicht einmal, sondern forderte nur ungeduldig mehr Nahrung. Ich war hungrig.

Hungrig.

XI

In dieser Nacht träumte ich, ich sei in dem Schlafzimmer, das ich mir so viele Jahre lang mit Pam geteilt hatte. Sie schlief neben mir und konnte die Stimme nicht hören, die in dem nachtdunklen Haus irgendwo unter uns krächzte: *»Frisch verheiratet, fast schon tot, frisch verheiratet, fast schon tot.«* Das klang wie irgendein mechanisches Gerät, das mitten in der Bewegung blockiert wurde. Ich schüttelte meine Frau, aber sie drehte sich nur um. Wandte sich von mir ab. Träume sagen meist die Wahrheit, stimmt's?

Ich stand auf und ging die Treppe hinunter, dabei hielt ich mich am Geländer fest, um mein schlimmes Bein zu entlasten. Aber wie ich das vertraute polierte Holzgeländer anfasste, war irgendwie seltsam. Erst als ich fast unten war, erkannte ich, was daran so merkwürdig war. Fair oder nicht, wir leben in einer Rechtshänderwelt – Gitarren werden für Rechtshänder gebaut, aber auch Schulpulte und die Armaturenbretter amerikanischer Autos. Das Treppengeländer des Hauses, in dem ich mit meiner Familie gelebt hatte, bildete da keine Ausnahme: Es befand sich rechts, denn obwohl meine Firma mein Haus nach meinen Plänen gebaut hatte, waren meine Frau und unsere beiden Töchter Rechtshänder, und die Mehrheit siegt.

Trotzdem glitt meine Hand das Geländer entlang.

Natürlich, dachte ich. *Weil das hier ein Traum ist. Genau wie heute Nachmittag. Weißt du?*

Gandalf war kein Traum, widersprach ich in Gedanken, und die Stimme des Fremden in meinem Haus – näher als je zuvor – leierte wieder: *»Frisch verheiratet, fast schon tot, frisch verheiratet, fast schon tot.«* Wer das auch sein mochte, war im Wohnzimmer. Dort wollte ich nicht hinein.

Nein, Gandalf war kein Traum, dachte ich. Vielleicht stellte meine rechte Phantomhand diese Überlegungen an. *Dass du ihn getötet hast, war der Traum.*

War er also von selbst verendet? Versuchte die Stimme, mir das zu erklären? Ich glaubte nämlich nicht, dass Gandalf von selbst gestorben war. Ich war überzeugt, dass er jemanden gebraucht hatte, der nachhilft.

Ich ging in mein altes Wohnzimmer. Dabei bewegte ich meine Füße nicht bewusst; ich ging auf die Art, wie man sich manchmal in Träumen bewegt, als würde in Wirklichkeit die Welt an einem vorbeiziehen, als bewegte sie sich durch einen sehr ausgefallenen Projektionstrick rückwärts. Und dort saß in Pams altem Bostoner Schaukelstuhl meine Wutmanagementpuppe Reba, jetzt zu wirklicher Kindergröße herangewachsen. Ihre Füße in schwarzen Lackschuhen schlenkerten am Ende grässlich knochenloser rosa Beine knapp über dem Fußboden vor und zurück. Ihre flachen Augen starrten mich an. Ihre leblosen rotblonden Locken schwangen vor und zurück. Ihr Mund war mit Blut verschmiert, und in meinem Traum wusste ich, dass dies kein Menschen- oder Hundeblut war, sondern das Zeug war, das aus meinem fast rohen Hacksteak gesickert war – das Zeug, das ich von dem Pappteller geleckt hatte, als kein Fleisch mehr übrig war.

Der böse Frosch hat uns gejagt!, rief Reba. *Er hat ZEENE!*

XII

Dieses Wort – ZEENE! – hallte noch in meinen Ohren nach, als ich mich mit einer kalten Pfütze Oktobermondschein im Schoß aufsetzte. Ich versuchte zu schreien, brachte aber nur eine Serie von erstickten Keuchlauten heraus. Mein Herz hämmerte. Ich tastete nach der Nachttischlampe und stieß sie zum Glück nicht hinunter; als sie dann brannte, sah ich, dass ihr Fuß gefährlich weit über den Rand ragte. Der Radiowecker behauptete, dass es 03:19 Uhr war.

Ich schwang meine Beine aus dem Bett und griff nach dem Telefon. *Rufen Sie mich an, wenn Sie mich wirklich brauchen,* hatte Kamen gesagt. *Jederzeit, Tag oder Nacht.* Und wäre seine Nummer im Telefon im Schlafzimmer gespeichert gewesen, hätte ich es wahrscheinlich getan. Aber als die Realität die Oberhand gewann – das Häuschen am Lake Phalen, nicht das Haus in Mendota Heights, keine krächzende Stimme im Erdgeschoss –, legte dieser Drang sich wieder.

Meine Wutmanagementpuppe Reba in einem Bostoner Schaukelstuhl und zu wirklicher Kindergröße herangewachsen. He, warum nicht? Ich *war* wütend gewesen, jedoch mehr auf Mrs. Fevereau als auf den armen Gandalf, und ich hatte keine Ahnung, was Frösche mit Zähnen damit zu tun haben sollten. Die eigentliche Frage, so schien mir, betraf Monicas Hund. Hatte ich Gandalf getötet, oder war er einfach gestorben?

Oder vielleicht war die Frage, wieso ich anschließend so heißhungrig gewesen war. Vielleicht war das die Frage.

So hungrig auf Fleisch.

»Ich habe ihn in die Arme genommen«, flüsterte ich.

In den Arm, meinst du, denn du hast nur noch einen. Deinen gesunden linken.

Aber meiner Erinnerung nach hatte ich ihn in den *Armen*, Plural. Ich kanalisierte meine Wut

(it was RED)

weg von der törichten Frau mit ihrem Handy und ihrer Zigarette und wie in einer verrückten Endlosschleife irgendwie wieder zurück zu *mir* … nahm ihn in meine Arme … bestimmt nur eine Halluzination, aber ja, das war meine Erinnerung.

Ich nahm ihn in meine *Arme*.

Hielt seinen Hals in der linken Armbeuge, damit ich ihn mit der rechten Hand erwürgen konnte.

Erwürgen und seinen Qualen ein Ende bereiten.

Ich schlief ohne Oberteil, deshalb konnte ich meinen Armstumpf leicht betrachten. Ich brauchte nur den Kopf zur Seite zu drehen. Ich konnte damit wackeln, aber das war so ziemlich alles. Das tat ich ein paarmal, dann blickte ich zur Decke hinauf. Mein Herzschlag war etwas langsamer geworden.

»Der Hund ist seinen Verletzungen erlegen«, sagte ich. »Und dem Schock. Eine Autopsie würde das bestätigen.«

Aber niemand nahm Autopsien an Hunden vor, die verendet waren, nachdem ein Hummer mit einer gedankenlosen, unkonzentrierten Frau am Steuer sie zu Knochen und Brei zermatscht hatte.

Ich sah wieder zur Decke hinauf und wünschte mir, dieses Leben wäre vorbei. Dieses unglückliche Leben, das so zuversichtlich begonnen hatte. Ich dachte, ich würde in dieser Nacht nicht mehr schlafen, aber schließlich tat ich es doch. Letzten Endes erschöpfen wir unsere Sorgen doch immer.

Sagt Wireman.

Wie man ein Bild zeichnet (II)

Denken Sie daran, dass die Wahrheit im Detail liegt. Unabhängig davon, wie Sie die Welt sehen oder welchen Stempel sie Ihrer künstlerischen Arbeit aufdrückt, liegt die Wahrheit im Detail. Natürlich steckt darin auch der Teufel – das sagen alle –, aber vielleicht sind die Wahrheit und der Teufel ja ein und dasselbe. Das wäre möglich, wissen Sie.

Stellen Sie sich wieder das kleine Mädchen vor, das von der Kutsche heruntergefallen ist. Es ist auf die rechte Kopfseite geknallt, aber seine linke Gehirnhälfte hat am meisten abbekommen – Schädel-Hirn-Trauma, wissen Sie noch? Links liegt das Broca-Zentrum, aber das gehörte in den Zwanzigerjahren nicht zum Allgemeinwissen. Das Broca-Zentrum ist die motorische Sprachregion. Wenn man es sich schwer genug prellt, verliert man die Sprache, manchmal für einige Zeit, manchmal für immer. Aber – obwohl beide eng verwandt sind – Reden ist nicht Sehen.

Die Kleine kann noch sehen.

Sie sieht ihre fünf Schwestern. Ihre Kleidung. Wie ihr Haar vom Wind zerzaust ist, wenn sie von draußen hereinkommen. Sie sieht den Schnurrbart ihres Vaters, jetzt grau meliert. Sie sieht Nan Melda – nicht nur die Haushälterin, sondern auch der einzige annähernde Muttersatz, den dieses kleine Mädchen kennt. Sie sieht den Schal, den Nanny zu einem Turban gebunden trägt, wenn sie putzt; sie sieht den Knoten in der Mitte über Nan Meldas hoher brauner Stirn;

sie sieht Nan Meldas silberne Armreife und wie sie in dem durch die Fenster einfallenden Sonnenschein glitzern.

Details, Details, die Wahrheit steckt im Detail.

Und ruft das Sehen dem Reden zu, auch in einem geschädigten Hirn? In einem verletzten Gehirn? Oh, das muss es, das muss es.

Sie denkt: *Mein Kopf tut weh.*

Sie denkt: *Irgendetwas Schlimmes ist passiert, und ich weiß nicht, wer ich bin. Oder wo ich bin. Oder was alle diese bunten Bilder in meiner Umgebung bedeuten.*

Sie denkt: *Libbit? Heiße ich Libbit? Früher hab ich es gewusst. Im Früher-hab-ich-es-gewusst konnte ich reden, aber jetzt sind meine Wörter wie Fische im Wasser. Ich will den Mann mit den Haaren auf der Lippe.*

Sie denkt: *Das ist mein Daddy, aber wenn ich versuche, seinen Namen zu sagen, rufe ich stattdessen »Ogel! Ogel!«, weil einer an meinem Fenster vorbeifliegt. Ich sehe jede Feder. Ich sehe sein Auge wie Glas. Ich sehe sein Bein, das schief ist, als wäre es gebrochen, und das Wort dafür heißt* kromm. *Mein Kopf tut weh.*

Mädchen kommen herein. Maria und Hannah kommen herein. Sie mag sie nicht so gern, wie sie die Zwillinge mag. Die Zwillinge sind ein bisschen wie sie.

Sie denkt: *Im Früher-hab-ich-es-gewusst habe ich Maria und Hannah die Großen Fiesen genannt,* und merkt dann, dass sie das wieder weiß. Wieder etwas, das zurückgekommen ist. Der Name für ein weiteres Detail. Sie wird ihn wieder vergessen, aber beim nächsten Mal wird sie sich länger daran erinnern. Da ist sie sich ziemlich sicher.

Sie denkt: *Wenn ich versuche, Hannah zu sagen, sage ich »Ogel! Ogel!«. Versuche ich Maria zu sagen, sage ich »Wieh! Wieh!«. Und sie lachen, diese Fieslinge. Ich weine. Ich will meinen Daddy und weiß nicht, wie ich ihn sagen soll; dieses Wort ist wieder verschwunden. Wörter wie Vögel, sie fliegen und fliegen und fliegen fort. Meine*

Schwestern reden. Reden, reden, reden. Meine Kehle ist trocken. Ich versuche Durst zu sagen. Ich sage »Ferst! Ferst!«. Aber sie lachen nur, diese Fieslinge. Ich bin unter dem Verband, rieche das Jod, rieche den Schweiß, höre ihr Lachen. Ich schreie sie an, kreische laut, und sie laufen weg. Nan Melda kommt, und ihr Kopf ist ganz rot, weil sie sich den Schal umgebunden hat. Ihre Rundlinge glitzern, glitzern in der Sonne, und man nennt diese Dinger Armreife. Ich sage »Ferst! Ferst!«, aber Nan Melda versteht mich nicht. Also sage ich »Inkel! Inkel!«, und Nan setzt mich aufs Töpfchen, obwohl ich nicht aufs Töpfchen muss. Dann sitze ich darauf und zeige. »Inkel! Inkel!« Daddy kommt herein. »Was soll dieser Lärm?« Sein ganzes Gesicht ist voll mit weißem Seifenschaum – bis auf eine glatte Stelle. Dort ist er mit dem Ding drübergefahren, von dem die Haare weggehen. Er sieht, wohin ich zeige. Er versteht. »Oh, sie ist durstig.« Füllt ein Glas. Das Zimmer ist voller Sonnig. Staub schwebt im Sonnig, und seine Hand geht mit dem Glas durchs Sonnig, und das nennt man hübsch. Ich trinkel jeden Trink. Dann weine ich noch mal, aber weil's mir besser geht. Er küsst mich küsst mich küsst mich, umarmt mich umarmt mich umarmt mich, und ich will ihn sagen – »Daddy!« – und kann es noch immer nicht. Dann denke ich seitwärts herum an seinen Namen und finde John, also merke ich mir den ganz fest, und als ich John denke, kommt »Daddy!« aus meinem Mund, und er umarmt mich umarmt mich noch mehr.

Sie denkt: *Daddy ist mein erstes Wort auf dieser Seite der schlimmen Sache.*

Die Wahrheit steckt im Detail.

2

Big Pink

I

Kamens Ortsveränderungstherapie wirkte, aber als es darum ging, meinen Kopf wieder in Ordnung zu bringen, war der Florida-Part eher zufällig, glaube ich. Natürlich wohnte ich dort; aber ich *lebte* nie wirklich dort. Nein, Kamens Ortsveränderungstherapie wirkte wegen Duma Key und dem Big Pink. Für mich bildeten diese beiden Orte im Lauf der Zeit ihre eigene Welt.

Ich verließ St. Paul am 10. November mit Hoffnung im Herzen, aber ohne große Erwartungen. Kathi Green, die Reha-Queen, begleitete mich zum Flughafen. Sie küsste mich zum Abschied, umarmte mich fest und flüsterte: »Ich wünsche dir, dass alle deine Träume wahr werden, Eddie.«

»Danke, Kathi«, sagte ich. Ich war gerührt, obwohl der Traum, an den ich dabei denken musste, Reba die Wutmanagementpuppe betraf, die zu Kindergröße herangewachsen im mondhellen Wohnzimmer des Hauses saß, in dem ich mit Pam gelebt hatte. Darauf, dass *dieser* Traum wahr wurde, konnte ich gut verzichten.

»Und schick mir ein Foto aus Disney World. Ich möchte dich zu gern mit Mauseohren sehen.«

»Wird gemacht«, sagte ich, aber ich kam nie nach Disney World. Auch Sea World, Busch Gardens und Daytona Speedway blieben unbesucht.

Als ich mit einer Lear 55 aus St. Paul abflog (der erfolgreiche Ruhestand hat seine Privilegien), wirbelten bei minus vier Grad die ersten Schneeflocken eines weiteren langen nordischen Winters vom Himmel.

Bei meiner Landung in Sarasota schien bei 28 Grad die Sonne. Schon auf dem Weg übers Vorfeld zum GA-Terminal – noch immer an meiner bewährten roten Krücke humpelnd – glaubte ich zu hören, wie meine Hüfte Danke sagte.

Wenn ich auf diese Zeit zurückblicke, empfinde ich die seltsamste Gefühlsmelange: Liebe, Sehnsucht, Entsetzen, Horror, Trauer und die tiefe Süße, die nur jemand kennen kann, der dem Tod nahe gewesen ist. Ich glaube, dass Adam und Eva sich so gefühlt haben müssen. Bestimmt haben sie sich nach dem Garten Eden umgesehen – meinen Sie nicht auch? –, als sie sich barfuß auf den Weg dorthin machten, wo wir jetzt sind – in unsere düstere politische Welt mit Kugeln und Bomben und Satellitenfernsehen. Sahen sie an dem Engel vorbei, der das nun geschlossene Tor mit seinem feurigen Schwert bewachte? Sicher wollten sie noch einen Blick auf die grüne Welt werfen, die sie verloren hatten – mit ihrem süßen Wasser und den friedlichen Tieren. Und natürlich ihrer Schlange.

II

Vor der Westküste Floridas liegt eine ganze Perlenkette aus Inseln, die Keys genannt werden. Hätten Sie Ihre Siebenmeilenstiefel an, könnten Sie von Longboat nach Lido, von Lido nach Siesta, von Siesta nach Casey gelangen. Der nächste Schritt bringt Sie nach Duma Key, neun Meilen lang und an der breitesten Stelle zwischen Casey Key und

Don Pedro Island eine halbe Meile breit. Die größtenteils unbewohnte Insel ist mit einem Dickicht aus Banyanbäumen, Palmen und australischen Pinien bewachsen und hat an der Golfküste einen unebenen, mit Dünen durchsetzten Strand. Dieser Strand wird von einem hüfthohen Streifen Strandhafer geschützt. »Der Strandhafer gehört hierher«, hat Wireman mir mal erzählt, »aber der ganze restliche Scheiß dürfte hier ohne Bewässerung nicht wachsen.« Während meines Aufenthalts auf Duma Key lebte dort die meiste Zeit niemand außer Wireman, der Braut des Paten und mir.

Sandy Smith war meine Immobilienmaklerin in St. Paul. Ich hatte sie gebeten, ein Haus für mich zu finden, das ruhig – ich weiß nicht sicher, ob ich das Wort *isoliert* benutzt habe, wäre möglich –, aber trotzdem im Bereich aller Dienstleistungen lag. Kamens Rat beherzigend, erklärte ich Sandy, dass ich es für ein Jahr mieten wollte und der Preis keine Rolle spielte, solange ich nicht zu sehr gerupft würde. Auch deprimiert und fast ständig unter Schmerzen leidend, wollte ich mich nicht gern ausnehmen lassen. Sandy gab meine Wünsche in ihren Computer ein, der daraufhin das Big Pink ausspuckte. Es war reines Losglück.

Nur glaube ich nicht daran. Weil selbst meine frühesten Bilder etwas, ich weiß nicht, irgendwas zu haben scheinen.

Irgendetwas.

III Am Tag meiner Ankunft in einem Leihwagen (mit Jack Cantori, dem jungen Mann, den Sandy Smith über eine Arbeitsvermittlung in Sarasota angeheuert hatte, am Steuer) wusste ich nichts über die Geschichte von Duma

Key. Ich wusste nur, dass man sie von Casey Key aus über eine Zugbrücke erreichte, die Ende der Dreißigerjahre als Arbeitsbeschaffungsmaßnahme gebaut worden war. Als wir die Brücke passiert hatten, stellte ich fest, dass die Nordspitze der Insel frei von der Vegetation war, die den Rest überwucherte. Stattdessen gab es dort eine Art Landschaftsgestaltung (was in Florida Gras und Palmen bedeutet, die fast ständig bewässert werden).

Entlang der schmalen, vielfach geflickten Straße nach Süden konnte ich ein halbes Dutzend Häuser sehen, das letzte in der Reihe war eine weitläufige, unbestreitbar elegante Hazienda.

Und ganz nahe, weniger als die Länge eines Footballfeldes vom Ende der Zugbrücke auf Duma Key entfernt, konnte ich das Big Pink sehen.

»Ist es das?«, fragte ich und dachte: *Bitte, lass es das sein. Genau das will ich.* »Das ist es, oder?«

»Keine Ahnung, Mr. Freemantle«, sagte Jack. »In Sarasota kenne ich mich aus, aber auf Duma Key bin ich zum ersten Mal. Hab nie Grund gehabt, hierherzukommen.« Er hielt am Briefkasten, auf dem eine große rote 13 prangte, dann warf er einen Blick auf den Klarsichtordner auf der Mittelkonsole zwischen uns. »Das ist es tatsächlich. Hoffentlich sind Sie nicht abergläubisch.«

Ich schüttelte den Kopf, ohne den Blick von dem Haus zu wenden. Ich mache mir keine Sorgen wegen zerbrochener Spiegel oder wenn mir eine schwarze Katze über den Weg läuft, aber ich glaube fest an … nun, vielleicht nicht an Liebe auf den ersten Blick, das klingt ein bisschen zu sehr nach *Vom Winde verweht*, finde ich, aber an augenblickliche Anziehung? Klar. So war mir zumute gewesen, als ich Pam bei einem Double Date kennengelernt hatte (sie war mit dem anderen Kerl gekommen). Und so war mir zumute, als ich zum ersten Mal das Big Pink sah.

Es stand auf Pfählen und reckte sein Kinn über die Flutlinie hinaus. An einem grau verwitterten Pfosten neben der Einfahrt hing ein windschiefes Schild BETRETEN VERBOTEN, aber ich ging davon aus, dass es nicht mir galt. »Sobald Sie den Mietvertrag unterschreiben, gehört es für ein Jahr Ihnen«, hatte Sandy mir erklärt. »Auch wenn der Besitzer verkauft, kann er Sie nicht vorzeitig rausschmeißen.«

Jack fuhr langsam zur Hintertür … aber weil die Vorderfront über dem Golf von Mexiko hing, war dies die einzige Tür. »Mich wundert, dass es überhaupt so nah am Wasser gebaut werden durfte«, sagte er. »Ich schätze, in der guten alten Zeit war man weniger pingelig.« Unter der guten alten Zeit verstand er wahrscheinlich die Achtzigerjahre. »Da steht Ihr Wagen. Hoffentlich ist er Ihnen recht.«

Das auf dem von Rissen durchzogenen Asphaltquadrat rechts neben dem Haus geparkte Auto war einer jener anonymen amerikanischen Mittelklassewagen, auf die Leihwagenfirmen spezialisiert sind. Ich hatte seit dem Tag, an dem Mrs. Fevereau Gandalf angefahren hatte, nicht mehr am Steuer gesessen und würdigte ihn kaum eines Blickes. Mich interessierte mehr der klotzige rosa Elefant, den ich gemietet hatte. »Gibt's denn keine Bauvorschriften, die den Abstand zum Golf von Mexiko festlegen?«

»Jetzt natürlich schon, aber nicht, als dieses Haus gebaut wurde. Aus praktischer Sicht geht es hier darum, dass der Strand erodiert. Ich bezweifle, dass das Haus ursprünglich so über dem Wasser gehangen hat.«

Damit hatte er sicher recht. Ich bildete mir ein, fast zwei Meter der Pfähle sehen zu können, die die mit Fliegengittern versehene Veranda – den sogenannten Florida-Raum –

trugen. Würden diese Gründungspfähle nicht zwanzig Meter tief bis zu gewachsenem Fels hinunterreichen, würde das Haus irgendwann in den Golf von Mexiko kippen. Es war nur eine Frage der Zeit.

Während ich das dachte, sprach Jack Cantori es aus. Dann grinste er. »Keine Sorge, Sie werden bestimmt rechtzeitig gewarnt. Sie werden es ächzen hören.«

»Wie das Haus Usher«, sagte ich.

Sein Grinsen wurde breiter. »Genau! Aber es hält sich bestimmt noch ein paar Jahre. Sonst hätte man es für unbewohnbar erklärt.«

»Da wäre ich mir nicht so sicher«, sagte ich. Jack war rückwärts an die Haustür herangefahren, damit der Kofferraum leichter zu entladen war. Er enthielt allerdings nicht viel: drei Koffer, einen Kleidersack, eine Laptoptasche samt Inhalt und meinen Rucksack mit einfachstem Künstlerbedarf – hauptsächlich Skizzenblöcke und Buntstifte. Ich reiste mit leichtem Gepäck, als ich mein anderes Leben verließ. Ich ging davon aus, dass ich in meinem neuen vor allem mein Scheckbuch und meine American-Express-Karte brauchen würde.

»Wie meinen Sie das?«, fragte er.

»Wer es sich leisten konnte, hier zu bauen, konnte vielleicht auch ein paar B-and-C-Inspektoren dazu überreden, ein Auge zuzudrücken.«

»B-and-C? Was heißt das?«

Einen Moment lang konnte ich ihm das nicht sagen. Ich konnte *sehen*, was es bedeutete: Männer in weißen Hemden mit Krawatte, die hochfeste gelbe Schutzhelme aufhatten und Schreibbretter in den Händen hielten. Ich konnte sogar die Kugelschreiber in ihren Hemdtaschen und die Taschenschoner aus Kunststoff sehen, an denen sie festgeklemmt waren.

Der Teufel steckt im Detail, nicht wahr? Aber mir fiel nicht ein, was B-and-C bedeutete, obwohl ich dieses Kürzel so gut kannte wie meinen eigenen Namen. Sofort wurde ich wütend. Mir kam es vor, als wäre es die vernünftigste Antwort der Welt, meine linke Hand zur Faust zu ballen und damit den ungeschützten Adamsapfel des neben mir sitzenden jungen Mannes zu treffen. Fast zwingend notwendig. Weil er die Frage gestellt hatte, die mich in Verlegenheit gebracht hatte.

»Mr. Freemantle?«

»Augenblick«, sagte ich und dachte: *Ich schaffe das.*

Ich dachte an Dan Field, der in den Neunzigerjahren mindestens die Hälfte meiner Gebäude inspiziert hatte (so war es mir zumindest vorgekommen), und mein Verstand stellte wieder eine Querverbindung her. Ich merkte, dass ich kerzengerade und mit im Schoß verkrampfter Hand dagesessen hatte. Dass die Stimme des Jungen besorgt geklungen hatte, war nur verständlich. Ich musste ausgesehen haben, als hätte ich Magenkrämpfe. Oder einen Herzinfarkt.

»Sorry«, sagte ich. »Ich hatte einen Unfall. Hab mir den Kopf angeschlagen. Mein Verstand stottert manchmal.«

»Schon in Ordnung«, sagte Jack. »Kein Problem.«

»B-and-C bedeutet ›Building and Code‹. Im Prinzip sind das die Kerle, die entscheiden, ob ein Gebäude einsturzgefährdet ist oder nicht.«

»Sie reden von Bestechung?« Mein neuer Angestellter wirkte bedrückt. »Nun, das kommt bestimmt vor, vor allem hier unten. Geld regiert die Welt.«

»Seien Sie nicht so zynisch. Manchmal steckt dahinter nur Freundschaft. Bauunternehmer, Subunternehmer, Baukontrolleure, sogar die OSHA-Kerle … sie trinken meistens in denselben Bars und waren alle auf denselben Schulen.« Ich lachte. »Manchmal auch in Besserungsanstalten.«

»An der Nordspitze von Casey Key wurden zwei Strandhäuser gesperrt, als die Erosion sich beschleunigt hat«, sagte Jack. »Eines davon *ist* tatsächlich ins Meer gekippt.«

»Nun, wie Sie richtig sagen, werde ich es vermutlich ächzen hören, und vorerst sieht es noch sicher aus. Bringen wir also mein Zeug rein.«

Ich öffnete meine Tür, stieg aus und taumelte, weil meine schlimme Hüfte sich versteifte. Wenn ich nicht rechtzeitig die Krücke eingestemmt hätte, wäre ich zur Begrüßung auf der steinernen Türschwelle zu Boden gegangen.

»*Ich* bringe das Zeug rein«, sagte Jack. »Sie sollten sich lieber hinsetzen, Mr. Freemantle. Ein kaltes Getränk könnte auch nicht schaden. Sie sehen echt müde aus.«

IV

Die Reise war doch anstrengend gewesen, und ich war mehr als nur müde. Als ich im Wohnzimmer in einen Sessel sank (wie immer linkslastig, während ich versuchte, mein rechtes Bein möglichst ausgestreckt zu lassen), war ich bereit, mir einzugestehen, dass ich erschöpft war.

Trotzdem hatte ich kein Heimweh, zumindest noch nicht. Während Jack hin und her ging, meine Koffer ins größere der beiden Schlafzimmer trug und meinen Laptop auf den Schreibtisch im kleineren stellte, sah ich immer wieder zu der komplett verglasten Westwand des Wohnzimmers hinüber, zu dem Florida-Raum dahinter und dem Golf von Mexiko wiederum dahinter. Er war eine weite blaue Fläche, an diesem heißen Novembernachmittag flach wie ein Teller, und obwohl die Schiebetüren geschlossen waren, konnte ich sein sanftes, gleichmäßiges Seufzen hören. *Er hat kein*

Gedächtnis, dachte ich. Das war ein seltsamer Gedanke, merkwürdig optimistisch. In Bezug auf Erinnerungen – und Zorn – hatte ich noch etliche strittige Punkte aufzuarbeiten.

Jack kam aus dem Gästezimmer zurück und setzte sich auf die Sofalehne – der Sitzplatz eines jungen Mannes, der sich verabschieden möchte, dachte ich. »Sie haben alle Grundnahrungsmittel«, sagte er, »plus fertig angemachten Salat, Hamburger und eins von diesen eingeschweißten Brathähnchen – Astronautenhähnchen, wie wir sie zu Hause nennen. Damit müssten Sie fürs Erste auskommen.«

»Gut.«

»Fettarme Milch ...«

»Auch gut.«

»... und Halb-und-Halb. Wenn Sie wollen, kann ich Ihnen nächstes Mal richtige Sahne mitbringen.«

»Wollen Sie meine einzige noch verbliebene Arterie verstopfen?«

Er lachte. »Es gibt eine kleine Speisekammer mit allem möglichen Schei... Zeug in Dosen. Der Kabelfernseher läuft, der Computer hat Internetanschluss – ich hab Ihnen eine Wi-Fi-Karte eingebaut, kostet ein bisschen mehr, ist aber echt cool –, und wenn Sie wollen, kann ich eine Satellitenschüssel installieren lassen.«

Ich schüttelte den Kopf. Er war ein guter Junge, aber ich wollte dem Golf lauschen, der mich mit Worten umschmeichelte, die er eine Minute später vergessen haben würde. Und ich wollte dem Haus lauschen, um zu hören, ob es vielleicht etwas zu sagen hatte. Ich vermutete, dass dem so sein würde.

»Die Schlüssel liegen in einem Umschlag auf dem Küchentisch – auch die Autoschlüssel –, und am Kühlschrank hängt eine Liste mit wichtigen Telefonnummern. Von Dienstag bis Freitag habe ich Vorlesungen an der FSU in Sarasota, aber ich habe mein Handy dabei und komme immer dienstags und donnerstags um siebzehn Uhr zu Ihnen raus, solange wir nichts anderes vereinbaren. Ist das okay?«

»Ja.« Ich griff in meine Tasche und zog meinen Geldclip heraus. »Ich möchte Ihnen gern etwas extra geben. Sie haben alles großartig vorbereitet.«

Er winkte ab. »Nee. Das hier ist ein echt netter Gig, Mr. Freemantle. Gute Bezahlung, gute Arbeitszeiten. Ich käme mir schäbig vor, wenn ich was extra nehmen würde.«

Darüber musste ich lachen, und ich steckte mein Geld wieder ein. »Okay.«

»Und vielleicht sollten Sie ein Nickerchen machen«, sagte er und stand auf.

»Das tue ich vielleicht.« Es war eigenartig, wie Grandpa Walton behandelt zu werden, aber daran musste ich mich vermutlich gewöhnen. »Was ist aus dem anderen Haus an der Nordspitze von Casey Key geworden?«

»Hä?«

»Sie haben gesagt, das eine ist ins Meer gekippt. Und das andere?«

»Soweit ich weiß, steht es noch. Aber wenn irgendwann ein großer Sturm wie Charley genau diesen Teil der Küste trifft, wird's hier zugehen wie beim Ausverkauf: Alles muss weg!« Er trat vor mich hin und streckte die Hand aus. »Willkommen in Florida, Mr. Freemantle. Ich hoffe, dass es Sie echt gut behandelt.«

Ich schüttelte ihm die Hand. »Danke …« Ich zögerte, wahrscheinlich nicht so lange, dass er etwas merkte, und wurde nicht wütend. Zumindest nicht auf ihn. »Vielen Dank für alles.«

»Klar.« Er musterte mich mit kaum spürbarer Verwunderung, bevor er hinausging – also hatte er vielleicht doch etwas gemerkt. Das war mir egal. Endlich war ich allein. Ich horchte auf das Knirschen von Muscheln und Kieselsteinen unter seinen Reifen, als sein Wagen anfuhr. Ich horchte auf das verklingende Motorengeräusch. Leise, leiser, unhörbar. Jetzt war nur noch das stetige milde Seufzen des Golfs zu hören. Und mein eigener Herzschlag: gedämpft und sanft. Keine Uhren. Kein Klingeln, kein Schlagen, nicht einmal ein Ticken. Ich atmete tief durch und roch den leicht feuchten Modergeruch eines Hauses, das – von dem rituellen wöchentlichen (oder zweiwöchentlichen) Lüften abgesehen – ziemlich lange abgesperrt gewesen ist. Ich bildete mir auch ein, Meersalz und subtropische Gräser, die ich noch nicht benennen konnte, zu riechen.

Vor allem horchte ich auf das Seufzen der Wellen, das so sehr dem Atmen eines großen schlafenden Wesens glich, und blickte durch die Glaswand übers Wasser hinaus. Wegen der erhöhten Lage des Big Pink konnte ich den Strand von meinem Platz im rückwärtigen Teil des Wohnzimmers aus überhaupt nicht sehen; in meinem Sessel sitzend, hätte ich auf einem dieser großen Tanker sein können, die Öl aus Venezuela nach Galveston brachten. Ein leichter Dunst überzog jetzt die Himmelskuppel und dämpfte die Lichtreflexe auf dem Wasser. Links standen drei Palmen, deren Wedel von einer ganz schwachen Brise bewegt wurden, als Silhouetten vor dem Wasser: das Sujet meiner ersten Skizze nach dem Unfall. *Sieht abba nick sähr nach Minnesödda aus,* hatte Tom Riley gesagt.

Ihr Anblick bewirkte, dass ich sie wieder zeichnen wollte – das war eine Art trockener Hunger, aber eigentlich nicht im Bauch; er ließ meinen Verstand kribbeln. Und merkwürdigerweise den Stumpf meines amputierten Arms. »Nicht jetzt«, sagte ich. »Später. Ich bin erledigt.«

Ich stemmte mich im zweiten Anlauf aus dem Sessel hoch und war froh, dass der Junge nicht da war, um mein erstes unbeholfenes Zurückfallen zu sehen und meinen kindischen Wutschrei (»Schei-*ße!*«) zu hören. Als ich auf den Beinen war, stand ich einen Augenblick an meiner Krücke schwankend da und staunte über meine Müdigkeit. Normalerweise war »erledigt« nur etwas, das man sagte, aber in diesem Moment kam ich mir genauso vor.

Mit langsamen Schritten – ich hatte nicht die Absicht, hier drinnen am ersten Tag hinzuknallen – ging ich in mein Schlafzimmer hinüber. Dort stand ein übergroßes französisches Bett, und ich wollte nichts mehr, als hinzugehen, mich draufzusetzen, die lächerlichen Zierkissen (eines mit dem Bild zweier spielender Cockerspaniels und der ziemlich verblüffenden Idee VIELLEICHT SIND HUNDE NUR LEUTE IN BESTFORM) mit meiner Krücke auf den Fußboden zu wischen, mich auszustrecken und zwei Stunden zu schlafen. Vielleicht drei. Aber als Erstes trat ich an die Bank am Fußende des Bettes – weiter sehr vorsichtig, weil ich wusste, wie leicht ich in meiner Erschöpfung über die eigenen Füße fallen konnte –, wo der Junge zwei meiner drei Koffer aufgestapelt hatte. Der, den ich brauchte, lag natürlich unten. Ich stieß den oberen einfach auf den Fußboden hinunter und öffnete die vordere Reißverschlusstasche des anderen.

Glasige blaue Augen starrten mit ihrem Ausdruck ewiger missbilligender Überraschung heraus: *Aua, du böser Mann! Ich war die ganze Zeit hier eingesperrt!* Eine leblose orangerote Haarsträhne quoll aus der Enge. Reba die Wutmanagementpuppe in ihrem besten blauen Kleid und den schwarzen Lackschuhen.

Ich nahm sie zwischen meinen Stumpf und meine Seite und streckte mich auf dem Bett aus. Als ich zwischen den Zierkissen genügend Platz geschaffen hatte (vor allem wollte ich die spielenden Spaniels auf den Fußboden befördern), legte ich sie neben mich.

»Ich hab seinen Namen vergessen«, sagte ich. »Ich hab ihn auf der Herfahrt gewusst, aber dann vergessen.« Reba sah zum Deckenventilator auf, dessen Blätter noch standen. Ich hatte vergessen, ihn einzuschalten. Reba war es egal, ob meine neue Teilzeitkraft Ike, Mike oder Andy Van Slyke hieß. Ihr war alles egal, sie bestand nur aus Lumpen, die in einen rosa Körper gestopft waren, wahrscheinlich von irgendeinem unglücklichen Kind, das in Kambodscha oder im gottverdammten Uruguay ausgebeutet worden war.

»Wie heißt er?«, fragte ich sie. Trotz meiner Müdigkeit spürte ich das Einsetzen der alten trostlosen Panik. Der alten trostlosen Wut. Der Angst, dass dies für den Rest meines Lebens so gehen würde. Oder sich verschlimmern! Auch das war möglich! Ich würde wieder in die Rehaklinik kommen, die in Wirklichkeit nur die Hölle mit einem frischen Anstrich war.

Reba, diese beschissene rückgratlose Schlampe, gab keine Antwort.

»Ich schaffe das«, sagte ich, ohne selbst daran zu glauben. Und ich dachte: *Jerry. Nein, Jeff.* Dann: *Du denkst an Jerry Jeff Walker, Arschloch. Johnson? Gerald? Great Jumping Jehosaphat?*

Ich begann einzudösen. Begann trotz des Zorns und der Panik allmählich einzuschlafen. Passte mich der sanften Atmung des Golfs an.

Ich schaffe das, dachte ich. *Querverbinden. Wie vorhin, als dir eingefallen ist, was B-and-C bedeutet.*

Ich dachte daran, wie der Junge sagte: *An der Nordspitze von Casey Key haben sie zwei Strandhäuser gesperrt,* und ahnte irgendetwas. Mein Stumpf juckte wie verrückt. Aber stell dir vor, dieser Stumpf gehört einem anderen Kerl in einem anderen Universum, lass nicht locker, spür dieses Ding, diesen Knochen, diese Verbindung auf …

… in Schlaf versinkend …

Aber wenn irgendwann ein großer Sturm wie Charley genau diesen Teil der Küste trifft …

Und zack!

Charley war ein Hurrikan, und wenn ein Hurrikan heranzog, schaute ich wie ganz Amerika den Weather Channel, und der Hurrikanspezialist war …

Ich hob Reba hoch. In meinem kraftlosen Halbschlaf schien sie mindestens zwanzig Pfund zu wiegen. »Der Hurrikankerl ist Jim Cantore«, sagte ich. »Mein Mädchen für alles ist *Jack* Cant*ori*. Der Scheißfall ist abgeschlossen.« Ich ließ die Puppe wieder aufs Bett plumpsen und schloss die Augen. Vielleicht hörte ich das schwache Seufzen des Golfs noch zehn bis fünfzehn Sekunden lang. Dann war ich eingeschlafen.

Ich schlief bis Sonnenuntergang. Es war der tiefste, erholsamste Schlaf seit acht Monaten.

V

Im Flugzeug hatte ich nur etwas geknabbert, deshalb wachte ich heißhungrig auf. Ich machte statt fünfundzwanzig nur ein Dutzend Dehnübungen, um meine Hüfte zu lockern, ging rasch auf die Toilette und stapfte dann in Richtung Küche. Ich lehnte auf meiner Krücke, aber nicht so sehr, wie ich nach diesem langen Schlaf erwartet hätte. Ich wollte mir ein Sandwich, vielleicht auch zwei machen. Ich hoffte auf Mortadella in Scheiben, aber mir wäre auch jedes Frühstücksfleisch aus dem Kühlschrank recht gewesen. Dann würde ich Ilse anrufen und ihr mitteilen, ich sei heil angekommen. Bei Ilse konnte ich mich darauf verlassen, dass sie jedem, der an Edgar Freemantles Wohlergehen interessiert war, eine E-Mail schickte. Anschließend konnte ich meine Abenddosis Schmerzmittel schlucken und den Rest meiner neuen Umgebung erforschen. Der gesamte erste Stock wartete noch auf mich.

Was meine Pläne nicht berücksichtigt hatten, war die veränderte West-Aussicht.

Die Sonne war untergegangen, aber über der Kimm des Golfs lag weiter ein orangerot leuchtendes Band. Es wurde nur an einer Stelle durch die Silhouette irgendeines großen Schiffs unterbrochen. Seine Form war schlicht wie die Zeichnung eines Erstklässlers. Ein vom Schiffsbug vermutlich zum Funkmast straff gespanntes Kabel erzeugte ein Dreieck aus Licht. Wo dieses Licht himmelwärts strömte, verblasste das Orange zu einem atemlosen Maxfield-Parrish-Blaugrün, das ich nie zuvor mit eigenen Augen gesehen hatte … und trotzdem hatte ich ein Déjà-vu-Gefühl, vielleicht hatte ich es im Traum gesehen. Vielleicht sehen wir alle in unseren Träumen solche Himmel und können sie bei wachem Verstand nie ganz in Farben übersetzen, die Namen haben.

Darüber, in der dunkler werdenden Schwärze, die ersten Sterne.

Ich war nicht mehr hungrig, wollte nicht mehr Ilse anrufen. Ich wollte nur zeichnen, was ich sah. Ich wusste, dass ich nicht alles würde festhalten können, aber das war mir egal – das war das Schöne daran. Es war mir scheißegal.

Mein neuer Angestellter (wieder fiel mir sein Name nicht gleich ein, dann dachte ich *Weather Channel*, dann dachte ich *Jack*: der Scheißfall war abgeschlossen) hatte meinen Rucksack mit Zeichenzeug ins zweite Schlafzimmer gestellt. Ich stampfte damit in den Florida-Raum hinaus und hatte Mühe, ihn zu tragen, während ich gleichzeitig die Krücke benutzte. Eine neugierige Brise zerzauste mir leicht das Haar. Die Vorstellung, diese Brise und Schnee in St. Paul könnten gleichzeitig, auf derselben Welt existieren, erschien mir absurd – Science-Fiction.

Ich stellte den Rucksack auf den langen rauen Holztisch, überlegte, ob ich Licht machen sollte, und entschied mich dagegen. Ich würde zeichnen, solange ich irgend konnte, und dann für heute Schluss machen. Ich setzte mich auf meine unbeholfene Art, öffnete den Rucksack und zog meinen Skizzenblock heraus. ARTISAN stand vorn darauf. Ein Witz angesichts meiner gegenwärtigen Fähigkeiten. Ich wühlte tiefer und zog meine Schachtel mit Buntstiften heraus.

Ich zeichnete und kolorierte rasch, ohne viel auf Einzelheiten zu achten. Von einer willkürlichen Horizontlinie ausgehend, schraffierte ich nach oben, fuhr mit meinem Venusgelb in wilder Ausgelassenheit übers Blatt, manchmal auch über das Schiff (der erste Tanker der Welt, der Gelbsucht bekam, stellte ich mir vor) und machte mir nichts daraus. Als der Sonnenuntergang ungefähr die richtige Ausdehnung hatte – er verblasste jetzt rasch –, schraffierte ich mit dunkleren Orangetönen weiter. Dann nahm ich mir wieder das Schiff vor und setzte, ohne viel nachzudenken, eine Anzahl eckiger schwarzer Linien aufs Papier. So sah ich es.

Als ich fertig war, war es fast ganz dunkel.

Links von mir raschelten die drei Palmen.

Unter und vor mir – aber jetzt nicht mehr allzu weit entfernt, denn die Flut kam herein – seufzte der Golf von Mexiko, als habe er einen langen Tag hinter sich und noch viel Arbeit vor sich.

Über mir standen Tausende von Sternen, und während ich hinsah, erschienen noch mehr.

Das alles war schon immer hier, dachte ich und rief mir etwas ins Gedächtnis, was Melinda immer sagte, wenn sie im Radio einen Song hörte, den sie mochte: *Der hatte mich schon beim ersten Hallo.* Also schrieb ich unter meinen rudimentären Tanker in kleinen Buchstaben **HALLO**. Soweit ich mich erinnern kann (und darin bin ich inzwischen schon besser), war es das erste Mal, dass ich ein Bild betitelte. Und sofern Titel gut sein können, ist es ein guter Titel, oder? Trotz des ganzen Schlamassels, der noch folgen sollte, finde ich noch heute, dass es der perfekte Titel für ein Bild ist, das von jemandem gezeichnet wurde, der sich redlich Mühe gab, nicht mehr traurig zu sein – der sich zu erinnern versuchte, wie es sich anfühlte, glücklich zu sein.

Das Bild war fertig. Ich legte den Stift weg, und genau in dem Moment sprach das Big Pink zum ersten Mal mit mir. Seine Stimme war sanfter als das seufzende Atmen des Golfs, aber ich verstand sie trotzdem sehr gut.

Ich habe auf dich gewartet, sagte es.

VI

Dies war das Jahr der Selbstgespräche. Manchmal antworteten auch andere Stimmen, aber an diesem Abend war ich mit mir allein.

»Houston, hier Freemantle, wie hören Sie mich, Houston?« Ich stand vor dem offenen Kühlschrank und dachte:

O Mann, wenn das der Grundbedarf ist, möchte ich nicht wissen, wie's aussehen würde, wenn der Junge mal richtig einkauft – damit käme ich durch den dritten Weltkrieg.

»Äh, Roger, Freemantle, verstanden.«

»Wir haben Mortadella, Houston, Mortadella ist reichlich da, verstanden?«

»Roger, Freemantle, wir hören Sie laut und klar. Wie ist Ihre Mayo-Situation?«

Auch Mayo war reichlich da. Ich machte mir zwei Mortadella-Sandwichs auf Weiß – wo ich aufgewachsen war, wurden Kinder in dem Glauben erzogen, die Götter lebten von Mortadella, Mayonnaise und Weißbrot – und aß sie am Küchentisch. In der Speisekammer entdeckte ich einen Stapel Apfel- und Heidelbeertörtchen von Table Talk. Ich begann mit dem Gedanken zu spielen, Jack Cantori in meinem Testament als Alleinerben einzusetzen.

Vor Essen fast überschwappend, ging ich ins Wohnzimmer, schaltete alle Lampen an und betrachtete *Hallo*. Das Bild war nicht sehr gut. Aber es war interessant. Das hingekritzelte Nachleuchten der Sonne hatte eine düstere, hochofenartige Qualität, die erschreckend war. Das Schiff war nicht der Tanker, den ich gesehen hatte, aber meines war auf unheimliche Weise reizvoll. Es war wenig mehr als eine Vogelscheuche von einem Schiff, und mein sich überlagerndes gelbes und orangerotes Gekritzel hatte es außerdem in ein Geisterschiff verwandelt, als scheine dieser eigenartige Sonnenuntergang durch seinen Rumpf hindurch.

Ich stellte das Blatt auf den Fernseher und lehnte es an das Schild DER BESITZER BITTET SIE UND IHRE GÄSTE, IM HAUS NICHT ZU RAUCHEN. Ich betrachtete es noch einen Augenblick länger und dachte, es brauchte noch etwas im Vordergrund – vielleicht ein kleineres Schiff, um dem

Tanker am Horizont eine Perspektive zu verleihen –, aber ich hatte keine Lust mehr zu zeichnen. Außerdem würde etwas Hinzugemaltes vielleicht den speziellen Charme des Bildes ruinieren. Stattdessen griff ich zum Telefonhörer und nahm mir vor, Ilse von meinem Handy aus anzurufen, falls der Hausanschluss nicht funktionierte, aber Jack hatte auch ans Telefon gedacht.

Eigentlich rechnete ich damit, nur ihren Anrufbeantworter zu hören – Studentinnen sind viel beschäftigte Mädchen –, aber sie meldete sich nach dem ersten Klingeln. »Daddy?« Das verblüffte mich so, dass ich zunächst kein Wort herausbrachte, und sie fragte noch mal: »Dad?«

»Ja«, sagte ich. »Woher weißt du das?«

»Die angezeigte Nummer hat die Vorwahl 941 – in dem Vorwahlbereich liegt auch Duma Key. Ich hab nachgesehen.«

»Moderne Technik. Da komme ich nicht mehr mit. Wie geht's dir, Kindchen?«

»Gut. Die Frage ist: Wie geht's *dir?*«

»Ziemlich gut. Sogar besser als ziemlich gut.«

»Der Kerl, den du angeheuert hast …?«

»Ein netter Junge. Das Bett ist gemacht, der Kühlschrank gefüllt. Ich habe gleich nach der Ankunft ein fünfstündiges Nickerchen gemacht.«

Nun entstand eine Pause, und als sie weitersprach, klang ihre Stimme besorgter als je zuvor. »Du nimmst nicht zu viele Schmerztabletten, nicht wahr? Oxycontin soll nämlich eine Art trojanisches Pferd sein. Aber das weißt du natürlich alles selbst.«

»Natürlich nicht, ich halte mich an die verschriebene Dosis. Genau genommen …« Ich verstummte.

»Was, Daddy? Was?« Sie schien kurz davor zu sein, ein Taxi zu rufen und in das nächste Flugzeug zu steigen.

»Ich merke gerade, dass ich das Vicodin um fünf ausgelassen habe …« Ich sah auf meine Armbanduhr. »Und das Oxycontin um acht auch. Nicht zu glauben!«

»Wie schlimm sind die Schmerzen?«

»Nicht so schlimm, dass ein paar Tylenol nicht helfen würden. Zumindest bis Mitternacht.«

»Das kommt wahrscheinlich von der Luftveränderung«, sagte sie. »Und dem Nickerchen.«

Ich bezweifelte nicht, dass beides eine Rolle gespielt hatte, aber bestimmt steckte mehr dahinter. Vielleicht war das verrückt, aber ich dachte, das *Zeichnen* habe dazu beigetragen. Man könnte auch sagen, ich wusste es.

Wir redeten eine Zeit lang, und ich konnte hören, wie die Besorgnis allmählich aus ihrem Tonfall wich. Ersetzt wurde sie durch Traurigkeit. Sie begriff anscheinend, dass diese Sache wirklich passierte, dass ihre Eltern nicht eines Morgens aufwachen und alles zurücknehmen würden. Aber sie versprach, Pam anzurufen und Melinda eine E-Mail zu schicken, damit sie wussten, dass ich noch unter den Lebenden weilte.

»Hast du dort keinen E-Mail-Account, Daddy?«

»Doch, aber heute Abend bist du mein E-Mail-Account, Cookie.«

Sie lachte, schniefte, lachte wieder. Ich überlegte, ob ich sie fragen sollte, ob sie weinte, entschied mich aber dagegen. Vielleicht keine so gute Idee.

»Ilse? Ich lasse dich jetzt lieber gehen, Schätzchen. Ich möchte den Tag wegduschen.«

»Okay, aber …« Eine Pause. Dann platzte sie heraus: »Ich find's *grässlich*, dass du dort unten in Florida ganz allein bist! Vielleicht knallst du in der Dusche mal auf den Hintern! Das ist nicht richtig!«

»Cookie, mir geht's gut. Wirklich. Der Junge … er heißt …« *Hurrikan,* dachte ich. *Weather Channel.* »Er heißt Jim Cantori.« Dicht dran, aber noch nicht ganz. »Jack, meine ich.«

»Das ist nicht dasselbe, und das weißt du. Willst du, dass ich komme?«

»Nur wenn du willst, dass deine Mutter uns beide skalpiert«, sagte ich. »Ich möchte, dass du bleibst, wo du bist, und halt den Kopf über Wasser, mein Schatz. Wir bleiben in Verbindung.«

»Okay. Aber pass auf dich auf. Keine Dummheiten.«

»Keine Dummheiten. Roger, Houston.«

»Hä?«

»Schon gut.«

»Daddy, ich will, dass du's mir versprichst.«

Einen schrecklichen und unheimlichen Moment lang sah ich Ilse mit elf Jahren: Ilse, die eine Pfadfinderuniform trug und mich mit Monica Goldsteins schockiertem Blick anstarrte. Bevor ich die Worte aufhalten konnte, hörte ich mich selbst sagen: »Versprochen. Großes Ehrenwort. Beim Namen meiner Mutter.«

Sie kicherte. »Den Spruch hab ich noch nie gehört.«

»Es gibt eine Menge an mir, das du noch nicht kennst. Ich bin ein tiefes Wasser.«

»Wenn du's sagst.« Erneute Pause. Dann: »Hab dich lieb.«

»Ich hab dich auch lieb.«

Ich legte den Hörer behutsam auf und starrte ihn noch lange an.

VII

Statt zu duschen, ging ich den Strand hinunter zum Wasser. Ich merkte rasch, dass meine Krücke im Sand nichts nützte – dass sie sogar hinderlich war –, aber sobald ich die Hausecke erreicht hatte, war das Wasser keine zwei Dutzend Schritte mehr entfernt. Eine Kleinigkeit, wenn ich mir Zeit ließ. Die Brandung war zahm, die hereinkommenden kleinen Wellen nur eine Handbreit hoch. Es war schwierig, sich dieses Wasser in vom Wirbelsturm gepeitschter, zerstörender Raserei vorzustellen. Genau genommen war es unmöglich. Später würde Wireman mir erklären, dass Gott uns immer für das straft, was wir uns nicht vorstellen können.

Das war einer seiner besseren Aussprüche.

Ich machte kehrt, um ins Haus zurückzugehen, dann hielt ich noch mal inne. Das Licht reichte eben aus, dass ich den hohen Teppich aus angeschwemmten Muscheln unter dem vorspringenden Florida-Raum erkennen konnte. Bei Flut, wurde mir jetzt klar, würde die vordere Hälfte meines neuen Hauses fast dem Vordeck eines Schiffs gleichen. Ich dachte daran, wie Jack gesagt hatte, falls der Golf von Mexiko beschließe, das Haus zu verschlingen, würde ich rechtzeitig durch sein Ächzen gewarnt werden. Vermutlich hatte er recht … aber ich hätte auch auf der Baustelle rechtzeitig vor einer zurücksetzenden schweren Maschine gewarnt werden sollen.

Ich hinkte zur an der Hauswand lehnenden Krücke zurück und nahm den kurzen Bohlenweg zur Haustür. Ich dachte ans Duschen, nahm dann doch lieber ein Bad und bewältigte das Ein- und Aussteigen mit den vorsichtig gleitenden Seitwärtsbewegungen, die Kathi mir in meinem anderen Leben gezeigt hatte – beide in Badekleidung, ich mit einem rechten Bein, das wie ein ungeschickt tranchiertes

Stück Fleisch aussah. Inzwischen gehörte das Gemetzel der Vergangenheit an; mein Körper besann sich seiner Wunderheilkräfte. Die Narben würde ich behalten, aber selbst sie würden irgendwann verblassen. Sie verblassten schon jetzt.

Abgetrocknet und mit geputzten Zähnen krückte ich ins große Schlafzimmer hinüber und begutachtete das französische Bett, auf dem jetzt keine Zierkissen mehr lagen. »Houston«, sagte ich, »wir können das Bett sehen.«

»Roger, Freemantle«, antwortete ich. »Bereit machen zum Andocken.«

Klar, warum nicht? Ich würde niemals schlafen, nicht nach diesem endlos langen Nickerchen, aber ich konnte mich eine Zeit lang hinlegen. Mein Bein fühlte sich selbst nach meinem Ausflug ans Wasser ziemlich gut an, aber ich spürte einen Knoten im Kreuz und einen weiteren im Genick. Ich streckte mich aus. Nein, Schlaf kam nicht infrage, aber ich schaltete trotzdem das Licht aus. Nur um meine Augen auszuruhen. Ich würde daliegen, bis Rücken und Genick weniger wehtaten, dann ein Taschenbuch aus meinem Koffer holen und lesen.

Nur ein bisschen daliegen, das war alles …

Weiter kam ich nicht, dann war ich wieder weg. Diesmal schlief ich traumlos.

VIII

Mitten in der Nacht glitt ich in eine Art Bewusstsein zurück: mit juckendem rechtem Arm und kribbelnder rechter Hand und ohne zu wissen, wo ich war – nur dass irgendwo unter mir etwas Riesiges *mahlte* und *mahlte* und *mahlte*. Anfangs dachte ich an eine Maschine, aber dafür war das Geräusch zu unregelmäßig. Und irgendwie zu *organisch.* Dann dachte ich an Zähne, aber nichts hatte so riesige Zähne. Zumindest nichts in der bekannten Welt.

Atmung, dachte ich, und das klang richtig, aber welches Tier machte dieses gewaltige Mahlgeräusch, wenn es einatmete? Und Gott, dieses Jucken machte mich *verrückt*, den ganzen Unterarm bis hinauf zur Ellbogenbeuge. Um mich zu kratzen, griff ich mit der linken Hand über meinen Oberkörper, aber es gab natürlich keinen Ellbogen, keinen Unterarm, und ich kratzte nichts als das Bettlaken.

Das weckte mich endgültig, und ich setzte mich auf. Obwohl es im Zimmer noch sehr dunkel war, fiel durchs Westfenster genug Sternenlicht herein, um mir das Fußende des Bettes und die Bank zu zeigen, auf der einer meiner Koffer lag. Das verschaffte mir wieder Orientierung. Ich war auf Duma Key dicht vor der Westküste Floridas, dem Zufluchtsort der frisch Verheirateten und fast schon Toten. Ich war in einem Haus, das ich bereits als Big Pink bezeichnete, und dieses Mahlen …

»Das sind Muscheln«, murmelte ich und ließ mich zurücksinken. »Die Muscheln unter dem Haus. Die Flut ist reingekommen.«

Ich liebte dieses Geräusch von Anfang an, als ich aufwachte und es im Dunkel der Nacht hörte, ohne zu wissen, wo ich war, wer ich war oder welche Körperteile noch vorhanden waren. Es gehörte mir.

Es hatte mich schon beim ersten Hallo.

3
Neue Ressourcen

I Was nun folgte, war eine Zeit der Erholung und des Übergangs aus meinem anderen Leben in das neue, das ich auf Duma Key führte. Dr. Kamen wusste wahrscheinlich, dass in solchen Zeiten die größten Umwälzungen intern stattfinden: bürgerliche Unruhen, Aufstände, Revolution und zuletzt Massenhinrichtungen, bei denen die Köpfe des alten Regimes in den Korb am Fuß der Guillotine rollen. Ich bin überzeugt, der große Mann hatte solche Revolutionen siegen und andere fehlschlagen gesehen. Weil nicht jeder den Übergang ins nächste Leben schafft, wissen Sie. Und auch die, denen er gelingt, entdecken nicht immer die goldene Küste des Paradieses.

Mein neues Hobby half mir bei diesem Übergang, und Ilse half mir ebenfalls. Dafür werde ich ihr immer dankbar sein. Aber ich schäme mich dafür, dass ich ihre Handtasche durchwühlt habe, als sie schlief. Ich kann nur sagen, dass ich damals das Gefühl hatte, es tun zu müssen.

II

Als ich am Morgen nach meiner Ankunft aufwachte, fühlte ich mich besser als jemals seit meinem Unfall – aber nicht so gut, dass ich meinen morgendlichen Schmerzmittelcocktail ausgelassen hätte. Ich nahm die Pillen mit Orangensaft ein und ging dann ins Freie. Es war sieben Uhr. In St. Paul hätte mir die eisige Luft förmlich in die Nasenspitze gezwickt, aber auf Duma war sie sanft wie ein Kuss.

Ich lehnte meine Krücke an dieselbe Stelle wie am Abend zuvor und ging wieder zu den zahmen Wellen hinunter. Rechts versperrte mir mein eigenes Haus den Blick auf die Zugbrücke und Casey Key dahinter. Links jedoch …

In dieser Richtung schien der Strand sich endlos weit zu erstrecken: ein blendend weißer Streifen zwischen dem blaugrauen Golf und dem Strandhafer. In weiter Entfernung konnte ich einen winzigen Punkt, vielleicht auch zwei sehen. Im Übrigen war dieser fabelhafte Bilderbuchstrand völlig menschenleer. Keines der anderen Häuser stand in Strandnähe, und wenn ich nach Süden blickte, sah ich nur ein einziges Dach: eine größtenteils von Palmen verdeckte, ungeheuer große Fläche aus orangeroten Ziegeln. Das war die Hazienda, die mir am Tag zuvor aufgefallen war. Ich konnte sie mit meiner Hand abdecken und mich wie Robinson Crusoe fühlen.

Ich ging in diese Richtung, teils weil ich als Linkshänder dazu tendierte, mich nach links zu wenden, teils weil dort die Aussicht lockte. Und ich ging nicht weit, machte an diesem Tag noch keine Große Strandwanderung. Ich wollte die Krücke in erreichbarer Nähe haben, aber der Anfang war gemacht. Ich weiß noch, wie ich mich umdrehte und über meine Fußabdrücke im Sand hinter mir staunte. Alle linken Abdrücke waren wie ausgestanzt klar und deutlich. Die meisten rechten Abdrücke waren verwischt, weil ich dazu neigte, den Fuß leicht nachzuziehen, aber beim Aufbruch waren sogar sie deutlich gewesen. Auf dem Rückweg zählte ich meine Schritte. Insgesamt waren es achtunddreißig. Unterdessen pochte meine Hüfte schmerzhaft. Ich konnte es kaum erwarten, reinzugehen, mir einen Joghurt aus dem Kühlschrank zu schnappen und zu sehen, ob der Kabelempfang so gut war, wie Jack Cantori behauptet hatte.

Das war er tatsächlich.

III

Und das wurde meine Morgenroutine: Orangensaft, Spaziergang, Joghurt, Nachrichten. Mit Robin Meade, der jungen Frau, die von sechs bis zehn Uhr die *Headline News* moderierte, freundete ich mich richtig an. Eine langweilige Routine, finden Sie? Aber auch der Alltag eines Landes, das unter einer Diktatur schmachtet, kann langweilig wirken – Diktatoren mögen Langeweile, Diktatoren *lieben* Langeweile –, selbst während sich unter der Oberfläche große Umwälzungen anbahnen.

Im verletzten Zustand ähneln Körper und Geist nicht nur einer Diktatur; sie *sind* eine Diktatur. Kein Tyrann ist so unbarmherzig wie Schmerzen, kein Despot so grausam wie geistige Verwirrung. Dass mein Geist ebenso schlimm gelitten hatte wie mein Körper, wurde mir erst klar, als ich allein war und keine anderen Stimmen mehr hörte. Dass ich meine Frau, mit der ich seit fünfundzwanzig Jahren verheiratet war, zu erwürgen versucht hatte, nur weil sie mir den Schweiß von der Stirn hatte wischen wollen, nachdem ich sie aufgefordert hatte, das Zimmer zu verlassen, war noch das Allergeringste. Auch dass wir uns in den Monaten zwischen meinem Unfall und der Trennung kein einziges Mal geliebt, es nicht einmal versucht hatten, war nicht der Knackpunkt, obwohl ich fand, daraus ließen sich Rückschlüsse auf das größere Problem ziehen. Sogar meine unberechenbaren und deprimierenden Wutausbrüche waren nicht der entscheidende Punkt.

Den Kern bildete eine Art Entfremdung. Ich weiß nicht, wie ich es sonst beschreiben soll. Meine Frau erschien mir irgendwie … anders. Die meisten Leute in meinem Leben wirkten ebenfalls *anders*, und das Bestürzende daran war, dass mir das ziemlich egal war. In der ersten Zeit hatte ich mir einzureden versucht, das Anderssein, das ich empfand, wenn ich an meine Frau und mein Leben dachte, sei vermutlich ganz normal bei einem Mann, der manchmal nicht mal mehr wusste, wie das Ding hieß, das man hochzog, um seine Hose zu verschließen – *Beißverschluss, Heißverschluss, Reißerdingsbums*. Ich redete mir ein, das würde sich geben, und als das nicht passierte, sondern Pam mir sagte, dass sie sich scheiden lassen wolle, verwandelte sich meine Wut sogar in Erleichterung. Weil es jetzt in Ordnung war, dieses *Anderssein* zu empfinden, zumindest ihr gegenüber. Jetzt *war* sie wirklich anders. Sie hatte das Freemantle-Trikot ausgezogen und das Team verlassen.

In meinen ersten Wochen auf Duma gestattete mir dieses Gefühl des *Andersseins*, mein Heil in Ausflüchten zu suchen. Briefe und E-Mails von Leuten wie Tom Riley, Kathi Green und William Bozeman III. – dem unsterblichen Bozie – beantwortete ich mit Kurzmitteilungen *(mir geht's gut, das Wetter ist schön, die Knochen wachsen zusammen)*, die kaum etwas mit meinem tatsächlichen Leben zu tun hatten. Und als die Korrespondenz erst stockte und dann einschlief, tat mir das nicht leid.

Nur Ilse schien noch in meinem Team zu sein. Nur sie weigerte sich, ihr Trikot abzugeben. In Bezug auf Ilse empfand ich dieses *Anderssein* nie. Ilse befand sich weiter auf meiner Seite der Glasscheibe und streckte mir ständig die Hand hin. Wenn ich ihr nicht jeden Tag eine E-Mail schrieb, rief sie an. Wenn ich nicht jeden dritten Tag selbst zum Telefonhörer griff, rief sie mich an. Und ihr erzählte ich keine Lügen über meine Pläne, im Golf zu angeln oder eine Tour durch die Everglades zu machen. Ilse erzählte ich die Wahrheit – oder so viel davon, wie ich konnte, ohne zu klingen, als wäre ich verrückt.

Ich erzählte ihr beispielsweise von meinen Morgenspaziergängen am Strand und dass ich jeden Tag ein Stückchen weiter ging, aber nicht von dem Zahlenspiel, weil es zu blödsinnig klang … oder vielleicht ist »pathologisch zwanghaft« der Ausdruck, den ich eigentlich suche.

An jenem ersten Morgen hatte ich mich nur achtunddreißig Schritte vom Big Pink entfernt. Am zweiten Tag stärkte ich mich mit einem großen Glas Orangensaft und marschierte wieder nach Süden den Strand entlang. Diesmal ging ich fünfundvierzig Schritte weit, was damals für mich ein elend langer Weg war, den ich ohne Krücke torkelnd zurücklegte. Ich schaffte ihn, weil ich mir einredete, ich würde nur neun Schritte machen. Dieser Taschenspielertrick ist die Grundlage des Zahlenspiels: Man macht erst einen Schritt, dann zwei, dann drei, dann vier und stellt seinen geistigen Schrittzähler jedes Mal auf null zurück, bis man bei neun anlangt. Und zählt man die Zahlen eins bis neun zusammen, erhält man fünfundvierzig. Sollten Sie das verrückt finden, werde ich nicht widersprechen.

Am dritten Morgen schaffte ich es, vom Big Pink aus zehn Schritte ohne Krücke zu gehen – in Wirklichkeit fünfundfünfzig, was eine Rundreise von achtzig Metern ergab. Eine Woche später war ich bei siebzehn … und wenn man alle *diese* Zahlen zusammenzählt, kommt man auf hundertdreiundfünfzig. Sobald ich diese Entfernung erreicht hatte, sah ich mich nach dem Haus um und staunte darüber, wie fern es zu sein schien. Und mich befiel ein mulmiges Gefühl, wenn ich daran dachte, dass ich die ganze Strecke würde zurückgehen müssen.

Das schaffst du, sagte ich mir. *Nichts dabei. Bloß siebzehn Schritte, mehr nicht.*

Das sagte ich mir vor, Ilse erzählte ich nichts davon.

Jeden Tag ging ich ein bisschen weiter und stampfte Fußabdrücke in den Sand. Etwa um die Zeit, als in der Beneva Road Mall, in die Jack Cantori mich manchmal zum Einkaufen fuhr, Santa Claus auftauchte, fiel mir etwas Erstaunliches auf: Alle meine nach Süden führenden Fußabdrücke waren deutlich. Der Fuß im rechten Sneaker begann erst auf dem Rückweg zu schlurfen.

Training kann süchtig machen, und ich unterbrach meines auch nicht an Regentagen. Der erste Stock des Big Pink bestand aus einem einzigen Raum. Er war mit einem rosafarbenen Teppichboden in Industriequalität ausgelegt, und das riesige Panoramafenster führte auf den Golf von Mexiko hinaus. Sonst gab es dort nichts. Jack Cantori hatte vorgeschlagen, ich solle eine Liste der Möbel aufstellen, die ich dort oben haben wollte; er würde sie von dem Möbelverleih bringen lassen, der schon die Sachen im Erdgeschoss geliefert hatte … wenn ich mit denen zufrieden war. Ich versicherte ihm, dass die Einrichtung in Ordnung war, aber im ersten Stock würde ich nicht viel brauchen. Mir gefiel die

Leere dieses Raums. Sie appellierte an meine Fantasie. Ich wollte nur drei Dinge, erklärte ich ihm: einen einfachen Stuhl mit gerader Lehne, eine Künstlerstaffelei und ein Laufband von Cybex. Konnte Jack mir diese Dinge besorgen? Das konnte und tat er. Binnen drei Tagen. Von nun an bis zum Ende ging ich in den ersten Stock hinauf, um zu zeichnen oder zu malen, und an Schlechtwettertagen machte ich auch meine Gehübungen dort oben. Während meines Aufenthalts im Big Pink war der einfache Stuhl mit gerader Lehne das einzige wirkliche Möbel dort im ersten Stock.

Allerdings waren Regentage nicht gerade häufig – Florida trägt nicht umsonst den Beinamen Sunshine State. Als meine Spaziergänge nach Süden länger wurden, lösten der oder die Punkte, die ich an jenem ersten Morgen gesehen hatte, sich in zwei Personen auf – zumindest waren es an den meisten Tagen zwei. Eine saß im Rollstuhl und schien einen breitkrempigen Strohhut zu tragen. Die andere schob sie und ließ sich dann neben ihr nieder. Diese beiden erschienen gegen sieben Uhr am Strand. Manchmal ließ die gehfähige Person die im Rollstuhl für kurze Zeit allein und kam dann mit etwas zurück, das in der Morgensonne glitzerte. Ich tippte auf eine Thermoskanne, ein Tablett oder beides. Außerdem vermutete ich, dass sie aus der riesigen Hazienda mit dem weitläufigen orangeroten Ziegeldach kamen. Sie war das letzte auf Duma Key sichtbare Haus, bevor die Straße in der wild wuchernden Vegetation verschwand, die fast die ganze Insel bedeckte.

IV Ich konnte mich nicht recht an die *Leere* meiner Umgebung gewöhnen. »Dort soll's sehr ruhig sein«, hatte Sandy Smith mir erklärt, trotzdem hatte ich mir vorgestellt, dass gegen Mittag am Strand reges Treiben herrschen würde: Paare, die sich auf Decken sonnten und einander mit Sonnenlotion eincremten, Studenten, die mit am Bizeps befestigten iPods Volleyball spielten, und Kleinkinder, die in sackartigen Badeanzügen in Strandnähe paddelten, während fünfzehn Meter weit draußen Jetskis hin und her surrten.

Jack erinnerte mich daran, dass wir erst Dezember hatten. »Was den Tourismus in Florida betrifft«, sagte er, »ist der Monat zwischen Thanksgiving und Weihnachten tote Hose. Nicht ganz so schlimm wie der August, aber doch ziemlich tot. Außerdem ...« Er machte eine weit ausholende Armbewegung. Wir standen draußen am Briefkasten mit der roten 13 darauf, ich auf meine Krücke gestützt, Jack sportlich in abgeschnittenen Jeans und einem modisch zerschlissenen T-Shirt der Tampa Devil Rays. »Das hier ist nicht gerade eine Touristengegend. Siehst du irgendwo Wasserrutschen, Alligatorfarmen oder zahme Delfine? Hier gibt's nur sieben Häuser, wenn man das große dort drüben mitzählt ... und den Dschungel. In dem übrigens noch ein verfallendes Haus steht. Jedenfalls wenn man den Geschichten glauben kann, die ich auf Casey Key gehört habe.«

»Was ist mit Duma *los*, Jack? Neun Meilen Immobiliengrundstücke in bester Lage, ein großartiger Strand, und trotzdem ist die Insel nie erschlossen worden? Wie kommt das?«

Er zuckte mit den Schultern. »Ich weiß nur, dass es einen schon ewig dauernden Rechtsstreit geben soll. Soll ich versuchen, Näheres rauszukriegen?«

Ich dachte darüber nach, dann schüttelte ich den Kopf.

»Stört dich das nicht?« Jack wirkte ehrlich neugierig. »Die viele Ruhe? Mir würde sie ein bisschen auf die Nerven gehen, wenn ich ganz ehrlich sein soll.«

»Nein«, sagte ich, »überhaupt nicht.« Und das war die Wahrheit. Heilung ist eine Art Revolte, und wie ich meiner Erinnerung nach schon gesagt habe, beginnen alle siegreichen Revolten im Geheimen.

»Was machst du so? Wenn ich mal fragen darf?«

»Morgens trainiere ich. Lese. Nachmittags schlafe ich. Und ich zeichne. Irgendwann will ich es mit Malen versuchen, aber so weit bin ich noch nicht.«

»Für einen Amateur sehen manche deiner Sachen ziemlich gut aus.«

»Danke, Jack, sehr freundlich von dir.«

Ich wusste nicht, ob er nur freundlich war oder mir seine Version der Wahrheit sagte. Vielleicht spielte das keine Rolle. Geht es um Dinge wie Bilder, ist jedes Urteil immer bloß eine Meinungsäußerung, nicht wahr? Ich wusste nur, dass irgendetwas um mich herum vorging. Auch *in* mir. Manchmal war es ein bisschen erschreckend. Aber die meiste Zeit fühlte es sich ziemlich wundervoll an.

Ich zeichnete meistens oben im Little Pink. Von dort aus waren nur der Golf und die gerade Trennlinie zwischen Wasser und Himmel zu sehen, aber ich hatte eine Digitalkamera, mit der ich manchmal andere Dinge fotografierte, die ich ausdruckte, an meine Staffelei heftete (die ich so drehte, dass die starke Nachmittagssonne aufs Papier fiel) und dann zeichnete. Diese Schnappschüsse schienen weder Sinn noch Verstand zu haben, aber als ich Kamen das in einer E-Mail schrieb, antwortete er, das Unbewusste schreibe Poesie, wenn es in Ruhe gelassen werde.

Vielleicht *sí*, vielleicht *no*.

Ich zeichnete meinen Briefkasten. Ich zeichnete das Zeug, das in der Umgebung des Big Pink wuchs, dann ließ ich mir von Jack ein Buch besorgen – *Common Plants of the Florida Coast* –, damit ich meinen Bildern Namen geben konnte. Sie zu benennen schien zu helfen – schien ihre Wirkung irgendwie zu verstärken. Unterdessen war ich bei der zweiten Schachtel Buntstifte … und hielt eine dritte in Bereitschaft. Es gab Aloe vera; Seelavendel mit seinen Büscheln von winzigen gelben Blüten (jede mit einem winzigen Herzen in tiefstem Violett); Tintenbeere mit ihren langen spatenförmigen Blättern; und meine Favoritin Sophora, die *Common Plants of the Florida Coast* auch Halsketten-Busch nannte – wegen der winzigen schotenförmigen Halsketten, die auf ihren Zweigen wachsen.

Ich zeichnete auch Muscheln. Natürlich tat ich das. Überall gab es Muscheln, eine unendliche Vielzahl von Muscheln innerhalb meines eingeschränkten Aktionsradius. Duma Key bestand aus Muscheln, und ich hatte schon bald Dutzende davon mitgebracht.

Und fast jeden Abend, wenn die Sonne versank, zeichnete ich den Sonnenuntergang. Ich wusste, dass Sonnenuntergänge ein Klischee waren, und gerade deshalb hielt ich sie fest. Könnte ich diesen Wall des banal Alltäglichen ein einziges Mal durchbrechen, wäre das ein Fortschritt, sagte ich mir. So häufte ich eine Zeichnung nach der anderen an, aber keine gefiel mir besonders gut. Ich versuchte, Venusgelb wieder mit Venusorange zu überlagern, aber dabei kam nichts Rechtes heraus. Die düstere Hochofenglut stellte sich nicht wieder ein. Jeder Sonnenuntergang war nur ein gezeichnetes Stück Scheiße, dessen Farben sagten: *Ich versuche dir zu erzählen, dass der Horizont in Flammen steht.*

In Sarasota oder Venice Beach hätte man an einem Samstag bestimmt in jeder Gehsteig-Kunstausstellung drei Dutzend bessere Sonnenuntergänge kaufen können. Einige dieser Zeichnungen hob ich auf, aber von den meisten war ich so enttäuscht, dass ich sie wegwarf.

Als ich eines Abends nach weiteren Misserfolgen wieder einmal beobachtete, wie der obere Sonnenrand verschwand und diese glühenden Halloweenfarben zurückließ, dachte ich: *Es war das Schiff. So hat meine erste Zeichnung einen magischen Touch bekommen. Weil die Sonnenstrahlen scheinbar durch das Schiff hindurchschienen.* Schon möglich, aber diesmal war kein Schiff da, um den Horizont zu unterbrechen; er war eine gerade Linie, die tiefstes Dunkelblau und leuchtendes Orangegelb trennte, das zu zarten Grüntönen wurde, die ich sehen, aber nicht wiedergeben konnte, nicht mit meiner kümmerlichen Schachtel Buntstifte.

Auf dem Fußboden um meine Staffelei herum waren zwanzig oder dreißig Ausdrucke verstreut. Mein Blick fiel auf eine Nahaufnahme einer Sophora-Halskette. Als ich sie betrachtete, begann mein rechter Phantomarm zu kribbeln. Ich nahm meinen gelben Farbstift zwischen die Zähne, bückte mich, hob das Sophorafoto auf und studierte es. Das Licht nahm jetzt ab, aber nur allmählich – dieser obere Raum, den ich Little Pink nannte, blieb lange hell –, und ich hatte mehr als genug, um die Einzelheiten bewundern zu können; meine Digitalkamera machte ausgezeichnete Nahaufnahmen.

Ohne darüber nachzudenken, was ich tat, klemmte ich das Foto an den Rand der Staffelei und fügte die Sophora-Halskette meinem Sonnenuntergang hinzu. Ich arbeitete rasch, skizzierte erst – eigentlich nur eine Reihe von Bogen, das ist die Sophora – und kolorierte dann: Schwarz mit Braun überlagert, dazwischen ein Klecks leuchtendes Gelb, die Überreste einer Blüte. Ich weiß noch, wie meine Konzentration auf eine gleißend helle Spitze verengt war, die ich aus den frühen Tagen meiner eigenen Firma kannte, als es bei jedem Gebäude (eigentlich bei jedem Angebot) um alles oder nichts ging. Und ich erinnere mich, dass ich irgendwann noch einmal den Stift zwischen die Zähne nahm, um mir den nicht mehr vorhandenen Arm kratzen zu können; ich vergaß immer, dass ich diesen Körperteil verloren hatte. War ich abgelenkt und trug irgendetwas in der Linken, streckte ich manchmal die Rechte aus, um eine Tür zu öffnen. Amputierte vergessen, das ist alles. Ihr Verstand vergisst, und während sie genesen, lässt ihr Körper das zu.

Woran ich mich am besten erinnere, wenn ich an diesen Abend zurückdenke, ist das wundervoll selige Glücksgefühl, drei oder vier Minuten lang tatsächlich einen Blitzstrahl in einer Flasche eingefangen zu haben. Unterdessen hatte der Raum begonnen, schummerig zu werden; die Schatten schienen über den rosenfarbenen Teppichboden auf das verdämmernde Rechteck des Panoramafensters zuzuschwimmen. Obwohl das letzte Licht auf meine Staffelei fiel, konnte ich nicht genau erkennen, was ich geschaffen hatte. Ich stand auf, hinkte um das Laufband herum zum Lichtschalter neben der Tür und schaltete die Deckenbeleuchtung ein. Dann ging ich zurück, drehte die Staffelei zu mir her und hielt den Atem an.

Die Sophora-Halskette schien über dem Horizont aufzuragen wie die Tentakel eines Seeungeheuers, das groß genug war, um einen Supertanker zu verschlingen. Die einzelne gelbe Blüte hätte das Auge eines Außerirdischen sein können. Noch wichtiger erschien mir, dass sie dem Sonnenuntergang irgendwie die Wahrheit seiner gewöhnlichen Das-mache-ich-jeden-Abend-Schönheit zurückgegeben hatte.

Dieses Bild stellte ich beiseite. Dann ging ich hinunter, schob ein Brathähnchen-Dinner von Hungry Man in die Mikrowelle und verspeiste es bis hinunter zum Boden der Schachtel.

V

Am folgenden Abend säumte ich den Sonnenuntergang mit Bündeln von Hexengras, und das durchs Grün leuchtende Orange verwandelte den Horizont in einen Waldbrand. Wieder einen Abend später versuchte ich's mit Palmen, aber das taugte nichts, das war ein weiteres Klischee, ich konnte beinahe Hula-Mädchen sehen und Ukulelen klimpern hören. Am folgenden Abend stellte ich eine große alte Schneckenmuschel so auf den Horizont, dass der Sonnenuntergang sie umflammte wie eine Korona, und das Ergebnis war – wenigstens für mich – fast unerträglich gruselig. Diese Zeichnung stellte ich mit der Bildseite an die Wand, weil ich glaubte, sie werde am nächsten Tag ihre Magie eingebüßt haben, aber das hatte sie nicht. Zumindest für mich nicht.

Ich lichtete das Bild mit meiner Digitalkamera ab und verschickte es als E-Mail-Anhang. Daraus entwickelte sich der folgende Dialog, den ich ausdruckte und in einer Klarsichthülle aufbewahrte:

EFree19 an KamenDoc
10.14 Uhr
9. Dezember

Kamen: Ich habe Ihnen erzählt, dass ich wieder zeichne.
Das ist Ihre Schuld, deshalb müssen Sie sich wenigstens das angehängte Bild ansehen und mir Ihre Meinung dazu sagen. Die Aussicht ist die von meinem hiesigen Haus aus. Nehmen Sie keine Rücksicht auf meine Gefühle.
Edgar

KamenDoc an EFree19
12.09 Uhr
9. Dezember

Edgar, ich denke, Ihr Zustand bessert sich. Sogar SEHR.
Kamen
PS: Das Bild ist wirklich erstaunlich. Wie ein unbekannter Dalí. Sie haben ganz offensichtlich etwas gefunden. Wie groß ist es?

EFree19 an KamenDoc
13.13 Uhr
9. Dezember

Weiß ich noch nicht. Womöglich groß.
EF

KamenDoc an EFree19
13.22 Uhr
9. Dezember

Dann BEUTEN SIE'S AUS.
Kamen

Als Jack zwei Tage später vorbeikam, um zu fragen, ob er mich irgendwo hinfahren solle, erklärte ich ihm, ich wolle in eine Buchhandlung, um ein Buch über Salman Dalís Werk zu kaufen.

Jack lachte. »Ich glaube, du meinst *Salvador* Dalí«, sagte er. »Außer du denkst an den Kerl, der das Buch geschrieben hat, wegen dem er solche Schwierigkeiten bekommen hat. Mir fällt nur gerade der Titel nicht ein.«

»Die satanischen Verse«, sagte ich wie aus der Pistole geschossen. Der Verstand ist ein komischer Affe, nicht wahr?

Als ich mit meinem Bildband über Dalí zurückkam – er hatte selbst mit meiner Kundenkarte von Barnes & Noble schwindelerregende hundertneunzehn Dollar gekostet, nur gut, dass ich bei der Scheidung ein paar Millionen für mich abgezweigt hatte –, blinkte auf meinem Anrufbeantworter die Anzeige NACHRICHT EMPFANGEN. Der Anruf kam von Ilse, und ihre Mitteilung war nur beim ersten Anhören rätselhaft.

»Mama wird dich anrufen«, sagte sie. »Ich hab mir echt Mühe gegeben, Dad – habe jeden Gefallen eingefordert, den sie mir schuldig war, ganz lieb bitte-bitte gesagt und Lin praktisch angebettelt, also sag Ja, okay? Sag Ja. Für mich.«

Ich setzte mich hin, aß ein Table-Talk-Törtchen, auf das ich mich gefreut hatte, aber eigentlich nicht mehr wollte, blätterte mein teures Bilderbuch durch und dachte dabei – sicher nicht besonders originell –, *Hallo, Dalí.* Ich war nicht durchgehend beeindruckt. Immer wieder hatte ich das Gefühl, Arbeiten eines talentierten Klugscheißers zu betrachten, der kaum mehr tat, als sich die Zeit zu vertreiben. Trotzdem fand ich manche Bilder erregend, und ein paar ängstigten mich, wie es meine am Horizont aufragende Schneckenmuschel getan hatte. Tiger, die über einer ruhenden Nackten schwebten. Eine schwebende Rose. Und ein Bild mit dem Titel *Schwäne spiegeln Elefanten wider,* das so seltsam war, dass ich seinen Anblick kaum ertragen konnte … und trotzdem blätterte ich immer wieder zurück, um es mir erneut anzusehen.

Und was tat ich in Wirklichkeit? Ich wartete darauf, dass meine Demnächst-Ex-Frau mich anrief, um mich zu Weihnachten mit den Mädchen nach St. Paul einzuladen. Irgendwann klingelte das Telefon, und als sie sagte: *Ich spreche diese Einladung wider mein besseres Wissen aus,* widerstand ich der Versuchung, diesen trickreichen Curveball aus dem Stadion zu hämmern: *Und ich nehme sie wider meines an.* Was ich sagte, war: *Das verstehe ich.* Was ich sagte, war: *Was hältst du von Heiligabend?* Und als sie sagte: *Klingt gut,* war ihr Tonfall etwas weniger aggressiv geworden. Der Streit, der unser Weihnachten en famille hätte torpedieren können, war vermieden worden. Trotzdem war diese vorübergehende Heimkehr keine gute Idee.

BEUTEN SIE'S AUS, hatte Kamen geschrieben – noch dazu in Großbuchstaben. Ich hatte Angst, wenn ich jetzt fortging, würde ich es eher töten. Ich konnte nach Duma Key zurückkehren … aber das hieß nicht, dass ich in meinen Rhythmus zurückfinden würde. Die Spaziergänge, die Bilder. Eines bedingte das andere. Ich wusste nicht genau, wie, und das war auch nicht nötig.

Aber Illy: *Sag Ja. Für mich.* Sie wusste, dass ich es tun würde, nicht weil sie mein Liebling war (Lin war diejenige, die das wusste, glaube ich), sondern weil sie immer mit so wenig zufrieden gewesen war und so selten irgendetwas verlangt hatte. Und weil ich mich beim Abhören ihrer Nachricht an den Tag erinnert hatte, als Melinda und sie bei mir am Lake Phalen gewesen waren. Daran, wie sie zu weinen begonnen und sich wie ein müdes Kind an mich gelehnt und gefragt hatte, weshalb nicht alles wieder so sein könne wie früher. *Weil die Dinge das nie sind,* hatte ich meiner Erinnerung nach geantwortet, aber vielleicht konnten sie es ein paar Tage lang sein ... oder eine brauchbare Imitation. Ilse war neunzehn, wahrscheinlich zu alt für ein letztes Kinderweihnachten, aber bestimmt nicht zu alt, um ein weiteres mit der Familie verdient zu haben, in der sie aufgewachsen war. Und das galt auch für Lin. Sie war lebenstüchtiger, aber sie kam eigens aus Frankreich heimgeflogen, und das verriet mir einiges.

Also gut. Ich würde hinreisen, ich würde nett sein, und ich würde unbedingt Reba mitnehmen – für den Fall, dass ich einen meiner Wutanfälle bekam. Sie ließen nach, aber auf Duma Key gab es außer meiner gelegentlichen Vergesslichkeit und meinem beschissenen Hinken auch nichts, worüber ich mich hätte aufregen können. Ich rief die Chartergesellschaft an, mit der ich seit fünfzehn Jahren flog, und buchte einen Learjet von Sarasota zum MSP International, Start am 24. Dezember um neun Uhr. Ich rief Jack an, der mir versicherte, er fahre mich gern zur Dolphin Aviation und hole mich am 28. Dezember wieder ab. Und dann, als ich gerade alles auf die Reihe gebracht hatte, rief Pam an, um mir mitzuteilen, das Ganze sei abgeblasen.

VI

Pams Vater war ein pensionierter Marine. Im letzten Jahr des 20. Jahrhunderts waren seine Frau und er nach Palm Desert, Kalifornien, umgezogen, wo sie in einer dieser bewachten Siedlungen lebten, in denen es immer ein afroamerikanisches Alibipaar und vier jüdische Alibipaare gibt. Kinder und Vegetarier müssen draußen bleiben. Die Einwohner müssen die Republikaner wählen und kleine Hunde mit Strasshalsbändern, doofem Blick und auf »i« endenden Namen besitzen. Taffi ist gut, Cassi ist besser, und etwas wie Rififi ist der absolute Scheiß. Pams Vater hatte Darmkrebs. Das überraschte mich nicht. Bring eine Bande weißer Arschlöcher zusammen, und du kannst sicher sein, dass so was die Runde macht.

Das sagte ich allerdings nicht zu meiner Frau, die anfangs Stärke zeigte und dann in Tränen ausbrach. »Er hat die Chemo angefangen, aber Mama sagt, dass der Krebs bereits metas… mesass… ach, wie immer das Scheißwort heißt, ich rede schon wie du!« Und dann, noch immer schniefend, aber schockiert und beschämt: »Tut mir leid, Eddie, das war schrecklich.«

»Nein, das war's nicht«, sagte ich. »Es war überhaupt nicht schrecklich. Und das Wort heißt metastasiert.«

»Ja. Danke. Jedenfalls wollen sie ihn heute Abend operieren, um den Haupttumor herauszuschneiden.« Sie begann wieder zu weinen. »Ich kann einfach nicht glauben, dass das mit meinem Dad passiert.«

»Beruhige dich«, sagte ich. »Heutzutage bewirken sie wahre Wunder. Ich bin Beweisstück A.«

Sie hielt mich entweder nicht für ein Wunder oder wollte nicht über dieses Thema reden. »Jedenfalls ist Weihnachten hier gestrichen.«

»Natürlich.«

»Ich fliege morgen nach Palm. Ilse kommt am Freitag, Melinda am Zwanzigsten. Ich vermute … angesichts der Tatsache, dass mein Vater und du fast nie einer Meinung wart …«

Angesichts der Tatsache, dass wir uns einmal fast geprügelt hätten, nachdem mein Schwiegervater die Demokraten als »die Kommiekraten« bezeichnet hatte, fand ich das sehr milde ausgedrückt. »Wenn du annimmst, dass ich Weihnachten nicht mit dir und den Mädchen in Palm Desert verbringen will, hast du recht. Du wirst finanziell helfen, und deine Familie weiß hoffentlich, dass ich damit auch ein bisschen zu tun gehabt habe …«

»Ich glaube nicht, dass dies der richtige Moment ist, um dein gottverdammtes *Scheckheft* zur Sprache zu bringen!«

Und schon war die Wut wieder da, einfach so. Der Teufel fast wieder draußen aus seiner kleinen stinkenden Schachtel. Ich wollte sagen: *Fick dich doch ins Knie, du großmäuliges Miststück.* Aber das tat ich nicht. Zumindest teilweise deshalb, weil es als *großmütiges Mistbeet* oder vielleicht als *mistiges Großbeet* rausgekommen wäre. Irgendwie war ich mir da ganz sicher.

Trotzdem war ich kurz davor.

»Eddie?« Das klang trotzig, als sei sie allzu gern bereit, sich darüber mit mir zu zanken.

»Ich will mein Scheckbuch keineswegs zur Sprache bringen«, sagte ich und horchte dabei sorgfältig auf jedes Wort. Alle kamen richtig heraus. Das war eine Erleichterung. »Ich sage nur, dass mein Gesicht am Krankenbett deines Vaters seine Genesung kaum beschleunigen würde.« Aus Ärger – aus *Wut* – hätte ich beinahe hinzugefügt, dass ich seines auch nicht an meinem gesehen hatte. Ich schaffte es, diese

Worte zu unterdrücken, aber inzwischen war ich in Schweiß gebadet.

»Also gut. Botschaft angekommen.« Sie machte eine Pause. »Was *tust* du an Weihnachten, Eddie?«

Den Sonnenuntergang zeichnen, dachte ich. *Ihn vielleicht richtig hinkriegen.*

»Ich glaube, wenn ich ein braver Junge bin, werde ich vielleicht von Jack Cantori und seiner Familie zum Dinner eingeladen«, sagte ich, obwohl ich nichts dergleichen glaubte. »Jack ist der junge Mann, der für mich arbeitet.«

»Deine Stimme klingt erholt. Kräftiger. Vergisst du noch immer Sachen?«

»Weiß ich nicht, kann mich nicht erinnern«, sagte ich.

»Sehr witzig!«

»Lachen ist die beste Medizin. Das habe ich in *Reader's Digest* gelesen.«

»Was ist mit deinem Arm? Hast du noch immer Phantomempfindungen?«

»Nein, eigentlich nicht«, log ich, »die sind ziemlich weg.«

»Gut. Wunderbar.« Eine Pause, dann: »Eddie?«

»Noch hier«, sagte ich. Und mit dunkelroten Halbmonden in den Handflächen, weil ich krampfhaft die Fäuste ballte.

Es entstand eine lange Pause. Telefonleitungen summen und knistern heutzutage nicht mehr wie in meiner Kindheit, trotzdem konnte ich die Meilen zwischen uns sanft seufzen hören. Das klang wie der Golf bei Ebbe. Dann sagte sie: »Tut mir leid, dass alles so gekommen ist.«

»Mir auch«, erwiderte ich, und als wir auflegten, griff ich nach einer meiner größten Muscheln und hätte damit beinahe den Bildschirm des Fernsehers eingeworfen. Stattdessen hinkte ich durch den Raum, riss die Haustür auf und schlenzte die Muschel über die verlassene Einfahrt. Ich hasste Pam nicht – nicht wirklich –, aber ich schien noch immer irgendwas zu hassen. Vielleicht jenes andere Leben.

Vielleicht nur mich selbst.

VII

Ifsogirl88 an EFree19
9.05 Uhr
23. Dezember

Lieber Daddy, die Docs sagen nicht viel, aber ich habe kein gutes Gefühl in Bezug auf Grampas Operation. Kann natürlich an Mama liegen, sie besucht Grampa jeden Tag, nimmt Gramma mit und versucht »optimistisch« zu bleiben, aber du kennst sie – sie ist nicht gerade der Silberstreifen-am-Horizont-Typ. Ich möchte runterkommen und dich besuchen. Ich habe mich nach Flügen erkundigt und könnte am 26. nach Sarasota fliegen. Der Flug kommt um 18.15 Ortszeit an. Ich könnte 2 bis 3 Tage bleiben. Bitte sag Ja! Außerdem könnte ich meine Geschenke mitbringen, statt sie zu schicken. Alles Liebe …
Ilse
PS:
Ich habe besondere Neuigkeiten für dich.

Dachte ich darüber nach, oder hörte ich nur auf das Ticken meines Instinkts? Ich kann mich nicht erinnern. Vielleicht keines von beidem. Vielleicht war nur wichtig, dass ich sie gern sehen wollte. Wie dem auch sei, antwortete ich fast augenblicklich.

EFree19 an Ifsogirl88
9.17 Uhr
23. Dezember

Ilse, ich freue mich, wenn du kommst! Buch den Flug, und ich hole dich mit Jack Cantori, meinem privaten Weihnachtselfen, ab. Hoffentlich gefällt dir mein Haus, das ich Big Pink nenne. Noch etwas, Darling: Komm auf keinen Fall ohne Wissen & Einverständnis deiner Mutter. Wie du recht gut weißt, liegen schlimme Zeiten hinter uns. Ich hoffe sehr, dass sie jetzt vorüber sind. Ich denke, das verstehst du.
Dad

Ihre eigene Antwort kam ebenso schnell. Sie musste gewartet haben.

Ifsogirl88 an EFree19
9.23 Uhr
23. Dezember

Ich habe alles schon mit Mama geklärt; sie ist einverstanden. Wollte Lin zum Mitkommen bewegen, aber sie bleibt lieber hier, bis sie nach Frankreich zurückfliegen muss. Nimm ihr das nicht übel.
Ilse
PS: Yippie! Ich bin aufgeregt!! ☺

Nimm ihr das nicht übel. Mir kam es vor, als hätte mein If-So-Girl das in Bezug auf ihre ältere Schwester gesagt, seit sie reden konnte. Lin will nicht zum Grillfest im Kindergarten, weil sie keine Würstchen mag … aber nimm ihr das nicht übel. Lin kann diese Art Sneakers nicht tragen, weil in ihrer Klasse niemand mehr High Tops trägt … nimm's ihr aber nicht übel. Lin will, dass Ryans Vater sie zum Abschlussball in der Schule fährt … aber nimm ihr das nicht übel. Und wissen Sie, was das Schlimme daran ist? Ich hab's nie getan. Ich hätte Linnie erklären können, dass ich Ilse ihr vorzog, sei ebenso Schicksal, wie Linkshänder zu sein, aber das hätte alles nur noch schlimmer gemacht, obwohl es die Wahrheit war. Vielleicht gerade *weil* es die Wahrheit war.

VIII

Ilse kam nach Duma Key, ins Big Pink. Yippie, sie war aufgeregt, und yippie, ich war es auch. Jack hatte für mich eine stämmige Lady namens Juanita gefunden, die zweimal in der Woche putzen kam, und ich ließ sie das Gästezimmer herrichten. Außerdem bat ich sie, am 26. Dezember ein paar Blumen mitzubringen. Sie schlug lächelnd etwas vor, das wie *Weimanns Kackus* klang. Mein Gehirn, das die hohe Kunst, Querverbindungen herzustellen, inzwischen recht gut beherrschte, war nur fünf Sekunden lang blockiert; dann erklärte ich Juanita, Ilse würde sich bestimmt über einen Weihnachtskaktus freuen.

An Heiligabend ertappte ich mich dabei, wie ich Ilses ursprüngliche E-Mail nochmals las. Die im Westen stehende Sonne zog eine lange leuchtende Spur übers Wasser, aber bis Sonnenuntergang waren es noch mindestens zwei Stunden, und ich saß im Florida-Raum. Die Flut stand hoch. Unter mir bewegte sich mahlend der dicke Teppich aus angeschwemmten Muscheln und machte dabei dieses Geräusch, das so sehr nach Atmen oder heiserem vertraulichem Flüstern klang. Ich fuhr mit dem Daumen über das Postskriptum – *Ich habe besondere Neuigkeiten für dich* –, und mein rechter Arm, der eine, der nicht mehr da war, begann zu kribbeln. Der Sitz dieses Kribbelns war klar, fast überdeutlich definiert. Es begann in der Ellbogenbeuge und breitete sich spiralförmig bis zur Oberseite des Handgelenks aus. Es verstärkte sich zu einem Jucken, sodass ich nach rechts hinübergreifen und mich kratzen wollte.

Ich schloss die Augen und schnalzte mit Daumen und Mittelfinger der rechten Hand. Das erwartete Geräusch blieb aus, aber ich konnte das Schnalzen *spüren*. Ich rieb meinen Arm am Körper und konnte auch das spüren. Ich ließ die rechte Hand, die längst im Verbrennungsofen eines Krankenhauses in St. Paul kremiert worden war, auf die Sessellehne sinken und trommelte mit den Fingern. Kein Geräusch, aber das Gefühl war da: Haut auf Peddigrohr. Darauf hätte ich jeden Eid schwören können.

Plötzlich wollte ich zeichnen.

Ich dachte ans Little Pink über mir, aber der Weg in den ersten Stock war mir zu weit. Ich ging ins Wohnzimmer und nahm einen Artisan-Block von dem Stapel auf dem Couchtisch. Meine Zeichenutensilien lagen größtenteils oben, aber in einer Schublade des Schreibtischs im Wohnzimmer hatte ich mehrere Schachteln Buntstifte, von denen ich ebenfalls eine mitnahm.

Wieder im Florida-Raum (der für mich immer eine Veranda bleiben würde), setzte ich mich und schloss die Augen. Ich horchte auf die Wellen, die unter mir ihre Arbeit taten, die Muscheln hoben und zu neuen Mustern umschichteten, von denen jedes anders als die vorigen war. Bei geschlossenen Augen klang dieses Mahlen mehr denn je wie Reden: Das Wasser lieh der Küste vorübergehend eine Stimme. Und das Land selbst war vorübergehend – aus geologischer Sicht würde Duma Key nicht lange überdauern. Keine der Keys würde ewig existieren; der Golf würde sie zuletzt alle verschlingen und anderswo neue entstehen lassen. Das galt vermutlich für ganz Florida. Das Land lag niedrig und war dem Meer nur vorläufig abgetrotzt.

Ah, aber dieses Geräusch war erholsam. Hypnotisch.

Ohne die Augen zu öffnen, tastete ich nach Ilses E-Mail und ließ meine Fingerspitzen erneut darübergleiten. Das tat ich mit der rechten Hand. Dann öffnete ich die Augen, schob den E-Mail-Ausdruck mit der existierenden linken Hand beiseite und zog den Artisan-Block auf meinen Schoß. Ich schlug ihn auf, kippte die schon gespitzten zwölf Venus-Buntstifte vor mir auf den Tisch und begann zu zeichnen. Ich vermutete, ich würde Ilse zeichnen – an wen hatte ich schließlich die ganze Zeit gedacht? –, und fürchtete, ich würde dabei grandios scheitern, weil ich mich, seit ich wieder zeichnete, an noch keiner einzigen menschlichen Gestalt versucht hatte. Aber was herauskam, war nicht Ilse, und es war nicht schlecht. Vielleicht nicht großartig, kein Rembrandt (nicht mal ein Norman Rockwell), aber nicht schlecht.

Es war ein junger Mann in Jeans und einem T-Shirt der Minnesota Twins. Das Shirt trug die Nummer 48, mit der ich nichts verband; in meinem früheren Leben war ich zu möglichst vielen Spielen der T-Wolves gegangen, aber ein echter Baseballfan war ich nie gewesen. Der Kerl hatte dunkelblonde Haare, die irgendwie nicht passten; ich hatte nicht die richtigen Farben, um den exakten Braunschimmer zu erzielen. In einer Hand hielt er ein Buch. Er lächelte gewinnend. Ich wusste, wer er war: Ilses besondere Neuigkeiten für mich. Das sagten die Muscheln, während die Flut sie hochhob und wendete und wieder fallen ließ. *Verlobt, verlobt.* Sie hatte einen Ring, einen Brillanten; gekauft hatte er ihn bei …

Ich war dabei, die Jeans des jungen Mannes mit Venusblau zu schraffieren. Jetzt legte ich den Stift weg, griff nach dem schwarzen und malte das Wort

ZALES

an den unteren Bildrand. Das war eine Information, aber auch der Name der Zeichnung. Namen verleihen Macht.

Dann ließ ich den schwarzen Stift fallen, griff ohne Pause nach Orange und fügte Arbeitsstiefel hinzu. Das Orange leuchtete zu hell, ließ seine Stiefel neu aussehen, was sie nicht waren, aber die *Idee* war richtig.

Ich kratzte mir den rechten Arm, ich kratzte *durch* meinen rechten Arm und erwischte stattdessen meine Rippen. »Scheiße«, murmelte ich halblaut. Die Muscheln unter mir schienen einen Namen zu knirschen. Lautete er Connor? Nein. Und irgendetwas stimmte hier nicht. Ich wusste nicht, woher dieses Gefühl kam, aber das Phantomjucken in meinem rechten Arm verwandelte sich plötzlich in einen kalten Schmerz.

Ich blätterte den Zeichenblock um und legte die nächste Skizze an – diesmal nur mit dem Rotstift. Rot, rot, *it was RED!* Der Stift huschte übers Papier und ließ eine blutrote menschliche Gestalt entstehen. Sie kehrte mir den Rücken zu, trug eine rote Robe mit einer Art langettiertem Kragen. Auch ihr Haar kolorierte ich rot, weil es wie Blut aussah und diese Gestalt sich wie Blut, wie Gefahr anfühlte. Nicht für mich, aber …

»Für Ilse«, murmelte ich. »Gefahr für Ilse? Von dem Kerl? Von dem Besondere-Neuigkeiten-Kerl?«

Irgendetwas stimmte nicht mit ihm, aber das war es eigentlich nicht, was mir Angst machte. Vor allem sah die

Gestalt in der Robe nicht wie ein Mann aus. Das war nicht leicht zu beurteilen, aber … ja, eindeutig eine Frau. Also vielleicht überhaupt keine Robe. Vielleicht ein Kleid? Ein langes rotes Kleid?

Rot, rot, dann bist du tot.

Ich blätterte zur ersten Gestalt zurück und sah mir das Buch an, das der Besondere-Neuigkeiten-Kerl in der Hand hielt. Ich warf den roten Stift auf den Fußboden und kolorierte es schwarz.

Dann betrachtete ich noch mal den jungen Mann und schrieb plötzlich

HUMMINGBIRDS

in sakral anmutenden Großbuchstaben über seinen Kopf. Danach warf ich den schwarzen Stift zu Boden. Ich hob die zitternden Hände und bedeckte damit mein Gesicht. Ich rief den Namen meiner Tochter, wie man einen Namen ruft, wenn man jemanden sieht, der sich zu nah am Abgrund oder gefährlich dicht an einer viel befahrenen Straße bewegt.

Vielleicht war ich nur verrückt. *Wahrscheinlich* war ich verrückt.

Irgendwann merkte ich, dass ich – natürlich – nur eine Hand vor den Augen hatte. Der Phantomschmerz und das Jucken waren weg. Die Vorstellung, ich könnte verrückt werden – Teufel, ich könnte es längst sein –, blieb dagegen. Eines stand unzweifelhaft fest: Ich war hungrig.

Wie ein Wolf.

IX

Ilses Flugzeug landete zehn Minuten zu früh. In ihren ausgeblichenen Jeans und dem T-Shirt der Brown University war sie eine derart strahlende Erscheinung, dass ich überzeugt war, Jack Cantori habe gar keine andere Wahl, als sich auf der Stelle hier im Terminal B in sie zu verlieben. Sie warf sich in meine Arme, bedeckte mein Gesicht mit Küssen, lachte dann und stützte mich, als ich an meiner Krücke Schlagseite nach Backbord bekam. Ich machte sie mit Jack bekannt und gab vor, den kleinen Brillanten (zweifellos bei Zales gekauft) nicht zu sehen, der am Ringfinger ihrer Linken blitzte, als die beiden sich die Hand schüttelten.

»Du siehst *wundervoll* aus, Dad«, sagte sie, als wir in den milden Dezemberabend hinaustraten. »Richtig braun gebrannt. Das erste Mal wieder, seit du die Freizeitanlage in Lilydale Park gebaut hast. Und du hast zugenommen. Mindestens zehn Pfund. Findest du nicht auch, Jack?«

»Das kannst du besser beurteilen«, sagte Jack lächelnd. »Ich hole den Wagen. Dir macht's hoffentlich nichts aus, so lange zu stehen, Boss? Das kann nämlich dauern.«

»Ich schaff das schon.«

Wir warteten am Bordstein mit ihren beiden Reisetaschen und ihrem Notebook. Sie sah mir lächelnd in die Augen.

»Du hast ihn gesehen, nicht wahr?«, fragte sie. »Spiel bloß nicht den Ahnungslosen.«

»Wenn du den Ring meinst, habe ich ihn gesehen, ja. Und falls du ihn nicht für einen Quarter mit einem Greifer aus einem dieser Glaskästen geangelt hast, dürften Glückwünsche angebracht sein. Weiß Lin davon?«

»Ja.«

»Deine Mutter?«

»Was denkst *du*, Daddy? Rate mal.«

»Ich vermute … nein. Weil sie sich im Augenblick solche Sorgen um ihren Dad macht.«

»Grampy war nicht der einzige Grund, weshalb ich den Ring in meiner Handtasche gelassen habe, solange ich in Kalifornien war – das heißt, außer um ihn Lin zu zeigen. Vor allem solltest du als Erster davon erfahren. Ist das gemein?«

»Nein, Schatz. Ich bin gerührt.«

Das war ich wirklich. Aber ich hatte auch Angst um sie, und nicht nur, weil sie erst in drei Monaten zwanzig werden würde.

»Er heißt Carson Jones und studiert ausgerechnet Theologie – ist das nicht unglaublich? Ich liebe ihn, Daddy, ich liebe ihn so sehr.«

»Das ist wunderbar, Schatz«, sagte ich, aber ich konnte spüren, dass eine furchtbare Angst wie dunkles Wasser an meinen Beinen hochstieg. *Liebe ihn nur nicht zu sehr,* dachte ich. *Nicht zu sehr. Weil …*

Ilse beobachtete mich aufmerksam, und ihr Lächeln verblasste. »Was? Was hast du?«

Ich hatte vergessen, wie schnell sie in so was war – und dass sie in mir lesen konnte wie in einem offenen Buch. Liebe verleiht besondere psychische Kräfte, nicht wahr?

»Nichts, Schatz. Nur … meine Hüfte tut ein bisschen weh.«

»Hast du deine Schmerztabletten genommen?«

»Ach, von denen nehme ich allmählich immer weniger. Im Januar möchte ich sie ganz absetzen. Das ist mein Neujahrsvorsatz.«

»Daddy, das ist wunderbar!«

»Obwohl Neujahrsvorsätze gefasst werden, um gebrochen zu werden.«

»Nicht von dir. Du tust immer, was du einmal angekündigt hast.« Sie runzelte die Stirn. »Das gehört zu den Dingen, die Mama an dir nie mochte. Ich denke, sie ist neidisch.«

»Schatz, die Scheidung ist einfach irgendwie passiert. Ergreif nicht Partei, okay?«

»Nun, dann will ich dir erzählen, was sonst noch so passiert«, sagte Ilse. Ihre Lippen waren schmal geworden. »Seit sie draußen in Palm Desert ist, ist sie schrecklich oft mit diesem Kerl aus der gleichen Straße zusammen. Sie sagt, dass es dabei nur Kaffee und Mitgefühl gibt – weil Max letztes Jahr *seinen* Vater verloren hat, weil er Grampy wirklich mag und bla-bla-bla –, aber ich merke, wie sie ihn ansieht, und das … das gefällt mir nicht!« Jetzt waren ihre Lippen fast verschwunden, und ich fand, dass sie so ihrer Mutter auf unheimliche Weise ähnelte. Der Gedanke, der sich damit verband, war seltsam tröstlich: *Ich glaube, sie wird zurechtkommen. Sogar wenn dieser heilige Jones-Junge sie sitzen lässt, wird es ihr gut gehen.*

Ich konnte meinen Leihwagen sehen, aber Jack würde noch eine Weile brauchen. Der Abholverkehr kam nur stockend voran. Ich lehnte meine Krücke an meinen Bauch und umarmte meine Tochter, die bis aus Kalifornien gekommen war, um mich zu besuchen.

»Sei nicht so hart zu deiner Mutter, okay?«

»Stört es dich nicht mal, dass …«

»Zurzeit geht's mir vor allem darum, dass Melinda und du glücklich seid.«

Sie hatte Ringe unter den Augen, und ich konnte sehen, dass die lange Reise sie trotz ihrer Jugend ermüdet hatte. Ich vermutete, dass sie morgen früh ausschlafen würde, und das war in Ordnung. Wenn mein Gefühl in Bezug auf ihren Freund zutraf – ich hoffte, dass ich mich täuschte, wusste aber, dass ich es nicht tat –, standen ihr in den kommenden Jahren einige schlaflose Nächte bevor.

Jack war erst beim Terminal von Air Florida, sodass uns noch etwas Zeit blieb. »Hast du ein Foto von deinem Verlobten? Neugierige Väter wollen so was sehen.«

Ilses Miene hellte sich auf. »Aber sicher!« Das Bild, das sie aus ihrer roten Lederbrieftasche holte, steckte in einer von diesen durchsichtigen Plastikhüllen. Sie friemelte es heraus und reichte es mir. Ich schätze, diesmal ließ ich mir meine Reaktion nicht anmerken, sie behielt nämlich ihr verzücktes (und um die Wahrheit zu sagen, leicht dümmliches) Lächeln. Und ich? Ich fühlte mich einen Augenblick lang, als hätte ich etwas geschluckt, das nicht in eine menschliche Speiseröhre gehörte. Vielleicht ein paar Kugeln Bleischrot.

Mein Schock kam nicht daher, dass Carson Jones dem Mann ähnelte, den ich an Heiligabend gezeichnet hatte. Darauf war ich vorbereitet, seit ich den kleinen Ring gesehen hatte, der so hübsch an Ilses Finger glitzerte. Was mich schockierte, war die Tatsache, dass das Foto praktisch identisch mit meiner Zeichnung war. Als hätte ich nicht eine Aufnahme von Sophora, Seelavendel oder Tintenbeere, sondern dieses Foto seitlich an meine Staffelei geklemmt. Er trug Jeans und die abgewetzten gelben Arbeitsstiefel, die ich nicht ganz richtig hinbekommen hatte; sein dunkelblondes Haar hing ihm in die Stirn und über die Ohren; in der Hand hielt er ein Buch, von dem ich wusste, dass es die Bibel war. Am verblüffendsten war sein T-Shirt der Minnesota Twins mit der Nummer 48 auf der linken Brust.

»Wer ist die Nummer achtundvierzig, und wie bist du an der Brown University einem Fan der Twins begegnet? Ich dachte, sie läge im Red-Sox-Land.«

»Nummer achtundvierzig ist Torii *Hunter*«, sagte sie und

sah mich an, als wäre ich der größte Dummie der Welt. »In der Studentenlounge steht ein Flachbildfernseher, und ich war an einem Juliabend dort, als die Sox gegen die Twins gespielt haben. Trotz der Sommerpause war der Raum gerammelt voll, aber Carson und ich waren die einzigen bekennenden Twins-Fans – er in seinem Torii-T-Shirt, ich mit meiner Mütze. Also haben wir natürlich zusammengesessen und …« Sie zuckte mit den Schultern, um anzudeuten, der Rest sei Geschichte.

»Zu welcher Richtung gehört er? Glaubensmäßig, meine ich.«

»Baptist.« Ilse sah mich leicht trotzig an, als hätte sie *Kannibale* gesagt. Aber als langjähriges Mitglied der Ersten Glaube-an-nichts-Bestimmtes-Kirche hatte ich keine Einwände gegen Baptisten. Die einzigen Religionen, die ich nicht mochte, waren solche, die darauf bestanden, ihr Gott sei größer als jeder andere. »In den vergangenen vier Monaten waren wir jede Woche dreimal im Gottesdienst.«

Jack fuhr vor, und Ilse bückte sich nach den Griffen ihrer Gepäckstücke. »Er nimmt sich das Frühjahrssemester frei, um mit einer wirklich wundervollen Gospelgruppe zu reisen. Der Chor macht eine richtige Tournee, ist für Konzerte gebucht und alles. Die Gruppe nennt sich The Hummingbirds. Oh, Daddy, du solltest ihn hören – er singt wie ein Engel.«

»Kann ich mir vorstellen«, sagte ich.

Sie küsste mich noch mal sanft auf die Wange. »Ich bin froh, dass ich gekommen bin, Daddy. Bist du auch froh?«

»Du ahnst gar nicht, wie sehr«, sagte ich und wünschte mir, sie würde sich wahnsinnig in Jack verknallen. Das wäre die Lösung für alles gewesen … so erschien es mir jedenfalls damals.

X

Es gab kein großartiges Weihnachtsessen, aber wenigstens ein Astronautenhähnchen, wie Jack es nannte, dazu Preiselbeersoße, fertig angemachten Salat und Reispudding. Ilse aß zwei Portionen von allem. Nachdem wir die Geschenke ausgetauscht hatten – alle bekamen wir genau das, was wir uns gewünscht hatten –, nahm ich Ilse mit hinauf ins Little Pink und zeigte ihr den größten Teil meines künstlerischen Schaffens. Das Bild von ihrem Verlobten und das von der Frau (wenn es denn eine war) lagen im oberen Fach meines Schlafzimmerschranks, und dort würden sie bleiben, bis meine Tochter wieder abgereist war.

Ungefähr ein Dutzend andere Zeichnungen – hauptsächlich Sonnenuntergänge – hatte ich auf große Pappen montiert und an die Wände des Raums gestellt. Ilse machte einen langsamen Rundgang. Blieb stehen, machte einen zweiten. Inzwischen war es ganz dunkel; vor meinem Panoramafenster lag schwarze Nacht. Es herrschte Ebbe; nur das stetige leichte Seufzen, mit dem die kleinen Wellen sich am Strand brachen, verriet, dass der Golf überhaupt da war.

»Die hast wirklich alle du gemalt?«, fragte sie schließlich. Sie drehte sich um und betrachtete mich auf eine Art, die mir unangenehm war. Einen solchen Blick widmet man jemandem, den man einer gründlichen Neubewertung unterzieht.

»Hab ich wirklich«, sagte ich. »Wie findest du sie?«

»Sie sind gut. Vielleicht besser als gut. Das Bild hier …« Sie bückte sich und hob sehr vorsichtig die Zeichnung hoch, auf der die große Schneckenmuschel, von orangegelbem Sonnenglanz umgeben, auf dem Horizont stand. »Diese ist so beschi… Entschuldigung, so verdammt unheimlich.«

»Finde ich auch«, gestand ich. »Aber es ist eigentlich nichts Neues. Nur ein Sonnenuntergang mit einem Schuss

Surrealismus.« Dann rief ich, etwas dümmlich, aus: »Hallo, Dalí!«

Sie stellte *Sonnenuntergang mit Muschel* wieder ab und nahm *Sonnenuntergang mit Sophora* in die Hand.

»Wer hat die Bilder hier gesehen?«

»Nur Jack und du. Oh, und Juanita. Sie bezeichnet sie als *asustador*, oder irgendwie so. Jack sagt, dass das *erschreckend* heißt.«

»Sie sind ein bisschen erschreckend«, räumte sie ein. »Aber, Daddy … diese Buntstifte, mit denen du zeichnest, verwischen leicht. Und ich fürchte, dass die Farben verblassen, wenn du die Bilder nicht irgendwie konservierst.«

»Wie?«

»Keine Ahnung. Aber ich denke, du solltest sie jemandem zeigen, der was davon versteht. Jemandem, der dir bestätigen kann, wie gut sie wirklich sind.«

Ich fühlte mich geschmeichelt, aber auch unbehaglich. Fast bestürzt. »Ich wüsste gar nicht, wohin oder zu wem ich …«

»Frag Jack. Vielleicht kennt er eine Kunstgalerie, die bereit ist, sich die Zeichnungen anzusehen.«

»Klar, ich hinke einfach mit meiner Krücke da rein und sage: ›Hallo, Leute, ihr kennt mich nicht, aber ich wohne draußen auf Duma Key und habe ein paar Zeichnungen mitgebracht – hauptsächlich von Sonnenuntergängen, ein für die Küste Floridas höchst ungewöhnliches Motiv –, die meine Haushälterin als *muy asustador* bezeichnet.‹«

Ilse stemmte ihre Arme in die Hüften und legte den Kopf leicht schief. Genau wie Pam aussah, wenn sie nicht die Absicht hatte, etwas auf sich beruhen zu lassen. Wenn sie tatsächlich ihre Argumentation auf Allradantrieb umschalten wollte.

»Vater …«

»Oje, jetzt bin ich dran!«

Sie beachtete mich nicht. »Du hast es geschafft, mit zwei Pick-ups, einer gebrauchten Planierraupe aus dem Koreakrieg und einem Kredit über zwanzigtausend Dollar ein Millionenunternehmen aufzubauen. Erzähl mir bloß nicht, dass du nicht ein paar Galeristen dazu bringen könntest, sich deine Bilder anzusehen, wenn du ernsthaft wolltest!« Ihr Gesichtsausdruck wurde sanfter.

»Ich meine, die sind gut, Daddy. *Gut*. Auch wenn ich nur einen kümmerlichen Highschool-Kurs in Kunstbetrachtung absolviert habe, so viel weiß ich ganz sicher.«

Ich sagte etwas, aber ich weiß nicht mehr, was. Ich dachte an meine hastige Schnellzeichnung von Carson Jones alias The Baptist Hummingbird.

Würde sie die auch für gut befinden, wenn sie sie zu sehen bekäme? Aber sie würde sie nicht sehen. Niemand würde sie zu Gesicht bekommen. Das dachte ich jedenfalls damals.

»Dad, wenn du schon immer so viel Talent hattest, wo hat es gesteckt?«

»Ich weiß nicht«, erwiderte ich. »Und über wie viel Talent wir hier tatsächlich reden, muss erst noch geklärt werden.«

»Dann besorg dir jemanden, der es dir sagen kann, okay? Jemanden, der was davon versteht.« Sie griff nach der Zeichnung mit dem Briefkasten. »Sogar diese hier … sie ist nichts Besonderes, aber trotzdem irgendwie besonders. Wegen …« Sie berührte das Papier. »Wegen dieses Schaukelpferds. Wieso hast du ein Schaukelpferd dazugezeichnet, Dad?«

»Weiß ich nicht«, sagte ich. »Ich wollte einfach, dass es da ist.«

»Hast du es aus dem Gedächtnis gezeichnet?«

»Nein, das kann ich anscheinend nicht. Wegen des Unfalls oder weil ich's noch nie gekonnt habe.« Nur konnte ich es manchmal sehr wohl. Beispielsweise wenn es um junge Männer in Twins-T-Shirts ging. »Ich hab eins im Internet gefunden, es ausgedruckt und …«

»Oh, Scheiße, ich hab's verwischt!«, rief sie aus. »Oh, *Scheiße!*«

»Schon gut, Ilse. Das macht nichts.«

»Es ist nicht gut, und es *macht* etwas! Du musst dir ein paar verfickte Malfarben zulegen!« Sie merkte, was sie gesagt hatte, und schlug eine Hand vor den Mund.

»Du wirst's kaum glauben«, sagte ich, »aber ich habe dieses Wort schon ein paarmal gehört. Aber ich könnte mir vorstellen, dass es deinen Freund … dass er solche Ausdrücke nicht gerade …«

»Da hast du recht«, sagte sie. Leicht bedrückt. Dann lächelte sie. »Aber ihm entflutscht manchmal ein ziemlich lebhaftes ›Verflixt, Mann!‹, wenn ein anderer Autofahrer ihn schneidet. Dad, was deine Bilder angeht …«

»Ich freue mich einfach nur, dass sie dir gefallen.«

»Sie gefallen mir nicht nur. Ich staune über sie.« Ilse gähnte. »Und ich bin auch fix und fertig.«

»Ich glaube, du könntest einen Becher Kakao und ein Bett gebrauchen.«

»Das klingt himmlisch.«

»Was davon?«

Sie lachte. Es war wundervoll, sie lachen zu hören. Der Klang ihres Lachens erfüllte den Raum. »Beides.«

XI

Am nächsten Morgen standen wir am Strand, mit Kaffeetassen in der Hand und bis zu den Knöcheln in der kaum spürbaren Brandung. Die Sonne war eben über dem niedrigen Inselrücken hinter uns aufgegangen, und unsere Schatten schienen sich meilenweit über das stille Wasser zu erstrecken.

Ilse betrachtete mich ernst. »Ist das hier der schönste Ort der Welt, Dad?«

»Nein, aber du bist jung, und ich kann es dir nicht verübeln, dass du das denkst. Er ist auf Platz vier der Liste, aber die drei ersten kann niemand buchstabieren.«

Sie lächelte über den Rand ihrer Tasse hinweg. »Lass hören.«

»Wenn du darauf bestehst. Platz eins: Machu Picchu. Platz zwei: Marrakesch. Platz drei: Petroglyphs National Monument. Dann auf Platz vier: Duma Key, dicht vor der Westküste Floridas.«

Ihr Lächeln wurde für ein, zwei Sekunden breiter. Dann verblasste es, und sie betrachtete mich wieder ernst. Ich wusste noch, wie sie mich mit vier Jahren genauso angesehen und gefragt hatte, ob es Zauberei wie in Märchen gebe. Klar gibt's die, hatte ich behauptet, obwohl ich es damals für eine Lüge hielt. Jetzt war ich mir nicht mehr so sicher. Doch die Luft war warm, ich stand barfuß im Golf und wollte nur nicht, dass jemand Ilse wehtat. Gleichzeitig fürchtete ich, dass ihr das nicht erspart bleiben würde. Aber jeder kriegt seinen Teil ab, nicht wahr? Unter Garantie. Peng, auf die Nase. Peng, ins Auge. Peng, unter die Gürtellinie, man geht zu Boden, und der Ringrichter ist eben mal rausgegangen, um sich einen Hotdog zu holen. Allerdings können die Menschen, die man liebt, diesen Schmerz wirklich vervielfältigen und weitergeben. Schmerz ist die größte Liebesmacht. Sagt Wireman.

»Weshalb so ernst, Sweetheart?«, fragte ich.

»Ich habe mir nur gerade überlegt, wie froh ich bin, hergekommen zu sein. Ich habe mir vorgestellt, wie du zwischen einem Altenheim und irgendeiner grässlichen Tiki-Bar mit Wet-T-Shirt-Donnerstagen verrottest. Wahrscheinlich habe ich zu viel Carl Hiaasen gelesen.«

»Solche Orte gibt's hier reichlich«, sagte ich.

»Und gibt's noch andere Orte wie Duma?«

»Ich weiß es nicht. Vielleicht ein paar.« Aber nach allem, was Jack mir erzählt hatte, glaubte ich das eher nicht.

»Nun, du hast diesen hier verdient«, sagte sie. »Zeit, dich auszuruhen und gesund zu werden. Und wenn all das …« Ihre Handbewegung umfasste den Golf, »… dich nicht gesund macht, weiß ich nicht, was dir sonst helfen könnte. Allerdings …«

»Jaaa?«, fragte ich und vollführte mit spitzen Fingern eine Bewegung, als fischte ich etwas aus der Luft. Familien haben ihre eigene Sprache, und dazu gehört auch die Zeichensprache. Ein Außenstehender hätte mit meiner Geste nichts anfangen können, aber Ilse verstand sie und lachte.

»Also gut, Schlaukopf. Das einzige Haar in der Suppe ist dieses Geräusch, wenn die Flut kommt. Ich bin mitten in der Nacht aufgewacht und hätte beinahe losgekreischt, bis ich gemerkt habe, dass das nur die vom Wasser bewegten Muscheln waren. Ich meine, das stimmt doch? Bitte erzähl mir, dass das Geräusch daher kommt.«

»So ist es. An was hast du gedacht?«

Sie schien tatsächlich zu frösteln. »Mein erster Gedanke war … nicht lachen … eine Parade von Skeletten. Hunderte davon, die ums Haus marschieren.«

Das hatte ich mir nie vorgestellt, aber ich wusste, was sie meinte. »Ich finde das Geräusch irgendwie beruhigend.«

Ein leichtes, zweifelndes Schulterzucken. »Nun … okay. Jedem das Seine. Sollen wir wieder reingehen? Ich könnte uns ein Rührei machen. Vielleicht mit Champignons und ein paar Kräutern.«

»Klingt wunderbar.«

»Seit dem Unfall habe ich dich noch nie so lange ohne Krücke gesehen.«

»Ich hoffe, bis Mitte Januar den Strand eine Viertelmeile nach Süden zu gehen.«

Sie stieß einen Pfiff aus. »Eine Viertelmeile und *zurück?*«

Ich schüttelte den Kopf. »Nein, nein. Nur eine Viertelmeile. Zurück will ich segelfliegen.« Ich breitete die Arme aus, um es zu demonstrieren.

Sie schnaubte, machte sich auf den Rückweg ins Haus und blieb erneut stehen, als von Süden her ein Lichtpunkt wie ein Heliograf herüberblinkte. Einmal, dann zweimal. Die beiden Punkte waren wieder zu sehen.

»Leute«, sagte Ilse mit einer Hand über den Augen.

»Meine Nachbarn. Im Augenblick meine einzigen Nachbarn. Zumindest glaube ich das.«

»Hast du sie schon kennengelernt?«

»Nein. Ich weiß nur, dass die beiden eine Frau im Rollstuhl und ein Mann sind. Ich vermute, dass die Frau an den meisten Tagen unten am Wasser frühstückt. Und dass das Glitzerding das Tablett ist.«

»Du solltest dir einen Golfwagen anschaffen. Dann könntest du rüberdüsen und Hallo sagen.«

»Irgendwann *gehe* ich rüber und sage Hallo«, antwortete ich. »Ein Golfwagen kommt nicht infrage. Dr. Kamen hat gesagt, dass ich mir Ziele setzen soll, und ich setze mir welche.«

»Zum Zielesetzen brauchst du keinen Seelenklempner, Daddy«, erwiderte sie, während sie weiter nach Süden späh-te. »Aus welchem Haus kommen sie? Aus dem großen, das wie eine Ranch in einem Westernfilm aussieht?«

»Ja, da bin ich ziemlich sicher.«

»Und sonst wohnt hier niemand?«

»Zurzeit nicht. Jack sagt, dass die anderen Häuser im Januar und Februar vermietet sind, aber vorläufig gibt's hier nur mich und die beiden dort unten. Der Rest der Insel ist reine botanische Pornografie. Pflanzen außer Rand und Band.«

»O Gott, *warum?*«

»Keinen blassen Schimmer«, sagte ich. »Ich will's noch rauskriegen – es zumindest versuchen –, aber vorerst be-mühe ich mich hauptsächlich, wieder auf die Beine zu kom-men. Und das meine ich buchstäblich.«

Wir waren auf dem Rückweg ins Haus. Ilse sagte: »Eine fast unbesiedelte Insel in der Sonne ... da sollte es doch Ge-schichten geben. Es *muss* praktisch eine geben, findest du nicht?«

»Garantiert«, sagte ich. »Jack Cantori hat angeboten, ein paar Nachforschungen anzustellen, aber ich habe dan-kend abgelehnt, weil ich dachte, ich kann selbst recherchie-ren.« Ich schnappte mir meine Krücke, legte den Arm in die beiden Stahlstützen – immer ein beruhigendes Gefühl, nachdem ich ohne sie am Strand gewesen war – und be-gann den Weg entlangzustapfen. Aber Ilse kam nicht mit. Ich blieb stehen und sah mich um. Sie blickte nach Süden, hatte wieder eine Hand über die Augen gelegt. »Kommst du, Schatz?«

»Ja.« Nochmals ein Lichtblitz vom Strand her – das Frühstückstablett. Oder eine Thermoskanne. »Vielleicht kennen *sie* die Geschichte«, sagte Ilse, als sie zu mir aufschloss.

»Schon möglich.«

Sie deutete auf die Straße. »Was ist mit der? Wie weit führt sie?«

»Keine Ahnung«, gestand ich.

»Sollen wir sie heute Nachmittag abfahren, um es rauszukriegen?«

»Bist du bereit, einen Chevy Malibu von Hertz zu fahren?«

»Klar doch«, sagte Ilse. Sie stemmte ihre Arme in die Hüften, tat so, als spucke sie aus, und sprach mit gespieltem Südstaatenakzent. »Ich faahr bisanns Ende der Straaße.«

XII

Aber wir kamen nicht einmal in die Nähe des Endes der Duma Road. Nicht an diesem Tag. Unsere Expedition nach Süden begann gut, endete schlecht.

Wir waren beide gesund und munter, als wir aufbrachen. Ich hatte ein einstündiges Nickerchen gemacht und mein mittägliches Oxycontin eingeworfen. Meine Tochter, jetzt in Shorts und einem Top mit Nackenträger, lachte, als ich darauf bestand, ihr die Nase mit Zinkoxid einzucremen. »Bobo der Clown«, sagte sie, während sie sich im Spiegel betrachtete. Sie war bester Laune, und ich war glücklicher als jemals seit dem Unfall, deshalb traf mich das, was uns an diesem Nachmittag zustieß, völlig unvorbereitet. Ilse schob es auf unseren Lunch – vielleicht verdorbene Mayonnaise im Thunfischsalat –, und ich ließ sie in diesem Glauben, obwohl ich nicht glaubte, dass schlechte Mayo etwas damit zu tun gehabt hatte. Wohl eher was wie Bad Mojo.

Die Straße war schmal, holperig und schlecht geflickt. Bis zu der Stelle, wo sie in der Vegetation verschwand, die den größten Teil der Insel bedeckte, war sie auch von knochenweißen Sandstreifen überzogen, die der Wind vom Strand landeinwärts getragen hatte. Über die meisten dieser Minidünen rumpelte der gemietete Chevy tapfer hinweg, aber als die Straße mehr in Strandnähe verlief – unmittelbar bevor wir die Hazienda erreichten, die Wireman *Palacio de Asesinos* nannte –, wurden die Verwehungen mächtiger, und statt darüber hinwegzupoltern, geriet der Wagen ins Schwimmen. Ilse, die auf Eis und Schnee fahren gelernt hatte, kam damit klag- und kommentarlos zurecht.

Die Häuser zwischen dem Big Pink und *El Palacio* waren alle in dem Stil erbaut, den ich mittlerweile hässliches Floridapastell nannte. Bei den meisten waren die Jalousien heruntergelassen, und alle Einfahrten bis auf eine waren mit Toren verschlossen. Die Einfahrt der einen Ausnahme war mit zwei Sägeböcken verbarrikadiert; darauf stand in verblassender Schablonenschrift die Warnung **BISSIGE HUNDE BISSIGE HUNDE**. Hinter dem Bissige-Hunde-Haus begann das Grundstück der Hazienda. Es war von einer weiß verputzten massiven Mauer umgeben, die ungefähr drei Meter hoch war und mit orangeroten Ziegeln gedeckt. Weitere orangerote Ziegel – das Dach des Herrenhauses dahinter – ragten in Schrägen und Winkeln vor dem wolkenlos blauen Himmel auf.

»Herrjemine!«, sagte Ilse – ein Ausdruck, den sie von ihrem Baptistenfreund gelernt haben musste. »Dieser Schuppen gehört nach Beverly Hills.«

Die Mauer verlief mindestens siebzig Meter weit parallel

zur Ostseite der schmalen, buckligen Straße. Schilder mit der Aufschrift ZUTRITT VERBOTEN gab es keine; diese Mauer schien die Einstellung des Besitzers gegenüber Hausierern und missionierenden Mormonen unmissverständlich klarzumachen. Auf halber Strecke lag ein zweiflügliges Tor, das offen stand. Und unmittelbar hinter den offenen Torflügeln sitzt …

»Sie«, murmelte ich. »Die Lady vom Strand unten. Heilige Scheiße, das ist die Braut des Paten!«

»Daddy!«, sagte Ilse lachend und zugleich schockiert.

Die Frau war richtig alt, mindestens Mitte achtzig. Sie saß in ihrem Rollstuhl. Auf dessen verchromten Fußstützen ruhte ein riesiges Paar blauer Converse Hi-Tops. Obwohl die Temperatur bei fast 25 Grad lag, trug sie einen zweiteiligen grauen Freizeitanzug. In einer knotigen Hand glimmte eine Zigarette. Auf den Kopf hatte sie einen Strohhut gestülpt, den ich von meinen Spaziergängen kannte, aber aus der Ferne hatte ich nicht wahrgenommen, wie riesig er war – nicht einfach irgendein Hut, sondern ein zerbeulter Sombrero. Ihre Ähnlichkeit mit Marlon Brando am Ende von *Der Pate* – in der Szene, in der er mit seinem Enkel im Garten spielt – war unverkennbar. In ihrem Schoß lag etwas, das nicht ganz wie eine Pistole aussah.

Ilse und ich winkten beide. Einen Augenblick lang tat sie nichts. Dann hob sie eine Hand – wie zum Indianergruß mit der Handfläche nach vorn – und brach in ein sonniges, fast zahnloses Grinsen aus. Scheinbar tausend Runzeln zerknitterten ihr Gesicht und verwandelten sie in eine gütige Hexe. Das Haus hinter ihr nahm ich überhaupt nicht wahr; ich versuchte noch immer, mit ihrem plötzlichen Auftauchen klarzukommen, mit ihren coolen blauen Sneakers, ihrem Meer aus Runzeln und ihrem …

»Daddy, war das eine *Pistole?*« Ilse starrte mit weit aufgerissenen Augen in den Rückspiegel. »Hatte diese alte Lady eine *Pistole?*«

Der Wagen driftete ab, und ich sah eine reale Chance, dass wir die hintere Ecke der Haziendamauer rammten. Ich griff ins Steuer und nahm eine Kurskorrektur vor. »Ich denke schon. Jedenfalls so eine Art. Pass auf, wo du hinfährst, Schatz. Auf dieser Straße gibt's nicht viel Straße.«

Sie sah wieder nach vorn. Wir waren durch hellen Sonnenschein gefahren, aber der endete mit der Mauer der Hazienda. »Was meinst du mit ›so eine Art‹?«

»Sie hat ausgesehen wie … ich weiß nicht, wie eine Armbrustpistole. Oder so was. Vielleicht schießt sie damit auf Schlangen.«

»Gott sei Dank hat sie gelächelt«, sagte Ilse. »Und es war ein echtes Lächeln, nicht wahr?«

Ich nickte. »Allerdings.«

Die Hazienda war das letzte Haus am freien Nordende von Duma Key. Dahinter schwenkte die Straße landeinwärts, und die Vegetation drängte auf eine Weise heran, die ich erst interessant, dann unheimlich, schließlich beengend fand. Das Grün ragte mindestens vier Meter hoch auf, und die runden Blätter waren mit einem dunklen Zinnoberrot gestreift, das wie angetrocknetes Blut aussah.

»Was ist dieses Zeug, Daddy?«

»Seetraube. Die grüne Pflanze mit den gelben Blüten heißt Wedelia. Sie wächst überall. Dazwischen steht auch Rhododendron. Die meisten Bäume sind bloß Karibikkiefern, denke ich, obwohl …«

Sie nahm Gas weg, bis wir nur noch krochen, deutete nach links und verrenkte sich dabei den Hals, um durch die Ecke der Windschutzscheibe nach oben sehen zu können.

»Das sind irgendwelche Palmen. Und sieh nur … gleich dort oben …«

Die Straße führte noch tiefer ins Innere der Insel, und hier sahen die Baumstämme, die sie flankierten, wie knotige graue Seilbündel aus. Ihre Wurzeln hatten den Asphalt aufgewölbt. Wir würden noch darüber hinwegkommen, schätzte ich, aber Autos, die diese Strecke in ein paar Jahren befuhren? Ausgeschlossen.

»Würgfeigen«, sagte ich.

»Hübscher Name, klingt nach Alfred Hitchcock. Und die wachsen einfach wild?«

»Keine Ahnung«, sagte ich.

Sie ließ den Chevy vorsichtig über die Wurzeln unter dem Asphalt holpern und fuhr weiter. Wir fuhren kaum noch fünf Meilen die Stunde. Aus den Massen von Seetraube und Rhododendron ragten weitere Würgfeigen auf. Dieser hohe Bewuchs tauchte die Straße in tiefen Schatten. Auf beiden Seiten war es unmöglich, auch nur wenige Meter weit zu sehen. Bis auf einen gelegentlichen blauen Keil oder einen zufälligen Sonnenstrahl war selbst der Himmel verschwunden. Und nun erblickten wir immer öfter kleine Bestände von Sägegras und zähem, wächsernem Fiedelholz, die geradewegs aus Rissen im Asphalt wuchsen.

Mein Arm begann zu jucken. Der eine, der nicht da war. Ich griff geistesabwesend danach, um ihn mir zu kratzen, und erwischte wie immer nur meine noch empfindlichen Rippen. Gleichzeitig begann meine linke Kopfseite zu jucken. Dort konnte ich mich kratzen, was ich auch tat.

»Daddy?«

»Mir fehlt nichts, Schatz. Warum hältst du?«

»Weil … ich mich selbst nicht so gut fühle.«

Was man, wie ich jetzt erkannte, ihr deutlich ansah. Ihr

Teint war fast so weiß wie der Klecks Zinkoxid auf ihrer Nase. »Ilse? Was ist los?«

»Mein Magen rebelliert. Ich fange an, ernstlich an dem Thunfischsalat zu zweifeln, den ich zum Lunch gemacht habe.« Sie bedachte mich mit einem matten Ich-bekomme-eine-Grippe-Lächeln. »Und ich frage mich auch, wie ich uns wieder von hier wegbringen soll.«

Keine schlechte Frage. Die Seetrauben schienen plötzlich näher heranzudrängen, und die ineinander verwobenen Palmen über uns wirkten dichter. Ich merkte, dass ich das Grün um uns herum riechen konnte: ein kahmiger Geruch, der tief in meiner Luftröhre lebendig zu werden schien. Und wieso auch nicht? Schließlich *stammte* er von lebenden Wesen, die uns von allen Seiten umzingelten. Und von oben.

»Dad?«

Das Jucken war schlimmer geworden. Es war rot, dieses Jucken, so rot, wie der Gestank in meiner Nase und meinem Rachen grün war. Dieses Jucken, das man spürte, wenn man in der *Klemme* steckte.

»Tut mir leid, Daddy, aber ich fürchte, ich muss mich übergeben.«

Sie öffnete die Tür des Autos und beugte sich hinaus, wobei sie sich mit einem *Halm* am Lenkrad festhielt, und dann hörte ich, wie sie sich erbrach.

Mein rechtes Auge überzog sich rot, und ich dachte: *Ich schaffe das. Ich schaffe das. Ich muss nur meinen armen alten Verstand anstrengen.*

Ich öffnete die Beifahrertür, indem ich über meinen Körper hinweggriff, und stieg aus. *Taumelte* hinaus und hielt mich am oberen Türrand fest, damit ich nicht in eine Wand aus Seetrauben und das miteinander verwobene Geäst halb vergrabener Banyanbäume torkelte. Inzwischen juckte es mich überall. Die Büsche und Zweige waren der Wagenseite so nahe, dass sie mich streiften, während ich mich nach vorn tastete. Mein halbes Gesichtsfeld

(ROT)

schien scharlachrot zu bluten, ich spürte, wie die Spitze eines Kiefernzweigs mein – das hätte ich beschwören können – rechtes Handgelenk streifte, und dachte: *Ich schaffe das, ich MUSS es schaffen,* als ich hörte, wie Ilse sich erneut übergab. Ich merkte, dass es auf der schmalen Straße viel heißer war, als es hätte sein sollen, selbst unter dem grünen Blätterdach. Ich konnte sogar so klar denken, dass ich mich fragte, was wir uns eigentlich dabei gedacht hatten, als wir dieser Straße gefolgt waren. Aber natürlich hatten wir uns das als einen netten kleinen Ausflug vorgestellt.

Ilse beugte sich noch immer hinaus, klammerte sich mit der rechten Hand am Lenkrad fest. Auf ihrer Stirn standen Schweißperlen. Sie sah zu mir auf. »Es muss der Thunfischsalat gewesen sein, bestimmt die Mayo, o Mann …«

»Rutsch rüber, Ilse.«

»Daddy, was hast du vor?«

Als ob sie das nicht hätte sehen können. Und mir standen die Wörter *fahren* und *zurück* plötzlich ohnehin nicht mehr zur Verfügung. In diesem Augenblick hätte ich nur *uns* sagen können – für sich allein eines der wertlosesten Wörter. Ich fühlte Zorn wie heißes Wasser in meiner Kehle aufsteigen. Oder wie Blut. Ja, mehr wie Blut. Weil der Zorn natürlich *rot* war.

»Uns von hier wegbringen. Rutsch rüber.« Dabei dachte ich: *Werd bloß nicht wütend auf sie! Fang bloß nicht an zu brüllen, was auch passiert. Um Himmels willen, bitte tu das nicht.*

»Daddy, du kannst nicht …«

»Doch, ich kann. Rutsch rüber.«

Gewohnheitsmäßiger Gehorsam stirbt nur langsam ab – besonders langsam vielleicht zwischen Töchtern und Vätern. Und natürlich war ihr schlecht. Sie rutschte nach rechts, und ich setzte mich ans Steuer, indem ich mich auf meine unbeholfene Art rückwärts auf den Sitz plumpsen ließ und mein schlimmes rechtes Bein mit der Hand hineinhob. Meine ganze rechte Seite vibrierte, als würde sie mit leichten Elektroschocks bearbeitet.

Ich kniff die Augen fest zusammen und dachte: *Ich SCHAFFE das, gottverdammt noch mal, und ich brauche dazu auch keine ausgestopfte Stoffschlampe.*

Dann warf ich wieder einen Blick auf die Welt, aus der ein Teil dieser Röte – und mit ihr ein Teil des Zorns, Gott sei Dank – verschwunden war. Ich legte den Rückwärtsgang ein und begann langsam zurückzustoßen. Ich konnte mich nicht hinauslehnen, wie Ilse es getan hatte, weil ich keine rechte Hand hatte, mit der ich hätte lenken können. Stattdessen benutzte ich die Rückspiegel. In meinem Kopf hörte ich ein geisterhaftes *Miep-miep-miep.*

»Bitte komm nicht von der Straße ab«, sagte Ilse. »Zu Fuß gehen können wir nicht. Mir ist zu schlecht, und du bist zu verkrüppelt.«

»Keine Angst, Monica«, sagte ich, aber sie beugte sich in diesem Augenblick aus dem Fenster, um sich erneut zu übergeben, und hörte mich vermutlich gar nicht.

XIII

Langsam, langsam setzte ich von der Stelle zurück, an der Ilse gehalten hatte, und ermahnte mich: *Sachte, nur sachte!* und *Eile mit Weile*. Meine Hüfte tobte, als wir über die Würgfeigenwurzeln unter dem Asphalt zurückholperten. Mehrmals hörte ich, wie Seetraubenäste an der Seite des Wagens entlangschrammten. Darüber würden die Hertz-Leute nicht glücklich sein, aber das war an diesem Nachmittag meine geringste Sorge.

Ganz allmählich wurde es heller, als das Blätterdach über uns zurückwich. Das war gut. Ich konnte auch wieder klarer sehen, und das verrückte Jucken klang ab. Diese Dinge waren noch besser.

»Ich sehe das große Haus mit der Mauer drum herum«, sagte Ilse, die sich über die Schulter umsah.

»Geht's dir wieder besser?«

»Vielleicht ein bisschen, aber mein Magen schäumt noch immer wie eine Waschmaschine.« Sie machte ein würgendes Geräusch. »O Gott, das hätte ich nicht sagen sollen!« Sie beugte sich hinaus, erbrach sich erneut und sank dann lachend und stöhnend in den Sitz zurück. Ihre Ponyfransen klebten in Strähnen an ihrer Stirn. »Ich hab die ganze Seite deines Wagens vollgekotzt. Hoffentlich hast du einen Gartenschlauch.«

»Mach dir deswegen keine Sorgen. Sitz einfach still und atme langsam tief durch.«

Sie salutierte kläglich und schloss die Augen.

Die alte Frau mit dem großen Strohhut war nirgends zu sehen, aber die beiden Hälften des Eisentors standen jetzt weit offen, als erwarte sie Besuch. Oder wisse, dass wir einen Platz zum Wenden brauchten.

Ich verlor keine Zeit damit, darüber nachzudenken, sondern stieß einfach mit dem Chevy rückwärts unter dem Torbogen hindurch. Flüchtig sah ich einen in kühlem Blau gefliesten Innenhof, einen Tennisplatz und ein Paar riesiger zweiflügliger Türen, in die Eisenringe eingelassen waren. Dann fuhr ich in Richtung Big Pink davon. Fünf Minuten später waren wir dort. Ich sah wieder so gut wie beim Aufwachen an diesem Morgen, vielleicht sogar besser. Bis auf das leichte Kribbeln, das meine rechte Seite hinauf- und hinunterlief, fühlte ich mich recht gut.

Außerdem spürte ich den starken Drang zu zeichnen. Ich wusste nicht, was, aber das *würde* ich wissen, wenn ich erst mal im Little Pink vor einem meiner auf der Staffelei stehenden Zeichenblöcke saß. Dessen war ich mir sicher.

»Lass mich das Zeug von deinem Auto waschen«, sagte Ilse.

»Du legst dich jetzt hin. Du siehst halb tot aus.«

Sie zeigte ein mattes Lächeln. »Das ist nur die bessere Hälfte. Weißt du noch, wie Mama das immer gesagt hat?«

Ich nickte. »Geh jetzt rein. Ich spüle das Zeug ab.« Ich deutete auf den Gartenschlauch, der zusammengerollt an der Nordseite des Hauses lag. »Der ist angeschlossen und braucht nur aufgedreht zu werden.«

»Bist du sicher, dass dir nichts fehlt?«

»Überhaupt nichts. Ich glaube, du hast mehr von dem Salat gegessen als ich.«

Sie rang sich noch ein Lächeln ab. »Wenn ich koche, schmeckt es mir selbst immer am besten. Ich find's großartig, wie du uns hierher zurückgebracht hast, Daddy. Ich möchte dich dafür küssen, aber mein *Atem* …«

Sie machte eine reizende Kleinmädchengeste, und ich küsste sie. Auf die Stirn. Ihre Haut war kühl und feucht. »Geh rein und leg die Beine hoch, Miss Cookie – Befehl aus dem Hauptquartier.«

Sie ging. Ich drehte den Wasserhahn auf, spritzte die Seite des Malibu ab und ließ mir dabei mehr Zeit als unbedingt nötig, weil ich sichergehen wollte, dass sie hinüber war. Und das war sie. Als ich einen Blick durch die halb offene Tür des Gästezimmers warf, sah ich Ilse auf der Seite liegend wie als Kind schlafen: eine Hand unter ihre Wange gesteckt, ein Knie bis fast an die Brust hochgezogen. Wir glauben, dass wir uns verändern, aber das tun wir nicht wirklich – sagt Wireman.

Vielleicht *sí*, vielleicht *no* – sagt Freemantle.

XIV

Irgendwas zerrte an mir – teils etwas, das seit dem Unfall in mir saß, teils etwas, das von der Duma Key Road mit mir zurückgekommen war. Ich ließ es zerren. Ich war mir nicht sicher, ob ich dem überhaupt hätte widerstehen können, aber ich versuchte es nicht einmal; ich war neugierig.

Die Umhängetasche meiner Tochter lag auf dem Couchtisch im Wohnzimmer. Ich öffnete sie, nahm ihre Geldbörse heraus und blätterte die Fotos darin durch. Dabei kam ich mir ein bisschen wie ein Schuft vor, aber nur ein bisschen. *Schließlich stiehlst du nichts,* sagte ich mir, aber natürlich gibt es viele Arten von Diebstahl, nicht wahr?

Hier war das Foto von Carson Jones, das sie mir am Flughafen gezeigt hatte, aber das wollte ich nicht. Ich wollte ihn nicht allein. Ich wollte ihn mit ihr. Ich wollte ein Foto von ihnen als Paar. Und ich fand eines. Es schien an einem Verkaufsstand an der Straße aufgenommen zu sein; hinter ihnen waren Körbe mit Mais und Gurken zu sehen. Sie lächelten und waren jung und schön. Sie hatten die Arme umeinandergelegt, und eine von Carson Jones' Handflächen schien auf der Rundung von Ilses in Jeans steckendem Hintern zu liegen. Du liebe Güte. Mein rechter Arm juckte noch immer: ein leichtes, stetiges Kribbeln wie stechende Hitze. Ich wollte mich kratzen, griff hindurch und erwischte stattdessen zum zehntausendsten Mal meine Rippen. Auch dieses Foto steckte in einer durchsichtigen Schutzhülle. Ich zog es heraus, sah mich – nervös wie ein Einbrecher bei seinem ersten Bruch – nach der halb offenen Tür des Gästezimmers um, in dem Ilse schlief, und drehte das Bild um.

Ich liebe dich, Punkin!
»Smiley«

Konnte ich einem Mann trauen, der meine Tochter Punkin nannte und dann als Smiley unterschrieb? Ich glaubte es nicht. Das mochte unfair sein, aber nein … ich hielt es für sehr unwahrscheinlich. Trotzdem *hatte* ich gefunden, was ich gesucht hatte. Nicht einen, sondern beide. Ich drehte das Foto wieder um, schloss die Augen und tat so, als ob ich ihre Kodachrome-Gestalten mit meiner rechten Hand berührte. Nur fühlte es sich nicht so an, als würde ich nur so tun als ob; aber das brauche ich Ihnen wohl nicht mehr zu erzählen.

Einige Zeit später – die exakte Dauer kann ich nicht angeben – steckte ich ihr Foto in die Plastikhülle zurück und vergrub ihre Geldbörse in ungefähr der Tiefe unter Papiertaschentüchern und Kosmetikartikeln, in der ich sie gefunden hatte. Dann stellte ich die Tasche auf den Couchtisch zurück und ging in mein Schlafzimmer, um Reba, meine Wutmanagementpuppe, zu holen. Als ich ins Little Pink hinaufhinkte, trug ich sie zwischen Armstumpf und Körper eingeklemmt. Ich meine gesagt zu haben: »Ich werde Monica Seles aus dir machen«, als ich Reba vors Fenster setzte, aber es kann genauso gut Monica Goldstein gewesen sein; wenn's um Erinnerungen geht, mogeln wir alle. Das Evangelium nach Wireman.

An die meisten Ereignisse auf Duma Key erinnere ich mich deutlicher, als ich möchte, aber dieser spezielle Nachmittag erscheint mir sehr vage. Ich weiß, dass ich in hektischer Raserei zeichnete, wobei das wahnsinnig machende Jucken in meinem nicht existenten rechten Arm völlig verschwand; ich weiß *nicht*, bin mir aber fast sicher, dass der rötliche Nebel, der mein Sehvermögen damals beeinträchtigte und dichter wurde, wenn ich müde war, sich vorübergehend auflöste.

Ich weiß nicht, wie lange dieser Zustand dauerte. Ziemlich lange, vermute ich. Jedenfalls so lange, dass ich erschöpft und am Verhungern war, als ich aufgehört hatte.

Ich ging nach unten und schlang im frostigen Licht der Kühlschrankbeleuchtung Frühstücksfleisch in mich hinein. Ich machte mir kein richtiges Sandwich, weil Ilse nicht merken sollte, dass ich normal essen konnte. Sie sollte weiter glauben, dass verdorbene Mayonnaise der Übeltäter gewesen war. So würden wir keine Zeit damit vergeuden müssen, nach anderen Erklärungen zu fahnden.

Keine der anderen Erklärungen, die mir einfielen, waren rational.

Nachdem ich eine halbe Packung Salami in Scheiben gegessen und mit ungefähr einem halben Liter süßem Eistee hinuntergespült hatte, ging ich in mein Schlafzimmer, legte mich hin und sank in einen bleiernen Schlaf.

XV

Sonnenuntergänge.

Manchmal kommt es mir so vor, als seien meine deutlichsten Erinnerungen an Duma Key die an orangerote Abendhimmel, die unten ausbluten und oben von Grün zu Schwarz ausbleichen. Als ich an jenem Abend aufwachte, ging eben ein weiterer Tag glorreich unter. Steif und mit verzerrtem Gesicht (die ersten zehn Minuten waren immer die schlimmsten) stampfte ich an meiner Krücke in den großen Wohnraum hinaus. Die Tür von Ilses Zimmer stand offen, und ihr Bett war leer.

»Ilse?«, rief ich.

Einen Augenblick lang kam keine Antwort. Dann hörte ich ihre Stimme von oben. »Daddy? Heiliger Strohsack, warst du das? Wann hast du das denn gemacht?«

Alle Gedanken an meine Schmerzen verflogen. Ich hastete ins Little Pink hinauf, so rasch ich konnte, und versuchte, mich unterwegs daran zu erinnern, was ich gezeichnet hatte. Was es auch war … jedenfalls hatte ich mich nicht bemüht, es irgendwie zu verstecken. Wenn es nun etwas wirklich Schlimmes war? Wenn ich zum Beispiel auf die blendende Idee gekommen war, eine Kreuzigungsszene zu produzieren, mit dem Hummingbird-Gospelsänger am Kreuz?

Ilse hatte sich so vor meiner Staffelei postiert, dass ich nicht sehen konnte, wovor sie stand. Ihr Körper verdeckte meine Zeichnung. Das einzige Licht in dem Raum kam von diesem blutroten Sonnenuntergang; selbst wenn sie neben der Staffelei gestanden hätte, wäre mein Zeichenblock im blendend hellen Gegenlicht nur ein schwarzes Rechteck gewesen.

Als ich Licht machte, konnte ich nur hoffen, nichts getan zu haben, was meine Tochter erschreckte, die diese weite Reise auf sich genommen hatte, um sich zu vergewissern, dass mit mir alles in Ordnung war. Ihr Tonfall hatte mir keinen Hinweis gegeben. »Ilse?«

Sie wandte sich mir zu. Ihr Gesichtsausdruck war eher verwirrt als verärgert. »Wann hast du das hier gezeichnet?«

»Nun …«, sagte ich. »Tritt ein bisschen zur Seite, okay?«

»Spielt dein Gedächtnis dir wieder Streiche? Das tut es, nicht wahr?«

»Nein«, sagte ich. »Na ja, vielleicht.« Gezeichnet hatte ich den Strand vor dem Big Pink; so viel war zu erkennen, aber nicht viel mehr. »Ich muss das Bild erst richtig sehen, um … Tritt noch mehr zur Seite, Schatz, du bist leider nicht aus Glas.«

»Aber eine Nervensäge, stimmt's?« Sie lachte. Selten hatte mich ein Lachen mehr erleichtert. Was sie auf der Staffelei vorgefunden hatte, hatte sie nicht verärgert, und mein Magen entkrampfte sich wieder. Wenn Ilse nicht aufgebracht war, sank auch das Risiko, dass *ich* wütend wurde und uns verdarb, was bisher weitgehend eine verdammt schöne Zeit gewesen war.

Sie trat nach links, und ich sah, was ich in meinem verwirrten Zustand vor meinem Nickerchen gezeichnet hatte. Rein technisch war dies vermutlich meine beste Zeichnung seit den ersten tastenden Versuchen mit Federzeichnungen am Lake Phalen, aber ich fand, es war kein Wunder, dass das Bild Ilse verwirrt hatte. Ich war ebenfalls verwirrt.

Dargestellt war der Strandabschnitt, den ich durch das fast wandbreite Panoramafenster im Little Pink sehen konnte. In dem Farbton, den die Venus Company Chromgelb nannte, deuteten lässig hingeworfene Lichtreflexe auf dem Wasser einen frühen Morgen an. In der Bildmitte stand ein kleines Mädchen in einem Tenniskleid. Sie stand mit dem Rücken zum Betrachter, aber ihr rotes Haar verriet alles: Sie war Reba, mein kleiner Liebling, meine Freundin aus meinem anderen Leben. Ihre Gestalt war wenig detailliert, aber irgendwie wusste man, dass Absicht dahintersteckte – dass sie kein wirkliches kleines Mädchen, sondern nur eine Traumgestalt in einer Traumlandschaft war.

Überall um sie herum war der Sand mit leuchtend grünen Tennisbällen bedeckt.

Andere wurden von der zahmen Brandung an Land getragen.

»Wann hast du das gezeichnet?« Ilse lächelte noch immer, lachte beinahe. »Und was zum Kuckuck soll es bedeuten?«

»Gefällt's dir?«, fragte ich sie. *Mir* gefiel es nämlich nicht. Die Tennisbälle hatten die falsche Farbe, weil ich nicht das richtige Grün gehabt hatte, aber das war nicht der Grund; ich hasste es, weil es sich ganz und gar falsch anfühlte. Es fühlte sich wie echtes Leid an.

»Ich *liebe* es!«, sagte sie und lachte nun wirklich. »Wann hast du das gemacht? Raus mit der Sprache!«

»Während du geschlafen hast. Ich hätte mich auch hingelegt, aber mir war so komisch im Magen, dass ich lieber in der Senkrechten bleiben wollte. Also hab ich beschlossen, ein bisschen zu zeichnen, während ich abwartete, ob mein Magen sich wieder beruhigt. Dass ich *dieses* Ding in der Hand hatte, habe ich erst hier oben gemerkt.« Ich zeigte auf Reba, die mit steif ausgestreckten Beinen an den Fensterrahmen gelehnt dasaß.

»Das ist die Puppe, die du anbrüllen sollst, wenn du Sachen vergisst, stimmt's?«

»Etwas in der Art. Jedenfalls habe ich dann das hier gezeichnet. Das hat ungefähr eine Stunde gedauert. Als ich fertig war, habe ich mich besser gefühlt. Weniger komisch im

Magen.« Obwohl ich nur sehr wenig darüber wusste, wie diese Zeichnung entstanden war, wusste ich genug, um zu erkennen, dass diese ganze Geschichte erlogen war. »Dann habe ich mich hingelegt und ein Nickerchen gemacht. Ende der Geschichte.«

»Kann ich das Bild haben?«

Mich durchflutete eine Woge der Bestürzung, aber mir fiel keine Möglichkeit ein, Nein zu sagen, ohne sie zu kränken oder verrückt zu klingen. »Wenn du es wirklich willst. Aber es ist nichts Besonderes. Möchtest du nicht lieber einen von Freemantles berühmten Sonnenuntergängen? Oder den Briefkasten mit dem Schaukelpferd? Ich könnte …«

»Ich will genau dieses«, sagte Ilse. »Es ist komisch und rührend und sogar ein bisschen … ich weiß nicht … unheimlich. Auf den ersten Blick sagt man sich: ›Eine Puppe.‹ Dann sieht man genauer hin und sagt: ›Nein, ein kleines Mädchen – schließlich steht es, nicht wahr?‹ Wirklich erstaunlich, was du allein mit Buntstiften aufs Papier zu bringen gelernt hast.« Sie nickte entschlossen. »Ich will dieses oder keins. Aber du musst ihm noch einen Titel geben. Künstler müssen ihre Bilder benennen.«

»Da geb ich dir recht, aber ich habe keine Ahnung, was …«

»Komm, komm, kein Drumherumreden. Was dir als Erstes einfällt.«

»Also gut – es heißt *Das Spiel ist aus*«, sagte ich.

Sie klatschte in die Hände. »Wunderbar! *Perfekt!* Und du musst es auch signieren. Bin ich nicht furchtbar herrisch?«

»Warst du schon immer«, sagte ich. »*Très* herrisch. Offenbar fühlst du dich wieder besser.«

»Das tue ich. Und du?«

»Ja«, sagte ich, aber das stimmte nicht. Ich hatte plötzlich einen schlimmen Anfall von bösem Rot. Diesen Farbton stellt Venus nicht her, aber im Ablagefach der Staffelei lag ein frisch gespitzter schwarzer Stift. Ich griff danach und schrieb meinen Namen neben eines der rosa Beine, die jetzt wieder einer Puppe gehörten. Vor ihr trieben ein Dutzend Tennisbälle auf einer kleinen Welle heran. Ich wusste nicht, was die vagabundierenden Tennisbälle bedeuteten, aber sie gefielen mir nicht. Es gefiel mir auch nicht, diese Zeichnung signieren zu müssen, aber nachdem ich es getan hatte, kritzelte ich *Das Spiel ist aus* auf eine Seite. Und was ich dabei fühlte, gab der Spruch wieder, den Pam den Kindern beigebracht hatte, als sie noch klein waren. Wenn sie eine unliebsame Pflicht erfüllt hatten, sollten sie sagen: Vorbei. Erledigt. Weg.

XVI

Sie blieb noch zwei Tage, und es waren schöne Tage. Als Jack und ich sie wieder zum Flughafen brachten, war sie im Gesicht und an den Armen leicht gebräunt und schien ihrerseits zu strahlen – vor Jugend, Gesundheit und Wohlbefinden.

Jack hatte ihr eine feste Pappröhre für ihr neues Bild besorgt.

»Daddy, versprich mir, dass du gut auf dich aufpasst und mich sofort anrufst, wenn du mich brauchst«, sagte sie.

»Verstanden«, sagte ich lächelnd.

»Und versprich mir, dass du eine unabhängige Meinung zu deinen Bildern einholst. Von jemandem, der sich mit solchen Dingen auskennt.«

»Nun …«

Sie senkte das Kinn und musterte mich stirnrunzelnd. So sah sie wieder wie Pam in der Zeit aus, in der wir uns kennengelernt hatten »Versprich's mir lieber, sonst …«

Und weil das ihr Ernst war – das bestätigte die senkrechte Falte zwischen ihren Augenbrauen –, versprach ich es ihr.

Die Falte glättete sich. »Gut, das wäre geklärt. Du verdienst es, wieder gesund zu werden, weißt du. Manchmal frage ich mich, ob du das selbst genug glaubst.«

»Natürlich tue ich das«, sagte ich.

Ilse sprach weiter, als hätte sie nichts gehört. »Weil es nicht deine Schuld war, was passiert ist.«

Bei diesen Worten war ich den Tränen nahe. Vermutlich *wusste* ich es, aber es war nett, zu hören, wie jemand es laut aussprach. Das heißt jemand anders als Kamen, dessen Aufgabe es war, den angetrockneten Schmutz von den lästigen unabgespülten Töpfen in den Spülbecken des Unbewussten zu kratzen.

Sie nickte mir zu. »Dir wird's bald besser gehen. Das sage ich, und ich bin *très* herrisch.«

Eine Lautsprecherstimme kündigte den Delta-Flug 559 über Cincinnati nach Cleveland an. Die erste Etappe von Ilses Rückflug.

»Also los, Schatz, lass dich mit dem Magnetometer absuchen und deine Schuhe kontrollieren.«

»Ich muss erst noch etwas anderes sagen.«

Ich warf die eine Hand hoch, die ich noch besaß. »Was gibt's jetzt noch, liebes Kind?«

Darüber musste sie lächeln: So hatte ich meine beiden Töchter immer genannt, wenn meine Geduld fast erschöpft war.

»Danke, dass du mir nicht damit gekommen bist, Carson und ich wären zu jung, um uns zu verloben.«

»Hätte das was genützt?«

»Nein.«

»Siehst du. Außerdem wird deine Mutter das gründlich für uns beide erledigen, denke ich.«

Ilse verzog ihren Mund, als wollte sie »Autsch!« sagen, dann lachte sie. »Und Linnie auch – aber nur weil ich ihr ausnahmsweise zuvorgekommen bin.«

Sie drückte mich noch einmal fest an sich. Ich atmete den Duft ihrer Haare tief ein: den angenehmen Geruch nach Shampoo und junger, gesunder Weiblichkeit. Sie ließ mich los und sah zu meinem Faktotum hinüber, das rücksichtsvoll etwas abseits stand. »Pass ja gut auf ihn auf, Jack. Er ist einer von den Guten.«

Die beiden hatten sich nicht ineinander verliebt – kein Glück in diesem Punkt, *muchacho* –, aber er lächelte freundlich. »Ich tue mein Bestes.«

»Und er hat versprochen, seine Bilder beurteilen zu lassen. Du bist mein Zeuge.«

Jack nickte lächelnd.

»Gut.« Sie küsste mich wieder, dieses Mal auf die Nasenspitze. »Sei brav, Vater. Werd gesund.« Dann ging sie durch die automatische Tür: mit Gepäckstücken beladen, aber trotzdem mit energischem Schritt. Kurz bevor die Tür sich wieder schloss, sah sie sich ein letztes Mal um. *»Und besorg dir Malfarben!«*

»Mach ich!«, antwortete ich laut, wusste jedoch nicht, ob sie mich noch hören konnte; in Florida schließen sich solche Türen zischend und besonders schnell, damit möglichst wenig gekühlte Luft entweicht. Ein, zwei Sekunden lang verschwamm die Welt und wurde dabei heller; ich spürte ein Pochen in den Schläfen und ein feuchtes Prickeln in meiner Nase. Ich senkte den Kopf und bearbeitete meine Augen rasch mit Daumen und Zeigefinger der linken Hand, während Jack erneut vorgab, irgendwas Interessantes am Himmel zu beobachten. Es gab ein Wort, das sich nicht einstellen wollte. Ich dachte *Summer*, dann *Nummer*.

Lass dir Zeit, werd nicht gleich wütend, sag dir, dass du es schaffen kannst, dann kommen die Wörter meist von allein. Manchmal willst du sie nicht, aber sie kommen trotzdem. Dieses war *Kummer*.

»Soll ich den Wagen holen?«, fragte Jack. »Oder …«

»Nein, ich kann gut gehen.« Meine Finger umfassten den Griff meiner Krücke. »Aber pass auf den Verkehr auf! Ich will nicht beim Überqueren der Straße überfahren werden. Das kenn ich schon, hat mir nicht gefallen.«

XVII

Auf der Rückfahrt machten wir bei Art & Artifacts in Sarasota halt, und während wir uns dort umschauten, fragte ich Jack, ob er etwas über Kunstgalerien in Sarasota wisse.

»Weit mehr als das, Boss. Meine Mutter hat in einer namens Scoto gearbeitet. Die ist in der Palm Avenue.«

»Sollte mir die was sagen?«

»Das ist *die* Hot-Shit-Galerie auf der künstlerischen Seite der Stadt«, erklärte er und überdachte dann seine Worte. »Ich meine, im netten Sinne. Und die Leute, denen sie gehört, sind nett … jedenfalls waren sie immer nett zu meiner Mutter, allerdings … Du weißt schon …«

»Es ist eine Hot-Shit-Galerie.«

»Genau.«

»Bedeutet das immense Preise?«

»Es bedeutet, dass sich dort die Elite trifft.« Er sagte es ganz ernst, aber als ich in Gelächter ausbrach, machte er mit. Dies war der Tag, schätze ich, an dem meine Teilzeitaushilfskraft Jack Cantori mein Freund Jack Cantori wurde.

»Dann ist die Sache geklärt. Denn ich gehöre definitiv zur Elite. Also gib dich geschlagen, mein Sohn.«

Ich hob meine Hand, und Jack klatschte sie ab.

XVIII

Im Big Pink half mir Jack, meine Beute ins Haus zu schleppen: fünf Tragetaschen, zwei Kartons und einen Stapel aus neun Leinwänden auf Keilrahmen. Zeug für fast tausend Dollar. Ich erklärte ihm, wir würden uns morgen darum kümmern, es nach oben zu schaffen. Malen war das Allerletzte, was ich an diesem Abend noch tun wollte.

Als ich durchs Wohnzimmer in die Küche hinkte, um mir ein Sandwich zu machen, sah ich am Anrufbeantworter das Licht blinken. Ich dachte, das müsse Ilse sein, die mir sagen wollte, dass ihr Flug wegen schlechten Wetters oder eines technischen Defekts gestrichen worden war.

Es war nicht Ilse. Die Stimme war freundlich, aber vor Alter brüchig, und ich wusste sofort, wer die Anruferin war. Ich hatte praktisch diese riesigen Sneakers auf den verchromten Fußstützen ihres Rollstuhls vor Augen.

»Hallo, Mr. Freemantle, willkommen auf Duma Key. Es war ein Vergnügen, Sie neulich – wenn auch nur kurz – zu sehen. Wegen der Ähnlichkeit vermutet man, die junge Dame in Ihrer Begleitung sei Ihre Tochter gewesen. Haben Sie sie wieder zum Flughafen gebracht? Das hofft man sehr.«

Nun entstand eine Pause. Ich konnte sie atmen hören: die laute Atmung eines unter einem leichten Emphysem leidenden Menschen, der vermutlich einen Großteil seines Lebens mit einer Zigarette in der Hand verbracht hat. Dann sprach sie weiter.

»Alles in allem war Duma Key nie ein Ort, der Töchtern Glück gebracht hat.«

Ich musste an Reba denken, die in ziemlich unglaubwürdiger Tenniskleidung von kleinen Filzbällen umgeben am Strand stand, während die nächste Welle noch mehr anschwemmte.

»Man hofft, dass wir uns zu gegebener Zeit kennenlernen werden. Leben Sie wohl, Mr. Freemantle.«

Ich hörte ein Klicken. Dann gab es nur noch mich und das rastlose Mahlen der Muscheln unter dem Haus.

Die Flut war hereingekommen.

Wie man ein Bild zeichnet (III)

Hungrig bleiben. Das funktionierte bei Michelangelo, das funktionierte bei Picasso, und es funktioniert bei hunderttausend Künstlern, die es nicht aus Liebe tun (obwohl die eine Rolle spielen kann), sondern um Essen auf dem Tisch zu haben. Will man die Welt in Bilder übertragen, führt der Weg über die eigenen Begierden. Überrascht Sie das? Das sollte es nicht. Es gibt nichts Menschlicheres als Hunger. Es gibt keinen schöpferischen Akt ohne Talent, das gestehe ich Ihnen zu, aber Talent ist billig. Talent geht betteln. Hunger ist die Triebfeder der Kunst. Dieses kleine Mädchen, von dem ich Ihnen erzählt habe – sie hat ihren Hunger gefunden und benutzt.

Sie denkt: *Jetzt nicht mehr ganzen Tag im Bett. Ich gehe Daddys Zimmer, Daddys Büro. Manchmal sage ich Büro, manchmal sage ich Gühlo. Es hat ein großes schönes Fenster. Sie setzen mich auf den Still. Ich kann rauf runter sehn. Vögel und hübsch. Zu hübsch für mich, also werd ich traurich. Manche Wolken haben Flügel. Manche haben blaue Augen. Bei jedem Sonnenuntergang weine ich von traurich. Tut angucken weh. Tut mir ganz tief drin weh. Ich kann nie sagen, was ich seh, und das macht mich traurich.*

Sie denkt: *TRAURIG, das Wort heißt TRAURIG.*

Sie denkt: *Wenn ich das Weh stoppen könnte. Wenn ich's wie Pipi rausdrücken könnte. Ich weine und bitte bitte bitte zu sagen, was ich meine. Nan kann mir nicht helfen. Sage ich »Farbe!«, berührt sie ihr Gesicht und sagt: »War's schon immer, werd's immer sein.« Große*

Mädchen helfen auch nicht. Ich bin so wütend auf sie, warum hört ihr nicht zu, IHR GROSSEN FIESEN. Dann kommen eines Tages die Zwillinge, Tessie und Lo-Lo. Sie reden ganz besonders miteinander, hören mir ganz besonders zu. Anfangs verstehen sie mich nicht, aber dann. Tessie bringt mir Papier, Lo-Lo bringt mir Bleistift, und ich mache »Beistiff!« mit dem Mund, und das lässt sie lachen und in die Hände klatschen.

Sie denkt: *ICH KANN FAST DEN NAMEN VON BLEISTIFT SAGEN!*

Sie denkt: *Ich kann die Welt auf Papier machen. Ich kann zeichnen, was die Worte heißen. Ich sehe Baum, ich mache Baum. Ich sehe Vogel, ich mache Vogel. Das ist gut wie Wasser aus einem Glas.*

Sie ist ein kleines Mädchen mit einem Kopfverband, das einen kleinen rosa Morgenrock trägt und im Arbeitszimmer ihres Vaters am Fenster sitzt. Ihre Puppe Noveen liegt auf dem Fußboden neben ihr. Sie hat ein Schreibbrett, und auf dem Schreibbrett liegt ein Stück Papier. Sie hat es gerade geschafft, etwas Krallenartiges zu zeichnen, das tatsächlich Ähnlichkeit mit der abgestorbenen Weihrauchkiefer vor dem Fenster hat.

Sie denkt: *Ich möchte bitte mehr Papier.*

Sie denkt: *Ich bin ELIZABETH.*

Das muss so gewesen sein, wie wenn man die Sprache zurückkriegt, nachdem man geglaubt hat, für immer stumm zu sein. Und noch mehr. Besser. Es war ein Geschenk von ihr selbst, von ELIZABETH. Schon bei diesen unglaublich tapferen ersten Zeichnungen musste sie begriffen haben, was mit ihr geschah. Und mehr gewollt haben.

Ihr Talent war hungrig. Die besten Talente – und die schlimmsten – sind das immer.

4

Freunde mit Zuwendungen

I Am Neujahrsnachmittag wachte ich nach einem kurzen, aber erfrischenden Nickerchen mit dem Gedanken an eine bestimmte Muschelart auf – die orangerote Art mit weißen Flecken. Ich wusste nicht, ob ich davon geträumt hatte oder nicht, aber ich wollte eine haben. Ich war bereit, mit Malfarben zu experimentieren, und dachte, eine dieser orangeroten Muscheln würde sich sehr gut dazu eignen, mitten in einen Sonnenuntergang im Golf von Mexiko platziert zu werden.

Ich begann den Strand in Richtung Süden abzusuchen, nur von meinem Schatten und zwei oder drei Dutzend der winzigen Vögel begleitet – Ilse nannte sie Piepser –, die an der Wassergrenze endlos auf Futtersuche waren. Weiter draußen segelten Pelikane, legten dann plötzlich die Flügel an und fielen herab wie Steine. An diesem Nachmittag dachte ich nicht an Gehübungen, überwachte nicht die Schmerzen in meiner Hüfte und zählte auch keine Schritte. Ich dachte eigentlich an nichts Bestimmtes; mein Verstand segelte wie die Pelikane, bevor sie im *caldo largo* unter ihnen ihr Abendessen erspähten. Daher war ich, als ich endlich eine Muschel der gesuchten Art entdeckte und mich mit ihr in der Hand umdrehte, verblüfft, wie klein das Big Pink geworden war.

Ich stand da, warf die orangerote Muschel ein paarmal hoch, fing sie wieder auf und spürte plötzlich das Glassplitterpochen in meiner Hüfte. Es begann dort und pulsierte mein ganzes Bein hinunter. Aber meine Fußabdrücke, die sich von hier in Richtung Haus erstreckten, waren nur wenig verwischt. Bei ihrem Anblick wurde mir klar, dass ich mich verhätschelt hatte – vielleicht nur ein bisschen, vielleicht auch sehr. Ich und mein dämliches kleines Zahlenspiel. Heute hatte ich vergessen, ungefähr alle fünf Minuten besorgt in mich hineinzuhorchen. Ich hatte einfach ... einen Spaziergang gemacht. Wie jeder normale Mensch.

Ich hatte also die Wahl. Ich konnte mich auf dem Rückweg verhätscheln, ab und zu stehen bleiben, um eine von Kathi Greens Dehnübungen zu machen, die verdammt wehtaten und sonst nicht viel zu bewirken schienen, oder ich konnte einfach gehen. Wie jeder normale unverletzte Mensch.

Ich entschied mich für Letzteres. Aber bevor ich mich in Bewegung setzte, sah ich mich noch einmal um und entdeckte weiter südlich einen gestreiften Liegestuhl. Neben ihm stand ein Tisch mit einem genauso gestreiften kleinen Schirm darüber. In dem Liegestuhl saß ein Mann. Was vom Big Pink aus nur ein Punkt am Horizont gewesen war, erwies sich jetzt als großer, schwerer Bursche in Jeans und einem weißen Hemd mit bis zu den Ellbogen aufgekrempelten Ärmeln. Sein Haar war lang und wehte in der Brise. Seine Gesichtszüge konnte ich nicht erkennen; dafür waren wir noch zu weit voneinander entfernt. Er merkte, dass ich zu ihm hinübersah, und winkte. Ich winkte ebenfalls, dann wandte ich mich ab und begann den mühsamen Fußmarsch entlang der eigenen Fährte. Das war meine erste Begegnung mit Wireman.

II An diesem Abend war mein abschließender Gedanke beim Zubettgehen, dass ich vermutlich fast zu wund, um gehen zu können, durch den zweiten Tag des neuen Jahres humpeln würde, fast zu wund, um überhaupt zu gehen. Ich war entzückt, als sich zeigte, dass dies nicht der Fall war; ein heißes Bad schien die restliche Steifheit zu beseitigen.

Deshalb brach ich an diesem Nachmittag erneut auf. Kein bestimmtes Ziel; kein Neujahrsvorsatz; kein Zahlenspiel. Nur jemand, der eine Strandwanderung machte und dabei mehrmals dicht genug an die harmlose Brandung herankam, um die Piepser in einer opaken Wolke auffliegen zu lassen. Manchmal hob ich eine Muschel auf und steckte sie ein (in einer Woche würde ich eine Plastiktüte mitnehmen, um meine Schätze darin zu verstauen). Sobald ich nahe genug heran war, um den stämmigen Kerl genauer sehen zu können – heute trug er zu einer Khakihose ein blaues Hemd und war mit einiger Sicherheit barfuß –, kehrte ich wieder um und machte mich auf den Rückweg zum Big Pink. Aber nicht ohne ein Winken, das er erwiderte.

Damit begannen meine Großen Strandwanderungen. Sie wurden jeden Nachmittag etwas länger, sodass ich den schweren Mann in seinem gestreiften Liegestuhl etwas deutlicher sah. Ich merkte bald, dass auch er eine bestimmte Routine einhielt: Morgens kam er mit der alten Dame heraus, die er in ihrem Rollstuhl bis ans Ende des auf dem Sand liegenden Holzstegs schob, den ich vom Big Pink aus nicht hatte sehen können. Nachmittags war er allein am Meer. Sein Hemd zog er niemals aus, aber Gesicht und Arme waren dunkelbraun wie alte Mahagonimöbel. Neben ihm auf dem Tischchen standen ein hohes Glas und ein Krug, der Eiswasser, Limonade oder Gin und

Tonic enthalten konnte. Er winkte jedes Mal; ich winkte immer zurück.

An einem Tag im Januar, als die Entfernung zwischen uns sich auf kaum mehr als eine Achtelmeile verringert hatte, erschien ein zweiter gestreifter Liegestuhl im Sand. Und auf dem Tisch stand jetzt ein zweites Glas: leer, aber groß und schrecklich einladend. Als ich winkte, winkte er erst zurück und deutete dann auf den freien Liegestuhl.

»Danke, aber noch nicht!«, rief ich.

»Teufel, kommen Sie einfach!«, rief er zurück. »Ich fahre Sie mit dem Golfwagen heim!«

Darüber musste ich lächeln. Ilse hatte für einen Golfwagen plädiert, mit dem ich den Strand entlangflitzen und die Piepser aufschrecken konnte. »Nicht im Schlachtplan vorgesehen«, rief ich, »aber irgendwann bin ich da! Was immer in diesem Krug ist … stellen Sie's für mich auf Eis!«

»Sie wissen es am besten, *muchacho!*« Er deutete einen militärischen Gruß an. »Bis dahin: Lebe den Tag, und lass den Tag dich leben!«

Ich erinnere mich an alles Mögliche, das Wireman gesagt hat, aber diesen Spruch bringe ich am nachdrücklichsten mit ihm in Verbindung, vielleicht auch weil ich ihn von ihm hörte, noch bevor ich seinen Namen kannte oder ihm auch nur die Hand geschüttelt hatte: *Lebe den Tag, und lass den Tag dich leben.*

III Spaziergänge waren nicht das Einzige, was Freemantle in diesem Winter beschäftigte; Freemantle begann auch wieder zu leben. Und das fühlte sich verdammt großartig an. Während in einer stürmischen Nacht die Wogen brandeten und die Muscheln sich stritten, statt sich nur zu unterhalten, fasste ich einen Entschluss: Sobald dieses neue Lebensgefühl sich gefestigt hatte, würde ich Reba, meine Wutmanagementpuppe, an den Strand mitnehmen, sie mit Grillkohlenanzünder tränken und anzünden. Eine wahrhafte Wikingerbestattung für mein anderes Leben! Warum zum Teufel auch nicht?

Bis dahin hatte ich die Malerei, und zu der zog es mich, wie Piepser und Pelikane sich zum Wasser hingezogen fühlen. Nach einer Woche bereute ich, so viel Zeit damit vergeudet zu haben, mit Buntstiften herumzufurzen. Ich schrieb Ilse eine E-Mail, um ihr dafür zu danken, dass sie mich wegen der Malfarben so tyrannisiert hatte, und sie antwortete, auf diesem Gebiet brauche sie keine Ermutigung. Außerdem berichtete sie, dass die Hummingbirds in Pawtucket, Rhode Island, in einer großen Kirche aufgetreten seien – gewissermaßen zum Aufwärmen vor ihrer Tournee –, und die Gemeinde sei ausgeflippt und habe geklatscht und halleluja gerufen. »In den Gängen hat ein ziemliches Wiegen und Wogen geherrscht«, schrieb sie. »Das ist der bei Baptisten übliche Ersatz fürs Tanzen.«

Dies war der Winter, in dem ich das Internet im Allgemeinen und Google im Besonderen zu meinen engen persönlichen Freunden machte, wobei ich einhändig auf der Tastatur herumhackte. Unter dem Stichwort Duma Key fand ich kaum mehr als eine Karte. Ich hätte eifriger und tiefer nachgraben können, aber irgendetwas bewog mich dazu, dies vorläufig bleiben zu lassen. Was mich wirklich interessierte, waren seltsame Ereignisse nach dem Verlust von Gliedmaßen, und ich fand eine Hauptader.

Dazu eine Vorbemerkung: Obwohl ich alle Geschichten, zu denen Google mich führte, mit Vorbehalt aufnahm, lehnte ich nicht einmal die wildesten völlig ab, weil ich nie daran zweifelte, dass meine eigenen seltsamen Erlebnisse mit dem erlittenen Schädel-Hirn-Trauma – der Verletzung des Broca-Zentrums –, dem Verlust meines Arms oder beidem zusammenhingen. Ich konnte mir Carson Jones in seinem Torii-Hunter-T-Shirt ansehen, wann immer ich wollte, und war sicher, dass Mr. Jones Ilses Verlobungsring bei Zale's gekauft hatte. Weniger konkret, aber für mich ebenso überzeugend waren meine immer surrealer werdenden Bilder. Die Telefonkritzeleien aus meinem vorigen Leben hatten keinen Hinweis auf die unheimlichen Sonnenuntergänge geliefert, die ich jetzt malte.

Ich war nicht der Erste, der einen Körperteil verloren und dafür etwas anderes gewonnen hatte. In Fredonia, New York, sägte ein Waldarbeiter sich bei einem Unfall die Hand ab und überlebte nur, weil er den stark blutenden Armstumpf kauterisierte. Die Hand nahm er mit nach Hause, legte sie in einem Konservenglas in Alkohol ein und stellte das Glas in den Keller. Drei Jahre später begann die Hand, die sich nicht mehr an seinem Körper befand, sich trotzdem eiskalt anzufühlen. Er ging in den Keller hinunter und entdeckte, dass eine Fensterscheibe zerbrochen war, sodass der Winterwind auf das Glas blies, in dem seine Hand schwamm. Als der ehemalige Waldarbeiter das Konservenglas neben den Heizkessel stellte, verschwand das Kältegefühl.

Ein russischer Bauer aus Tura im tiefsten Sibirien verlor seinen linken Arm bis zum Ellbogen in einer Landmaschine und verbrachte den Rest seines Lebens als Rutengänger.

Stand er an einer Stelle, unter der es Wasser gab, fühlten Arm und Hand, die nicht mehr da waren, sich feuchtkalt an. Nach den Artikeln, die ich darüber las (es gab drei), ließ diese Fähigkeit ihn niemals im Stich.

In Nebraska gab es einen Kerl, der Tornados mithilfe der Hühneraugen an seinem fehlenden Fuß vorhersagen konnte. Ein beinloser englischer Matrose wurde von seinen Kameraden als eine Art menschlicher Fischfinder eingesetzt. Ein Japaner, der beide Arme verloren hatte, wurde ein angesehener Dichter – nicht schlecht für jemanden, der zum Zeitpunkt des Eisenbahnunglücks, bei dem er die Arme eingebüßt hatte, Analphabet gewesen war.

Die vielleicht seltsamste aller Geschichten war die von Kearney Jaffords in New Jersey, der ohne Arme *geboren* wurde. Kurz nach seinem dreizehnten Geburtstag wurde der bisher gut angepasste Junge hysterisch und jammerte seinen Eltern vor, seine Arme »täten weh und seien auf einer Farm begraben«. Er sagte, er könnte ihnen die Stelle zeigen. Sie fuhren zwei Tage lang und waren zuletzt auf einer unbefestigten Straße in Iowa, irgendwo zwischen Nirgends und Nirgendwo. Der Junge führte sie auf ein Maisfeld, peilte eine in der Nähe stehende Scheune mit einer Reklametafel für MAIL POUCH-Tabak auf dem Dach an und bestand darauf, sie sollten hier graben. Das taten die Eltern – nicht weil sie tatsächlich erwarteten, etwas zu finden, sondern weil sie hofften, den geistig und körperlich aufgewühlten Jungen wieder beruhigen zu können. In einem Meter Tiefe fanden sie zwei Skelette – eines ein Mädchen zwischen zwölf und fünfzehn Jahren. Das andere war ein Mann, Alter unbestimmbar. Nach Schätzung des Coroners in der Adair County hatten die Leichen ungefähr zwölf Jahre lang im Boden gelegen … aber es konnten natürlich dreizehn gewesen sein, was Kearney Jaffords bisheriger Lebensspanne entsprach. Keine der beiden Leichen wurde jemals identifiziert. Die Arme des Mädchenskeletts waren abgetrennt worden. Diese Knochen lagen mitten zwischen denen des unbekannten Mannes.

So faszinierend diese Geschichte auch war, gab es doch zwei, die mich noch mehr interessierten – vor allem wenn ich daran dachte, wie ich die Umhängetasche meiner Tochter durchwühlt hatte.

Ich fand sie im *North American Journal of Parapsychology* in dem Artikel »Sie sehen mit dem, was fehlt«. Erzählt wurde die Geschichte zweier medial veranlagter Personen, einer Frau aus Phoenix und eines Mannes aus Río Gallegos in Argentinien. Der Frau fehlte die rechte Hand, dem Mann wie mir der ganze rechte Arm. Beide hatten der Polizei mehrmals erfolgreich bei der Suche nach vermissten Personen geholfen (vielleicht manchmal auch ohne Erfolg, aber davon war hier nicht die Rede).

Laut Artikel benutzten beide dieselbe Methode. Ihnen wurde ein Kleidungsstück oder eine Schriftprobe des oder der Vermissten gegeben. Dann schlossen sie die Augen und stellten sich vor, sie berührten das Objekt mit der fehlenden Hand (hier war eine leicht konfuse Fußnote über etwas angefügt, das als die Hand des Ruhmes alias die Mojo-Hand bezeichnet wurde). Die Frau in Phoenix »bekam ein Bild«, das sie dann ihren Gesprächspartnern schilderte. Der Argentinier hatte nach seinen Mitteilungen kurze, wütende Anfälle von automatischem Schreiben mit seiner verbliebenen Hand – ein Vorgang, den ich als Analogie zu meinen Bildern sah.

Und obwohl ich wie gesagt vielleicht einige der wilderen Anekdoten, auf die ich bei meinen Internetrecherchen stieß, teilweise anzweifelte, zweifelte ich nie an etwas, das mit mir geschah. Ich denke, ich hätte es selbst ohne meine Zeichnung von Carson Jones geglaubt. Vor allem wegen der Stille. Außer wenn Jack vorbeikam oder Wireman – täglich näher – mir zuwinkte und »*¡Buenos días, muchacho!*« rief, sah ich keinen Menschen und sprach mit niemandem außer mir selbst. Alles Unwesentliche fiel fast völlig weg, und wenn das passiert, fängt man an, sich selbst deutlich zu hören. Und eine klare Kommunikation zwischen den Ichs – damit meine ich das sichtbare Ich und das tiefere Ich – ist der Feind von Selbstzweifeln. Sie beseitigt Verwirrung.

Aber um sicherzugehen, entschloss ich mich zu etwas, das ich für mich selbst als Experiment bezeichnete.

IV

EFree19 an Pamorama 667
9.15 Uhr
24. Januar

Liebe Pam, ich habe eine ungewöhnliche Sitte an dich. Ich male seit einiger Zeit, und die Bilder sind merkwürdig, aber irgendwie amüsant (zumindest denke ich das). Was ich meine, lässt sich besser zeigen als beschreiben, deshalb hänge ich an diese Mail ein paar »JPEGs« an. Ich habe an diese Gartenhandschuhe gedacht, die du mal hattest: die mit dem Wort HANDS auf dem einen Handschuh und OFF! auf dem anderen. Ich würde sie schrecklich gern mit einem Sonnenuntergang kombinie-

ren. Frag mich bitte NICHT, weshalb, diese Ideen kommen mir einfach. Hast du sie noch? Und würdest du sie mir dann schicken? Du bekommst sie natürlich gern wieder zurück, wenn du möchtest.
Es wäre mir lieber, du würdest die Bilder keinem aus unserer »alten Truppe« zeigen. Besonders Bozie lacht wahrscheinlich wie berückt, wenn er DIESES Zeug sieht.
Eddie
PS: Wenn es dir unangenehm ist, die Handschuhe zu schicken, ist das völlig o.k. Das Ganze ist nur eine Braune.

Die Antwort kam am gleichen Abend – aus St. Paul, wo Pam inzwischen wieder eingetroffen war:

Pamorama 667 an EFree19
17.00 Uhr
24. Januar

Hallo, Edgar. Ilse hat mir natürlich von den Bildern erzählt. Sie sind jedenfalls anders. Hoffentlich hält dieses Hobby länger vor als deine Oldtimer-Begeisterung. Gäb's eBay nicht, stünde dieser alte Mustang wohl noch heute hinter dem Haus. Du hast recht, dass das eine komische Bitte ist, aber seit ich deine Bilder gesehen habe, glaube ich zu wissen, was du tust (alle möglichen Dinge kombinieren, damit die Leute sie auf neue Art wahrnehmen, richtig?), und ich wollte ohnehin ein neues Paar kaufen, also racker dich ruhig damit ab.
Ich schicke sie mit UPS und möchte nur, dass du mir ein JPEG des »fettigen Produkts« (☺) schickst, falls es jemals eines gibt.

Ilse sagt, dass es auf Duma Key herrlich war. Sie hat dir hoffentlich eine Dankeschönkarte und nicht nur eine E-Mail geschickt, aber ich kenne sie.

Ich muss dir noch was erzählen, Eddie, obwohl ich nicht weiß, wie dir das gefallen wird. Ich habe eine Kopie deiner Mail und der JPEG-Bilder Zander Kamen geschickt, an den du dich sicher erinnerst. Ich dachte, er würde die Bilder sehen wollen, aber ich wollte vor allem, dass er deine E-Mail sieht und mir sagt, ob Grund zur Sorge besteht, weil du jetzt so schreibst, wie du früher geredet hast: »Sitte« statt »Bitte« und »wie berückt lachen« statt »wie verrückt lachen«. Ganz zum Schluss schreibst du: »Das Ganze ist nur eine Braune«, und ich weiß nicht, was das heißen soll, aber Dr. Kamen tippt auf »Laune«.

Ich mache mir nur so meine Gedanken.

Pam

PS: Meinem Vater geht es etwas besser, er hat die Operation gut überstanden (die Ärzte sagen, dass sie wahrscheinlich »alles entfernt haben«, aber das sagen sie bestimmt immer).

Er scheint die Chemo gut zu vertragen und ist zu Hause.

Er kann schon wieder gehen.

Danke für deine Anteilnahme.

Ihre PS-Spitze war ein Musterbeispiel für die weniger sympathische Seite meiner Exfrau: in Deckung bleiben … in Deckung bleiben … in Deckung bleiben … dann zubeißen und sich aus dem Staub machen. Allerdings hatte sie recht. Ich hätte sie bitten sollen, ihrem Alten die besten Wünsche des Kommiekraten auszurichten, wenn sie mit ihm telefonierte. Dieser Arschkrebs war ein Scheißding.

Ihre ganze E-Mail war eine Sinfonie aus Ärgernissen – von der Erwähnung des Mustangs, für dessen Restaurierung mir immer die Zeit gefehlt hatte, bis zu ihrer Sorge wegen meiner verfehlten Wortwahl. Wobei besagte Sorge von einer Frau geäußert wurde, die glaubte, *Xander* schreibe man mit Z.

Und ja, nachdem ich meiner etwas kindischen Verärgerung darüber Luft gemacht hatte (ich habe sie in das leere Haus hinausgeschrien, wenn Sie's genau wissen wollen), las ich meine E-Mail an sie nochmals durch, und ja, ich war besorgt. Zumindest ein bisschen.

V Der zweite gestreifte Liegestuhl war zu einer festen Einrichtung am Tisch des stämmigen Kerls geworden, und als ich näher herankam, führten wir manchmal eine aus Zurufen bestehende kleine Unterhaltung. Das war eine merkwürdige, aber angenehme Art, Bekanntschaft zu schließen. Am Tag nach Pams E-Mail mit ihren ostentativen Besorgnissen und den zwischen den Zeilen stehenden Worten *(Du könntest so krank sein wie mein Vater, Eddie, vielleicht kränker)* rief der Kerl unten am Strand: »Wie lange brauchen Sie noch bis hierher, was meinen Sie?«

»Vier Tage!«, rief ich zurück. »Vielleicht drei!«

»Sie wollen unbedingt zu Fuß hin und zurück?«

»So ist es!«, sagte ich. »Wie heißen Sie?«

Sein tief gebräuntes, schon etwas dickliches Gesicht sah noch immer gut aus. Jetzt blitzten darin weiße Zähne, und seine angedeuteten Hängebacken verschwanden, als er grinste. »Das sage ich Ihnen, wenn Sie ankommen! Wie heißen Sie?«

»Das steht auf dem Briefkasten!«, antwortete ich.

»Der Tag, an dem ich mich dazu erniedrige, Namen auf

Briefkästen zu lesen, ist der Tag, an dem ich anfange, mich aus dem Radio zu informieren!«

Ich winkte ihm zu, er winkte seinerseits, rief: »*¡Hasta mañana!*«, und wandte sich ab, um wieder das Meer und die segelnden Vögel zu beobachten.

Als ich ins Big Pink zurückkam, signalisierte mir der Briefumschlag auf dem Desktop meines PC, dass ich eine Nachricht erhalten hatte, und ich fand Folgendes vor:

KamenDoc an EFree19
14.49 Uhr
25. Januar

Edgar: Pam hat mir Kopien Ihrer letzen E-Mail und Ihrer Bilder geschickt. Lassen Sie mich zuallererst sagen, dass ich von der Geschwindigkeit Ihrer künstlerischen Entwicklung ÜBERWÄLTIGT bin. Ich kann förmlich sehen, wie Sie mit Ihrem patentierten Ganzstirnrunzeln vor diesem Ausdruck zurückschrecken, aber es gibt kein anderes Wort dafür. SIE DÜRFEN NICHT AUFHÖREN.
Was Pams Sorgen angeht, ist an denen vermutlich nichts dran. Trotzdem wäre eine Kernspintomografie eine gute Idee. Haben Sie dort unten einen Arzt? Ihre nächste Untersuchung von Kopf bis Fuß ist überfällig, mein Freund.
Kamen

EFree19 an KamenDoc
15.58 Uhr
25. Januar

Kamen: Schön, wieder von Ihnen zu hören. Wie käme ich dazu, Ihnen zu widersprechen, wenn Sie mich als »Künstler« bezeichnen wollen? Zurzeit habe ich hier in Florida noch

keine Medizinmänner. Können Sie mir jemanden empfehlen, oder wär's Ihnen lieber, wenn ich zu Todd Jamieson ginge, der erst kürzlich seine Finger in meinem Gehirn hatte?
Edgar

Ich dachte, er würde mir jemanden empfehlen, und hätte den Termin vielleicht sogar eingehalten, aber im Augenblick gehörten ein paar verwechselte Wörter und linguistische Eigenarten nicht zu meinen Prioritäten. Strandwanderungen waren vordringlich, und den für mich bereitstehenden gestreiften Liegestuhl zu erreichen hatte ebenfalls eine Art Priorität, aber meine wichtigsten Beschäftigungen in den letzten Januartagen waren, im Internet zu recherchieren und Bilder zu malen. Erst gestern Abend war ich bei *Sonnenuntergang mit Muschel Nr. 16* angelangt.

Am 27. Januar, nachdem ich nur ungefähr sechzig Meter vor dem wartenden Liegestuhl umgekehrt war, fand ich bei meiner Rückkehr ins Big Pink ein UPS-Päckchen vor. Es enthielt zwei Gartenhandschuhe: einer mit dem Wort HANDS in verblasster roter Schrift auf dem Handrücken, der andere mit dem ähnlich verblassten Aufdruck OFF!. Sie waren von mehreren Gärtnerjahren mitgenommen, aber sauber – Pam hatte sie wie erwartet gewaschen. Sogar wie erhofft. Mich interessierte nicht die Pam, die sie in den Jahren unserer Ehe getragen hatte, nicht einmal die Pam, die sie im vergangenen Herbst, als ich draußen am Lake Phalen war, in unserem Garten in Mendota Heights getragen haben mochte. Diese Pam war eine bekannte Größe. Aber … *Dann will ich dir erzählen, was sonst noch so passiert,* hatte mein If-So-Girl gesagt, ohne zu ahnen, dass sie ihrer

Mutter dabei auf fast unheimliche Weise ähnlich sah. *Sie ist schrecklich oft mit diesem Kerl aus der gleichen Straße zusammen.*

Das war die Pam, die mich interessierte – die Frau, die schrecklich oft mit dem Kerl aus der gleichen Straße zusammen war. Dem Kerl namens Max. Die Hände *dieser* Pam hatten diese Handschuhe gewaschen, sie zusammengefaltet und in die weiße Schachtel im Inneren des UPS-Päckchens gelegt.

Diese Pam war das Experiment … zumindest redete ich mir das ein, aber wir betrügen uns so häufig selbst, dass wir davon unseren Lebensunterhalt bestreiten könnten. Das sagt Wireman, und er hat oft recht. Wahrscheinlich zu oft. Sogar jetzt noch.

VI

Ich wartete nicht auf den Sonnenuntergang, denn zumindest redete ich mir nicht ein, es ginge mir darum, ein Bild zu malen; es ging mir darum, *Informationen* zu malen. Ich nahm die unnatürlich sauberen Gartenhandschuhe meiner Frau (mit Bleichmittel hatte sie wirklich nicht gespart) mit ins Little Pink hinauf und setzte mich vor meine mit einer frischen Leinwand ausgestattete Staffelei. Links neben ihr standen zwei Tische. Auf einem lagen Fotos, die ich mit meiner Digitalkamera gemacht hatte, und alle möglichen Fundstücke. Unter dem anderen hatte ich eine kleine grüne Plane ausgebreitet. Er bot Platz für etwa zwei Dutzend Farbdosen, mehrere halb mit Terpentin gefüllte Gläser und mehrere Flaschen des Zephyr-Hills-Wassers, das ich zum Spülen verwendete. Insgesamt ein unaufgeräumter, etwas schmuddeliger, geschäftiger Arbeitsplatz.

Ich hatte die Handschuhe auf meinem Schoß, schloss die Augen und gab vor, sie mit meiner rechten Hand zu berühren. Aber ich spürte nichts. Keine Schmerzen, kein Jucken, kein Gefühl, dass Phantomfinger das raue, abgenutzte Gewebe liebkosten. Ich saß da, versuchte es durch Willenskraft herbeizurufen – was immer es war – und spürte trotzdem nichts. Genauso gut hätte ich meinem Körper befehlen können, zu scheißen, wenn er nicht musste. Nach fünf langen Minuten öffnete ich wieder die Augen und sah auf die Handschuhe in meinem Schoß hinunter: HANDS … OFF!

Nutzlose Dinger. Beschissen nutzlose Dinger.

Fang nicht an, dich aufzuregen, bleib ausgeglichen, dachte ich. Und dann dachte ich: *Zu spät. Ich reg mich nämlich längst auf. Über diese Handschuhe und die Frau, die sie getragen hat. Und was ausgeglichen betrifft?*

»Auch dafür ist es zu spät«, sagte ich und betrachtete meinen Armstumpf. »Ich kann nie mehr ausgewichen sein.«

Das falsche Wort. Immer das falsche Wort, und so würde es bis in alle gottverdammte Ewigkeit weitergehen. Ich hatte große Lust, das ganze Zeug von meinen dämlichen verdammten Spieltischen auf den Fußboden zu fegen.

»Ausgeglichen«, sagte ich bewusst leise und bewusst langsam. »Ich kann nie mehr *ausgeglichen* sein. Ich bleibe der Einzelarmige.« Das war nicht sehr witzig (nicht einmal sehr vernünftig), aber mein Zorn begann trotzdem zu schwinden. Zu hören, wie ich das richtige Wort sagte, hatte geholfen. Das tat es meistens.

Ich wandte meine Aufmerksamkeit von dem Armstumpf ab und den Handschuhen meiner Frau zu. In der Tat: HANDS OFF!

Mit einem Seufzer – in dem vielleicht auch etwas Erleichterung lag; ich bin mir nicht mehr sicher, aber wahrscheinlich war es so – legte ich sie auf den Tisch mit meinen Modellgegenständen, nahm einen Pinsel aus einem Terpentinglas, drückte ihn in einem Lappen aus, spülte ihn ab und betrachtete die leere Leinwand. War es wirklich mein Ernst gewesen, die Handschuhe malen zu wollen? Scheiße, warum nur? *Warum?*

Plötzlich kam mir die Vorstellung, überhaupt malen zu wollen, lächerlich vor. Die Vorstellung, dass ich nicht wusste, wie, erschien mir verdammt viel plausibler. Hätte ich diesen Pinsel in schwarze Farbe getaucht und damit diese furchteinflößende weiße Fläche berührt, hätte ich garantiert nichts Besseres als eine Kolonne marschierender Strichmännchen zustande gebracht: *Zehn kleine Negerlein, die schliefen in der Scheun', einer ging im Heu verloren, da waren's nur noch neun. Neun kleine Negerlein, die gingen auf die Jagd …*

Das war unheimlich. Ich sprang von meinem Stuhl auf. Plötzlich wollte ich nicht mehr hier sein, nicht im Little Pink, nicht im Big Pink, nicht auf Duma Key, nicht in meinem blöden sinnlosen hinkenden einsamen behinderten Leben. Was machte ich mir nicht alles vor? Ich wäre ein Künstler? Lächerlich. Kamen konnte in seinen patentierten E-Mails von ÜBERWÄLTIGT und SIE DÜRFEN NICHT AUFHÖREN schwafeln, aber Kamen war darauf spezialisiert, den Opfern schwerer Unfälle einzureden, die blasse Imitation des Lebens, das sie neuerdings führten, sei so gut wie das Original. Wenn es um positive Bestätigung ging, waren Kamen und Kathi Green, die Reha-Queen, ein Tiegerseam. SCHEISSE, SIE WAREN BRILLANT, und die meisten ihrer dankbaren Patienten riefen: SIE DÜRFEN NICHT AUFHÖREN. Machte ich mir vor, ich wäre ein Medium? Mit einem Phantomarm, der ins Unbekannte sehen konnte? Das war nicht lächerlich, das war albern und erbärmlich.

In Nokomis gab es einen 7-Eleven. Ich beschloss, meine Fahrkünste auszuprobieren, mir ein paar Sixpacks zu holen und mich zu betrinken. Vielleicht sahen die Dinge morgen besser aus, gefiltert durch Katerdunst. Viel schlechter konnten sie nicht mehr aussehen, fand ich. Ich griff nach meiner Krücke, aber dann verfing sich mein Fuß – mein linker, mein gesunder Fuß, verdammt noch mal – unter dem Stuhl. Ich stolperte. Mein rechter Fuß war nicht kräftig genug, um mich allein zu tragen, und so schlug ich der Länge nach hin, wobei ich den rechten Arm vorstreckte, um meinen Sturz abzufangen.

Das geschah natürlich nur instinktiv … aber er fing meinen Sturz ab. Wirklich. Ich sah es nicht – ich hatte die Augen zugekniffen, wie man es tut, wenn man weiß, dass man gleich hinknallt –, aber wäre mein Fall nicht gebremst worden, hätte ich mich, Teppich hin oder her, ziemlich sicher schwer verletzt. Ich hätte mir das Genick prellen oder sogar brechen können.

Ich blieb einen Augenblick liegen und überzeugte mich davon, dass ich noch lebte, dann richtete ich mich in eine kniende Haltung auf, wobei meine Hüfte mich fast umbrachte, und hielt mir meinen pochenden rechten Arm vor die Augen. Nur war da kein Arm. Ich stellte den Stuhl wieder auf die Beine, stützte mich mit dem linken Arm darauf … und schnellte dann mit dem Kopf vor und biss mich in den rechten Arm.

Ich spürte, wie die Halbmonde meiner Zähne sich knapp unterhalb des Ellbogens in die Haut gruben. Fühlte Schmerzen.

Ich spürte noch mehr. Ich spürte das Fleisch des Unterarms an meinen Lippen. Dann hob ich keuchend den Kopf. »O mein Gott! O mein Gott! Was geht hier vor? Was *ist* das?«

Ich erwartete fast, zu sehen, wie der Arm wirbelnd Gestalt annahm. Das tat er nicht, aber er war trotzdem da. Ich griff über die Sitzfläche des Stuhls hinweg nach einem meiner Pinsel. Ich spürte, wie meine Finger den Stiel umschlossen, aber der Pinsel bewegte sich nicht. Ich dachte: *So ist es also, wenn man ein Gespenst ist.*

Ich zog mich auf den Stuhl hoch. Meine Hüfte knurrte wütend, aber dieser Schmerz schien sich weit flussabwärts aufzuhalten. Mit der linken Hand griff ich nach dem Pinsel, den ich gesäubert hatte, und klemmte ihn mir hinters linke Ohr. Säuberte einen weiteren und legte ihn ins Ablagefach unter der Staffelei. Säuberte einen dritten und legte ihn ebenfalls dort ab. Überlegte, ob ich einen vierten säubern sollte, und wollte mich dann lieber nicht damit aufhalten. Dieses Fieber hatte mich wieder erfasst, dieser Hunger. Es war so plötzlich und gewaltig wie meine Wutanfälle. Hätten die Rauchmelder im Erdgeschoss zu schrillen begonnen, weil das Haus brannte, hätte ich sie nicht beachtet. Ich streifte die Zellophanhülle von einem neuen Pinsel, tauchte ihn in Schwarz und begann zu malen.

Wie bei dem Bild, das ich *Das Spiel ist aus* genannt hatte, weiß ich nicht mehr viel über den Entstehungsprozess von *Freunde mit Zuwendungen.* Ich weiß nur, dass er einer heftigen Explosion glich – und dass Sonnenuntergänge nichts damit zu tun hatten. Das Gemälde war überwiegend in Blau und Schwarz gehalten, der Farbe von Blutergüssen, und als es fertig war, schmerzte mein linker Arm von der Anstrengung. Meine Hand war bis zum Handgelenk mit Farbe bekleckert.

Das fertige Gemälde erinnerte mich an die leicht gewagten Taschenbuchcover, die ich aus meiner Jugend kannte, auf denen immer eine üppige Frau auf dem Weg zur Hölle war. Nur war die Frau auf den Buchumschlägen im Allgemeinen blond und Anfang zwanzig gewesen. Auf meinem Gemälde hatte sie dunkle Haare und schien Mitte vierzig zu sein. Diese Frau war meine Exgattin.

Mit nichts als einem blauen Slip bekleidet, saß sie auf einem zerwühlten Bett. Der Träger eines dazu passenden BHs hing quer über ein Bein. Ihr Kopf war leicht gesenkt, aber ihre Züge waren unverkennbar; ich hatte sie mit einigen wenigen schwarzen Pinselstrichen, die fast chinesischen Ideogrammen glichen, BRILLANT getroffen. Auf der Wölbung einer Brust war der einzige wirklich leuchtende Fleck des Bildes zu sehen: eine tätowierte Rose. Ich fragte mich, wann sie sich hatte tätowieren lassen und weshalb. Pam mit einer Tätowierung erschien mir so unwahrscheinlich wie Pam im Sattel einer Geländemaschine auf dem Mission Hill, aber ich bezweifelte keinen Augenblick, dass dieses Detail der Realität entsprach; es war ebenso eine Tatsache wie Carson Jones' Torii-Hunter-T-Shirt.

Auf dem Gemälde waren auch noch zwei Männer, beide nackt. Einer stand am Fenster, den Blick nach draußen gerichtet. Er hatte den prototypischen Körper eines ungefähr fünfzigjährigen Weißen aus der Mittelschicht, wie man ihn vermutlich in jedem Umkleideraum von Gold's Gym hätte sehen können: Schmerbauch, flacher Hintern ohne Gesäßbacken, mittelgroße Männertitten. Sein Gesicht war intelligent und gebildet. Auf diesem Gesicht stand jetzt ein melancholischer Sie-ist-so-gut-wie-weg-Ausdruck. Ein Nichts-mehr-zu-machen-Ausdruck. Dies war Max aus Palm Desert. Er hätte genauso gut ein Namensschild um den Hals tragen können. Max, der letztes Jahr *seinen* Vater verloren hatte; Max, der Pam zu Anfang Kaffee und zuletzt weit mehr angeboten hatte. Sie hatte den Kaffee und das Mehr angenommen, aber nicht alles Mehr, das er zu geben bereit gewesen wäre. Das sagte sein Gesicht. Es war viel nackter als sein Arsch.

Der andere Mann lehnte mit voreinander gestellten Beinen am Türrahmen: eine Haltung, die seine Oberschenkel zusammenpresste und sein ordentliches Paket nach vorn drückte. Er war ungefähr zehn Jahre älter als der Mann am Fenster, aber besser in Form. Kein Bauch. Kein Rettungsring um die Hüften. Lange Muskeln in den Oberschenkeln. Er hatte die Arme vor der Brust verschränkt und betrachtete Pam mit einem leichten Lächeln. Dieses Lächeln kannte ich gut, denn Tom Riley war fünfunddreißig Jahre lang mein Buchhalter – und mein Freund – gewesen. Wäre es in unserer Familie nicht üblich gewesen, seinen Vater zu bitten, als Trauzeuge zu fungieren, hätte ich Tom darum gebeten.

Ich betrachtete ihn, wie er nackt in der Tür stand und meine Frau auf dem Bett ansah, und erinnerte mich daran, wie er mir geholfen hatte, meine Sachen zum Lake Phalen hinauszuschaffen. Erinnerte mich daran, wie er gesagt hatte: *In einer solchen Situation gibt man das Haus nicht auf, das ist so, als würde man bei einem Play-off-Spiel auf den Heimvorteil verzichten.*

Und wie ich ihn dann mit Tränen in den Augen ertappt hatte. *Boss, ich kann mich einfach nicht daran gewöhnen, dich so zu sehen.*

Hatte er sie schon damals gefickt? Das glaubte ich nicht. Andererseits …

Ich gebe dir ein Angebot mit, das du ihr überbringen kannst, hatte ich gesagt. Und das hatte er getan. Nur hatte er noch mehr getan, als nur mein Angebot zu überbringen.

Ich hinkte zu dem Panoramafenster hinüber, ohne meine Krücke zu benutzen. Die Sonne würde erst in einer Stunde untergehen, aber sie stand schon tiefer im Westen und zog einen Lichtpfad übers Wasser. Ich zwang mich dazu, direkt in diese gleißend helle Spur zu sehen, und wischte mir wiederholt die tränenden Augen.

Ich versuchte mir einzureden, das Gemälde sei vielleicht nur das Hirngespinst eines Verstandes, der sich noch immer zu heilen versuchte. Aber das glaubte ich selbst nicht. Alle meine Stimmen sprachen deutlich und verständlich miteinander, und ich wusste, was ich wusste. Pam hatte mit Max draußen in Palm Desert gefickt, und als er eine längere, tiefere Bindung vorgeschlagen hatte, hatte sie abgelehnt. Pam hatte auch mit meinem ältesten Freund und Geschäftspartner gefickt und fickte vielleicht noch immer mit ihm. Offen war nur die Frage, welcher der beiden Kerle ihr die Tittenrose aufgeschwatzt hatte.

»Ich muss das loslassen«, sagte ich mir und legte meine pochende Stirn an die Scheibe. Vor mir leuchtete die Sonne auf dem Golf von Mexiko. »Ich muss es wirklich loslassen.«

Dann schnalz mit den Fingern, dachte ich.

Ich schnalzte mit den Fingern der rechten Hand und hörte das Geräusch – ein flottes kleines Klicken. »Alles okay. Vorbei, erledigt, weg«, sagte ich heiter. Aber dann schloss ich die Augen und sah Pam auf dem Bett – irgendeinem Bett – sitzen: in ihrem Slip und mit diesem wie eine tote Schlange über ihrem Bein liegenden BH-Träger.

Freunde mit Zuwendungen.

Fickfreunde mit verfickten Zuwendungen.

VII

An diesem Abend beobachtete ich den Sonnenuntergang nicht vom Little Pink aus. Ich ließ meine Krücke an die Hauswand gelehnt stehen, hinkte zum Strand hinunter und ging bis zu den Knien ins Wasser. Das Meer war kalt wie immer um diese Jahreszeit, wenn die Hurrikansaison seit ein paar Monaten vorüber ist, aber das merkte ich kaum. Der übers Wasser laufende Lichtpfad leuchtete jetzt in bitterem Orange, und ihn sah ich an.

»Von wegen Experiment!«, sagte ich, und die Brandung schäumte um meine Füße. Ich schwankte unsicher, breitete die Arme aus, um das Gleichgewicht zu halten. »Scheißexperiment.«

Über mir segelte ein Reiher durch den dunkler werdenden Himmel: ein lautloses, langhalsiges Projektil.

»Das war Schnüffelei, das war nichts als Schnüffelei, und ich hab dafür bezahlt.«

Genau. Falls ich irgendwie Lust verspürte, Pam noch einmal zu würgen, war das einzig und allein meine Schuld. *Sieh niemals durch ein Schlüsselloch, es wird dich nur quälen*, wie meine liebe alte Mutter zu sagen pflegte. Ich hatte hindurchgesehen, es quälte mich, Ende der Geschichte. Dies war jetzt ihr Leben, und was sie darin tat, war ihre Sache. Meine war es, dieses Thema fallen zu lassen. Die *Frage* war nur, ob ich das konnte oder nicht. Das war schwieriger, als mit den Fingern zu schnalzen, selbst mit den Fingern einer Hand, die nicht mehr da war.

Eine Woge – groß genug, um mich von den Beinen zu holen – brandete heran. Ich tauchte kurz unter, schluckte Wasser und kam dann prustend hoch. Das zurückflutende Wasser versuchte, mich zusammen mit dem Sand und den Muscheln zurück ins Meer zu reißen. Ich stieß mich mit meinem gesunden Fuß in Richtung Strand ab, strampelte sogar schwach mit dem schlimmen Bein und schaffte es, wieder Halt zu finden. Auch wenn ich vielleicht in mancher Beziehung durcheinander war, wollte ich nicht im Golf von Mexiko ertrinken. In diesem Punkt gab es keine Verwirrung. Die Haare hingen mir in die Augen, als ich hustend und spuckend aus dem Wasser kroch und dabei mein rechtes Bein wie ein mit Wasser vollgesogenes Gepäckstück hinter mir herschleifte.

Als ich endlich trockenen Sand erreichte, wälzte ich mich auf den Rücken und sah hinauf zum Himmel. Ein fetter Halbmond segelte durchs dunkler werdende Samtblau über dem Giebel des Big Pink. Er wirkte dort oben recht heiter. Hier unten lag ein Mann, auf den das Gegenteil von heiter zutraf: zitternd, gequält und wütend. Ich drehte den Kopf zur Seite, um meinen Armstumpf anzusehen, dann blickte ich wieder zum Mond auf.

»Keine Schnüffelei«, sagte ich. »Dieser neue Grundsatz gilt ab sofort. Keine Schnüffelei, keine Experimente mehr.«

Das war mein Ernst. Aber wie ich schon sagte (und Wireman hatte dies noch vor mir erkannt), betrügen wir uns so häufig selbst, dass wir davon unseren Lebensunterhalt bestreiten könnten.

5

Wireman

I Als Wireman und ich uns erstmals wirklich begegneten, lachte er so heftig, dass sein Liegestuhl zu Bruch ging, und ich lachte so heftig, dass ich fast bewusstlos wurde – tatsächlich verfiel ich in die als »Gray-out« bezeichnete Fastohnmacht. Das hätte ich an dem Tag, nachdem ich herausgefunden hatte, dass Tom Riley mit meiner Exfrau schlief (nicht dass meine »Beweise« vor Gericht Bestand gehabt hätten), am allerwenigsten erwartet, aber es ließ vorausahnen, was kommen würde. Dies war nicht das einzige Mal, dass wir miteinander lachten. Wireman war vieles für mich – nicht zuletzt mein Schicksal –, aber vor allem eines: mein Freund.

II »So«, sagte er, als ich endlich seinen Tisch mit dem Schatten spendenden gestreiften Sonnenschirm und dem freien Liegestuhl auf der anderen Seite erreichte. »Der hinkende Fremde trifft mit einem Brotbeutel voller Muscheln ein. Setzt Euch, hinkender Fremder. Feuchtet Eure Kehle an. Dieses Glas steht nun schon einige Tage für Euch bereit.«

Ich legte meine Plastiktüte – tatsächlich ein Brotbeutel –

auf den Tisch und streckte ihm die Hand hin. »Edgar Freemantle.«

Seine Hand war breit, die Finger dick, der Händedruck kräftig. »Jerome Wireman. Die meisten nennen mich Wireman.«

Ich begutachtete den für mich gedachten Liegestuhl: eine Ausführung mit hoher Rückenlehne und niedriger Sitzmulde aus Leinen – wie der Schalensitz eines Porsches.

»Stimmt was nicht damit, *muchacho?*«, fragte Wireman und zog eine Augenbraue hoch. Er hatte viel Augenbraue hochzuziehen, buschig und grau meliert.

»Nicht, wenn Sie nicht lachen, wenn ich wieder daraus aufstehen muss«, sagte ich.

Er lächelte. »*Honey, live like you got to live.* Chuck Berry, 1969.«

Ich stellte mich neben dem Liegestuhl in Position, schickte ein kleines Stoßgebet gen Himmel und ließ mich fallen. Dabei lehnte ich mich wie immer nach links, um meine schlimme Hüfte zu schonen. Ich landete nicht ganz mittig, bekam aber die hölzernen Armlehnen zu fassen und stemmte meinen gesunden Fuß so ein, dass der Liegestuhl nur schwankte. Vor einem Monat wäre ich sofort wieder herausgekippt, aber jetzt war ich stärker. Ich konnte förmlich sehen, wie Kathi Green applaudierte.

»Gut gemacht, Edgar«, sagte er. »Oder sind Sie ein Eddie?«

»Suchen Sie sich's aus, ich höre auf beides. Was haben Sie in diesem Krug?«

»Grünen Eistee«, sagte er. »Sehr erfrischend. Möchten Sie ihn probieren?«

»Sehr gern.«

Er schenkte mir ein, dann goss er sich selbst nach und

hob sein Glas. Der Tee war nur schwach grün. Wiremans Augen, gefangen in Netzen aus feinen Falten, waren grüner. Er trug sein an den Schläfen weiß meliertes schwarzes Haar wirklich ziemlich lang. Als ein Windstoß es hob, konnte ich rechts am Haaransatz eine Narbe sehen: rund wie eine Münze, aber kleiner. Heute trug er Schwimmshorts, und Oberkörper und Beine waren so braun wie seine Arme. Er wirkte fit, aber ich fand, dass er auch müde aussah.

»Trinken wir auf Sie, *muchacho*. Sie haben's geschafft.«

»Na schön«, sagte ich. »Auf mich.«

Wir stießen miteinander an und tranken. Ich kannte grünen Tee von früher und fand ihn okay, aber dieser hier war köstlich – als tränke man kalte Seide mit einer leichten Andeutung von Süße.

»Schmecken Sie den Honig?«, fragte er und lächelte, als ich nickte. »Das tut nicht jeder. Ich nehme pro Krug nur einen Teelöffel. Er setzt die natürliche Süße des Tees frei. Das habe ich als Smutje auf einem Trampdampfer im Chinesischen Meer gelernt.« Er hob sein Glas und sah mit zusammengekniffen Augen hindurch. »Wir haben viele Piraten abgewehrt und uns unter dem Tropenhimmel mit geheimnisvollen dunklen Frauen gepaart.«

»Ich glaube, Sie verarschen mich, Mr. Wireman.«

Er lachte. »In Wirklichkeit habe ich das mit dem Honig in einem von Miss Eastlakes Kochbüchern gelesen.«

»Ist sie die Dame, die morgens mit Ihnen rauskommt? Die im Rollstuhl?«

»Das ist sie in der Tat.«

Und ohne viel darüber nachzudenken, was ich sagte – es waren die auf den verchromten Fußstützen ihres Rollstuhls ruhenden riesigen Sneakers, an die ich dachte –, sagte ich: »Die Braut des Paten.«

Wireman glotzte mich mit offenem Mund an und riss seine grünen Augen so weit auf, dass ich mich schon für meinen Fauxpas entschuldigen wollte. Dann fing er *richtig* an zu lachen. Es war das hemmungslose Grölen, mit dem man auf die seltenen Gelegenheiten reagiert, wenn etwas wirklich alle Abwehrmechanismen unterlaufen und einen mitten ins Zwerchfell getroffen hat. Ich meine, der Mann lachte sich echt schief, und als er sah, dass ich keinen blassen Schimmer hatte, was ihn zum Lachen brachte, lachte er noch heftiger, was seinen nicht unbeträchtlichen Wanst erzittern ließ. Er wollte sein Glas auf den kleinen Tisch zurückstellen, verfehlte ihn jedoch. Das Glas stürzte senkrecht in den Sand und blieb darin *stecken*: genau senkrecht wie ein Zigarettenstummel in einem dieser Sandbehälter, die früher in Hotelhallen an den Aufzügen standen. Das fand er offenbar noch komischer, und er zeigte darauf.

»Das hätte ich nie geschafft, wenn ich's versucht hätte!«, stieß er hervor, und dann ging es weiter, Lachsturm auf Lachsturm, er in seinem Liegestuhl wogend, eine Hand auf seinem Magen, die andere nach seiner Brust fassend. Ein Gedichtfetzen, vor über dreißig Jahren in der Highschool gelesen, fiel mir plötzlich mit fast unheimlicher Klarheit ein: *Männer heucheln keinen Anfall, auch simulieren sie keinen Krampf.*

Ich selbst lächelte und lachte sogar halblaut, weil solch hemmungslose Heiterkeit ansteckend ist, auch wenn man nicht weiß, worin der Witz besteht. Und dass beim Sturzflug des Glases nicht ein Tropfen von Wiremans Eistee verschüttet worden war … nun, das *war* komisch. Wie ein Gag in einem Road-Runner-Cartoon. Aber das abstürzende Glas war nicht der Grund für Wiremans Lachanfall gewesen.

»Das verstehe ich nicht. Ich meine, tut mir leid, falls ich …«

»Sie *ist es* gewissermaßen!«, rief Wireman aus. »Sie *ist es quasi wirklich*, das ist das Komische daran! Nur ist sie die *Tochter*, versteht sich, sie ist die *Tochter* des Pa…«

Aber er hatte sich nicht nur auf und ab, sondern auch hin und her geworfen – kein Simulieren, ein echter Krampf –, und jetzt gab sein Liegestuhl mit lautem *krrrach!* endgültig den Geist auf, schleuderte ihn erst mit einem äußerst komischen überraschten Gesichtsausdruck nach vorn und kippte ihn dann in den Sand. Einer seiner fuchtelnden Arme traf die Stange des Sonnenschirms und warf den Tisch um. Ein Windstoß fuhr in den Schirm, füllte ihn wie ein Segel und ließ ihn den Tisch über den Strand ziehen. Worüber ich lachen musste, war weder Wiremans glupschäugig erstaunter Blick, als sein zusammenbrechender Liegestuhl versuchte, ihn wie ein gestreifter Rachen zu verschlingen, noch sein plötzliches Abrollen in den Sand. Es war nicht einmal der Anblick des Tisches, der zu entkommen versuchte, indem er sich von seinem eigenen Schirm ziehen ließ. Es war Wiremans Glas, das weiter friedlich zwischen dem Körper des hingestreckten Mannes und seinem linken Arm stand.

Acme Iced Tea Company, dachte ich, noch immer diesen alten Road-Runner-Cartoons verhaftet. *Miep-miep!* Und das ließ mich natürlich an den Kran denken, der an allem schuld war, dessen gottverdammter Mieper nicht gemiepmiept hatte, und ich sah mich plötzlich als Wile E. Coyote im Fahrerhaus meines zerquetschten Pick-ups: mit verwirrt hervorquellenden Augen, die ausgefransten Ohren in entgegengesetzte Richtungen hochgestellt, vielleicht an den Spitzen leicht rauchend.

Das gab mir den Rest. Ich lachte hemmungslos, bis ich aus dem Liegestuhl kippte und im Sand neben Wireman aufschlug… aber auch ich verfehlte das Glas, das weiterhin genau senkrecht dastand wie ein Zigarettenstummel im Sandbehälter. Ich konnte unmöglich noch mehr lachen, aber ich tat es. Tränen schossen mir aus den Augen, und die Welt begann sich zu verdüstern, als mein Gehirn auf den Sparmodus bei Sauerstoffmangel umschaltete.

Wireman, der weiter vor Lachen brüllte, kroch auf allen vieren hinter seinem flüchtenden Tisch her. Er wollte nach dem Mittelfuß grapschen, der aber weghuschte, als spüre er seine Annäherung. Wireman plumpste mit dem Gesicht in den Sand, kam lachend und niesend wieder hoch. Ich wälzte mich auf den Rücken und rang keuchend nach Atem – kurz davor, das Bewusstsein zu verlieren, aber noch immer lachend.

So lernte ich Wireman kennen.

III

Zwanzig Minuten später stand der Tisch wieder ungefähr so da wie zuvor. Eigentlich war also wieder alles wunderbar, nur dass keiner von uns den Schirm ansehen konnte, ohne wieder in Kicheranfälle auszubrechen. Einer seiner keilförmigen Sektoren war eingerissen, und er ragte jetzt krumm aus der Tischmitte auf, was ihm das Aussehen eines Betrunkenen verlieh, der den Nüchternen zu spielen versucht. Den verbliebenen Stuhl hatte Wireman am Ende des Holzstegs aufgestellt und sich hineingesetzt, weil ich darauf bestanden hatte. Ich saß auf dem Steg selbst, der zwar keine Rückenlehne hatte, mich aber leichter (von würdevoller ganz zu schweigen) aufstehen lassen würde. Wireman bot an, als Ersatz für den verschütteten Eistee einen frischen Krug zu holen. Ich lehnte ab, war aber einverstanden, das auf wundersame Weise nicht umgekippte Glas mit ihm zu teilen.

»Jetzt sind wir Wasserbrüder«, sagte er, als es leer getrunken war.

»Ist das irgendein indianisches Ritual?«, fragte ich.

»Nein, das ist aus *Fremder in einem fremden Land* von Robert Heinlein, Gott hab ihn selig.«

Mir fiel ein, dass ich ihn nie lesen gesehen hatte, während er in seinem gestreiften Liegestuhl saß, aber das erwähnte ich nicht. Viele Leute lesen nicht am Strand; von dem hellen Licht bekommen sie Kopfschmerzen. Ich sympathisierte mit Leuten, die unter Kopfschmerzen litten.

Er begann wieder zu lachen. Er hielt sich den Mund wie ein Kind mit beiden Händen zu, aber das Lachen brach trotzdem durch. »Nicht schon wieder. Heiliger Strohsack, nicht noch mehr. Ich glaube, ich habe mir sämtliche Bauchmuskeln gezerrt.«

»Ich auch«, sagte ich.

Wir schwiegen einen Augenblick lang. Die Brise vom Golf her war an diesem Tag kühl und frisch, mit wehmütigwürzigem Salzgeruch. Der Sonnenschirm flatterte um den Riss. Der dunkle Fleck im Sand, wo der Krug mit Eistee umgekippt war, war schon fast verschwunden.

Wireman kicherte. »Hast du gesehen, wie der Tisch abhauen wollte? Der gottverdammte *Tisch?*«

Ich kicherte ebenfalls. Meine Hüfte schmerzte, und die Bauchmuskeln taten mir weh, aber ich fühlte mich ziemlich gut für einen Mann, der sich fast bewusstlos gelacht hatte. »›Alabama Getaway‹«, sagte ich.

Er nickte und wischte sich noch etwas Sand vom Gesicht. »Grateful Dead. 1979. Um den Dreh.« Er kicherte, sein Kichern ging in leichtes Lachen über, und das verwandelte sich blitzschnell in einen brüllend lauten Lachanfall. Er hielt sich stöhnend den Bauch. »Ich kann nicht mehr, ich muss aufhören, aber … Braut des Paten! Du lieber Himmel!« Und wieder lachte er schallend laut.

»Erzähl ihr bloß nicht, dass ich das gesagt habe«, sagte ich.

Er lachte nicht mehr, lächelte aber weiter. »So indiskret bin ich nicht, *muchacho*. Aber … es war der Hut, richtig? Dieser große Strohhut, den sie trägt. Wie Marlon Brando, als er im Garten mit dem Kleinen spielt.«

Eigentlich waren es die Sneakers, aber ich nickte, und wir lachten noch einmal.

»Falls wir loslachen, wenn ich dich ihr vorstelle«, sagte er (und lachte schon wieder, vermutlich über die Vorstellung loszulachen; so ist das, wenn man einen Anfall hat), »sagen wir, dass wir lachen, weil ich meinen Liegestuhl demoliert habe, richtig?«

»Richtig«, sagte ich. »Aber was hast du damit gemeint, als du gesagt hast, dass sie es gewissermaßen ist?«

»Weißt du das wirklich nicht?«

»Keinen blassen Schimmer.«

Er deutete auf das Big Pink, das in der Ferne sehr klein aussah. Und einen langen Rückmarsch versprach. »Wem, glaubst du, gehört dein Haus, *amigo?* Ich meine, deine Miete geht sicher an einen Immobilienmakler oder die Agentur Vacation Homes Be Us, aber wo, glaubst du, landet der größte Teil deines Schecks letztlich?«

»Ich schätze mal, auf einem Bankkonto von Miss Eastlake.«

»Korrekt! Miss Elizabeth Eastlake. Wegen des Alters der Lady – fünfundachtzig –, könnte man sie wohl Ole Miss nennen.« Er begann wieder zu lachen, schüttelte den Kopf und sagte: »Das muss aufhören. Aber um mir selbst gegenüber fair zu sein, muss ich sagen, dass ich schon lange keinen Grund mehr hatte, herzhaft zu lachen.«

»Ganz meinerseits.«

Er sah mich an – einarmig, das Haar auf einer Kopfseite stellenweise spärlich – und nickte. Dann sahen wir eine Zeit lang nur auf den Golf hinaus. Ich weiß, dass Leute nach Florida ziehen, wenn sie alt und krank sind, weil es dort fast das ganze Jahr über warm ist, aber ich finde, dass der Golf von Mexiko noch zusätzliche Anreize bietet. Schon der Anblick dieser endlosen stillen flachen besonnten Weite ist heilend. Ein großes Wort, nicht wahr? *Golf,* meine ich. Groß genug, dass man viele Dinge hineinwerfen und verschwinden sehen kann.

Nach einiger Zeit fragte Wireman: »Und wem, glaubst du, gehören die Häuser zwischen deinem Haus und diesem hier?« Er wies mit einem Daumen über die Schulter auf die weißen Wände und die orangeroten Dachziegel. »Das auf den Katasterkarten der County übrigens *Heron's Roost* heißt, aber von mir *El Palacio de Asesinos* genannt wird.«

»Auch Miss Eastlake?«

»Wieder richtig«, sagte er.

»Warum nennst du es *Mörderpalast*?«

»Nun, tatsächlich nenne ich es Banditenversteck, wenn ich auf Englisch denke«, sagte Wireman mit entschuldigendem Lächeln. »Weil es wie ein Haus aussieht, in dem der Hauptschurke in einem Western von Sam Peckinpah sich wohlfühlen würde. Jedenfalls stehen sechs ziemlich hübsche Häuser zwischen Heron's Roost und Salmon Point…«

»Das ich Big Pink nenne«, sagte ich. »Wenn ich auf Englisch denke.«

Er nickte. »*El Rosado Grande.* Guter Name. Gefällt mir. Du bist … wie lange hier?«

»Ich habe das Haus für ein Jahr gemietet, aber ich weiß ehrlich nicht, wie lange ich bleibe. Ich habe keine Angst vor heißem Wetter – vor der gemeinen Jahreszeit, wie die Leute sagen –, aber man muss auch an Wirbelstürme denken.«

»Ja, hier unten denken wir alle an die Hurrikansaison, vor allem seit Charley und Katrina. Aber die Häuser zwischen deinem Big Pink und unserem *Palacio de Asesinos* sind lange vor Beginn der Hurrikansaison leer. Wie der Rest von Duma Key. Das übrigens genauso gut den Namen Eastlake Island tragen könnte.«

»Soll das heißen, dies alles gehört ihr?«

»Das ist selbst für jemanden kompliziert, der in seinem anderen Leben Rechtsanwalt war«, sagte Wireman. »Früher hat ihrem *Vater* einmal alles gehört – dazu ein gutes Stück des Küstengebiets östlich von hier. In den Dreißigerjahren hat er bis auf Duma alles verkauft. Miss Eastlake gehört das Nordende, das steht außer Zweifel.« Wiremans weit ausholende Handbewegung umfasste die Nordspitze der Insel, den Teil, den er später als blank wie die Muschi einer Stripperin beschreiben würde. »Das Land und die Häuser darauf – vom Heron's Roost, dem luxuriösesten, bis zu deinem Big Pink, dem abenteuerlichsten. Sie verschaffen ihr ein Einkommen, das sie kaum braucht, weil ihr Vater ihr und ihren Geschwistern auch *mucho dinero* hinterlassen hat.«

»Wie viele ihrer Brüder und Schwestern leben noch?«

»Keine«, sagte Wireman. »Die Tochter des Paten ist die Letzte.« Er schnaubte leise und schüttelte den Kopf. »Ich muss aufhören, sie so zu nennen«, sagte er mehr zu sich selbst als zu mir.

»Wenn du meinst«, sagte ich. »Was mich wirklich wundert, ist die Tatsache, dass der Rest der Insel nicht erschlossen ist. Das ist mir gleich am ersten Tag, als ich über die Brücke gefahren bin, verrückt vorgekommen, angesichts des permanenten Baubooms in Florida.«

»Du sprichst wie ein Mann mit einschlägigen Kenntnissen. Was bist du in deinem anderen Leben, Edgar?«

»Bauunternehmer.«

»Und diese Zeit liegt jetzt hinter dir?«

Ich hätte ausweichend antworten können – ich kannte ihn nicht gut genug, um ihm mein Inneres zu offenbaren –, aber das tat ich nicht. Damit hatte unser gemeinsamer hysterischer Anfall sicher einiges zu tun. »Ja«, sagte ich.

»Und was bist du in diesem Leben?«

Ich seufzte und wandte den Blick von ihm ab. Sah auf den Golf hinaus, in dem man all sein früheres Elend versenken konnte und dann zusehen, wie es verschwand. »Kann ich noch nicht mit Bestimmtheit sagen. Vielleicht Maler.« Und ich wartete darauf, dass er lachte.

Das tat er nicht. »Du wärst nicht der erste Maler, der im Sal… im Big Pink wohnt. Es hat eine ziemlich lange künstlerische Tradition.«

»Im Ernst?« Das Haus enthielt keinen Hinweis auf etwas in dieser Art.

»O ja«, sagte er. »Alexander Calder hat dort gewohnt. Keith Haring. Marcel Duchamp. Alle vor der Stranderosion, durch die das Haus jetzt in Gefahr ist, ins Meer zu kippen.« Er machte eine Pause. »Salvador Dalí.«

»Völlig ausgeschossen!«, rief ich und wurde dann rot, als er den Kopf schief legte. Einen Augenblick lang spürte ich in mir den vertrauten zornigen Frust aufwallen, der mir Kopf und Kehle zu verstopfen schien. *Ich schaffe das,* dachte ich.

»Sorry. Ich hatte vor einiger Zeit einen Unfall und …« Dann verstummte ich.

»Nicht schwierig, von selbst darauf zu kommen«, sagte Wireman. »Falls du's noch nicht gemerkt haben solltest, dir fehlt rechts ein Dingsbums, *muchacho.*«

»Ja. Und manchmal leide ich … ich weiß nicht … an Aphasie, vermute ich.«

»Mhm. Jedenfalls ist das mit Dalí nicht gelogen. Er hat 1981 drei Wochen lang in deinem Haus gewohnt.« Dann fügte er fast ohne Pause hinzu: »Ich weiß, was du durchmachst.«

»Das bezweifle ich aber sehr.« Das sollte nicht schroff klingen, aber so kam es heraus. Tatsächlich war mir so zumute.

Wireman sagte eine kleine Weile nichts. Der eingerissene Sonnenschirm flatterte. Ich hatte Zeit, zu denken: *Nun, das war eine potenziell interessante Freundschaft, die es nicht geben wird,* aber als er weitersprach, klang seine Stimme ruhig und heiter. Als ob unser kleiner Abstecher nie stattgefunden hätte.

»Ein Teil von Dumas Entwicklungsproblem ist die Überwucherung. Der Strandhafer gehört hierher, aber der ganze restliche Scheiß dürfte hier ohne Bewässerung nicht wachsen. Das sollte mal jemand untersuchen, finde ich.«

»Meine Tochter und ich haben neulich eine Erkundungsfahrt unternommen. Weiter im Süden sah's aus wie im richtigen Dschungel.«

Wireman machte ein besorgtes Gesicht. »Die Duma Key Road ist nichts für jemanden in deiner Verfassung. Sie ist in beschissenem Zustand.«

»Erzähl mir was Neues. Mich interessiert, warum sie nicht vierspurig und mit Radwegen auf beiden Seiten ausgebaut und alle hundert Meter von Eigentumswohnanlagen gesäumt ist.«

»Weil keiner weiß, wem das Land gehört. Wie wär's für den Anfang damit?«

»Ohne Scheiß?«

»Ja. Miss Eastlake gehört das Gebiet von der Inselspitze bis südlich von Heron's Roost frei und unbelastet seit dem Jahr 1950. Daran besteht nicht der geringste Zweifel. Das steht in den Testamenten.«

»*Testamenten?* Mehrzahl?«

»Insgesamt drei. Alle eigenhändig geschrieben, alle von verschiedenen Zeugen bekundet, alle mit unterschiedlichen Verfügungen in Bezug auf Duma Key. Alle drei verfügen jedoch ausdrücklich, dass Elizabeth Eastlake den Nordteil von Duma ohne Bedingungen von ihrem Vater John erben soll. Um den Rest wird seither vor Gericht gestritten. Sechzig Jahre juristischer Auseinandersetzungen, gegen die *Bleak House* wirkt wie Dick und Jane.«

»Ich dachte, du hättest gesagt, Miss Eastlakes Geschwister seien alle tot.«

»Das sind sie, aber sie hat Nichten und Neffen und Großnichten und Großneffen im ganzen Land. *Sie* beschäftigen die Gerichte, aber sie streiten untereinander, nicht mit ihr. Ihre einzige Erwähnung in den Testamenten des Alten hat mit diesem Teil von Duma Key zu tun, der zweimal sorgfältig vermessen wurde – einmal kurz vor dem Zweiten Weltkrieg, einmal unmittelbar danach. Das ist alles aktenkundig. Und weißt du was, *amigo?*«

Ich schüttelte den Kopf.

»Miss Eastlake glaubt, dass ihr Vater genau das erreichen wollte. Und seit ich meinen Anwaltsblick auf Kopien der Testamente geworfen habe, stimme ich ihr zu.«

»Wer zahlt die Steuern?«

Er wirkte überrascht, dann lachte er. »Du gefällst mir immer besser, *vato.*«

»Mein anderes Leben«, erinnerte ich ihn. Der Klang dieser Anderes-Leben-Sache fing schon an, mir zu gefallen.

»Stimmt. Dann wirst du das zu würdigen wissen«, sagte er. »Die Sache ist clever eingefädelt. Johns drei Testamente enthalten identische Klauseln zur Gründung eines Treuhandfonds, der die Steuern zahlt. Die ursprüngliche Investmentgesellschaft, die den Fonds verwaltet hat, ist seit damals übernommen worden … tatsächlich ist die *übernehmende* Gesellschaft ihrerseits übernommen worden …«

»So macht Amerika Geschäfte«, sagte ich.

»In der Tat. Jedenfalls war der Fonds nie in Gefahr, zahlungsunfähig zu werden, und die Steuern werden jedes Jahr regelmäßig gezahlt.«

»Geld spricht, Scheißdreck läuft frei herum.«

»Das ist wahr.« Er stand auf, legte die Hände ins Kreuz und verdrehte den Oberkörper. »Möchtest du mit ins Haus kommen und den Boss kennenlernen? Sie dürfte um diese Zeit aus ihrem Mittagsschlaf erwachen. Sie hat ihre Probleme, ist aber selbst mit fünfundachtzig noch frisch und munter.«

Dies war nicht der richtige Zeitpunkt, ihm zu erzählen, dass ich sie schon flüchtig kennengelernt hatte – dank meines Anrufbeantworters. »Ein andermal. Wenn die Ausgelassenheit sich gelegt hat.«

Er nickte. »Komm morgen Nachmittag wieder, wenn du Lust hast.«

»Vielleicht. War mir ein Vergnügen.« Ich streckte ihm erneut die Hand hin. Er schüttelte sie nochmals, sah dabei meinen Armstumpf an.

»Keine Prothese? Oder trägst du sie nur nicht, wenn du nicht unter den *hoi polloi* bist?«

Ich hatte eine Geschichte, die ich den Leuten erzählte – Nervenschmerzen im Stumpf –, aber die war gelogen, und ich wollte Wireman nicht belügen. Teils weil er ein Gespür für Bockmist hatte, aber vor allem auch, weil ich ihn einfach nicht belügen wollte.

»Mir ist eine angemessen worden, als ich noch im Krankenhaus war, und praktisch alle haben sie mir dringend empfohlen – besonders meine Physiotherapeutin und dieser Psychologe, mit dem ich fast befreundet bin. Alle haben gesagt, je schneller ich lerne, mit der Prothese umzugehen, desto schneller könnte ich mein Leben weiterleben …«

»Einfach alles hinter sich lassen und wieder zum Tanzen gehen …«

»Ja.«

»Nur ist es manchmal nicht so einfach, etwas hinter sich zu lassen.«

»Nein.«

»Manchmal wäre es auch nicht richtig«, sagte Wireman.

»Das trifft es nicht genau, aber es ist …« Ich verstummte und wedelte mit meiner Hand in der Luft.

»Dicht genug dran für Rock ’n’ Roll?«

»Ja«, sagte ich. »Danke für den Eistee.«

»Komm wieder und trink noch einen. Ich sonne mich nur zwischen zwei und drei – eine Stunde pro Tag genügt mir –, aber Miss Eastlake schläft entweder oder ist nachmittags meist damit beschäftigt, ihre Porzellanfiguren neu zu ordnen, und sie versäumt natürlich nie *Oprah*, also habe ich Zeit. Eigentlich mehr, als ich sinnvoll nutzen kann. Wer weiß? Vielleicht finden wir eine Menge, worüber wir reden können.«

»In Ordnung«, sagte ich. »Klingt gut.«

Wireman grinste. Das machte ihn attraktiv. Er streckte mir die Hand hin, und ich schüttelte sie erneut. »Weißt du, was ich glaube? Auf Lachen gegründete Freundschaften verheißen Glück.«

»Vielleicht besteht dein nächster Job darin, Weissagungen für chinesische Plätzchen zu schreiben«, sagte ich.

»Es gibt schlimmere Jobs, *muchacho*. Weit schlimmere.«

IV

Auf dem Rückweg dachte ich wieder an Miss Eastlake, eine alte Lady, die riesige blaue Sneakers und einen breiten Strohhut trug und zufällig die Besitzerin (gewissermaßen) einer eigenen Insel vor Florida war. Also doch nicht die Tochter des Paten, sondern die Tochter des Landbarons und offenbar eine Förderin der Künste. Mein Verstand hatte wieder mal einen dieser verrückten Aussetzer, und ich konnte mich nicht an den Vornamen ihres Vaters erinnern (etwas Einfaches, nur eine Silbe), aber ich erinnerte mich an die grundsätzliche Situation, wie Wireman sie geschildert hatte. Ich hatte noch nie etwas Vergleichbares gehört, und wer vom Bauen lebt, sieht alle möglichen seltsamen Eigentumsverhältnisse. Ich hielt das Ganze für ziemlich raffiniert … das heißt, wenn man es darauf anlegte, den größten Teil seines kleinen Königreichs im Zustand unentwickelter Unschuld zu erhalten. Die Frage war: Weshalb?

Ich hatte schon den größten Teil des Rückwegs hinter mir, bevor ich merkte, dass mein Bein wie verrückt wehtat. Ich hinkte ins Haus, schlürfte Wasser direkt aus dem Hahn in der Küche und schlich dann durchs Wohnzimmer hinüber in mein Schlafzimmer. Ich sah das Licht an meinem Anrufbeantworter blinken, wollte in diesem Augenblick aber nichts mit Nachrichten aus der Außenwelt zu schaffen haben. Ich wollte mich nur hinlegen.

Ich streckte mich auf dem Bett aus und sah zu den langsam rotierenden Flügeln des Deckenventilators auf. Ich hatte nicht sehr gut erklärt, weshalb ich keinen künstlichen Arm hatte. Ich überlegte, ob Wireman erfolgreicher gewesen wäre, wenn ich gefragt hätte: *Was macht ein Anwalt als Hausmann einer reichen alten Jungfer? Was für eine Art anderes Leben ist das?*

Während ich noch darüber nachdachte, driftete ich in ein traumloses, sehr erholsames Nickerchen ab.

V

Als ich aufwachte, duschte ich heiß und ging dann ins Wohnzimmer, um meinen Anrufbeantworter abzuhören. Ich war deutlich weniger steif, als ich nach meiner zwei Meilen langen Wanderung erwartet hätte. Vielleicht würde ich morgen humpelnd aufstehen, aber heute Abend war vermutlich noch alles in Ordnung.

Der Anruf kam von Jack. Er sagte, dass seine Mutter mit jemandem namens Dario Nannuzzi gesprochen habe und Dario Nannuzzi sich meine Bilder wenn möglich gern am Freitagnachmittag zwischen vier und fünf ansehen würde – und ob ich maximal zehn der meiner Ansicht nach besten Bilder in die Scoto Gallery bringen könne? Keine Skizzen; Nannuzzi wolle nur fertige Arbeiten sehen.

Die Ansage löste bei mir sofort ein gewisses Unbehagen aus …

Nein, das beschreibt nicht einmal andeutungsweise, wie mir zumute war.

Mein Magen verkrampfte sich, und ich hätte schwören können, dass meine Eingeweide eine Handbreit absackten. Dabei war das nicht einmal das Schlimmste. Dieses halb juckende, halb schmerzhafte Kribbeln lief meine rechte Körperseite und den fehlenden Arm hoch und runter. Ich sagte mir, solche Reaktionen – nichts anderes als drei Tage zu früh einsetzende Versagensangst – seien lächerlich. Schließlich hatte ich einmal vor dem Stadtrat von St. Paul, in dem damals ein Mann saß, der später Gouverneur von Minnesota wurde, für ein Hundertmillionendollarprojekt geworben. Und ich hatte, was noch beängstigender gewesen war, zwei Töchter durch ihre ersten Ballettauftritte, Cheerleaderproben, Fahrstunden und die Hölle der Adoleszenz begleitet. Was war verglichen damit schon dabei, einem Galeriemenschen ein paar meiner Bilder zu zeigen?

Trotzdem ging ich mit bleiernen Füßen ins Little Pink hinauf.

Die untergehende Sonne überflutete den großen Raum mit einem prachtvollen, unwahrscheinlichen orangeroten Licht, aber ich fühlte keinen Drang, auch nur zu versuchen, es festzuhalten – nicht heute Abend. Dennoch appellierte dieses Licht an mich. Wie das Foto einer längst vergangenen Liebe, auf das man in einer alten Schachtel mit Souvenirs zufällig stößt, an einen appellieren kann. Und die Flut war hereingekommen. Selbst im ersten Stock konnte ich das Gemurmel der Muscheln hören. Ich setzte mich und begann in dem Durcheinander aus Fundstücken auf meinem Ramschtisch zu stochern – eine Vogelfeder, ein glatt geschliffener Kiesel, ein farblos grau gewordenes Wegwerffeuerzeug. Nein, ich dachte nicht an Emily Dickinson, sondern an einen alten

Folksong: *Don't the sun look good, Mama, shinin through the trees?* Dort draußen gab es natürlich keine Bäume, aber ich konnte einen auf den Horizont stellen, wenn ich wollte. Ich konnte einen hinstellen, damit der rote Sonnenuntergang hindurchschien. Hallo, Dalí.

Ich fürchtete nicht, mir anhören zu müssen, ich hätte *kein* Talent. Ich fürchtete, Signor Nannuzzi würde mir erklären, ich hätte ein *weenig* Talent. Er würde Daumen und Zeigefinger bis auf einen halben Zentimeter aufeinander zubewegen, um zu demonstrieren, wie *weenig* er meinte. Er würde mir raten, an den Sidewalk Art Festivals in Venice teilzunehmen, wo ich bestimmt Erfolg haben würde, weil meine reizenden Dalí-Imitationen sicher vielen Touristen gefallen würden.

Und wenn er das tat und Daumen und Zeigefinger bis auf einen halben Zentimeter aufeinander zubewegte und *weenig* sagte, was würde ich dann tun? Konnte das Urteil irgendeines Fremden mein neues Selbstbewusstsein zerstören, mir meine ganz spezielle neue Freude rauben?

»Vielleicht«, sagte ich.

Ja. Weil Bilder zu malen etwas anderes war, als Einkaufszentren zu errichten. Am leichtesten wäre es gewesen, den Termin einfach abzusagen … aber ich hatte es Ilse versprochen, und es gehörte nicht zu meinen Gewohnheiten, meinen Kindern gegenüber Versprechen zu brechen.

Mein rechter Arm juckte noch immer, fast so, dass es wehtat, aber ich achtete kaum darauf. An der Wand links von mir standen acht oder neun Leinwände. Ich wandte mich ihnen zu, weil ich dachte, ich würde zu entscheiden versuchen, welche die besten waren, aber ich warf nicht einmal einen Blick auf sie.

Oben an der Treppe stand Tom Riley. Er war nackt bis

auf eine hellblaue Schlafanzughose, dunkler im Schritt und auf der Innenseite eines Beins, wo er sich nass gemacht hatte. Sein rechtes Auge war weg. Wo es gewesen war, gähnte jetzt eine mit geronnenem Blut dunkelrot und schwarz verklebte Augenhöhle. Streifen von angetrocknetem Blut zogen sich wie eine Kriegsbemalung über die rechte Schläfe und verschwanden in den ergrauenden Haaren über seinem Ohr. Sein anderes Auge starrte auf den Golf von Mexiko hinaus. Der Sonnenuntergang überzog sein schmales, blasses Gesicht mit Karnevalsfarben.

Vor Schock und Entsetzen kreischte ich laut, wich zurück und fiel vom Stuhl. Ich knallte auf meine schlimme Hüfte und schrie erneut auf – diesmal vor Schmerzen. Mein Fuß zuckte, traf den Stuhl, auf dem ich gesessen hatte, und warf ihn um. Als ich wieder zur Treppe hinübersah, war Tom verschwunden.

VI

Zehn Minuten später war ich unten und wählte seine Privatnummer. Die Treppe vom Little Pink herunter hatte ich sitzend bewältigt, war auf dem Arsch über eine Stufe nach der anderen runtergepoltert. Nicht weil meine Hüfte nach dem Sturz vom Stuhl schmerzte, sondern weil meine Beine so stark zitterten, dass ich mir nicht zutraute, die Treppe hinunterzulaufen. Ich hatte Angst, ich könnte kopfüber hinabstürzen, selbst wenn ich rückwärts ging, um mich mit der linken Hand am Geländer festhalten zu können. Teufel, ich hatte Angst, ich könnte ohnmächtig werden.

Ich musste immer wieder an den Tag am Lake Phalen

denken, an dem ich mich umgedreht und Tom mit verdächtig glänzenden Augen gesehen hatte: Tom, der sich bemüht hatte, mich nicht in Verlegenheit zu bringen, indem er tatsächlich heulte. *Boss, ich kann mich einfach nicht daran gewöhnen, dich mit nur einem Arm zu sehen. Tut mir so leid!*

Das Telefon begann in dem hübschen Haus zu klingeln, das Tom in Apple Valley besaß. Tom, der zweimal verheiratet und zweimal geschieden war; Tom, der mir davon abgeraten hatte, aus dem Haus in Mendota Heights auszuziehen – *Das ist so, als würde man bei einem Play-off-Spiel auf den Heimvorteil verzichten,* hatte er gesagt. Tom, der später mit Vergnügen ein wenig in meinem ehemaligen Revier gewildert hatte, wenn man *Freunden mit Zuwendungen* glauben wollte … und ich *glaubte* ihm.

Ich glaubte auch, was ich oben gesehen hatte.

Ein Klingeln … zwei … drei …

»Na los«, murmelte ich. »Nimm das Scheißding ab.« Was ich sagen würde, wenn er dranging, wusste ich nicht, aber das war mir egal. Im Augenblick wollte ich nur seine Stimme hören.

Das tat ich, aber sie war aufgezeichnet. »Hi, Sie haben Tom Riley erreicht«, sagte er. »Mein Bruder George und ich sind mit unserer Mutter zu unserer jährlichen Kreuzfahrt unterwegs – dieses Jahr geht's nach Nassau. Was sagst du, Mutter?«

»Dass ich eine Bahama-Mama bin!«, sagte eine vom Rauchen heisere, aber unverkennbar fröhliche Stimme.

»Richtig, das ist sie«, fuhr Tom fort. »Am achten Februar sind wir wieder zurück. Bis dahin können Sie eine Nachricht hinterlassen … wann, George?«

»Wenn's *gepiept* hat!«, rief eine Männerstimme.

»Genau!«, stimmte Tom zu. »Wenn's gepiept hat. Oder

Sie können mein Büro anrufen.« Er gab die Telefonnummer an, danach riefen alle drei im Chor: *»BON VOYAGE!«*

Ich legte auf, ohne etwas zu sagen. Nein, das hatte nicht wie die Abschiedsbotschaft eines Mannes geklungen, der an Selbstmord dachte, aber natürlich war er mit seinen liebsten und nächsten Angehörigen (die später unweigerlich sagen würden: »Er war eigentlich wie immer«) zusammen gewesen und …

»Wer sagt, dass es Selbstmord sein muss?«, fragte ich den leeren Raum … und sah mich dann ängstlich um, ob ich auch wirklich allein war. »Wer sagt, dass es kein Unfall sein wird? Oder sogar Mord? Vorausgesetzt, dass es nicht schon passiert ist.«

Wäre es jedoch schon passiert, hätte mich vermutlich jemand angerufen. Vielleicht Bozie, möglicherweise Xander Kamen, am ehesten Pam. Also …

»Es ist Selbstmord.« Diesmal erzählte ich es dem Raum. »Es ist Selbstmord, aber er ist noch nicht passiert. Das war eine Warnung.«

Ich stand auf und krückte ins Schlafzimmer hinüber. In letzter Zeit hatte ich die Krücke weniger benutzt, aber heute Abend wollte, nein, brauchte ich sie wirklich.

Meine Allerbeste saß in der Betthälfte, die einer wirklichen Frau gehört hätte, wenn ich noch eine gehabt hätte, in die Kissen gelehnt. Ich setzte mich auf die Bettkante, nahm sie in die Hand und blickte in die großen blauen Gucker, die so voller Cartoon-Überraschung waren. *Aua, du böser Mann!* Meine Reba, die wie Lucy Ricardo aussah.

»Das war wie bei Scrooge, der vom Geist der zukünftigen Weihnachten besucht wird«, erklärte ich ihr. »›Dies sind die Schatten von Dingen, die sein können.‹«

Reba äußerte sich nicht dazu.

»Aber was soll ich tun? Das war nicht wie die Bilder. Es war sogar überhaupt nicht wie die Bilder!«

Doch genau das war es, und das wusste ich. Gemälde und Visionen hatten ihren Ursprung im menschlichen Gehirn, und in meinem Gehirn hatte sich irgendetwas verändert. Ich nahm an, dass diese Veränderung das Ergebnis einer genau richtigen Kombination aus Verletzungen war. Oder einer genau falschen. Hirn-Schädel-Trauma. Broca-Zentrum. Und Duma Key. Die Insel war … was?

»Eine Art Verstärker«, erklärte ich Reba. »Stimmt's?«

Sie äußerte sich nicht.

»Hier gibt es etwas, das auf mich einwirkt. Hat es mich vielleicht sogar hergerufen?«

Bei dieser Vorstellung bekam ich eine Gänsehaut. Unter mir das Mahlen der Muscheln, während die Wellen sie hochhoben und wieder fallen ließen. Nur zu leicht konnte man sich statt Muscheln Totenschädel denken, Tausende von ihnen, die alle gleichzeitig mit den Zähnen knirschten, wenn eine Welle heranbrandete.

Ich dachte daran, dass jemand – Jack? – gesagt hatte, irgendwo draußen in der Wildnis stehe ein weiteres zerfallendes Haus. Als Ilse und ich in diese Richtung zu fahren versucht hatten, hatte sich der Zustand der Straße sehr rasch verschlechtert. Der Zustand von Ilses Magen auch. Mein Magen hatte nicht rebelliert, aber der Gestank der üppig wuchernden Vegetation war widerlich gewesen und das Jucken in meinem fehlenden Arm noch schlimmer. Wireman hatte besorgt gewirkt, als ich ihm erzählt hatte, dass Ilse und ich die Straße ein Stück weit zu erkunden versucht hatten. *Die Duma Key Road ist nichts für jemanden in deiner Verfassung,* hatte er gesagt. Die Frage war nur: In welcher Verfassung *war* ich eigentlich?

Reba hielt sich weiterhin bedeckt.

»Ich will nicht, dass das passiert«, sagte ich leise.

Reba starrte nur zu mir auf. Ich war ein böser Mann, das war *ihre* Meinung.

»Wozu taugst du überhaupt?«, fragte ich und warf sie beiseite. Sie landete mit dem Gesicht nach unten auf ihrem Kissen, wo sie mit hochgerecktem Po und gespreizten rosa Baumwollbeinen aussah wie eine richtige kleine Nutte. In der Tat: *Aua, du böser Mann.*

Ich ließ den Kopf hängen, starrte den Teppich zwischen meinen Knien an und rieb mir den Nacken. Die Muskeln dort waren straff und verspannt. Sie fühlten sich eisenhart an. Ich hatte schon länger keine schlimmen Kopfschmerzen mehr gehabt, aber wenn diese Muskeln nicht bald lockerer wurden, würde ich heute Abend dröhnende Kopfschmerzen haben. Ich musste etwas essen, das wäre zumindest ein Anfang. Irgendetwas Tröstliches. Eines dieser mit Kalorien vollgestopften Fertiggerichte klang ungefähr richtig – die Sorte, bei der man die Plastikhülle von dem tiefgekühlten Fleisch mit Soße schneidet, das Ganze sieben Minuten lang in der Mikrowelle erhitzt und es dann wie ein gieriges Arschloch verschlingt.

Aber ich blieb noch etwas länger still sitzen. Ich hatte viele Fragen, von denen die meisten vermutlich meine Fähigkeit überstiegen, sie zu beantworten. Das erkannte und akzeptierte ich. Seit dem Tag meiner unglücklichen Konfrontation mit dem Kran hatte ich gelernt, vieles zu akzeptieren. Aber ich würde versuchen müssen, wenigstens noch eine Antwort zu bekommen, bevor ich mich trotz meines Heißhungers dazu überwinden konnte, etwas zu essen. Das weiße Telefon auf dem Nachttisch gehörte zum Inventar des Hauses. Es war reizend altmodisch, das Modell Princess mit

Wählscheibe. Es stand auf einem Telefonbuch, das überwiegend aus Gelben Seiten bestand. Ich schlug den dünnen weißen Teil auf, rechnete eigentlich damit, dass Elizabeth Eastlake nicht drinstehen würde, und fand den Namen dann doch. Ich wählte die Nummer. Nach dem zweiten Klingeln meldete sich Wireman.

»Hallo, Heron's Roost.«

In dieser perfekt modulierten Stimme lag kaum eine Spur des Mannes, der so hemmungslos gelacht hatte, dass sein Liegestuhl in Trümmer gegangen war, und plötzlich kam mir das hier wie die schlechteste Idee der Welt vor, aber mir blieb keine andere Wahl.

»Wireman? Hier ist Edgar Freemantle. Ich brauche Hilfe.«

6

Die Dame des Hauses

I Am folgenden Nachmittag saß ich erneut an dem Tischchen am Ende des vom *Palacio de Asesinos* herabführenden Holzstegs. Der gestreifte Sonnenschirm war zwar eingerissen, aber noch brauchbar. Vom Wasser her wehte eine Brise, die kühl genug war, um Sweatshirts zu rechtfertigen. Kleine Lichtflecken tanzten über den Tisch, während ich erzählte. Und ich erzählte ausführlich – fast eine Stunde lang, in der ich mich mit kleinen Schlucken von dem grünen Tee erfrischte, den Wireman mir immer wieder nachschenkte. Schließlich verstummte ich, und für kurze Zeit war nichts zu hören außer dem sanften Flüstern der hereinkommenden Wellen, die sich am Strand brachen und verliefen.

Am Abend zuvor musste Wireman in meiner Stimme genug Besorgniserregendes gehört haben, denn er hatte angeboten, sofort mit dem *Palacio*-Golfwagen herüberzukommen. Mit Miss Eastlake könne er per Walkie-Talkie in Verbindung bleiben. Ich erklärte ihm, dass es so eilig nicht war. Es sei wichtig, sagte ich, aber nicht dringend. Zumindest nicht dringend im Sinne eines Notrufs. Und das war die Wahrheit. Falls Tom vorhatte, auf seiner Kreuzfahrt Selbstmord zu begehen, konnte ich nur sehr wenig tun, um ihn daran zu hindern. Aber ich glaubte nicht, dass er sich das

Leben nehmen würde, solange er mit seiner Mutter und seinem Bruder zusammen war.

Ich hatte nicht die Absicht, Wireman zu erzählen, dass ich heimlich die Umhängetasche meiner Tochter durchwühlt hatte; das war etwas, wofür ich mich mit der Zeit nicht weniger, sondern immer mehr schämte. Aber sobald ich mit dem **LINK-BELT** angefangen hatte, konnte ich nicht mehr aufhören. Ich erzählte fast alles und hörte erst mit Tom Riley auf, der im Little Pink oben an der Treppe stand: bleich und tot und mit einem Auge weniger. Ich glaube, teilweise konnte ich nur deswegen weiterreden, weil ich wusste, dass Wireman keine Handhabe hatte, mich in die nächste Irrenanstalt einweisen zu lassen – er war nicht mein Vormund. Sosehr mich seine Freundlichkeit und zynische Heiterkeit anzogen, außerdem kam hinzu, dass er noch ein Fremder war. Manchmal – sogar ziemlich oft, schätze ich – fällt es uns leichter, peinliche oder regelrecht verrückte Geschichten einem Unbekannten zu erzählen. Vor allem beflügelte mich jedoch reine Erleichterung: Ich kam mir vor wie ein Mann, der Schlangengift aus einer Bisswunde drückt.

Wireman schenkte sich Tee mit einer Hand nach, die nicht ganz ruhig war. Das fand ich interessant und beunruhigend. Dann sah er auf seine Armbanduhr, die er im Krankenschwesternstil mit dem Zifferblatt nach unten trug. »In ungefähr einer halben Stunde muss ich wirklich raufgehen und nach ihr sehen«, sagte er. »Ihr fehlt bestimmt nichts, aber …«

»Was ist, wenn sie doch etwas hat?«, fragte ich. »Wenn sie vielleicht gestürzt ist?«

Er zog ein Handfunkgerät aus der Tasche seiner Chinos. Es war schlank wie ein Handy. »Ich achte darauf, dass sie ihres immer bei sich hat. Außerdem sind im ganzen Haus

Notrufknöpfe verteilt, trotzdem …« Er tippte sich mit einem Daumen an die Brust. »Ich bin das eigentliche Alarmsystem, okay? Das einzige, dem ich vertraue.« Er machte eine Pause, blickte übers Wasser hinaus und seufzte.

»Sie hat Alzheimer. Er ist noch nicht sehr weit fortgeschritten, aber Dr. Hadlock sagt, dass er sich bald beschleunigen wird. Heute in einem Jahr …« Er zuckte beinahe mürrisch mit den Schultern, dann hellte seine Miene sich wieder auf. »Jeden Nachmittag um vier trinken wir Tee. Es gibt Tee und *Oprah*. Warum kommst du nicht mit rauf und lernst die Dame des Hauses kennen? Ich lege auch noch ein Stück Limonenkuchen drauf.«

»Okay, abgemacht«, sagte ich. »Glaubst du, dass sie die Mitteilung auf meinen Anrufbeantworter gesprochen hat, Duma Key sei kein Ort, der Töchtern Glück gebracht habe?«

»Klar. Wenn du jedoch eine Erklärung erwartest – oder auch nur, dass sie sich daran erinnert –, wünsche ich dir viel Glück. Aber ich kann dir vielleicht ein bisschen weiterhelfen. Du hast gestern was von Brüdern und Schwestern gesagt, und ich hatte keine Gelegenheit, dich zu verbessern. Tatsache ist, dass Elizabeth nur Schwestern hatte. Fünf Mädchen. Die Älteste wurde im Jahr 1908 oder so ähnlich geboren. Elizabeth hat die Bühne im Jahr 1923 betreten. Mrs. Eastlake ist zwei Monate nach ihrer Geburt gestorben. An irgendeiner Infektion. Oder vielleicht an einer Thrombose … wer könnte das jetzt noch sagen? Das war hier auf Duma Key.«

»Hat ihr Vater wieder geheiratet?« Ich konnte mich noch immer nicht an seinen Namen erinnern.

Wireman erlöste mich aus meiner Verlegenheit. »John? Nein.«

»Erzähl mir bloß nicht, dass er hier sechs Mädchen großgezogen hat. Das ist mir zu romanhaft.«

»Er hat's versucht, mithilfe eines Kindermädchens. Aber seine Älteste ist mit einem Jungen durchgebrannt. Miss Eastlake hatte einen beinahe tödlichen Unfall. Und die Zwillinge …« Er schüttelte den Kopf. »Sie waren zwei Jahre älter als Elizabeth. 1927 sind sie verschwunden. Damals wurde vermutet, dass sie beim Baden von einer Unterströmung mitgerissen wurden und draußen im *caldo largo* ertrunken sind.«

Wir blickten eine Zeit lang aufs Wasser hinaus – auf diese täuschend harmlosen Wellen, die wie junge Hunde den Strand heraufgelaufen kamen – und sagten nichts. Dann fragte ich, ob Elizabeth ihm das alles erzählt habe.

»Teilweise. Nicht alles. Und ihre Erinnerungen sind nicht immer zuverlässig. Auf einer Webseite zur Geschichte der Golfküste habe ich eine flüchtige Erwähnung zu einem darauf passenden Vorfall gefunden. Ich hab eine kleine E-Mail-Korrespondenz mit einem Kerl geführt, der Bibliothekar in Tampa ist.« Wireman hob die Hände und imitierte eine Tippbewegung. »Tessie und Laura Eastlake. Der Bibliothekar hat mir eine Fotokopie einer Tageszeitung aus Tampa vom 19. April 1929 geschickt. Die Schlagzeile auf der ersten Seite ist sehr krass, sehr düster, sehr frostig. Nur drei Wörter: SIE SIND FORT.«

»Mein Gott«, sagte ich.

»Sechs Jahre alt. Elizabeth war damals vier, alt genug, um zu verstehen, was passiert war. Vielleicht sogar alt genug, um eine einfache Schlagzeile wie SIE SIND FORT lesen zu können. Die Zwillinge tot, und Adriana, die Älteste, mit einem seiner Betriebsleiter nach Atlanta durchgebrannt … kein Wunder, dass John von Duma vorerst genug hatte. Also ist er mit seinen verbliebenen drei Töchtern nach Miami gezogen. Viele Jahre später ist er zum Sterben zurückgekehrt, und Miss Eastlake hat ihn betreut.« Wireman zuckte mit den Schultern. »Nicht viel anders, als ich sie betreue. Also… verstehst du jetzt, wieso eine alte Lady mit beginnendem Alzheimer diese Insel für einen Unglücksort für Töchter halten könnte?«

»Ich denke schon, aber wie kommt eine alte Lady mit beginnendem Alzheimer an die Telefonnummer ihres neuen Mieters?«

Wireman warf mir einen listigen Blick zu. »Neuer Mieter, alte Nummer, Nummernspeicher in allen Telefonen im Haus.« Er wies mit dem Daumen über seine Schulter. »Noch Fragen?«

Ich starrte ihn an. »Sie hat mich *gespeichert?*«

»Ich kann nichts dafür; zu dieser Filmvorführung bin ich erst später gekommen. Wahrscheinlich hat der Immobilienmakler, der die Häuser verwaltet, alle ihre Telefonnummern eingegeben. Oder vielleicht Miss Eastlakes Vermögensverwalter. Er kommt ungefähr alle sechs Wochen aus St. Petersburg runter, um sich davon zu überzeugen, dass sie noch lebt und ich nicht das Spode-Porzellan klaue. Ich werde ihn fragen, wenn er das nächste Mal aufkreuzt.«

»Sie kann also jedes Haus am Nordende der Insel mit einem Knopfdruck erreichen.«

»Nun… ja. Ich meine, sie *gehören* ihr alle.« Er tätschelte meine Hand. »Aber weißt du was, *muchacho?* Ich glaube, dein Knopf wird heute Abend einen kleinen Nervenzusammenbruch erleiden.«

»Nein«, sagte ich, ohne auch nur darüber nachzudenken. »Mach das nicht.«

»Ah«, sagte Wireman, als verstehe er genau. Vielleicht tat

er das wirklich. »Jedenfalls erklärt das den geheimnisvollen Anruf bei dir – obwohl ich dich warnen muss, dass Erklärungen auf Duma Key oft sehr dünn werden. Wie auch deine Geschichte beweist.«

»Wie meinst du das? Hast du einschlägige … Erfahrungen gemacht?«

Er sah mir in die Augen, sein breites sonnengebräuntes Gesicht unergründlich. Der kalte Spätjanuarwind frischte auf und blies Sand um unsere Knöchel. Er hob auch wieder Wiremans Haare an und ließ die runde Narbe über der rechten Schläfe sehen. Ich fragte mich, ob ihn dort jemand mit dem Hals einer Flasche getroffen hatte, vielleicht bei einer Schlägerei in einer Bar, und versuchte mir vorzustellen, wie jemand auf diesen Mann wütend wurde. Das fiel mir schwer.

»Ja, ich habe … *Erfahrungen*«, sagte er und machte mit je zwei Fingern beider Hände kleine Anführungszeichen in die Luft. »Sie machen Kinder zu … *Erwachsenen*. Und sie liefern Englischlehrern Stoff für ihren Scheiß in … *Literaturseminaren.*« Jeweils mit Anführungszeichen in der Luft.

Okay, er wollte also nicht darüber reden, wenigstens nicht jetzt. Also fragte ich ihn, wie viel er von meiner Geschichte glaube.

Er verdrehte die Augen und lehnte sich in seinen Liegestuhl zurück. »Stell meine Geduld nicht auf die Probe, *vato*. Du irrst dich vielleicht in ein paar Punkten, aber du bist nicht plemplem. Ich habe dort oben eine Lady … die süßeste Lady der Welt, und ich liebe sie, aber manchmal glaubt sie, ich wäre ihr Dad und wir befänden uns im Miami von 1934. Manchmal steckt sie eine ihrer Porzellanfiguren in eine Keksdose von Sweet Owen und schmeißt sie in den Goldfischteich hinter den Tennisplätzen. Ich muss sie wieder rausfischen, während sie ihren Mittagsschlaf macht, sonst ist sie stinksauer. Keine Ahnung, warum. Ich glaube, dass sie ab diesem Sommer ständig Erwachsenenwindeln tragen wird.«

»Worauf willst du hinaus?«

»Darauf, dass ich *loco* kenne, ich kenne Duma und lerne dich allmählich kennen. Ich bin durchaus bereit zu glauben, dass du eine Vision von deinem Freund als Toten gehabt hast.«

»Ohne Scheiß?«

»Ohne Scheiß. *Verdad.* Die Frage ist, was du dagegen zu tun gedenkst, wobei ich voraussetze, dass du ihn nicht unter der Erde sehen willst, nur weil er – darf ich vulgär sein? – das Feld beackert hat, das früher deins war.«

»Das will ich nicht. Ich hatte diese vorübergehende Sache … ich weiß nicht, wie ich sie beschreiben soll …«

»Hattest du diese Sorte einer vorübergehenden Sache, während der du ihm den Schwanz abhacken und ihm dann mit einem glühenden Schüreisen die Augen ausbrennen wolltest? War es eine solche vorübergehende Sache, *muchacho?*« Wireman bildete mit Daumen und Zeigefinger eine Pistole, mit der er auf mich zielte. »Ich war mit einer jungen Mexikanerin verheiratet und weiß, was Eifersucht ist. Was ganz Normales. Wie ein Schreckreflex.«

»Hat deine Frau dich je …« Ich verstummte, weil mir plötzlich wieder sehr bewusst wurde, dass ich diesen Mann erst seit einem Tag kannte. Das konnte man leicht vergessen. Wireman war *intensiv.*

»Nein, *amigo*, nicht dass ich wüsste. Was sie getan hat, war, mir wegzusterben.« Sein Gesicht war vollkommen ausdruckslos. »Reden wir lieber nicht davon, okay?«

»Okay.«

»Bei der Eifersucht muss man bedenken, dass sie kommt und geht. Wie die nachmittäglichen Schauer hier unten in der gemeinen Jahreszeit. Du bist darüber hinweg, sagst du. Das solltest du auch sein, denn du bist nicht mehr ihr *campesino*. Die Frage ist, was du wegen dieser anderen Sache unternehmen willst. Wie willst du diesen Kerl daran hindern, sich selbst umzubringen? Denn du weißt, was passiert, sobald die Happy-Family-Kreuzfahrt vorbei ist, nicht wahr?«

Einen Augenblick lang sagte ich nichts. Ich übersetzte sein letztes spanisches Wort, versuchte es zumindest. Du bist nicht mehr ihr Landmann, hatte er das gesagt? Dann hatte es einen bitteren Beiklang von Wahrheit.

»*Muchacho?* Dein nächster Schritt?«

»Ich weiß nicht«, sagte ich. »Ich habe seine E-Mail-Adresse, aber was schreibe ich ihm? ›Lieber Tom, ich mache mir Sorgen, dass du an Selbstmord denkst, bitte antworte schnellstens.‹ Ich möchte wetten, dass er im Urlaub nicht mal seine Mails liest. Er hat zwei Exfrauen, von denen eine noch Alimente von ihm bezieht, aber beide stehen ihm nicht nahe. Er hatte einen Jungen, aber der ist im Säuglingsalter gestorben – Spina bifida, glaube ich –, und … was? *Was?*«

Wireman hatte sich abgewandt, hockte zusammengesunken in seinem Liegestuhl und sah aufs Meer hinaus, wo die Pelikane nach einem frühen Abendessen tauchten. Sein Körperenglisch drückte Abscheu aus.

Er wandte sich mir wieder zu. »Hör auf, dich zu winden. Du weißt verdammt genau, wer ihn kennt. Oder du glaubst es zu wissen.«

»Pam? Du meinst *Pam?*«

Er sah mich nur an.

»Willst du reden, Wireman, oder nur dasitzen?«

»Ich muss nach meiner Lady sehen. Sie wird inzwischen auf sein und ihre Vieruhrkekse wollen.«

»Pam würde mich für verrückt halten! Teufel, sie hat mich schon für verrückt gehalten, als ich ausgezogen bin.«

»Du musst sie überzeugen.« Dann wurde er etwas zahmer. »Hör zu, Edgar. Wenn sie ihm so nahesteht, wie du glaubst, muss sie die Anzeichen bemerkt haben. Und du kannst es nur versuchen. *¿Entiendes?*«

»Ich weiß nicht, was das bedeutet.«

»Das bedeutet, du sollst deine Frau anrufen.«

»Sie ist meine Ex.«

»Nein. Bis deine Einstellung sich ändert, ist die Scheidung nur ein juristisches Konstrukt. Deshalb ist es dir scheißegal, was sie über deinen Geisteszustand denkt. Aber wenn du auch etwas für diesen Kerl übrighast, musst du sie anrufen und ihr sagen, dass du Grund zu der Annahme hast, dass er aussteigen will.«

Er stemmte sich aus dem Liegestuhl, dann hielt er mir die Hand hin. »Genug palavert. Komm mit und lern den Boss kennen. Du wirst es nicht bereuen. Für einen Boss ist sie ziemlich nett.«

Ich ergriff seine Hand und ließ mich aus dem Ersatzliegestuhl hochziehen. Sein Griff war kräftig. Das war noch etwas an Jerome Wireman, das ich nie vergessen habe: Der Mann packte kräftig zu. Der Holzsteg zu dem Tor in der rückwärtigen Mauer war nur breit genug für einen Mann, also folgte ich ihm und hielt tapfer hinkend mit ihm Schritt. Als wir das Tor erreichten – eine kleinere Version des Einfahrtstors, die so spanisch wirkte wie Wiremans lässig eingestreutes Patois –, drehte er sich mit leichtem Lächeln nach mir um.

»Josie kommt dienstags und donnerstags zum Putzen,

und sie ist bereit, auf Miss Eastlake zu achten, die ihr Mittagsschläfchen macht – also könnte ich morgen Nachmittag gegen zwei Uhr vorbeikommen und mir deine Bilder ansehen, wenn du willst.«

»Woher weißt du, dass ich das möchte? Ich war noch dabei, den Mut aufzubringen, dich darum zu bitten.«

Er zuckte mit den Schultern. »Dass du möchtest, dass *irgendwer* sie sich ansieht, bevor du sie dem Kerl in der Scoto zeigst, liegt auf der Hand. Das heißt außer deiner Tochter und dem Jungen, der die Besorgungen für dich macht.«

»Der Termin ist am Freitag. Ich hab Angst davor.«

Wireman wedelte mit einer Hand in der Luft und lächelte. »Mach dir keine Sorgen.« Nach kurzem Zögern fügte er hinzu: »Wenn ich dein Zeug für Mist halte, sage ich's dir ganz offen.«

»Gut.«

Er nickte. »Ich wollte nur, dass das klar ist.« Dann öffnete er das Tor und führte mich auf den Innenhof von Heron's Roost, auch als *Palacio de Asesinos* bekannt.

II

Ich hatte den Innenhof gesehen, als ich in der Einfahrt gewendet hatte, aber an jenem Tag hatte ich ihn nur flüchtig wahrgenommen. Ich hatte mich hauptsächlich darauf konzentriert, mich und meine aschfahle, in Schweiß gebadete Tochter ins Big Pink zurückzubringen. Den Tennisplatz und die kühlen blauen Fliesen hatte ich bemerkt, aber der Goldfischteich war mir völlig entgangen. Der Platz, dessen asphaltierte Fläche zwei Nuancen dunkler war als die Fliesen, war gefegt und spielbereit. Eine Umdrehung der verchromten Kurbel würde das durchhängende Netz spannen. Auf Drahtstelzen stand ein Korb mit Tennisbällen, der mich flüchtig an die Zeichnung denken ließ, die Ilse nach Providence mitgenommen hatte: *Das Spiel ist aus.*

»Demnächst einmal, *muchacho*«, sagte Wireman und zeigte auf den Tennisplatz, an dem wir vorbeikamen. Er war langsamer gegangen, damit ich zu ihm aufschließen konnte. »Du und ich. Ich werde es dir leicht machen – nur Aufschlag und Volley –, aber ich dürste danach, mal wieder den Schläger zu schwingen.«

»Sind Aufschläge und Volleys dein Preis fürs Bilder-Ansehen?«

Er lächelte. »Ich habe einen Preis, aber nicht den. Ich sag ihn dir später. Komm, wir gehen rein.«

III Wireman führte mich zum Hintereingang, durch eine halbdunkle Küche mit großen weißen Arbeitsinseln sowie einem riesigen Westinghouse-Herd und ins raunende Innere des Hauses, das in dunklen Hölzern leuchtete – Eiche, Nussbaum, Teak, Redwood, Zypresse. Dies war tatsächlich ein *Palacio* im alten Floridastil. Wir gingen an einer Bibliothek vorbei, in der in einer Ecke eine echte Ritterrüstung vor sich hin brütete. Dann kam ein Arbeitszimmer mit zahlreichen Gemälden an den Wänden – keine drögen Ölporträts, sondern farbenfrohe abstrakte Werke, sogar ein paar Op-Art-Hingucker.

Licht überflutete uns wie weißer Regen, als wir durch die Haupthalle gingen (Wireman ging; ich hinkte), und ich erkannte, dass trotz der ganzen Pracht des Herrenhauses dieser Teil nicht mehr als ein aufgemotzter verglaster Übergang von der Art war, die in Florida Teile älterer und weit bescheidenerer Wohngebäude verbindet. Der entsprechende Stil, fast immer in Holz (manchmal in Abfallholz) ausgeführt, hat sogar einen Namen: Florida Cracker.

Diese Galerie, die dank ihres langen Glasdachs reichlich Licht erhielt, war mit Pflanzkübeln gesäumt. Am anderen Ende bog Wireman nach rechts ab. Ich folgte ihm in einen riesigen kühlen Salon. Eine Fensterreihe führte auf einen Nebenhof voller Blumen und Stauden hinaus – meine Töchter hätten die Hälfte von ihnen benennen können, Pam sicher alle, aber ich erkannte nur Astern, Ziströschen, Holunder und Fingerhut. Oh, und den Rhododendron. Von dem gab es reichlich. Jenseits dieses Gewirrs, auf einem blau gefliesten Weg, der offenbar die Verbindung zum Haupthof herstellte, stakste ein scharfäugiger Reiher. Er wirkte nachdenklich und grimmig zugleich, aber ich hatte noch nie einen am Boden gesehen, der nicht aussah wie ein puritanischer Gemeindeältester, der überlegte, welche Hexe er als Nächste verbrennen sollte.

In der Mitte des Raums war die Frau, die Ilse und ich gesehen hatten, als wir versucht hatten, die Duma Key Road zu erkunden. An jenem Tag hatte sie mit blauen Hi-Tops an den Füßen in einem Rollstuhl gesessen. Heute stand sie und hielt mit beiden Hände die Griffe eines Gehwägelchens umfasst; ihre Füße – groß und sehr bleich – waren nackt. Sie trug beigefarbene Slacks mit hoher Taille, dazu eine dunkelbraune Seidenbluse mit fast komisch breiten Schultern und langen Ärmeln. Ihre Aufmachung ließ mich an Katharine Hepburn in einem dieser alten Filme denken, die manchmal in Turner Classic Movies gezeigt werden: *Ehekrieg* oder *Die Frau, von der man spricht*. Nur konnte ich mich nicht daran erinnern, dass Katharine Hepburn jemals so alt ausgesehen hatte, sogar als sie alt war.

Der Raum wurde beherrscht von einem langen niedrigen Tisch, wie mein Vater ihn für seine Modelleisenbahn im Keller stehen gehabt hatte, nur war dieser nicht mit grasgrünem Filz, sondern mit irgendeinem hellen Holz kaschiert, das wie Balsa aussah. Der Tisch war mit Modellhäusern und Porzellanfigürchen bedeckt: Männer, Frauen, Kinder, Haustiere, Zootiere, allerlei mythische Wesen. Apropos mythische Wesen: Ich sah ein paar Kerle mit schwarzen Gesichtern, die die NAACP nicht gebilligt hätte.

Elizabeth Eastlake sah Wireman mit einem Ausdruck süßen Entzückens entgegen, den ich gern gezeichnet hätte … obwohl ich nicht wusste, ob irgendjemand ihn ernst genommen hätte. Ich bin mir nicht sicher, ob wir jemals die einfachsten Emotionen in unserer Kunst glauben, obwohl wir sie tagtäglich überall um uns herum erleben.

»Wireman!«, sagte sie. »Ich bin früh aufgewacht und habe mich wunderbar mit meinem Porzellan vergnügt!« Sie sprach mit starkem Südstaatenakzent, der *Porzellan* in *Porzel-LAHN* verwandelte. »Sehen Sie nur, die Familie ist daheim!«

An einem Ende des Tisches stand das Modell eines Herrenhauses. Von der Art mit Säulenvordach. Stellen Sie sich Tara in *Vom Winde verweht* vor, dann haben Sie das richtige Bild vor Augen. Um das Modell herum stand fast ein Dutzend Figuren, die einen Kreis bildeten. Ihre Pose wirkte eigenartig zeremoniell.

»Ja, das ist sie«, bestätigte Wireman.

»Und das Schulhaus. Sehen Sie, wie ich die Kinder vor dem Schulhaus gruppiert habe? Oh, das müssen Sie sich ansehen!«

»Das tue ich, aber Sie wissen, dass ich es nicht mag, wenn Sie ohne mich aufstehen«, sagte er.

»Ich hatte keine Lust, Sie mit dem alten Walkie-Talkie zu rufen. Ich fühle mich wirklich sehr gut. Kommen Sie und sehen Sie sich's an. Ihr neuer Freund auch. Oh, ich weiß, wer Sie sind.« Sie lächelte und winkte mich mit gekrümmtem Zeigefinger zu sich heran. »Wireman hat mir von Ihnen erzählt. Sie sind der neue Mieter von Salmon Point.«

»Er nennt es Big Pink«, sagte Wireman.

Sie lachte. Ein Raucherlachen von der Art, die in einen Hustenanfall übergeht. Wireman musste zu ihr hasten und sie stützen. Weder das Husten noch das Stützen schienen Miss Eastlake zu stören. »Das gefällt mir!«, sagte sie, als sie wieder sprechen konnte. »Oh, mein Lieber, das gefällt mir! Kommen Sie und sehen Sie sich mein neues Schulhausarrangement an, Mr. ...? Ich habe Ihren Namen bestimmt schon mal gehört, aber er fällt mir gerade nicht ein, ich vergesse jetzt so vieles, Sie sind Mr. ...?«

»Freemantle«, sagte ich. »Edgar Freemantle.«

Ich trat zu den beiden an den Spieltisch. Miss Eastlake gab mir ihre Hand, die nicht muskulös, aber wie ihre Füße beachtlich groß war. Sie hatte nicht vergessen, wie man Leute richtig begrüßt, und drückte zu, so kräftig sie konnte. Und sie betrachtete mich heiter interessiert, während wir uns die Hand schüttelten. Mir gefiel ihre freimütige Art, sich zu ihren Gedächtnislücken zu bekennen. Und beginnender Alzheimer hin oder her, ich stotterte mental und verbal weit mehr, als ich bisher von ihr gehört hatte.

»Freut mich, Sie kennenzulernen, Edgar. Ich habe Sie schon einmal gesehen, weiß aber nicht mehr, wann. Es fällt mir bestimmt wieder ein. Big Pink! Das ist kess!«

»Mir gefällt das Haus, Ma'am.«

»Gut. Ich bin sehr froh, wenn es Sie zufriedenstellt. Es ist ein Künstlerhaus, wissen Sie. Sind Sie auch Künstler, Edgar?«

Sie sah mich mit ihren unschuldigen blauen Augen an. »Ja«, sagte ich. Es war ganz leicht und im Nu draußen. Und vielleicht war es die Wahrheit. »Das bin ich wohl.«

»Natürlich sind Sie einer, mein Lieber, das habe ich gleich gewusst. Ich brauche eines Ihrer Bilder. Den Preis handelt Wireman mit Ihnen aus. Er ist Anwalt, aber auch ein ausgezeichneter Koch, hat er Ihnen das erzählt?«

»Ja ... nein ... ich meine ...« Ich wusste nicht weiter. Das Gespräch mit ihr schien zu viele Fäden hervorgebracht zu haben – und alle gleichzeitig. Wireman, dieser Dreckskerl, hatte offensichtlich Mühe, sich das Lachen zu verkneifen. Natürlich mit dem Ergebnis, dass auch ich am liebsten gelacht hätte.

»Ich versuche, Bilder von allen Künstlern zu bekommen, die in Ihrem Big Pink gewohnt haben. Ich habe einen Haring, der dort gemalt wurde. Und eine Skizze von Dalí.«

Das stoppte jeglichen Lachdrang. »Wirklich?«

»Ja! Ich zeige sie Ihnen später, man kann sie wirklich nicht übersehen, sie hängt im Fernsehraum, und wir schauen uns immer *Oprah an*. Nicht wahr, Wireman?«

»Ja«, sagte er mit einem Blick auf die Uhr an der Unterseite seines Handgelenks.

»Aber wir brauchen nicht pünktlich vor dem Fernseher zu sitzen, denn wir haben einen wundervollen Apparat namens ...« Sie zögerte, runzelte die Stirn und legte einen Finger an das Grübchen seitlich an ihrem Doppelkinn. »Vito? Heißt es Vito, Wireman?«

Er lächelte. »TiVo, Miss Eastlake.«

Sie lachte. »TiVo, ist das nicht ein komisches Wort? Und ist es nicht komisch, wie förmlich wir miteinander umgehen? Er ist Wireman für mich, ich bin Miss Eastlake für ihn – außer wenn ich aufgeregt bin, wie ich es manchmal werde, wenn mir Dinge entfallen. Wir sind wie Personen in einem Theaterstück! In einem fröhlichen, in dem man weiß, dass bald die Band aufspielen und das ganze Ensemble singen wird!« Sie lachte, um zu zeigen, was für eine charmante Idee das war, aber in ihrem Lachen lag etwas Wildes. Ihr Akzent ließ mich erstmals an Tennessee Williams statt an Margaret Mitchell denken.

Sanft – sehr sanft – sagte Wireman: »Vielleicht sollten wir jetzt nach nebenan gehen und *Oprah* einschalten. Ich denke, Sie sollten sich ein bisschen hinsetzen. Sie können eine Zigarette haben, während wir fernsehen, und Sie wissen, dass Sie das mögen.«

»In einer Minute, Wireman. Nur noch eine Minute. Wir haben hier so selten *Besuch.*« Sie wandte sich wieder an mich. »Was für eine Art Künstler sind Sie, Edgar? Glauben Sie an Kunst um der Kunst willen?«

»Ganz entschieden, Ma'am.«

»Das freut mich. Das ist die Sorte, die Salmon Point am liebsten mag. Wie nennen Sie es?«

»Meine Kunst?«

»Nein, mein Lieber – Salmon Point.«

»Big Pink, Ma'am.«

»Big Pink soll es sein. Und Sie sollen Elizabeth zu mir sagen.«

Ich lächelte. Ich konnte nicht anders, weil es ernst und nicht kokett gemeint war. »Gut, also Elizabeth.«

»Wunderbar. In ein paar Augenblicken ziehen wir uns in den Fernsehraum zurück, aber vorher ...« Sie wandte ihre

Aufmerksamkeit wieder dem Spieltisch zu. »Nun, Wireman? Nun, Edgar? Seht ihr, wie ich die Kinder aufgestellt habe?«

Es waren ungefähr ein Dutzend, die alle der linken Seitenfront des Schulhauses zugewandt waren. Wie zu einem Appell der Grundstufe.

»Was sagt euch das?«, fragte sie. »Wireman? Edward? Einer von euch?«

Das war nur ein ganz kleiner Ausrutscher, aber ich hatte natürlich ein Ohr für Versprecher. Und diesmal war mein eigener Name die Bananenschale gewesen.

»Große Pause?«, fragte Wireman und zuckte mit den Schultern.

»Natürlich nicht«, sagte sie. »Hätten sie Pause, würden sie *spielen*, nicht beieinanderstehen und gaffen.«

»Es ist entweder ein Brand oder ein Probealarm«, sagte ich.

Sie beugte sich über ihr Gehwägelchen (Wireman, stets wachsam, packte sie an der Schulter, damit sie nicht vornüberkippte) und drückte mir einen Kuss auf die Wange. Das kam verdammt überraschend, war aber nicht unangenehm. »Sehr gut, Edward!«, rief sie. »Aber was von beidem, glauben Sie?«

Ich dachte darüber nach. Die Sache war einfach, wenn man die Frage ernst nahm. »Ein Probealarm.«

»Ja!« Ihre blauen Augen leuchteten vor Entzücken. »Erklären Sie Wiring, weshalb.«

»Würde es brennen, würden sie in alle Richtungen weglaufen. Stattdessen …«

»Warten sie darauf, wieder hineingehen zu dürfen, ja.« Aber als sie sich jetzt Wireman zuwandte, sah ich eine andere, eine verängstigte Frau. »Ich habe Ihnen wieder den falschen Namen gegeben.«

»Schon in Ordnung, Miss Eastlake«, sagte er und küsste sie mit einer Zärtlichkeit auf die Schläfe, die mich sehr für ihn einnahm.

Sie lächelte mich an. Das war, als sähe man die Sonne hinter einer Wolke hervorkommen. »Solange er einen noch mit dem Familiennamen anredet, weiß man …« Aber sie schien den Faden verloren zu haben, und ihr Lächeln begann zu verblassen. »Dann weiß man …«

»Dass es Zeit ist, sich *Oprah* anzusehen«, sagte Wireman und nahm ihren Arm. Nachdem sie gemeinsam das Gehwägelchen vom Spieltisch weggedreht hatten, stampfte sie in überraschendem Tempo auf eine Tür in der Rückwand des Salons zu. Er ging wachsam neben ihr her.

Ihr »Fernsehraum« wurde von einem riesigen Samsung-Flachbildfernseher beherrscht. Am anderen Ende des Raums stand ein sündhaft teurer Hi-Fi-Turm. Aber ich nahm diese Geräte kaum wahr. Ich hatte nur Augen für die gerahmte Skizze an der Wand über den CD-Regalen, die mir sekundenlang den Atem verschlug.

Die nur mit Bleistift ausgeführte Skizze war durch zwei scharlachrote Striche ergänzt, die vermutlich von einem einfachen roten Kugelschreiber stammten, wie ihn Lehrer zum Korrigieren verwenden. Diese nicht ganz spontan hingekritzelten Linien verliefen parallel zum Horizont des Golfs, um einen Sonnenuntergang anzudeuten. Nur zwei, aber sie waren genau richtig. Sie waren Genie ohne Anmaßung. Dies war mein Horizont, den ich vom Little Pink aus sah. Das wusste ich, genau wie ich wusste, dass der Künstler dem stetigen Mahlen der Muscheln unter sich gelauscht hatte, als er ein leeres Blatt Papier in das verwandelt hatte, was sein Auge sah und sein Verstand umsetzte. Am Horizont stand ein Schiff, vermutlich ein Tanker. Es hätte genau der sein können, den ich an meinem ersten Abend im Haus 13 Duma Key Road gezeichnet hatte. Der Stil war ganz anders als meiner, aber das Sujet war verdammt nahe daran, identisch zu sein.

Am unteren Rand stand fast nachlässig hingekritzelt: salv Dalí.

IV

Miss Eastlake – Elizabeth – rauchte ihre Zigarette, während Oprah Kirstie Alley über das immer faszinierende Thema Magersucht ausfragte. Wireman servierte Eiersalat-Sandwichs, die köstlich waren. Mein Blick ging immer wieder zu der gerahmten Skizze von Dalí hinüber, und ich dachte dabei natürlich: *Hallo, Dalí.* Als Dr. Phil an die Reihe kam und anfing, ein paar fette Ladys im Publikum zu beschimpfen, die sich dafür offenbar freiwillig gemeldet hatten, erklärte ich Wireman und Elizabeth, ich müsse jetzt wirklich heim.

Elizabeth benutzte die Fernbedienung, um Dr. Phil zum Schweigen zu bringen, dann hielt sie mir das Buch hin, auf dem die Fernbedienung gelegen hatte. Ihr Blick war demütig und hoffnungsvoll zugleich. »Wireman sagt, dass Sie an manchen Nachmittagen kommen und mir vorlesen werden, Edmund, stimmt das?«

Manchmal sind wir gezwungen, Entscheidungen in Bruchteilen von Sekunden zu treffen, und nun traf ich eine solche. Ich beschloss, nicht zu Wireman hinüberzusehen, der links neben Elizabeth saß. Der Scharfsinn, den sie an ihrem Spieltisch hatte erkennen lassen, schwand allmählich, das merkte sogar ich, dennoch ging ich davon aus, dass er größtenteils erhalten war. Ein Blick zu Wireman hinüber hätte genügt, um ihr zu zeigen, dass ich nichts davon wusste, und sie in Verlegenheit gebracht. Diese Peinlichkeit wollte ich ihr ersparen – teils weil ich sie mochte, teils weil ich den Verdacht hatte, dass das Leben in den kommenden ein bis zwei Jahren noch viele Peinlichkeiten für sie bereithielt. Bald würde es mehr geben als nur vergessene Namen.

»Wir haben darüber gesprochen«, sagte ich.

»Vielleicht lesen Sie mir heute Nachmittag ein Gedicht vor«, sagte sie. »Sie dürfen aussuchen. Gedichte fehlen mir so sehr. Ich könnte ohne *Oprah* auskommen, aber ein Leben ohne Bücher ist ein durstiges Leben, und eines ohne Gedichte ist ...« Sie lachte. Das war ein verwirrter Klang, der mir im Herzen wehtat. »Es ist wie ein Leben ohne Bilder, finden Sie nicht auch? Oder denken Sie anders?«

In dem Raum war es totenstill. Irgendwo tickte eine Uhr, aber das war alles. Ich dachte, Wireman würde etwas sagen, aber das tat er nicht; sie hatte ihn vorübergehend sprachlos gemacht – keine schlechte Leistung, wenn sie diesen *hijo de madre* betraf.

»Sie können eins aussuchen«, sagte sie wieder. »Oder wenn Sie schon zu lange geblieben sind, Edward ...«

»Nein«, sagte ich. »Nein, das ist in Ordnung, mir geht's gut.«

Das Buch trug den schlichten Titel *Gute Gedichte*. Der Herausgeber war Garrison Keillor, ein Mann, der in dem Teil der Welt, aus dem ich stammte, vermutlich als Gouverneur kandidieren und gewählt werden konnte. Ich schlug den Gedichtband aufs Geratewohl auf und fand ein Gedicht von einem gewissen Frank O'Hara. Es war kurz. Das machte es in meinen Augen zu einem guten Gedicht, und ich legte los.

»Habt ihr vergessen, dass wir wie sie waren
als wir noch zur ersten Garde zählten
und der Tag mit Macht heranbrach, mit einem Apfel
im Maul

Es hat keinen Sinn, sich wegen der Zeit zu sorgen
aber wir hatten ein paar Trümpfe im Ärmel
und haben ein paar enge Kurven gemeistert

Die ganze Weide schien unser Mahl zu sein
Wir brauchten keine Tachometer
Wir mixten Cocktails aus Eis und Wasser …«

An dieser Stelle passierte irgendetwas mit mir. Meine Stimme bebte, und ich sah die Wörter doppelt, als hätte das gesprochene Wort Wasser es mir in die Augen getrieben. Ich blickte auf und sagte: »Entschuldigung.« Meine Stimme war heiser. Wireman wirkte besorgt, aber aus Elizabeth Eastlakes Lächeln sprach völliges Verständnis.

»Schon in Ordnung, Edgar«, sagte sie. »Auch auf mich wirken Gedichte manchmal so. Ehrliche Gefühle sind nichts, wofür man sich schämen müsste. Männer heucheln keinen Anfall.«

»Auch simulieren sie keinen Krampf«, ergänzte ich. Meine Stimme schien jemand anders zu gehören.

Sie lächelte strahlend. »Der Mann kennt seine Dickinson, Wireman!«

»Sieht so aus«, bestätigte Wireman. Er beobachtete mich aufmerksam.

»Wollen Sie zu Ende lesen, Edward?«

»Ja, Ma'am.«

»Ich würde nicht schneller sein wollen
oder grüner als jetzt, wenn du bei mir wärst O du
warst der beste aller meiner Tage«

Ich klappte das Buch zu. »Das war der Schluss.«

Sie nickte. »Was waren die besten aller Ihrer Tage, Edgar?«

»Vielleicht diese«, sagte ich. »Ich hoffe es.«

Sie nickte noch mal. »Dann will ich auch hoffen. Hoffen darf man immer. Und, Edgar?«

»Ja, Ma'am?«

»Lassen Sie mich Elizabeth für Sie sein. Ich mag es nicht, am Ende meines Lebens mit Ma'am angesprochen zu werden. Verstehen wir uns?«

Jetzt nickte ich. »Ich denke schon, Elizabeth.«

Sie lächelte, und die Tränen, die in ihren Augen gestanden hatten, rollten ihr übers Gesicht. Es war alt und eine runzlige Ruine, aber die Augen waren jung. Jung.

V Zehn Minuten später standen Wireman und ich wieder am Ende des vom *Palacio* ans Meer führenden Holzstegs. Er hatte die Dame des Hauses mit einem Stück Limonenkuchen, einem Glas Tee und der Fernbedienung zurückgelassen. Ich hatte zwei von Wiremans Eiersalat-Sandwichs in einer Tüte. Er sagte, sie würden nur altbacken werden, wenn ich sie nicht mitnähme, und ich ließ mich nicht lange bitten. Ich schnorrte auch ein paar Aspirin von ihm.

»Hör zu«, sagte er, »die Sache tut mir leid. Glaub mir, ich wollte dich vorher fragen.«

»Schon gut, Wireman.«

Er nickte, ohne mich jedoch anzusehen. Er blickte auf den Golf hinaus. »Ich wollte nur, dass du weißt, dass ich ihr nichts versprochen habe. Aber sie wird … jetzt kindisch. Daher beruhen ihre Annahmen wie bei Kindern oft nicht auf Tatsachen, sondern auf dem, was sie gern möchte.«

»Und sie möchte vorgelesen bekommen.«

»Ja.«

»Gedichte auf Tonband oder CDs genügen nicht?«

»Nein. Sie sagt, Hörbücher und Vorlesen unterscheiden sich wie Glaspilze von frischen Champignons.« Er lächelte, sah mich aber noch immer nicht an.

»Warum liest du ihr nicht vor, Wireman?«

Ohne den Blick vom Wasser zu wenden, sagte er: »Weil ich nicht mehr kann.«

»Nicht mehr … weshalb nicht?«

Er überlegte, dann schüttelte er den Kopf. »Nicht heute. Wireman ist müde, *muchacho*, und sie wird heute Nacht herumgeistern. Wach und streitsüchtig, voller Reue und Verwirrung, während sie glaubt, in London oder Saint-Tropez zu sein. Ich sehe die Anzeichen.«

»Erzählst du's mir ein andermal?«

»Ja, klar.« Er seufzte durch die Nase. »Wenn du mir deinen zeigen kannst, kann ich dir wohl meinen zeigen, obwohl mir bei dem Gedanken daran unwohl ist. Bist du sicher, dass du den Heimweg allein schaffst?«

»Absolut«, sagte ich, obwohl meine Hüfte wie ein großer Motor pochte.

»Ich würde dich mit dem Golfwagen hinfahren, ganz ehrlich, aber in diesem Zustand – Dr. Wiremans klinischer Ausdruck dafür ist ›intelligent, aber verdummend‹ – neigt sie dazu, sich in den Kopf zu setzen, die Fenster zu putzen …

oder den Staub von ein paar Regalen zu wischen … oder einen Spaziergang ohne ihre Gehhilfe zu machen.« Bei diesem Gedanken erschauderte er sichtlich. Seine Reaktion war von der Art, die als Burleske beginnt und real endet.

»Alle Welt versucht, mich in einen Golfwagen zu kriegen«, sagte ich.

»Und du rufst deine Frau an?«

»Ich sehe keine andere Möglichkeit«, sagte ich.

Er nickte. »Guter Junge. Wie die Sache ausgegangen ist, kannst du mir erzählen, wenn ich mir deine Bilder ansehen komme. Wann immer es dir passt. Ich kann eine Pflegehilfe anrufen – Annmarie Whistler –, falls es vormittags sein soll.«

»Okay, danke. Und danke, dass du mir zugehört hast, Wireman.«

»Danke, dass du dem Boss vorgelesen hast. *Buena suerte, amigo.*«

Ich ging den Strand entlang davon und war ungefähr zwanzig Meter weit gekommen, als mir etwas einfiel. Als ich mich umdrehte, dachte ich, dass Wireman bestimmt fort sein würde, aber er stand noch mit den Händen in den Hosentaschen da, während der zunehmend kalte Wind vom Golf her sein langes ergrauendes Haar zerzauste. »Wireman!«

»Was?«

»War Elizabeth früher selbst Künstlerin?«

Er sagte lange nichts. Ich hörte nur das Rauschen der Wellen, die heute Abend lauter waren, weil der Wind sie vor sich hertrieb. Dann sagte er: »Das ist eine interessante Frage, Edgar. Wenn du sie selbst fragen würdest – und ich rate davon ab –, würde sie Nein sagen. Aber ich glaube nicht, dass das die Wahrheit ist.«

»Warum nicht?«

Aber er sagte nur: »Bleib lieber in Bewegung, *muchacho*. Bevor deine schlimme Hüfte steif wird.« Er winkte mir rasch zum Abschied zu, machte kehrt und folgte seinem länger werdenden Schatten den Holzsteg hinauf, fast bevor ich merkte, dass er wirklich ging.

Ich blieb noch einen Augenblick stehen, dann wandte ich mich nach Norden, nahm das Big Pink ins Visier und machte mich auf den Heimweg. Es war ein langer Marsch, und bevor ich ankam, verlor mein eigener absurd verlängerter Schatten sich im Strandhafer, aber schließlich schaffte ich es doch. Die Wellen wurden noch höher, und das Murmeln der Muscheln unter dem Haus war wieder in Streit ausgeartet.

Wie man ein Bild zeichnet (IV)

Fangen Sie mit dem an, was Sie wissen, und erfinden Sie es dann neu. Kunst ist Magie, unwidersprochen, aber alle Kunst, und sei sie noch so merkwürdig, beginnt im bescheidenen Alltag. Man darf nur nicht überrascht sein, wenn aus gewöhnlicher Erde unheimliche Blumen sprießen. Elizabeth wusste das. Niemand hatte es ihr beigebracht; sie hatte es selbst gelernt.

Je mehr sie zeichnete, desto mehr sah sie. Je mehr sie sah, desto mehr wollte sie zeichnen. So funktioniert das immer. Und je mehr sie sah, desto mehr kam ihre Sprache zurück: erst die drei- bis vierhundert Wörter, die sie an dem Tag kannte, an dem sie aus der Kutsche herausgefallen war und sich den Kopf angeschlagen hatte, dann viele, viele mehr.

Daddy staunte über die rasch zunehmende Raffinesse ihrer Bilder. Das taten auch ihre Schwestern, die Großen Fiesen und die Zwillinge (nicht jedoch Adie; sie war mit drei Freundinnen und zwei zuverlässigen Anstandsdamen in Europa – Emery Paulson, der junge Mann, den sie heiraten würde, war noch nicht auf der Bildfläche erschienen). Nan Melda, Kindermädchen und Haushälterin, respektierte sie ehrfürchtig und nannte sie *la petite fille obeah*.

Der Arzt, der sie behandelte, mahnte zur Vorsicht, das kleine Mädchen müsse Aufregung und körperliche Anstrengungen meiden, damit es kein Fieber bekomme, aber im Januar 1926 war die Kleine, eingepackt in Anorak und Gummistiefel, überall am Südende der Insel unterwegs, hatte ihren Zeichenblock dabei und zeichnete alles.

Dies war der Winter, in dem sie erlebte, wie ihre Angehörigen das Interesse an ihren Zeichnungen verloren – erst die Großen Fiesen Maria und Hannah, dann Tessie und Lo-Lo, danach Daddy, zuletzt sogar Nan Melda. Verstand sie, dass selbst Genie reizlos wird, wenn die Dosis zu hoch ist? Vielleicht, auf eine kindlich instinktive Art, verstand sie es tatsächlich.

Als Nächstes kam – natürliche Folge des plötzlichen Desinteresses – ihre Entschlossenheit, die anderen dazu zu bringen, das Wunder dessen zu erkennen, was *sie* sah, indem sie es neu erfand.

Das war der Anfang ihrer surrealistischen Phase: Erst flogen die Vögel auf dem Rücken, dann gingen Tiere auf dem Wasser, dann kamen die Lächelnden Pferde, die ihr in bescheidenem Maße zu Ruhm verhalfen. Ich glaube, dass sich damals etwas veränderte. Damals schlich sich etwas Dunkles ein, das die kleine Libbit als Einfallstor benutzte.

Sie begann ihre Puppe zu zeichnen, und als sie das tat, fing ihre Puppe an zu sprechen.

Noveen.

Unterdessen war Adriana aus Gay Paree zurück, und anfangs sprach Noveen nur in Adies hoher, fröhlicher La-di-da-Stimme, fragte Elizabeth, ob sie hinky-dinky-parleh-vu könne, und forderte sie auf, ihre Busch zu vermeh. Manchmal sang Noveen sie in den Schlaf, während Bilder des Puppengesichts – groß und rund und bis auf die roten Lippen ganz braun – überlagerten, was Elizabeth tagsüber gesehen hatte.

Noveen singt: Frère Jacques, frère Jacques, schlähfst du nooch? Schlähfst du nooch? Dormeh-vu, dormeh-vu?

Manchmal erzählte Noveen ihr Geschichten – konfus, aber wundervoll –, in denen Aschenputtel die roten Schühchen aus Oz trug und die Bobbsey-Zwillinge sich im Zauberwald verliefen und ein Pfefferkuchenhäuschen mit einem Dach aus Pfefferminzbonbons entdeckten.

Aber dann veränderte sich Noveens Stimme. Sie klang nicht mehr wie Adies Stimme. Sie klang nicht mehr wie die Stimme irgendeines Menschen, den Elizabeth kannte, und sie redete unaufhörlich weiter, auch als Elizabeth Noveen aufforderte, ihre Busch zu vermeh. Anfangs war diese Stimme vielleicht sogar angenehm. Vielleicht auch amüsant. Eigenartig, aber amüsant.

Das änderte sich jedoch, nicht wahr? Denn Kunst ist Magie, und nicht jeder Zauber ist weiß.

Nicht einmal für kleine Mädchen.

7

Kunst um der Kunst willen

I In der Hausbar im Wohnzimmer stand eine Flasche Single Malt Whisky. Ich wollte mir ein Glas genehmigen, entschied mich aber dagegen. Ich wollte noch warten, vielleicht eines meiner Eiersalat-Sandwichs essen und mir überlegen, was ich zu ihr sagen wollte, aber auch das tat ich nicht. Manches lässt sich nur tun, indem man es tut. Ich nahm das schnurlose Telefon mit in den Florida-Raum hinaus. Trotz der geschlossenen Schiebefenster war es in dem Raum sehr kühl, aber das war in gewisser Weise gut so. Ich hoffte, dass die kühle Luft mich ein bisschen munterer machen würde. Und dass der Anblick der Sonne, die in Richtung Horizont sank und ihre goldene Bahn aufs Wasser malte, mich bald beruhigen würde. Denn ich war nicht ruhig. Mein Herz hämmerte zu sehr, mein Gesicht brannte, meine Hüfte schmerzte wie der Teufel, und ich merkte plötzlich wahrhaft entsetzt, dass mir der Name meiner Frau entfallen war. Immer wenn ich danach tauchte, kam ich nur mit *peligro* herauf – dem spanischen Wort für »Gefahr«.

Ich gelangte zu dem Schluss, wohl doch noch etwas Zeit zu brauchen, bevor ich in Minnesota anrief.

Ich ließ das Telefon auf der Polstercouch liegen, hinkte ins Schlafzimmer (jetzt mit meiner Krücke; sie und ich würden unzertrennlich sein, bis ich ins Bett ging) und holte

Reba. Ein Blick in ihre blauen Augen genügte, um Pams Namen zurückzubringen, und mein Puls wurde langsamer. Mit meiner Allerbesten so zwischen Armstumpf und Körper geklemmt, dass ihre knochenlosen Beine schlenkerten, ging ich zurück in den Florida-Raum und setzte mich wieder. Reba plumpste in meinen Schoß, und ich setzte sie nachdrücklich so neben mich, dass sie in die untergehende Sonne sah.

»Starrst du sie zu lange an, wirst du blind«, sagte ich. »*But that's where the fun is.* Bruce Springsteen, 1973 oder so, *muchacha.*«

Reba gab keine Antwort.

»Ich sollte oben sein und malen«, erklärte ich ihr. »Beschissene Kunst um ihrer selbst willen ausüben.«

Wieder keine Antwort. Rebas große Augen verkündeten der Welt, sie müsse es bei dem bösesten Mann Amerikas aushalten.

Ich griff nach dem Telefon und schüttelte es vor ihrem Gesicht. »Ich schaffe das«, sagte ich.

Kein Kommentar von Reba, aber ich fand, dass sie ein zweifelndes Gesicht machte. Unter uns setzten die Muscheln ihren vom Wind angestachelten Streit fort: *Das warst du, ich war's nicht, o doch, du warst es.*

Am liebsten hätte ich die Angelegenheit noch länger mit meiner Wutmanagementpuppe besprochen. Stattdessen tippte ich die Telefonnummer meines früheren Zuhauses ein. An die konnte ich mich mühelos erinnern. Ich hoffte insgeheim, es würde sich nur Pams Anrufbeantworter melden. Stattdessen erwischte ich die Lady persönlich, die allerdings etwas außer Atem war. »He, Joanie, Gott sei Dank, dass du zurückrufst. Ich war schon an der Haustür, um zu meinem Vieruhrtermin zu fahren.«

»Ich bin nicht Joanie«, sagte ich. Ohne auch nur darüber nachzudenken, griff ich nach Reba und zog sie wieder auf meinen Schoß. »Ich bin's, Edgar. Und du wirst deinen Termin vielleicht absagen müssen. Wir haben etwas Wichtiges zu besprechen.«

»Was ist mit dir?«

»Mit mir? Nichts. Mir geht's gut. Und dir und den Mädchen hoffentlich auch?«

»Ja, natürlich. Hör zu, Edgar, ich habe einen Termin beim Friseur und bin schon spät dran, aber ich bin um sechs wieder hier. Können wir dann miteinander reden?«

»Ich denke, wir müssen gleich jetzt miteinander reden«, sagte ich. »Es geht um Tom Riley.«

Schweigen aus Pams Teil der Welt. Es hielt ungefähr zehn Sekunden an. In dieser Zeit wurde der goldene Pfad auf dem Wasser ein klein wenig dunkler. Elizabeth Eastlake kannte ihre Emily Dickinson; ich fragte mich, ob sie auch ihren Vachel Lindsay kannte.

»Was ist mit Tom?«, fragte Pam schließlich. Ihre Stimme klang vorsichtig, zutiefst misstrauisch und vorsichtig. Ich war mir ziemlich sicher, dass sie ihren Friseurtermin völlig vergessen hatte.

»Ich habe Grund zu der Annahme, dass er vielleicht an Selbstmord denkt.« Ich klemmte den Hörer gegen meine Schulter und fing an, Rebas Haare zu streicheln. »Weißt du irgendwas darüber?«

»Was ... Was *ich* ...« Ihre Stimme klang gepresst wie nach einem Schlag in den Magen. »Um Himmels willen, wieso sollte *ich* ...« Sie erholte sich etwas und versuchte nun, die Empörte zu spielen. Das ist in solchen Situationen praktisch, vermute ich. »Du rufst aus heiterem Himmel an und erwartest von *mir* Aufklärung über Tom Rileys Geisteszustand?

Ich dachte, dir ginge es besser, aber das war anscheinend Wunschden…«

»Mit ihm zu ficken müsste dir ein paar Einsichten verschafft haben.« Meine Hand schob sich in Rebas orange Kunsthaar und packte zu, als wollte sie es mitsamt den Wurzeln ausreißen. »Oder liege ich da falsch?«

»Das ist *verrückt!*«, kreischte sie beinahe. »Du brauchst *Hilfe*, Edgar! Ruf Dr. Kamen an, oder sieh zu, dass du dort unten Hilfe bekommst, aber *bald!*«

Meine Wut – und mit ihr die Gewissheit, dass ich wieder anfangen würde, Wörter zu verwechseln – fiel jäh von mir ab. Ich löste meine Finger aus Rebas Haar.

»Beruhige dich, Pam. Hier geht es nicht um dich. Oder um mich. Es geht um Tom. Hast du Anzeichen für Depression bei ihm bemerkt? Du musst welche gesehen haben.«

Keine Antwort. Aber auch kein Klicken, weil sie aufgelegt hatte. Und ich konnte sie atmen hören.

Schließlich sagte sie: »Okay. Okay, klar. Ich weiß, woher du diese Idee hast. Von unserer kleinen Miss Drama Queen, richtig? Ilse hat dir vermutlich auch erzählt, ich hätte draußen in Palm Desert mit Max Stanton gebumst. Oh, Edgar, du *weißt* doch, wie sie ist!«

Auf das hin wollte meine Wut wieder aufflammen. Meine Hand griff nach Reba, umklammerte ihre weiche Taille. *Ich schaffe das,* dachte ich. *Es geht auch nicht um Ilse. Und Pam? Sie ist nur verängstigt, weil dies aus einer ganz unerwarteten Ecke gekommen ist. Sie ist ängstlich und zornig, aber ich schaffe das. Ich* muss *es schaffen.*

Reden wir nicht davon, dass ich sie ein paar Augenblicke lang umbringen wollte. Oder dass ich es vielleicht versucht hätte, wäre sie hier bei mir im Florida-Raum gewesen.

»Ilse hat mir gar nichts erzählt.«

»Genug von diesem Irrsinn. Ich leg jetzt auf…«

»Ich weiß nur nicht, wer von den beiden dich zu der Tätowierung auf deiner Brust überredet hat. Zu der kleinen Rose.«

Sie schrie auf. Nur ein leiser Schrei, aber der genügte. Nun folgte ein weiterer Augenblick der Stille. Er pulsierte wie schwarzer Filz. Dann brach es aus ihr hervor: »Dieses Miststück! Sie hat sie gesehen und dir davon erzählt! Nur so kannst du davon erfahren haben! Aber das bedeutet *nichts!* Das beweist gar nichts!«

»Wir sind hier nicht vor Gericht, Pam«, sagte ich.

Sie gab keine Antwort, aber ich konnte sie atmen hören.

»Ilse hat einen Verdacht in Bezug auf diesen Max, aber von Tom ahnt sie nichts. Erzählst du's ihr, brichst du ihr das Herz.« Ich machte eine Pause. »Und das würde mir das Herz brechen.«

Sie weinte. »Zum Teufel mit deinem Herzen. Und zum Teufel mit dir. Ich wollte, du wärst tot, weißt du das? Du verlogener, rumschnüffelnder Hundesohn, ich wollte, du wärst tot.«

Zumindest wünschte ich mir nicht mehr das Gleiche in Bezug auf sie. Gott sei Dank.

Die Lichtspur auf dem Wasser hatte sich in dunkel angelaufenes Kupfer verwandelt. Jetzt würde sich allmählich das Orangerot einschleichen.

»Was weißt du über Toms Geisteszustand?«

»Nichts. Und zu deiner Information: Ich habe keine Affäre mit ihm. *Falls* ich je eine hatte, hat sie ganze drei Wochen gedauert. Mit uns ist es aus. Das habe ich ihm nach meiner Rückkehr aus Palm Desert unmissverständlich klargemacht. Das hat alle möglichen Gründe, aber vor allem ist er zu…« Plötzlich machte Pam wieder einen Schritt rückwärts. »Sie muss es dir erzählt haben. Melinda hätte es nicht getan, selbst wenn sie es gewusst hätte.« Und absurd gehässig: »*Sie* weiß, was ich mit dir durchgemacht habe!«

Eigentlich überraschend, wie wenig Interesse ich daran hatte, mich auf diese Tour einzulassen. Mich interessierte etwas anderes. »Was ist er zu …?«

»*Wer* ist zu was?«, rief sie aus. »Verdammt, wie ich das hasse! Dieses Verhör!«

Als ob ich Spaß daran hätte. »Tom. Du hast gesagt: ›Vor allem ist er zu …‹, aber den Satz nicht beendet.«

»Zu launisch. Er ist ein emotionaler Grabbelsack. Heute gut drauf, morgen am Boden zerstört, übermorgen beides, vor allem wenn er vergisst, seine …«

Sie verstummte abrupt.

»Wenn er vergisst, seine Pillen zu nehmen«, ergänzte ich an ihrer Stelle.

»Ja, nun, ich bin nicht seine Therapeutin«, sagte sie, und das war kein blecherner Trotz in ihrer Stimme; ich war mir ziemlich sicher, dass es blauer Stahl war. Himmel! Die Frau, mit der ich verheiratet gewesen war, konnte verdammt hart sein, wenn die Situation es erforderte, aber ich vermutete, dieser unversöhnliche blaue Stahl war etwas Neues: ihr Anteil an meinem Unfall. Pams Hinken, dachte ich.

»Ich hab bei dir genug von diesem Psychologenscheiß mitgemacht, Edgar. Ich möchte bloß mal einen Mann kennenlernen, der ein *Mann*, kein Pillen einwerfender Magic 8-Ball ist. ›Kann ich jetzt nicht sagen, frag später noch mal, wenn ich nicht mehr so durcheinander bin.‹«

Sie schniefte in mein Ohr, und ich wartete auf das folgende Schnäuzen. Es kam pünktlich. Sie weinte genau wie immer; manche Dinge ändern sich anscheinend nie.

»Zum Teufel mit dir, Edgar, dafür, dass du mir wieder einen Tag versaust, der vorher ziemlich gut war.«

»Mit wem du schläfst, ist mir egal«, sagte ich. »Wir sind geschieden. Ich will nur Tom Riley das Leben retten.«

Diesmal kreischte sie so laut, dass ich das Telefon vom Ohr weghalten musste. *»Ich bin nicht für sein Leben VERANTWORTLICH! MIT IHM IST ES AUS! Hast du das nicht mitgekriegt?«* Dann etwas leiser (aber nicht sehr): »Er ist nicht mal in St. Paul. Er macht eine Kreuzfahrt mit seiner Mutter und seinem schwulen Brüderchen.«

Plötzlich sah ich alles ganz klar, zumindest fühlte es sich klar an. Es war, als würde ich darüber hinwegfliegen und alles aus der Vogelperspektive betrachten. Vielleicht weil ich an Selbstmord gedacht und mich ständig ermahnt hatte, dass ich ihn unbedingt wie einen Unfall aussehen lassen musste. Nicht wegen der Auszahlung der Versicherung, sondern damit meine Töchter nicht mit dem Stigma durchs Leben gingen, dass alle Welt wusste …

Und das war die Antwort, nicht wahr?

»Sag ihm, dass du es weißt. Wenn er zurückkommt, sagst du ihm, dass du weißt, dass er sich umbringen will.«

»Wieso sollte er mir das glauben?«

»Weil er genau das vorhat. Weil du ihn kennst. Weil sein Kopf gerade nicht richtig funktioniert und er vermutlich denkt, dass auf seinem Rücken ein Schild klebt mit der Aufschrift: **ICH WILL SELBSTMORD BEGEHEN.** Sag ihm, dass du weißt, dass er seine Antidepressiva nicht mehr genommen hat. Das weißt du, oder? Das steht fest, nicht wahr?«

»Ja. Aber ihn zu ermahnen, sie zu nehmen, hat noch nie geholfen.«

»Hast du ihm je damit gedroht, über ihn zu tratschen,

wenn er nicht wieder seine Medikamente nimmt? Alles über ihn herumzuerzählen?«

»Nein, und das werde ich auch nicht tun!« Das klang entsetzt. »Glaubst du, ich will, dass ganz St. Paul weiß, dass ich mit Tom Riley geschlafen habe? Dass ich eine *Affäre* mit ihm hatte?«

»Wie wär's damit, wenn ganz St. Paul wüsste, dass dir sein Schicksal nicht gleichgültig ist? Wäre das so gottverdammt schrecklich?«

Sie schwieg.

»Ich will nur, dass du ihn konfrontierst, wenn er zurückkommt …«

»Du willst's nur! Natürlich! Dein ganzes Leben hat sich darum gedreht, was du wolltest! Hör zu, Eddie, wenn dir das so gottverdammt wichtig ist, kannst *du* ihn ja damit konfrontieren!« Wieder diese schrille Härte, hinter der sich diesmal jedoch Angst verbarg.

Ich sagte: »Wenn du diejenige warst, die Schluss gemacht hat, besitzt du vermutlich noch etwas Macht über ihn. Vielleicht auch die Macht, ihm das Leben zu retten. Ich weiß, das ist beängstigend, aber du steckst mit drin.«

»Nein, tue ich nicht. Ich leg jetzt auf.«

»Wenn er sich umbringt, bezweifle ich, dass du für den Rest deines Lebens ein schlechtes Gewissen hättest … aber bestimmt hättest du ein miserables Jahr vor dir. Oder zwei.«

»Bestimmt nicht. Ich würde schlafen wie ein Baby.«

»Sorry, Panda, das kauf ich dir nicht ab.«

Das war ein uralter Kosename, den ich seit Jahren nicht mehr benutzt hatte, und ich hatte keine Ahnung, woher er plötzlich kam, aber er gab ihr den Rest. Sie fing wieder an zu weinen. Diesmal lag keine Wut darin. »Warum musst du so gemein sein? Warum lässt du mich nicht in Ruhe?«

Ich hatte keine Lust mehr, darauf einzugehen. Was ich wollte, waren ein paar Schmerztabletten. Und mich vielleicht aufs Bett werfen und selbst eine Runde heulen, wer weiß? »Sag ihm, dass du Bescheid weißt. Sag ihm, dass er zu seinem Therapeuten gehen und seine Antidepressiva einnehmen soll. Und vor allem: Sag ihm, dass du, angefangen bei seiner Mutter und seinem Bruder, aller Welt erzählen wirst, dass er sich umgebracht hat. Dass jeder wissen wird, dass es Selbstmord war, egal wie viel Mühe er sich gibt, ihn zu tarnen.«

»Das kann ich nicht. Ich kann's nicht!« Ihre Stimme klang mutlos.

Ich dachte darüber nach, dann beschloss ich, Tom Rileys Leben ganz in ihre Hand zu legen – es ihr einfach durch die Telefonleitung zu schicken. Ein Loslassenkönnen dieser Art hatte nicht zum Repertoire des alten Edgar Freemantle gehört, aber natürlich hätte jener Edgar Freemantle auch nicht im Traum daran gedacht, Sonnenuntergänge zu malen. Oder mit Puppen zu spielen.

»Die Entscheidung liegt bei dir, Panda. Vielleicht ist alle Mühe vergebens, wenn er sich nichts mehr aus dir macht, aber …«

»Oh, das tut er.« Das klang noch mutloser.

»Dann sag ihm, dass er wieder leben lernen muss, ob's ihm passt oder nicht.«

»Der gute alte Edgar, der weiter alles managt«, sagte sie mit schwacher Stimme. »Sogar von seinem Inselkönigreich aus. Der gute alte Edgar. Edgar das Monster.«

»Das tut weh«, sagte ich.

»Wunderbar«, sagte sie und legte auf. Ich saß noch eine Zeit lang auf der Couch und beobachtete, wie der Sonnenuntergang leuchtender wurde, während die Luft im

Florida-Raum abkühlte. Wer glaubt, in Florida gäbe es keinen Winter, täuscht sich sehr. In Sarasota waren 1977 fast drei Zentimeter Schnee gefallen. Wahrscheinlich wird es überall mal kalt. Ich wette, dass es selbst in der Hölle schneit, obwohl ich bezweifle, dass der Schnee liegen bleibt.

II

Wireman rief am nächsten Tag kurz nach Mittag an, um zu fragen, ob er noch immer eingeladen sei, sich meine Bilder anzusehen. Mir war nicht ganz wohl bei dem Gedanken an sein Versprechen (oder seine Drohung), sich freimütig darüber zu äußern, aber ich forderte ihn trotzdem auf zu kommen.

Ich stellte die sechzehn Bilder auf, die meiner Ansicht nach die besten waren … obwohl sie mir im klaren, kalten Licht jenes Januarnachmittags alle ziemlich beschissen vorkamen. Meine Zeichnung von Carson Jones lag noch im obersten Fach im Schlafzimmerschrank. Ich holte sie heraus, klemmte sie auf eine Holzfaserplatte und stellte sie ans Ende der Reihe. Im Vergleich zu den Ölfarben wirkten ihre Buntstiftfarben matt und reizlos, und die Zeichnung war auch viel kleiner, aber ich fand trotzdem, dass sie etwas an sich hatte, das den anderen fehlte.

Ich überlegte, das Bild mit der roten Robe dazuzustellen, tat es dann aber doch nicht. Warum, wusste ich nicht. Vielleicht weil es mir Schauer über den Rücken jagte. Stattdessen stellte ich *Hallo* dazu, die Buntstiftzeichnung von dem Tanker.

Wireman kam in einem knallblauen Golfwagen mit sportlich gelben Rallyestreifen angebraust. Er brauchte nicht zu klingeln. Ich erwartete ihn an der Tür.

»Du siehst irgendwie verkrampft aus, *muchacho*«, sagte er beim Hereinkommen. »Entspann dich. Ich bin nicht der Arzt, und dies ist keine Sprechstunde.«

»Ich kann nichts dagegen machen. Wärst du ein Baukontrolleur, der dieses Gebäude abnehmen will, wäre mir nicht so zumute, aber …«

»Aber das war in deinem anderen Leben«, sagte Wireman. »Dieses ist dein neues, in dem du deine Wanderschuhe noch nicht eingelaufen hast.«

»Darauf läuft's ungefähr hinaus.«

»Da hast du verdammt recht. Weil wir gerade bei deiner früheren Existenz sind … hast du deine Frau wegen der kleinen Sache angerufen, die wir besprochen hatten?«

»Ja. Willst du einen detaillierten Bericht?«

»Nein. Ich will nur wissen, ob du mit dem Ausgang eures Gesprächs zufrieden bist.«

»Seit ich im Krankenhaus aufgewacht bin, habe ich kein befriedigendes Gespräch mit Pam mehr geführt. Aber ich bin ziemlich sicher, dass sie mit Tom reden wird.«

»Das muss wohl reichen, Schwein. *Babe,* 1995.« Er blieb im Wohnzimmer stehen und sah sich neugierig um. »Mir gefällt, wie du alles umgestaltet hast.«

Ich lachte schallend. Ich hatte nicht einmal das Rauchverbotsschild vom Fernseher genommen. »Jack hat mir oben ein Laufband aufgestellt, das ist neu. Du warst schon mal hier, nicht wahr?«

Er bedachte mich mit einem rätselhaften kleinen Lächeln. »Wir waren alle schon mal hier, *amigo* – das hier ist größer als Profifootball. Peter Straub, circa 1985.«

»Ich kann dir nicht folgen.«

»Ich arbeite jetzt seit rund sechzehn Monaten bei Miss Eastlake – mit einem kurzen, unbehaglichen Abstecher nach St. Pete, als die Keys wegen des Hurrikans Frank geräumt wurden. Jedenfalls sind die letzten Leute, die Salmon Point – Entschuldigung, Big Pink – für acht Wochen gemietet hatten, schon nach zwei Wochen wieder abgehauen. Entweder mochten sie das Haus nicht, oder das Haus mochte sie nicht.« Wireman hob wedelnde Geisterhände über den Kopf und machte große schwankende Geisterschritte auf dem hellblauen Wohnzimmerteppich. Der beabsichtigte Effekt wurde durch sein Hemd mit Tropenblumen und -vögeln weitgehend zerstört. »Was auch immer durchs Big Pink geistert, ist seitdem ... *allein gegeistert!*«

»Shirley Jackson«, sagte ich. »Circa wann auch immer.«

»Jawohl. Jedenfalls hat Wireman ein Argument vorgebracht, oder es versucht. Big Pink DAMALS!« Er machte eine alles umfassende Armbewegung. »In dem beliebten Floridastil möbliert, der sich im einundzwanzigsten Jahrhundert für Ferienhäuser durchgesetzt hat! Big Pink JETZT: In dem beliebten Floridastil eingerichtet, dazu Computer, Cybex-Laufband und ...« Er kniff die Augen zusammen. »Erspähe ich da eine Lucille-Ball-Puppe auf der Couch im Florida-Raum?«

»Das ist Reba, die Wutmanagement-Queen. Der Psychologe, mit dem ich befreundet bin, hat sie mir mitgebracht. Kramer.« Aber das war nicht richtig. Mein fehlender Arm begann wie verrückt zu jucken. Ich wollte mich daran kratzen und erwischte zum zehntausendsten Mal meine noch heilenden Rippen. »Warte«, sagte ich und sah Reba an, die auf den Golf hinausstarrte. *Ich schaffe das,* dachte ich. *Irgendwie hat es damit zu tun, ein gutes Versteck für Schwarzgeld zu finden.*

Wireman wartete geduldig.

Mein Arm juckte. Der eine, der nicht da war. Der manchmal zeichnen wollte. Ich hatte den Verdacht, dass er Wireman zeichnen wollte. Wireman und die Obstschale. Wireman und die Pistole.

Lass den verrückten Scheiß, dachte ich.

Ich schaffe das, dachte ich.

Schwarzgeld versteckt man am besten in Offshorebanken, dachte ich. *Nassau. Die Bahamainseln. Die Kaimaninseln.* Und peng, da war's!

»Kamen«, sagte ich. »So heißt er. Kamen hat mir Reba mitgebracht. Xander Kamen.«

»Nun, nachdem das gelöst ist«, sagte Wireman, »wollen wir uns die Kunst ansehen.«

»Falls es welche ist«, sagte ich und ging an meiner Krücke hinkend nach oben voraus. Auf halber Treppe fiel mir etwas ein, und ich blieb stehen. »Wireman«, sagte ich, ohne mich umzusehen, »woher hast du gewusst, dass mein Laufband von Cybex ist?«

Er schwieg einen Augenblick lang. Dann: »Das ist die einzige Marke, die ich kenne. Kannst du jetzt allein weitergehen, oder brauchst du einen Tritt in den Hintern, damit du wieder in Gang kommst?«

Klingt gut, aber trotzdem falsch, dachte ich, als ich weiter die Treppe hinaufging. *Ich glaube, dass du lügst, und weißt du was? Ich glaube, dass du weißt, dass ich's weiß.*

III Mein Werk stand im Little Pink an der Nordwand, sodass die Nachmittagssonne reichlich natürliches Licht lieferte. Als ich sie aus der zweiten Reihe hinter Wireman betrachtete, der sie langsam abschritt, mehrmals stehen blieb und einmal sogar zurückging, um einige Gemälde erneut zu studieren, kam es mir vor, als hätten sie weit mehr Licht, als sie verdienten. Ilse und Jack hatten sie gelobt, aber die eine war meine Tochter und der andere mein Faktotum.

Als Wireman die Buntstiftzeichnung des Tankers ganz am Schluss der Reihe erreichte, ging er in die Hocke und studierte sie ungefähr dreißig Sekunden lang, wobei er die Unterarme auf den Schenkeln ruhen und seine Hände schlaff zwischen den Beinen herunterbaumeln ließ.

»Was …«, begann ich.

»Pst!«, machte er, und ich erduldete weitere dreißig Sekunden Schweigen. Endlich erhob er sich. Seine Knie knackten laut. Als er sich mir zuwandte, wirkten seine Augen sehr groß, und das linke Auge war entzündet. Wasser – nicht nur eine Träne – lief aus dem inneren Augenwinkel. Er zog ein Taschentuch aus der Hüfttasche seiner Jeans und wischte es ab – die automatische Bewegung eines Mannes, der am Tag ein Dutzend Mal oder öfter dasselbe tut.

»Großer Gott«, sagte er und trat ans Fenster, während er sein Taschentuch wieder wegsteckte.

»Großer Gott was?«, fragte ich. »Großer Gott *was?*«

Er sah auf den Golf hinaus. »Du weißt nicht, wie gut sie sind, stimmt's? Ich meine, du weißt es wirklich nicht.«

»Sind sie es denn?«, fragte ich. So unsicher hatte ich mich noch nie gefühlt. »Ist das dein Ernst?«

»Hast du sie chronologisch angeordnet?«, fragte er, während er weiter auf den Golf hinausblickte. Der blödelnde, scherzende, Witze reißende Wireman war vorübergehend verschwunden. Ich hatte den Eindruck, dass dieser Mann, dem ich jetzt zuhörte, weit mehr Ähnlichkeit mit dem Wireman hatte, den Geschworene gehört hatten … falls er überhaupt diese Art Anwalt gewesen war. »Das hast du getan, richtig? Außer den beiden letzten, meine ich. Die sind offenbar viel früher entstanden.«

Ich wusste nicht, wie etwas von mir »viel früher« entstanden sein sollte, da ich doch erst seit ein paar Monaten malte, aber als ich meinen Blick über die Bilder gleiten ließ, sah ich, dass er recht hatte. Ich hatte die Gemälde nicht chronologisch anordnen wollen – zumindest nicht bewusst –, aber genau das hatte ich getan.

»Ja«, sagte ich. »Vom frühesten bis zum neuesten.«

Ich deutete auf die letzten vier Bilder, die ich für mich als meine Sonnenuntergangs-Montagen bezeichnete. Eines hatte ich durch ein Nautilus-Gehäuse ergänzt, eines durch eine CD mit dem quer aufgedruckten Wort **Memorex** (und der Sonne, die rot durch das Loch schien), das dritte durch eine tote Möwe, die ich am Strand gefunden und hier zur Größe eines Flugsauriers aufgeblasen hatte. Das nach einem Digitalfoto gemalte letzte Gemälde zeigte das Muschelbett unter dem Big Pink. Irgendwie hatte ich den Drang verspürt, es durch Rosen zu ergänzen. Um das Big Pink herum wuchsen keine, aber mein neuer Kumpel Google hielt jede Menge Fotos bereit.

»Diese letzte Gruppe von Bildern«, sagte er. »Wer hat die gesehen? Deine Tochter?«

»Nein. Die habe ich erst nach ihrer Abreise gemalt.«

»Der junge Mann, der bei dir arbeitet?«

»Nee.«

»Und du hast deiner Tochter natürlich nie die Skizze gezeigt, die du von ihrem Fr…«

»Um Himmels willen! Soll das ein Witz sein?«

»Nein, natürlich hast du's nicht getan. Sie besitzt ihre eigene Macht, so hastig sie auch hingeworfen ist. Was die übrigen Bildet angeht ...« Er lachte. Ich merkte plötzlich, dass er ganz aufgeregt war, und wurde selbst aufgeregt. Aber ich blieb auch vorsichtig. *Denk daran, dass er Anwalt war,* ermahnte ich mich. *Er ist kein Kunstkritiker. Auch wenn er sich vielleicht für einen hält.*

»Der Rest dieser verdammten Dinger ...« Er ließ wieder dieses hektische kleine Lachen hören. Er machte einen Rundgang durch den Raum, wobei er mit unbewusster Grazie, um die ich ihn heftig beneidete, über das Laufband hinwegstieg. Er raufte sich mit beiden Händen sein ergrauendes Haar, als wollte er seinem Gehirn mehr Luft verschaffen.

Endlich kam er zurück. Blieb vor mir stehen. Baute sich geradezu vor mir auf. »Hör zu. Die Welt hat dir im vergangenen Jahr recht übel mitgespielt, und ich weiß, so was lässt eine Menge Gas aus dem Selbstbild-Airbag. Aber erzähl mir nicht, dass du nicht wenigstens *fühlst*, wie gut deine Bilder sind.«

Ich erinnerte mich, wie wir uns beide von unserem wilden Lachanfall erholt hatten, während die Sonne durch den eingerissenen Schirm schien und kleine Kringel auf den Tisch malte. Wireman hatte gesagt: *Ich weiß, was du durchmachst,* und ich hatte geantwortet: *Das bezweifle ich sehr.* Nun tat ich das nicht mehr. Er wusste es. Auf diese Erinnerung an den Vortag folgte der nüchterne Wunsch – kein Hunger, sondern ein gewisser Drang –, Wireman auf Papier zu bannen. Eine Kombination aus Porträt und Stillleben: *Anwalt mit Obst und Pistole.*

Er tätschelte mir mit einer breitfingrigen Hand die Wange. »Erde an Edgar. Bitte melden, Edgar.«

»Ah, verstanden, Erde«, hörte ich mich sagen. »Hier ist Edgar.«

»Also, was sagst du, *muchacho?* Hand aufs Herz! Hast du gespürt, dass sie gut sind, als du sie gemalt hast, oder nicht?«

»O ja«, sagte ich. »Ich hab mich gefühlt, als würde ich den Leuten in den Arsch treten und all die Berühmtheiten zurück auf den Teppich holen.«

Er nickte. »Die simpelste Tatsache in Bezug auf Kunst ist, dass gute Kunst sich fast immer für den Künstler gut anfühlt. Und für den Betrachter. Den engagierten Betrachter, der wirklich hinsieht …«

»Ich schätze, du meinst dich«, sagte ich. »Jedenfalls hast du lang genug hingesehen.«

Er lächelte nicht. »Wenn ein Bild gut ist und der Betrachter sich ihm öffnet, entsteht ein emotionaler Knall. Ich hab den Knall gefühlt, Edgar.«

»Gut.«

»Und ob. Und wenn der Scoto-Typ sie zu sehen kriegt, wird's ihm genauso gehen. Darauf wette ich.«

»So besonders sind sie nicht«, sagte ich. »Aufgewärmter Dalí, wenn man's genau nimmt.«

Er legte mir einen Arm um die Schultern und führte mich zur Treppe. »Das will ich gar keiner Antwort würdigen. Wir werden auch nicht über die Tatsache sprechen, dass du den Freund deiner Tochter anscheinend mithilfe irgendeiner verrückten Phantomglied-Telepathie gezeichnet hast. Ich *wollte,* ich könnte dieses Bild mit den Tennisbällen sehen, aber was weg ist, ist weg.«

»Gott sei Dank«, sagte ich.

»Aber du musst sehr vorsichtig sein, Edgar. Duma Key ist ein machtvoller Ort für … eine bestimmte Art von Leuten. Es *verstärkt* eine gewisse Art von Leuten. Leute wie dich.«

»Und dich?«, fragte ich. Als er nicht gleich antwortete, zeigte ich auf sein Gesicht. »Dein Auge tränt wieder.«

Er zog sein Taschentuch heraus und wischte sich übers Gesicht.

»Willst du mir nicht erzählen, was dir zugestoßen ist?«, fragte ich. »Wieso du nicht lesen kannst? Warum es dich so fertigmacht, wenn du dir nur ein paar Bilder zu lange ansiehst?«

Er sagte lange nichts. Die Muscheln unter dem Big Pink hingegen hatten viel zu sagen. Bei einer Welle sagten sie *das Obst*. Bei der nächsten sagten sie *die Pistole*. Hin und her, immer wieder. *Das Obst, die Pistole, die Pistole, das Obst.*

»Nein!«, antwortete er dann. »Nicht jetzt. Und wenn du mich zeichnen willst, nur zu. Tob dich meinetwegen aus.«

»Wie weit kannst du meine Gedanken lesen, Wireman?«

»Nicht weit. Du hast einen hellen Moment erwischt, *muchacho*.«

»Könntest du es auch, wenn wir nicht auf Duma Key wären? Zum Beispiel in einem Coffeeshop in Tampa?«

»Oh, ich würde eine Andeutung mitkriegen.« Er lächelte. »Vor allem nachdem ich nun über ein Jahr hier bin und die ... du weißt schon, die Strahlen aufgesogen habe.«

»Kommst du mit zur Galerie?«

»*Amigo*, das würde ich um nichts in der Welt versäumen.«

IV In dieser Nacht zog vom Meer her ein Gewitter auf, und es regnete zwei Stunden lang. Blitze zuckten herab, und die Wogen ließen die Holzpfeiler des Hauses erzittern. Das Big Pink ächzte, aber es stand unverrückbar. Ich entdeckte etwas Interessantes: Sobald der Golf genug tobte, dass eine richtige Brandung entstand, verstummten die Muscheln. Die Wellen hoben sie zu hoch für eine gepflegte Unterhaltung.

Auf dem Höhepunkt dieser Blitz-und-Donner-Orgie ging ich nach oben und zeichnete Wireman – wobei ich mir ein bisschen wie Dr. Frankenstein vorkam, der im Burgturm sein Ungeheuer zum Leben erweckt –, indem ich einen einfachen alten Bleistift in Venusschwarz benutzte. Das heißt, bis fast zum Schluss. Dann verwendete ich Rot und Orange für das Obst in der Schale. Im Hintergrund deutete ich eine offene Tür an, in der Reba stand und ihn beobachtete. Kamen hätte vermutlich gesagt, in der Welt dieses Bildes sei Reba meine Vertreterin. Vielleicht *sí*, vielleicht *no*. Als Letztes griff ich nach Venus Sky, um ihre dämlichen Augen zu kolorieren. Dann war die Zeichnung fertig. Ein weiteres Freemantle-Meisterwerk war geboren.

Ich saß da und betrachtete es, während der schwächer werdende Donner abzog und die Blitze zum Abschied noch einige Male stotternd über den Golf zuckten. Da war Wireman, der an einem Tisch saß. Und zwar, daran hatte ich keinen Zweifel, am Ende seines anderen Lebens. Auf dem Tisch waren eine Schale mit Obst und die Pistole, die er entweder für Zielübungen (damals waren seine Augen noch in Ordnung gewesen) oder zum Schutz seines Heims besessen hatte, oder wegen beidem. Ich hatte die Pistole gezeichnet und dann mit einer Kreuzschraffur überlagert, die ihr ein bedrohliches, leicht klobiges Aussehen verlieh. Jenes andere

Haus war leer. Irgendwo in jenem anderen Haus tickte eine Uhr. Irgendwo in jenem anderen Haus quengelte ein Kühlschrank. In der Luft lag schwerer Blütenduft. Der Geruch war grauenhaft. Die Geräusche waren noch schlimmer. Der Marsch der Uhrzeiger. Das unablässige Quengeln des Kühlschranks, während er in einer frauenlosen, kinderlosen Welt weiter Wasser zu Eiswürfeln frieren ließ. Bald würde der am Tisch Sitzende die Augen schließen, eine Hand ausstrecken und nach einem Stück Obst in der Schale greifen. War es eine Orange, würde er ins Bett gehen. War es ein Apfel, würde er die Pistolenmündung an seine rechte Schläfe setzen, den Abzug betätigen und sich sein gequältes Hirn rausblasen.

Es war ein Apfel gewesen.

V

Am nächsten Tag kreuzte Jack mit einem gemieteten Van auf und mit einem ganzen Stapel Wolldecken, um meine Bilder darin einzuwickeln. Ich erklärte ihm, ich hätte mich mit einem Mann aus dem großen Haus am Strand angefreundet, der mitkommen werde. »Kein Problem«, sagte Jack gut gelaunt, als er eine Sackkarre hinter sich herziehend die Treppe zum Little Pink hinaufstieg. »Im Auto ist reichlich Platz für … boah!« Er war oben an der Treppe stehen geblieben.

»Was?«, fragte ich.

»Sind die hier neu? Sie müssen neu sein.«

»Jau.« Nannuzzi von der Scoto wollte ein halbes Dutzend Bilder sehen, nicht mehr als zehn, deshalb hatte ich den Mittelwert gebildet und acht ausgesucht. Darunter die vier, die Wireman gestern Nachmittag so beeindruckt hatten. »Wie findest du sie?«

»Alter, die sind *überwältigend!*«

An seiner Aufrichtigkeit war kaum zu zweifeln; er hatte noch nie Alter zu mir gesagt. Ich stieg einige Stufen höher, dann stieß ich mit dem Ende meiner Krücke seinen bejeansten Hintern an. »Platz da!«

Er trat zur Seite und zog die Sackkarre weg, damit ich das Little Pink betreten konnte. Dabei starrte er noch immer die Gemälde an.

»Jack, ist dieser Kerl in der Scoto wirklich okay? Weißt du das?«

»Meine Mutter sagt, er ist es, und das reicht mir.« Was, wie ich vermute, so viel hieß wie: Also sollte es auch dir reichen. Das musste es wohl, dachte ich. »Von den anderen Partnern – ich glaube, es sind noch zwei – hat sie mir nichts erzählt, aber sie sagt, Mr. Nannuzzi ist okay.«

Jack hatte für mich eine Gefälligkeit eingefordert. Ich war gerührt.

»Und wenn ihm die hier nicht gefallen«, schloss Jack, »ist er plemplem.«

»Das findest du, was?«

Er nickte.

Von unten rief Wireman fröhlich: »Klopf-klopf! Ich komme wegen der Exkursion. Findet sie noch statt? Wer hat mein Namensschild? Hätte ich ein Lunchpaket mitbringen sollen?«

VI

Ich hatte mir einen hageren, professoralen Mann mit Glatze und lodernden braunen Augen vorgestellt – einen italienischen Ben Kingsley –, aber Dario Nannuzzi erwies sich als Mitte vierzig, rundlich, höflich und Besitzer einer wallenden Mähne. Mit den Augen behielt ich jedoch recht. Denen entging nichts. Ich sah, wie sie sich einmal weiteten – nur wenig, aber erkennbar –, als Wireman vorsichtig das letzte mitgebrachte Gemälde auspackte: *Aus Muscheln wachsen Rosen*. Die Bilder standen an der Rückwand der Galerie aufgereiht, die im Augenblick hauptsächlich Fotos von Stephanie Shachat und Ölbilder von William Berra ausstellte. Besseres Zeug, als ich in einem Jahrhundert produzieren konnte, fand ich.

Andererseits *hatten* seine Augen sich kurz geweitet.

Nannuzzi schritt die Reihe vom ersten bis zum letzten Bild ab, dann fing er noch mal von vorn an. Ich hatte keine Ahnung, ob das gut oder schlecht war. Die schmutzige Wahrheit war, dass ich bis zu diesem Tag noch niemals eine Galerie betreten hatte. Ich drehte mich um und wollte Wireman fragen, was er dachte, aber Wireman unterhielt sich leise mit Jack, während beide zusahen, wie Nannuzzi meine Bilder begutachtete.

Sie waren auch nicht die Einzigen, wie ich jetzt bemerkte. Ende Januar herrscht Hochbetrieb in den teuren Geschäften an der Westküste Floridas. In der ziemlich großen Scoto Gallery hielten sich ungefähr ein Dutzend Gaffer auf (Nannuzzi gebrauchte später den weit vornehmeren Ausdruck »potenzielle Kunden«) und besichtigten die Shachat-Dahlien, William Berras farbenprächtige, aber touristisch angehauchte Ölgemälde aus Europa und ein paar aufsehenerregende, fiebrig fröhliche Skulpturen, die ich in meinem Drang, die eigenen Sachen auspacken zu lassen, bisher übersehen hatte – von einem Kerl namens David Gerstein.

Anfangs dachte ich, es seien die Skulpturen – Jazzmusiker, verrückte Schwimmer, hektische Stadtszenen –, die diese nachmittägliche Laufkundschaft anzogen. Und manche sahen sie sich flüchtig an, aber die meisten taten nicht einmal das. Sie hatten nur Augen für meine Bilder.

Ein Mann mit einem in Florida als Michigan-Bräune bekannten Teint – der entweder kalkweiß oder von der Sonne knallrot sein kann – tippte mir mit seiner freien Hand auf die Schulter. Die andere hielt mit seiner Frau Händchen. »Wissen Sie, wer der Künstler ist?«, fragte er.

»Ich«, murmelte ich und spürte, wie mein Gesicht zu glühen begann. Als hätte ich gestanden, die ganze letzte Woche damit verbracht zu haben, Bilder von Lindsay Lohan herunterzuladen.

»Gut für Sie«, sagte seine Frau herzlich. »Werden Sie hier ausstellen?«

Jetzt sahen sie mich alle an. Ungefähr so, wie man eine neue Art Pufferfisch betrachtet, der das *Sushi du jour* sein kann oder auch nicht. Jedenfalls kam ich mir so vor.

»Ich weiß nicht, ob ich abstellen werde. Ausstellen.« Ich konnte spüren, dass sich in meinen Wangen noch mehr Blut ansammelte. Schamblut, was schlimm war. Zornblut, was schlimmer war. Wenn meine Wut ausbrach, würde sie mir selbst gelten, aber das konnten diese Leute nicht wissen.

Ich öffnete den Mund, um Worte hervorzustoßen, und machte ihn wieder zu.

Langsam, ganz langsam, dachte ich und wünschte mir, ich hätte Reba. Diese Leute hätten einen Künstler, der eine Puppe mit sich herumtrug, wahrscheinlich ganz normal gefunden. Schließlich hatten sie schon Andy Warhol erlebt.

Ganz langsam. Ich schaffe das.

»Damit will ich nur sagen, dass ich noch nicht lange arbeite und nicht weiß, wie so was abläuft.«

Hör auf, dir was vorzumachen, Edgar. Du weißt, wofür sie sich interessieren. Nicht für deine Bilder, sondern für deinen leeren Ärmel. Du bist Eddie, der einarmige Künstler. Warum machst du's nicht kurz und forderst sie auf, sich zu verpissen?

Das war natürlich lächerlich, aber ...

Aber jetzt sollte mich der Teufel holen, wenn nicht die ganze Galerie um mich herumstand. Die Leute, die sich vorn Ms. Shachats Blumen angesehen hatten, waren aus reiner Neugier nach hinten gekommen. Sie bildeten eine vertraute Ansammlung; ähnliche Gruppen hatte ich an den Gucklöchern in Hunderten von Bauzäunen stehen gesehen.

»Ich kann Ihnen sagen, wie so was abläuft«, sagte ein anderer Mann mit Michigan-Bräune. Er war schmerbäuchig, hatte eine Säufernase mit geplatzten Äderchen und trug ein Hawaiihemd, das ihm fast bis zu den Knien reichte. Seine weißen Schuhe passten zu seinem korrekt gescheitelten weißen Haar. »Das ist ganz einfach. Nur zwei Schritte. Schritt eins ist, dass Sie mir sagen, wie viel Sie für dieses da wollen.« Er zeigte auf das Bild *Sonnenuntergang mit Seemöwe*. »Schritt zwei ist, dass ich Ihnen den Scheck ausstelle.«

Der kleine Pulk um uns herum lachte. Dario Nannuzzi nicht. Er winkte mich zu sich.

»Entschuldigen Sie mich bitte«, sagte ich zu dem Weißhaarigen.

»Der Einsatz hat sich soeben erhöht, mein Freund«, sagte jemand zu Säufernase, was einige Lacher auslöste. Säufernase lachte mit, schien aber nicht wirklich amüsiert zu sein.

Das alles nahm ich wie im Traum wahr.

Nannuzzi lächelte und wandte sich dann an die Besucher, die noch meine Gemälde betrachteten. »Ladys und Gentlemen, Mr. Freemantle ist heute nicht hier, um etwas zu verkaufen, sondern nur um meine Meinung über seine Arbeiten einzuholen. Bitte respektieren Sie seine Privatsphäre und meine professionelle Situation.« *Was immer man darunter versteht,* dachte ich. »Darf ich vorschlagen, dass Sie sich die ausgestellten Werke ansehen, während wir uns kurz in mein Büro zurückziehen? Ms. Aucoin, Mr. Brooks und Mr. Castellano stehen Ihnen gern zur Verfügung, um alle Ihre Fragen zu beantworten.«

»Ich finde, ihr solltet diesen Mann unter Vertrag nehmen«, sagte eine streng aussehende Frau, die ihr grau meliertes Haar zu einem Nackenknoten zusammengefasst hatte und noch immer Reste von ehemaliger Schönheit im Gesicht trug. Es gab sogar verhaltenen Beifall. Mein Gefühl, in einem Traum zu sein, verstärkte sich.

Ein ätherischer junger Mann kam aus dem Hintergrund herangeschwebt. Vielleicht hatte Nannuzzi ihn gerufen, aber der Teufel sollte mich holen, wenn ich wusste, wie. Die beiden sprachen kurz miteinander, kurz darauf zauberte der Jüngling eine dicke Rolle Aufkleber hervor. Lauter Ovale mit dem in Silber geprägten Kürzel *unverk*. Nannuzzi zog einen ab, beugte sich damit über das erste Gemälde, zögerte dann und sah mich vorwurfsvoll an. »Die sind überhaupt nicht fixiert.«

»Äh … vermutlich nicht«, sagte ich und wurde wieder rot. »Ich weiß nicht … genau, wie man das macht.«

»Dario, hier hast du es mit einem echten Vertreter der naiven Kunst zu tun«, sagte die streng aussehende Frau. »Wenn er schon länger als drei Jahre malt, lade ich dich zum Dinner im Zoria's ein – mit einer Flasche Wein.« Sie wandte mir ihr ruiniertes, aber noch immer beinahe hinreißendes Gesicht zu.

»Wenn und falls es etwas für dich zu schreiben gibt, Mary«, sagte Nannuzzi, »rufe ich dich persönlich an.«

»Das will ich hoffen«, antwortete sie. »Und ich frage ihn nicht mal nach seinem Namen – siehst du, was für ein braves Mädchen ich bin?« Sie wackelte mir mit den Fingern zu und schlüpfte durch die kleine Menge davon.

»Da gibt's nicht viel zu fragen«, sagte Jack, und er hatte natürlich recht.

Ich hatte alle Gemälde links unten so ordentlich signiert, genau wie ich in meinem anderen Leben alle Aufträge, Rechnungen und Verträge unterschrieben hatte: *Edgar Freemantle*.

VII

Nannuzzi entschied sich dafür, seine Aufkleber in der rechten oberen Ecke der Gemälde anzubringen, wo sie wie Reiter über Karteikarten aufragten. Dann nahm er Wireman und mich mit in sein Büro. Jack wurde ebenfalls eingeladen, aber er entschied sich klugerweise dafür, draußen bei den Bildern zu bleiben.

In seinem Büro bot Nannuzzi uns erst Kaffee an, den wir dankend ablehnten, und dann Wasser, das wir dankend annahmen. Ich nahm auch dankbar ein paar Tylenol-Kapseln an.

»Wer war diese Frau?«, fragte Wireman.

»Mary Ire«, sagte Nannuzzi. »Sie gehört zum Inventar der Sonnenküstenkunstszene. Verlegt ein kostenloses Kultur- und Klatschblättchen namens *Boulevard*. Es erscheint monatlich, in der Touristensaison alle vierzehn Tage. Sie lebt in Tampa – in einem Sarg, wie manche Witzbolde aus der Branche behaupten. Ihr besonderes Interesse gilt neuen einheimischen Künstlern.«

»Sie sah verdammt gerissen aus«, sagte Wireman.

Nannuzzi zuckte mit den Schultern. »Mary ist in Ordnung. Sie hat schon vielen Künstlern geholfen und ist seit ewigen Zeiten im Geschäft. Das macht sie in einer Stadt, in der wir größtenteils von Laufkundschaft leben, zu einer wichtigen Einrichtung.«

»Verstehe«, sagte Wireman. Ich war froh, dass irgendjemand das tat. »Sie ist eine Türöffnerin.«

»Mehr als das«, sagte Nannuzzi. »Sie ist eine Art Wegweiserin. Wir sorgen gern dafür, dass sie glücklich ist. Wenn wir können, versteht sich.«

Wireman nickte. »Hier an der Westküste Floridas gibt's eine gut eingespielte Künstler-und-Galerien-Wirtschaft. Mary Ire versteht und fördert sie. Und würde die Happy Art Galleria in dieser Straße entdecken, dass sie Elvis-Porträts aus Makkaroni auf Samt für zehntausend Dollar das Stück verkaufen kann, würde Mary sie …«

»Mary würde sie in der Luft zerreißen«, sagte Nannuzzi. »Entgegen der Überzeugung der Kunstsnobs – meist zu erkennen an ihrer schwarzen Kleidung und ihren klitzekleinen Handys – sind wir nicht bestechlich.«

»Haben Sie sich's jetzt von der Seele geredet?«, fragte Wireman, ohne wirklich zu lächeln.

»Fast«, sagte er. »Ich will nur sagen, dass Mary unsere

Situation versteht. Wir verkaufen gute Sachen, die meisten von uns, und manchmal verkaufen wir großartige Sachen. Wir tun unser Bestes, um neue Künstler zu entdecken und zu fördern, aber manche unserer Kunden sind reicher, als ihnen guttut. Ich denke an Leute wie Mr. Costenza, der dort draußen mit seinem Scheckbuch gewedelt hat, und die Damen, die mit farblich auf ihren Mantel abgestimmten Hündchen hier hereinkommen.«

Ich war fasziniert. Dies war eine ganz andere Welt.

»Mary bespricht praktisch alle neuen Ausstellungen, und Sie können mir glauben, dabei wirft sie nicht nur mit Lob um sich.«

»Aber meistens schon«, sagte Wireman.

»Klar, weil die meisten Ausstellungen gut sind. Sie gesteht ein, dass sie sehr selten Großartiges zu sehen bekommt, weil Touristengebiete das in der Regel nicht hervorbringen, aber Gutes? Ja. Sachen, die jeder bei sich aufhängen, dann darauf zeigen und ohne die geringste Verlegenheit sagen kann: ›Das hab ich aus dem Urlaub mitgebracht.‹«

Ich fand, dass Nannuzzi damit eine perfekte Definition von Mittelmäßigkeit geliefert hatte – dieses Prinzip kannte ich aus Hunderten von Architekturzeichnungen –, aber ich hielt weiter den Mund.

»Mary ist wie wir an neuen Künstlern interessiert. Irgendwann könnte es in Ihrem Interesse liegen, sich mal mit ihr zusammenzusetzen. Sagen wir, bevor Sie Ihre Arbeiten irgendwo ausstellen.«

»Wärst du an einer solchen Ausstellung hier in der Scoto interessiert?«, fragte mich Wireman.

Meine Lippen waren trocken. Ich versuchte, sie mit der Zungenspitze anzufeuchten, aber auch die war trocken. Also nahm ich einen Schluck Wasser und sagte dann: »Das hieße, das Pferd beim Tanz aufzuräumen.« Ich machte eine Pause. Ließ mir Zeit. Nahm noch einen Schluck Wasser. »Sorry. Das Pferd beim Schwanz aufzuzäumen. Ich bin gekommen, um zu erfahren, was *Sie* denken, Signor Nannuzzi. Sie sind der Experte.«

Er löste die vor seiner Weste gefalteten Hände voneinander und beugte sich nach vorn. Das Quietschen seines Stuhls in dem kleinen Raum erschien mir sehr laut. Aber er lächelte, und dieses Lächeln war warm. Es ließ seinen Blick leuchten, machte ihn unwiderstehlich. Ich verstand, weshalb er so erfolgreich war, wenn es ums Bilder-Verkaufen ging, aber ich glaube nicht, dass er in diesem Augenblick etwas verkaufte. Über seinen Schreibtisch hinweg ergriff er meine Hand – die, mit der ich malte, die einzige, die ich noch besaß.

»Mr. Freemantle, das ehrt mich, aber der Signor unserer Familie ist mein Vater Augustino. Ich bin damit zufrieden, ein schlichter Mister zu sein. Was Ihre Gemälde betrifft … ja, sie sind gut. Berücksichtigt man, seit wann Sie überhaupt erst malen, sind sie in der Tat sehr gut. Vielleicht mehr als das.«

»Was macht sie gut?«, fragte ich. »Wenn sie gut sind, was macht sie gut?«

»Wahrheit«, sagte er. »Sie leuchtet aus jedem Pinselstrich.«

»Aber die meisten zeigen nur Sonnenuntergänge! Die Dinge, die ich dazugemalt habe …« Ich hob meine Hand, ließ sie wieder sinken. »Das sind nur Spielereien.«

Nannuzzi lachte. »Wo haben Sie solche hässlichen Wörter her? Aus dem Feuilleton der *New York Times?* Aus einer Sendung mit Bill O'Reilly? Von beidem?« Er zeigte auf die Decke. »Leuchtstoffröhre? Spielerei!« Er deutete auf die eigene Brust. »Herzschrittmacher? Spielerei!« Er warf seine Hände hoch. Der Glückspilz hatte noch zwei zum Werfen. »Vergessen Sie Ihre hässlichen Wörter, Mr. Freemantle. Die Kunst sollte ein Ort der Hoffnung sein, nicht des Zweifels. Und Ihre Zweifel entstehen aus Unerfahrenheit, deren Sie sich nicht schämen müssen. Hören Sie also zu. Wollen Sie mir zuhören?«

»Sicher«, sagte ich. »Deshalb bin ich hier.«

»Wenn ich Wahrheit sage, meine ich Schönheit.«

»John Keats«, sagte Wireman. »›Ode an eine griechische Urne‹.« *Das ist alles, was wir auf Erden wissen, und alles, was es zu wissen gibt.* »Alt, aber noch immer gut.«

Nannuzzi beachtete ihn nicht. Er beugte sich über seinen Schreibtisch und sah mir ins Gesicht. »Für mich, Mr. Freemantle ...«

»Edgar.«

»Für mich, Edgar, fasst das zusammen, was alle Kunst bewirken und wonach sie beurteilt werden kann.«

Er lächelte – ein bisschen defensiv, wie ich fand.

»Ich möchte nicht zu viel über Kunst nachdenken, wissen Sie. Ich will sie nicht kritisieren. Ich will nicht an Symposien teilnehmen, mir Vorträge anhören oder auf Cocktailpartys darüber diskutieren – obwohl sich das in meinem Beruf manchmal nicht vermeiden lässt. Was ich tun möchte, ist etwas anderes: mir ans Herz greifen und auf die Knie fallen, wenn ich sie sehe.«

Wireman brach in Gelächter aus, lachte schallend laut und warf die Hände hoch. *»Lobet den Herrn!«*, rief er aus.

»Ich weiß nicht, ob der Kerl da draußen sich ans Herz greifen und niederknien wollte, aber ganz sicher war er bereit, nach seinem Scheckbuch zu greifen.«

Nannuzzi sagte: »In seinem Innersten ist er auf die Knie gesunken, denke ich. Ich glaube, das sind sie alle.«

»Ich übrigens auch«, sagte Wireman, der nun nicht mehr lächelte.

Nannuzzi konzentrierte sich weiter auf mich. »Reden wir also nicht mehr von Spielereien. Worauf Sie es bei den meisten dieser Gemälde angelegt haben, ist auf den ersten Blick erkennbar: Sie suchen einen Weg, das beliebteste und abgedroschenste Florida-Motiv – den tropischen Sonnenuntergang – neu zu erfinden. Einen neuen Weg vorbei am Klischee.«

»Ja, das stimmt so ziemlich. Also habe ich Dalí kopiert und …«

Nannuzzi winkte ab. »Die Bilder da draußen haben nicht das Geringste mit Dalí gemeinsam. Ich habe nicht vor, mit Ihnen über Kunstrichtungen zu diskutieren, Edgar, oder Wörter zu gebrauchen, die mit *-ismus* enden. Sie gehören keiner bestimmten Schule an, weil Sie keine *kennen.*«

»Ich kenne mich mit Gebäuden aus«, sagte ich.

»Wieso *malen* Sie dann keine Gebäude?«

Ich zuckte mit den Schultern. Ich hätte ihm erklären können, dass ich noch nie auf diese Idee gekommen sei, aber um bei der Wahrheit zu bleiben, hätte ich sagen müssen, mein fehlender Arm sei nie darauf gekommen.

»Mary hatte recht. Ihre Kunst hat etwas Naives. Daran ist nichts auszusetzen. Grandma Moses war ebenfalls eine Vertreterin der naiven Kunst. Jackson Pollock ebenfalls. Entscheidend ist, Edgar, dass Sie Talent haben.«

Ich öffnete den Mund. Machte ihn wieder zu. Ich wusste einfach nicht, was ich sagen sollte. Wireman kam mir zu Hilfe.

»Bedank dich bei dem Mann, Edgar«, sagte er.

»Danke«, murmelte ich.

»Sehr gern geschehen. Und falls Sie ausstellen *wollen*, Edgar, kommen Sie bitte zuerst zu uns. Ich biete Ihnen von allen Galerien an der Palm Avenue die besten Konditionen. Das verspreche ich Ihnen.«

»Soll das ein Witz sein? Natürlich komme ich als Erstes hierher.«

»Und natürlich prüfe ich den Vertrag«, sagte Wireman mit einem Chorknabenlächeln.

Nannuzzi lächelte seinerseits. »Das sollten Sie, und ich bin sehr damit einverstanden. Allerdings gibt es nicht viel zu prüfen – unser Standardvertrag für Erstaussteller ist nur eineinhalb Seiten lang.«

»Mr. Nannuzzi«, sagte ich, »ich weiß wirklich nicht, wie ich Ihnen danken soll.«

»Das haben Sie bereits getan«, sagte er. »Ich habe mir an mein schwaches Herz gegriffen und bin auf die Knie gesunken. Nur noch eine Sache, bevor Sie gehen.« Er kritzelte etwas auf den Notizblock auf seinem Schreibtisch, riss dann den Zettel ab und gab ihn mir wie ein Arzt, der einem Patienten ein Rezept aushändigt. Das in großen, leicht schrägen Druckbuchstaben geschriebene Wort hätte sogar auf einem ärztlichen Rezept stehen können: **KRYLON**.

»Was ist Krylon?«, fragte ich.

»Ein Fixativ. Tragen Sie davon eine dünne Schicht auf Ihre fertigen Bilder auf. Wirklich nur eine ganz dünne. Nach vierundzwanzig Stunden Trockenzeit tragen Sie eine zweite auf. Dann bleiben Ihre Sonnenuntergänge jahrhundertelang farbig leuchtend.« Er sah mich so ernst an, dass meine Kehle sich leicht verengte. »Ich weiß nicht, ob sie gut genug sind, um solche Langlebigkeit zu verdienen, aber vielleicht sind sie es ja. Wer weiß? Vielleicht sind sie's.«

VIII

Wir aßen im Zoria's, dem von Mary Ire erwähnten Restaurant, und ich ließ mich von Wireman zu einem Bourbon vor dem Essen einladen. Dies war mein erster richtiger Drink seit dem Unfall, und er hatte eine komische Wirkung auf mich. Alles schien kontrastreicher zu werden, bis die Welt mit Licht und Farben getränkt war. Sämtliche Winkel – Türen, Fenster, sogar die angewinkelten Ellbogen der vorbeihastenden Ober – schienen scharf genug zu sein, um die Luft aufzuschlitzen und irgendeine dunklere, dichtere Atmosphäre wie Sirup hereinfließen zu lassen. Der Schwertfisch, den ich bestellt hatte, war köstlich, die grünen Bohnen knackten zwischen meinen Zähnen, und die Crème brûlée war fast zu reichhaltig, um aufgegessen zu werden (aber auf jeden Fall zu reichhaltig, um sie stehen zu lassen). Die Unterhaltung zwischen uns dreien war angeregt, und wir lachten viel. Trotzdem sehnte ich das Ende der Mahlzeit herbei. Ich hatte noch immer Kopfschmerzen, obwohl das Pochen sich in den Hinterkopf verlagert zu haben schien (wie das Poltern der Aufstellvorrichtung einer Bowlingbahn), und der Stop-and-go-Verkehr, den wir auf der Main Street sehen konnten, lenkte mich unangenehm ab. Jedes Hupen klang schlecht gelaunt und bedrohlich. Ich wollte nach Duma zurück. Ich sehnte mich nach der Schwärze des Golfs und dem leisen Murmeln der Muscheln unter mir, während ich – mit Reba auf dem anderen Kissen – in meinem Bett lag.

Und als der Ober kam, um zu fragen, ob er Kaffee nachschenken solle, bestritt Jack die Unterhaltung fast allein. In meinem Zustand übersteigerter Empfindlichkeit konnte ich sehen, dass ich nicht der Einzige war, der einen Ortswechsel brauchte. Wegen der schummerigen Beleuchtung in dem Restaurant und Wiremans mahagonibraunem Teint war schwer zu beurteilen, wie viel Farbe er eigentlich verloren hatte, aber ich tippte auf ziemlich viel. Und sein schlimmes linkes Auge tränte wieder heftig.

»Nur die Rechnung«, sagte Wireman, dann rang er sich ein Lächeln ab. »Tut mir leid, dass ich die Feier abbreche, aber ich möchte zu meiner Lady zurück. Wenn ihr Jungs nichts dagegen habt.«

»Mir nur recht«, sagte Jack. »Zum Essen eingeladen und rechtzeitig zu Hause, um *SportsCenter* zu sehen? Was will man mehr!«

Wireman und ich warteten vor dem Parkhaus, während Jack den gemieteten Van holen ging. Hier war das Licht heller, aber was es zeigte, konnte mich in Bezug auf meinen neuen Freund nicht beruhigen: Im Licht der Straßenbeleuchtung sah seine Haut fast gelb aus. Ich fragte ihn, ob mit ihm alles in Ordnung sei.

»Wireman geht's großartig«, sagte er. »Miss Eastlake dagegen hat ein paar ruhelose, beschissene Nächte hingelegt. Sie ruft nach ihren Schwestern, ruft nach ihrem Pa, ruft nach allem außer ihren Wolkenschäfchen. An diesem Vollmondscheiß ist irgendwas dran. Keine Logik dahinter, trotzdem ist was dran. Diana ruft auf einer Wellenlänge, für die nur der wankende Verstand empfänglich ist. Aber nachdem der Mond jetzt im letzten Viertel steht, wird sie allmählich wieder durchschlafen. Was bedeutet, dass auch ich durchschlafen kann. Hoffentlich.«

»Gut.«

»An deiner Stelle, Edgar, würde ich mir für die Galeriesache mehr als nur eine Nacht Zeit lassen. Und inzwischen weitermalen. Du warst fleißig wie eine Biene, aber ich bezweifle, dass du schon genügend Bilder hast, um …«

Hinter ihm ragte ein gekachelter Pfeiler auf. Wireman torkelte rückwärts dagegen. Wäre der Pfeiler nicht gewesen, wäre er garantiert zu Boden gegangen. Obwohl die Wirkung des Bourbons etwas abgeklungen war, registrierte mein übersteigertes Wahrnehmungsvermögen, was mit seinen Augen geschah, als er das Gleichgewicht verlor. Das rechte sah nach unten, als wollte es seine Schuhe kontrollieren, und das tränende linke Auge drehte sich nach oben, bis die Iris nur noch als schmale Sichel zu sehen war. Ich hatte noch Zeit, mir zu überlegen, dass dies eigentlich unmöglich war, weil Augen sich nicht in entgegengesetzte Richtungen verdrehen konnten. Und auf Leute, die gesund waren, traf das wohl auch zu. Dann sackte Wireman zusammen.

Ich packte ihn. »Wireman? *Wireman!*«

Er schüttelte den Kopf, dann sah er mich an. Augen geradeaus und vollzählig vorhanden. Das linke glänzte feucht und war blutunterlaufen, das war alles. Er zog sein Taschentuch heraus und wischte sich die Wange ab. Dann lachte er. »Ich habe gehört, dass man andere mit langweiligem Gequatsche in den Schlaf reden kann, aber sich selbst? Zum Totlachen!«

»Du bist nicht eingenickt. Du bist … ich weiß nicht, was los war.«

»Red kein Onnsinn, Kumbel«, sagte Wireman.

»Nein, du hast die Augen so komisch verdreht.«

»Das nennt man einschlafen, *muchacho.*« Er bedachte

mich mit seinem patentierten Wireman-Blick: Kopf leicht schief gelegt, Augenbrauen hochgezogen, ein angedeutetes Lächeln um die Mundwinkel. Aber ich spürte, dass er genau wusste, wovon ich sprach.

»Ich muss zum Arzt, mich durchchecken lassen«, sagte ich. »Eine Kernspintomografie machen lassen. Das habe ich meinem Freund Kamen versprochen. Was hältst du davon, wenn ich dich mit anmelde?«

Wireman lehnte noch immer an dem Pfeiler. Jetzt richtete er sich auf. »He, da kommt Jack mit dem Van. Das ging ja schnell. Beeil dich, Edgar – der letzte Bus nach Duma Key fährt gleich ab!«

IX

Auf der Rückfahrt passierte es erneut, sogar schlimmer, obwohl Jack nichts sah – er war damit beschäftigt, den Van auf der Casey Key Road zu halten – und Wireman selbst vermutlich nichts davon mitbekam. Ich hatte Jack gefragt, ob es ihm etwas ausmache, nicht den Tamiami Trail, die gewinnend schäbige Main Street von Floridas Westküste, zu nehmen, sondern diese schmale, kurvenreiche Straße zu fahren. Ich wolle den Mond auf dem Wasser sehen, sagte ich.

»Du legst dir kleine Künstlerallüren zu, *muchacho*«, sagte Wireman vom Rücksitz aus, auf dem er mit hochgelegten Beinen hingelümmelt saß. Von Sicherheitsgurten schien er nicht viel zu halten. »Wahrscheinlich trägst du demnächst ein Béret.« Er sprach es so aus, dass es sich auf Gefrett reimte.

»Fuck you, Wireman.«

»I been fucked to the east and I been fucked to the west«, rezitierte Wireman im Tonfall sentimentaler Erinnerung, *»but when it comes to the fuckin, yo mamma's the best.«* Damit verfiel er in Schweigen.

Ich beobachtete den Mond, der weiter durch das schwarze Wasser rechts von mir schwamm. Er war geradezu hypnotisch. Ich fragte mich, ob es möglich sein würde, ihn so zu malen, wie er von dem Van aus erschien: ein Mond in Bewegung, eine Silberkugel unmittelbar unter der Oberfläche.

Ich dachte diese Gedanken (und war vielleicht kurz davor, einzunicken), als ich auf eine schemenhafte Bewegung oberhalb des Mondes im Wasser aufmerksam wurde. Das war Wiremans Spiegelbild. Im ersten Moment hatte ich die verrückte Idee, er hole sich dort hinten einen runter, weil seine Schenkel sich zu öffnen und zu schließen, seine Hüften sich zu heben und zu senken schienen. Ich warf Jack einen raschen Blick zu, aber die Casey Key Road ist eine Sinfonie aus Kurven, und der Junge war mit dem Fahren beschäftigt. Außerdem saß Wireman größtenteils hinter Jacks Sitz, weshalb er im Innenspiegel nicht zu sehen war.

Ich blickte über die linke Schulter. Wireman masturbierte nicht. Auch schlief oder träumte Wireman nicht. Wireman hatte einen Anfall. Er war unauffällig, vermutlich ein kleiner *Petit Mal*-Anfall, aber eindeutig ein Anfall; im ersten Jahrzehnt der Freemantle Company hatte ich einen technischen Zeichner beschäftigt, der Epileptiker war, und erkannte deshalb einen Anfall, wenn ich einen sah. Wiremans Rumpf hob und senkte sich eine Handbreit, während seine Gesäßmuskeln sich verkrampften und wieder lösten.

Seine auf dem Bauch liegenden Hände zuckten. Seine Lippen schmatzten, als koste er etwas besonders Delikates. Und seine Augen sahen wieder so aus wie vor dem Parkhaus. Bei Mondschein wirkte dieser Nach-oben-und-unten-Blick bizarrer, als ich mit Worten hätte beschreiben können. Aus seinem linken Mundwinkel lief ein Speichelfaden; eine Träne aus dem wässrigen linken Auge versickerte in der buschigen Kotelette.

Nach ungefähr zwanzig Sekunden war der Anfall vorüber. Wireman blinzelte, und seine Augen kehrten wieder in ihre normale Stellung zurück. Er schwieg ungefähr eine Minute lang. Oder auch zwei. Als er sah, dass ich ihn beobachtete, sagte er: »Ich würde einen Mord für einen weiteren Drink oder ein Erdnussbutter-Sandwich begehen, aber ein Drink kommt wohl nicht infrage, was?«

»Wahrscheinlich nicht, wenn du sie nachts klingeln hören willst«, sagte ich – hoffentlich ganz ungezwungen.

»Brücke nach Duma Key voraus«, meldete Jack. »Wir sind fast da, Leute.«

Wireman setzte sich auf und reckte sich. »War ein toller Tag, aber ich bin froh, wenn ich heute Abend im Bett liege, Jungs. Werd anscheinend alt, was?«

X Obwohl mein Bein steif war, stieg ich aus dem Van und stand neben ihm, als er das Eisenkästchen neben dem Tor öffnete, in dem sich ein Tastenfeld auf dem letzten Stand der Technik befand.

»Danke, dass du mitgekommen bist, Wireman.«

»Klar«, sagte er, »aber wenn du mir noch einmal dankst,

muchacho, muss ich dir einen Kinnhaken verpassen. Sorry, aber es geht nicht anders.«

»Gut zu wissen«, sagte ich. »Danke für die Warnung.«

Er lachte und schlug mir auf die Schulter. »Du gefällst mir, Edgar. Du hast Stil, du hast Klasse, wie gern ich mir von dir den Arsch küssen lasse.«

»Wundervoll. Mir kommen die Tränen. Hör zu, Wireman …«

Ich hätte ihm erzählen können, was vorhin mit ihm passiert war. Ich war sogar dicht davor. Aber letztlich ließ ich es doch bleiben. Ich wusste nicht, ob das die richtige Entscheidung war, aber ich wusste, dass ihm womöglich eine lange Nacht mit Elizabeth Eastlake bevorstand. Außerdem saßen in meinem Hinterkopf noch immer diese Kopfschmerzen. Ich beschränkte mich darauf, ihn nochmals zu fragen, was mit dem gemeinsamen Arztbesuch war.

»Ich werd drüber nachdenken«, sagte er. »Und lass es dich wissen.«

»Aber warte nicht zu lange, weil …«

Er hob eine Hand, um mich zum Schweigen zu bringen, und ausnahmsweise lächelte er nicht. »Lass es gut sein, Edgar. Genug für einen Abend, okay?«

»Okay«, sagte ich, sah ihm nach, als er hineinging, und kehrte zurück zum Van.

Jack hatte das Autoradio aufgedreht. Es spielte »Renegade«. Er wollte die Musik leiser stellen, aber ich sagte: »Nein, das ist in Ordnung. Dreh richtig auf.«

»Echt?« Er wendete und fuhr die Straße zurück. »Scheint 'ne tolle Band zu sein. Hast du die schon mal gehört?«

»Jack«, sagte ich, »das sind Styx. Dennis DeYoung? Tommy Shaw? Wo hast du dein ganzes Leben lang gesteckt? In einer Höhle?«

Jack lächelte schuldbewusst. »Ich höre meistens Country und noch lieber die alten Standards«, sagte er. »Wenn ich ganz ehrlich sein soll, bin ich sogar eher der Rat-Pack-Typ.«

Bei der Vorstellung, Jack Cantori könnte ein Fan von Dino und Frank sein, fragte ich mich – nicht zum ersten Mal an diesem Tag –, ob das alles wirklich passierte. Und ich fragte mich, wieso ich wusste, dass Dennis DeYoung und Tommy Shaw bei Styx gewesen waren – sogar dass Shaw den Song geschrieben hatte, der jetzt aus den Lautsprechern des Vans dröhnte –, mich aber manchmal nicht an den Namen meiner Exfrau erinnern konnte.

XI

Am Anrufbeantworter neben dem Wohnzimmertelefon blinkten beide Lämpchen: das eine, das Nachrichten anzeigte, und das andere, das mir verriet, dass der Nachrichtenspeicher voll war. Aber laut der Zahl im Display war überhaupt nur eine Nachricht gespeichert. Ich betrachtete die **1** mit einem unguten Gefühl, wobei meine Kopfschmerzen sich etwas nach vorn zu verlagern schienen. Die einzigen Menschen, denen ich zutraute, mit einer einzigen Nachricht meinen Speicher aufzubrauchen, waren Pam und Ilse, und in beiden Fällen verhieß die Abspieltaste keine guten Neuigkeiten. Man braucht keine fünf Minuten, um zu sagen: *Mir geht's gut, ruf mich an, wenn du Zeit hast.*

Das hat Zeit bis morgen, dachte ich, und eine feige Stimme, von der ich gar nicht wusste, dass sie zu meinem geistigen Repertoire gehörte (vielleicht war sie neu), wollte sogar noch weiter gehen. Sie schlug mir vor, die Nachricht zu löschen, ohne sie zuvor abzuhören.

»Mach ich, klar«, sagte ich. »Und wenn diejenige noch mal anruft, erzähle ich ihr einfach, dass der Hund den Anrufbeantworter gefressen hat.«

Ich drückte auf PLAY. Und wie's so oft passiert, wenn wir zu wissen glauben, was uns erwartet, lag ich voll daneben. Die Anruferin war weder Pam noch Ilse. Die keuchende, leicht asthmatische Stimme aus dem Anrufbeantworter gehörte Elizabeth Eastlake.

»Hallo, Edgar«, sagte sie. »Man hofft, dass Sie einen erfolgreichen Nachmittag hatten und Ihren abendlichen Ausflug mit Wireman ebenso genießen wie ich meinen Abend mit Miss ... nun, ich vergesse ihren Namen, aber sie ist sehr freundlich. Und man hofft, dass Sie gemerkt haben, dass ich mich an *Ihren* Namen erinnert *habe*. Ich genieße eine meiner wachen Perioden. Ich liebe und schätze sie, aber sie machen mich auch traurig. Man kommt sich vor wie in einem Segelflugzeug, das von einer Bö über flachen Bodennebel gehoben wird. Für kurze Zeit kann man alles ganz klar sehen ... und zugleich weiß man, dass der Wind nachlassen und man mit seinem Segelflugzeug wieder in den Nebel eintauchen wird. Sie verstehen, was ich meine?«

Das verstand ich nur allzu gut. Inzwischen ging es mir besser, aber das war die Welt gewesen, in der ich aufgewacht war – in der Worte sich sinnlos veränderten und Erinnerungen überall verstreut waren wie Gartenmöbel nach einem Sturm. Es war eine Welt gewesen, in der ich bei dem Versuch, mit Leuten zu kommunizieren, um mich geschlagen und anscheinend nur zwei Gefühlszustände gekannt hatte: Angst und Wut. Man überwindet diesen Zustand (wie Elizabeth vielleicht gesagt hätte), kann sich aber später nie von der Überzeugung frei machen, dass die Realität fadenscheinig ist. Hinter ihrem Schleier? Chaos. Wahnsinn. Vielleicht die reale Wahrheit, und die reale Wahrheit ist rot.

»Aber genug von mir, Edgar. Ich rufe an, um Ihnen eine Frage zu stellen. Sind Sie jemand, der Kunst für Geld produziert, oder glauben Sie an Kunst um der Kunst willen? Das habe ich Sie bestimmt schon gefragt, als wir uns kennengelernt haben – dessen bin ich mir fast sicher –, aber ich kann mich nicht an Ihre Antwort erinnern. Ich glaube, dass es Kunst um der Kunst willen sein muss, sonst hätte Duma Sie nicht gerufen. Aber wenn Sie lange hier bleiben …«

Unüberhörbare Besorgnis in ihrer Stimme.

»Edgar, man ist sich sicher, dass Sie ein sehr netter Nachbar sein werden. Daran zweifle ich nicht im Geringsten, aber Sie müssen Vorsichtsmaßnahmen treffen. Ich denke, Sie haben eine Tochter, und glaube, dass sie Sie besucht hat. Das hat sie doch getan? Ich scheine mich daran zu erinnern, dass sie mir zugewinkt hat. Ein hübsches Ding mit blondem Haar? Ich verwechsle sie vielleicht mit meiner Schwester Hannah – ich neige zu Verwechslungen, das weiß ich –, aber in diesem Fall liege ich richtig, glaube ich. Wenn Sie bleiben wollen, Edgar, dürfen Sie Ihre Tochter nicht wieder einladen. Unter keinen Umständen! Duma Key ist kein sicherer Ort für Töchter.«

Ich stand da und blickte auf das Gerät hinunter. Nicht sicher. Beim ersten Mal hatte sie ›nicht glücklich‹ gesagt, zumindest laut meiner Erinnerung. Bedeuteten diese Wörter das Gleiche oder nicht?

»Und Ihre Kunst. Auch Ihre Kunst gilt es zu bedenken.« Ihre Stimme klang entschuldigend und ein bisschen atemlos. »Man sagt einem Künstler nicht gern, was er tun soll; tatsächlich *kann* man einem Künstler gar nicht sagen, was er tun soll, und trotzdem ... ach, du liebe Güte ...« Ihre Worte gingen in das lockere, rasselnde Husten einer lebenslänglichen Raucherin über. »Man spricht diese Dinge nicht gern direkt an ... *weiß* vielleicht nicht, wie man sie direkt ansprechen soll ... aber darf ich Ihnen einen guten Rat geben, Edgar? Als eine, die Kunst nur noch genießt, an einen, der sie erschafft? Darf ich mir das herausnehmen?«

Ich wartete. Der Anrufbeantworter schwieg. Ich vermutete, dass an dieser Stelle der Speicher voll gewesen war. Unter meinen Füßen murmelten die Muscheln leise, als tauschten sie Geheimnisse aus. *Die Pistole, das Obst. Das Obst, die Pistole.* Dann wieder von vorn.

»Sollten die Leute, die die Scoto oder die Avenida führen, Ihnen anbieten, Ihre Bilder auszustellen, rate ich Ihnen sehr dringend, diese Chance zu ergreifen. Damit andere sich daran erfreuen können, versteht sich, aber auch, damit möglichst bald ein Großteil Ihrer Arbeiten Duma verlässt.« Sie holte hörbar tief Luft wie eine Frau, die sich daran macht, eine mühsame Arbeit zu Ende zu bringen. Auch wirkte sie unbestreitbar vernünftig, hellwach und voll auf der Höhe. »*Lassen Sie nicht allzu viele zusammenkommen.* Das ist mein Rat an Sie, gut gemeint und ohne irgend... irgendwelche persönlichen Absichten? Ja, das meine ich. Lässt man zu, dass sich zu viel Kunst ansammelt, ist es nicht anders, als würde man eine Autobatterie zu weit aufladen. Tut man das, kann sie explodieren.«

Ich hatte keine Ahnung, ob das wirklich stimmte, aber ich verstand, was sie meinte.

»Ich kann Ihnen nicht sagen, weshalb, aber es ist so«, fuhr sie fort ... und ich hatte eine jähe Intuition, dass sie in diesem Punkt log. »Und wenn Sie an Kunst um der Kunst willen glauben, ist das Gemälde doch der wichtigste Teil, nicht wahr?« Ihre Stimme klang jetzt fast schmeichlerisch. »Auch wenn Sie Ihre Bilder nicht verkaufen müssen, um Ihren Lebensunterhalt zu bestreiten, geht es doch darum, sie mit anderen zu teilen … sie der Welt zu schenken … das ist doch auch Künstlern wichtig, nicht wahr? Dieses Schenken?«

Woher sollte ich wissen, was Künstlern wichtig war? Ich hatte erst heute erfahren, womit ich meine fertigen Gemälde fixieren musste. Ich war ein … wie hatten Mary Ire und Nannuzzi mich genannt? Ein echter Vertreter der naiven Kunst.

Wieder eine Pause. Dann: »Ich denke, ich höre jetzt lieber auf. Ich habe gesagt, was ich auf dem Herzen hatte. Aber bitte denken Sie darüber nach, was Sie beachten sollten, wenn Sie bleiben wollen, Edward. Und ich freue mich darauf, dass Sie mir vorlesen werden. Hoffentlich viele Gedichte. Das wird ein Genuss. Bis dahin leben Sie wohl. Danke, dass Sie einer alten Frau zugehört haben.« Eine Pause. Dann sagte sie: »Der Tisch ist leck. Es muss sein. Tut mir so leid.«

Ich wartete zwanzig Sekunden lang, dann dreißig. Ich war eben zu dem Schluss gelangt, dass sie vergessen haben musste aufzulegen, und wollte die Stopptaste des Anrufbeantworters drücken, als sie erneut zu sprechen begann. Nur vier Wörter, mit denen ich nicht mehr anfangen konnte als mit dem lecken Tisch, aber sie verursachten trotzdem eine Gänsehaut auf meinen Armen und ließen mir die Nackenhaare zu Berge stehen.

»Mein Vater war Sporttaucher«, sagte Elizabeth Eastlake. Jedes Wort war klar und deutlich betont. Dann folgte das unverkennbare Klicken, mit dem sie den Hörer auflegte.

»Keine weiteren Nachrichten«, sagte eine elektronische Stimme. »Der Speicher ist voll.«

Ich starrte weiter auf den Anrufbeantworter hinab, überlegte, ob ich die Nachricht löschen sollte, und ließ sie dann gespeichert, um sie Wireman vorspielen zu können. Ich zog mich aus, putzte mir die Zähne und kroch ins Bett. Ich lag im Dunkeln und fühlte das sanfte Pochen in meinem Kopf, während unter mir die flüsternden Muscheln endlos ihren letzten Satz wiederholten: *Mein Vater war Sporttaucher.*

8

Familienporträt

I

Die Dinge beruhigten sich einige Zeit lang. Das passiert manchmal. Der Topf kocht, und kurz bevor er überkochen kann, dreht irgendeine Hand – Gott, das Schicksal, vielleicht bloßer Zufall – die Flamme kleiner. Als ich einmal mit Wireman darüber sprach, sagte er, das Leben sei wie der Freitag in einer Seifenoper. Es füttert einen mit der Illusion, es werde für alles eine Lösung geben, und dann fängt am Montag wieder derselbe alte Scheiß an.

Ich dachte, er würde mit mir zum Arzt gehen, und wir würden herausbekommen, was ihm fehlte. Ich dachte, er würde mir erzählen, warum er sich in den Kopf geschossen hatte – und wie man so etwas überlebte. Die Antwort schien zu lauten: »Mit Anfällen und kaum noch imstande, Kleingedrucktes zu lesen.« Vielleicht würde er mir sogar erzählen können, wieso seine Arbeitgeberin die fixe Idee hatte, Ilse unbedingt von Duma Key fernzuhalten. Und die Krönung: Ich würde entscheiden, wie es mit dem Leben von Edgar Freemantle, dem großen Vertreter der naiven Kunst, weitergehen sollte.

Nichts von alledem geschah tatsächlich, zumindest nicht gleich. Das Leben bringt Veränderungen mit sich, und die Resultate sind mitunter explosiv, aber in Seifenopern und im richtigen Leben haben starke Sprengsätze oft eine lange Zündschnur.

Wireman erklärte sich bereit, mit mir zum Arzt zu gehen und »sich den Kopf untersuchen zu lassen« – aber nicht vor März. Im Februar habe er zu viel zu tun, sagte er. Wintergäste – die Wireman als »die Monatlichen« bezeichnete, als spräche er über Menstruation statt von Mietern – würden am kommenden Wochenende die sechs Ferienhäuser der Insel beziehen. Die als Erste angekündigten Schneevögel waren die, die Wireman am wenigsten leiden konnte; die Godfreys aus Rhode Island, die Wireman (und folglich auch ich) als Joe und Rita Bissiger Hund kannte. Sie kamen jeden Winter für zehn Wochen und wohnten in dem der Hazienda benachbarten Haus. Die Schilder, die vor ihren Rottweilern und ihrem Pitbull warnten, waren schon angebracht; Ilse und ich hatten sie gesehen. Joe Bissiger Hund sei früher bei den Green Berets gewesen, sagte Wireman in einem Ton, der anzudeuten schien, damit sei alles erklärt.

»Mr. Dirisko steigt nicht mal aus dem Auto aus, wenn er eine Sendung für sie hat«, sagte Wireman. Er sprach von dem dicken, fröhlichen Zusteller vom U.S. Postal Service, der für den Südteil von Casey und ganz Duma Key zuständig war. Wir saßen ein bis zwei Tage vor der avisierten Ankunft der Godfreys auf den Sägeböcken vor dem Bissige-Hunde-Haus. Die Muschelsplitter auf der Einfahrt glänzten feuchtrosa. Wireman hatte die Rasensprenger aufgedreht. »Er legt, was immer er hat, am Fuß des Briefkastenpfostens ab, hupt und fährt schleunigst zum *Palacio* weiter. Und verüble ich ihm das? *Non, non,* Nannette.«

»Wireman, wegen des Arztbesuchs …«

»März, *muchacho*, und vor den Iden. Versprochen!«

»Du hältst mich hin«, sagte ich.

»Das tue ich nicht. Ich bin nur in einer einzigen Saison ausgelastet, und die ist jetzt. Letztes Jahr hat sie mich ein bisschen unvorbereitet getroffen, das soll diesmal nicht passieren. Es *darf* dieses Jahr nicht passieren, weil Miss Eastlake sehr viel weniger mithelfen kann. Wenigstens sind die Bissigen Hunde Stammgäste, bekannte Größen, und die Baumgartens ebenfalls. Ich mag die Baumgartens. Zwei Kinder.«

»Eins davon ein Mädchen?«, fragte ich, weil ich an Elizabeth' Warnung vor Töchtern auf Duma Key dachte.

»Nein, beide sind die Art Jungen, die einen Stempel auf der Stirn tragen sollten: WIR HABEN'S GESCHAFFT, ABER NEHMEN SIE UNS DAS NICHT ÜBEL. Die Mieter der anderen vier Häuser sind alle neu. Ich kann nur hoffen, dass keiner von ihnen die ganze Nacht Rock and Roll hört und jeden Tag lärmend feiert, aber wie gut stehen die Aussichten dafür?«

»Nicht gut, aber du kannst zumindest hoffen, dass sie ihre Slipknot-CDs zu Hause gelassen haben.«

»Wer ist Slipknot? *Was* ist Slipknot?«

»Wireman, das willst du nicht wissen. Vor allem nicht jetzt, wo du dabei bist, dich künstlich aufzuregen.«

»Das tue ich nicht. Wireman erklärt dir nur den Februar auf Duma Key, *muchacho*. Ich werde wieder alles kontern müssen – von verzweifelten Notrufen, wenn einer der Baumgarten-Jungs sich an einer Qualle verbrennt, bis zu der Frage, wo Rita Bissiger Hund einen Ventilator für ihre Großmutter, die sie vermutlich wieder für ein, zwei Wochen im rückwärtigen Schlafzimmer verstecken, herkriegen kann. Du findest Miss Eastlake ganz schön alt? Ich habe mexikanische Mumien gesehen, die am Totensonntag durch die Straßen von Guadalajara getragen wurden und besser ausgesehen haben als Gramma Bissiger Hund. Sie kennt eigentlich nur zwei Gesprächsthemen. Sie legt entweder die Frageplatte auf – ›Hast du mir einen Keks mitgebracht?‹ – oder die Ansageplatte – ›Ich brauch … Bring mir ein Handtuch, Rita, ich glaube, im letzten Furz war ein Klumpen drin.‹«

Ich brach in lautes Lachen aus.

Wireman scharrte mit seinem Sneaker durch die Muscheln, zeichnete mit dem Fuß ein Smiley. Vor uns fielen unsere Schatten über die Duma Key Road, die asphaltiert und glatt und eben war. Zumindest hier. Weiter südlich sah sie ganz anders aus. »Die Antwort auf das Ventilatorproblem, falls sie dich interessiert, lautet Dan's Fan City. Na, ist das kein großartiger Name? Und ich will dir etwas verraten: Mir macht es tatsächlich *Spaß*, diese Probleme zu lösen. Kleine Krisen zu entschärfen. Hier auf Duma Key mache ich Leute verdammt viel glücklicher als jemals vor Gericht.«

Aber du verstehst dich weiter darauf, Leute von Themen wegzulotsen, über die du nicht sprechen willst, dachte ich. »Wireman, du bräuchtest nur eine halbe Stunde zu opfern, damit ein Arzt dir in die Augen sieht und deinen Schädel abklopft …«

»Du irrst dich, *muchacho*«, sagte er geduldig. »Um diese Jahreszeit dauert es mindestens zwei Stunden, sich in einer Minipraxis am Straßenrand wegen einer lausigen Halsentzündung untersuchen zu lassen. Rechnet man eine Stunde Fahrzeit dazu – jetzt mehr, weil die Schneevogelsaison da ist und keiner von ihnen weiß, wohin er muss –, reden wir von drei Stunden bei Tageslicht, auf die ich einfach nicht verzichten kann. Nicht wenn ich mich mit dem Klimatechniker in Nummer 17 … dem Stromableser in Nummer 27 … dem Mann vom Kabelfernsehen – falls er jemals kommt – dort drüben treffen soll.« Er zeigte auf das Nachbarhaus mit der Nummer 39. »Junge Leute aus Toledo haben es bis

Mitte März gemietet und zahlen siebenhundert Dollar extra für etwas, das Wi-Fi heißt und von dem ich nicht mal weiß, was es ist.«

»*Wave of the future,* das ist es. Alles klar. Jack hat sich drum gekümmert. *Wave of the father-raping, mother-stabbing future.*«

»Schönes Zitat. Arlo Guthrie, 1967.«

»Der Film ist von 1969, soviel ich weiß«, sagte ich.

»Wann auch immer, *viva* die Welle der Mütter vergewaltigenden, Froschdaddy erstechenden Zukunft! Ändert nichts an der Tatsache, dass ich mehr zu tun habe als ein Einbeiniger bei einem Arschtritt-Wettbewerb. Und überleg doch mal, Edgar … Du *weißt,* dass es nicht beim Abklopfen und der Untersuchung mit der alten Doktor-Stablampe bleiben wird. Das ist immer erst der Anfang.«

»Aber wenn du es brauchst …«

»Vorläufig fehlt mir nicht viel.«

»Klar. Deshalb bin ich auch derjenige, der ihr jeden Nachmittag Gedichte vorliest.«

»Ein bisschen Lesekultur kann dir nicht schaden, du gottverdammter Kannibale!«

»Das weiß ich auch, und du *weißt*, dass ich von etwas anderem rede.« Ich überlegte mir – und nicht zum ersten Mal –, dass Wireman einer der ganz wenigen Männer war, die ich je kennengelernt hatte, die ständig Nein zu mir sagen konnten, ohne mich zu verärgern. Als Neinsager war er ein Genie. Manchmal dachte ich, das liege an ihm; manchmal dachte ich, der Unfall habe mich innerlich verändert; manchmal dachte ich, dass es an beidem lag.

»Ich *kann* lesen, weißt du«, sagte Wireman. »In kleinen Dosen. Genug, um durchzukommen. Etiketten von Medizinfläschchen, Telefonnummern, solches Zeug. Und ich *werde* mich untersuchen lassen, also kannst du dir deinen Typ-A-Drang, die ganze Welt verbessern zu wollen, getrost abschminken. Au Mann, damit musst du deine Frau wahnsinnig gemacht haben.« Er musterte mich von der Seite her und fragte: »Oje, ist Wireman da auf ein Hühnerauge getreten?«

»Wollen wir nicht mal von dieser kleinen runden Narbe auf deiner rechten Kopfseite reden? *¿Muchacho?*«

Er grinste. »*Touché, touché.* Verzeihung. *All apologies.*«

»Kurt Cobain«, sagte ich. »1993. Um den Dreh.«

Er blinzelte. »Wirklich? Ich hätte 1995 gesagt, aber die Rockmusik hat mich größtenteils hinter sich gelassen. Wireman wird alt, traurig, aber wahr. Und was diese Sache mit dem Anfall betrifft … sorry, Edgar, das kann ich einfach nicht glauben.«

Aber er glaubte es. Das sah ich in seinem Blick. Bevor ich noch etwas sagen konnte, sprang er von dem Sägebock auf und deutete nach Norden. »Sieh nur! Ein weißer Lieferwagen! Ich glaube, die Kabel-TV-Kompanie rückt an!«

II

Ich glaubte Wireman, als er mir versicherte, keine Ahnung zu haben, wovon Elizabeth Eastlake da redete, nachdem ich ihm die Aufzeichnung meines Anrufbeantworters vorgespielt hatte. Er vermutete weiter, ihre Sorge um meine Töchter hänge mit ihren längst gestorbenen Schwestern zusammen. Zudem bekannte er, dass es ihm völlig rätselhaft sei, weshalb sie nicht wollte, dass ich größere Mengen meiner Bilder auf der Insel lagerte. Was das anginge, habe er keinen blassen Schimmer, sagte er überzeugend.

Joe und Rita Bissiger Hund zogen ein; das unaufhörliche Kläffen ihrer Menagerie begann. Auch die Baumgartens zogen ein, und ich kam oft an ihren Jungen vorbei, wenn sie am Strand Frisbee spielten. Sie waren genauso, wie Wireman sie beschrieben hatte: sportlich, gut aussehend und höflich, einer vielleicht elf, der andere vielleicht dreizehn, beide mit athletischem Körperbau, der die Cheerleader der Junior High schon bald zum Tuscheln veranlassen würde, wenn's nicht längst so weit war. Sie waren immer bereit, mir ihr Frisbee für ein paar Würfe zu überlassen, wenn ich vorbeihinkte, und der Ältere – Jeff – rief meistens etwas Aufmunterndes wie: »Jo, Mr. Freemantle, klasse Wurf!«

Ein Paar mit einem weißen Sportwagen bezog das Haus unmittelbar südlich des Big Pink, und die verstörenden Klänge von Toby Keith begannen ungefähr zur Cocktailstunde zu mir herüberzuwehen. Insgesamt wäre mir Slipknot vielleicht doch lieber gewesen. Die vier jungen Leute aus Toledo hatten einen Golfwagen, mit dem sie den Strand hinauf- und hinunterrasten, wenn sie nicht Volleyball spielten oder zu Angelausflügen unterwegs waren.

Wireman war mehr als geschäftig; er war ein Derwisch. Zum Glück fand er Helfer. An einem Tag war Jack ihm behilflich, die verstopften Rasensprenger des Ehepaars Bissiger Hund zu reinigen. Am nächsten oder übernächsten Tag half ich ihm, den Golfwagen der Gäste aus Toledo aus der Düne zu schieben, in der er sich festgefahren hatte – die dafür Verantwortlichen waren losgezogen, um sich ein Sixpack zu holen, und die Flut drohte den Wagen wegzuschwemmen. Meine Hüfte und mein Bein heilten noch, aber meinem verbliebenen Arm fehlte nichts.

Hüfte und Bein konnten mich nicht daran hindern, meine Großen Strandwanderungen zu machen. An manchen

Tagen – vor allem wenn nachmittags der Nebel hereinkam, erst den Golf mit kalter Amnesie überzog und dann auch die Häuser verschluckte – nahm ich Schmerztabletten aus meinem schwindenden Vorrat. An den meisten Tagen brauchte ich keine. Wireman war in diesem Februar nur selten in seinem Liegestuhl bei einer Tasse grünem Tee anzutreffen, aber Elizabeth Eastlake war immer in ihrem Salon, wusste fast immer, wer ich war, und hatte meist einen Gedichtband zur Hand. Nicht immer Keillors *Gute Gedichte*, aber dieser Band gefiel ihr am besten. Mir gefiel er auch. Merwin und Sexton und Frost, oje.

Ich selbst las in diesem Februar und März viel. Ich las mehr als seit Jahren – Romane, Kurzgeschichten, drei dicke Sachbücher darüber, wie wir in diese Irakscheiße hineingeschlittert waren (die kurze Antwort darauf schien einen mit W abgekürzten zweiten Vornamen zu haben und einen Schwanz als Vizepräsident). Aber hauptsächlich malte ich. Ich malte jeden Nachmittag und Abend, bis ich meinen stärker werdenden Arm kaum noch heben konnte. Strandbilder, Seebilder, Stillleben und Sonnenuntergänge, Sonnenuntergänge, Sonnenuntergänge.

Aber die Zündschnur glimmte weiter. Die Hitze war heruntergedreht, aber nicht abgestellt worden. Das mit Candy Brown war nicht die nächste Sache, sondern nur die nächste offenkundige Sache. Und sie geschah erst am Valentinstag. Eine grausige Ironie des Schicksals, wenn man darüber nachdenkt.

Grausig.

|||

lfsogirl88 an EFree19
10.19 Uhr
3. Februar

Lieber Daddy, es war wundervoll, zu hören, dass deine Bilder so »eingeschlagen« haben! Hurra! ☺ Und wenn sie dir eine Ausstellung anbieten, werde ich ins nächste Flugzeug springen und in meinem »kleinen Schwarzen« dort sein (ich habe eins, ob du's glaubst oder nicht). Fürs Erste muss ich hierbleiben und mich auf meinen kleinen Hintern setzen, weil ich – jetzt kommt ein Geheimnis – Carson überraschen möchte, wenn im April die Frühjahrsferien beginnen. Dann gastieren die Hummingbirds in Tennessee und Arkansas (er sagt, dass die Tournee großartig angelaufen ist). Wenn ich bei den Prüfungen in der Semestermitte gut abschneide, könnte ich in Memphis oder Little Rock zu dem Chor stoßen, denke ich. Was hältst du davon?
Ilse

Meine Zweifel an dem baptistischen Hummingbird waren nicht geringer geworden, und was ich davon hielt, war, dass sie Ärger heraufbeschwor. Aber falls sie sich in Bezug auf ihn irrte, sollte sie das vielleicht besser früher als später merken. Also antwortete ich – und flehte zu Gott, dass ich damit keinen Fehler machte –, das klinge nach einer interessanten Idee, vorausgesetzt, ihr Studium leide nicht darunter. (Ich konnte mich nicht dazu überwinden, meiner geliebten jüngeren Tochter zu erklären, eine Woche mit ihrem Freund zu verbringen – selbst wenn man annahm, dass besagter Freund unter Aufsicht kompromissloser Baptisten stand –, sei eine gute Idee.) Außerdem gab ich zu bedenken, es sei vielleicht nicht ratsam, ihrer Mutter von diesem Plan zu erzählen. Das brachte mir eine prompte Antwort ein:

Ifsogirl88 an EFree19
12.02 Uhr
3. Februar

Liebster Daddy, glaubst du, ich habe mein bisschen VERSTAND verloren???
Illy

Nein, das glaubte ich nicht … aber falls sie in Little Rock entdeckte, dass ihr Tenor und eine der Altistinnen sich auf der Tournee nähergekommen waren, würde sie ein sehr unglückliches If-So-Girl sein. Ich bezweifelte nicht, dass ihre Mutter dann, von der Verlobung angefangen, alles erfahren würde, und Pam würde bestimmt einiges über *meinen* Geisteszustand zu sagen haben. Ich hatte mir in Bezug auf diesen Punkt selbst schon einige Fragen gestellt – und überwiegend entschieden, mich gnädig zu beurteilen. Wenn es um unsere Kinder geht, treffen wir manchmal verrückte Entscheidungen und können nur hoffen, dass sie letztlich Erfolg haben – die Entscheidungen *und* die Kinder. Elternschaft erfordert größte Improvisationsgabe.

Dann gab es die Sache mit Sandy Smith, der Immobilienmaklerin. Auf meinem Anrufbeantworter hatte Elizabeth gesagt, ich müsse jemand sein, der an Kunst um der Kunst willen glaube, sonst hätte Duma Key mich nicht gerufen. Von Sandy wollte ich nun die Bestätigung, dass mich lediglich ein Hochglanzprospekt gerufen hatte, der vermutlich wohlhabenden potenziellen Mietern in den ganzen Vereinigten Staaten vorgelegt worden war. Vielleicht auf der ganzen Welt.

Die Antwort, die ich bekam, war nicht ganz die erhoffte, aber ich würde lügen, wenn ich behauptete, ich sei *völlig* überrascht gewesen. Schließlich war dies mein vergessliches Jahr. Und dazu kommt immer der Wunsch, an bestimmte Handlungsabläufe zu glauben; wenn es um die Vergangenheit geht, mogeln wir alle beim Mischen.

SmithRealty9505 an EFree19
14.17 Uhr
8. Februar

Lieber Edgar, ich bin sehr froh, dass Ihnen das Haus gefällt. Zu Ihrer Frage: Der Prospekt für Salmon Point war nicht der einzige, den ich Ihnen geschickt habe, sondern lediglich eine von neun Broschüren mit Mietangeboten in Florida und Jamaika. Soweit ich mich erinnere, hat Sie nur Salmon Point interessiert. Ich weiß noch, wie Sie gesagt haben: »Feilschen Sie nicht, schließen Sie den Deal einfach ab.« Hoffentlich ist Ihnen damit geholfen.
Sandy

Ich las diese Nachricht zweimal, dann murmelte ich: »Lebe den Deal, und lass den Deal dich leben, *muchacha.*«

An die anderen Broschüren konnte ich mich nicht einmal erinnern, aber den Prospekt für Salmon Point hatte ich noch vor Augen. Die Mappe, in der er steckte, war leuchtend rosa gewesen. Sozusagen ein *Big Pink*, und die Worte, die mir ins Auge gefallen waren, waren nicht *Salmon Point* gewesen, sondern hatten in Goldprägung in der Zeile darunter gestanden: IHR GEHEIMER ZUFLUCHTSORT AN DER GOLFKÜSTE. Vielleicht hatte die Insel mich also gerufen.

Vielleicht also doch.

IV

KamenDoc an EFree19
13.46 Uhr
10. Februar

Edgar: Lange nichts mehr gehört, wie der taube Indianer zum verlorenen Sohn sagte (entschuldigen Sie bitte; schlechte Witze sind die einzigen, die ich kenne). Was macht die Kunst? Wegen der Kernspintomografie sollten Sie das Zentrum für neurologische Studien im Sarasota Memorial Hospital anrufen. Die Nummer lautet 941-555-5554.
Kamen

EFree19 an KamenDoc
14.19 Uhr
10. Februar

Kamen: Danke für Ihren Hinweis. Zentrum für neurologische Studien klingt verdammt ernst! Aber ich lasse mir sehr bald einen Termin geben.
Edgar

KamenDoc an EFree19
16.55 Uhr
10. Februar

»Bald« müsste reichen. Solange Sie keine Anfälle haben.
Kamen

Das »solange Sie keine Anfälle haben« hatte er zwischen zwei dieser praktischen E-Mail-Emoticons gestellt: ein lachendes rundes Gesicht mit einem Mund voller Zähne. Da ich gesehen hatte, wie Wireman auf dem dunklen Rücksitz des gemieteten Vans gezuckt und dabei die Augen in verschiedene Richtungen verdreht hatte, war mir selbst nicht nach Lachen zumute. Aber ich wusste, dass ich Wireman ohne Traktor samt Ketten nicht vor Mitte März zu einem Arzt schleppen konnte, außer er bekam einen echt schlimmen *Grand Mal*-Anfall. Und Wireman war natürlich nicht Xander Kamens Problem. Ich genau genommen auch nicht, deshalb fand ich es rührend, dass er sich noch um mich kümmerte. Aus einem Impuls heraus klickte ich auf ANTWORTEN und schrieb:

EFree19 an KamenDoc
17.05 Uhr
10. Februar

Kamen: keine Anfälle. Mir geht's gut. Male wie verrückt. War mit meinem Zeug in einer Galerie in Sarasota, und einer der Besitzer hat es sich angesehen. Ich schätze, er wird mir eine Ausstellung anbieten. Falls ja, und falls ich das Angebot annehme (was noch nicht feststeht), würden Sie kommen? Wäre schön, hier ein vertrautes Gesicht aus dem Land aus Eis & Schnee zu sehen.
Edgar

Danach wollte ich den Computer herunterfahren und mir ein Sandwich machen, aber das Klingelzeichen, das eine E-Mail ankündigte, kam mir zuvor.

KamenDoc an EFree19
17.09 Uhr
10. Februar

Edgar: Sagen Sie mir, wann, und ich bin da.
Kamen

Ich lächelte, als ich meinen Computer ausschaltete. Und hatte zudem leicht feuchte Augen.

V

Einen Tag später fuhr ich mit Wireman nach Nokomis, um einen neuen Siphon für die Leute in Nummer 17 (Sportwagen; beschissene Countrymusik) und im Baumarkt eine Rolle Maschendraht für die Bissigen Hunde zu holen. Wireman brauchte meine Hilfe nicht und war erst recht nicht darauf angewiesen, dass ich hinter ihm her durchs Nokomis TruValue hinkte, aber dies war ein beschissener, regnerischer Tag, und ich wollte von der Insel herunter. Wir aßen im Ophelia's zu Mittag und kabbelten uns über Rock and Roll, was das Ganze zu einem heiteren Ausflug machte. Als ich zurückkam, blinkte an meinem Anrufbeantworter das Lämpchen für eingegangene Nachrichten. Diese kam von Pam. »Ruf mich an« war alles, was sie sagte.

Das tat ich, doch zuerst – dies kommt mir wie eine Beichte vor, noch dazu wie eine feige – ging ich online, surfte zur aktuellen Ausgabe der *Minneapolis Star Tribune* und klickte auf TODESANZEIGEN. Ich las die Namen rasch durch und überzeugte mich davon, dass Thomas Riley nicht zu ihnen gehörte, obwohl ich wusste, dass das nichts bewies; er konnte zu spät abgetreten sein, um es in die Morgenausgabe zu schaffen.

Manchmal stellte Pam das Telefon leise und machte nachmittags ein Nickerchen, was bedeutete, dass ich nur ihren Anrufbeantworter erreichen und damit einen Aufschub erhalten würde. Nicht jedoch an diesem Nachmittag. Pam meldete sich selbst: mit sanfter, aber nicht warmer Stimme. »Hallo.«

»Ich bin's, Pam. Ich sollte dich anrufen.«

»Du hast in der Sonne gelegen, nehme ich an«, sagte sie. »Hier schneit's. Es schneit, und es ist kalt wie die Gürtelschnalle eines Brunnengräbers.«

Ich atmete leicht auf. Tom war nicht tot. Wäre er tot gewesen, hätten wir uns nicht über solche Belanglosigkeiten unterhalten.

»Tatsächlich ist es hier auch kalt und regnerisch«, sagte ich.

»Gut. Hoffentlich kriegst du eine Bronchitis. Tom Riley ist heute Morgen hier rausgestürmt, nachdem er mich übergriffige Fotze genannt und eine Vase auf dem Fußboden zertrümmert hat. Ich muss vermutlich froh sein, dass er sie nicht nach mir geworfen hat.« Pam begann zu weinen. Sie schniefte, dann überraschte sie mich damit, dass sie lachte. Ihr Lachen klang bitter, aber auch unerwartet gut gelaunt. »Wann erschöpft sich deine seltsame Fähigkeit, mir Tränen zu entlocken?«

»Erzähl mir, was passiert ist, Panda.«

»Und damit ist Schluss. Nennst du mich noch mal so, lege ich auf. Dann kannst du Tom anrufen und *ihn* fragen, was passiert ist. Eigentlich sollte ich dich dazu zwingen, es zu tun. Das geschähe dir recht.«

Ich hob meine Hand zum Kopf und begann mir die Schläfen zu massieren: Daumen in die linke Vertiefung, Zeige- und Mittelfinger in die rechte. Irgendwie erstaunlich, dass eine Hand so viele Träume und so viel Schmerz umschließen kann. Von dem Potenzial, so viel Schmerz und fantasievollen Scheiß hervorzubringen, ganz zu schweigen.

»Erzähl's mir, Pam. Bitte. Ich höre zu und werde bestimmt nicht wütend.«

»Darüber bist du hinweg, was? Sekunde noch.« Es gab

ein *Klunk!*, als der Hörer abgelegt wurde, vermutlich auf die Arbeitsfläche in der Küche. Einen Augenblick lang hörte ich das entfernte Brabbeln eines Fernsehers, dann verstummte es. Als Pam zurückkam, sagte sie: »So, jetzt kann ich mich wenigstens denken hören.« Ein gewaltiges Schnauben, als sie sich noch mal die Nase putzte. Als sie dann weitersprach, klang ihre Stimme beherrscht, ohne Andeutung von Tränen.

»Ich hatte Myra gebeten, mich anzurufen, wenn er heimkommt – Myra Devorkian, die gegenüber von ihm wohnt. Ich hab ihr gesagt, dass ich mir Sorgen wegen seines Geisteszustands mache. Das brauchte ich nicht für mich zu behalten, oder?«

»Nein.«

»Und Tusch! Myra meinte, sie selbst hätte sich auch schon Sorgen gemacht – und Ben ebenfalls. Sie hat gesagt, dass er vor allem zu viel trinkt und manchmal unrasiert ins Büro fährt. Obwohl er richtig elegant war, als er zu der Kreuzfahrt abgereist ist. Erstaunlich, was Nachbarn alles sehen, selbst wenn sie keine richtigen Freunde sind. Myra und Ben wussten nichts über … uns, aber sie wussten genau, dass Tom unter Depressionen gelitten hat.«

Du denkst, dass sie nichts wussten, sagte ich nicht.

»Jedenfalls, um's kurz zu machen, habe ich ihn hierher eingeladen. Als er reinkam, hatte er … einen seltsamen Blick in den Augen, als würde er denken … ich will vielleicht … du weißt schon.«

»Weitermachen, wo ihr aufgehört habt«, sagte ich.

»Erzähl ich hier oder du?«

»Sorry.«

»Also gut, du hast recht. Natürlich hast du recht. Ich wollte ihm in der Küche einen Kaffee anbieten, aber wir sind nie aus der Diele rausgekommen. Er wollte mich küssen.« Das sagte sie mit einer Art trotzigem Stolz. »Das habe ich zugelassen … einmal … aber als klar wurde, dass er mehr wollte, habe ich ihn weggestoßen und ihm erklärt, ich hätte ihm etwas zu sagen. Er meinte, meinem Gesichtsausdruck nach müsste es was Schlimmes sein, aber nichts könnte ihn mehr verletzen als meine damalige Erklärung, wir könnten uns nicht mehr treffen. Wieder typisch Mann – und dann behauptet ihr immer, *wir* wären die Meister im Schuldgefühle-Erzeugen.

Ich hab gesagt, dass wir uns nicht mehr romantisch treffen könnten, hieße noch lange nicht, dass ich mir nichts mehr aus ihm mache. Dann habe ich gesagt, mehrere Leute hätten mir erzählt, er würde sich merkwürdig benehmen – gar nicht wie sonst –, und das hätte ich mit der Tatsache kombiniert, dass er seine Antidepressiva nicht mehr nimmt, und angefangen, mir Sorgen zu machen. Ich hab ihm gesagt, dass ich glaube, er will Selbstmord begehen.«

Sie machte eine kurze Pause, dann sprach sie weiter.

»Eigentlich wollte ich das nie so direkt sagen. Aber es war seltsam … als er dann reinkam, war ich mir meiner Sache fast sicher, und als er mich geküsst hat, wusste ich's bestimmt. Seine Lippen waren kalt. Und trocken. Als würde man eine Leiche küssen.«

»Na klar«, sagte ich und versuchte, mich am rechten Arm zu kratzen.

»Sofort spannte sich sein Gesicht an, und zwar richtig. Alle Falten weg, der Mund fast verschwunden. Er wollte wissen, wer mich auf eine solche Idee gebracht hätte. Und dann, bevor ich antworten konnte, hat er gesagt, das wär Bockmist. Dieses Wort hat er tatsächlich benutzt, dabei ist es überhaupt kein Tom-Riley-Wort.«

Da hatte sie allerdings recht. Der Tom, den ich früher gekannt hatte, hätte nicht mal Bockmist gesagt, wenn er sturzbetrunken gewesen wäre.

»Ich wollte keine Namen nennen – natürlich nicht deinen, weil er mich für verrückt gehalten hätte, und nicht Illys, weil ich nicht wusste, was er ihr vielleicht antun würde, wenn …«

»Ich hab dir gesagt, dass Illy nichts damit …«

»Sei still, ich bin fast fertig. Ich hab nur gesagt, diese Leute, die über sein komisches Benehmen geredet haben, wüssten nicht mal von den Pillen, die er seit der zweiten Scheidung genommen und letztes Jahr im Mai abgesetzt hat. Er nennt sie Blödmacher-Pillen. Ich hab ihm erklärt, dass er sich täuscht, wenn er sich einbildet, alles, was mit ihm nicht stimmt, vor den Leuten geheimhalten zu können. Und dann habe ihm angedroht, wenn er sich etwas antue, würde ich seiner Mutter und seinem Bruder erzählen, dass es Selbstmord war, und das werde ihnen das Herz brechen. Das war deine Idee, Edgar, und sie hat funktioniert. Jetzt bist du hoffentlich stolz. Daraufhin hat er meine Vase zertrümmert und mich übergriffige Fotze genannt. Er war kreidebleich. Ich möchte wetten …« Sie schluckte trocken. Dieses Geräusch konnte ich über all die Meilen hinweg hören. »Ich wette, dass er seinen Abgang schon genau geplant hatte.«

»Da wette ich nicht dagegen«, sagte ich. »Was glaubst du, was er jetzt tun wird?«

»Weiß ich nicht. Ich weiß es nicht wirklich.«

»Vielleicht sollte ich ihn lieber anrufen.«

»Vielleicht solltest du das lieber nicht tun. Vielleicht würde ihm die Mitteilung, dass wir über ihn geredet haben, den Rest geben.« Leicht boshaft fügte sie hinzu: »Dann würdest *du* schlecht schlafen.«

Das war eine Möglichkeit, die ich nicht bedacht hatte, aber sie hatte recht. Tom und Wireman waren sich in einer Beziehung ähnlich: Beide brauchten Hilfe, aber ich konnte sie ihnen nicht aufzwingen. Mir fiel ein altes Bonmot ein, das vielleicht passend war, vielleicht nicht: Man kann eine Hure zur Kultur führen, aber sie nicht zum Denken bringen. Vielleicht wusste Wireman, wer das gesagt hatte. Und wann.

»Woher wusstest du also, dass er sich umbringen wollte?«, fragte sie. »Ich will's wissen, und bei Gott, du wirst es mir verraten, bevor ich auflege. Ich habe meinen Teil getan, jetzt bist du dran.«

Da war sie, die zuvor nicht gestellte Frage. Letztes Mal war Pam zu sehr auf die Frage fixiert gewesen, wie ich Tom und ihr überhaupt auf die Spur gekommen war. Nun, Wireman war nicht der Einzige, der mit Redensarten um sich warf; auch mein Vater hatte ein paar gekannt. Darunter: »›Reicht eine Lüge nicht aus, muss es die Wahrheit tun.‹«

»Seit dem Unfall male ich«, sagte ich. »Das weißt du.«

»Und?«

Ich erzählte ihr von meiner Skizze, die sie mit Max aus Palm Desert und Tom Riley zeigte. Von einigen meiner Internetrecherchen in die Welt der mit Phantomgliedern zusammenhängenden Phänomene. Und davon, wie ich Tom Riley in meinem Atelier, wie ich es jetzt wohl nennen musste, oben an der Treppe stehen gesehen hatte: nur mit einer Schlafanzughose bekleidet, ein Auge herausgeschossen, an dessen Stelle eine mit gestocktem Blut angefüllte Augenhöhle.

Als ich ausgesprochen hatte, herrschte langes Schweigen. Ich durchbrach es nicht. Schließlich sagte sie mit neuer, vorsichtiger Stimme: »Glaubst du das wirklich, Edgar – *irgendetwas* davon?«

»Wireman, der Kerl, der südlich von hier wohnt …« Ich verstummte, wurde gegen meinen Willen wütend. Und nicht etwa, weil mir die Worte fehlten. Oder zumindest nicht genau deshalb. Wollte ich ihr etwa erzählen, der Kerl von der Hazienda sei ein Gelegenheitstelepath, weshalb *er* mir glauben würde?

»Was ist mit dem Kerl, der südlich von dir wohnt, Edgar?« Ihre Stimme klang ruhig und sanft. Ich erkannte sie aus ungefähr dem ersten Monat nach meinem Unfall wieder. Es war ihre Edgar-ist-unzurechnungsfähig-Stimme.

»Nichts«, sagte ich. »Nicht weiter wichtig.«

»Du musst Dr. Kamen anrufen und ihm von deiner neuen Idee erzählen«, sagte sie. »Von dieser Idee, dass du ein Medium bist. Schick ihm keine E-Mail, *ruf ihn an*. Bitte.«

»Also gut, Pam.« Ich war sehr müde. Von frustriert und sauer ganz zu schweigen.

»Also gut was?«

»Also gut, ich habe verstanden. Du kommst laut und deutlich rüber. Missverständnisse sind ausgeschlossen. Gott bewahre! Ich wollte nur Tom Riley das Leben retten.«

Darauf wusste sie keine Antwort. Und auch sie hatte keine rationale Erklärung dafür, dass ich von Tom und ihr gewusst hatte. Deshalb beließen wir's dabei. Als ich auflegte, dachte ich: *Keine gute Tat bleibt ungestraft.*

Vielleicht dachte sie das Gleiche.

VI Ich war wütend und durcheinander. Das trübe, nasskalte Wetter trug nichts dazu bei, mich aufzuheitern. Ich wollte malen und brachte nichts zustande. Ich ging nach unten, nahm einen Skizzenblock zur Hand und fand mich auf die Kritzeleien zurückgeworfen, die ich aus meinem anderen Leben vom Telefonieren kannte: Cartoonfiguren mit Segelohren. Ich wollte den Skizzenblock eben angewidert in die Ecke werfen, als das Telefon klingelte. Es war Wireman.

»Kommst du heute Nachmittag?«, fragte er.

»Klar«, sagte ich.

»Ich dachte, dass der Regen dich vielleicht …«

»Ich wollte ganz langsam mit dem Auto rüberkommen. Hier tue ich jedenfalls nichts Vernünftiges.«

»Gut. Nur mit der Vorlesestunde wird's heute nichts. Sie ist im Nebel.«

»Schlimm?«

»Schlimmer als je zuvor. Weggetreten. Orientierungslos. Verwirrt.« Er holte tief Luft und atmete dann langsam aus. Das hörte sich an, als fahre ein Windstoß durchs Telefon. »Hör zu, Edgar, ich weiß, das ist viel verlangt, aber kann ich dich eine Weile mit ihr allein lassen? Höchstens eine Dreiviertelstunde. Die Baumgartens haben Probleme mit der Sauna – mit der verdammten Heizung –, und der Kerl, der herkommt, um sie zu reparieren, muss mir einen Notschalter zeigen, irgendwie so was. Und ich soll natürlich seinen Auftragszettel abzeichnen.«

»Kein Problem.«

»Du bist ein Prinz, und ich würde dich küssen, wenn diese mit Geschwüren bedeckten Lippen nicht wären.«

»Leck mich, Wireman.«

»Yeah, alle lieben mich, das ist mein Fluch.«

»Pam hat angerufen. Sie hat mit meinem Freund Tom Riley gesprochen.« Wenn ich so überlegte, was die beiden getrieben hatten, kam es mir seltsam vor, Tom als Freund zu bezeichnen, aber hol's der Teufel. »Ich glaube, sie hat seinen Selbstmordplänen die Luft rausgelassen.«

»Das ist gut. Aber weshalb höre ich dann Blei in deiner Stimme?«

»Sie wollte wissen, woher ich das gewusst habe.«

»Nicht, woher du gewusst hast, dass sie mit diesem Kerl gebumst hat, sondern …«

»Wie ich seine selbstmörderische Depression aus fünfzehnhundert Meilen Entfernung diagnostiziert habe.«

»Ah! Und was hast du gesagt?«

»Da ich keinen guten Anwalt an meiner Seite hatte, musste ich bei der Wahrheit bleiben.«

»Und sie glaubt jetzt, du bist *un poco loco.*«

»Nein, Wireman, sie glaubt, ich bin *muy loco.*«

»Macht das was?«

»Nein. Aber sie wird darüber nachgrübeln – glaub mir, in dieser Disziplin gehört Pam in die US-Olympiamannschaft –, und ich fürchte, meine gute Tat könnte meiner jüngeren Tochter um die Ohren fliegen.«

»Falls deine Frau einen Sündenbock sucht.«

»Davon kann man ausgehen. Ich kenne sie.«

»Das wäre schlecht.«

»Das würde Ilses Welt stärker erschüttern, als sie es verdient. Melinda und sie haben Tom ihr Leben lang als eine Art Onkel betrachtet.«

»Dann musst du deine Frau davon überzeugen, dass du wirklich gesehen hast, was du gesehen hast, und deine Tochter nichts damit zu tun hatte.«

»Wie soll ich *das* denn anstellen?«

»Wie wär's, wenn du ihr etwas über sie selbst erzählen würdest, das du unmöglich wissen kannst?«

»Wireman, du spinnst wohl? Ich kann so was nicht einfach durch *bewusste Anstrengung* bewirken!«

»Woher weißt du das? Ich muss auflegen, *amigo* – dem Geräusch nach ist eben Miss Eastlakes Lunch auf dem Fußboden gelandet. Bis später!«

»Yeah«, sagte ich. Ich wollte »Goodbye!« hinzufügen, aber er war schon fort. Ich legte auf und fragte mich, wo ich Pams Gartenhandschuhe gelassen hatte, die mit der Aufschrift HANDS OFF!. Wenn ich die fände, würde sich Wiremans Idee womöglich als doch nicht ganz so verrückt erweisen.

Ich suchte sie im ganzen Haus, leider vergeblich. Vielleicht hatte ich sie weggeworfen, nachdem ich *Freunde mit Zuwendungen* gemalt hatte, aber ich konnte mich nicht daran erinnern. Das kann ich auch jetzt noch nicht. Ich weiß nur, dass ich sie nie wiedergesehen habe.

VII

Der Raum, den Elizabeth und Wireman den Porzellansalon nannten, war an diesem Nachmittag von einem trübseligen, subtropischen Winterlicht erfüllt. Der Regen war jetzt stärker, trommelte in Wellen an Mauern und Fenster, und der auffrischende Wind ließ die Palmen um den *Palacio* rascheln und malte hektisch bewegte Schatten auf die Mauern. Seit ich hierherkam, konnte ich erstmals keine Ordnung in den Porzellanfiguren auf dem langen Tisch erkennen; es gab kein Tableau, nur ein Durcheinander aus Personen, Tieren und Gebäuden. Ein Einhorn und einer der Mohren lagen nebeneinander neben dem umgestürzten

Schulhaus. Wenn der Tisch heute eine Geschichte zu erzählen hatte, war es die eines Katastrophenfilms. Neben dem Herrenhaus à la Tara stand eine Keksdose von Sweet Owen. Wireman hatte mir erklärt, was ich zu tun hatte, falls Elizabeth danach verlangte.

Die Lady selbst saß leicht zur Seite gesunken in ihrem Rollstuhl und betrachtete mit leerem Blick die Unordnung auf ihrem sonst so penibel aufgeräumten Spieltisch. Sie trug ein Kleid in fast genau demselben Blau wie die riesigen blauen Chuck Taylors an ihren Füßen. Durch ihre zusammengesunkene Haltung war der Rundausschnitt ihres Kleids zu einem schiefen Oval verzerrt, das einen elfenbeinweißen BH-Träger sehen ließ. Ich fragte mich unwillkürlich, wer sie an diesem Morgen angezogen hatte, sie selbst oder Wireman.

Anfangs sprach sie vernünftig, nannte mich beim richtigen Namen und fragte nach meinem Befinden. Sie verabschiedete sich von Wireman, als er zu den Baumgartens fuhr, und bat ihn, eine Mütze aufzusetzen und einen Schirm mitzunehmen. So weit war alles in Ordnung. Aber als ich eine Viertelstunde später mit ihrem Imbiss aus der Küche kam, hatte sich etwas verändert. Sie starrte in eine Ecke, und ich hörte sie murmeln: »Geh zurück, geh zurück, Tessie, du gehörst hier nicht her. Und sorg dafür, dass der Big Boy weggeht.«

Tessie. Diesen Namen kannte ich. Ich wendete meine Querverbindungstechnik an, suchte Assoziationen und fand die Schlagzeile SIE SIND FORT. Tessie war eine von Elizabeth' Zwillingsschwestern gewesen. Das wusste ich von Wireman. Ich hörte ihn sagen: *Damals wurde vermutet, dass sie ertrunken sind,* und ein eisiger Schauder bohrte sich mir wir ein Messer in die Rippen.

»Bringen Sie mir die«, sagte sie und zeigte auf die Keksdose. Als ich sie ihr brachte, zog sie eine in ein Taschentuch gewickelte Porzellanfigur aus der Tasche. Sie nahm den Deckel ab, bedachte mich mit einem Blick, in dem Listigkeit und Verwirrung auf kaum erträgliche Weise vermengten, und ließ sie hineinfallen. Das erzeugte ein sanftes, hohles *Plong!*. Sie fummelte den Deckel wieder drauf und schob meine Hand beiseite, als ich ihr helfen wollte. Dann gab sie mir die Dose.

»Wissen Sie, was damit zu tun ist?«, fragte sie. »Hat … hat …« Ich sah, wie sie kämpfte. Das Wort war da, tanzte aber knapp außer Reichweite umher. Verspottete sie. Ich hätte es ihr sagen können, aber ich erinnerte mich daran, wie wütend ich selbst dann geworden war, und hielt den Mund. »Hat *er da* Ihnen gesagt, was damit zu tun ist?«

»Ja.«

»Worauf warten Sie dann noch? Nehmen Sie endlich das Miststück!«

Ich trug die Dose am Tennisplatz vorbei zu dem kleinen Goldfischteich. Die Fische sprangen; sie schienen den Regen weit aufregender zu finden als ich. Genau wie Wireman gesagt hatte, lag neben der Bank ein kleines Häufchen Steine. Ich warf einen ins Wasser (»Man mag kaum glauben, dass sie das hört, aber ihr Gehör ist sehr scharf«, hatte Wireman gesagt), wobei ich darauf achtete, dass ihn keiner der Goldfische auf die Birne bekam. Dann nahm ich die Dose mitsamt der darin steckenden Figur wieder mit ins Haus. Aber nicht in den Porzellansalon. Ich ging in die Küche, nahm den Deckel von der Keksdose und zog die eingewickelte Figur heraus. Das gehörte nicht zu Wiremans Notfallanweisungen, aber ich war neugierig.

Die Porzellanfigur war eine Frau, der jedoch jemand das

Gesicht abgeraspelt hatte. An dessen Stelle befand sich nur eine unebene leere Fläche.

»*Wer ist da?*«, rief Elizabeth so laut, dass ich zusammenzuckte. Beinahe hätte ich das unheimliche kleine Ding zu Boden fallen lassen, wo es bestimmt auf den Fliesen zersplittert wäre.

»Nur ich, Elizabeth«, antwortete ich und legte die Figur auf die Küchentheke.

»Edmund? Oder Edgar … oder wie Sie sonst heißen?«

»Richtig.« Ich ging zurück in den Salon.

»Haben Sie sich um meine Sache gekümmert?«

»Ja, Ma'am, das habe ich.«

»Habe ich meinen Imbiss schon?«

»Ja.«

»Na gut.« Sie seufzte.

»Möchten Sie noch etwas? Ich kann Ihnen bestimmt …«

»Nein, danke, mein Lieber. Ich bin mir sicher, dass der Zug bald kommt, und Sie wissen doch, dass ich nicht gern mit vollem Magen reise. Ich bekomme immer einen Platz entgegen der Fahrtrichtung, und wenn ich vorher gegessen habe, werde ich bestimmt reisekrank. Haben Sie meine Blechdose, meine Dose von Sweet Owen gesehen?«

»Die ist in der Küche, glaube ich. Soll ich sie Ihnen holen?«

»Nicht an einem so nassen Tag«, sagte sie. »Ich dachte, ich würde sie von Ihnen in den Teich werfen lassen, der Teich würde genügen, aber ich hab's mir anders überlegt. An einem so nassen Tag scheint mir das überflüssig zu sein. Die Beschaffenheit der Gnade leidet nicht, wissen Sie. Sie fällt wie sanfter Regen.«

»Vom Himmel«, sagte sie.

»Ja, ja.« Sie winkte ab, als wäre dieser Teil nicht wichtig.

»Wieso stellen Sie Ihre Figuren nicht auf, Elizabeth? Sie stehen heute ganz durcheinander.«

Sie warf einen Blick auf ihren Spieltisch, dann sah sie zum Fenster hinüber, an das ein besonders starker Windstoß Regen klatschen ließ. »Mist«, sagte sie. »Ich bin so beschissen konfus.« Und dann mit einer Gehässigkeit, die ich ihr nicht zugetraut hätte: »Sie sind alle gestorben, und haben *dies* mir überlassen.«

Ich wäre der Letzte gewesen, den ihr Rückfall in Vulgarität abgestoßen hätte; ich verstand ihn nur allzu gut. Vielleicht litt die Beschaffenheit der Gnade tatsächlich nicht; Millionen von uns leben und sterben mit dieser Vorstellung, aber … uns alle erwartet Ähnliches. Ja.

Sie sagte: »Er hätte dieses Ding nie haben sollen, aber das wusste er nicht.«

»Welches Ding?«

»Welches Ding«, bestätigte sie und nickte. »Ich will den Zug. Ich will *weg* von hier, bevor der Big Boy kommt.«

Danach verfielen wir beide in Schweigen. Elizabeth schloss die Augen und schien in ihrem Rollstuhl einzudösen.

Um irgendwas zu tun, stand ich aus dem Sessel auf, der in jeden Herrenclub gepasst hätte, und trat an den Tisch. Ich griff nach einem Paar, einem Mädchen und einem Jungen aus Porzellan, betrachtete es, stellte es wieder hin. Ich kratzte mir geistesabwesend den Arm, der nicht da war, studierte das sinnlose Durcheinander vor mir. Auf dem langen polierten Eichentisch mussten mindestens hundert Figuren stehen. Vielleicht zweihundert. Unter ihnen war eine Porzellanfrau mit einer altmodischen Haube – einer Milchmädchenhaube, dachte ich –, aber die wollte ich auch nicht. Die Haube stimmte irgendwie nicht, außerdem war sie zu jung.

Ich fand eine andere Frau mit langen angemalten Haaren, die besser war. Ihre Haare waren etwas zu lang, etwas zu dunkel, aber …

Nein, das waren sie nicht, denn Pam war im Schönheitssalon gewesen – auch bekannt unter dem Namen Midlife-Crisis-Jungbrunnen.

Ich hielt die Porzellanfigur in der Hand und wünschte mir, ich hätte ein Haus, in das ich sie setzen, und ein Buch, das sie lesen könnte.

Ich versuchte, die kleine Figur in die rechte Hand zu nehmen – das war ganz natürlich, denn meine rechte Hand war da, ich konnte sie spüren –, und sie fiel scheppernd auf den Tisch. Sie zerbrach nicht, aber Elizabeth öffnete die Augen. »Dick! War das der Zug? Hat er gepfiffen? Hat er geplärrt?«

»Noch nicht«, sagte ich. »Wollen Sie nicht ein Schläfchen machen?«

»Oh, Sie finden es auf dem oberen Treppenabsatz«, sagte sie, als hätte ich etwas ganz anderes gefragt, und schloss wieder die Augen. »Rufen Sie mich, wenn der Zug kommt. Ich habe diesen Bahnhof so satt. Und nehmen Sie sich vor dem Big Boy in Acht, dieser Schwanzlutscher könnte überall sein.«

»Wird gemacht«, sagte ich. Mein rechter Arm juckte entsetzlich. Ich griff in meine Hüfttasche, in der hoffentlich mein Notizbuch steckte. Es war nicht da. Ich hatte es im Big Pink auf dem Küchentisch liegen gelassen. Aber das ließ mich an die Küche im *Palacio* denken. Auf der Theke, auf der jetzt die Blechdose stand, hatte ein Notizblock gelegen. Ich hastete hinaus, griff mir den Block, klemmte ihn mir zwischen die Zähne und rannte fast in den Porzellansalon zurück, während ich bereits meinen Uni-Kugelschreiber aus der Hemdtasche zog. Ich ließ mich wieder in den Ohrensessel fallen und machte mich rasch daran, die Porzellanfigur zu zeichnen, während Regen an die Scheiben prasselte und Elizabeth mir gegenüber sich in ihrem Rollstuhl zurückgelehnt hatte und mit offenem Mund döste. Die Schatten der vom Wind gepeitschten Palmen huschten wie Fledermäuse über die Wände.

Ich brauchte nicht lange, und während ich arbeitete, machte ich eine Entdeckung: Beim Malen ließ ich das Jucken durch meinen fliegenden Kugelschreiber abfließen, goss es über das Papier aus. Die Frau auf meiner Zeichnung war die Porzellanfigur, aber sie war auch Pam. Die Frau war Pam, aber sie war auch die Porzellanfigur. Ihr Haar war länger als bei unserer letzten Begegnung und fiel ihr bis über die Schultern. Sie saß auf

(dem DUNG, dem STUNK)

einem Stuhl. Auf was für einem? In einem Schaukelstuhl. Ein solches Möbelstück hatte es in unserem Haus bis zu meinem Auszug nicht gegeben, aber jetzt gab es eines. Auf dem Tisch neben Pam stand etwas. Ich wusste anfangs nicht, was es war, aber es floss aus der Spitze meines Kugelschreibers und wurde zu einem Blechkasten mit bedrucktem Deckel. Sweet Owen? Stand auf dem Deckel Sweet Owen? Nein, GRANDMA'S. Mein Uni-Kugelschreiber zeichnete etwas, das neben dem Kästchen auf dem Tisch lag: eines der Hafermehlplätzchen, die Pam so gern aß. Während ich es betrachtete, zeichnete der Kugelschreiber das Buch in Pams Hand. Den Titel konnte ich nicht lesen, weil der Winkel ungünstig war. Inzwischen ergänzte ich die Zeichnung durch Linien zwischen dem Fenster und ihren Füßen. Sie hatte gesagt, bei ihr schneie es, aber jetzt fiel kein Schnee mehr. Die Linien sollten Sonnenstrahlen sein.

Ich dachte, die Zeichnung wäre fertig, aber offenbar fehlten noch zwei Dinge. Mein Kugelschreiber setzte am linken äußeren Bildrand ein und fügte blitzschnell den Fernseher hinzu. Neues Gerät, Flachbildschirm. Und darunter …

Der Kugelschreiber zeichnete fertig und fiel mir dann aus der Hand. Das Jucken war verschwunden. Meine Finger waren steif. Auf der anderen Seite des langen Tisches war Elizabeth' Dösen in richtigen Schlaf übergegangen. Früher einmal war sie vielleicht jung und schön gewesen. Früher einmal mochte sie die Traumfrau irgendeines jungen Mannes gewesen sein. Jetzt schnarchte sie mit zur Decke zeigendem und weitgehend zahnlosem Mund. Falls es einen Gott gibt, muss er sich ein bisschen mehr anstrengen, finde ich.

VIII

Ich hatte nicht nur in der Küche, sondern auch in der Bibliothek ein Telefon gesehen, und die Bibliothekstür war dem Porzellansalon näher. Weil ich mir sicher war, dass weder Wireman noch Elizabeth etwas dagegen haben würden, dass ich von hier aus ein Ferngespräch nach Minnesota führte, nahm ich den Hörer ab und machte dann eine Pause, während ich ihn an die Brust gedrückt hielt. An der Wand neben der Ritterrüstung waren antike Waffen ausgestellt, die durch in die Decke eingelassene winzige Spots raffiniert beleuchtet wurden: ein langläufiger Vorderlader, der aus dem Unabhängigkeitskrieg zu stammen schien, eine Steinschlosspistole, ein Derringer wie aus dem Stiefel eines Berufsspielers auf einem Mississippidampfer und ein Winchester-Karabiner. Über dem Karabiner hing die Waffe, die Elizabeth an dem Tag, an dem Ilse und ich sie gesehen hatten, auf den Knien gehabt hatte. Auf beiden Seiten waren umgekehrt v-förmig je zwei ihrer Geschosse angebracht. Pfeile konnte man sie nicht nennen – dafür waren sie zu kurz. Harpünchen schien weiterhin das richtige Wort zu sein. Ihre auf Hochglanz polierten Spitzen waren offenbar sehr scharf.

Ich dachte: *Mit einem Ding dieser Art könnte man wirklich Schaden anrichten.* Dann dachte ich: *Mein Vater war Sporttaucher.*

Ich verdrängte diesen Gedanken und rief in meinem ehemaligen Zuhause an.

IX

»Hi, Pam, ich bin's noch mal.«

»Ich will nicht mehr mit dir reden, Edgar. Wir haben uns gesagt, was wir zu sagen hatten.«

»Nicht ganz. Aber ich mach's kurz. Ich muss auf eine alte Lady aufpassen. Sie schläft jetzt, aber ich möchte sie nicht lange allein lassen.«

Pam, wider Willen neugierig: »Eine alte Lady?«

»Sie heißt Elizabeth Eastlake. Sie ist Mitte achtzig und hat seit Kurzem Alzheimer. Ihr eigentlicher Betreuer behebt gerade ein elektrisches Problem in irgendjemands Sauna, und ich helfe hier aus.«

»Wolltest du einen Goldstern, den du in deinem Arbeitsheft auf die Gute-Taten-Seite kleben kannst?«

»Nein, ich rufe an, um dich davon zu überzeugen, dass ich nicht verrückt bin.« Ich hatte meine Zeichnung mitgenommen. Jetzt klemmte ich mir den Hörer zwischen Ohr und Schulter, um nach ihr greifen zu können.

»Was liegt dir daran?«

»Du bist davon überzeugt, dass dies alles mit Ilse angefangen hat, aber das stimmt nicht.«

»Mein Gott, du bist unglaublich! Würde sie aus Santa Fe anrufen und dir erzählen, dass ihr Schnürsenkel gerissen ist, würdest du losfliegen, um ihr einen neuen zu bringen!«

»Außerdem gefällt es mir nicht, dass du glaubst, ich drehe hier allmählich durch, denn das stimmt nicht. Also … hörst du zu?«

Nur Schweigen an ihrem Ende, aber Schweigen genügte mir. Sie hörte zu.

»Du hast vor zehn Minuten oder einer Viertelstunde geduscht. Das vermute ich, weil deine Haare noch auf dem Kragen deines Hausmantels aufliegen. Der Föhn ist dir offenbar noch immer zuwider.«

»Woher …«

»*Woher*, weiß ich nicht. Als ich angerufen habe, hast du in einem Schaukelstuhl gesessen. Den musst du dir irgendwann nach unserer Scheidung gekauft haben. Du hast ein Buch gelesen und einen Keks gegessen. Ein Grandma's Oatmeal Cookie. Die Sonne ist herausgekommen und scheint zum Fenster herein. Du hast einen neuen Fernseher, einen mit Flachbildschirm.« Ich machte eine Pause. »Und eine Katze. Du hast jetzt eine Katze. Sie schläft unter dem Fernseher.«

Totenstille an ihrem Ende. An meinem blies der Wind und peitschte den Regen gegen die Scheiben. Ich wollte eben fragen, ob sie noch da sei, als sie wieder sprach: mit lebloser Stimme, die überhaupt nicht nach Pam klang. Ich hatte bisher geglaubt, sie könnte mein Herz nicht mehr verletzen, aber ich hatte mich getäuscht. »Hör auf, mich zu bespitzeln. Wenn du mich je geliebt hast – hör auf, mich zu bespitzeln.«

»Dann hör du auf, mir Vorwürfe zu machen«, sagte ich

mit heiserer, nicht ganz brechender Stimme. Ich erinnerte mich plötzlich an Ilse kurz vor dem Rückflug, an Ilse, die in der heißen tropischen Sonne vor dem Terminal von Delta Airlines stand, zu mir aufblickte und sagte: *Du verdienst es, wieder gesund zu werden. Manchmal frage ich mich, ob du das selbst genug glaubst.* »Was mir passiert ist, war nicht meine Schuld. Der Unfall war nicht meine Schuld, und das hier ist es auch nicht. Ich hab mir das nicht gewünscht.«

Sie kreischte: *»Meinst du, ich etwa?«*

Ich schloss die Augen, flehte etwas, irgendwas an, mich davor zu bewahren, Zorn mit Zorn zu vergelten. »Nein, natürlich nicht.«

»Dann lass mich damit in Ruhe! Hör auf, mich anzurufen! Hör auf, mich zu ERSCHRECKEN!«

Sie legte auf. Ich stand weiter mit dem Hörer am Ohr da. Nach kurzer Stille hörte ich ein lautes Klicken. Dann folgte das für Duma Key charakteristische trillernde Summen. Heute klang es fast untermeerisch. Vielleicht wegen des Regens. Ich legte auf und betrachtete die Ritterrüstung. »Ich finde, das ist doch prächtig gelaufen, Sir Lancelot«, sagte ich.

Keine Antwort, was genau das war, was ich verdiente.

X

Ich ging durch die von Pflanzen gesäumte Haupthalle zur Tür des Porzellansalons, sah nach Elizabeth und stellte fest, dass sie weiter mit unbequem zurückgelegtem Kopf schlief. Ihr Schnarchen, das mir zuvor als unverbrämtes Alterszeichen bemitleidenswert erschienen war, wirkte jetzt tatsächlich beruhigend; sonst hätte man sich zu leicht vorstellen können, sie säße mit gebrochenem Genick da. Ich überlegte, ob ich sie wecken sollte, und beschloss, sie weiterschlafen zu lassen. Dann sah ich nach rechts, zu der breiten Haupttreppe hinüber, und dachte daran, wie sie gesagt hatte: *Oh, Sie finden es auf dem oberen Treppenabsatz.*

Was finden?

Vermutlich nichts, wahrscheinlich war das nur sinnloses Gebrabbel gewesen, aber weil ich nichts Besseres zu tun hatte, durchquerte ich die Halle, die in einem bescheideneren Haus nur ein Übergang gewesen wäre – wobei Regen auf das Glasdach prasselte –, und stieg dann die breite Treppe hinauf. Ich blieb auf der fünftletzten Stufe stehen, starrte die gegenüberliegende Wand an und stieg dann langsam nach oben. Hier gab es tatsächlich etwas: ein riesiges Schwarz-Weiß-Foto in einem schmalen Goldrahmen. Später fragte ich Wireman, wie ein Schwarz-Weiß-Foto aus den Zwanzigerjahren sich so stark hatte vergrößern lassen – es war schätzungsweise eineinhalb Meter hoch und gut einen Meter breit –, fast ohne unscharf zu werden. Er sagte, es sei vermutlich mit einer Hasselblad aufgenommen, der besten jemals gebauten herkömmlichen Kamera.

Die Aufnahme zeigte acht Personen, die mit dem Golf von Mexiko im Rücken in weißem Sand standen. Der Mann war groß, sah gut aus und schien Mitte vierzig zu sein. Er trug einen einteiligen schwarzen Schwimmanzug mit ärmellosem Unterhemd und Schwimmhose, der Ähnlichkeit mit der eng anliegenden Unterwäsche hatte, die Basketballspieler heutzutage tragen. Rechts und links von ihm waren fünf Mädchen aufgereiht, das älteste ein herangereifter Teenager, die jüngsten identische Flachsköpfe, die mich an die Zwillinge Bobbsey aus meinen ersten Leseabenteuern erinnerten. Die Zwillinge trugen gleiche Badeanzüge mit Rüschenröcken und hielten sich an der Hand. Mit der freien Hand umklammerten sie Schürzen tragende Stoffpuppen mit baumelnden Beinen, die mich sofort an Reba denken ließen … und die dunklen Garnhaare über den ausdruckslos lächelnden Gesichtern waren bestimmt *RED*. Auf einem Arm trug der Mann – John Eastlake, das stand für mich fest – das Mädchen Nummer sechs, das Kleinkind, das sich im Lauf der Jahre in die unter mir schnarchende Alte verwandeln würde. Hinter der weißen Herrschaft stand eine junge Schwarze von vielleicht zweiundzwanzig Jahren, die ihre Haare mit einem Tuch zusammengebunden hatte. Die Art und Weise, wie ihre nicht unbeträchtlichen Armmuskeln hervortraten, ließ erkennen, dass der Picknickkorb in ihren Händen schwer war. An einem Handgelenk baumelten drei silberne Armreife.

Elizabeth lächelte und streckte ihre Patschhändchen der unbekannten Person entgegen, die dieses Familienporträt aufnahm. Außer ihr lächelte niemand, obwohl um die Mundwinkel des Mannes womöglich ein ganz schwaches Lächeln spielte; wegen seines Schnurrbarts war das schwer zu beurteilen. Das junge schwarze Kindermädchen machte ein ausgesprochen grimmiges Gesicht.

In der Hand, die nicht das Kleinkind tragen musste, hielt John Eastlake zwei Gegenstände. Einer war die Gesichtsmaske eines Sporttauchers. Der andere war die Harpunenpistole, die ich mit den anderen Waffen an einer Wand der Bibliothek gesehen hatte. Für mich stellte sich nun die Frage, ob irgendeine rationale Elizabeth lange genug aus ihrem mentalen Nebel aufgetaucht war, um mich hier heraufzuschicken.

Bevor ich länger darüber nachdenken konnte, flog unter mir die Haustür auf. »Ich bin wieder da!«, rief Wireman. »Auftrag ausgeführt! Also, wer will jetzt einen Drink?«

Wie man ein Bild zeichnet (V)

Keine Angst vor Experimenten; finden Sie Ihre Muse, und lassen Sie sich von ihr führen. Als ihr Talent wuchs, wurde Elizabeth' Muse Noveen, die fabelhafte Sprechpuppe. Das glaubte sie zumindest. Und als sie ihren Irrtum bemerkte – als Noveens Stimme sich veränderte –, war es zu spät. Anfangs muss das jedoch wundervoll gewesen sein. Seine Muse zu finden ist immer wundervoll.

Nehmen wir zum Beispiel die Sache mit der Torte.

Schubs sie vom Tisch, sagt Noveen. *Wirf sie auf den Boden, Libbit!*

Und sie tut es, weil sie es kann. Sie stößt Nan Meldas Torte vom Tisch. Sieht sie auf dem Boden *zerplatzen.* Ha! Und Nan Melda, die mit in die Hüfte gestemmten Händen dasteht und ein angewidertes Gesicht macht.

Und war Elizabeth beschämt, als das passierte? War sie beschämt und ein wenig erschrocken? Ich glaube, ja.

Ich *weiß*, dass sie es war. Für Kinder ist Gemeinheit gewöhnlich nur lustig, wenn sie imaginär ist. Trotzdem gab es weitere Spiele. Weitere Experimente. Bis dann im Jahr 1927 ...

In Florida werden alle Wirbelstürme außerhalb der Hurrikansaison Alice genannt. Das ist eine Art Scherz. Aber der eine, der im März jenes Jahres vom Golf hereinbrach, hätte Hurrikan Elizabeth heißen müssen.

Die Puppe flüsterte ihr mit einer Stimme ins Ohr, die wie der

Nachtwind in den Palmen geklungen haben muss. Oder das Mahlen der Muscheln unter dem Big Pink bei ablaufender Flut. So flüsterte sie, als die kleine Libbit schon im Halbschlaf lag. Erzählte ihr, wie viel Spaß es machen würde, einen großen Sturm zu zeichnen. Und noch mehr.

Noveen sagt: *Es gibt Geheimnisse. Vergrabene Schätze, die ein großer Sturm freilegen wird. Dinge, die Daddy gern finden und betrachten würde.*

Und das gab den Ausschlag. Elizabeth machte sich nicht viel daraus, einen großen Sturm zu zeichnen, aber ihrem Daddy eine Freude machen? Diese Idee war unwiderstehlich.

Dein Daddy war wütend in jenem Jahr. Wütend auf Adie, die auch nach ihrer Europareise nicht wieder in die Schule gehen wollte. Adie machte sich nichts daraus, die richtigen Leute kennenzulernen oder auf die richtigen Debütantinnenbälle zu gehen. Sie war in ihren Emery vernarrt ... der aus Daddys Sicht ganz und gar nicht zur richtigen Art gehörte.

Daddy sagt: *Er ist nicht unsere Art, er ist ein Zelluloidkragen*, und Adie sagt: *Er ist meine Art, ganz gleich, was für einen Kragen er trägt*, und Daddy wird wütend.

Es gab erbitterte Auseinandersetzungen. Daddy wütend auf Adie und umgekehrt. Hannah und Maria eifersüchtig auf Adie, weil sie einen gut aussehenden Freund hat, der zugleich älter ist und gesellschaftlich unter ihr steht. Die Zwillinge wegen all der Streitigkeiten verängstigt. Auch Libbit ängstlich. Und Nan Melda erklärte immer wieder, wenn Tessie und Lo-Lo nicht wären, wäre sie längst zu ihrer Familie in Jacksonville zurückgekehrt.

Elizabeth zeichnete diese Dinge, also konnte ich sie sehen.

Das Geschwür brach schließlich auf. Adie und ihr Unpassender Junger Mann brannten nach Atlanta durch, wo Emery eine Stelle im Büro eines Konkurrenten in Aussicht hatte. Daddy schäumte. Die Großen Fiesen, die übers Wochenende aus der Schule daheim waren, hörten ihn in seinem Arbeitszimmer telefonieren und jemandem erzählen, er werde Emery Paulson zurückholen und bis aufs Blut auspeitschen lassen. Er werde sie beide auspeitschen lassen!

Aber dann sagt er: *Nein, bei Gott. Lassen wir's dabei bewenden. Sie hat sich gebettet, jetzt soll sie auch so liegen.*

Danach kam der Sturm. Der Hurrikan Alice.

Sie fühlte ihn kommen. Sie spürte, wie der Wind aus einfachen Kohlestrichen, schwarz wie der Tod, entstand und sich verstärkte. Die tatsächliche Gewalt des nun heraufziehenden Sturms – der prasselnde Regen, das schrille Heulen des Orkans – ängstigte sie sehr, als hätte sie nach einem Hund gepfiffen und stattdessen einen Wolf angelockt.

Aber dann legte der Wind sich wieder, und die Sonne kam heraus, und allen ging es gut. Es ging ihnen sehr gut, denn in Alices Kielwasser waren Adie und ihr Unpassender Junger Mann zumindest zeitweilig vergessen. Elizabeth hörte Daddy sogar vor sich hin summen, als Mr. Shannington und er die Trümmer im Vorgarten aufsammelten, wobei Daddy den kleinen roten Traktor fuhr und Mr. Shannington abgebrochene Äste und abgerissene Palmwedel auf den kleinen Anhänger warf.

Die Puppe flüsterte, die Muse erzählte ihre Geschichte.

Elizabeth hörte zu und malte noch am selben Tag das Meer vor Hag's Rock, wo der verborgene Schatz jetzt freigelegt war, wie Noveen ihr zuflüsterte.

Libbit bettelt ihren Daddy an, sich dort umzusehen, bettelt bettelt bettelt. Daddy sagt NEIN, Daddy sagt, er sei zu müde, von den Aufräumarbeiten viel zu steif.

Nan Melda sagt: *Vielleicht lockert etwas Zeit im Wasser Sie auf, Mr. Eastlake.*

Nan Melda sagt: *Ich bringe einen Picknicklunch und die kleinen Mädchen mit.*

Und dann sagt Nan Melda: *Sie wissen, wie sie jetzt ist. Wenn sie sagt, dass dort draußen etwas ist, gibt es vielleicht wirklich etwas zu finden ...*

Also gingen sie den Strand entlang zum Hag's Rock – Daddy in seinem Schwimmanzug, der ihm nicht mehr recht passte, und Elizabeth, die Zwillinge und Nan Melda. Hannah und Maria waren wieder in der Schule, und Adie ... aber von der sprach man am besten nicht. *Adie's IN DUTCH.* Nan Melda trug den roten Picknickkorb. Er enthielt den Lunch, Sonnenhüte für die Mädchen, Elizabeth' Malsachen, Daddys Speerpistole und ein paar Harpunen dafür.

Daddy zieht seine Schwimmflossen an, watet bis zu den Knien in den *caldo* und sagt: *Brr, ist das kalt! Hoffentlich dauert's nicht zu lange, Libbit. Sag mir, wo dieser fabelhafte Schatz liegt.*

Libbit sagt: *Das tue ich, aber versprichst du mir, dass ich die Puppe haben darf?*

Daddy sagt: *Jede Puppe gehört dir – fairer Bergelohn.*

Die Muse hat sie gesehen, und das kleine Mädchen hat sie gemalt. Ihre Zukunft steht also fest.

9
Candy Brown

I

Zwei Nächte später malte ich das Schiff zum ersten Mal. Ich nannte das Bild anfangs *Mädchen mit Schiff*, dann *Mädchen mit Schiff Nr. 1*, obwohl beides nicht sein wahrer Titel war; sein wahrer Titel lautete *Ilse mit Schiff Nr. 1*. Mehr noch als das, was mit Candy Brown geschah, war es die Schiffsserie, die mich eine Entscheidung treffen ließ, ob ich meine Werke ausstellen wollte oder nicht. Wenn Nannuzzi es tun wollte, wäre ich einverstanden. Nicht weil ich nach dem strebte, was Shakespeare »die Seifenblase Ruhm« nannte (dafür habe ich Wireman zu danken), sondern weil ich zu der Einsicht gelangt war, dass Elizabeth recht hatte: Ich sollte nicht allzu viele meiner Arbeiten auf Duma Key anhäufen.

Die Schiffsgemälde waren gut. Vielleicht großartig. Ganz sicher fühlten sie sich so an, während ich sie vollendete. Sie waren außerdem schlechte, machtvolle Medizin. Ich glaube, das war mir vom ersten Bild an bewusst, das ich in den frühen Morgenstunden des Valentinstags malte. In der letzten Nacht von Tina Garibaldis Leben.

II

Der Traum war kein richtiger Albtraum, aber er war lebhafter, als ich mit Worten beschreiben kann, obwohl ich einen Teil meiner Empfindungen auf die Leinwand brachte. Nicht alle, aber einige davon. Vielleicht genügend. Die Szene spielte bei Sonnenuntergang. In diesem Traum und in allen anderen, die darauf folgten, war es immer Sonnenuntergang. Ein ungeheures rotes Licht erfüllte den Westen und reichte hoch in den Himmel hinauf, wo es erst zu Orange, dann zu einem unheimlichen Grün verblasste. Der Golf war nahezu totenstill; nur die kleinsten und glasigsten Wellen liefen wie von Atemzügen bewegt über seine Oberfläche. Im Widerschein der untergehenden Sonne sah er aus wie eine riesige Augenhöhle voller Blut.

Vor diesem Hochofenfeuer zeichneten sich die Umrisse eines wracken Dreimasters ab. Seine verrotteten Segel hingen schlaff herunter, während das rote Feuer durch die Löcher und Risse schien. An Bord lebte niemand mehr. Um das zu wissen, brauchte man sich das Schiff nur anzusehen. Das ganze Ding strahlte ein Gefühl dumpfer Bedrohung aus, als habe es irgendeine Plage beherbergt, die unter der Besatzung gewütet und nur diesen verwesenden Leichnam aus Holz, Hanf und Segeltuch zurückgelassen hatte. Ich erinnere mich an den Eindruck, eine Möwe oder ein Pelikan, der das Schiff überfliege, werde mit rauchendem Gefieder tot aufs Deck stürzen.

Etwa vierzig Meter davon entfernt schwamm ein kleines Ruderboot. Das darin sitzende Mädchen kehrte mir den Rücken. Sein Haar war rot, aber nicht echt – kein lebendes Mädchen hatte solch verfilztes Garnhaar. Was seine Identität verriet, war das Kleid, das es trug. Es war über und über mit Tic-Tac-Toe-Kästchen für Kreuze und Kreise bedruckt, dazu mit den Wörtern ICH GEWINNE, DU GEWINNST.

Dieses Kleid hatte Ilse mit vier oder fünf Jahren gehabt … mit anderen Worten ungefähr im Alter der Zwillinge auf dem Familienporträt, das ich im *Palacio de Asesinos* auf dem oberen Treppenabsatz gesehen hatte.

Ich versuchte zu rufen, sie zu warnen, sie solle dem Wrack nicht zu nahe kommen. Ich konnte nicht. Ich war hilflos. Außerdem schien das keine Rolle zu spielen. Das Mädchen saß nur in seinem niedlichen kleinen Ruderboot, das bei schwachem Seegang dümpelte, beobachtete das Schiff und trug dabei Illys Tic-Tac-Toe-Kleid.

Ich fiel aus dem Bett und knallte auf meine schlimme Seite. Ich schrie vor Schmerzen, wälzte mich auf den Rücken und horchte auf den Wellenschlag und das sanfte Mahlen der Muscheln unter dem Haus. Sie sagten mir, wo ich war, trösteten mich aber nicht. *Ich gewinne*, sagten sie. *Ich gewinne, du gewinnst. Du gewinnst, ich gewinne. Die Pistole, ich gewinne. Das Obst, du gewinnst. Ich gewinne, du gewinnst.*

Mein fehlender Arm schien zu brennen. Das musste ich abstellen, wenn ich nicht durchdrehen wollte, und ich kannte nur eine Möglichkeit, das zu tun. Ich ging nach oben und malte in den folgenden drei Stunden wie wahnsinnig. Ich hatte kein Modell auf meinem Tisch, keine Aussicht vor meinem Fenster. Ich brauchte auch keine. Ich hatte alles im Kopf. Und während ich arbeitete, wurde mir klar, dass ich genau dies auf allen meinen vorigen Gemälden darzustellen versucht hatte. Nicht unbedingt die Kleine in dem Ruderboot; sie war vermutlich nur eine zusätzliche Attraktion, eine Verknüpfung zur Realität. Es war das Schiff, hinter dem ich die ganze Zeit her gewesen war. Das Schiff und der Sonnenuntergang. Rückblickend erkannte ich die Ironie darin: *Hallo,* die Buntstiftzeichnung, war der Realität am nächsten gekommen.

III Gegen halb vier fiel ich ins Bett und schlief bis neun. Als ich aufwachte, fühlte ich mich erfrischt, gereinigt, wie neugeboren. Das Wetter war schön: wolkenlos und wärmer als seit einer Woche. Die Baumgartens bereiteten sich auf ihre Rückkehr nach Norden vor, aber bevor sie abreisten, spielte ich am Strand noch eine lebhafte Partie Frisbee mit ihren Jungen. Mein Appetit war groß, mein Schmerzpegel niedrig. Es war nett, sich wieder als normaler Mensch zu fühlen, auch wenn es nur für eine Stunde war.

Auch Elizabeth' Wetter hatte aufgeklart. Ich las ihr eine Anzahl von Gedichten vor, während sie ihre Porzellanfiguren arrangierte. Auch Wireman war da: ausnahmsweise ohne unerledigte Arbeit und gut gelaunt. An diesem Tag erschien mir die Welt wundervoll. Erst später wurde mir klar, dass George »Candy« Brown die zwölfjährige Tina Garibaldi womöglich entführt hatte, während ich Elizabeth »Liebe ruft uns zu Alltagsdingen« vorlas, Richard Wilburs Gedicht übers Wäschewaschen. Ich wählte es aus, weil ich an diesem Tag in der Zeitung gelesen hatte, es sei eine Art Valentinstags-Hit geworden. Die Entführung der kleinen Garibaldi ereignete sich dem Zeitstempel nach um genau 15.16 Uhr – ungefähr in dem Augenblick, in dem ich einen Schluck von Wiremans grünem Tee nahm und Wilburs Gedicht entfaltete, das ich im Internet gefunden und ausgedruckt hatte.

Die Ladebuchten der Lieferzone hinter dem Einkaufszentrum Crossroads Mall wurden von Kameras überwacht. Als Diebstahlschutz, nehme ich an. Was sie in diesem Fall aufzeichneten, war der Raub eines Kinderlebens. Sie kommt ins Bild, als sie von rechts nach links geht: ein schlankes Mädchen in Jeans und mit einem Rucksack über der Schulter. Wahrscheinlich will sie rasch etwas einkaufen, bevor sie das letzte Stück nach Hause geht. Auf dem Videoband, das die Fernsehstationen zwanghaft abspielten, sieht man ihn hinter einer Laderampe hervorkommen und sie am Handgelenk festhalten. Sie blickt zu ihm auf, scheint etwas zu fragen. Brown nickt und führt sie dann weg. Anfangs wehrt sie sich nicht, aber dann – kurz bevor ein Müllcontainer die Sicht auf sie versperrt – versucht sie, sich loszureißen. Aber er hält ihr Handgelenk weiter umklammert, während sie aus dem Blickfeld der Kamera verschwinden. Laut Befund des Leichenbeschauers der County ermordete er sie weniger als fünf Stunden später, aber ihrer grässlich zugerichteten Leiche nach zu urteilen, müssen diese Stunden dem kleinen Mädchen, das nie jemandem etwas zuleide getan hatte, sehr lang erschienen sein. Sie müssen ihr endlos vorgekommen sein.

Und draußen vor dem offenen Fenster schweben Engelscharen durch den Morgen, schreibt Richard Wilbur in »Liebe ruft uns zu Alltagsdingen«. Aber nein, Richard. Nein.

Das hier waren nur Bettlaken.

IV

Die Baumgartens reisten ab. Die Hunde der Godfreys kläfften ihnen ein Lebewohl nach. Ein Team der Reinigungsfirma Merry Maids nahm sich das Haus vor, in dem die Baumgartens gewohnt hatten, und putzte es gründlich. Die Hunde der Godfreys begrüßten (und verabschiedeten) es bellend. Tina Garibaldis Leiche wurde in einem Graben hinter dem Little-League-Baseballfeld im Wilk Park aufgefunden: von der Taille abwärts nackt und wie ein Müllsack weggeworfen. Channel 6 zeigte ihre Mutter, die sich verzweifelt kreischend das Gesicht zerkratzte. Die Kintners ersetzten die Baumgartens. Die jungen Leute aus Toledo räumten die Nr. 39, und drei nette alte Damen aus Michigan zogen dort ein. Die alten Damen lachten viel und riefen tatsächlich *Juu-hu!*, wenn sie Wireman oder mich kommen sahen. Ich habe keine Ahnung, ob sie das neu installierte Wi-Fi in Nr. 39 benutzten, aber als ich zum ersten Mal Scrabble mit ihnen spielte, fütterten sie mich ab. Die Hunde der Godfreys kläfften unaufhörlich, wenn die alten Damen ihren Nachmittagsspaziergang machten. Ein Mann, der in Sarasota in der Autowaschanlage E-Z JetWash arbeitete, rief die Polizei an und sagte, der Kerl auf dem Tina-Garibaldi-Band sehe einem seiner Kollegen, einem gewissen George Brown, allgemein als Candy bekannt, sehr ähnlich. Candy Brown habe seinen Arbeitsplatz am Valentinstag gegen 14.30 Uhr verlassen, sagte dieser Mann, und sei erst am folgenden Morgen zurückgekommen. Angeblich sei ihm unwohl gewesen. Die E-Z JetWash war nur einen Block von der Crossroads Mall entfernt. Am 16. Februar kam ich im *Palacio* in die Küche und traf Wireman am Tisch sitzend an: mit in den Nacken geworfenem Kopf und am ganzen Leib zitternd. Als das Zittern nachließ, erklärte er mir, ihm gehe es gut. Auf meine Bemerkung hin, er sehe aber nicht gut aus, forderte er mich in ungewohnt barschem Tonfall auf, meine Meinung für mich zu behalten. Ich hielt drei Finger hoch und fragte ihn, wie viele er sehe. Er sagte, drei. Ich hielt zwei hoch, und er sagte, zwei. Ich beschloss – nicht ohne Bedenken –, die Sache auf sich beruhen zu lassen. Wieder einmal. Schließlich war ich nicht meines Wiremans Hüter. Ich malte *Mädchen mit Schiff Nr. 2* und 3. Auf der *Nr. 2* trug das Mädchen in dem Ruderboot Rebas blaues Kleid mit weißen Punkten, aber ich war mir ziemlich sicher, dass es weiterhin Ilse war. Und mit der *Nr. 3* waren alle Zweifel beseitigt. Ihre Haare glichen wieder den feinen Maisfäden von damals, und sie trug eine Matrosenbluse mit gestickten blauen Schnörkeln am Kragenrand, an die ich mich aus einem bestimmten Grund sehr gut erinnerte: Ilse hatte sie an dem Sonntag getragen, an dem sie vom Apfelbaum hinter unserem Haus gefallen war und sich den Arm gebrochen hatte. Auf der *Nr. 3* hatte das Schiff leicht geschwoit, und ich konnte die ersten Buchstaben seines Namens lesen, der in abblätternder Farbe am Bug stand: PER. Ich hatte keine Ahnung, wie die restlichen Buchstaben lauten würden. Dies war auch das erste Gemälde, auf dem John Eastlakes Harpunenpistole abgebildet war. Sie lag geladen auf einer der Sitzbänke des Ruderboots. Am 18. Februar kam einer von Jacks Freunden, um bei Instandsetzungsarbeiten an einigen Ferienhäusern zu helfen. Die Hunde der Godfreys kläfften ihn unablässig an und luden ihn ein, jederzeit herüberzukommen, wenn er Lust habe, sich ein Stück von seinem in Hip-Hop-Jeans steckenden Hintern abbeißen zu lassen. Die Polizei befragte Candy Browns Frau (auch sie nannte ihn Candy, jeder nannte ihn Candy, wahrscheinlich hatte er Tina Garibaldi aufgefordert, ihn Candy zu nennen, bevor er sie misshandelte und ermordete), wo er sich am Nachmittag des Valentinstags aufgehalten habe. Sie sagte, vielleicht sei ihm schlecht gewesen – aber jedenfalls nicht zu Hause. Er sei an diesem Abend erst gegen acht Uhr heimgekommen. Sie sagte, er habe ihr eine Schachtel Pralinen mitgebracht. Sie sagte, in Bezug auf solche Dinge sei er ein alter Schatz. Am 21. Februar bretterten die Countrymusic-Leute mit ihrem Sportwagen in die nördlichen Gefilde zurück, aus denen sie gekommen waren. Niemand folgte ihnen nach. Wireman sagte, das signalisiere den Wendepunkt der Schneevogelflut. Auf Duma Key, das null Restaurants und Touristenattraktionen besaß (nicht mal eine schäbige Alligatorfarm!), komme die Wende von Jahr zu Jahr früher, sagte er. Die Hunde der Godfreys bellten unaufhörlich, wie um zu beteuern, dass die Flut der Winterurlauber zwar zurückging, aber längst noch nicht abgelaufen war. Am selben Tag, an dem die Sportwagenfahrer Duma verließen, erschien die Polizei mit einem Durchsuchungsbefehl in Candy Browns Haus in Sarasota. Wie Channel 6 berichtete, beschlagnahmte sie mehrere Gegenstände. Einen Tag später fütterten mich die drei alten Damen in Nr. 39 beim Scrabble wieder ab: Ich durfte nicht einmal an einem dreifachen Wortwert *schnuppern*, lernte aber, dass *Quagga* ein Wort ist. Als ich nach Hause kam und den Fernseher einschaltete, erschien auf Channel 6 – »Die ganze Sonnenküste, die ganze Zeit« – kurz darauf das Logo für eine Eilmeldung. Candy Brown war verhaftet worden. Wie »mit den Ermittlungen vertraute Quellen« berichteten, waren in Browns Haus unter anderem zwei Stück Unterwäsche, eines davon mit Blutspuren, sichergestellt worden. Eine DNA-Untersuchung würde so sicher folgen wie die Nacht dem Tag. Candy Brown wartete sie nicht ab. Am nächsten Tag stand in der Zeitung, er habe im Verhör gesagt: »Ich war high und hab was Schreckliches getan.« Das las ich, als ich morgens meinen Saft trank. Über dieser Meldung prangte *das* Foto, das ich inzwischen schon so gut kannte wie das, auf dem Kennedy in Dallas erschossen wird. *Das* Bild zeigte Candy, der Tina Garibaldi am Handgelenk gepackt hielt, während sie fragend zu ihm aufsah. Das Telefon klingelte. Ich nahm den Hörer ab, ohne hinzusehen, und sagte Hallo. In Gedanken war ich noch bei Tina Garibaldi. Der Anrufer war Wireman. Er fragte mich, ob ich kurz herüberkommen könne. Ich sagte, klar, natürlich, und wollte mich schon verabschieden, als mir bewusst wurde, dass ich etwas gehört hatte, nicht in seiner Stimme, sondern unterschwellig, das keineswegs normal war. Ich fragte ihn, was passiert sei.

»Ich scheine auf dem linken Auge erblindet zu sein, *muchacho.*«

Er lachte kurz auf. Das war ein seltsam hilfloser Laut.

»Ich wusste, dass das irgendwann passieren würde, aber es ist trotzdem ein Schock. So ist uns wahrscheinlich allen zumute, wenn wir aufwachen und t-t…« Er holte schaudernd tief Luft. »Kannst du kommen? Ich hab versucht, Annmarie vom Pflegedienst zu erreichen, aber sie ist dienstlich unterwegs, und … kannst du kommen, Edgar? Bitte?«

»Bin sofort da. Halt durch, Wireman. Bleib, wo du bist, und halt durch.«

V

Mit meinem eigenen Sehvermögen hatte ich seit Wochen keine Probleme mehr. Der Unfall hatte mein Gesichtsfeld etwas eingeengt, weshalb ich den Kopf nach rechts drehte, um Dinge zu sehen, die ich früher auch mit Blick nach vorn erfasst hätte, doch sonst war mit meinem Sehen wieder alles in Ordnung. Als ich zu meinem anonymen gemieteten Chevy hinausging, fragte ich mich, wie ich reagieren würde, wenn dieser rote Blutfilm wieder anfinge, sich über alles zu legen … oder wenn ich eines Morgens mit nichts als einem schwarzen Loch auf einer Seite meiner Welt aufwachen würde. Dabei fragte ich mich unwillkürlich, wie Wireman trotzdem ein Lachen zustande gebracht hatte. Selbst ein kleines.

Meine Hand lag schon auf dem Türgriff des Malibu, als mir wieder einfiel, dass er gesagt hatte, Annmarie Whistler, von der er sich bei Elizabeth vertreten ließ, wenn er länger abwesend war, sei dienstlich unterwegs. Ich hastete ins Haus zurück, wählte Jacks Handynummer und hoffte inständig, dass er sich melden würde und kommen konnte. Er tat und konnte. Das war ein Punkt für die Heimmannschaft.

VI

An diesem Morgen verließ ich die Insel erstmals am Steuer eines Autos und verlor meine Unschuld in großem Stil, indem ich mich in den in endloser Schlange nach Norden rollenden Verkehr auf dem Tamiami Trail einreihte. Wir waren unterwegs zum Sarasota Memorial Hospital. Damit folgten wir einer Empfehlung von Elizabeth' Arzt, den ich trotz Wiremans schwacher Proteste angerufen hatte. Und jetzt fragte Wireman mich dauernd, ob mit *mir* alles in Ordnung sei, ob ich dieser Fahrt auch bestimmt gewachsen sei, ob es nicht besser gewesen wäre, wenn Jack ihn gefahren hätte, damit ich bei Elizabeth bleiben konnte.

»Mir geht's gut«, sagte ich.

»Nun, du siehst aus wie jemand, der eine Heidenangst hat. Das erkenne sogar ich.« Sein rechtes Auge hatte sich in meine Richtung gedreht. Das linke versuchte zu folgen, was ihm jedoch nicht recht gelang. Es war blutunterlaufen, blickte leicht nach oben und tränte unaufhörlich. »Du flippst doch nicht etwa aus, *muchacho?*«

»Nein. Außerdem hast du Elizabeth gehört. Wärst du nicht freiwillig gegangen, hätte sie einen Besen genommen und dich damit aus dem Haus gejagt.«

Eigentlich hätte »Miss Eastlake« nicht erfahren sollen, dass ihm etwas fehlte, aber sie war mit ihrem Gehwägelchen in die Küche gekommen und hatte das Ende unseres Gesprächs gehört. Und außerdem besaß auch sie etwas von der Gabe, über die Wireman verfügte. Wir sprachen nie darüber, aber sie war da.

»Wenn sie dich dabehalten wollen …«, begann ich.

»Oh, das werden sie natürlich wollen, das ist ein beschissener Reflex bei ihnen, aber darauf lasse ich mich nicht ein. Könnten sie die Sache in Ordnung bringen, wäre das was anderes. Ich fahre nur hin, weil Hadlock mir vielleicht bestätigen kann, dass dies keine permanente Bildstörung, sondern nur ein vorübergehender Echoimpuls auf dem Radar ist.« Er lächelte schwach.

»Wireman, was zum Teufel ist mit dir los?«

»Alles zu seiner Zeit, *muchacho*. Was malst du zurzeit?«

»Das ist jetzt unwichtig.«

»Oje«, sagte Wireman. »Offenbar bin ich nicht der Einzige, der die Ausfragerei satthat. Hast du gewusst, dass in den Wintermonaten jeder vierzigste regelmäßige Benutzer des Tamiami Trail einen Verkehrsunfall haben wird? Echt wahr! Und wie ich neulich in den Nachrichten gehört habe, sind die Chancen, dass ein Asteroid von der Größe des Astrodome in Houston die Erde trifft, tatsächlich höher als die Chancen, dass …«

Ich griff nach dem Radio und fragte: »Wie wär's mit etwas Musik?«

»Gute Idee«, sagte er. »Aber keine beschissene Countrymusic.«

Das verstand ich nicht gleich, aber dann erinnerte ich mich an die vor Kurzem abgereisten Sportwagenbesitzer. Ich fand den lautesten und dämlichsten Rocksender der gesamten Region, der sich The Bone nannte. Dort kreischte Nazareth sich gerade durch »Hair of the Dog«.

»Ah, Rock and Roll zum Auf-die-Schuhe-Kotzen«, sagte Wireman. »Klingt schon besser, *mi hijo.*«

VII

Es wurde ein langer Tag. Jeder Tag, an dem man seinen Körper aufs Förderband der modernen Medizin sinken lässt – vor allem wie sie in einer Stadt praktiziert wird, in der sich ältliche, oft kranke Wintergäste drängen –, wird ein langer Tag. Wir kamen nicht vor sechs Uhr abends aus dem Krankenhaus. Sie wollten Wireman tatsächlich dabehalten. Er weigerte sich.

Ich verbrachte den größten Teil des Tages in der Sorte vorhölleartiger Wartezimmer, in denen die Zeitschriften alt, die Stuhlpolster dünn und die Fernseher immer hoch in einer Ecke angeschraubt sind.

Ich saß da, hörte sorgenvolle Gespräche mit dem TV-Geschnatter konkurrieren und ging gelegentlich mit Wiremans Handy in einen der für Mobiltelefone zugelassenen Bereiche hinaus, um Jack anzurufen. Ging es *ihr* gut? Ihr ging es bestens. Sie spielten Parcheesi. Dann arrangierten sie die Porzellanfiguren neu. Beim dritten Anruf aßen sie gerade Sandwichs und sahen *Oprah*. Beim vierten schlief Elizabeth.

»Sag ihm, dass sie regelmäßig auf der Toilette war«, forderte Jack mich auf. »Bisher.«

Das tat ich. Wireman war erfreut, das zu hören. Und das Förderband rumpelte langsam weiter.

Drei Wartezimmer, eines vor der Aufnahme, wo Wireman sich weigerte, sich auch nur ein Schreibbrett mit einem

Vordruck darauf zu nehmen – vermutlich, weil er ihn nicht lesen konnte (ich trug die erforderlichen Angaben für ihn ein) –, eines vor der Abteilung Neurologie, in der ich Gene Hadlock, Elizabeth' Arzt, und einen blassen, ziegenbärtigen Kerl namens Herbert Principe kennenlernte. Dr. Hadlock behauptete, Principe sei der beste Neurologe in Sarasota. Principe leugnete das weder, noch sagte er Quatsch. Das letzte Wartezimmer lag im ersten Stock, wo die großen teuren Apparate standen. Dort wurde Wireman nicht zur Kernspinresonanz-Tomografie gefahren, mit der ich selbst einschlägige Erfahrungen gemacht hatte, sondern in den Röntgenraum am Ende des Korridors, den ich mir heutzutage als staubig und vernachlässigt vorstellte. Wireman übergab mir sein Marienmedaillon zur Aufbewahrung, und ich durfte mich fragen, weshalb der beste Neurologe Sarasotas auf ein so altmodisches Verfahren zurückgriff. Niemand machte sich die Mühe, mir das zu erklären.

Die Fernseher in allen drei Wartezimmern waren auf Channel 6 eingestellt, sodass ich wieder und wieder *das* Bild ertragen musste: Candy Brown, der Tina Garibaldis Handgelenk umklammert, ihr Gesicht zu ihm erhoben, zu einem Ausdruck erstarrt, der so schrecklich war, weil jeder, der in einer halbwegs anständigen Familie aufgewachsen war, in seinem Herzen genau wusste, was er bedeutete. Man brachte seinen Kindern bei, vorsichtig zu sein, *sehr* vorsichtig, weil jeder Unbekannte Gefahr bedeuten konnte, aber Kinder aus guten Familien wuchsen auch in dem Bewusstsein auf, dass Sicherheit zu ihren Geburtsrechten gehörte. Deshalb sagten die Augen: *Klar, Mister, sagen Sie mir, was ich tun soll.* Die Augen sagten: *Sie sind der Erwachsene, ich bin das Kind, also sagen Sie mir, was Sie wollen.* Die Augen sagten auch: *Ich bin dazu erzogen, Ältere zu respektieren.*

Und vor allem, was einem den Rest gab, sagten die Augen: *Mir hat noch nie jemand wehgetan.*

Ich glaube nicht, dass die endlose, redundante Berichterstattung mit der ständigen Wiederholung *des* Bildes alles erklärte, was später geschah, aber spielte es eine Rolle dabei? O ja.

Todsicher.

VIII

Es war schon dunkel, als ich endlich die Tiefgarage verließ, nach Süden auf den Trail abbog und nach Duma Key zurückfuhr. Anfangs dachte ich kaum an Wireman; ich war mir sicher, dass mein Glück mich diesmal im Stich lassen und wir einen Unfall haben würden. Sobald wir die Abzweigungen nach Sierra Key passiert hatten und der Verkehr etwas schwächer wurde, begann ich aufzuatmen. Als wir die Crossroads Mall erreichten, sagte Wireman: »Fahr hier raus.«

»Brauchst du irgendwas von The Gap? Boxershorts? Ein paar T-Shirts mit Taschen?«

»Sei kein Klugscheißer, fahr einfach auf den Parkplatz, irgendwo unter einem Licht.«

Ich fuhr den Wagen unter eine Laterne und stellte den Motor ab. Obwohl der Parkplatz ungefähr zu zwei Dritteln besetzt war und ich wusste, dass Candy Brown sich in der Ladezone hinter den Gebäuden an Tina Garibaldi herangemacht hatte, fand ich es hier ziemlich gruselig.

»Ich denke, ich kann's einmal erzählen«, sagte Wireman. »Und du hast's verdient, es zu hören. Weil du gut zu mir warst. Und gut *für* mich.«

»Das Kompliment kann ich genauso zurückgeben, Wireman.«

Seine Hände ruhten auf einer dünnen grauen Mappe, die er aus dem Krankenhaus mitgebracht hatte. Auf dem Karteireiter stand sein Name. Er hob einen Finger, um mich zum Schweigen zu bringen, sah mich dabei aber nicht an – sein Blick blieb starr auf Bealls Department Store gerichtet, der dieses Ende der Mall abschloss. »Ich möchte alles auf einmal loswerden. Ist dir das recht?«

»Klar.«

»Meine Geschichte ist wie …« Er wandte sich mir zu, wirkte plötzlich angeregt. Sein linkes Auge war feuerrot und tränte ständig, aber wenigstens war es jetzt ebenso wie das andere auf mich gerichtet. »*Muchacho,* hast du jemals eine dieser Jubelsendungen über einen Kerl gesehen, der bei Powerball zwei- oder dreihundert Millionen Dollar gewonnen hat?«

»Klar«, sagte ich. »Hat doch jeder.«

»Sie holen ihn auf die Bühne, sie überreichen ihm eine riesige Scheckimitation aus Pappe, und was er von sich gibt, ist fast immer Gestammel, aber das ist gut so, denn in einer solchen Situation ist Gestammel *angebracht*, weil es unglaublich ist, dass jemand all diese Scheißzahlen richtig hat. Absurd. In einer solchen Situation bringt man bestenfalls ein ›Damit fahr ich zur verdammten Disney World‹ heraus. Kannst du mir so weit folgen?«

»So weit, ja.«

Wireman ging erneut dazu über, die Leute zu studieren, die zu Bealls hineingingen oder aus dem Gebäude herauskamen, hinter dem Tina Garibaldi zu ihrem Kummer und Schmerz Candy Brown begegnet war.

»Auch ich habe in der *lotería* gewonnen. Bloß nicht auf

gute Art und Weise. Ich würde eher sagen, dass es ungefähr die allerschlechteste der Welt war. Meine Anwaltstätigkeit habe ich in meinem anderen Leben in Omaha ausgeübt. Ich war bei einer Firma namens Fineham, Dooling und Allen. Witzbolde – zu denen ich mich zählte – haben sie manchmal Findse, Rupfse und Vergisse genannt. In Wahrheit war es eine gute, ehrliche Anwaltsfirma. Wir hatten reichlich zu tun, und ich hatte dort eine gute Stellung. Ich war noch Junggeselle und dachte damals – ich war siebenunddreißig –, das sei vermutlich das mir bestimmte Los. Dann kam der Zirkus in die Stadt, Edgar. Ich meine einen richtigen Zirkus, einen mit Raubkatzen und Trapezkünstlern. Die meisten Artisten waren Ausländer, wie ja so oft. Die Luftakrobaten und ihre Angehörigen stammten aus Mexiko. Auch eine Buchhalterin des Zirkus, Julia Traveres, kam von dort. Sie führte nicht nur die Bücher, sondern fungierte auch als Dolmetscherin für die Trapezkünstler.«

Er sprach ihren Namen spanisch aus – *Chulia*.

»Ich war nicht im Zirkus. Wireman geht gelegentlich zu Rockkonzerten; mit Zirkussen hat er nichts am Hut. Aber nun kommt wieder die Sache mit der Lotterie. Das Büropersonal des Zirkus hat alle paar Tage Zettel aus einem Hut gezogen, um auszulosen, wer Snacks fürs Büro einkaufen musste: Chips, Dips, Kaffee, Mineralwasser. An einem Tag in Omaha hat Julia den markierten Zettel gezogen. Als sie auf dem Parkplatz des Supermarkts auf dem Rückweg zu ihrem Van war, hat ein Lieferwagen, der mit überhöhter Geschwindigkeit abgebogen ist, eine Schlange Einkaufswagen gerammt – du weißt, wie sie hintereinander aufgereiht werden?«

»Ja.«

»Okay. Peng! Die Wagen rollen zehn Meter weit, treffen

Julia, brechen ihr das Bein. Sie hat sie nicht kommen gesehen und hatte keine Chance, ihnen auszuweichen. Zufällig saß ganz in der Nähe ein Cop in seinem Streifenwagen und hat sie schreien gehört. Er hat sofort einen Krankenwagen gerufen. Und er hat den Lieferwagenfahrer blasen lassen. Der Mann hat eins Komma sieben geblasen.«

»Ist das viel?«

»Ja, *muchacho*. In Nebraska bedeutet eins Komma sieben: Ziehe keine zweihundert Dollar ein, gehe direkt zu Betrunken. Der Fahrer wanderte ins Gefängnis. Auf Anraten des Arztes, der sie in der Notaufnahme versorgt hatte, ist Julia zu uns gekommen. Bei Findse, Rupfse und Vergisse gab es damals fünfunddreißig Anwälte, und Julias Schmerzensgeldklage hätte bei jedem von fünfzehn Kollegen landen können. Ich bekam sie. Siehst du die Zahlen allmählich die richtige Reihenfolge einnehmen?«

»Ja.«

»Ich habe mehr getan, als sie zu vertreten. Ich hab sie geheiratet. Sie gewinnt den Prozess und erhält ein ansehnliches Schmerzensgeld. Der Zirkus verlässt die Stadt, wie das Zirkusse so tun, nur mit einer Buchhalterin weniger. Soll ich dir erzählen, dass wir uns sehr geliebt haben?«

»Nein«, sagte ich. »Das höre ich jedes Mal, wenn du ihren Namen sagst.«

»Danke, Edgar. Danke.« Er saß mit gesenktem Kopf und auf der grauen Mappe liegenden Händen da. Dann zog er eine abgewetzte, unglaublich dicke Geldbörse aus der Tasche. Es war mir ein Rätsel, wie er es schaffte, auf diesem Klumpen zu sitzen. Er blätterte die für Fotos und wichtige Dokumente bestimmten kleinen Klarsichthüllen durch, dann machte er halt und zog das Foto einer schwarzhaarigen, dunkeläugigen Frau in einer ärmellosen Bluse heraus.

Ich schätzte sie auf ungefähr dreißig. Sie war atemberaubend schön.

»Mi Julia«, sagte er. Ich wollte ihm die Aufnahme zurückgeben, aber er schüttelte den Kopf. Er wählte ein weiteres Bild aus. Ich fürchtete mich davor, es mir anzusehen, nahm es aber trotzdem, als er es mir hinhielt.

Das Foto zeigte Julia Wireman en miniature. Das gleiche schwarze Haar, das ein blasses, vollkommen ebenmäßiges Gesicht umrahmte. Die gleichen ernsten dunklen Augen.

»Esmeralda«, sagte Wireman. »Die andere Hälfte meines Herzens.«

»Esmeralda«, wiederholte ich. Für mich waren die Augen, die mich aus diesem Foto anblickten, und die Augen, die auf *dem* Bild zu Candy Brown aufgesehen hatten, nahezu identisch. Aber vielleicht waren alle Kinderaugen gleich. Mein Arm begann zu jucken. Der eine, der in der Verbrennungsanlage des Krankenhauses in Rauch aufgegangen war. Ich wollte ihn kratzen und erwischte meine Rippen. Alles beim Alten dort.

Wireman nahm die Fotos zurück, küsste jedes mit einer knappen, nüchternen Leidenschaft, die schrecklich anzusehen war, und steckte sie zurück in ihre Klarsichthüllen. Das dauerte ein paar Sekunden, weil seine Hände jetzt sichtbar zitterten. Und weil er vermutlich Sehstörungen hatte. »Man braucht die verdammten Zahlen nicht einmal zu beobachten, *amigo.* Wenn man die Augen schließt, kann man sie einrasten hören. *Klick* und *klick* und *klick.* Manche haben einfach Glück!« Er schnalzte mit der Zunge. In dem beengten Innenraum des kleinen Wagens war das Geräusch schockierend laut.

»Als Ez drei war, fing Julia an, auf Teilzeitbasis bei einer Hilfsorganisation namens Work Fair, Immigration Solutions in Omaha zu arbeiten. Sie hat Spanisch sprechenden Zuwanderern mit und ohne Greencards Arbeit verschafft und Illegale, die eingebürgert werden wollten, auf den richtigen Weg gebracht. Nur eine kleine Anlaufstelle in einem ehemaligen Laden, die aber auf praktischer Ebene mehr Gutes bewirkt hat als all die Demonstrationen und Mahnwachen. Nach Wiremans bescheidener Meinung.«

Er drückte die Hände gegen die Augen und holte erschaudernd tief Luft. Dann ließ er die Handflächen mit dumpfem Klatschen auf die graue Mappe zurückfallen.

»Als es passiert ist, war ich geschäftlich in Kansas City. Julia hat von Montag bis Donnerstag vormittags bei Work Fair gearbeitet. Ez war in einer Kinderkrippe. In einer guten. Ich hätte sie verklagen und damit ruinieren können – ihre Betreiberinnen an den Bettelstab bringen –, aber ich hab es nicht getan. Weil ich sogar in meinem Schmerz begriffen habe, dass das, was Esmeralda passiert ist, jedem Kind hätte passieren können. Alles ist eine einzige *lotería, entiendes*? Unsere Kanzlei hat mal eine Jalousienfirma verklagt – ich war allerdings nicht involviert –, weil ein in seinem Bettchen liegendes Baby die Zugschnur gepackt und verschluckt hat und daran erstickt ist. Die Eltern haben den Prozess gewonnen und eine Menge Geld gekriegt, aber ihr Baby war trotzdem tot, und wär es nicht die Schnur gewesen, hätte es irgendwas anderes sein können. Ein Matchbox-Auto. Eine Hundemarke. Eine Murmel.« Wireman zuckte mit den Schultern. »Bei Ez war's die Murmel. Sie hat sie in die Luftröhre bekommen und ist daran erstickt.«

»Wireman, um Gottes willen! Das tut mir schrecklich leid!«

»Sie hat noch gelebt, als sie ins Krankenhaus eingeliefert

wurde. Die Frau aus der Krippe hat Julias und mein Büro angerufen. Sie war natürlich hysterisch, hat bloß verrücktes Zeug gebrabbelt. Julia ist sofort aus dem Büro gestürzt, hat sich ins Auto gesetzt und ist losgerast. Keine halbe Meile vom Krankenhaus entfernt ist sie frontal mit einem Fahrzeug der städtischen Straßenreinigung zusammengestoßen. Sie war sofort tot. Zu diesem Zeitpunkt war unsere Tochter vermutlich seit ungefähr zwanzig Minuten tot. Das Marienmedaillon, das du für mich aufbewahrt hast … das hat Julia gehört.«

Er verfiel in Schweigen, das längere Zeit anhielt. Ich schwieg ebenfalls; zu einer Geschichte dieser Art gibt es nichts zu sagen. Nach längerer Zeit sprach er weiter.

»Nur eine andere Version von Powerball. Fünf Zahlen und die alles entscheidende Zusatzzahl. *Klick, klick, klick, klick, klick.* Und dann zu guter Letzt noch *klack.* Hatte ich jemals geglaubt, dass mir so was zustoßen könnte? Nein, *muchacho*, nicht einmal in meinen wildesten Albträumen, und Gott lässt uns für das büßen, was wir uns nicht vorstellen können. Meine Mutter und mein Dad haben mich dringend gebeten, eine Therapie zu machen, und eine Zeit lang – acht Monate nach der Beerdigung – bin ich tatsächlich zu einem Therapeuten gegangen. Ich hatte es satt, durchs Leben zu gehen wie ein einen Meter über meinem Kopf schwebender Ballon.«

»Dieses Gefühl kenne ich«, sagte ich.

»Ja, ich weiß. Wir sind zu unterschiedlichen Zeiten in die Hölle eingecheckt, du und ich. Und wieder ausgecheckt, wie ich vermute, obwohl meine Absätze noch immer qualmen. Wie sieht's mit dir aus?«

»Genauso.«

»Der Therapeut … ein netter Mann, aber ich konnte nicht

mit ihm reden. In seiner Gegenwart war ich sprachlos. In seiner Gegenwart habe ich viel gegrinst. Ich habe darauf gewartet, dass eine hübsche Blondine im Badeanzug aus meiner Scheckimitation aus Pappe steigt. Das Publikum würde sie sehen und applaudieren. Und irgendwann kam tatsächlich ein Scheck. Nach unserer Hochzeit habe ich eine gemeinsame Lebensversicherung abgeschlossen. Als dann Ez unterwegs war, habe ich sie aufgestockt. So habe ich wirklich in der *lotería* gewonnen. Erst recht, wenn man Julias Entschädigung nach dem Parkplatzunfall hinzuzählt. Womit wir hierbei wären …«

Er hielt die dünne graue Mappe hoch.

»Der Gedanke an Selbstmord hat mich umkreist, ist näher und näher gekommen. Reizvoll war er vor allem wegen der Vorstellung, Julia und Esmeralda warteten vielleicht dort draußen auf mich … würden aber unter Umständen nicht ewig warten. Ich bin kein konventionell gläubiger Mann, aber ich halte es zumindest für möglich, dass es ein Leben nach dem Tod gibt und wir als … du weißt schon, als wir selbst weiterleben. Aber natürlich …« Ein frostiges Lächeln hob seine Mundwinkel. »Vor allem war ich einfach deprimiert. In meinem Safe lag eine Pistole Kaliber .22. Die hatte ich nach Esmeraldas Geburt gekauft, um mein Haus schützen zu können. Eines Abends habe ich mich mit der Waffe in der Hand an den Esszimmertisch gesetzt … aber diesen Teil der Geschichte kennst du vermutlich, *muchacho*.«

Ich machte eine unbestimmte Handbewegung, die vielleicht *sí*, vielleicht *no* heißen konnte.

»Ich habe mich in meinem leeren Haus an den Esstisch gesetzt. Auf dem Tisch stand eine Obstschale – eine kleine Aufmerksamkeit der Nachbarin, die immer für mich eingekauft hat. Ich legte die Pistole auf den Tisch und schloss die

Augen. Dann ließ ich die Obstschale ein paarmal kreisen. Erwischte ich einen Apfel, wenn ich zugriff, würde ich mir die Pistole an die Schläfe setzen und mein Leben beenden. War's jedoch eine Orange … dann würde ich meinen Lotteriegewinn nehmen und nach Disney World fahren.«

»Du konntest den Kühlschrank hören«, sagte ich.

»Richtig«, sagte er, ohne überrascht zu sein. »Ich konnte den Kühlschrank hören – das Summen des Motors ebenso wie das Klacken des Eismachers. Ich habe die Hand ausgestreckt … und einen Apfel erwischt.«

»Hast du gemogelt?«

Wireman lächelte. »Eine berechtigte Frage. Wenn du damit meinst, ob ich ein bisschen geblinzelt habe, lautet die Antwort nein. Wenn du damit meinst, ob ich mir die Verteilung des Obsts in der Schale gemerkt habe …« Er zuckte mit den Schultern. »*¿Quién sabe?* Jedenfalls hielt ich einen Apfel in der Hand: ›Seit Adams Fall, Sünder wir all.‹ Ich brauchte nicht hineinzubeißen oder daran zu riechen; seine glatte Schale war Beweis genug. Ohne die Augen zu öffnen – oder mir eine Chance zum Nachdenken zu geben –, griff ich nach der Pistole und setzte sie mir an die Schläfe.« Das imitierte er mit der Hand, die ich nicht mehr besaß, indem er den Daumen krümmte und den Zeigefinger an die kleine runde Narbe hielt, die gewöhnlich von seinen langen grauen Haare verdeckt wurde. »Mein letzter Gedanke war: ›Nun brauche ich diesen Kühlschrank nie mehr zu hören und nie mehr eine Gourmet-Schäferpastete daraus zu essen.‹ An einen Knall kann ich mich nicht erinnern. Trotzdem wurde die ganze Welt weiß, und dies war das Ende von Wiremans anderem Leben. Nun … willst du auch den halluzinogenen Scheiß hören?«

»Ja, bitte.«

»Du willst sehen, ob er mit deinem übereinstimmt, nicht wahr?«

»Ja.« Dann fiel mir eine Frage ein, die vielleicht sogar wichtig war. »Wireman, hast du diese telepathischen Schübe … diese unheimliche Hellsichtigkeit … oder wie immer du sie nennen willst … schon gehabt, *bevor* du nach Duma Key kamst?« Ich dachte an Monica Goldsteins Hund Gandalf, den ich allem Anschein nach mit dem Arm erwürgt hatte, den ich nicht mehr besaß.

»Ja, zwei oder drei Male«, sagte er. »Vielleicht erzähle ich dir gelegentlich davon, Edgar, aber ich möchte nicht, dass Jack sich allzu lange um Miss Eastlake kümmern muss. Von allen sonstigen Erwägungen abgesehen, macht sie sich wahrscheinlich Sorgen um mich. Sie ist eine gute Seele.«

Ich hätte ihm sagen können, dass Jack – auf seine Art ebenfalls eine gute Seele – sich vermutlich auch Sorgen machte, stattdessen forderte ich ihn nur auf, fortzufahren.

»Du hast oft eine Röte um dich, *muchacho*«, sagte Wireman. »Nicht direkt eine Aura, glaube ich, aber auch kein Gedanke … außer es geht um einen. Ich habe die Röte ein paarmal als Wort und auch als Farbe von dir empfangen. Und ja, einmal auch außerhalb von Duma Key. Zum Beispiel in der Scoto Gallery.«

»Als mir das richtige Wort nicht einfallen wollte.«

»Tatsächlich? Daran kann ich mich nicht erinnern.«

»An das Wort erinnere ich mich auch nicht, aber ich weiß bestimmt, dass es bei dieser Gelegenheit war. *Rot* ist eine Eselsbrücke für mich. Eine Gedächtnisstütze. Ausgerechnet aus einem Song von Reba McEntire. Das habe ich fast zufällig entdeckt. Und dazu kommt noch etwas anderes. Vergesse ich Sachen, werde ich oft … du weißt schon.«

»Ein bisschen angepisst?«

Ich dachte daran, wie ich Pam am Hals gepackt hatte. Wie ich versucht hatte, sie zu erwürgen.

»Ja«, sagte ich. »Könnte man sagen.«

»Ah.«

»Jedenfalls ist das Rot anscheinend ausgelaufen und hat mein … meine geistige Einstellung verfärbt? Könnte man es so ausdrücken?«

»Ungefähr. Und immer wenn ich das bei dir spüre, muss ich daran denken, wie ich aufgewacht bin, nachdem ich mich in die Schläfe geschossen hatte, und die ganze Welt dunkelrot gesehen habe. Ich dachte, ich wäre in der Hölle und so würde meine Hölle nun immer aussehen: eine Ewigkeit in tiefstem Scharlachrot.« Er machte eine Pause. »Dann wurde mir klar, dass das nur der Apfel war. Er lag direkt vor mir, nur wenige Zentimeter von meinen Augen entfernt. Er war auf dem Boden, und ich war auf dem Boden.«

»Verdammt!«, sagte ich.

»Ja, das dachte ich auch, aber dies war keine Verdammnis, sondern nur ein Apfel. ›Seit Adams Fall, Sünder wir all.‹ Das habe ich laut gesagt. Dann sagte ich: ›Obstschale.‹ Ich erinnere mich sehr deutlich an alles, was in den folgenden sechsundneunzig Stunden gesagt und getan wurde. An jede Einzelheit.« Er lachte. »Ich weiß natürlich, dass manche Dinge, an die ich mich erinnere, nicht wahr sind, aber sie haben sich trotzdem bis ins letzte Detail in mein Gedächtnis eingebrannt. Noch heute könnte mich kein Kreuzverhör von meiner Version abbringen – nicht einmal in Bezug auf die mit Eiter bedeckten Kakerlaken, die dem alten Jack Fineham aus Augen, Mund und Nasenlöchern krochen.

Ich hatte schreckliche Kopfschmerzen, aber sobald ich den Schock der Nahaufnahme des rotbackigen Apfels überwunden hatte, fühlte ich mich wieder einigermaßen okay.

Es war vier Uhr morgens. Inzwischen waren sechs Stunden vergangen. Ich lag in einer Lache aus geronnenem Blut, das auf meiner rechten Wange geleeartig gestockt war. Ich erinnere mich, dass ich mich aufgesetzt und gesagt habe: ›Ich bin ein Dandy in Aspik‹, während ich mir überlegte, ob Aspik eine Art Gelee war. Ich habe gesagt: ›Kein Gelee in der Obstschale.‹ Und das klang so rational, als bestünde ich damit einen Test zur Feststellung meiner Zurechnungsfähigkeit. Ich begann daran zu zweifeln, dass ich wirklich abgedrückt hatte. Wahrscheinlich war ich am Esstisch eingeschlafen, hatte nur daran *gedacht*, mich zu erschießen, war vom Stuhl gefallen und hatte mir den Kopf angeschlagen. Daher kam das Blut. So *musste* es gewesen sein, denn schließlich konnte ich mich bewegen und auch sprechen. Ich drängte mich dazu, noch etwas zu sagen. Zum Beispiel den Namen meiner Mutter. Stattdessen sagte ich: ›Wo die Geldfrucht gedeiht, ist der Grundherr nicht weit.‹«

Ich nickte aufgeregt. Nachdem ich aus dem Koma aufgewacht war, hatte ich unzählige solcher Erlebnisse gehabt. Setz dich auf den *Freund*, den *Kumpel*.

»Warst du wütend?«

»Nein, heiter! Erleichtert! Mit einer leichten Orientierungslosigkeit nach einem Schlag auf den Schädel konnte ich leben. Erst dann sah ich die Pistole auf dem Fußboden liegen. Ich hab nach ihr gegriffen und an der Mündung gerochen. Der beißend scharfe Geruch einer vor Kurzem abgefeuerten Waffe ist unverkennbar. Trotzdem blieb ich bei meiner Eingeschlafen-und-den-Kopf-angeschlagen-Idee, bis ich ins Bad kam und das Loch in meiner Schläfe sah. Ein kleines rundes Loch mit einer Korona aus Schmauchspuren.«

Er lachte wieder, wie es Leute tun, die sich an ein besonders dämliches Versehen erinnern – zum Beispiel dass sie beim Zurücksetzen das Garagentor gerammt haben, weil sie vergessen hatten, es zu öffnen.

»Da habe ich die letzte Zahl klickend einrasten gehört, Edgar – die Powerball-Zahl! Und ich wusste, dass ich trotz allem doch nach Disney World kommen würde.«

»Oder in eine gute Kopie«, sagte ich. »Himmel, Wireman.«

»Ich habe versucht, die Schmauchspuren abzuwaschen, aber das Herumreiben mit dem Waschlappen war zu schmerzhaft. Wie wenn man auf einen entzündeten Zahn beißt.«

Plötzlich begriff ich, weshalb sie ihn geröntgt hatten, statt ihn in den Kernspintomografen zu schieben. Die Kugel steckte noch in seinem Schädel.

»Wireman, kann ich dich etwas fragen?«

»Klar doch.«

»Sind die Sehnerven eines Menschen ... ich weiß nicht ... irgendwie über Kreuz angeordnet?«

»Das sind sie in der Tat.«

»Deshalb ist dein *linkes* Auge beeinträchtigt. Das ist wie ... wie ...« Das Wort fiel mir nicht gleich ein, und ich ballte die Fäuste. Dann war es da. »Wie ein Schleudertrauma.«

»Ich denke schon, ja. Ich habe mich in die rechte Seite meines blöden Schädels geschossen, aber es ist mein linkes Auge, das es erwischt hat. Ich habe ein Pflaster auf das Loch geklebt. Und zwei Aspirin genommen.«

Ich lachte. Ich konnte nicht anders. Wireman nickte lächelnd.

»Dann habe ich mich ins Bett gelegt und zu schlafen versucht. Aber ich hätte ebenso gut versuchen können, inmitten einer Blaskapelle zu schlafen. Ich konnte vier Tage lang nicht mehr schlafen. Ich dachte schon, ich würde niemals wieder Schlaf finden. Mein Verstand war mit doppelter

Überschallgeschwindigkeit unterwegs. Im Vergleich dazu wäre einem Kokain wie Xanax vorgekommen. Ich konnte nicht mal lange still daliegen. Nach ungefähr zwanzig Minuten bin ich aufgesprungen und habe eine Mariachi-Platte aufgelegt. Inzwischen war es halb sechs Uhr morgens. Ich habe eine halbe Stunde auf dem Hometrainer gesessen – zum ersten Mal, seit Julia und Ez gestorben waren – und bin dann ins Büro gefahren.

Die folgenden drei Tage liefen nach demselben Muster ab: Ich war ein Vogel, ich war ein Flugzeug, ich war Superanwalt. Meine Kollegen waren erst besorgt um mich, dann hatten sie Angst um mich, und zuletzt hatten sie Angst vor mir – meine unlogischen Antworten wurden immer schlimmer, genauso wie meine Tendenz, in Pidgin-Spanisch und eine Art Pepé-Le-Pew-Französisch zu verfallen –, trotzdem steht außer Zweifel, dass ich in dieser Zeit einen ganzen Aktenberg bearbeitet habe, von dem nur sehr wenig zurückgekommen ist. Das habe ich später kontrolliert. Die Partner in den Eckbüros und die Anwälte in den Schützengräben waren alle der Überzeugung, ich hätte einen Nervenzusammenbruch erlitten, und in gewisser Hinsicht hatten sie damit recht. Dies war ein *organischer* Nervenzusammenbruch. Verschiedene Leute versuchten, mich nach Hause zu schicken, aber das gelang keinem. Dion Knightly, einer meiner guten Freunde in der Firma, flehte mich praktisch an, mich zu einem Arzt fahren zu dürfen. Weißt du, was ich ihm geantwortet habe?«

Ich schüttelte den Kopf.

»›Mais auf dem Feld, da gibt's bald Geld.‹ Das weiß ich noch ganz genau. Dann bin ich weggegangen. Oder eher weggehüpft. Gehen war für Wireman zu langsam. Ich habe zwei Nächte durchgearbeitet. In der dritten Nacht hat der Wachmann mich trotz meines Protests aus dem Gebäude geleitet.

Ich habe ihm erklärt, ein erigiertes Glied habe eine Million Kapillaren, aber keinen einzigen Skrupel. Und ich habe ihm erklärt, ich sei ein Dandy in Aspik und sein Vater hasse ihn.« Wireman blickte sekundenlang stirnrunzelnd auf seine Mappe hinunter. »Das mit seinem Vater hat ihn echt getroffen, glaube ich. Ich weiß es sogar.« Er tippte sich an seine vernarbte Schläfe. »Verrückter Bordfunk, *amigo*. Verrückter Bordfunk.

Am nächsten Tag wurde ich von Jack Fineham, dem erhabenen Großradschah unseres Königreichs, einbestellt. Ich wurde angewiesen, Urlaub zu nehmen. Nicht gebeten, angewiesen. Jack äußerte die Überzeugung, ich sei nach ›den bedauerlichen Unglücksfällen in meiner Familie‹ zu früh an den Schreibtisch zurückgekehrt. Ich erklärte ihm, das sei Unsinn, ich hätte keine Unglücksfälle in der Familie gehabt. ›Sag nur, dass mein Weib und Kind einen faulen Apfel gegessen haben‹, forderte ich ihn auf. ›Sag das, du weißhaariger Rechtsverdreher, denn er war tödlich voll von Käfern.‹ Und dann kamen die Kakerlaken aus seinen Augen und seiner Nase gekrochen. Ein paar kamen unter seiner Zunge hervor und ließen weißen Schleim über sein Kinn tropfen, während sie über seine Unterlippe krochen.

Ich begann zu kreischen. Und ich habe mich auf ihn gestürzt. Wäre der Panikknopf unter seiner Schreibtischplatte nicht gewesen – ich wusste gar nicht, dass der paranoide alte Knabe einen hatte –, hätte ich ihn vielleicht erwürgt. Außerdem konnte er erstaunlich schnell rennen. Ich meine, er ist durchs Büro *gerast*, Edgar. Das muss von all den Jahren auf Golf- und Tennisplätzen gekommen sein.« Er dachte einen Augenblick darüber nach. »Trotzdem hatte ich Wahnsinn und Jugend auf meiner Seite. Als das Kommando hereingestürmt kam, hatte ich ihn bereits zu Boden gerungen. Ein halbes Dutzend Anwälte waren nötig, um mich von ihm zu trennen, und ich habe ihm dabei das Jackett seines Paul-Stuart-Anzugs zerfetzt. An der Rückennaht glatt durchgerissen.« Er schüttelte langsam den Kopf. »Du hättest diesen *hijo de puta* kreischen hören sollen. Und du hättest *mich* hören sollen. Den verrücktesten Scheiß, den du dir vorstellen kannst, inklusive Anschuldigungen – brüllend laut vorgetragen – wegen seiner Vorliebe für Damenunterwäsche. Und wie bei der Sache mit dem Vater des Wachmanns glaube ich fast, dass daran etwas Wahres war. Komisch, was? Und verrückt hin oder her, geschätzter Mitarbeiter hin oder her … damit war meine Karriere bei Findse, Rupfse und Vergisse natürlich beendet.«

»Tut mir leid«, murmelte ich.

»*De nada,* alles zum Besten«, sagte er in geschäftsmäßigem Ton. »Als die Anwälte mich aus seinem völlig demolierten Büro schleppten, hatte ich einen Anfall. Die Mutter aller *Grand Mals*. Hätte nicht zufällig einer der Mitarbeiter eine Ausbildung als Rettungsassistent gehabt, hätte ich dort sterben können. Jedenfalls war ich drei Tage lang bewusstlos. Und he, ich hatte den Schlaf nötig. Seither …«

Er öffnete die Mappe und zog drei Röntgenaufnahmen heraus, die er mir gab. Sie waren nicht so gut wie die Gehirnschnitte, die eine Kernspintomografie lieferte, aber dank meiner eigenen Erfahrung wusste ich als informierter Laie, was ich vor mir hatte.

»Da hast du's, Edgar, eine Sache, von der manche behaupten, es gäbe sie nicht: das Gehirn eines Rechtsanwalts. Hast du auch solche Bilder?«

»Drücken wir's mal so aus: Wenn ich ein Scrapbook damit füllen wollte …«

Er grinste. »Aber wer würde schon ein Scrapbook mit solchen Bildern anlegen wollen? Siehst du das Geschoss?«

»Ja. Du musst die Waffe so gehalten haben …« Ich hob meine Hand und deutete mit dem Zeigefinger ziemlich steil nach unten.

»Das stimmt ungefähr. Und die Treibladung kann nur teilweise gezündet haben. Die Bewegungsenergie hat gerade ausgereicht, um den Schädelknochen zu durchschlagen und die Kugel noch steiler nach unten abzulenken. Sie hat sich in mein Gehirn gebohrt und ist stecken geblieben. Aber zuvor hat sie eine Art … ich weiß nicht, wie ich es beschreiben soll …«

»Eine Art Bugwelle erzeugt?«

Seine Augen leuchteten. »Genau! Obwohl die Struktur des Gehirns eher einer Kalbsleber als Wasser ähnelt.«

»Igitt!«

»Ja, ich weiß. Wireman kann sich eloquent ausdrücken, das gibt er freimütig zu. Das Geschoss hat eine nach unten gerichtete Bugwelle erzeugt, die ein Ödem verursacht und Druck auf den optischen Chiasmus ausgeübt hat. Das ist die visuelle Schaltzentrale des Gehirns. Erkennst du die ganze Pracht all dessen? Ich schieße mich in die Schläfe und bleibe nicht nur am Leben, sondern behalte auch noch die Kugel, die mir *hier* hinten Probleme verursacht.« Er tippte sich auf den Knochensteg über dem rechten Ohr. »Und die Probleme werden schlimmer, weil die Kugel wandert. Sie liegt jetzt mindestens einen Zentimeter tiefer als vor zwei Jahren. Wahrscheinlich mehr. Das musste ich mir nicht von Hadlock oder Principe erzählen lassen müssen, das sehe ich selbst auf diesen Bildern.«

»Dann lass dich operieren, Wireman, lass sie die Kugel rausholen. Jack und ich kümmern uns um Elizabeth, bis du wieder …« Er schüttelte den Kopf. »Nein? Wieso nicht?«

»Sie steckt zu tief drin, als dass sie herausoperiert werden könnte, *amigo*. Deshalb wollte ich auf keinen Fall stationär aufgenommen werden. Glaubst du etwa, ich hätte einen Marlboro-Mann-Komplex? Durchaus nicht. Die Zeiten, in denen ich mir *gewünscht* habe, tot zu sein, liegen hinter mir. Ich trauere weiter um meine Frau und meine Tochter, aber jetzt muss ich Miss Eastlake versorgen, und ich habe Duma Key lieben gelernt. Und auch du bist mir wichtig, Edgar. Ich möchte wissen, wie deine Geschichte ausgeht. Bedaure ich, was ich getan habe? Manchmal *sí*, manchmal *no*. Ist es *sí*, erinnere ich mich daran, dass ich damals nicht der Mann war, der ich heute bin, und dass ich dem damaligen Mann einiges nachsehen muss. Dieser Mann war so verletzt und durcheinander, dass er eigentlich nicht zurechnungsfähig war. Das war mein anderes Leben, und ich versuche, meine damaligen Probleme als … nun … als Geburtsfehler zu sehen.«

»Wireman, das ist bizarr.«

»Wirklich? Denk an deine eigene Situation.«

Ich dachte an meine eigene Situation. Ich war ein Mann, der seine Frau zu erwürgen versucht hatte, aber nichts mehr davon wusste. Ein Mann, der mit einer Puppe in der anderen Hälfte seines Betts schlief. Ich beschloss, meine Ansichten für mich zu behalten.

»Dr. Principe will mich nur stationär aufnehmen, weil ich ein interessanter Fall bin.«

»Das weißt du nicht.«

»Und ob ich das weiß!« Wireman sprach mit unterdrückter Leidenschaft. »Seit meinem Selbstmordversuch bin ich mindestens vier Principes begegnet. Sie sind einander erschreckend ähnlich: brillant, aber distanziert, völlig außerstande, Mitgefühl zu empfinden, eigentlich den Soziopathen, über die John D. MacDonald geschrieben hat, recht ähnlich.

Principe kann mich so wenig operieren wie einen Patienten, der an dieser Stelle einen bösartigen Tumor hätte. Einen Tumor könnten sie wenigstens bestrahlen, aber ein Klumpen Blei reagiert nicht auf Strahlen. Das weiß Principe, aber er ist fasziniert. Und er denkt sich nichts dabei, in mir ein paar falsche Hoffnungen zu erwecken, wenn er mich nur in ein Krankenbett bekommt und mich fragen kann, ob es wehtut, wenn er *hier* drückt. Und später, wenn ich tot bin, kann er vielleicht in einer Fachzeitschrift über mich schreiben. Er kann nach Cancun fliegen und am Strand eisgekühlte Weinschorle trinken.«

»Das klingt sehr hart.«

»Nicht im Vergleich zu Principes Blick – *der* ist hart. Den brauche ich nur zu sehen, dann renne ich weg, so weit ich kann. Was ich eigentlich auch diesmal getan habe.«

Ich schüttelte den Kopf und sprach nicht weiter davon. »Wie sieht also die Prognose aus?«

»Wollen wir nicht lieber weiterfahren? Hier wird's mir langsam unheimlich. Mir ist gerade klar geworden, dass dies die Stelle ist, wo dieser Freak das kleine Mädchen überfallen hat.«

»Das hätte ich dir schon sagen können, als wir auf den Parkplatz gefahren sind.«

»Vielleicht war's besser, dass du's für dich behalten hast.« Er gähnte. »Gott, bin ich müde.«

»Das ist der Stress.« Ich sah nach links und rechts, dann fuhr ich wieder auf den Tamiami Trail hinaus. Ich konnte noch immer kaum glauben, dass ich selbst fuhr, aber langsam gefiel es mir.

»Die Prognose ist nicht gerade rosig. Ich nehme schon jetzt mehr Doxepin und Zonegran, als ein Pferd vertragen würde – das sind Mittel gegen Krämpfe, die bisher ganz gut gewirkt haben, aber ich weiß, dass ich an dem Abend, an dem wir im Zoria's gegessen haben, in Schwierigkeiten war. Ich habe versucht, das zu leugnen, aber du weißt ja, wie man sagt: Das Leugnen hat den Pharao ertränkt, und Moses hat die Kinder Israels in die Freiheit geführt.«

»Äh … das lag wohl eher am Roten Meer. Gibt es andere Medikamente, die du nehmen könntest? Stärkere?«

»Principe hat seinen Rezeptblock geschwenkt, aber er hat mir Neurontin angeboten, und das will ich nicht mal ausprobieren.«

»Wegen deines Jobs.«

»Richtig.«

»Wireman, du nutzt ihr nichts, wenn du blind bist wie ein Maulwurf.«

Für ein, zwei Minuten gab er keine Antwort. Die Straße, auf der um diese Zeit kaum Verkehr herrschte, spulte sich vor meinen Scheinwerfern ab. Dann sagte er: »Blindheit dürfte bald das geringste meiner Probleme sein.«

Ich riskierte einen Blick zu ihm hinüber. »Diese Sache könnte dich umbringen, meinst du?«

»Ja.« Er sprach mit einer Nüchternheit, die sehr überzeugend war. »Und, Edgar?«

»Was?«

»Bevor es so weit ist und solange ich noch ein gutes linkes Auge habe, möchte ich mir gerne noch mehr von deinen Bildern ansehen. Auch Miss Eastlake würde gern welche sehen. Sie hat mich gebeten, dich zu fragen. Du kannst den Wagen benutzen, um sie zum *Palacio* zu bringen – anscheinend kommst du damit glänzend zurecht.«

Die Abzweigung nach Duma Key lag vor uns. Ich setzte den Blinker.

»Ich will dir erzählen, was ich manchmal denke«, sagte

er. »Ich denke, dass diese fabelhafte Glückssträhne, die ich in letzter Zeit gehabt habe, irgendwann aufhören und sich ins Gegenteil verkehren muss. Dafür gibt es keinerlei statistischen Grund, aber der Gedanke ist irgendwie tröstlich. Verstehst du?«

»Nur zu gut«, sagte ich. »Und, Wireman?«

»Noch immer anwesend, *muchacho*.«

»Du liebst Duma Key, aber du denkst auch, dass irgendwas damit nicht in Ordnung ist. Was hat es mit der Insel auf sich?«

»Ich weiß nicht genau, was es ist, aber es ist irgendwas. Meinst du nicht auch?«

»Allerdings meine ich das. Als Ilse und ich versucht haben, der Straße zu folgen, ist uns beiden schlecht geworden. Ihr mehr als mir.«

»Und den Geschichten nach, die ich gehört habe, war sie nicht die Einzige.«

»Es gibt tatsächlich Geschichten?«

»O ja. Die Strände sind in Ordnung, aber das Innere der Insel …« Er schüttelte den Kopf. »Ich denke, es könnte irgendeine Verunreinigung des Grundwassers sein. Das gleiche Irgendwas, das die Vegetation in einem Klima, in dem man jeden Rasen bewässern muss, damit er nicht verdorrt, so üppig wuchern lässt. Ich weiß es nicht. Aber am besten hält man sich davon fern. Ich glaube, dass das besonders für junge Damen ratsam ist, die irgendwann Kinder haben möchten. Solche ohne Missbildungen.«

Das war eine hässliche Idee, auf die ich bisher nicht gekommen war. Den restlichen Weg legte ich schweigend zurück.

IX Hier geht es um Erinnerungen, und aus jenem Winter stehen mir nur wenige so deutlich vor Augen wie die an unsere Ankunft im *Palacio* an diesem Februarabend. Die beiden Flügel des schmiedeeisernen Tors standen offen. Wie an dem Tag, an dem Ilse und ich zu unserer fehlgeschlagenen Expedition nach Süden aufgebrochen waren, saß Elizabeth Eastlake in ihrem Rollstuhl zwischen ihnen. Diesmal ohne die Harpunenpistole, aber wieder in dem zweiteiligen Sweatsuit (heute mit etwas darüber, das ein altes Schuljackett zu sein schien) und mit ihren großen Sneakers – die im Scheinwerferlicht des Malibu nicht blau, sondern schwarz aussahen – auf den verchromten Fußstützen. Neben ihr stand ihr Gehwägelchen, und neben ihrer Gehhilfe stand Jack Cantori mit einer Taschenlampe in der Hand.

Als sie den Wagen kommen sah, versuchte sie aufzustehen. Jack wollte sie anfangs daran hindern. Aber als er sah, dass sie es ernst meinte, legte er die Taschenlampe auf die Pflastersteine und half ihr. Ich hatte kaum neben dem Tor geparkt, als Wireman bereits seine Tür öffnete. Die Scheinwerfer des Malibu beleuchteten Jack und Elizabeth wie Schauspieler auf einer Bühne. »Nein, Miss Eastlake!«, rief Wireman. »Nein, versuchen Sie nicht, aufzustehen! Ich schiebe Sie wieder rein!«

Sie achtete nicht auf ihn. Jack begleitete sie zu ihrem Gehwägelchen – oder sie führte ihn hin –, und sie umfasste beide Griffe. Dann begann sie auf das Auto zuzustampfen. Unterdessen mühte ich mich ab, hinter dem Lenkrad hervorzukommen, wobei ich wie immer mit meiner schlimmen Hüfte zu kämpfen hatte. Ich stand neben der Motorhaube, als sie die Gehhilfe zur Seite schob und Wireman die Arme entgegenstreckte. Das Fleisch über den Ellbogen war schlaff und wie abgestorben, im Scheinwerferlicht teigig blass, aber sie stand mit gespreizten Beinen und sicher da. Eine Brise voll nächtlicher Düfte wehte ihr Haar zurück, und ich war nicht im Geringsten überrascht, an ihrer rechten Kopfseite eine Vertiefung – eine sehr alte Narbe – zu sehen. Ihre Narbe hätte fast ein Zwilling meiner eigenen sein können.

Wireman kam um die offene Beifahrertür herum und blieb sekundenlang unschlüssig stehen. Ich glaube, er überlegte, ob er sich noch trösten lassen konnte, statt selbst Trost zu spenden. Dann bewegte er sich in einem bärenartigen, schlurfenden Trott mit gesenktem Kopf auf sie zu, sodass die langen Haare seine Ohren verbargen und seine Wangen streiften. Elizabeth schloss ihn in die Arme und zog seinen Kopf an ihren beträchtlichen Busen. Dabei schwankte sie einen Augenblick, sodass ich besorgt war, aber dann fing sie sich wieder, und ich sah, wie ihre knotigen, von Arthritis verkrümmten Hände seinen Rücken, der jetzt heftig bebte, zu reiben begannen.

Ihre Augen sahen mir entgegen, als ich etwas verunsichert auf die beiden zuging. Sie waren völlig klar. Dies war nicht die Frau, die gefragt hatte, wann der Zug komme, und darüber geklagt hatte, dass sie so beschissen konfus sei. Ihre Schalter standen sämtlich auf EIN. Zumindest vorläufig.

»Danke, wir kommen zurecht«, sagte sie. »Sie können heimfahren, Edgar.«

»Aber …«

»Wir kommen zurecht.« Ihre verkrümmten Finger rieben seinen Rücken. Rieben ihn unendlich zärtlich. »Wireman schiebt mich hinein. In ein, zwei Minuten. Nicht wahr, Wireman?«

Er nickte an ihrer Brust, ohne den Kopf zu heben oder einen Laut von sich zu geben.

Ich überlegte, dann beschloss ich, ihrem Wunsch zu entsprechen. »Also schön. Gute Nacht, Elizabeth. Gute Nacht, Wireman. Komm, Jack, wir fahren.«

Unter den Griffen der Gehhilfe befand sich ein Ablagefach. Jack legte die Taschenlampe hinein, warf einen Blick auf Wireman – der noch immer dastand und seinen Kopf am Busen der alten Frau verbarg – und ging zur offenen Beifahrertür meines Wagens. »Gut Nacht, Ma'am.«

»Gute Nacht, junger Mann. Sie sind ein ungeduldiger Parcheesi-Spieler, aber Sie haben Potenzial. Und, Edgar?« Sie betrachtete mich gelassen über Wiremans gesenkten Kopf, über seinen bebenden Rücken hinweg. »Das Wasser fließt jetzt rascher. Bald kommen Stromschnellen. Spüren Sie das?«

»Ja«, sagte ich. Ich wusste nicht, wovon sie sprach. Ich wusste *genau*, wovon sie sprach.

»Bleiben Sie. Bitte bleiben Sie unbedingt auf der Insel. Wir brauchen Sie. *Ich* brauche Sie, und Duma Key braucht Sie. Denken Sie daran, dass ich das gesagt habe, wenn ich … wieder im Nebel versinke.«

»Das tue ich.«

»Suchen Sie Nan Meldas Picknickkorb. Er ist auf dem Dachboden, da bin ich ziemlich sicher. Er ist rot. Sie finden ihn bestimmt. Da sind sie drin.«

»Was denn, Elizabeth?«

Sie nickte. »Gute Nacht, Edward.«

Und das sagte mir auf einfache Weise, dass das Versinken aufs Neue begonnen hatte. Aber Wireman würde sie ins Haus bringen, dessen war ich mir sicher. Wireman würde sich um sie kümmern. Aber bis er das wieder konnte, würde Elizabeth für sie beide sorgen. Ich ließ sie auf dem Pflaster unter dem Torbogen stehend zurück: zwischen Gehwägelchen und

Rollstuhl, sie mit um ihn gelegten Armen, er mit dem Kopf an ihrer Brust. Dieses Bild steht mir klar vor Augen.

Klar.

X

Ich war von dem Stress des Autofahrens erschöpft – und auch davon, dass ich nach so langer Einsamkeit den Tag unter so vielen Leuten verbracht hatte –, aber die Vorstellung, ich könnte mich hinlegen oder gar schlafen, war undenkbar. Ich öffnete meine E-Mails und fand Nachrichten von meinen beiden Töchtern. Melinda hatte sich in Paris eine Halsentzündung zugezogen und nahm sie wie alle Krankheiten – persönlich. Ilse schickte mir einen Link zur Zeitung *Citizen-Times* in Asheville, North Carolina. Ich klickte ihn an und fand eine euphorische Besprechung des Konzerts der Hummingbirds, die in der First Baptist Church aufgetreten waren und die Gemeinde dazu gebracht hatten, halleluja zu rufen. Illustriert war der Jubelartikel mit einem Foto, auf dem Carson Jones und eine bildhübsche Blondine mit singend geöffneten Mündern und einander in die Augen blickend vor dem Chor standen. **Carson Jones und Bridget Andreisson bei dem Duett »How Great Thou Art«** lautete die Bildunterschrift. Hmmm. Mein If-So-Girl hatte geschrieben: »Ich bin kein bisschen eifersüchtig.« Ein doppeltes Hmmmm.

Ich machte mir ein Mortadella-Käse-Sandwich (selbst nach einem Vierteljahr auf Duma Key hatte ich Mortadella noch nicht satt), dann ging ich nach oben. Sah mir die *Mädchen mit Schiff*-Bilder an, die in Wirklichkeit *Ilse mit Schiff* hießen. Dachte daran, dass Wireman mich gefragt hatte, was ich zurzeit malte. Dachte an die lange Nachricht, die Elizabeth auf *meinen* Anrufbeantworter gesprochen hatte. An ihren besorgten Tonfall. Und sie hatte gesagt, ich müsse Vorsichtsmaßnahmen treffen.

Ich fasste einen plötzlichen Entschluss und lief so rasch die Treppe hinunter, wie ich, ohne zu stürzen, konnte.

XI

Anders als Wireman schleppte ich meine dicke alte Geldbörse von Lord Buxton nicht mit mir herum; ich steckte meistens eine Kreditkarte, meinen Führerschein und ein paar zusammengefaltete Geldscheine in meine Hemdtasche und ließ es dabei bewenden. Die Geldbörse lag im Wohnzimmer in einer Schreibtischschublade. Ich nahm sie heraus, blätterte die Geschäftskarten durch und fand die, auf der in erhabenen Goldbuchstaben **SCOTO GALLERY** stand. Wie erwartet hörte ich die nach Geschäftsschluss übliche Ansage. Als Dario Nannuzzi seinen kurzen Text aufgesagt hatte und der Piepton erklungen war, sagte ich: »Hallo, Mr. Nannuzzi, hier ist Edgar Freemantle aus Duma Key. Ich bin der …« Ich machte eine kurze Pause, weil ich *Kerl* hatte sagen wollen, aber genau wusste, dass ich für ihn etwas anderes war. »Ich bin der Künstler, der Sonnenuntergänge mit großen Muscheln, Pflanzen und sonstigen Dingen davor malt. Sie haben davon gesprochen, möglicherweise meine Werke auszustellen. Sollten Sie noch daran interessiert sein, rufen Sie mich bitte an?« Ich sprach noch meine Telefonnummer aufs Band und legte auf, inzwischen fühlte ich mich ein wenig besser. Zumindest hatte ich das Gefühl, etwas getan zu haben.

Ich holte mir ein Bier aus dem Kühlschrank und stellte den Fernseher an, weil ich hoffte, auf HBO einen Film zu finden, den es sich anzusehen lohnte, bevor ich zu Bett ging. Die Muscheln unter dem Haus machten angenehm einschläfernde Laute; heute Abend klang ihre Unterhaltung zivilisiert und gedämpft.

Übertönt wurde sie von der Stimme eines Mannes, der in einem Dickicht aus Mikrofonen stand. Der Sender war Channel 6, und der gegenwärtige Star war Candy Browns Pflichtverteidiger. Die hier wiederholte Pressekonferenz musste er ungefähr zu dem Zeitpunkt gehalten haben, als Wireman sich den Kopf hatte untersuchen lassen. Der Verteidiger schien Anfang fünfzig zu sein und trug sein Haar zu einem Anwaltspferdeschwanz zusammengefasst, aber sein Auftreten hatte nichts Proformahaftes an sich. Er wirkte und sprach *engagiert*. Er erzählte den Reportern, sein Mandant werde wegen Geistesgestörtheit auf »nicht schuldig« plädieren.

Er sagte, Mr. Brown sei drogenabhängig, pornosüchtig, sexbesessen und schizophren. Nichts davon, dass er Eiscreme und *Now That's What I Call Music*-Samplern nicht widerstehen könne, aber natürlich waren die Geschworenen noch nicht ausgewählt. Außer dem Mikrofon von Channel 6 sah ich die Logos von NBC, CBS, ABC, Fox und CNN. Solche Berichterstattung hätte Tina Garibaldi nicht bekommen, wenn sie einen Buchstabier- oder Vorlesewettbewerb gewonnen hätte, nicht einmal, wenn sie den Familienhund aus einem tosenden Fluss gerettet hätte, aber lass dich vergewaltigen und ermorden, dann erfährt ganz Amerika von dir, Schätzchen. Jeder weiß, dass der Killer deinen Slip in seiner Kommode hatte.

»Seine Abhängigkeiten sind ehrlich erworben«, sagte

der Verteidiger. »Seine Mutter und seine beiden Stiefväter waren Drogenabhängige. Seine Kindheit war eine Schreckenszeit, in der er systematisch geschlagen und sexuell missbraucht wurde. Er war mehrfach in einer Nervenklinik. Seine Ehefrau hat ein gutes Herz, ist aber selbst geistig behindert. Er hätte eigentlich nie frei herumlaufen dürfen.«

Er sah in die Kameras.

»Dieses Verbrechen ist Sarasota anzulasten, nicht George Brown. Ich habe größtes Mitleid mit den Garibaldis, ich weine mit den Garibaldis …« Er hob sein tränenloses Gesicht in die Kameras, als wollte er das irgendwie beweisen. »… aber George Brown oben in Starke hinzurichten macht Tina Garibaldi nicht wieder lebendig und repariert auch nicht das kaputte System, das diesen kaputten Menschen unbeaufsichtigt hat herumlaufen lassen. Das war mein Statement, danke fürs Zuhören, und wenn Sie mich jetzt bitte entschuldigen …«

Er wandte sich ab, ohne auf die ihm zugerufenen Reporterfragen einzugehen, und es wäre vielleicht alles normal weitergelaufen – oder zumindest anders –, wenn ich in diesem Augenblick den Fernseher ausgeschaltet oder das Programm gewechselt hätte. Aber das tat ich nicht. Stattdessen hörte ich zu, wie der Moderator von Channel 6 im Studio sagte: »Royal Bonnier, ein juristischer Kreuzritter, der schon ein halbes Dutzend angeblich aussichtsloser *Pro bono*-Fälle gewonnen hat, will unbedingt verhindern, dass das folgende Video einer Überwachungskamera hinter Bealls Department Store vor Gericht als Beweismittel zugelassen wird.«

Und damit fing das verdammte Ding wieder an. Die Kleine durchquert das Bild mit ihrem Rucksack auf dem Rücken von rechts nach links. Brown taucht aus der Ladebucht auf und ergreift ihr Handgelenk. Sie sieht zu ihm auf und scheint ihn etwas zu fragen. Und dies war der Augenblick, in dem das Jucken wie ein ganzer Bienenschwarm über meinen fehlenden Arm herfiel.

Ich schrie auf – vor Überraschung ebenso wie vor Schmerzen –, fiel zu Boden, riss dabei meinen Sandwichteller und die Fernbedienung mit und kratzte wie wild, was nicht mehr da war. Oder was ich nicht erreichen konnte. Ich hörte mich laut flehen, es solle aufhören, *bitte* aufhören. Aber es gab natürlich nur *ein* Mittel, um dieses Jucken zu stoppen. Ich richtete mich kniend auf, kroch zur Treppe und registrierte ein Knirschen, als ein Knie auf der Fernbedienung landete und sie zerquetschte, aber erst noch den Sender wechselte. Auf CMT: Country Music Television. Alan Jackson sang von Mord in der Music Row. Auf meinem Weg die Treppe hinauf krallte ich zweimal nach dem Treppengeländer – so sehr war meine rechte Hand *da*. Ich konnte tatsächlich die schweißnasse Hand auf dem Holz quietschen hören, bevor sie wie durch Rauch hindurchging.

Irgendwie schaffte ich es bis nach oben und rappelte mich auf. Ich kippte alle Lichtschalter auf einmal mit dem Unterarm nach oben und stolperte wie bescheuert an meine Staffelei. Auf ihr stand ein halb fertiges Bild aus der Serie *Mädchen mit Schiff*. Ich riss es von der Staffelei, ohne es auch nur anzusehen, und knallte stattdessen eine frische Leinwand darauf. Ich atmete mit heißen kleinen Stöhnlauten. Schweiß sickerte mir aus den Haaren. Ich warf mir einen Mallappen über die Schulter, wie ich es früher mit Handtüchern getan hatte, wenn ich die Mädchen als Säuglinge ein Bäuerchen hatte machen lassen. Ich nahm einen Pinsel zwischen die Zähne, steckte mir einen zweiten hinters Ohr, wollte nach einem dritten greifen und nahm dann doch lieber einen Bleistift. Sobald ich anfing zu zeichnen, flaute das grässliche Jucken in meinem Arm ab. Um Mitternacht war das Bild fertig, das Jucken verschwunden. Nur war dies nicht irgendein Gemälde; es war *das* Bild, und es war gut, auch wenn ich das selbst sage. Und das tue ich. Ich war wirklich ein talentierter Hundesohn. Das Bild zeigte Candy Brown, der Tina Garibaldis Handgelenk umklammert hielt. Es zeigte Tina, die zu ihm aufsah, ihre dunklen Augen schrecklich in ihrer Unschuld. Ich hatte ihren Ausdruck so perfekt eingefangen, dass ihre Eltern nach einem einzigen Blick auf das fertige Produkt würden Selbstmord begehen wollen. Aber ihre Eltern würden es niemals zu Gesicht bekommen.

Nein, nicht dieses.

Mein Gemälde war eine fast exakte Kopie des Fotos, das alle Zeitungen Floridas, vermutlich die meisten Zeitungen Amerikas, seit dem 15. Februar mindestens einmal gebracht hatten. Allerdings gab es einen wichtigen Unterschied. Dario Nannuzzi hätte ihn bestimmt als eine Art Markenzeichen gesehen – Edgar Freemantle, der Vertreter der naiven Kunst, der tapfer gegen das Klischee ankämpfte und sich bemühte, Candy und Tina, dieses vom Teufel zusammengeführte Paar, neu zu erfinden –, aber auch Nannuzzi würde dieses Gemälde nie zu sehen bekommen.

Ich steckte meine Pinsel in die Mayonnaisegläser zurück. Ich war bis zum Ellbogen hinauf (und die ganze linke Gesichtshälfte hinunter) mit Farbe verschmiert, aber ich verschwendete keinen Gedanken darauf, mich zu säubern.

Ich war zu hungrig.

Es gab Rinderhack, aber das war nicht aufgetaut. Dito

der kalte Braten, den Jack mir letzte Woche von Morton's mitgebracht hatte. Und der Rest meines gegenwärtigen Mortadellavorrats war mein Abendessen gewesen. Ich fand jedoch eine ungeöffnete Packung Special K mit Früchten und Joghurt. Ich fing an, etwas davon in eine Glasschale für Frühstücksflocken zu kippen, aber bei meinem augenblicklichen Heißhunger sah die Schale nicht größer als ein Fingerhut aus. Ich stieß sie so heftig beiseite, dass sie vom Brotkasten abprallte, holte stattdessen aus dem Schrank über dem Herd eine Teigschüssel und kippte die ganze Packung hinein. Ich schwemmte das Zeug mit einem halben Liter Milch auf, fügte sieben oder acht gehäufte Teelöffel Zucker hinzu und schaufelte das Ganze in mich hinein, wobei ich nur eine Pause machte, um Milch nachzugießen. Ich aß alles auf, schleppte mich dann ins Bett und machte unterwegs beim Fernseher halt, um den gerade singenden Stadtcowboy zum Schweigen zu bringen. Ich fiel schräg über die Tagesdecke und fand mich von Angesicht zu Angesicht mit Reba wieder, während die Muscheln unter dem Big Pink Tina Garibaldis Namen murmelten.

Was hast du getan?, fragte Reba. *Was hast du diesmal getan, du böser Mann?*

Ich versuchte »Nichts« zu sagen, aber ich schlief ein, bevor ich das Wort herausbrachte. Und außerdem ... wusste ich es besser.

XII

Das Telefon weckte mich. Beim zweiten Versuch schaffte ich es, den richtigen Knopf zu drücken, und murmelte etwas, das vage wie Hallo klang.

»*Muchacho,* wach auf und komm zum Frühstück!«, rief Wireman. »Steak und Eier! Es gibt was zu feiern!« Er machte eine Pause. »Zumindest ich feiere. Miss Eastlake steckt wieder im Nebel.«

»Was gibt's zu …« Dann fiel es mir ein, das Einzige, was infrage kam, und ich setzte mich so ruckartig auf, dass Reba zu Boden purzelte. »Kannst du wieder sehen?«

»So gut ist es nicht, fürchte ich, aber es ist trotzdem gut. Es ist etwas, das ganz Sarasota feiern kann. Candy Brown, *amigo*. Die Wärter, die morgens ihre Schäfchen zählen, haben ihn tot in seiner Zelle gefunden.«

Einen Augenblick lang zuckte dieses Jucken meinen Arm hinunter, und es war rot.

»Was sagen sie?«, hörte ich mich fragen. »Selbstmord?«

»Weiß nicht, aber in beiden Fällen – Selbstmord oder natürliche Ursache – hat er dem Staat Florida eine Menge Geld und den Eltern den Kummer einer Gerichtsverhandlung erspart. Komm rüber, dann lassen wir einen Schampuskorken knallen, was hältst du davon?«

»Ich muss mich nur noch anziehen«, sagte ich. »Und mich waschen.« Ich betrachtete meinen linken Arm. »Ich war lange auf.«

»Und hast gemalt?«

»Nein, Pamela Anderson gebumst.«

»Du hast eine betrüblich eingeschränkte Fantasie, Edgar. Ich habe es letzte Nacht mit der Venus von Milo getrieben, und sie hatte *Arme*. Lass dir nicht zu lange Zeit. Wie magst du deine *huevos?*«

»Oh. Als Rührei. Ich bin in einer halben Stunde da.«

»Das reicht. Ich muss sagen, dass meine Nachrichten dich anscheinend nicht sehr elektrisiert haben.«

»Ich versuche noch, aufzuwachen. Alles in allem bin ich sehr froh, dass er tot ist.«

»Zieh eine Nummer und stell dich an«, sagte er, bevor er auflegte.

XIII

Weil die Fernbedienung ruiniert war, musste ich den Fernseher manuell einstellen – eine veraltete Fähigkeit, die ich aber noch beherrschte, wie sich zeigte. Auf Channel 6 war *Tina, nichts als Tina* durch eine neue Show abgelöst worden: *Candy, nichts als Candy*. Ich drehte den Ton ohrenbetäubend laut auf und hörte zu, während ich mir die Farbe abschrubbte.

George »Candy« Brown schien im Schlaf gestorben zu sein. Ein Wärter, der interviewt wurde, sagte: »Der Kerl war der lauteste Schnarcher, den wir je hatten – wir haben manchmal Witze darüber gemacht, dass die Insassen ihn allein dafür abgemurkst hätten, wenn er nicht in Einzelhaft gesessen hätte.« Ein Arzt sagte, das klinge nach einer Schlafapnoe, und vermutete, Brown sei an einer dadurch ausgelösten Komplikation gestorben. Er sagte, solche Todesfälle seien bei Erwachsenen selten, aber keineswegs gänzlich unbekannt.

Schlafapnoe klang gut, fand ich, trotzdem tippte ich eher auf die Komplikation. Als die meiste Farbe abgewaschen war, stieg ich die Treppe zum Little Pink hinauf, um mir *das* Bild in meiner Version bei hellem Morgenlicht anzusehen. Ich erwartete nicht, dass es so gut sein würde, wie ich geglaubt hatte, als ich nach unten gestolpert war, um eine ganze Packung Frühstücksflocken zu verschlingen – das konnte es nicht sein, wenn man bedachte, wie rasend schnell ich gearbeitet hatte.

Aber das war es. Da war Tina in Jeans und einem sauberen rosa T-Shirt, die ihren kleinen Rucksack auf dem Rücken trug. Da war Candy Brown, ebenfalls in Jeans, mit der Hand auf ihrem Handgelenk. Ihr nach oben gerichteter Blick begegnete seinem, und ihre Lippen waren leicht geöffnet, als sei sie im Begriff, eine Frage zu stellen – wobei *Was wollen Sie, Mister?* die wahrscheinlichste war. Seine Augen sahen auf sie herab, und sie waren voller finsterer Absichten, aber sein restliches Gesicht war völlig ausdruckslos, denn der Rest seines Gesichts fehlte. Ich hatte ihn ohne Mund und Nase gemalt.

Meine Version von Candy Browns Gesicht war unterhalb der Augen eine einzige ebene Fläche.

10

Das Champagnerglas Ruhm

I

Ich hatte das Flugzeug hierher nach Florida mit einem schweren Dufflecoat bestiegen, und ich trug ihn an diesem Morgen, als ich den Strand vom Big Pink zum *Palacio de Asesinos* entlanghinkte. Es war kalt, und vom Golf her, dessen Wasser unter dem leeren Himmel wie zerbrochener Stahl aussah, wehte eine steife Brise. Hätte ich gewusst, dass dies der letzte kalte Tag war, den ich auf Duma Key erleben würde, hätte ich ihn vielleicht genossen … aber vielleicht doch nicht. Ich hatte kein Talent mehr dafür, Kälte freudig zu ertragen.

Jedenfalls wusste ich kaum, wo ich war. Ich hatte meinen Sammelbeutel über der Schulter hängen, weil es mir zur zweiten Natur geworden war, ihn zu Strandwanderungen mitzunehmen, aber ich steckte keine einzige Muschel, kein einziges Stück Treibgut hinein. Ich stapfte einfach durch den Sand, schwang mein schlimmes Bein, ohne es wirklich zu spüren, hörte den Wind an meinen Ohren vorbeipfeifen, ohne ihn richtig wahrzunehmen, und beobachtete die in der Brandung herumflitzenden Piepser, ohne sie wirklich zu sehen.

Ich dachte: *Ich habe ihn so sicher umgebracht wie Monica Goldsteins Hund. Ich weiß, das klingt schwachsinnig, aber …*

Nur dass es *nicht* nach Schwachsinn klang. Es war *kein* Schwachsinn.

Ich hatte seine Atmung gestoppt.

II Auf der Südseite des *Palacio* gab es einen verglasten Wintergarten. In einer Richtung hatte man das Gewirr aus tropischer Vegetation im Blick, in der anderen das wogende metallische Blau des Golfs. Hier saß Elizabeth mit einem vor sich befestigten Frühstückstablett in ihrem Rollstuhl. Zum ersten Mal, seit ich sie kennengelernt hatte, war sie mit einem Gurt fixiert. Das Tablett, auf dem Rühreibrocken und Toaststückchen lagen, sah aus, als hätte hier ein Kleinkind gefrühstückt. Wireman hatte ihr aus einem Trinkbecher Orangensaft eingeflößt. Der kleine Tischfernseher in der Ecke war auf Channel 6 eingestellt, der weiter *Candy, nichts als Candy* brachte. Er war tot, und Channel 6 geilte sich an seiner Leiche auf. Candy hatte zweifellos nichts Besseres verdient, aber das war trotzdem gruselig.

»Ich glaube, sie ist fertig«, sagte Wireman, »aber vielleicht leistest du ihr ein bisschen Gesellschaft, während ich dir Rührei mache und den Toast anbrennen lasse.«

»Gern, aber du brauchst dir meinetwegen keine Umstände zu machen. Ich habe lange gearbeitet und danach einen Bissen gegessen.« Einen Bissen. Klar. Beim Hinausgehen hatte ich die leere Teigschüssel im Ausguss stehen gesehen.

»Das macht keine Umstände. Wie geht's dir heute Morgen mit dem Bein?«

»Nicht schlecht.« Das stimmte sogar. *»Et tu, Brute?«*

»Ganz gut, danke.« Aber er sah müde aus; sein blutunterlaufenes linkes Auge tränte weiter vor sich hin.

Elizabeth war fast völlig weggetreten. Als ich ihr den Trinkbecher hinhielt, nahm sie einen kleinen Schluck und wandte dann den Kopf ab. Im unversöhnlich klaren Winterlicht sah ihr Gesicht uralt und verwirrt aus. Wir bildeten ein bemerkenswertes Trio, fand ich: die senile Frau, der Exanwalt mit der Kugel im Gehirn und der amputierte Exbauunternehmer. Alle mit Kriegsnarben an der rechten Kopfseite. Im Fernsehen forderte Candy Browns Anwalt – jetzt sein Exanwalt, sagte ich mir – eine genaue Untersuchung der Todesumstände. In diesem Punkt sprach Elizabeth vielleicht für die ganze Sarasota County, indem sie die Augen schloss, nach vorn gegen den Haltegurt sackte, der ihren beträchtlichen Busen hochdrückte, und einschlief.

Wireman kam mit Rührei für uns beide zurück, und ich aß mit überraschendem Appetit. Elizabeth begann zu schnarchen. Eines stand fest: Falls sie unter Schlafapnoe litt, würde sie nicht jung sterben.

»Hast eine Stelle am Ohr übersehen, *muchacho*«, sagte Wireman und tippte sich mit der Gabel ans eigene Ohr.

»Hä?«

»Farbe. An deinem Lauscher.«

»O ja«, sagte ich. »Die kann ich jetzt wieder tagelang überall abschrubben. Ich hab ganz schön damit rumgespritzt.«

»Was hast du denn mitten in der Nacht gemalt?«

»Darüber möchte ich jetzt nicht sprechen.«

Er zuckte mit den Schultern und nickte. »Die Künstlersache kommt langsam in Gang. Der Groove.«

»Komm mir nicht so.«

»Es steht nicht gut zwischen uns, wenn ich Respekt äußere und du Sarkasmus hörst.«

»Sorry.«

Er winkte ab. »Iss deine *huevos*. Damit du groß und stark wie Wireman wirst.«

Ich aß meine *huevos*. Elizabeth schnarchte. Der Fernseher schwatzte. In der elektronischen Ringmitte war jetzt Tina Garibaldis Tante, eine junge Frau, kaum älter als meine Tochter Melinda. Sie sagte, Gott habe eingesehen, dass der Staat Florida zu langsam sein werde, und »dieses Monster« selbst bestraft. Ich dachte: *Recht hast du,* muchacha, *nur war es nicht Gott.*

»Stell diesen Scheißkarneval ab«, sagte ich.

Er schaltete den Fernseher aus, dann wandte er sich aufmerksam mir zu.

»Vielleicht hast du mit der Künstlersache recht. Ich habe beschlossen, meine Bilder in der Scoto auszustellen, wenn dieser Nannuzzi sie noch zeigen will.«

Wireman lächelte und applaudierte, allerdings leise, damit Elizabeth nicht aufwachte. »Ausgezeichnet! Edgar greift nach dem Champagnerglas Ruhm. Und warum auch nicht? Warum zum Teufel nicht?«

»Ich greife nach keinem Champagnerirgendwas«, widersprach ich und fragte mich, ob das ganz stimmte. »Aber würdest du lange genug aus dem Ruhestand zurückkommen, um dir den Vertrag anzusehen, falls sie mir einen anbieten?«

Sein Lächeln verblasste. »Gern, wenn ich noch da bin, aber ich weiß nicht, wie lange ich noch da sein werde.« Er sah meinen Gesichtsausdruck und hob eine Hand. »Ich spiele noch nicht den Trauermarsch, aber frag dich mal Folgendes, *mi amigo:* Bin ich noch der richtige Mann, um für Miss Eastlake zu sorgen? In meiner jetzigen Verfassung?«

Und weil das eine verzwickte Geschichte war, mit der ich mich nicht beschäftigen wollte – nicht an diesem Morgen –, fragte ich: »Wie bist du überhaupt zu diesem Job gekommen?«

»Ist das wichtig?«

»Vielleicht«, sagte ich.

Ich dachte daran, wie ich meinen Aufenthalt auf Duma Key mit einer Annahme begonnen hatte – dass ich mir diesen Ort selbst ausgesucht hatte –, nur um zu der Überzeugung zu gelangen, dass er vielleicht mich ausgewählt hatte. Ich hatte mich sogar gefragt, meistens im Bett liegend und dem Flüstern der Muscheln lauschend, ob mein Unfall wirklich ein Unfall gewesen war. Natürlich war er einer gewesen, es musste einer gewesen sein, aber es war trotzdem einfach, Parallelen zwischen meinem Unfall und dem von Julia Wireman zu sehen. Bei mir war's der Kran gewesen, bei ihr ein Fahrzeug der Straßenreinigung. Andererseits gab es natürlich Leute – Menschen, die auf den meisten Gebieten normal funktionierten –, die einem erzählten, sie hätten das Gesicht Jesu auf einem Taco gesehen.

»Nun«, sagte er, »falls du eine weitere lange Geschichte erwartest, vergiss es. Es braucht viel, damit mir die Lust vergeht, Geschichten zu erzählen, aber im Augenblick ist der Brunnen fast trocken.« Er betrachtete Elizabeth missmutig. Und vielleicht mit einer Andeutung von Neid. »Ich habe letzte Nacht nicht sehr gut geschlafen.«

»Gut, dann die Kurzfassung.«

Er zuckte mit den Schultern. Seine fiebrige Gutgelauntheit fiel zusammen wie Schaum in einem Bierglas. Seine breiten Schultern sackten nach vorn, sodass sein Brustkorb eingesunken aussah.

»Nachdem Jack Fineham mich in ›Zwangsurlaub‹ geschickt hatte, kam ich zu dem Schluss, dass Tampa eine ganz vernünftige Disney-World-Variante war. Doch kaum kam ich dort an, war mir sterbenslangweilig.«

»Kann ich mir vorstellen«, sagte ich.

»Außerdem hatte ich das Gefühl, eine Art Wiedergutmachung leisten zu müssen. Ich wollte nicht nach Darfur oder nach New Orleans oder in irgendeiner kostenlosen Rechtsberatung für Arme arbeiten, obwohl ich auch daran gedacht habe. Ich hatte das Gefühl, irgendwo sprängen die kleinen Zahlenkugeln vielleicht noch auf und ab und eine warte darauf, ins Fallrohr zu gelangen. Die letzte Zahl.«

»O ja«, sagte ich. Ein kalter Finger berührte mein Genick. Nur ganz leicht. »Noch eine Zahl. Dieses Gefühl kenne ich.«

»*Sí, señor,* ich weiß. Sie wartet darauf, Gutes zu tun, die Bilanz wieder auszugleichen. Weil ich das Gefühl hatte, sie habe es nötig, ausgeglichen zu werden. Und dann habe ich eines Tages eine Anzeige in der *Tampa Tribune* gelesen. ›Gesucht: Betreuer für ältere Dame und Verwalter für mehrere hochklassige Ferienhäuser auf einer Insel. Bewerber muss Lebenslauf und Referenzen vorlegen, die dem ausgezeichneten Gehalt plus Sozialleistungen entsprechen. Dies ist eine anspruchsvolle Aufgabe, die für die richtige Person befriedigend sein kann. Finanzielle Absicherung notwendig.‹ Nun, ich war finanziell abgesichert, und mir gefiel der Tenor dieser Anzeige. Ich habe mich Miss Eastlakes Anwalt vorgestellt. Er hat mir erzählt, das Ehepaar, das die Position bisher innegehabt habe, sei nach New England zurückgerufen worden, weil seine oder ihre Eltern einen schrecklichen Unfall erlitten hätten.«

»Und du hast den Job bekommen. Was war mit …« Ich deutete auf seine Schläfe.

»Er war im Zweifel – hat sich vermutlich gefragt, wieso ein Anwalt aus Omaha ein Jahr damit verbringen wollen würde, eine alte Dame zu Bett zu bringen und an den Türen von Häusern zu rütteln, die ohnehin die meiste Zeit leer stehen –, aber Miss Eastlake …« Er streckte eine Hand aus und streichelte ihre knotige Rechte. »Wir haben uns auf Anhieb verstanden, nicht wahr, meine Liebe?«

Sie schnarchte nur, aber ich sah den Ausdruck auf Wiremans Gesicht und spürte diesen kalten Finger wieder im Genick, diesmal etwas nachdrücklicher. Ich fühlte und wusste: Wir drei waren hier, weil etwas uns hier haben wollte. Mein Wissen beruhte nicht auf der Art Logik, mit der ich aufgewachsen war und mit der ich meine Firma aufgebaut hatte, aber das war in Ordnung. Hier auf Duma Key war ich ein anderer Mensch, und die einzige Logik, die ich brauchte, kam von meinen Nervenenden.

»Ich halte große Stücke auf sie, weißt du«, sagte Wireman. Er griff mit einem Seufzer nach seiner Serviette, als wäre sie bleischwer, und fuhr sich über die Augen. »Als ich hier angekommen bin, war all der verrückte, fiebrige Scheiß, von dem ich dir erzählt habe, schlagartig verschwunden. Ich war ausgepowert – ein grauer Mann in einem blauen, sonnigen Klima, der nur ganz kurz Zeitung lesen konnte, ohne dafür mit rasenden Kopfschmerzen bestraft zu werden. Ich habe mich an eine Grundidee geklammert: Ich hatte eine Schuld abzutragen. Arbeit zu tun. Ich würde sie finden und tun. Was danach kam, war mir egal. Miss Eastlake hat mich nicht angestellt, nicht im eigentlichen Sinn des Wortes; sie hat mich aufgenommen. Bei meiner Ankunft war sie nicht wie jetzt, Edgar. Sie war intelligent, sie war witzig, sie war hochmütig, kokett, launisch und anspruchsvoll – wenn es ihr einfiel, konnte sie mich aus heiterem Himmel herumkommandieren oder ausgesprochen liebenswürdig sein, und es ist ihr oft eingefallen.«

»Klingt nach einer tollen Frau.«

»Sie *war* eine tolle Frau. Jede andere säße inzwischen längst im Rollstuhl. Aber nicht sie. Sie stemmt ihre neunzig Kilo an dem Gehwägelchen hoch und stapft durch dieses klimatisierte Museum, im Freien über den Innenhof … sie hatte sogar Spaß am Scheibenschießen, manchmal mit einer der alten Pistolen ihres Vaters, aber öfter mit dieser Harpunenpistole, weil ihr Rückschlag schwächer ist. Und weil ihr der Schussknall gefällt, sagt sie. Sieht man sie mit diesem Ding in der Hand, könnte man sie *wirklich* für die Tochter des Paten halten.«

»Genauso habe ich sie das erste Mal gesehen«, sagte ich.

»Ich mochte sie auf Anhieb, und ich habe sie lieben gelernt. Julia hat mich *mi compañero* genannt. Daran denke ich oft, wenn ich mit Miss Eastlake zusammen bin. Sie ist *mi compañera, mi amiga*. Sie hat mir geholfen, mein Herz wiederzufinden, als ich glaubte, es verloren zu haben.«

»Glück gehabt, würde ich sagen.«

»Vielleicht *sí*, vielleicht *no*. Eines kann ich dir sagen: Es wird schwer werden, sie zu verlassen. Was wird sie tun, wenn ein neuer Betreuer aufkreuzt? Ein Neuer wird nicht wissen, dass sie ihren Morgenkaffee gern am Ende des Holzstegs trinkt … oder dass er vorgeben muss, diese verdammte Keksdose in den Goldfischteich zu schmeißen … und sie wird es ihm nicht erklären können, weil sie jetzt endgültig in den Nebel unterwegs ist.«

Als er sich mir zuwandte, sah er abgehärmt und ziemlich verzweifelt aus.

»Ich schreibe alles auf, ja, das tue ich – unsere gesamte

Routine. Von morgens bis abends. Und du sorgst dafür, dass der neue Betreuer sich daran hält. Das tust du doch, Edgar? Ich meine, du magst sie auch, nicht wahr? Du würdest nicht wollen, dass sie irgendwie leidet. Und Jack! Vielleicht kann er ein bisschen aushelfen. Ich weiß, dass das viel verlangt ist, aber …«

Dann fiel ihm etwas Neues ein. Er stand auf und starrte übers Wasser hinaus. Er hatte abgenommen. Die Haut über seinen Wangenknochen war so straff gespannt, dass sie glänzte. Seine Haare hingen ihm strähnig über die Ohren und mussten dringend gewaschen werden.

»Falls ich sterbe – und das könnte ich, mit mir kann es blitzschnell zu Ende sein, genau wie mit *Señor* Brown –, musst du mich hier ersetzen, bis der Nachlassverwalter einen neuen Betreuer findet, der bei ihr einzieht. Das ist keine besondere Erschwernis, du kannst genauso gut hier malen. Das Licht ist wundervoll, nicht wahr? Das Licht ist großartig!«

Allmählich machte er mir Angst. »Wireman …«

Er warf sich herum, und jetzt funkelten seine Augen, das linke scheinbar in einem See aus Blut schwimmend. »Versprich es mir, Edgar! Wir brauchen einen Plan! Haben wir keinen, wird sie fortgeschafft und in ein Heim gesteckt, und dann ist sie in einem Monat tot! In einer Woche! Das weiß ich! Versprich es mir also!«

Ich dachte, dass er vermutlich recht hatte. Und ich dachte, wenn es mir nicht gelingen würde, etwas Dampf aus seinem Kessel abzulassen, könnte er hier vor mir einen weiteren Anfall bekommen. Also versprach ich es ihm. Dann sagte ich: »Vielleicht lebst du letztlich viel länger, als du glaubst, Wireman.«

»Klar. Aber ich schreibe trotzdem alles auf. Für alle Fälle.«

III Für die Rückkehr ins Big Pink bot er mir erneut den *Palacio*-Golfwagen an. Ich erklärte ihm, ich könne gut zu Fuß gehen, hätte aber nichts gegen ein Glas Orangensaft, bevor ich aufbrach.

Also, ich trinke wie jeder gern frisch gepressten Saft aus Floridaorangen, aber ich gestehe, dass ich an diesem bestimmten Morgen tiefere Beweggründe hatte. Er ließ mich in dem kleinen Salon auf der Strandseite der verglasten Haupthalle des *Palacio* zurück. Diesen Raum benutzte er als Büro, obwohl mir rätselhaft war, wie ein Mann, der nicht länger als fünf Minuten am Stück lesen konnte, Korrespondenz erledigte. Ich vermutete – und das rührte mich an –, dass Elizabeth ihm dabei geholfen hatte, und zwar beträchtlich, bevor ihr eigener Zustand sich verschlechterte.

Als ich zum Frühstück gekommen war, hatte ich einen Blick in diesen Raum geworfen und auf dem geschlossenen Deckel eines Laptops, für den Wireman dieser Tage vermutlich nicht viel Verwendung hatte, eine bestimmte graue Mappe erspäht. Jetzt klappte ich sie auf und nahm eine der drei Röntgenaufnahmen an mich.

»Großes Glas oder kleines?«, rief Wireman aus der Küche und erschreckte mich damit so sehr, dass ich meine Beute beinahe fallen gelassen hätte.

»Mittelgroß reicht!«, rief ich zurück. Ich steckte die Röntgenaufnahme in meinen Beutel und klappte die Mappe wieder zu. Fünf Minuten später stapfte ich den Strand entlang zurück.

IV Mir gefiel der Gedanke nicht, einem Freund etwas zu stehlen – nicht mal eine einzelne Röntgenaufnahme. Ebenso wenig gefiel mir, dass ich verschweigen musste, was ich Candy Brown meiner Überzeugung nach angetan hatte. Ich hätte es ihm erzählen können; nach der Sache mit Tom Riley hätte er mir geglaubt. Selbst ohne seinen Anflug von ESP hätte er mir geglaubt. Das war das eigentliche Problem. Wireman war nicht dumm. Konnte ich Candy Brown mit meinem Pinsel in die Leichenhalle der Sarasota County schicken, konnte ich vielleicht für einen bestimmten Anwalt mit einem Hirnschaden etwas tun, das die Ärzte nicht konnten. Aber falls ich es nicht konnte? Lieber keine falschen Hoffnungen wecken … zumindest nicht außerhalb meines eigenen Herzens, in dem sie bereits lächerlich hoch waren.

Als ich ins Big Pink zurückkam, protestierte meine Hüfte lautstark. Ich hängte meinen Dufflecoat an die Garderobe, warf ein paar Oxycontin ein und sah an meinem Anrufbeantworter das Lämpchen blinken, das eine Nachricht ankündigte,.

Der Anrufer war Nannuzzi. Er war entzückt, von mir zu hören. O ja, sagte er, wenn meine übrigen Arbeiten so gut seien wie die Gemälde, die er gesehen habe, werde die Scoto sich glücklich schätzen, eine Ausstellung meiner Werke zu veranstalten – am besten noch vor Ostern, wenn die Wintergäste heimreisten. Ob er und einer oder mehrere seiner Partner vielleicht nach Duma Key kommen könnten, um mich in meinem Atelier zu besuchen und sich einige meiner anderen fertigen Arbeiten anzusehen? Sie würden mir gern einen Mustervertrag mitbringen, damit ich ihn schon mal durchlesen konnte.

Das war eine gute Nachricht – sogar eine aufregende

Nachricht –, aber in gewisser Weise schien dies alles auf einem anderen Planeten, einem anderen Edgar Freemantle zu passieren. Ich speicherte die Nachricht, wollte mit der geklauten Röntgenaufnahme hinauf ins Little Pink und machte unterwegs halt. Das Little Pink war ungeeignet, weil die *Staffelei* ungeeignet war. Auch Leinwand und Ölfarben waren nicht geeignet. Nicht für diese Sache.

Ich hinkte wieder hinunter in mein großes Wohnzimmer. Auf dem Couchtisch lagen ein Stapel Artisan-Blöcke und mehrere Schachteln Buntstifte, aber auch sie waren ungeeignet. Ein schwaches, vages Jucken hatte meinen fehlenden rechten Arm erfasst, und zum ersten Mal hielt ich es ernsthaft für möglich, dass ich es schaffen konnte … vorausgesetzt, ich fand das richtige Medium für die Message.

Mir fiel ein, dass ein Medium auch jemand war, der Diktate aus dem Jenseits aufnahm, und darüber musste ich lachen. Es war ein leicht nervöses Lachen, das ist wahr.

Ich ging ins Schlafzimmer, ohne schon zu wissen, worauf ich es abgesehen hatte. Dann sah ich den Kleiderschrank und wusste es plötzlich. Letzte Woche hatte ich mich von Jack zum Einkaufen fahren lassen – nicht zur Crossroads Mall, sondern zu einem der Herrenausstatter am St. Armand's Circle – und mir ein paar Hemden gekauft. Klassisch geschnittene Oberhemden, die Ilse als kleines Mädchen Große-Leute-Hemden genannt hatte. Sie steckten noch in ihren Zellophanhüllen. Ich riss die Hüllen auf, zog die Stecknadeln heraus und warf die Hemden in einem Haufen auf den Boden des Kleiderschranks. Ich wollte nicht die Hemden. Ich wollte die Pappen, um die sie zusammengelegt waren.

Diese leuchtend weißen Kartonrechtecke.

In einem Fach der Tragetasche für mein PowerBook fand ich einen Sharpie-Markerstift. In meinem früheren Leben hatte ich Sharpies immer gehasst, weil ihre Tinte stark roch und sich anfangs leicht verwischen ließ. In diesem Leben hatte ich gelernt, die kraftvolle Deutlichkeit ihrer Striche zu lieben: Striche, die auf ihrer eigenen absoluten Realität zu bestehen schienen. Ich nahm die Kartoneinlagen, den Sharpie und die Röntgenaufnahme von Wiremans Gehirn mit hinaus in den Florida-Raum, wo das Licht so hell war wie auf einer Theaterbühne.

Das Jucken in meinem fehlenden Arm wurde stärker. Unterdessen erschien es mir fast wie ein Freund.

Ich hatte keinen dieser Lichtkästen, vor die Ärzte Röntgenaufnahmen und Tomogramme klemmen, die sie studieren wollen, aber die Fensterwand des Florida-Raums bildete einen durchaus annehmbaren Ersatz. Ich brauchte nicht einmal Klebeband. Ich konnte die Röntgenaufnahme in den Spalt zwischen dem Glas und dem verchromten Fensterrahmen klemmen und hatte es nun vor mir, dieses Ding, von dem viele behaupteten, es existiere nicht: das Gehirn eines Rechtsanwalts. Es schwebte vor dem Golf. Ich starrte es eine Zeit lang an, ich weiß nicht, wie lange – zwei Minuten? Vier? –, und war von der Art und Weise fasziniert, wie das blaue Wasser durch die grauen Hirnfurchen betrachtet aussah, wie diese Kerben das Wasser in Nebel verwandelten.

Das Geschoss war ein schwarzer Span, leicht aufgespalten. Er sah wie ein kleines Schiff aus, das auf dem *caldo* schwamm. Wie ein Ruderboot.

Ich begann zu zeichnen. Eigentlich hatte ich nur sein Gehirn in intaktem Zustand – ohne Geschoss – zeichnen wollen, aber daraus wurde letztlich doch mehr. Ich machte weiter und fügte das Wasser hinzu, wissen Sie, weil das Bild es zu erfordern schien. Oder mein fehlender Arm. Oder vielleicht waren die beiden identisch. Der Golf war nur angedeutet, aber er war da, und diese Andeutung genügte, weil ich wirklich ein talentierter Hundesohn war. Ich brauchte nur zwanzig Minuten, und als ich fertig war, hatte ich ein auf dem Golf von Mexiko schwimmendes menschliches Gehirn gezeichnet. Auf gewisse Weise war es obercool.

Außerdem war es grausig. Das ist kein Wort, das ich im Zusammenhang mit meinen eigenen Arbeiten benutzen möchte, aber es ist unvermeidbar. Als ich das Röntgenbild abnahm und mit meinem Gemälde verglich – ein Geschoss in der Wissenschaft, kein Geschoss in der Kunst –, erkannte ich etwas, das ich vielleicht viel früher hätte sehen müssen. Jedenfalls nachdem ich die Serie *Mädchen mit Schiff* angefangen hatte. Was ich malte, wirkte nicht nur deshalb, weil es die Nervenenden reizte; es wirkte, weil die Leute wussten – auf irgendeiner Ebene wussten sie es tatsächlich –, dass sie hier etwas betrachteten, das aus einem Reich jenseits allen Talents stammte. Das Gefühl, das diese Duma-Bilder vermittelten, war Horror, kaum im Zaum gehalten. Horror, der darauf wartete, sich ereignen zu können. Mit verrotteten Segeln einlaufend.

V

Ich war wieder hungrig. Ich machte mir ein Sandwich und aß es vor meinem Computer. Ich informierte mich über die weitere Tournee der Hummingbirds – das war bei mir zu einer regelrechten kleinen Obsession geworden –, als das Telefon klingelte. Der Anruf kam von Wireman.

»Meine Kopfschmerzen sind weg«, sagte er.

»Meldest du dich immer so?«, fragte ich. »Muss ich damit rechnen, dass dein nächster Anruf mit ›Ich hatte eben Stuhlgang‹ beginnt?«

»Tu das nicht leichthin ab. Ich hatte die Kopfschmerzen, seit ich mit einer Kugel im Kopf auf dem Fußboden im Esszimmer aufgewacht bin. Manchmal ist es nur ein Hintergrundgeräusch, und manchmal dröhnt er wie eine Neujahrsnacht in der Hölle, aber er tut immer weh. Und dann, vor einer halben Stunde, haben die Schmerzen einfach *aufgehört*. Ich war dabei, mir einen Kaffee zu machen, und sie haben einfach *aufgehört*. Ich konnte es nicht glauben! Anfangs dachte ich, ich muss tot sein. Ich gehe wie auf Eiern und warte darauf, dass sie zurückkommen und mir wirklich eins mit Maxwells Silberhammer überbraten, aber das haben sie *nicht* getan.«

»Lennon/McCartney«, sagte ich. »1968. Und erzähl mir bloß nicht, dass ich mich diesmal irre.«

Er erzählte mir gar nichts. Lange Zeit nicht. Aber ich konnte ihn atmen hören. Dann sagte er schließlich: »Hast du was gemacht, Edgar? Sag es Wireman. Erzähl es deinem Daddy.«

Ich überlegte, ob ich behaupten sollte, ich hätte nicht das Geringste getan. Dann stellte ich mir vor, wie er in der grauen Mappe nachsah und merkte, dass ein Röntgenbild fehlte. Und ich begutachtete mein Sandwich, das verwundet, aber noch längst nicht tot war. »Was ist mit deinem Sehvermögen? Hat sich da auch was verändert?«

»Nein, der linke Scheinwerfer ist nach wie vor blind. Und nach Principes Urteil wird er auch nicht wieder. Nicht in diesem Leben.«

Scheiße. Aber hatte ein Teil meines Ich nicht gewusst,

dass das Werk noch unvollendet war? Mein morgendliches Intermezzo mit Sharpie und Karton war nichts im Vergleich zu dem ausgewachsenen Orgasmus von letzter Nacht gewesen. Ich war müde. Ich wollte heute nichts mehr tun, als dazusitzen und auf den Golf hinauszustarren. Zusehen, wie die Sonne im *caldo largo* versank, ohne das Scheißding zu malen. Nur ging es hier um Wireman. *Wireman*, verdammt noch mal.

»Bist du noch da, *muchacho?*«

»Ja«, sagte ich. »Kannst du Annmarie Whistler heute Nachmittag für ein paar Stunden kommen lassen?«

»Warum? Wozu das?«

»Damit du mir für ein Porträt Modell sitzen kannst«, sagte ich. »Wenn dein Auge noch immer blind ist, brauche ich wahrscheinlich Wireman in Person.«

»Du *hast* also was gemacht.« Er sprach leise. »Hast du mich schon gemalt? Aus dem Gedächtnis?«

»Sieh in der Mappe mit den Röntgenaufnahmen nach«, sagte ich. »Sei gegen vier Uhr hier. Ich will erst ein bisschen schlafen. Und bring was zu essen mit. Malen macht mich hungrig.« Ich überlegte, ob ich stattdessen *eine bestimmte Art von Malerei* sagen sollte, und verzichtete darauf. Ich hatte genug gesagt, fand ich.

VI

Ich war mir nicht sicher, ob ich würde schlafen können, aber es klappte. Mein Wecker klingelte um drei Uhr. Ich ging ins Little Pink hinauf und begutachtete meinen Vorrat an leeren Leinwänden. Die größte maß einen mal eineinhalb Meter, und diese wählte ich aus. Ich zog die

Stütze meiner Staffelei zu voller Länge aus und stellte die Leinwand im Hochformat darauf. Diese leere Fläche, die einem hochkant stehenden weißen Sarg glich, löste in meinem Magen und meinen rechten Arm hinunter ein aufgeregtes kleines Flattern aus. Ich bewegte die Finger meiner Rechten. Ich konnte sie nicht sehen, aber ich konnte fühlen, wie sie sich öffneten und schlossen. Ich konnte spüren, wie die Fingernägel sich in die Handfläche gruben. Sie waren sehr lang, diese Nägel. Sie waren seit dem Unfall gewachsen, und ich konnte sie nicht schneiden.

VII

Ich reinigte meine Pinsel, als Wireman in seinem schlurfenden Bärentrab den Strand entlangkam, dass die Piepser vor ihm auseinanderstoben. Er trug Jeans und einen Pullover, keinen Mantel. Die Temperaturen hatten angefangen, wieder zu steigen.

An der Haustür brüllte er ein Hallo, und ich rief ihm zu, er solle heraufkommen. Schon bevor er ganz oben war, sah er die große Leinwand auf der Staffelei. »Heilige Scheiße, *amigo*, als du Porträt gesagt hast, hab ich mir vorgestellt, du meinst, vom Kopf.«

»Das habe ich ungefähr vor«, sagte ich, »aber ich fürchte, dass es nicht ganz so realistisch ausfallen wird. Ich habe schon ein bisschen vorgearbeitet. Hier, sieh's dir an.«

Die geklaute Röntgenaufnahme und die Sharpie-Skizze lagen im untersten Fach meiner Werkbank. Ich drückte sie Wireman in die Hand, dann setzte ich mich wieder vor meine Staffelei. Die dort stehende Leinwand war nicht mehr reinweiß und leer. Im oberen Viertel war schwach ein Rechteck zu erkennen. Ich hatte es gezeichnet, indem ich die Hemdeinlage auf die Leinwand gehalten und ihre Umrisse mit einem Bleistift der Härte B nachgezogen hatte.

Wireman sagte fast zwei Minuten lang nichts. Er betrachtete abwechselnd die Röntgenaufnahme und meine danach angefertigte Zeichnung. Zuletzt fragte er mit fast unhörbar leiser Stimme: »Wovon reden wir hier, *muchacho?* Was sagen wir?«

»Nichts«, antwortete ich. »Noch nicht. Gib mir diese Hemdeneinlage.«

»Ist das eine?«

»Ja, und geh vorsichtig damit um. Ich brauche sie noch. Wir brauchen sie. Die Röntgenaufnahme ist nicht mehr wichtig.«

Wireman gab mir das Kartonbild mit einer Hand, die nicht ganz ruhig war.

»Geh jetzt zu der Wand hinüber, an der die fertigen Bilder stehen. Sieh dir das ganz links außen an. In der Ecke.«

Er ging hinüber, sah es sich an und wich zurück. »Heiliger Scheiß! Wann hast du das gemalt?«

»Letzte Nacht.«

Er hob das Gemälde hoch und drehte es in das Licht, das durch die Fensterwand hereinflutete. Er begutachtete Tina, die zu dem mundlosen, nasenlosen Candy Brown aufsah.

»Kein Mund, keine Nase, Brown stirbt, Fall erledigt«, sagte Wireman. Seine Stimme war kaum lauter als ein Flüstern. »Himmel, ich möchte nicht der *maricón de playa* sein, der *dir* Sand ins Gesicht spritzt, wenn er vorbeiläuft.« Er stellte das Bild wieder ab und trat davon weg … vorsichtig, als könnte es durch einen heftigen Stoß explodieren. »Was ist in dich gefahren? Wovon warst du *besessen?*«

»Gottverdammt gute Frage«, sagte ich. »Ich wollte es dir eigentlich nicht zeigen. Aber … wenn ich mir überlege, was wir hier vorhaben …«

»Was *haben* wir hier vor?«

»Wireman, das weißt du.«

Er schwankte ein wenig, als wäre *er* der mit dem schlimmen Bein. Und er war plötzlich mit Schweiß bedeckt. Sein Gesicht glänzte davon. Sein linkes Auge war noch immer rot, aber vielleicht nicht mehr *ganz* so rot. Aber natürlich gehörte das möglicherweise nur in die Abteilung Wunschdenken. »Kannst du das?«

»Ich kann es versuchen«, sagte ich. »Wenn du möchtest.«

Er nickte, dann zog er seinen Pullover aus. »Also los.«

»Ich brauche dich am Fenster, damit dein Gesicht gut beleuchtet ist, während die Sonne unterzugehen beginnt. In der Küche steht ein Hocker, auf dem du sitzen kannst. Wie lange kann Annmarie bleiben?«

»Bis acht Uhr, hat sie gesagt, und sie gibt Miss Eastlake ihr Abendessen. Uns habe ich eine Lasagne mitgebracht. Die stelle ich um halb sechs in deinen Backofen.«

»Gut.« Bis die Lasagne fertig war, würde das Licht ohnehin verschwunden sein. Ich konnte ein paar Digitalfotos von Wireman machen, sie an die Staffelei heften und danach weiterarbeiten. Ich malte schnell, aber ich wusste schon jetzt, dass dies ein längerer Prozess werden würde – mindestens über Tage hinweg.

Als Wireman mit dem Hocker zurückkam, blieb er oben an der Treppe stehen. »Was *machst* du da?«

»Was glaubst du?«

»Du schneidest ein Loch in eine Leinwand, die fast wie neu ist.«

»Setzen, eins.« Ich legte das ausgeschnittene Rechteck weg, griff dann nach der Kartoneinlage mit dem schwimmenden Gehirn und trat damit hinter die Staffelei. »Hilf mir, das hier festzukleben.«

»Wann hast du das alles rausgefunden, *vato?*«

»Das habe ich nicht«, sagte ich.

»Das hast du nicht?« Er sah mich durch das Loch in der Leinwand an wie die tausend Neugierigen, die ich in meinem anderen Leben durch tausend Gucklöcher in Bauzäunen starren gesehen hatte.

»Nein. Irgendwas erzählt es mir gewissermaßen, während ich arbeite. Komm jetzt zu mir herüber.«

Mit Wiremans Hilfe dauerten die restlichen Vorbereitungen nur wenige Minuten. Er hielt die Hemdeinlage über das ausgeschnittene Rechteck. Ich angelte eine kleine Tube Alleskleber aus meiner Brusttasche und machte mich daran, den Karton zu fixieren. Als wir wieder nach vorn kamen, saß er perfekt. Zumindest hatte ich diesen Eindruck.

Ich deutete auf Wiremans Stirn. »Das ist dein Gehirn«, sagte ich. Dann zeigte ich auf die Staffelei. »Das ist dein Gehirn auf Leinwand.«

Er blickte verständnislos.

»Ein Scherz, Wireman.«

»Kapier ich nicht«, sagte er.

VIII An diesem Abend aßen wir wie Footballspieler. Ich fragte Wireman, ob er schon besser sehe, und er schüttelte bedauernd den Kopf. »Auf der linken Seite meiner Welt ist alles noch mächtig schwarz, Edgar. Ich wollte, ich könnte dir was anderes erzählen, aber das kann ich nicht.«

Ich spielte ihm Nannuzzis Nachricht vor. Wireman lachte und stieß seine Faust in die Luft. Es war schwierig, sich nicht von seiner Freude, die an Jubel grenzte, anstecken zu lassen. »Du bist auf dem Weg nach oben, *muchacho* – dies ist dein anderes Leben, so viel steht fest. Kann's kaum erwarten, dich auf dem Titelbild vom *Time Magazine* zu sehen.« Er hob die Hände und deutete einen gerahmten Umschlag an.

»Nur eins macht mir Sorgen«, sagte ich … und dann musste ich lachen. Tatsächlich gab es vieles, was mir Sorgen machte – unter anderem die Tatsache, dass ich nicht die geringste Ahnung hatte, worauf ich mich einließ. »Wahrscheinlich will meine Tochter kommen. Du weißt schon, die eine, die mich hier unten besucht hat.«

»Was spricht dagegen? Die meisten Männer wären entzückt, wenn ihre Töchter zusehen würden, wie sie sich in einen erfolgreichen Profi verwandeln. Isst du dieses letzte Stück Lasagne noch?«

Wir teilten es uns. Entsprechend meinen Künstlerallüren nahm ich mir die größere Hälfte.

»Ich würde sie liebend gern kommen lassen. Aber deine Boss-Lady sagt, dass Duma Key kein Ort für Töchter ist, und irgendwie glaube ich ihr das.«

»Meine Boss-Lady hat Alzheimer, und die Krankheit fängt gerade an, richtig zuzubeißen. Das Schlimme daran ist, dass sie ihren Arsch nicht mehr von ihrem Ellbogen unterscheiden kann. Die gute Nachricht ist, dass sie jeden Tag neue Leute kennenlernt. Auch mich.«

»Das mit den Töchtern hat sie zweimal gesagt, und beide Male war sie bei klarem Verstand.«

»Und vielleicht hat sie recht«, sagte er. »Oder vielleicht ist das nur eine fixe Idee von Miss Eastlake, weil mehrere ihrer Schwestern hier umgekommen sind, als sie vier Jahre alt war.«

»Ilse hat aus dem Autofenster gekotzt. Als wir hierher zurückgekommen sind, war ihr noch immer so schlecht, dass sie kaum gehen konnte.«

»Sie hat bestimmt nur etwas Falsches gegessen, nachdem sie zu viel Sonne abgekriegt hatte. Pass auf … du willst nichts riskieren, und das respektiere ich. Deshalb wirst du deine beiden Töchter in einem guten Hotel unterbringen, in dem es Tag und Nacht Zimmerservice gibt und der Portier serviler ist als sonst was. Ich schlage das Ritz-Carlton vor.«

»Beide? Melinda wird nicht …«

Er nahm den letzten Bissen von seiner Lasagne und schob den Teller weg. »Du siehst diese Sache nicht klar, *muchacho*, aber Wireman, der ein dankbarer Hundesohn ist …«

»Du hast noch keinen Grund, mir dankbar zu sein.«

»… sorgt dafür, dass du durchblickst. Weil ich nicht mit ansehen kann, wie ein Haufen unnützer Sorgen dein Glück beeinträchtigt. Und heiliger Bimbam, du *solltest* glücklich sein. Weißt du, wie viele Leute an der Westküste Floridas für eine Ausstellung in der Palm Avenue einen Mord begehen würden?«

»Wireman, hast du gerade heiliger Bimbam gesagt?«

»Lenk nicht vom Thema ab.«

»Sie haben mir eigentlich noch keine Ausstellung angeboten.«

»Das werden sie. Sie bringen ihren Mustervertrag nicht aus lauter Jux und Tollerei mit hierher in die Pampa. Hör mir jetzt also zu. Hörst du zu?«

»Klar.«

»Sobald diese Ausstellung terminiert ist – und das wird sie –, suchst du das, was von jedem Künstler, der in der Szene neu ist, erwartet wird: Publicity. Interviews, angefangen bei Mary Ire, dann in der Presse und auf Channel 6. Wenn sie auf deinen fehlenden Arm abheben wollen, umso besser.« Seine Hände deuteten wieder einen Rahmen an. »Edgar Freemantle erobert die Kunstszene der Sonnenküste wie ein Phönix, aufgestiegen aus der rauchenden Asche einer Tragödie!«

»Rauch das hier, *amigo*«, sagte ich und griff mir in den Schritt. Aber ich musste unwillkürlich lächeln.

Wireman ignorierte meine Vulgarität. Er war mächtig in Fahrt. »Dein fehlender *brazo* wird sich als golden erweisen.«

»Wireman, du bist ein zynischer Bastard.«

Dies fasste er als das Kompliment auf, das es in gewisser Weise war. Er winkte großmütig nickend ab. »Ich fungiere als dein Anwalt. Du wählst die Bilder aus; Nannuzzi berät. Nannuzzi arrangiert die Ausstellung; du berätst. Klingt das ungefähr richtig?«

»Ich denke schon, ja. Wenn es so gemacht wird.«

»So wird es diesmal gemacht. Und, Edgar – last, but not least –, wirst du alle anrufen, an denen dir etwas liegt, und sie zu deiner Ausstellung einladen.«

»Aber …«

»Ja«, sagte er nickend. »Alle. Deinen Seelendoktor,

deine Ex, beide Töchter, diesen Tom Riley, die Frau, die für deine Reha zuständig war …«

»Kathi Green«, sagte ich gedankenverloren. »Wireman, Tom kommt nicht. Auf gar keinen Fall. Pam auch nicht. Und Lin ist in Frankreich. Mit einer *Halsentzündung*, um Himmels willen.«

Wireman achtete nicht auf mich. »Du hast einen Anwalt erwähnt …«

»William Bozeman der Dritte. Bozie.«

»Lad ihn ein. Oh, natürlich auch deine Eltern. Deine Geschwister.«

»Meine Eltern sind lange tot, und ich war ein Einzelkind. Bozie …« Ich nickte. »Bozie würde kommen. Aber nenn ihn nicht so, Wireman. Nicht in seiner Gegenwart.«

»Einen anderen Anwalt Bozie nennen? Hältst du mich für blöd?« Er überlegte. »Ich hab mich in den Kopf geschossen und es nicht mal geschafft, mich umzubringen – spar dir also lieber die Antwort.«

Ich hörte kaum zu, weil ich nachdachte. Zum ersten Mal begriff ich, dass ich eine Coming-out-Party für mein anderes Leben geben konnte … *und dass vielleicht wirklich Leute kommen würden.* Diese Vorstellung war aufregend und beängstigend zugleich.

»Vielleicht kommen sie *alle*, weißt du«, sagte er. »Deine Ex, deine globetrottende Tochter und dein selbstmörderisch veranlagter Buchhalter. Stell dir das vor – eine Horde von Michiganern.«

»Minnesotanern.«

Er zuckte mit den Schultern und warf die Hände hoch, um zu zeigen, dass ihm das alles gleich war. Ziemlich hochnäsig für einen Kerl aus Nebraska.

»Ich könnte ein Flugzeug chartern«, sagte ich. »Eine

Gulfstream. Eine ganze Etage im Ritz-Carlton nehmen. Klotzig Geld ausgeben. Warum zum Teufel nicht?«

»Genau«, sagte er und kicherte boshaft. »Mal richtig den hungernden Künstler geben.«

»Jau«, sagte ich. »Ein Schild ins Fenster stellen: **ARBEITE FÜR TRÜFFELN.**«

Dann mussten wir beide lachen.

IX

Als unsere Gläser und Teller im Geschirrspüler standen, nahm ich ihn wieder mit nach oben, aber nur lange genug, um mit der Digitalkamera ein halbes Dutzend Fotos von ihm zu machen – große, harmlose Nahaufnahmen. Ich habe in meinem Leben ein paar gute Fotos gemacht, aber immer nur zufällig. Ich hasse Kameras, und die Kameras scheinen das zu wissen. Als ich fertig war, erklärte ich ihm, er könne heimgehen und Annmarie ablösen. Draußen war es inzwischen dunkel, und ich bot ihm meinen Malibu an.

»Ich geh zu Fuß. Die Luft wird mir guttun.« Dann zeigte er auf die Leinwand. »Darf ich es mir ansehen?«

»Eigentlich lieber nicht.«

Ich dachte, er würde protestieren, aber er nickte nur und ging, trabte fast die Treppe hinunter. In seinem Schritt lag neuer Elan – das bildete ich mir keineswegs nur ein. An der Haustür sagte er: »Ruf Nannuzzi morgen früh an. Schmiede das Eisen, solange es heiß ist.«

»Wird gemacht. Und ruf mich an, falls sich irgendwas ändert …« Ich deutete mit meiner farbklecksigen Hand auf sein Gesicht.

Er grinste. »Du erfährst es als Erster. Vorläufig bin ich schon damit zufrieden, keine Kopfschmerzen mehr zu haben.« Das Grinsen verblasste. »Weißt du sicher, dass sie nicht zurückkommen?«

»Ich weiß nichts sicher.«

»Klar. Natürlich, das ist die *condition humaine*, nicht wahr? Aber danke, dass du's versuchst.« Und bevor ich wusste, was er tun wollte, ergriff er meine Hand und küsste den Handrücken. Ein sanfter Kuss trotz der Bartstoppeln auf seiner Oberlippe. Dann sagte er *adiós* und verschwand in die Nacht, und die einzigen Geräusche waren das Seufzen des Golfs und die flüsternden Gespräche der Muscheln unter dem Haus. Dann hörte ich einen anderen Laut. Das Telefon klingelte.

X

Die Anruferin war Ilse, die mit mir plaudern wollte. Ja, ihr Studium kam gut voran, ja, ihr ging es gut – tatsächlich sogar großartig –, ja, sie rief ihre Mutter einmal in der Woche an und hielt per E-Mail Verbindung zu Lin. Nach Ilses Meinung war Lins Halsentzündung wahrscheinlich nur selbst diagnostizierter Quatsch. Ich erklärte ihr, ich sei von ihrem hochherzigen Mitgefühl überwältigt, und sie lachte.

Als ich ihr erzählte, dass ich meine Arbeiten wahrscheinlich in einer Galerie in Sarasota ausstellen würde, kreischte sie so laut, dass ich den Hörer vom Ohr weghalten musste.

»Daddy, das ist *wundervoll!* Wann? Darf ich kommen?«

»Klar, wenn du möchtest«, sagte ich. »Ich werde alle einladen.« Eigentlich hatte ich diesen Entschluss noch gar nicht endgültig gefasst, bis ich hörte, wie ich ihn ihr erzählte. »Wir denken an Mitte April.«

»Scheiße! Gerade da wollte ich den Hummingbirds nachreisen.« Sie machte eine Pause. Überlegte. »Ich kann beides miteinander kombinieren. Zu einer eigenen kleinen Tournee.«

»Glaubst du?«

»Ja. Sag mir nur das Datum, und ich werde *da sein.*«

Hinter meinen Lidern brannten Tränen. Ich weiß nicht, wie es ist, Söhne zu haben, aber es kann nicht so lohnend – auf so einfache Weise *nett* – sein, wie Töchter zu haben. »Das weiß ich zu würdigen, Schatz. Glaubst du … hältst du's für möglich, dass deine Schwester auch kommen würde?«

»Weißt du was? Ich glaube, sie täte es«, sagte Ilse. »Sie wird unbedingt sehen wollen, was Kunstkenner so aufregend finden. Wird deine Ausstellung auch besprochen?«

»Mein Freund Wireman ist davon überzeugt. Der einarmige Künstler und so weiter.«

»Aber du bist einfach *gut*, Daddy!«

Ich bedankte mich, dann kam ich auf Carson Jones zu sprechen. Fragte, was sie so von ihm gehört habe.

»Ihm geht's gut«, sagte sie.

»Wirklich?«

»Klar – warum?«

»Ich weiß nicht, ich dachte nur, ich hätte eine kleine Wolke in deiner Stimme gehört.«

Sie lachte reumütig. »Du kennst mich zu gut. Tatsächlich gibt's bei jedem ihrer Auftritte nur noch Stehplätze – ihr Ruf eilt ihnen voraus. Die Tournee sollte am fünfzehnten Mai enden, weil vier der Sänger andere Verpflichtungen haben, aber der Agent hat drei neue gefunden. Und Bridget

Andreisson, die ein richtiger Star geworden ist, hat erreicht, dass sie ihr Vikariat in Arizona später antreten darf. Was ein Glück ist.« Ihre Stimme wurde um einen halben Ton tiefer, als sie das sagte, und war jetzt die Stimme einer erwachsenen Frau, die ich nicht kannte. »Statt Mitte Mai zu enden, ist die Tournee jetzt bis Ende Juni verlängert worden – mit Auftritten im Mittleren Westen und einem Abschlusskonzert im Cow Palace in San Francisco. Echt große Klasse, was?« Das war mein Ausdruck gewesen, wenn Illy und Lin als kleine Mädchen in der Garage ihre »Ballett-Supershows« aufgeführt hatten, aber ich konnte mich nicht erinnern, ihn jemals in diesem betrübten, nicht ganz sarkastischen Ton gebraucht zu haben.

»Machst du dir Sorgen wegen deinem Typen und dieser Bridget?«

»Nein!«, sagte sie sofort und lachte. »Er sagt, dass sie eine großartige Stimme hat und er sich glücklich schätzen darf, mit ihr zu singen – sie haben jetzt zwei Songs statt nur einem –, aber sie ist seicht und eingebildet. Und er wünscht sich, sie würde ein paar Pfefferminzdrops einwerfen, bevor er, du weißt schon, sich das Mikrofon mit ihr teilen muss.«

Ich wartete.

»Okay«, sagte Ilse schließlich.

»Okay was?«

»Okay, ich mache mir Sorgen.« Eine Pause. »Ein paar, weil er jeden Tag im Bus und jeden Abend auf der Bühne mit ihr zusammen ist – und ich hier bin.« Eine weitere, längere Pause. Dann: »Und er klingt nicht wie früher, wenn ich mit ihm telefoniere. Zwar beinahe … aber nicht ganz.«

»Vielleicht bildest du dir das nur ein.«

»Ja. Vielleicht tue ich das. Und jedenfalls: Sollte sich da

was abspielen – was es nicht tut, das weiß ich bestimmt –, aber falls *doch*, dann lieber jetzt, als nachdem … du weißt schon, nachdem wir …«

»Ja«, sagte ich und fand, das war so erwachsen, dass es schmerzte. Ich erinnerte mich daran, wie ich auf das Foto gestoßen war, das sie mit umeinandergelegten Armen an einem Verkaufsstand am Straßenrand zeigte, und es mit meiner fehlenden rechten Hand berührt hatte. Und wie ich dann mit Reba zwischen Körper und Armstumpf geklemmt ins Litte Pink hinaufgehastet war. Das schien sehr lange zurückzuliegen. *Ich liebe dich, Punkin!*, hatte »Smiley« geschrieben, aber die Zeichnung, die ich an jenem Tag mit meinen Venus-Buntstiften (auch sie schienen lange zurückzuliegen) angefertigt hatte, hatte die Vorstellung von ewiger Liebe irgendwie verspottet: das kleine Mädchen, das in seinem Tenniskleidchen über den ungeheuer weiten Golf hinaussah. Mit den Füßen in Tennisbällen stehend, während die Brandung weitere herantrug.

Dieses Mädchen war Reba gewesen, aber auch Ilse und … wer noch? Elizabeth Eastlake?

Der Gedanke war aus dem Nichts gekommen, aber ich glaubte, dass er zutraf.

Das Wasser fließt jetzt rascher, hatte Elizabeth gesagt. *Bald kommen Stromschnellen. Spüren Sie das?*

Ich spürte es.

»Daddy, bist du noch da?«

»Ja«, sagte ich noch einmal. »Schätzchen, sei gut zu dir selbst, okay? Und versuch, dich da nicht zu sehr hineinzusteigern. Mein Freund hier sagt, dass wir unsere Sorgen letztlich erschöpfen. Irgendwie glaube ich das auch.«

»Du baust mich immer auf«, sagte sie. »Deshalb rufe ich dich an. Ich hab dich lieb, Daddy.«

»Ich dich auch.«

»Wie viele Bussis?«

Vor wie vielen Jahren hatte sie mich das zuletzt gefragt? Zwölf? Vierzehn? Unwichtig, ich wusste die Antwort.

»Eine Million und eines für unter dein Kopfkissen«, sagte ich.

Dann sagte ich Goodbye, legte auf und dachte, wenn Carson Jones meiner Tochter wehtäte, würde ich ihn umbringen. Dieser Gedanke ließ mich schwach lächeln, weil ich mich fragte, wie viele Väter wohl schon dieselbe Idee gehabt und denselben Schwur getan hatten. Aber von allen diesen Vätern war ich vermutlich der einzige, der einen herzlosen Verehrer seiner Tochter mit ein paar Pinselstrichen ins Jenseits befördern konnte.

XI

Dario Nannuzzi und Jimmy Yoshida, einer seiner Partner, kamen gleich am nächsten Tag heraus. Yoshida war ein japanisch-amerikanischer Dorian Gray. Als er in meiner Einfahrt in verblichenen, gerade geschnittenen Jeans und einem noch verblichenerem T-Shirt mit dem Aufdruck Rihanna/Pon De Replay aus Nannuzzis Jaguar stieg, sah er mit seinen in der Golfbrise wehenden langen schwarzen Haaren wie achtzehn aus. Als er das Ende des Plattenwegs erreichte, schien er achtundzwanzig zu sein. Als er mir dann die Hand schüttelte, aus nächster Nähe und persönlich, konnte ich die Fältchen sehen, die sich um Mund und Augen eingegraben hatten, und schätzte ihn auf Ende vierzig.

»Freut mich, Sie kennenzulernen«, sagte er. »Die Galerie ist nach Ihrem Besuch noch in heller Aufregung. Mary

Ire war schon dreimal da, um zu fragen, wann wir Sie unter Vertrag nehmen.«

»Kommen Sie bitte rein«, sagte ich. »Mein hiesiger Freund – Wireman – hat schon zweimal angerufen, um mir einzuschärfen, dass ich ohne ihn nichts unterschreiben darf.«

Nannuzzi lächelte. »Künstler zu betrügen ist nicht unser Geschäft, Mr. Freemantle.«

»Edgar, haben Sie das vergessen? Möchten Sie einen Kaffee?«

»Erst ansehen«, sagte Jimmy Yoshida. »Kaffee später.«

Ich atmete tief durch. »Schön. Kommen Sie bitte mit nach oben.«

XII Mein Porträt von Wireman (das vorerst aus kaum mehr als vagen Umrissen und einem im oberen Viertel schwebenden Gehirn bestand) hatte ich verhüllt, und mein Bild von Tina Garibaldi und Candy Brown war in den Kleiderschrank im Erdgeschoss verbannt worden (zu *Freunden mit Zuwendungen* und der Gestalt in der roten Robe), aber meine übrigen Arbeiten hatte ich stehen lassen. Sie nahmen jetzt zwei Wände und einen Teil der dritten ein: insgesamt einundvierzig Gemälde, darunter fünf Fassungen von *Mädchen mit Schiff*.

Als ich das Schweigen nicht länger ertragen konnte, brach ich es selbst. »Danke für den Tipp mit dem Krylon. Das Zeug ist echt gut. Meine Töchter würden ›bombig‹ sagen.«

Nannuzzi schien mich nicht gehört zu haben. Er schritt die Bilder in einer Richtung ab, Yoshida in Gegenrichtung.

Keiner fragte nach der großen verhüllten Leinwand auf der Staffelei; ich vermutete, dass das in ihrer Welt als Ungezogenheit gegolten hätte. Unter uns murmelten die Muscheln. Irgendwo in der Ferne heulte ein Jetski. Mein rechter Arm juckte, aber nur schwach und sehr tief, um mir mitzuteilen, dass er zwar malen wollte, aber warten konnte – er wusste, dass seine Zeit kommen würde. Noch vor Sonnenuntergang. Ich würde malen, aber erst die an die Seiten der Staffelei gehefteten Fotos zurate ziehen, und dann würde irgendetwas anderes das Kommando übernehmen, und die Muscheln würden lauter mahlen, und die Färbung des Golfs würde sich verändern, erst zu Pfirsichfarben und dann zu Rosa und dann zu Orange und endlich zu ROT, und es würde gut sein, es würde gut sein, alle möglichen Dinge würden gut sein.

Nannuzzi und Yoshida trafen an der aus dem Little Pink hinunterführenden Treppe zusammen. Sie berieten sich kurz, dann kamen sie auf mich zu. Aus der Hüfttasche seiner Jeans zog Yoshida einen länglichen Umschlag mit der ordentlich getippten Aufschrift **MUSTERVERTRAG/SCOTO GALLERY**. »Hier«, sagte er. »Bestellen Sie Mr. Wireman, dass wir zu allen vertretbaren Abänderungen bereit sind, um Ihr Werk ausstellen zu können.«

»Wirklich?«, fragte ich. »Wissen Sie das bestimmt?«

Yoshida lächelte nicht. »Ja, Edgar. Das wissen wir bestimmt.«

»Danke«, sagte ich. »Ich danke Ihnen beiden.« Ich sah an Yoshida vorbei zu Nannuzzi hinüber, der tatsächlich lächelte. »Dario, ich bin Ihnen wirklich sehr dankbar.«

Dario ließ seinen Blick über die Gemälde schweifen, lachte kurz, hob die Hände und ließ sie wieder sinken. »Ich finde, *wir* sollten uns bedanken, Edgar.«

»Mich beeindruckt ihre Klarheit«, sagte Yoshida. »Und ihre … ich weiß nicht, aber … ich denke … *Luzidität.* Diese Gemälde reißen den Betrachter mit, ohne ihn zu erdrücken. Was mich auch erstaunt, ist Ihr hohes Arbeitstempo. Als ließen Sie den Korken fliegen.«

»Diesen Ausdruck kenne ich nicht.«

»Von Künstlern, die spät anfangen, sagt man manchmal, sie lassen den Korken fliegen«, erklärte Nannuzzi. »Als versuchten sie, die verlorene Zeit wettzumachen. Trotzdem … vierzig Gemälde in wenigen Monaten … eigentlich in wenigen *Wochen* …«

Und ihr habt nicht mal das gesehen, das den Kindermörder erledigt hat, dachte ich.

Dario lachte ohne wirklichen Humor. »Versuchen Sie, diese Bude nicht abbrennen zu lassen, okay?«

»Ja, das wäre schlecht. Könnte ich einen Teil meiner Bilder bei Ihnen lagern, wenn wir uns einig werden?«

»Natürlich«, sagte Nannuzzi.

»Das ist großartig.« Ich dachte, dass ich den Vertrag unabhängig davon, was Wireman von ihm hielt, möglichst bald unterschreiben wollte, nur damit diese Gemälde die Insel verließen – und es war kein möglicher Brandschaden, der mir Sorgen bereitete. Den Korken fliegen zu lassen mochte unter Künstlern, die spät anfingen, Usus sein, aber einundvierzig Gemälde auf Duma Key waren mindestens drei Dutzend zu viel. Ich konnte ihre lebendige Gegenwart in diesem Raum spüren – wie Elektrizität in einer Leidener Flasche.

Natürlich spürten Dario und Jimmy sie auch. Das gehörte mit zu dem, was diese gottverdammten Bilder so wirkungsvoll machte. Sie waren *ergreifend.*

XIII

Am nächsten Morgen leistete ich Wireman und Elizabeth am Ende des Holzstegs vom *Palacio* zum Strand beim Kaffee Gesellschaft. Unterdessen brauchte ich nichts als Aspirin, um in Gang zu bleiben, und meine Großen Strandwanderungen waren jetzt keine Herausforderung mehr, sondern ein Vergnügen. Vor allem seit das Wetter wärmer geworden war.

Elizabeth saß in ihrem Rollstuhl und hatte die Reste eines Frühstückskuchens über ihr Tablett verteilt. Ich hatte den Eindruck, dass sie es zudem geschafft hatte, etwas Orangensaft und eine halbe Tasse Kaffee zu sich zu nehmen. Sie starrte mit einem Ausdruck strenger Missbilligung auf den Golf hinaus und sah an diesem Morgen eher aus wie Captain Bligh von der »HMS Bounty« als die Tochter eines Mafiapaten.

»Buenos días, mi amigo«, sagte Wireman. Und zu Elizabeth: »Dies ist Edgar, Miss Eastlake. Er ist zum Morgenkaffee gekommen. Möchten Sie Hallo sagen?«

»Pisse Scheiße Kopf Ratte«, sagte sie. Glaube ich. Jedenfalls sagte sie es zu dem Golf, der noch dunkelblau und fast schlafend dalag.

»Weiter nicht besonders gut, was?«, sagte ich.

»Nein. Sie war früher schon mal unten und ist wieder aufgetaucht, aber so tief unten war sie noch nie.«

»Ich habe ihr noch immer keine Bilder gebracht, die sie sich ansehen kann.«

»Wäre im Augenblick sinnlos.« Er gab mir eine Tasse mit schwarzem Kaffee. »Hier.«

Ich drückte ihm den Umschlag mit dem Mustervertrag in die Hand. Als Wireman ihn herauszog, wandte ich mich an Elizabeth. »Soll ich Ihnen später ein paar Gedichte vorlesen?«

Nichts. Sie starrte nur mit finsterem Stirnrunzeln weiter auf den Golf hinaus wie Captain Bligh, der gleich befehlen würde, einen Seemann an den Vormast zu binden und ihn blutig zu peitschen.

Ohne bestimmten Grund fragte ich: »War Ihr Vater Sporttaucher, Elizabeth?«

Sie drehte den Kopf leicht zur Seite und richtete ihre alten Augen auf mich. Ihre Oberlippe hob sich zu einem Hundegrinsen. Für einen Augenblick – er war kurz, fühlte sich aber lang an – hatte ich das Gefühl, mich sehe jemand anders an. Oder überhaupt kein Mensch. Irgendein Wesen, das Elizabeth Eastlakes alten, teigigen Körper wie eine Socke trug. Ich ballte kurz meine rechte Hand und spürte erneut, wie nicht existierende, zu lange Fingernägel sich in eine nicht existierende Handfläche gruben. Dann blickte sie wieder auf den Golf hinaus, wobei sie zugleich das Tablett abtastete, bis ihre Finger zufällig auf ein Stück Frühstückskuchen stießen, während ich mich einen Idioten schimpfte, der aufhören musste, sich von seinen Nerven unterkriegen zu lassen. Hier waren zweifellos dunkle Mächte am Werk, aber nicht jeder Schatten war ein Gespenst.

»Das war er«, sagte Wireman geistesabwesend, während er den Vertrag entfaltete. »John Eastlake war ein regelrechter Ricou Browning – du weißt schon, der Kerl, der in den Fünfzigern das Geschöpf aus der Schwarzen Lagune gespielt hat.«

»Wireman, du bist ein artesischer Brunnen voller wertloser Informationen.«

»Yeah, bin ich nicht cool? Diese Harpunenpistole hat ihr Alter nicht etwa im Laden gekauft, weißt du; Miss Eastlake sagt, dass er sie hat anfertigen lassen. Wahrscheinlich gehört sie ins Museum.«

Aber mir war John Eastlakes Harpunenpistole egal, zumindest im Moment. »*Liest* du diesen Vertrag?«

Er ließ ihn auf das Tablett fallen und sah mich gedankenverloren an. »Ich hab's versucht.«

»Und dein linkes Auge?«

»Nichts. Aber he, du brauchst nicht enttäuscht zu sein. Der Doktor hat *gesagt* ...«

»Tu mir einen Gefallen. Halt dein linkes Auge zu.«

Er tat es.

»Was siehst du?«

»Dich, Edgar. Einen *hombre muy feo*.«

»Ja, schon gut. Halt das rechte zu.«

Das tat er. »Jetzt sehe ich nur schwarz. Aber ...« Er machte eine Pause. »Vielleicht nicht *ganz* so schwarz.« Er ließ die Hand wieder sinken. »Ich kann's nicht bestimmt sagen. Neuerdings kann ich Wahrheit nicht von Wunschdenken unterscheiden.« Er schüttelte den Kopf, dass seine Haare flogen, dann schlug er sich mit dem Handballen an die Stirn.

»Immer mit der Ruhe.«

»Du hast gut reden.« Er saß einen Augenblick schweigend da, dann nahm er Elizabeth das Kuchenstück aus den Fingern und fütterte sie damit. Als es sicher in ihrem Mund untergebracht war, wandte er sich an mich. »Passt du auf sie auf, während ich etwas holen gehe?«

»Gern.«

Er trabte den Holzsteg hinauf, und ich blieb mit Elizabeth zurück. Ich versuchte, sie mit einem der restlichen Stücke Frühstückskuchen zu füttern, und sie knabberte an meiner Hand, was mich flüchtig an einen Zwerghasen erinnerte, den ich mit sieben oder acht Jahren gehabt hatte. Er hatte Mr. Hitchens geheißen, obwohl ich nicht mehr wusste, weshalb – unser Gedächtnis ist ein ulkiges Ding, nicht wahr? Ihre Lippen waren zahnlos und weich, aber nicht unangenehm.

Ich streichelte ihren Kopf an der Stelle, wo ihre weißen Haare – drahtig, ziemlich grob – zurückgekämmt waren, bevor sie einen Nackenknoten bildeten. Ich überlegte mir, dass Wireman diese Haare jeden Morgen kämmen und zu diesem Knoten zusammenfassen musste. Dass Wireman sie heute Morgen angezogen haben musste, auch die Windel, denn in diesem Zustand war sie bestimmt inkontinent. Ich fragte mich, ob er an Esmeralda dachte, wenn er Sicherheitsnadeln schloss oder Klettverschlüsse andrückte. Ich fragte mich, ob er an Julia dachte, wenn er den Nackenknoten machte.

Ich griff nach einem weiteren Stück Kuchen. Sie öffnete bereits gefügig den Mund … aber ich zögerte. »Was ist in dem roten Picknickkorb, Elizabeth? In dem auf dem Dachboden?«

Sie schien nachzudenken. Angestrengt. Dann: »Jeder alte Pfeifenstopfer.« Sie zögerte. Zuckte mit den Schultern. »Jeder alte Pfeifenstopfer, den Adie will. Schieß los!« Und sie gackerte.

Das war ein überraschender, hexenartiger Laut. Ich fütterte sie mit dem Rest ihres Frühstückskuchens, Stück für Stück, und stellte keine weiteren Fragen.

XIV

Als Wireman zurückkam, brachte er ein Diktiergerät mit, das er mir gab. »Ich hasse es, dich bitten zu müssen, diesen Vertrag auf Band zu sprechen, aber es geht nicht anders. Zum Glück ist das verdammte Ding nur zwei Seiten lang. Wenn's geht, hätte ich ihn gern bis heute Nachmittag.«

»Klar. Und sollte ich tatsächlich ein paar Bilder verkaufen, kriegst du eine Provision, mein Freund. Fünfzehn Prozent. Das müsste für Vertrags- und Talentberatung reichen.«

Er warf sich in seinen Stuhl zurück und lachte und stöhnte gleichzeitig. »*¡Por Dios!* Gerade als ich denke, ich könnte im Leben nicht tiefer sinken, werde ich ein beschissener Talentagent! Entschuldigen Sie den Ausdruck, Miss Eastlake.«

Sie achtete nicht auf ihn, starrte nur streng über den Golf hinaus, auf dem – am fernsten, blausten Rand meines Gesichtsfelds – ein Tanker auf Nordkurs nach Tampa lief. Er faszinierte mich sofort. So wirkten alle Schiffe auf dem Golf auf mich.

Dann zwang ich mich dazu, mich wieder auf Wireman zu konzentrieren. »Du bist an allem schuld, also …«

»Red keinen Schwachsinn!«

»… also musst du bereit sein, aufzustehen und deinen Anteil wie ein Mann zu nehmen.«

»Ich nehme zehn Prozent, und das ist vermutlich zu viel. Schlag ein, *muchacho*, sonst fangen wir an, über acht zu diskutieren.«

»Also gut. Einigen wir uns auf zehn.« Ich streckte meine Hand aus, und wir schlugen über dem mit Kuchenkrümeln bedeckten Tablett ein. Anschließend steckte ich das kleine Diktiergerät in die Tasche. »Und du rufst an, wenn es eine

Veränderung in deinem …« Ich zeigte auf sein rotes Auge. Das wirklich nicht mehr ganz so rot war.

»Natürlich.« Wireman griff nach dem Vertrag, an dem Krümel von dem Frühstückskuchen hafteten. Er wischte sie ab und gab ihn mir, dann beugte er sich nach vorn, hielt die Hände zwischen den Knien gefaltet und sah mich über Elizabeth' imposanten Busen hinweg an. »Wenn ich noch eine Röntgenaufnahme machen lassen würde, was wäre darauf zu sehen? Dass das Geschoss kleiner ist? Dass es verschwunden ist?«

»Das weiß ich nicht.«

»Arbeitest du noch an meinem Porträt?«

»Ja.«

»Hör nicht auf, *muchacho*. Bitte hör nicht auf.«

»Das hab ich nicht vor. Aber mach dir keine allzu großen Hoffnungen, okay?«

»Das tue ich nicht.« Dann fiel ihm etwas anderes ein, das der von Dario geäußerten Sorge auf unheimliche Weise ähnlich war. »Was, glaubst du, würde passieren, wenn das Big Pink vom Blitz getroffen und mit diesem Bild bis auf die Grundmauern niederbrennen würde? Was, glaubst du, würde mit mir passieren?«

Ich schüttelte den Kopf. Darüber wollte ich lieber nicht nachdenken. Ich überlegte, ob ich Wireman um Erlaubnis fragen sollte, mich auf dem Dachboden des *Palacio* nach einem bestimmten Picknickkorb (er war *ROT*) umzusehen, verzichtete dann aber doch darauf. Ich war mir sicher, dass er dort war, allerdings weniger sicher, dass ich wissen wollte, was er enthielt. Auf Duma Key trieben sich alle möglichen seltsamen Wesen herum, und ich hatte Grund zu der Annahme, dass nicht alle nette Wesen waren, und was ich in Bezug auf die meisten von ihnen tun wollte, war nichts.

Wenn ich sie in Ruhe ließ, würden sie vielleicht auch mich in Ruhe lassen. Damit alles nett und friedlich blieb, würde ich die meisten meiner Gemälde von der Insel schaffen; ich würde sie auch verkaufen, falls jemand sie haben wollte. Das konnte ich, ohne Trennungsschmerz zu empfinden. Ich hing leidenschaftlich an ihnen, solange ich an ihnen arbeitete, aber sobald sie fertig waren, bedeuteten sie mir nicht mehr als die harten halbkreisförmigen Hornhäute, die ich früher manchmal mit Bimsstein von den Seiten meiner großen Zehen entfernt hatte, damit meine Arbeitsstiefel nicht am Ende eines heißen Augusttags auf irgendeiner Baustelle drückten.

Die Serie *Mädchen mit Schiff* würde ich zurückbehalten – nicht aus irgendeiner tieferen Zuneigung, sondern weil sie noch nicht abgeschlossen war; diese Gemälde waren noch lebendes Fleisch. Vielleicht würde ich sie später ausstellen und verkaufen, aber vorerst sollten sie genau dort bleiben, wo sie waren: im Little Pink.

XV

Es gab keine Schiffe am Horizont, als ich in mein Haus zurückkam, und der Drang, etwas zu malen, hatte sich vorerst gelegt. Stattdessen benutzte ich Wiremans Diktiergerät und sprach den Mustervertrag auf Band. Ich war kein Jurist, aber in meinem anderen Leben hatte ich meinen Teil an Verträgen gelesen und unterschrieben, und dieser erschien mir ziemlich einfach.

Gegen Abend kehrte ich mit dem Vertrag und dem Diktiergerät in den *Palacio* zurück. Wireman bereitete das Abendessen zu. Elizabeth saß im Porzellansalon. Der scharfäugige Reiher – der eine Art inoffizielles Haustier war – stand draußen auf dem Weg und starrte mit grimmiger Missbilligung herein.

Die späte Nachmittagssonne erfüllte den Raum mit Licht. Trotzdem war er nicht *hell*. Die Spielstadt war in Unordnung, die Menschen und Tiere durcheinandergeworfen, die Gebäude in alle vier Ecken des Holztischs verstreut. Das Herrenhaus mit dem Säulenvordach war sogar umgeworfen. Elizabeth, die mit ihrer Captain-Bligh-Miene daneben im Rollstuhl saß, schien mich herauszufordern, ich solle es nur wagen, wieder Ordnung zu schaffen.

Wireman sprach dicht hinter mir und ließ mich zusammenzucken. »Wenn ich versuche, irgendeine Art Ordnung herzustellen, wirft sie alles wieder durcheinander. Sie hat schon einige auf den Boden geworfen und zerbrochen.«

»Sind sie wertvoll?«

»Manche schon, aber das ist nicht der springende Punkt. Wenn sie sie selbst ist, kennt sie jede einzelne Figur. Kennt und liebt sie. Sobald sie wieder zu sich kommt und fragt, wo Bo Peep ist … oder der Kohlenmann … muss ich ihr sagen, dass sie sie zerbrochen hat, und dann ist sie den ganzen Tag lang traurig.«

»Wenn sie wieder zu sich kommt.«

»Ja. Klar.«

»Ich denke, ich gehe wieder heim, Wireman.«

»Du willst malen?«

»Das ist der Plan.« Ich wandte mich der Unordnung auf dem Tisch zu. »Wireman?«

»Gleich hier, *vato*.«

»Wieso wirft sie alles durcheinander, wenn sie wie jetzt ist?«

»Ich denke … weil sie es nicht erträgt, zu sehen, was sie nicht ist.«

Ich begann mich umzudrehen. Er legte eine Hand auf meine Schulter.

»Mir wär's lieber, wenn du mich jetzt nicht ansehen würdest«, sagte er. Seine Stimme klang kaum beherrscht. »Ich bin im Augenblick nicht ich selbst. Geh zur Haustür hinaus und durch den Innenhof zurück, wenn du den Strand entlanggehen willst. Tust du das für mich?«

Das tat ich. Und zu Hause angekommen, arbeitete ich an seinem Porträt weiter. Es war in Ordnung. Damit meine ich vermutlich, dass es gut war. Ich konnte sein Gesicht erkennen, das herauszukommen versuchte. Das aufzugehen begann. Es hatte nichts Besonderes an sich, aber das war gut so. Für den Gesamteindruck war es immer am besten, wenn nichts auffällig hervortrat. Ich war glücklich, das weiß ich noch. Ich hatte meinen inneren Frieden gefunden. Die Muscheln murmelten. Mein rechter Arm juckte, aber nur schwach und sehr tief. Das auf den Golf hinausführende Panoramafenster war ein schwarzes Rechteck. Zwischendurch ging ich in die Küche hinunter und aß ein Sandwich. Ich stellte das Radio an und fand The Bone: J. Geils mit »Hold Your Loving«. J. Geils war nichts Besonderes, nur großartig – ein Geschenk der Rock-and-Roll-Götter. Ich malte weiter, und Wiremans Gesicht trat noch etwas deutlicher hervor. Es war jetzt ein Gespenst. Ein auf die Leinwand gebanntes Gespenst. Aber es war ein harmloses Gespenst. Würde ich mich jetzt umdrehen, stünde Wireman nicht oben an der Treppe, wo Tom Riley gestanden hatte, und drüben im *Palacio de Asesinos* würde die linke Hälfte von Wiremans Welt weiter dunkel sein; das waren Dinge, die ich einfach wusste. Ich malte. Das Radio lief. Unter dem Haus flüsterten die Muscheln.

Irgendwann hörte ich auf, duschte und ging ins Bett. Ich schlief traumlos.

Wenn ich an meinen Aufenthalt auf Duma Key zurückdenke, erscheinen mir diese Tage im Februar und März, in denen ich an Wiremans Porträt arbeitete, als die beste Zeit.

XVI

Am nächsten Tag rief Wireman um zehn Uhr an. Ich war bereits an der Staffelei. »Störe ich?«

»Schon in Ordnung«, sagte ich. »Ich kann eine Pause brauchen.« Das war gelogen.

»Wir haben dich heute Morgen vermisst.« Eine Pause. »Na ja, du weißt schon. Ich habe dich vermisst. *Sie* …«

»Ja«, sagte ich.

»Der Vertrag ist ein Schmusetanz. Es gibt so gut wie nichts daran auszusetzen. Er bestimmt, dass du mit der Galerie halbe-halbe machst, aber das werde ich noch einschränken. Sobald der Umsatz eine Viertelmillion überschreitet, sollte mit dem Fifty-fifty Schluss sein. Ab dann wird sechzig zu vierzig geteilt – zu deinen Gunsten, versteht sich.«

»Wireman, ich werde niemals eine Viertelmillion Umsatz mit Bilderverkäufen machen!«

»Ich hoffe, dass sie derselben Meinung sind, *muchacho*, deshalb werde ich vorschlagen, dass ab einer halben Million siebzig zu dreißig geteilt wird.«

»Plus ein Handjob von Miss Florida«, sagte ich mit schwacher Stimme. »Schreib das mit rein.«

»Notiert. Die andere Sache ist die Kündigungsfrist von

hundertachtzig Tagen. Die sollte neunzig betragen. Ich sehe da kein Problem, aber die vorgeschlagene Laufzeit ist interessant. Sie haben Angst, eine große New Yorker Galerie könnte auf dich aufmerksam werden und dich ihnen wegschnappen.«

»Noch irgendwas in dem Vertrag, das ich wissen müsste?«

»Nein, und ich spüre, dass du weiterarbeiten willst. Ich rufe Mr. Yoshida wegen der Änderungen an.«

»Hat sich an deinem Sehvermögen irgendwas geändert?«

»Nein, *amigo*. Ich wollte, ich könnte von einer Veränderung berichten. Aber male bitte weiter.«

Ich hatte den Hörer schon vom Ohr genommen, als er sagte: »Hast du zufällig die Morgennachrichten gesehen?«

»Nein, heute nicht. Warum?«

»Der County Coroner sagt, Candy Brown sei an einer Koronarthrombose gestorben. Ich dachte nur, das würde dich interessieren.«

XVII

Ich malte. Ich kam zwar nur langsam voran, war jedoch weit von einem Stillstand entfernt. Wireman entstand um den Ausschnitt herum, in dem sein Gehirn im Golf schwamm. Dies war ein jüngerer Wireman als auf den Fotos, die ich an die Seiten der Staffelei geheftet hatte, aber das war in Ordnung; ich beachtete sie immer weniger und nahm sie am dritten Tag schließlich ab. Ich brauchte sie nicht mehr. Trotzdem malte ich, wie es vermutlich die meisten Künstler taten: als handelte es sich um einen Auftrag, nicht um einen Wahn, der in Krämpfen kam und ging, als wäre ich auf Speed. Beim Malen hörte ich Radio, jetzt immer nur The Bone.

Am vierten Tag brachte Wireman mir den überarbeiteten Vertrag und erklärte mir, so könnte ich ihn bedenkenlos unterschreiben. Außerdem erzählte er mir, dass Nannuzzi meine Gemälde fotografieren und Dias für einen Vortrag machen wollte, der Mitte März, einen Monat vor der Vernissage meiner Ausstellung, in der Selby Library in Sarasota gehalten werden sollte. Zu diesem Einführungsvortrag, sagte Wireman, würden sechzig bis siebzig reiche Kunstliebhaber aus der Region Tampa-Sarasota erwartet. Ich sagte, das sei in Ordnung, und unterschrieb den Vertrag.

Dario kam an diesem Nachmittag zu mir heraus. Ich konnte es kaum erwarten, dass er seine Bilder machte und wieder fuhr, damit ich weiterarbeiten konnte. Mehr um Konversation zu betreiben, fragte ich ihn, wer den Vortrag in der Selby Library halten würde.

Er betrachtete mich mit hochgezogenen Augenbrauen, als hätte ich einen Scherz gemacht. »Der einzige Mensch auf der Welt, der Ihr Werk genau kennt«, sagte er. »Sie.«

Ich gaffte ihn mit offenem Mund an. »Ich kann keinen Vortrag halten! Ich verstehe nichts von Kunst!«

Seine Handbewegung umfasste meine Gemälde, die Jack und zwei Teilzeitkräfte aus der Scoto in der kommenden Woche in Kisten verpacken und nach Sarasota transportieren würden. Dort würden sie im Lagerraum hinter der Galerie in ihren Kisten bleiben, nahm ich an, bis es Zeit wurde, die Ausstellung aufzubauen. »Die besagen etwas anderes, mein Freund.«

»Dario, diese Leute *verstehen* etwas von Kunst! Sie haben Kurse belegt! Um Himmels willen, ich wette, dass die meisten Kunst als Hauptfach studiert haben! Was soll ich Ihrer Meinung nach tun – mich hinstellen und ›Seht gefälligst selbst‹ sagen?«

»Viel mehr hat Jackson Pollock jedenfalls auch nicht gesagt, wenn er über seine Kunst sprechen sollte. Oft war er dabei betrunken. Und es hat ihn reich gemacht.« Dario trat auf mich zu und ergriff meinen Armstumpf. Das imponierte mir. Nur sehr wenige Leute fassen amputierte Gliedmaßen an; man könnte glauben, sie fürchteten im Innersten, Amputation könnte ansteckend sein. »Hören Sie, mein Freund, diese Leute sind wichtig. Nicht nur weil sie Geld haben, sondern weil sie sich für neue Künstler interessieren und jeweils drei weitere Leute mit gleicher Wellenlänge kennen. Nach dem Vortrag – nach *Ihrem* Vortrag – fängt das Gerede an. Die Art Gerede, die sich fast immer in eine magische Sache namens ›Mundpropaganda‹ verwandelt.«

Er machte eine Pause, spielte mit dem Trageriemen seiner Kamera und lächelte schwach.

»Sie brauchen nur darüber zu sprechen, wie Sie angefangen haben, wie Sie sich entwickelt haben …«

»Dario, ich *weiß* nicht, wie ich mich entwickelt habe!«

»Dann sagen Sie das. Sagen Sie irgendwas! Sie sind doch ein Künstler, verdammt noch mal!«

Ich beließ es vorerst dabei. Der drohende Vortrag schien noch in weiter Ferne zu liegen, und ich wollte, dass Nannuzzi möglichst bald ging. Ich wollte wieder The Bone einschalten, das Tuch von dem Gemälde auf der Staffelei ziehen und an *Wireman blickt nach Westen* weiterarbeiten. Wollen Sie die schmutzige Wahrheit hören? Das Bild sollte keinen hypothetischen Zaubertrick mehr bewirken, sondern war selbst zu einem geworden. Ich betrachtete es sehr egoistisch, und alles, was später folgen mochte – das Mary

Ire versprochene Interview, der Vortrag, die Ausstellung selbst –, schien nicht vor, sondern irgendwie weit über mir zu liegen. Wie Regen auf der Meeresoberfläche einem Fisch erscheinen musste.

In dieser ersten Märzwoche drehte sich alles um Tageslicht. Nicht um das Licht bei Sonnenuntergang, sondern um Tageslicht. Wie es das Little Pink erfüllte und schweben zu lassen schien. In dieser Woche ging es um Musik aus dem Radio, alles von den Allman Brothers, Molly Hatchet, Foghat. Es ging darum, wie J. J. Cale seinen Song »Call Me the Breeze« ankündigte, indem er sagte: »Hier ist ein weiterer Ihrer alten Rock-and-Roll-Favoriten; also schlurft runter zum Broadway«, und wie ich die Muscheln unter dem Haus hören konnte, als ich das Radio abstellte und meine Pinsel reinigte. Es ging um das Geistergesicht, das ich sah – das eines jüngeren Mannes, der den Blick von Duma Key aus noch nicht kannte. Es gab einen Song – von Paul Simon, glaube ich – mit der Zeile: *If I'd never loved, I never would have cried.* Hätte ich niemals geliebt, hätte ich niemals geweint. Das lag in diesem Gesicht. Es war kein wirkliches, kein ganz reales Gesicht, aber ich machte es real. Es wuchs um das auf dem Golf schwimmende Gehirn herum. Die Fotos brauchte ich nicht mehr, denn dies war ein Gesicht, das ich kannte. Es war eine Erinnerung.

XVIII

Der 4. März war ein heißer Tag, aber ich machte mir nicht die Mühe, die Klimaanlage einzuschalten. Ich malte nur mit Shorts bekleidet, während mir der Schweiß über das Gesicht und den Oberkörper lief. Das Telefon klingelte zweimal. Der erste Anrufer war Wireman.

»Du hast dich in letzter Zeit ziemlich rar gemacht, Edgar. Kommst du zum Abendessen?«

»Kann leider nicht, Wireman. Danke.«

»Malst du, oder hast du unsere Gesellschaft hier im *Palacio* satt? Oder beides?«

»Ich male nur. Das Bild ist fast fertig. Irgendeine Veränderung im optischen Bereich?«

»Der linke Scheinwerfer ist weiter blind, aber ich habe mir eine Augenklappe dafür gekauft, und wenn ich die trage, kann ich bis zu einer Viertelstunde lang mit dem rechten Auge lesen. Das ist ein großer Fortschritt, den ich vermutlich dir verdanke.«

»Ich weiß nicht, ob das stimmt oder nicht«, sagte ich. »Diesmal ist es anders als bei meinem Bild von Candy Brown und Tina Garibaldi. Oder übrigens von meiner Frau und ihren … ihren Freunden. Diesmal fehlt der Knalleffekt. Weißt du, was ich mit Knalleffekt meine?«

»Ja, *muchacho*.«

»Aber wenn etwas passieren wird, dürfte es bald passieren, glaube ich. Sonst hast du wenigstens ein Porträt von dir, das dich mit fünfundzwanzig zeigt – oder wie du damals *vielleicht* ausgesehen hast.«

»Soll das ein Witz sein, *amigo?*«

»Nein.«

»Ich glaube nicht, dass ich mich überhaupt erinnern kann, wie ich mit fünfundzwanzig ausgesehen habe.«

»Wie geht's Elizabeth? Irgendeine Veränderung bei ihr?«

Er seufzte. »Gestern Morgen hat sie etwas wacher gewirkt, deshalb habe ich sie in den rückwärtigen Salon geschoben – dort steht ein kleinerer Tisch mit weniger Figuren –, und sie hat einen kompletten Satz Ballerinen von Wallendorf vom Tisch gefegt. Alle acht sind zu Bruch gegangen. Sie sind natürlich unersetzlich.«

»Tut mir leid.«

»Letzten Herbst hätte ich nicht geglaubt, dass es jemals so schlimm werden könnte, aber Gott straft uns für das, was wir uns nicht vorstellen können.«

Als ungefähr eine Viertelstunde später der zweite Anruf kam, warf ich meinen Pinsel ärgerlich auf den Arbeitstisch. Diesmal war Jimmy Yoshida am Apparat. Es war schwierig, angesichts seiner an Überschwang grenzenden Aufregung ärgerlich zu bleiben. Er hatte die Dias gesehen, die »alle glatt umhauen« würden, wie er behauptete.

»Das ist wundervoll«, sagte ich. »Bei meinem Vortrag werde ich die Leute auffordern: ›Seht zu, dass ihr eure Ärsche hochkriegt‹ … und dann rausgehen.«

Er lachte, als sei dies die witzigste Bemerkung, die er je gehört habe, und sagte dann: »Ich rufe vor allem an, um zu fragen, ob Sie irgendwelche Bilder als unverkäuflich gekennzeichnet haben möchten.«

Draußen war ein Rumpeln zu hören, als fahre ein großer, schwerer Lastwagen über eine Bohlenbrücke. Ich sah auf den Golf hinaus – auf dem es keine Bohlenbrücken gab – und erkannte, dass ich weit im Westen Donner gehört hatte.

»Edgar? Sind Sie noch da?«

»Klar«, sagte ich. »Sollte jemand etwas kaufen wollen, können Sie alles verkaufen bis auf die Serie *Mädchen mit Schiff*.«

»Ah.«

»Das klingt wie ein enttäuschtes ›Ah‹.«

»Ich hatte gehofft, eines dieser Bilder für die Galerie kaufen zu können. Ich hatte die *Nummer 2* im Auge.« Und bedachte man die Bestimmungen unseres Vertrags, hätte er das Gemälde mit fünfzig Prozent Rabatt gekauft. *Nicht schlecht, Frau Specht,* hätte mein Vater gesagt.

»Die Serie ist noch nicht abgeschlossen. Vielleicht wenn die restlichen Bilder gemalt sind.«

»Wie viele werden es denn?«

Ich male weiter, bis ich den Namen des beschissenen Geisterschiffs am Heckspiegel lesen kann.

Das hätte ich vielleicht sogar laut gesagt, hätte es im Westen nicht wieder gedonnert. »Ich denke, das weiß ich, wenn es so weit ist. Wenn Sie mich jetzt bitte entschuldigen wollen …«

»Sie arbeiten. Sorry. Ich will Sie nicht länger aufhalten.«

Als ich das schnurlose Telefon in die Halterung gesteckt hatte, überlegte ich, ob ich wirklich weiterarbeiten wollte. Aber … ich war dicht dran. Wenn ich konzentriert weiterarbeitete, konnte ich abends fertig werden. Und irgendwie gefiel mir die Vorstellung, zu malen, während ein Gewitter über den Golf heranzog.

Gott steh mir bei, sie erschien mir romantisch.

Also drehte ich das Radio auf, das ich beim Telefonieren leiser gestellt hatte, und hörte Axl Rose, der sich kreischend immer tiefer in »Welcome to the Jungle« verlor. Ich griff nach einem Pinsel und steckte ihn mir hinters Ohr. Dann nahm ich einen weiteren in die Hand und fing an zu malen.

XIX Die Gewitterwolken bildeten Stapel von riesigen Prähmen: unten schwarz, purpurrot wie Prellungen in der Mitte. Manchmal leuchteten Blitze in ihnen auf und ließen sie wie Gehirne voller schlechter Ideen aussehen. Der Golf verlor seine Farbe und lag wie tot da. Der Sonnenuntergang war ein gelber Streifen, der zu blässlichem Orange wurde und erlosch. Trübseliges Dämmerlicht erfüllte das Little Pink. Das Radio begann, jeden einzelnen Blitz mit lauten Störgeräuschen zu registrieren. Ich nahm mir die Zeit, es auszuschalten, machte aber kein Licht.

Ich weiß nicht mehr genau, wann ich aufhörte, derjenige zu sein, der das Bild malte ... und ich bin mir bis heute nicht sicher, dass der Maler *jemals* aufhörte, ich selbst zu sein; vielleicht *sí*, vielleicht *no*. Ich weiß nur, dass ich irgendwann den Kopf senkte und beim letzten Tageslicht und von gelegentlichen Blitzen erhellt meinen rechten Arm sah. Der Stumpf war sonnengebräunt, der Rest leichenblass. Die Muskeln hingen schlaff und kraftlos herab. Es gab keine Naht, keine Narbe, nur die Trennlinie, wo die Sonnenbräune einsetzte, aber der Arm darunter juckte wie ein alter Schwelbrand. Dann zuckte ein weiterer Blitz herab, und plötzlich gab es keinen Arm mehr, hatte nie einen gegeben – zumindest nicht auf Duma Key –, aber das Jucken war weiterhin da und so stark, dass ich am liebsten aus irgendwas ein Stück herausgebissen hätte.

Ich wandte mich wieder der Leinwand zu, und im selben Augenblick strömte das Jucken in diese Richtung hinaus, als entleerte sich ein Sack voller Wasser, und meine Raserei fiel von mir ab. Das Gewitter entlud sich über Duma Key, als die Dunkelheit herabsank, und ich dachte an die Zirkusnummer, bei der ein Kerl mit Augenbinde Messer um ein hübsches Mädchen herum wirft, das mit gespreizten Armen und Beinen an eine drehbare hölzerne Scheibe gefesselt ist, und lachte sogar, glaube ich, weil ich praktisch mit verbundenen Augen *malte*. In unregelmäßigen Abständen zuckte ein Blitz herab, und Wireman sprang mich an: Wireman mit fünfundzwanzig, Wireman vor Julia, vor Esmeralda, vor der *lotería*.

Ich gewinne, du gewinnst.

Ein gewaltiger Blitzstrahl ließ das Panoramafenster bläulich weiß aufleuchten, und eine stürmische Bö folgte dieser Elektrizität vom Golf herein und trieb den Regen mit solcher Gewalt gegen die Scheibe, dass ich dachte (mit dem Teil meines Verstandes, der noch denken konnte), sie werde bestimmt eingedrückt werden. Direkt über mir ging ein Munitionslager hoch. Und unter mir war das Murmeln der Muscheln zum Getratsche von toten Dingen geworden, die mit knöchernen Stimmen Geheimnisse erzählten. Wie hatte ich das nicht schon früher hören können? Tote Dinge, ja! Ein Schiff war hierhergekommen, ein Totenschiff mit verrotteten Segeln, das lebende Leichen ausgeladen hatte. Sie waren unter dem Haus, und der Sturm hatte sie zum Leben erweckt. Ich konnte sehen, wie sie durch die über dem Friedhof liegende Decke aus Muscheln nach oben strebten: blasse Gallerteklumpen mit grünen Haaren und Möwenaugen, die im Dunkel übereinanderkrochen und redeten, redeten, redeten. Ja! Weil sie viel nachzuholen hatten und keiner wusste, wann das nächste Gewitter kommen und sie erneut zum Leben erwecken würde.

Trotzdem malte ich weiter. Das tat ich voller Entsetzen und trotz der Dunkelheit; mein Arm bewegte sich so auf und ab, dass ich den Sturm eine Zeit lang tatsächlich zu *dirigieren* schien. Und irgendwann war *Wireman blickt nach Westen* fertig. Das sagte mir mein rechter Arm. Ich setzte meine Initialen – EF – in die untere linke Ecke, dann zerbrach ich den Pinsel, wozu ich beide Hände benutzte. Die Stücke fielen zu Boden. Ich torkelte von meiner Staffelei weg und flehte laut darum, was immer mir zusetze, solle aufhören. Und das würde es sicher tun; das Gemälde war jetzt fertig, also würde es bestimmt aufhören.

Ich machte oben an der Treppe halt, blickte hinunter und sah unten zwei kleine triefend nasse Gestalten. Ich dachte: *Apfel, Orange.* Ich dachte: *Ich gewinne, du gewinnst.* Dann zuckte ein Blitz herab und zeigte mir zwei Mädchen von ungefähr sechs Jahren, bestimmt Zwillinge und bestimmt Elizabeth Eastlakes ertrunkene Schwestern. Sie trugen Kleider, die klatschnass an ihren Körpern klebten. Ihre bleichen Gesichter waren grausig anzusehen.

Ich wusste, woher sie kamen. Sie waren unter den Muscheln hervorgekrochen.

Sie machten sich Hand in Hand daran, die Treppe zu mir emporzusteigen. Eine Meile über mir explodierte Donner. Ich wollte schreien. Ich konnte nicht. *Das siehst du nicht wirklich,* sagte ich mir. *Doch, das tust du,* dachte ich.

»Ich schaffe das«, sagte eines der Mädchen. Es sprach mit der Stimme der Muscheln.

»Es war rot«, sagte das andere Mädchen. Es sprach mit der Stimme der Muscheln. Die beiden waren jetzt halb oben. Ihre Köpfe waren kaum mehr als Totenschädel, von deren Seiten nasse Haarsträhnen herabhingen.

»Setz dich auf den *Freund*«, sagten sie gemeinsam wie Mädchen, die einen Spruch zum Seilspringen aufsagen … aber sie sprachen mit der Stimme der Muscheln. »Hol den *Kumpel* her.«

Sie griffen mit schrecklichen Fischbauchfingern nach mir.

Ich brach oben an der Treppe ohnmächtig zusammen.

XX Das Telefon klingelte. Dies war mein Telefonwinter. Ich öffnete die Augen und tastete nach der Nachttischlampe, weil ich nach dem schlimmsten Albtraum meines Lebens gleich Licht haben wollte. Statt der Lampe berührten meine Finger eine Wand. Im selben Augenblick merkte ich, dass mein Kopf in eigenartiger, schmerzhaft abgewinkelter Haltung an dieser Wand lag. Donner grollte – aber schwach und mürrisch; dies war jetzt abziehender Donner –, und das genügte, um mir alles wieder schmerzlich und erschreckend klar ins Gedächtnis zurückzurufen. Ich war im Little Pink. Ich war ohnmächtig geworden, weil …

Ich riss die Augen weit auf. Mein Hintern lag am oberen Ende der Treppe, meine Beine hingen die Stufen hinab. Ich dachte an die beiden ertrunkenen Mädchen – nein, es war mehr, einen Augenblick lang hatte ich eine vollständige, glasklare Erinnerung – und schoss hoch, ohne meine schlimme Hüfte auch nur zu spüren. Meine gesamte Konzentration galt den drei Lichtschaltern oben an der Treppe, aber selbst als meine Finger sie fanden, dachte ich: *Wird nicht funktionieren, der Sturm wird die Stromversorgung lahmgelegt haben.*

Doch die Lampen flammten auf, verbannten die Dunkelheit aus Atelier und Treppenhaus. Ich erlebte eine Schrecksekunde, als ich Sand und Wasser am Fuß der Treppe sah, aber das Licht reichte weit genug hinunter, um mir zu zeigen, dass der Wind die Haustür aufgedrückt hatte.

Bestimmt war es der Wind, der sie aufgedrückt hatte.

Im Wohnzimmer hörte das Telefon zu klingeln auf, und der Anrufbeantworter meldete sich. Meine Tonbandstimme forderte den Anrufer auf, nach dem Piepton eine Nachricht zu hinterlassen. Der Anrufer war Wireman.

»Edgar, bist du da?« Ich war zu desorientiert, um beurteilen zu können, ob seine Stimme aufgeregt oder verzweifelt oder erschrocken klang. »Ruf mich an, du musst mich sofort anrufen!« Und dann ein Klicken.

Ich stieg die Treppe hinunter, indem ich wie ein Achtzigjähriger einen zögerlichen Schritt nach dem anderen machte, und schaltete als Erstes überall das Licht ein: Wohnzimmer, Küche, beide Schlafzimmer, Florida-Raum. Sogar in den beiden Toiletten machte ich Licht. Dazu griff ich in die Dunkelheit hinein und war auf einen Schock gefasst, falls etwas Nasses und Kaltes, an dem Seetang baumelte, nach mir griff. Aber nichts griff nach mir. Als dann überall Licht brannte, entspannte ich mich so weit, dass ich meinen erneuten Hunger spürte. Meinen Heißhunger. Es war das einzige Mal, dass ich mich nach der Arbeit an Wiremans Porträt ausgehungert fühlte ... aber diese letzte Sitzung war natürlich ein Hammer gewesen.

Ich blieb stehen, um das Zeug zu begutachten, das durch die offene Haustür hereingeweht war. Nur Sand und Wasser, wobei das Wasser auf dem Bohnerwachs, mit dem meine Haushälterin den Zypressenboden auf Hochglanz brachte, bereits Perlen bildete. Auf den untersten Stufen war der Treppenläufer feucht, aber das war ganz normale Feuchtigkeit.

Ich wollte mir nicht eingestehen, dass ich Ausschau nach Fußabdrücken gehalten hatte.

Ich ging in die Küche, machte mir ein Sandwich mit Huhn und verschlang es vor der Arbeitsfläche stehend. Um es hinunterzuspülen, grapschte ich mir ein Bier aus dem Kühlschrank. Als das Sandwich aufgegessen war, ließ ich den Rest des gestrigen Salats folgen, der mehr oder weniger in Newman's Own French, einer gehaltvollen Salatsoße, schwamm. Dann ging ich hinüber ins Wohnzimmer, um im *Palacio* anzurufen. Wireman nahm nach dem ersten Klingeln ab. Ich wollte ihm erzählen, ich sei draußen gewesen, um das Haus auf etwaige Sturmschäden zu begutachten, aber wo ich bei seinem Anruf gewesen war, interessierte Wireman nicht im Geringsten. Er lachte und weinte durcheinander.

»Ich kann wieder sehen! So gut wie früher! Auch mit dem linken Auge wieder völlig klar! Ich kann's nicht glauben, aber …«

»Langsamer, Wireman. Ich versteh dich kaum.«

Er redete nicht langsamer. Vielleicht konnte er nicht. »Als das Gewitter am schlimmsten war, wurde mein schlimmes Auge plötzlich von einem Schmerz durchzuckt … ein unglaublicher Schmerz … wie ein glühender Draht … ich dachte, wir wären vom Blitz getroffen worden, so wahr mir Gott helfe … ich hab mir die Augenklappe abgerissen … und ich konnte sehen! Kapierst du, was ich dir erzähle? *Ich kann sehen!*«

»Ja«, sagte ich, »ich kapier's. Das ist wundervoll.«

»Warst du das? Das warst du, nicht wahr?«

»Vielleicht«, sagte ich. »Wahrscheinlich. Ich habe ein Bild für dich. Ich bringe es dir morgen.« Ich zögerte kurz. »An deiner Stelle würde ich gut darauf aufpassen, *amigo*. Ich glaube nicht, dass ihr weiteres Schicksal eine Rolle spielt, wenn sie erst mal fertig sind, aber ich habe auch geglaubt, Kerry würde gegen Bush gewinnen.«

Er lachte wild. »Oh, *verdad*, das tue ich! War's schwer?«

Bevor ich antworten konnte, fiel mir etwas ein. »Hat das Gewitter Elizabeth sehr zugesetzt?«

»O Mann, schrecklich. Sie fürchtet sich vor jedem, aber bei diesem … sie war außer sich vor Entsetzen. Hat die

Namen ihrer Schwestern gekreischt. Tessie und Lo-Lo, die damals in den Zwanzigerjahren ertrunken sind. Sogar ich war fast in Panik … aber das ist jetzt vorbei. Mit *dir* alles in Ordnung? *War's* schwer?«

Ich sah zu den Sandhäufchen zwischen Haustür und Treppe hinüber. Dort gab es bestimmt keine Fußabdrücke. Wenn ich mir einbildete, mehr als nur Sand zu sehen, war das bloß meine beschissene *Künstlerfantasie*.

Ich hoffte, dass es so war.

XXI

Wir sprachen noch fünf Minuten lang miteinander … oder vielmehr redete Wireman. Plapperte, genau genommen. Zuletzt gestand er mir noch, dass er sich vor dem Einschlafen fürchtete. Dass er Angst hatte, beim Aufwachen könnte sein linkes Auge wieder blind sein. Ich erklärte ihm, dass er das meiner Ansicht nach nicht befürchten musste, wünschte ihm eine gute Nacht und legte auf. *Ich* dagegen fürchtete, ich könnte mitten in der Nacht aufwachen und Tessie und Laura – Lo-Lo für Elizabeth – auf beiden Seiten meines Bettes sitzen sehen.

Eine der beiden vielleicht mit Reba auf ihrem feuchten Schoß.

Ich holte mir noch ein Bier aus dem Kühlschrank und ging wieder nach oben. Ich trat mit gesenktem Kopf und meine Füße anstarrend an die Staffelei und sah dann ruckartig auf, als hoffte ich, das Porträt überraschen zu können. Ein Teil von mir – ein rationaler Teil – erwartete, es durch Farbkleckse entstellt zu sehen: ein nur teilweise erkennbarer Wireman, der halb unter den Flecken und

Klecksen verschwand, mit denen ich die Leinwand während des Gewitters bedeckt hatte, als mein einziges richtiges Licht von den Blitzen herrührte. Der Rest meines Ich wusste es besser. Mein restliches Ich wusste, dass ich bei irgendeinem anderen Licht gemalt hatte (genau wie Messerwerfer mit verbundenen Augen sich von irgendeinem sechsten Sinn leiten lassen). Dieser Teil wusste, dass *Wireman blickt nach Westen* sehr gut gelungen war, und dieser Teil behielt recht.

In mancher Beziehung war dies das beste Bild, das ich auf Duma Key gemalt hatte, weil es mein *rationalstes* Werk war – wenn man bedachte, dass *Wireman blickt nach Westen* fast bis zum Schluss bei Tageslicht gemalt worden war. Und von einem Mann bei klarem Verstand. Der auf meine Leinwand gebannte Geist hatte ein attraktives Gesicht bekommen: jung, gelassen und verwundbar. Das Haar war fein und rabenschwarz. Ein kleines Lächeln umspielte die Mundwinkel, erfasste auch die grünen Augen. Die Augenbrauen waren dicht und kühn geschwungen. Die Stirn darüber war breit: ein offenes Fenster, durch das der Mann seine Gedanken auf den Golf von Mexiko richtete. In seinem sichtbaren Gehirn steckte kein Geschoss. Ebenso leicht hätte ich ein Aneurysma oder einen bösartigen Tumor entfernen können. Der Preis für die Fertigstellung dieses Porträts war hoch gewesen, aber die Rechnung war bezahlt worden.

Das Gewitter war zu einem schwachen Grollen irgendwo über dem Pfannenstiel von Florida verblasst. Ich dachte, ich würde schlafen können. Wenn ich wollte, konnte ich bei eingeschalteter Nachttischlampe schlafen; Reba würde mich niemals verpetzen. Ich konnte sogar mit ihr zwischen meinem Armstumpf und meiner rechten Seite eingekuschelt schlafen. Das hatte ich schon früher getan. Und Wireman konnte wieder sehen. Aber selbst das erschien mir im Augenblick fast nebensächlich. Der springende Punkt schien zu sein, dass ich endlich ein großes Werk geschaffen hatte.

Und es gehörte mir.

Ich glaubte, das würde mich einschlafen lassen.

Wie man ein Bild zeichnet (VI)

Konzentrieren Sie sich. Darin liegt der Unterschied zwischen einem guten Bild und einer bloßen weiteren Abbildung dieser Welt, die schon übervoll von solchen Darstellungen ist.

Elizabeth Eastlake war ein Dämon, wenn es um Konzentration ging; schließlich hatte sie sich buchstäblich in die Welt zurückgezeichnet. Und als die Stimme, die aus Noveen sprach, ihr von dem Schatz erzählte, konzentrierte sie sich darauf und zeichnete ihn, wie er auf dem Meeresboden verstreut lag. Sobald der Sturm sie freigelegt hatte, lagen die verlockenden Gegenstände so dicht unter der Oberfläche, dass sie in der Mittagssonne glitzern mussten – ein Glitzern, das sicher noch auf dem Wasser zu sehen gewesen war.

Sie wollte ihrem Daddy eine Freude machen. Für sich selbst wollte sie nur die Porzellanpuppe.

Daddy sagt: *Jede Puppe gehört dir – fairer Bergelohn,* und Gott helfe ihm deswegen.

Sie watete neben ihm ins Wasser, bis zu ihren pummeligen Knien, zeigte nach vorn und sagte: *Es liegt gleich dort draußen. Schwimm und mach Beinschläge, bis ich Halt sage.*

Er watete weiter hinaus, während sie zurückblieb, und als er sich nach vorn warf, um seinen Körper dem *caldo* zu überlassen, erschienen seine Schwimmflossen ihr so groß wie kleine Ruderboote. Später würde sie sie genauso zeichnen. Er spuckte in seine Tauchermaske, spülte sie aus und setzte sie auf. Nahm das Mundstück seines Schnorchels zwischen die Zähne. Schwamm mit gemächlichen Auf-und-ab-Bewegungen seiner Flossen in das sonnige Blau hinaus, sein Gesicht im Wasser, während sein Körper mit den flirrenden Sonnenflecken verschmolz, die die glasigen Wogen in Gold verwandelten.

Das alles weiß ich. Elizabeth zeichnete einen Teil davon, und ich zeichnete einen Teil davon.

Ich gewinne, du gewinnst.

Sie blieb mit Noveen unter einen Arm geklemmt bis zu den Knien im Wasser stehen, bis Nan Melda, die sich Sorgen wegen der Unterströmung machte, sie laut an den Strand zurückbeorderte, den sie Shade Beach nannten. Dann standen sie alle zusammen. Elizabeth rief John *Halt!* zu. Sie sahen seine Flossen in die Höhe gehen, als er erstmals tauchte. Er blieb ungefähr vierzig Sekunden unten, dann tauchte er prustend auf und stieß das Mundstück des Schnorchels aus.

Er sagte: *Der Teufel soll mich holen, wenn dort unten nicht tatsächlich was liegt.*

Und als er zu der kleinen Libbit zurückkam, umarmte er sie umarmte sie umarmte sie.

Das weiß ich. Ich hab es gezeichnet. Mit dem roten Picknickkorb, der daneben auf einer Decke steht, und der Harpunenpistole auf dem Korb.

Er schwamm nochmals hinaus und kam beim nächsten Mal mit einem Armvoll alter Dinge zurück, die er unbeholfen an seine Brust gepresst hielt. Später würde er anfangen, Nan Meldas Einkaufskorb zu benutzen, in den er ein Bleigewicht legte, damit er schneller versank. Noch später folgte ein Zeitungsfoto, auf dem ein Großteil des geborgenen Trödels – des »Schatzes« – vor dem lächelnden John Eastlake und seiner begabten, eifrig konzentrierten Tochter lag. Aber auf diesem Foto ist keine Porzellanpuppe zu sehen.

Weil die Puppe etwas Besonderes war. Sie gehörte Libbit. Sie war ihr fairer Bergelohn.

War es das Puppending, das Tessie und Lo-Lo in den Tod trieb? Das den Big Boy erschuf? Wie viel genau hatte Elizabeth inzwischen damit zu tun? Wer war hier der Künstler, wer die leere Fläche, auf die gezeichnet wurde?

Einige Fragen, auf die ich niemals befriedigende Antworten gefunden habe, aber ich habe selbst genug gezeichnet, um zu wissen, dass es auf dem Kunstsektor völlig in Ordnung ist, Nietzsche zu paraphrasieren: Bewahre deine Konzentration, dann bewahrt sie irgendwann dich. Manchmal fast gegen deinen Willen.

11

Blick von Duma Key

I Früh am nächsten Morgen standen Wireman und ich bis fast zu den Knien im Golf, der kalt genug war, um ein echter Augenöffner zu sein. Er war hineingegangen, und ich war ihm ohne Frage gefolgt. Ohne ein einziges Wort. Beide hielten wir eine Kaffeetasse in der Hand. Er trug Shorts; ich hatte mir gerade noch die Zeit genommen, meine Hosenbeine bis zu den Knien hochzurollen. Hinter uns am Ende des Holzstegs saß Elizabeth zusammengesunken in ihrem Rollstuhl, starrte grimmig auf den Golf hinaus und sabberte sich übers Kinn. Der größte Teil ihres Frühstücks lag noch vor ihr. Sie hatte ein wenig davon gegessen und den Rest durcheinandergeworfen. Ihr offenes Haar wehte in der warmen Brise aus Süden.

Das Wasser umbrandete uns. Sobald ich mich daran gewöhnt hatte, gefiel mir, wie seidenweich sich dieser Wechsel anfühlte: erst die Entlastung, als hätte ich auf magische Weise vier oder fünf Kilo abgenommen, dann das Ablaufen, das den Sand zwischen meinen Zehen in kitzelnden kleinen Strudeln heraussaugte. Sechzig bis siebzig Meter von uns entfernt zogen zwei fette Pelikane eine Linie über den Morgenhimmel. Dann legten sie die Flügel an und stürzten wie Steine ins Meer. Einer kam ohne Beute herauf, aber der andere hatte sein Frühstück im Schnabel. Der kleine Fisch wurde verschlungen, noch während der Pelikan wieder startete. Es war ein altes Ballett, aber deswegen nicht weniger angenehm zu beobachten. Weiter südlich und landeinwärts, wo der grüne Inseldschungel begann, rief ein anderer Vogel immer wieder: »Oh-oh! Oh-oh!«

Wireman wandte sich mir zu. Er sah nicht aus wie fünfundzwanzig, aber doch weitaus jünger als jemals, seit wir uns kennengelernt hatten. Sein linkes Auge war gar nicht mehr gerötet und hatte seinen zusammenhanglosen Ich-sehe-in-meine-Richtung-Ausdruck verloren. Ich bezweifelte nicht, dass er mich sah; dass er mich sehr gut sah.

»Wenn ich je irgendetwas für dich tun kann«, sagte er. »Mein ganzes Leben lang. Du rufst an, ich komme. Du verlangst etwas, ich tu's. Das ist ein Blankoscheck. Sind wir uns darüber im Klaren?«

»Ja«, sagte ich. Mir war auch etwas anderes klar: Wenn einem jemand einen Blankoscheck anbietet, darf man ihn um Himmels willen niemals einlösen. Das war nichts, was ich mir überlegt hatte. Manchmal umgeht Verständnis das Gehirn und kommt direkt aus dem Herzen.

»Also gut«, sagte er. »Mehr werde ich dazu nicht sagen.«

Ich hörte ein Schnarchen. Ich drehte den Kopf zur Seite und sah, dass Elizabeth' Kinn auf ihre Brust gesunken war. In einer zur Faust geballten Hand hielt sie ein Stück Toast. Ihre weißen Haare umwehten ihren Kopf.

»Sie sieht dünner aus«, sagte ich.

»Sie hat seit Neujahr fast zehn Kilo abgenommen. Ich gebe ihr jeden Tag einen dieser Maxi-Shakes – Ensure, so heißt das Zeug –, aber sie trinkt sie nicht immer. Und was ist mit dir? Siehst du nur so aus, weil du überarbeitet bist?«

»Wie sehe ich aus?«

»Als ob der Hund von Baskerville dir vor Kurzem die

linke Arschbacke abgebissen hätte. Falls das an der Überarbeitung liegt, solltest du vielleicht mal eine kleine Pause machen.« Er zuckte mit den Schultern. »›Das ist unsere Meinung, wir hören gern Ihre‹, wie sie auf Channel 6 sagen.«

Ich blieb stehen, wo ich war, spürte das Heben und Senken der Wellen und überlegte, was ich Wireman erzählen konnte. Wie viel ich Wireman erzählen *durfte*. Die Antwort schien auf der Hand zu liegen: alles oder nichts.

»Ich glaube, ich sollte dir erzählen, was letzte Nacht passiert ist. Du musst mir nur versprechen, nicht die Männer in den weißen Kitteln zu rufen.«

»Versprochen.«

Ich schilderte ihm, wie ich sein Porträt größtenteils bei Dunkelheit fertiggestellt hatte. Ich erzählte, wie ich meinen rechten Arm mitsamt der Hand gesehen hatte. Wie ich dann die beiden toten Mädchen am Fuß der Treppe gesehen hatte und ohnmächtig geworden war. Bis ich fertig war, waren wir aus dem Golf gewatet und zu der Stelle zurückgegangen, wo Elizabeth schnarchte. Wireman begann ihr Tablett abzuräumen und kippte die Frühstücksreste in einen Müllbeutel, den er aus der Tasche zwischen den Griffen des Rollstuhls zog.

»Sonst nichts?«, fragte er.

»Reicht das nicht?«

»Ich frage bloß.«

»Sonst nichts. Ich habe bis sechs Uhr wie ein Murmeltier geschlafen. Dann habe ich dich – das *Gemälde* von dir – hinten in meinen Wagen gelegt und bin hergefahren. Wenn du's übrigens sehen möchtest …«

»Alles zu seiner Zeit. Denk dir eine Zahl zwischen eins und zehn.«

»Was?«

»Tu mir den Gefallen, *muchacho.*«

Ich dachte mir eine Zahl. »Okay.«

Er schwieg einen Augenblick, während er auf den Golf hinaussah. Dann fragte er: »Neun?«

»Nein. Sieben.«

Wireman nickte. »Sieben.« Er trommelte sekundenlang mit den Fingern an seine Brust, dann ließ er sie auf den Schoß sinken. »Gestern hätte ich dir die Zahl sagen können. Heute kann ich es nicht mehr. Meine telepathische Gabe – dieses kleine Zwinkern – ist verschwunden. Was ein mehr als fairer Tausch ist. Wireman ist, wie Wireman war, und Wireman sagt *muchas gracias.*«

»Was willst du damit sagen? Willst du damit überhaupt irgendwas sagen?«

»Allerdings. Der springende Punkt ist, dass du nicht verrückt wirst, falls du das befürchtest. Auf Duma Key scheinen zerbrochene Menschen besondere Menschen zu sein. Hören sie auf, zerbrochen zu sein, hören sie auf, etwas Besonderes zu sein. Ich bin wieder ganz. Du bist noch zerbrochen, deshalb bist du weiterhin etwas Besonderes.«

»Ich weiß nicht recht, worauf du hinauswillst.«

»Weil du versuchst, etwas Einfaches schwierig zu machen. Sieh geradeaus, *muchacho*, was siehst du da?«

»Den Golf von Mexiko. Was ihr den *caldo largo* nennt.«

»Und was malst du die meiste Zeit?«

»Den Golf. Sonnenuntergänge am Golf.«

»Und was ist Malen?«

»Malen ist Sehen, vermute ich.«

»Da gibt's nichts zu vermuten. Und was bedeutet Sehen auf Duma Key?«

Ich fühlte mich wie ein Kind, das sich seiner Antwort nicht ganz sicher ist, als ich sagte: »*Spezielles* Sehen?«

»Ja. Was glaubst du also, Edgar? Waren die toten Mädchen letzte Nacht bei dir im Big Pink oder nicht?«

Mir lief ein kalter Schauder über den Rücken. »Vermutlich ja.«

»Das denke ich auch. Ich denke, dass du die Geister ihrer Schwestern gesehen hast.«

»Ich habe mich vor ihnen gefürchtet.« Das sagte ich mit leiser Stimme.

»Edgar … ich glaube nicht, dass Geister Leuten etwas tun können.«

»Vielleicht nicht gewöhnlichen Leuten an einem gewöhnlichen Ort«, sagte ich.

Er nickte ziemlich widerstrebend. »Richtig. Was willst du also tun?«

»Was ich *nicht* tun will, ist die Insel verlassen. Ich bin hier noch nicht fertig.«

Ich dachte nicht nur an meine Ausstellung – mein Champagnerglas Ruhm. Es gab noch mehr. Ich wusste nur nicht, woraus es bestand. Noch nicht. Hätte ich versucht, es mit Worten auszudrücken, hätte es blöd geklungen – wie der Text eines chinesischen Wahrsageplätzchens. Wie einer, in dem das Wort *Schicksal* vorkam.

»Möchtest du zu uns in den *Palacio* kommen? Bei uns einziehen?«

»Nein danke.« Ich fürchtete, das würde alles irgendwie noch schlimmer machen. Außerdem war das Big Pink mein Haus. Ich hatte es lieb gewonnen. »Aber könntest du versuchen, möglichst viel über die Familie Eastlake im Allgemeinen und diese beiden Mädchen im Besonderen rauszukriegen, Wireman? Wenn du wieder lesen kannst, könntest du vielleicht im Internet recherchieren und …«

Er fasste mich am Arm. »Ich werde wie verrückt graben.

Aber vielleicht kannst du auch was dazu beitragen. Du wirst von Mary Ire interviewt, nicht wahr?«

»Stimmt. Das Interview soll in der Woche nach meinem sogenannten Vortrag stattfinden.«

»Frag sie nach den Eastlakes. Vielleicht ziehst du das große Los. Miss Eastlake war in ihrer Zeit eine große Kunstförderin.«

»Okay.«

Er packte die Griffe des Rollstuhls der schlafenden alten Frau und drehte ihn um, sodass er wieder den orangeroten Dächern der Hazienda zugewandt war. »Jetzt wollen wir zurückgehen und uns mein Porträt ansehen. Mich interessiert, wie ich ausgesehen habe, als ich noch dachte, Jerry Garcia könnte die Welt retten.«

II

Meinen Malibu hatte ich im Innenhof neben Elizabeth' silbernem Mercedes aus der Zeit des Vietnamkriegs geparkt. Ich holte das Porträt aus meinem viel bescheideneren Chevrolet, drehte es richtig herum und hielt es hoch, damit Wireman es betrachten konnte. Während er es schweigend begutachtete, hatte ich einen verrückten Gedanken: Ich war wie ein Schneider, der in seinem Atelier neben dem großen Spiegel stand. Bald würde mein Kunde entweder sagen, dass ihm der für ihn angefertigte Maßanzug gefiel, oder bedauernd den Kopf schütteln und verkünden, dieser Anzug sitze leider sehr schlecht.

Weit im Süden – im Inseldschungel, wie ich ihn bei mir nannte – nahm der Vogel wieder seinen Warnruf »Oh-oh!« auf.

Schließlich hielt ich es nicht länger aus. »Sag etwas, Wireman. Sag irgendwas.«

»Ich kann nicht. Ich bin sprachlos.«

»Du? Unmöglich!«

Aber als ich von dem Porträt aufsah, merkte ich, dass das stimmte. Er sah aus, als hätte ihm jemand einen Hammer vor die Stirn geschlagen. Ich wusste inzwischen, dass meine Malerei Leute berührte, aber keine ihrer Reaktionen ließ sich mit der Wiremans an diesem Märzmorgen vergleichen.

Was ihn endlich aufweckte, war ein lautes Klopfen. Es kam von Elizabeth. Sie war wach und klopfte energisch auf ihr Tablett. »Rauchen!«, rief sie. »Rauchen! *Rauchen!*« Manche Dinge hielten sich anscheinend selbst im Alzheimernebel. Der Teil ihres Gehirns, der nikotinsüchtig war, zeigte nie Ausfallerscheinungen. Sie rauchte bis zum letzten Tag.

Wireman holte eine Packung American Spirit aus seinen Shorts, schüttelte eine heraus, steckte sie sich zwischen die Lippen und zündete sie an. Dann hielt er sie ihr hin. »Wenn ich sie Ihnen in die Hand gebe, setzen Sie sich damit nur in Brand, Miss Eastlake.«

»Rauchen!«

»Das ist nicht sehr ermutigend, meine Liebe.«

Aber er gab sie ihr doch, und sie ging – Alzheimer hin oder her – wie ein Profi damit um, machte einen tiefen Zug und stieß den Rauch durch die Nasenlöcher aus. Dann lehnte sie sich in ihren Rollstuhl zurück und sah einen Augenblick lang nicht aus wie Captain Bligh auf dem Achterdeck, sondern wie Franklin D. Roosevelt auf der Tribüne während einer Parade. Sie brauchte nur noch eine Zigarettenspitze, die sie zwischen die Zähne klemmen konnte. Und natürlich ein paar Zähne.

Wireman sah wieder das Porträt an. »Das willst du nicht im Ernst einfach verschenken, stimmt's? Das darfst du nicht. Es ist ein unglaubliches Werk!«

»Es gehört dir«, sagte ich. »Keine Widerrede.«

»Du musst es mit ausstellen.«

»Ich weiß nicht, ob das eine so gute Idee ist ...«

»Du hast selbst gesagt, dass sie wahrscheinlich nicht mehr auf das Modell wirken, wenn sie fertig sind ...«

»Ja, *wahrscheinlich.*«

»Wahrscheinlich genügt mir, und in der Scoto ist es sicherer als in diesem Haus. Edgar, dieses Bild verdient es, gesehen zu werden. Teufel, es *muss* gesehen werden.«

»Bist du das, Wireman?« Ich war ehrlich neugierig.

»Ja. Nein.« Er betrachtete es noch einen Augenblick länger. Dann wandte er sich mir zu. »Es ist, wie ich hätte sein wollen. Vielleicht wie ich an den wenigen besten Tagen meines besten Jahres war.« Fast widerstrebend fügte er hinzu: »Meines idealistischsten Jahres.«

Wir schwiegen eine Zeit lang und sahen nur das Porträt an, während Elizabeth qualmte wie eine Tschuff-Tschuff-Eisenbahn. Wie eine *alte* Tschuff-Tschuff-Eisenbahn.

Dann sagte Wireman: »Es gibt vieles, zu dem ich Fragen habe, Edgar. Seit ich nach Duma Key gekommen bin, habe ich mehr Fragen als ein Vierjähriger beim Zubettgehen. Aber was mich überhaupt nicht wundert, ist die Tatsache, dass du hierbleiben willst. Wenn ich solche Kunstwerke schaffen könnte, würde ich ewig auf der Insel bleiben wollen.«

»Letztes Jahr um diese Zeit habe ich am Telefon in Warteschleifen noch Strichmännchen gezeichnet«, sagte ich.

»Richtig, das hast du mir erzählt. Aber mich interessiert etwas anderes, *muchacho.* Wenn du dieses Bild siehst ... und an all die anderen denkst, die du schon gemalt hast ... würdest du da den Unfall, der dich den rechten Arm gekostet hat, ungeschehen machen wollen? Tätest du das, wenn du es könntest?«

Ich dachte daran, wie ich im Little Pink malte, während The Bone knackigen Rock 'n' Roll in fetten Brocken herauspumpte. Ich dachte an meine Großen Strandwanderungen. Ich dachte sogar daran, wie der ältere Junge der Baumgartens rief: »Jo, Mr. Freemantle, klasse Wurf!«, wenn ich das Frisbee zu ihm zurückkreiseln ließ. Dann dachte ich daran, wie ich in diesem Krankenhausbett aufgewacht war, wie schrecklich *heiß* mir gewesen war, wie verwirrt meine Gedanken gewesen waren, wie ich mich manchmal nicht einmal an den eigenen Namen hatte erinnern können. Ich dachte an meine Wut. An die mir dämmernde Erkenntnis (während der *Jerry Springer Show*), dass ein Teil meines Körpers sich endgültig von mir verabschiedet hatte. Ich war in Tränen ausgebrochen und hatte nicht mehr aufhören können, zu weinen.

»Ich würde ihn ungeschehen machen«, sagte ich. »Augenblicklich.«

»Ah«, sagte er. »War nur eine Frage.« Und er wandte sich ab, um Elizabeth die Zigarette wegzunehmen.

Sie streckte sofort die Hände aus wie ein Kind, dem man ein Spielzeug weggenommen hat. »Rauchen! *Rauchen! RAUCHEN!*« Wireman drückte die Zigarette am Absatz seiner Sandale aus, und Elizabeth beruhigte sich im nächsten Augenblick wieder und vergaß die Zigarette, weil ihr Nikotinhunger vorläufig gestillt war.

»Bleibst du bei ihr, während ich das Porträt in die Eingangshalle bringe?«, fragte Wireman.

»Klar«, sagte ich. »Hör zu, Wireman, ich wollte damit nur sagen …«

»Ich weiß. Dein Arm. Die Schmerzen. Deine Frau. Das

war eine dämliche Frage. Offensichtlich. Lass mich nur dieses Bild in Sicherheit bringen, okay? Und wenn Jack nächstes Mal kommt, schickst du ihn rüber. Wir packen es gut ein, und er kann es in die Scoto mitnehmen. Aber vor dem Abtransport nach Sarasota kritzle ich die ganze Verpackung mit *unverkäuflich* voll. Wenn du es mir schenkst, gehört dieses Baby ganz allein mir. Bloß nichts vermasseln!«

Im Dschungel im Süden nahm der Vogel seinen sorgenvollen Ruf wieder auf: »Oh-oh! Oh-oh!«

Ich wollte noch etwas zu ihm sagen, ihm meine Gründe erklären, aber er hastete bereits davon. Außerdem war es seine Frage gewesen. Seine dämliche Frage.

III Jack Cantori nahm *Wireman blickt nach Westen* am nächsten Tag mit in die Scoto, und Dario rief mich an, sobald er das Bild aus seiner Kartonverpackung geschält hatte. Er behauptete, noch nie etwas Vergleichbares gesehen zu haben, und sagte, er wolle dieses Porträt und die Serie *Mädchen mit Schiff* zu Schwerpunkten der Ausstellung machen. Jimmy und er glaubten, allein die Tatsache, dass diese Werke unverkäuflich waren, werde reges Interesse wecken. Ich sagte, das sei mir recht. Er fragte mich, ob ich dabei sei, meinen Vortrag auszuarbeiten, und ich erklärte ihm, ich dächte darüber nach. Er sagte, das sei gut, denn die Veranstaltung wecke schon jetzt »ungewöhnliches Interesse«, obwohl die Einladungen noch gar nicht rausgegangen seien.

»Und den Beziehern unseres Newsletters schicken wir natürlich JPEG-Bilder«, sagte er.

»Das ist großartig«, sagte ich, aber es erschien mir keineswegs großartig. In diesen ersten zehn Märztagen bemächtigte sich meiner eine seltsame Mattigkeit. Allerdings erstreckte sie sich nicht auf die Arbeit; ich malte einen weiteren Sonnenuntergang und ein weiteres *Mädchen mit Schiff*. Jeden Morgen machte ich mit meiner Sammeltasche über der Schulter eine Strandwanderung, um Muscheln und sonstiges interessantes Treibgut zu suchen. Ich fand sehr viele Bier- und Limonadedosen (beinah so glatt und weiß wie Amnesie), ein paar Kondome, eine Spielzeug-Wasserpistole und ein Bikiniunterteil. Null Tennisbälle. Mit Wireman trank ich unter dem gestreiften Sonnenschirm grünen Tee. Ich brachte Elizabeth dazu, Thunfischsalat und Nudelsalat zu essen, beide mit viel Mayo; auch konnte ich sie dazu bewegen, »Milkshakes« von Ensure durch einen Strohhalm zu trinken. An einem Tag saß ich neben ihrem Rollstuhl auf dem Holzsteg und rieb die rätselhaften Ringe aus gelblicher Hornhaut mit Bimsstein von ihren großen alten Füßen ab.

Aber ich machte mir noch keineswegs irgendwelche Notizen für meinen angeblichen »Kunstvortrag«, und als Dario anrief, um mir mitzuteilen, er sei in den Vortragssaal der Selby Library mit zweihundert Sitzplätzen verlegt worden, schmeichelte ich mir, dass meine hingeworfene Antwort nicht ahnen ließ, dass mir dabei fast das Blut in den Adern gefror.

Zweihundert Leute bedeuteten vierhundert Augen, alle auf mich gerichtet.

Ebenfalls verzichtete ich darauf, Einladungen zu schreiben, im Ritz-Carlton in Sarasota Hotelzimmer für die Nächte zum 16. und 17. April zu reservieren oder eine Gulfstream zu chartern, die eine Gruppe von Freunden und Verwandten aus Minnesota nach Florida bringen sollte.

Der Gedanke, irgendeiner von ihnen könnte ernsthaft meine Klecksereien sehen wollen, erschien mir immer verrückter.

Die Idee, Edgar Freemantle, der noch voriges Jahr mit der Baukommission in St. Paul wegen Probebohrungen in gewachsenem Fels im Clinch gelegen hatte, werde vor einem Haufen wirklicher *Kunstfreunde* einen *Vortrag über Kunst* halten, kam mir absolut verrückt vor.

Meine Gemälde schienen jedoch ganz real zu sein, und die Arbeit war … Gott, die Arbeit war wundervoll. Wenn ich bei Sonnenuntergang im Little Pink an meiner Staffelei stand – nur in Shorts und das Radio auf The Bone eingestellt – und beobachtete, wie *Mädchen mit Schiff Nr.* 7 mit unheimlicher Geschwindigkeit aus dem Weiß hervortrat (wie etwas, das aus einer Nebelbank gleitet), fühlte ich mich vollkommen wach und lebendig: ein Mann, der zur genau rechten Zeit am rechten Ort ist, eine Kugel in einer exakt passenden Fassung. Das Geisterschiff hatte sich ein wenig mehr gedreht; sein Name schien *Perse* zu sein. Aus einer Laune heraus gab ich dieses Wort bei Google ein und erzielte genau einen Treffer – vermutlich ein Weltrekord. Perse war eine Privatschule in England, deren ehemalige Schüler »Old Perseans« hießen. Von einem Schulschiff, dreimastig oder sonst wie, war nicht die Rede.

In dieser neuesten Fassung trug das Mädchen in dem Ruderboot ein grünes Kleid, dessen Träger sich über seinem bloßen Rücken kreuzten, und war umgeben von Rosen, die das düstere Wasser in weitem Umkreis bedeckten. Ein beunruhigendes Bild.

Auf Strandwanderungen, beim Mittagessen oder bei einem Bier – mit Wireman oder allein – war ich glücklich. Wenn ich Bilder malte, war ich glücklich. Mehr als glücklich. Beim Malen fühlte ich mich vollständig und auf eine grundlegende Weise ausgefüllt, die ich vor meiner Ankunft auf Duma Key nie gekannt hatte. Aber wenn ich an die Ausstellung in der Scoto Gallery und an all das Zeug dachte, das eine Ausstellung neuer Werke erst erfolgreich machte, war mein Verstand sofort blockiert. Es war mehr als Lampenfieber; es fühlte sich wie regelrechte Panik an.

Ich vergaß alles Mögliche – wie E-Mails von Dario, Jimmy oder Alice Aucoin von der Scoto Gallery zu öffnen. Fragte Jack, ob ich aufgeregt sei, weil ich im Geldbart Auditorium der Selby Library »mein Ding machen« dürfe, murmelte ich etwas Zustimmendes, bat ihn dann, den Malibu in Osprey zu betanken, und verdrängte, was er mich gefragt hatte. Als Wireman sich erkundigte, ob ich schon mit Alice Aucoin über die Hängung der Themengruppen gesprochen hatte, schlug ich ein paar Volleys auf dem Tennisplatz vor, weil es Elizabeth Spaß zu machen schien, uns dabei zuzusehen.

Dann, ungefähr eine Woche vor meinem Vortrag, verkündete Wireman, er wolle mir etwas zeigen, das er produziert habe. Etwas Kunsthandwerkliches. »Vielleicht sagst du mir, was du als Künstler davon hältst«, schlug er vor.

Auf dem Tisch im Schatten des gestreiften Sonnenschirms (dessen Einriss Jack mit Isolierband geflickt hatte) lag eine schwarze Mappe. Ich schlug sie auf und nahm etwas heraus, das wie eine Hochglanzbroschüre aussah. Vorn war eines meiner ersten Gemälde – *Sonnenuntergang mit Sophora* – abgebildet, und ich war überrascht, wie professionell es wirkte. Unter der Reproduktion stand:

Liebe Linnie – damit habe ich mich auf Duma Key befasst, und obwohl ich weiß, dass du schrecklich beschäftigt bist …

Unter *beschäftigt bist …* verwies ein Pfeil auf die nächste Seite. Ich sah zu Wireman auf, der mich mit ausdrucksloser Miene beobachtete. Hinter ihm starrte Elizabeth über den Golf hinaus. Ich wusste nicht, ob ich über seine Anmaßung eher verärgert oder erleichtert war. Tatsächlich empfand ich beides. Und ich konnte mich nicht erinnern, ihm erzählt zu haben, dass ich meine ältere Tochter manchmal Linnie nannte.

»Du kannst jede Schrift haben, die dir gefällt«, sagte er. »Diese ist mir ein bisschen zu girliehaft, aber meiner Mitarbeiterin gefällt sie. Und die Anrede ist natürlich austauschbar. Den Text kannst du auch anpassen. Das ist das Schöne daran, wenn man solche Entwürfe am Computer macht.«

Ich gab keine Antwort, sondern blätterte nur um. Hier waren nebeneinander *Sonnenuntergang mit Hexengras* und *Mädchen mit Schiff Nr. 1* abgebildet. Unter den Bildern stand folgender Text:

> *… hoffe ich sehr, dass du zu meiner Vernissage in der Scoto Gallery in Sarasota, Florida, am 15. April von 19 bis 22 Uhr kommen kannst. Für Air France Flight 22, der am 15. April um 8.25 Uhr in Paris startet und um 10.15 Uhr in New York ankommt, ist ein Sitz in der ersten Klasse für dich reserviert; eine Reservierung besteht auch für Delta Flight 496 mit Start vom JFK um 13.20 Uhr und Ankunft in Sarasota um 16.30 Uhr. Eine Limousine holt dich vom Flughafen ab und bringt dich ins Ritz-Carlton, wo vom 15. bis 17. April – ebenfalls auf meine Einladung – ein Zimmer für dich reserviert ist.*

Unter den letzten Worten verwies ein weiterer Pfeil auf die nächste Seite. Ich sah verwirrt zu Wireman auf. Er hatte sein

Pokerface aufgesetzt, aber ich konnte eine Ader an seiner rechten Schläfe pulsieren sehen. Später erklärte er mir: »Ich wusste, dass ich damit unsere Freundschaft aufs Spiel setze, aber irgendjemand musste etwas unternehmen, und mir war inzwischen klar, dass *du* das nicht sein würdest.«

Ich blätterte nochmals um. Wieder zwei dieser erstaunlichen Reproduktionen: links *Sonnenuntergang mit Schneckenmuschel*, rechts die unbezeichnete Skizze meines Briefkastens. Die Skizze war ein mit Venus-Buntstiften ausgeführtes Frühwerk, aber mir gefiel der Dreilappige Hasenfuß, der neben dem Holzpfosten wuchs – tiefschwarz und leuchtend gelb –, und die Zeichnung stammte offenbar von einem Mann, der sein Handwerk verstand. Oder es gerade verstehen lernte.

Hier war der Text kürzer.

Falls du es nicht schaffst, habe ich volles Verständnis dafür – Paris liegt schließlich nicht gleich um die Ecke! –, aber ich hoffe sehr, dass du kommen wirst.

Ich war wütend, aber andererseits auch nicht dumm. Jemand hatte die Initiative ergreifen müssen. Wireman war offenbar zu dem Schluss gelangt, dies sei sein Job.

Ilse, dachte ich. *Ilse muss ihm dabei geholfen haben.*

Ich erwartete, über dem Text auf der letzten Seite ein weiteres Gemälde zu sehen, aber dort war etwas anderes abgebildet. Was ich hier sah, tat mir im Herzen weh vor Überraschung und Liebe. Melinda war immer mein schwieriges Mädchen, mein Projekt gewesen, aber ich hatte sie deshalb nie weniger geliebt, und was ich empfand, zeigte sich deutlich auf diesem Schwarz-Weiß-Foto, das in der Mitte einen Knick und Eselsohren zu haben schien. Es hatte jedes Recht dazu, mitgenommen auszusehen, denn die darauf neben mir stehende Melinda konnte nicht älter als vier sein. Folglich war dieser Schnappschuss mindestens achtzehn Jahre alt. Sie trug Jeans, Cowboystiefel, eine Bluse im Westernstil und einen Strohhut. Waren wir gerade zurück von der Pleasant Hill Farm, auf der sie manchmal ein Shetlandpony ritt, das Sugar hieß? Vermutlich. Jedenfalls standen wir auf dem Gehsteig vor unserem ersten kleinen Haus in Brooklyn Park, ich in verblichenen Jeans, einem weißen T-Shirt, dessen kurze Ärmel einen Schlag hochgekrempelt waren, und mit zurückgekämmten Haaren wie ein Greaser. Ich hatte eine Dose Grain-Belt-Bier in der Hand und ein Lächeln auf dem Gesicht. Linnie hatte eine Hand in meine Jeanstasche gehakt und einen Ausdruck von Liebe – solcher Liebe – auf ihrem mir zugekehrten Gesicht, dass ich einen Kloß im Hals spürte. Ich lächelte wie jemand, der kurz davor ist, in Tränen auszubrechen. Unter dem Foto stand:

Wenn du auf dem Laufenden bleiben willst, wer sonst noch kommt, kannst du mich unter 941-555-6166, Jerome Wireman unter 941-555-8191 oder deine Mutter anrufen. Sie kommt übrigens mit dem Kontingent aus Minnesota und erwartet dich im Hotel.
Hoffe, dass du kommen kannst – liebe dich in jedem Fall,
Pony Girl,
Dad

Ich faltete den Brief zusammen, der auch eine Broschüre war, die zugleich eine Einladung war, und starrte sie einige Augenblicke lang schweigend an. Ich traute mich noch nicht recht, zu sprechen.

»Das ist natürlich nur ein Rohentwurf.« Wiremans Stimme klang zögerlich. Mit anderen Worten: überhaupt nicht wie seine. »Wenn er dir nicht gefällt, stampfe ich ihn ein und mache einen neuen. Macht gar nichts.«

»Das Foto hast du nicht von Ilse«, sagte ich.

»Nein, *muchacho*. Pam hat es in einem ihrer alten Fotoalben gefunden.«

Plötzlich begriff ich alles.

»Wie oft hast du mit ihr telefoniert, *Jerome?*«

Er fuhr zusammen. »Das tut weh, aber vermutlich hast du ein Recht dazu. Ein halbes Dutzend Mal, denke ich. Angefangen hat es damit, dass ich ihr erzählt habe, wie du dich hier selbst reingeritten hast und einen Haufen anderer Leute mit ins Verderben reißt …«

»Was zum *Teufel!*«, rief ich gekränkt aus.

»Leute, die eine Menge Hoffnung und Vertrauen in dich investiert haben, von Geld ganz zu schweigen …«

»Hör zu, ich kann den Leuten von der Scoto jeden Cent erstatten, den sie bisher für mich …«

»Halt die Klappe«, sagte er. Ich hatte noch nie eine solche Unfreundlichkeit in seiner Stimme gehört. Oder in seinen Augen gesehen. »Du bist kein Arschloch, *muchacho*, als benimm dich nicht wie eins. Kannst du ihnen auch ihr Vertrauen erstatten? Kannst du ihr Prestige erstatten, wenn der von ihnen angekündigte große neue Künstler weder zu seinem Vortrag noch zur Vernissage erscheint?«

»Wireman, die *Ausstellung* ist nicht das Problem, nur dieser gottverdammte *Vortrag* …«

»Aber das wissen *die* nicht!«, brüllte er. Er hatte ein verdammt lautes Organ, das war echtes Gerichtssaalbrüllen. Elizabeth ließ keine Reaktion erkennen, aber Piepser flogen in einer braunen Wolke von der Brandungslinie auf. »Sie haben dieses komische Gefühl, dass du dich am fünfzehnten

April vielleicht nicht blicken lassen oder alle deine Bilder zurückziehen wirst, sodass sie auf dem Höhepunkt der Touristensaison, auf dem sie sonst ein Drittel ihres Jahresumsatzes machen, mit leeren Räumen dastehen werden.«

»Sie haben keinen Grund, das zu denken«, sagte ich, aber mein Gesicht pochte wie ein heißer Ziegelstein.

»Nein? Was hast du von solchem Verhalten in deinem anderen Leben gehalten, *amigo?* Wie hast du eine Firma beurteilt, die Fertigbeton liefern sollte und dann nicht auf die Minute pünktlich da war? Oder einen Installateur, der seinen Auftrag als Subunternehmer nicht termingerecht angefangen hat? Warst du, sagen wir mal, zuversichtlich in Bezug auf solche Kerle? Hast du ihnen ihre Ausflüchte abgenommen?«

Ich sagte nichts.

»Dario schickt dir E-Mails, in denen er um Entscheidungen bittet, und kriegt keine Antwort. Er und andere rufen dich an und werden mit halbgaren Antworten abgefertigt wie: ›Ich werde darüber nachdenken.‹ Das würde sie nervös machen, wenn du Jamie Wyeth oder Dale Chihuly wärst, der du aber nicht bist. Im Prinzip bist du nur irgendein Kerl, der von der Straße hereingeschneit ist. Sie rufen mich an, und ich tue mein Bestes – schließlich bin ich dein gottverdammter Agent –, aber ich bin kein Künstler, und sie sind eigentlich auch keine. Wir sind wie eine Bande von Taxifahrern, die versucht, ein Baby zur Welt zu bringen.«

»Schon kapiert«, sagte ich.

»Ich frage mich, ob du das tust.« Er seufzte schwer. »Du sagst, dass du nur Lampenfieber wegen des Vortrags hast und die Ausstellung durchziehen wirst. Bestimmt glaubt das ein Teil deines Ich, aber ich muss dir sagen, *amigo*, dass ich befürchte, dass ein anderer Teil nicht die Absicht hat, am fünfzehnten April in der Scoto Gallery aufzukreuzen.«

»Wireman, das ist …«

»Schwachsinn? Glaubst du? Ich rufe das Ritz-Carlton an, um zu fragen, ob ein Mr. Freemantle für Mitte April irgendwelche Zimmer reserviert hat, und bekomme ein großes *Non, non, Nannette* als Antwort. Also hole ich tief Luft und setze mich mit deiner Ex in Verbindung. Sie steht nicht mehr im Telefonbuch, aber eure Immobilienmaklerin gibt mir ihre Nummer, als ich sage, dass es sich gewissermaßen um einen Notfall handelt. Und ich entdecke gleich, dass Pam dich noch immer gern hat. Sie würde dich am liebsten anrufen, um dir das zu sagen, aber sie hat Angst vor einer Abfuhr.«

Ich starrte ihn sprachlos an.

»Sobald wir uns vorgestellt haben, kommt als Erstes heraus, dass Pam Freemantle nichts, überhaupt nichts von der großen Ausstellung weiß, die ihr Exmann in fünf Wochen haben wird. Darüber hinaus – sie telefoniert, während Wireman in der Warteschleife hängt und dank seiner wiederhergestellten Sehkraft ein Kreuzworträtsel löst – zeigt sich, dass ihr Ex *bupkes* unternommen hat, um ein Flugzeug zu chartern, zumindest bei der Firma, die sie kennt. Was uns dazu veranlasst, darüber zu diskutieren, ob Edgar Freemantle nicht im Innersten beschlossen hat, an dem bewussten Tag – um einen Ausdruck aus meiner vergeudeten Jugend zu gebrauchen – scheiß drauf zu schreien und in den Eimer zu kriechen.«

»Nein, du siehst das alles ganz falsch«, sagte ich, aber diese Worte kamen als lustloses Geleier heraus, das wenig überzeugend klang. »Dieser ganze Organisationskram macht mich verrückt, und ich habe ihn … du weißt schon, vor mir hergeschoben.«

Wireman war unerbittlich. In einem Zeugenstand vor Gericht wäre ich inzwischen eine kleine Pfütze aus Fett und

Tränen gewesen, denke ich; der Richter hätte eine Verhandlungspause angeordnet, um dem Gerichtsdiener Zeit zu geben, mich aufzuwischen oder auf Hochglanz zu bringen. »Pam sagt, würde man die von der Freemantle Company errichteten Gebäude aus der Skyline von St. Paul entfernen, würde die Stadt wie Des Moines in den Siebzigerjahren aussehen.«

»Pam übertreibt.«

Er achtete nicht auf mich. »Soll ich tatsächlich glauben, dass ein Kerl, der so viel Arbeit organisiert hat, es nicht schafft, ein paar Flugtickets und zwei Dutzend Hotelzimmer zu organisieren? Vor allem wenn er dafür auf Büropersonal zurückgreifen kann, das liebend gern von ihm hören würde?«

»Sie sind nicht … ich will nicht … sie können nicht einfach …«

»Bist du jetzt sauer?«

»Nein.« Aber ich war es doch. Die alte Wut war wieder da und wollte ihre Stimme erheben, bis sie so laut kreischte wie Axl Rose in The Bone. Ich drückte mit zwei Fingern auf die Stelle über meinem rechten Auge, wo Kopfschmerzen zu pochen begannen. Heute würde ich nicht mehr malen können, und daran war Wireman schuld. Wireman war an allem schuld. Einen Moment lang wünschte ich mir, er wäre blind. Nicht nur halb blind, sondern *richtig* blind. Dann wurde mir klar, dass ich ihn so hätte malen können. Sofort fiel meine Wut in sich zusammen.

Wireman sah, wie ich mir an die Stirn griff, und schaltete einen Gang zurück. »Hör zu, die meisten Leute, die sie inoffiziell gefragt hat, haben bereits gesagt: Teufel noch mal, ja, wir würden natürlich gern kommen. Angel Slobotnik, dein alter Polier, hat Pam versprochen, dir ein Glas Essiggurken mitzubringen. Er sei ganz begeistert gewesen, hat sie gesagt.«

»Keine Gurken, Soleier«, sagte ich, und Big Ainges breites, flaches, lächelndes Gesicht stand mir sekundenlang zum Greifen nahe vor Augen. Angel, der über zwanzig Jahre lang mit mir durch dick und dünn gegangen war, bis er nach einem schweren Herzanfall vorzeitig in den Ruhestand hatte gehen müssen. Angel, dessen Standardantwort auf selbst scheinbar unmögliche Forderungen *Wird gemacht, Boss* gewesen war.

»Pam und ich organisieren die Flugreisen«, sagte Wireman. »Nicht nur für die Leute aus Minneapolis-St. Paul, sondern auch von anderen Orten.« Er tippte auf die Broschüre. »Die hier drinnen erwähnten Flüge von Air France und Delta gibt's tatsächlich, und sie sind wirklich für deine Tochter Melinda gebucht. Sie weiß, was hier vorgeht. Ilse natürlich auch. Beide warten nur darauf, offiziell eingeladen zu werden. Ilse wollte dich anrufen, aber Pam hat sie gebeten, noch zu warten. Sie sagt, dass du den Startschuss geben musst, und ganz gleich, worin sie während eurer Ehe unrecht gehabt haben mag, *muchacho*, hat sie in diesem Punkt absolut recht.«

»In Ordnung«, sagte ich. »Ich weiß, was du meinst.«

»Gut. Jetzt will ich mit dir über den Vortrag reden.«

Ich ächzte.

»Wenn du vor dem Vortrag ausbüxt, fällt es dir doppelt so schwer, zur Vernissage zu gehen und …«

Ich starrte ihn ungläubig an.

»Was?«, fragte er. »Bist du anderer Meinung?«

»Ausbüxen?«, fragte ich. »*Ausbüxen?* Was zum Teufel soll das heißen?«

»Weglaufen«, sagte er leicht defensiv. »Landschaftlich

gebraucht. Siehe zum Beispiel Evelyn Waughs *Ohne Furcht und Tadel*, 1952.«

»Siehe meinen Arsch und dein Gesicht«, sagte ich. »Edgar Freemantle, Gegenwart.«

Er zeigte mir den Finger, und einfach so war zwischen uns fast alles wieder in Ordnung.

»Du hast Pam die Bilder geschickt, nicht wahr? Du hast ihr die JPEG-Datei geschickt.«

»Stimmt.«

»Wie hat sie reagiert?«

»Sie war überwältigt, *muchacho.*«

Ich saß schweigend da und versuchte mir Pam überwältigt vorzustellen. Das gelang mir auch, aber das Gesicht, das ich vor Überraschung und Staunen aufleuchten sah, war ein jüngeres Gesicht. Die Zeit, in der ich dieses Leuchten hatte hervorrufen können, lag schon etliche Jahre zurück.

Elizabeth begann einzudösen, aber ihre Haare wehten ihr ins Gesicht, und sie tatschte danach wie jemand, der von Insekten belästigt wird. Ich stand auf, holte ein Gummiband aus der Tasche zwischen den Griffen ihres Rollstuhls – dort befand sich immer eine Handvoll in verschiedenen Farben – und fasste damit ihr Haar zu einem Pferdeschwanz zusammen. Die Erinnerungen daran, wie ich das bei Melinda und Ilse getan hatte, waren süß und schmerzhaft.

»Danke, Edgar. Danke, *mi amigo.*«

»Wie soll ich es also anfangen?«, fragte ich. Ich ließ meine Handflächen auf beiden Seiten von Elizabeth' Kopf ruhen und spürte die Glätte ihrer Haare, wie ich oft die Glätte der frisch gewaschenen Haare meiner Töchter gespürt hatte; wenn die Erinnerung am stärksten ist, werden unsere eigenen Körper zu Geistern, die uns mit den Gesten unserer früheren Jahre verfolgen. »Wie soll ich über einen Arbeitsprozess reden, der zumindest teilweise übersinnlich ist?«

So! Nun war's heraus. Der Kern des Problems.

Trotzdem blieb Wireman gelassen. »Edgar!«, rief er aus.

»Edgar *was?*«

Der Hundesohn lachte doch tatsächlich. »Wenn du ihnen genau das erzählst … *werden sie's dir glauben.*«

Ich öffnete den Mund, um zu widersprechen. Dachte an Dalís Werk. Dachte an van Goghs wundervolles Gemälde *Sternennacht.* Dachte an bestimmte Bilder von Andrew Wyeth, nicht an *Christinas Welt*, sondern seine Interieurs: kahle Räume, in denen das Licht normal und fremdartig zugleich ist, als käme es aus zwei Richtungen gleichzeitig. Ich machte den Mund wieder zu.

»Ich kann dir keine Rede aufsetzen«, sagte Wireman, »aber dir etwas in dieser Art an die Hand geben.« Er hielt die Broschüre/Einladung hoch. »Ich kann dir ein Konzept liefern.«

»Damit wäre mir schon geholfen.«

»Wirklich? Dann hör zu.«

Ich hörte zu.

IV

»Hallo?«

Ich saß auf der Couch im Florida-Raum. Mein Herz klopfte laut. Dies war einer der Anrufe – jeder hat schon ein paar hinter sich –, bei denen man gleichzeitig hofft, sofort durchzukommen, um die Sache so hinter sich zu bringen, und niemanden zu erreichen, um das schwierige und voraussichtlich schmerzliche Gespräch noch eine Weile aufschieben zu können.

Ich erwischte Option eins: Pam meldete sich nach dem ersten Klingeln. Ich konnte nur hoffen, dass dieses Gespräch besser verlaufen würde als unser letztes. Sogar als die paar letzten.

»Pam, ich bin's – Edgar.«

»Hallo, Edgar«, sagte sie vorsichtig. »Wie geht's dir?«

»Oh ... nicht schlecht. Gut. Ich habe mit meinem Freund Wireman gesprochen. Er hat mir die Einladung gezeigt, die ihr gemeinsam entworfen habt.« *Die ihr gemeinsam entworfen habt.* Das klang unfreundlich. Sogar konspirativ. Aber wie ließ der Sachverhalt sich sonst ausdrücken?

»Ja?« Ihr Tonfall war unmöglich zu deuten.

Ich atmete einmal tief durch und sprang. *Gott hasst Feiglinge,* sagt Wireman. Unter anderem. »Ich rufe an, um mich zu bedanken. Ich habe mich echt dämlich benommen. Euer Eingreifen war genau das, was ich brauchte.«

Das Schweigen am anderen Ende dauerte so lange, dass ich mich fragte, ob sie irgendwann lautlos aufgelegt hatte. Dann sagte sie: »Ich bin noch da, Eddie – ich musste mich nur vom Boden aufrappeln. Ich weiß gar nicht mehr, wann du dich zuletzt bei mir entschuldigt hast.«

Hatte ich mich entschuldigt? Nun ... schon gut. Vielleicht indirekt. »Dann tut mir auch das leid«, sagte ich.

»Ich selbst muss mich bei dir entschuldigen«, sagte sie. »Das hebt sich ungefähr auf, denke ich.«

»Du? Wofür musst du dich entschuldigen?«

»Tom Riley hat mich angerufen. Erst vorgestern. Er nimmt wieder seine Medikamente. Er will, ich zitiere, ›zu jemandem gehen‹ – damit meint er einen Seelendoktor, vermute ich –, und hat angerufen, um sich dafür zu bedanken, dass ich ihm das Leben gerettet habe. Hat dich schon mal jemand angerufen und dir dafür gedankt?«

»Nein.« Allerdings hatte mich erst neulich jemand angerufen und sich für die Wiederherstellung seines Sehvermögens bedankt, sodass ich ungefähr wusste, wovon sie sprach.

»Ein seltsames Erlebnis. ›Wärst du nicht gewesen, wäre ich jetzt tot.‹ Exakt das waren seine Worte. Und ich konnte ihm nicht sagen, dass er sich bei dir bedanken muss, weil das verrückt geklungen hätte.«

Ich hatte das Gefühl, als wäre ein zu enger Gürtel um meine Taille plötzlich zerschnitten worden. Manchmal entwickeln die Dinge sich zum Besten. Manchmal tun sie es tatsächlich. »Das ist gut, Pam.«

»Ich habe mit Ilse über deine bevorstehende Ausstellung gesprochen.«

»Ja, ich …«

»Nun, eigentlich mit beiden, mit Illy *und* Lin, aber als ich mit Illy telefoniert habe, habe ich das Gespräch auf Tom gebracht und sofort gemerkt, dass sie keine Ahnung hat, was zwischen uns beiden gelaufen ist. In dieser Beziehung habe ich mich also auch geirrt. Und ich habe mich dabei von einer höchst unangenehmen Seite gezeigt.«

Ich merkte erschrocken, dass sie weinte. »Pam, hör zu …«

»Seit du mich verlassen hast, haben etliche Leute *mehrere* unangenehme Seiten von mir zu sehen bekommen.«

Ich habe dich nicht verlassen!, hätte ich fast gebrüllt. Und ich hatte Mühe, mich zu beherrschen. Solche Mühe, dass auf meiner Stirn plötzlich Schweißperlen standen. *Ich habe dich nicht verlassen, du wolltest die Scheidung, du treuloses Mistbeet!*

In Wirklichkeit sagte ich nur: »Pam, das reicht.«

»Aber es war so schwer zu glauben, sogar nachdem du

angerufen und mir von diesen anderen Dingen erzählt hattest. Du weißt schon – von meinem neuen Fernseher. Und von Puffball.«

Ich wollte fragen, wer Puffball sei, aber dann fiel mir ihre Katze sein.

»Inzwischen geht's mir besser. Ich habe wieder angefangen, in die Kirche zu gehen. Kannst du dir das vorstellen? Und zu einer Therapeutin. Bei der bin ich jede Woche einmal.« Pam machte eine Pause, dann sprach sie rasch weiter. »Sie ist gut. Sie sagt, dass man die Tür zur Vergangenheit nicht schließen, sondern nur Wiedergutmachung leisten und weitergehen kann. Das habe ich verstanden, aber ich wusste nicht, wie ich's anfangen sollte, Wiedergutmachung bei dir zu leisten, Eddie.«

»Pam, du schuldest mir keine ...«

»Meine Therapeutin sagt, dass es nicht darauf ankommt, was *du* denkst, sondern was *ich* denke.«

»Ja, ich verstehe.« Das klang ziemlich wie die Pam von früher, also hatte sie vielleicht die richtige Therapeutin gefunden.

»Und dann hat dein Freund Wireman angerufen und mir erzählt, du bräuchtest Hilfe ... und er hat mir diese Bilder gemailt. Ich kann's kaum erwarten, sie im Original zu sehen! Ich meine, ich wusste, dass du *etwas* Talent hast, weil du in dem Jahr, in dem Lin so krank war, diese kleinen Bilderbücher für sie gezeichnet hast ...«

»Das habe ich getan?« Ich erinnerte mich an das Jahr, in dem Melinda lange krank gewesen war; sie hatte sich eine Infektion nach der anderen eingefangen, die – vermutlich durch zu viele Antibiotika – zu einer massiven Diarrhö führten und sie für eine Woche ins Krankenhaus brachten. In dem Frühling hatte sie über vier Kilo abgenommen.

Wären ihr nicht die Sommerferien – und ihre eigene Intelligenz – zur Hilfe gekommen, hätte sie die zweite Klasse wiederholen müssen. Aber ich konnte mich nicht erinnern, irgendwelche kleinen Bilderbücher gezeichnet zu haben.

»Freddie, der Fisch? Karla, die Krabbe? Harry, der scheue Hirsch?«

Harry, der scheue Hirsch, weckte ganz tief in meinem Inneren eine sehr schwache Erinnerung, aber … »Nein«, sagte ich.

»Angel fand, dass du versuchen solltest, sie veröffentlichen zu lassen, weißt du das nicht mehr? Aber *diese* … mein Gott! Hast du gewusst, dass du das kannst?«

»Nein. Ich habe angefangen, mir etwas Talent einzubilden, als ich draußen am Lake Phalen gelebt habe, aber daraus ist mehr geworden, als ich je für möglich gehalten hätte.« Ich dachte an *Wireman blickt nach Westen* und den mund- und nasenlosen Candy Brown und sagte mir, dass dies vermutlich die Untertreibung des Jahrhunderts war.

»Eddie, lässt du mich die restlichen Einladungen wie das Muster schreiben? Ich kann sie individuell gestalten, sie ein bisschen nett machen.«

»Pa…« Beinahe hätte ich wieder *Panda* gesagt. »Pam, das kann ich nicht von dir verlangen.«

»Ich will aber!«

»Ehrlich? Dann vielen Dank.«

»Ich schreibe sie und maile sie Mr. Wireman. Du kannst sie gegenlesen, bevor er sie ausdruckt. Er ist ein richtiger Schatz, dein Mr. Wireman.«

»Ja«, sagte ich, »das ist er. Ihr beiden habt euch wirklich gegen mich zusammengetan.«

»Ja, nicht wahr?« Ihre Stimme klang entzückt. »Das war aber auch nötig. Nur musst du jetzt mir einen Gefallen tun.«

»Welchen?«

»Du musst die Mädchen anrufen, weil sie fast *durchdrehen*, vor allem Ilse. Okay?«

»Okay. Und, Pam?«

»Was, Schatz?« Das hatte sie bestimmt gesagt, ohne groß darüber nachzudenken, ohne zu ahnen, wie sehr es schmerzen würde. Nun ja … ihr war es vermutlich nicht anders ergangen, als sie hörte, wie mein Kosename für sie aus Florida heraufkam und mit jeder Meile, die er nach Norden raste, weiter abkühlte.

»Danke«, sagte ich.

»Oh, bitte sehr.«

Es war erst Viertel vor elf, als wir uns verabschiedeten und auflegten. In jenem Winter lief die Zeit nie schneller als während meiner Abende im Little Pink – an der Staffelei stehend, fragte ich mich oft, wie die Farben im Westen nur so rasch verblassen konnten – und nie langsamer als an diesem Vormittag, an dem ich all die Telefongespräche führte, die ich bisher aufgeschoben hatte. Ich schluckte eines nach dem anderen wie Medizin.

Ich betrachtete das auf meinem Schoß liegende schnurlose Telefon. »Hol dich der Teufel, Telefon«, sagte ich und begann wieder zu wählen.

V

»Scoto Gallery, Alice Aucoin.« Eine fröhliche Stimme, die ich in den letzten zehn Tagen gut kennengelernt hatte.

»Hi, Alice, hier ist Edgar Freemantle.«

»Ja, Edgar?« Aus fröhlich wurde vorsichtig. War dieser

vorsichtige Unterton schon immer da gewesen? Hatte ich ihn lediglich ignoriert?

Ich sagte: »Wenn Sie ein paar Minuten Zeit haben, könnten wir vielleicht über die Reihenfolge der Dias bei meinem Vortrag reden.«

»Ja, Edgar, das können wir natürlich.« Ihre Erleichterung war fast mit Händen zu greifen. Also fühlte ich mich wie ein Held. Und natürlich wie eine Ratte.

»Sind Sie schreibbereit?«

»Darauf können Sie Gift nehmen!«

»Okay. Im Prinzip wollen wir sie in chronologischer Folge anordnen …«

»Aber ich kenne die zeitliche Folge nicht. Ich habe versucht, Ihnen das …«

»Ich weiß, deshalb erkläre ich sie Ihnen jetzt. Aber passen Sie auf, Alice: Das erste Dia ist *nicht* chronologisch. Das erste sollte *Aus Muscheln wachsen Rosen* sein. Haben Sie das?«

»*Aus Muscheln wachsen Rosen.* Notiert.« Erst zum zweiten Mal in unserer Bekanntschaft schien Alice froh zu sein, dass wir miteinander sprachen.

»Jetzt zu den Buntstiftzeichnungen«, sagte ich.

Wir redeten noch fast eine halbe Stunde lang.

VI

»Oui, allô?«

Im ersten Augenblick sagte ich nichts. Das Französisch hatte mich etwas aus dem Tritt gebracht. Die Tatsache, dass dies die Stimme eines jungen Mannes war, noch mehr.

»Allô, allô?« Jetzt ungeduldig werdend. *»Qui est à l'appareil?«*

»Äh, vielleicht habe ich mich verwählt«, sagte ich und kam mir nicht nur wie ein Arschloch, sondern wie ein einsprachiges amerikanisches Arschloch vor. »Ich wollte Melinda Freemantle erreichen.«

»*D'accord,* da sind Sie hier richtig.« Dann zur Seite gesprochen: »Melinda! *C'est ton papa, je pense, chérie.*«

Der Hörer wurde laut klappernd abgelegt. Mir stand flüchtig ein Bild vor Augen – sehr deutlich, politisch sehr inkorrekt und vermutlich durch Pams Erwähnung der Comics ausgelöst, die ich in grauer Vorzeit für mein krankes kleines Mädchen gezeichnet hatte –, das eines großen sprechenden Stinktiers mit Baskenmütze, Monsieur Pepé Le Pew, der durch die *pension* (wenn dies das richtige Wort für ein Einzimmerapartment in Paris war) meiner Tochter stolzierte, während von seinem weiß gestreiften Rücken wellige Aromalinien aufstiegen.

Dann war Melinda, deren Stimme ungewohnt nervös klang, am Apparat. »Dad? Daddy? Ist alles in Ordnung?«

»Alles bestens«, sagte ich. »War das dein Mitbewohner?« Das sollte ein Scherz sein, aber ihr untypisches Schweigen bewies mir, dass ich unabsichtlich den Nagel auf den Kopf getroffen hatte. »He, kein Grund zur Aufregung, Linnie. Ich wollte nur …«

»… mit mir herumblödeln, klar.« Ich konnte unmöglich beurteilen, ob sie aufgebracht oder belustigt war. Die Verbindung war zwar gut, aber nicht *so* gut. »Das ist er übrigens.« Das eigentlich Gemeinte kam klar und deutlich rüber: *Willst du deswegen Stunk machen?*

Ich wollte deswegen bestimmt keinen Stunk machen. »Nun, ich bin froh, dass du Freundschaften schließt. Trägt er eine Baskenmütze?«

Zu meiner ungeheuren Erleichterung lachte sie. Bei Lin

konnte man unmöglich voraussagen, wie sie einen Scherz (*Fez* in Freemantle-Sprech) aufnehmen würde, denn ihr Sinn für Humor war launisch wie ein Aprilnachmittag. Sie rief: *»Ric! Mon papa …«* Etwas, das ich nicht verstand, dann: *»… si tu portes un béret!«*

Ich hörte leises männliches Lachen. *Ah, Edgar,* dachte ich. *Sogar in Übersee wälzen sie sich deinetwegen auf den Gängen, du* père fou.

»Daddy, alles in Ordnung mit dir?«

»Alles bestens. Was macht deine Halsentzündung?«

»Viel besser, danke.«

»Ich habe eben mit deiner Mutter telefoniert. Du kriegst noch eine offizielle Einladung zu meiner Ausstellung, aber sie sagt, dass du kommst, und ich freue mich schon sehr.«

»*Du* freust dich sehr? Mama hat mir ein paar deiner Bilder gemailt, und ich kann's kaum noch erwarten! Wo hast du das alles bloß *gelernt?*«

Das schien die Frage der Stunde zu sein. »Hier im Süden.«

»Sie sind *erstaunlich*. Sind die anderen auch so gut?«

»Komm am besten her und sieh sie dir selbst an.«

»Kann Ric mitkommen?«

»Hat er einen Reisepass?«

»Ja …«

»Verspricht er, keine gallischen Witze über deinen Alten zu reißen?«

»Er begegnet Älteren immer sehr respektvoll.«

»Vorausgesetzt, dass die Flüge nicht ausgebucht sind und es euch nichts ausmacht, zu zweit in einem Zimmer zu schlafen – was kein Problem sein dürfte –, kann er natürlich mitkommen.«

Sie quietschte so laut, dass es mir in den Ohren wehtat,

aber ich hielt das Telefon nicht von meinem Ohr weg. Es war lange her, dass ich etwas gesagt oder getan hatte, das Linnie Freemantle dazu gebracht hatte, begeistert zu kreischen. »Danke, Daddy – das ist wundervoll!«

»Ich freue mich darauf, Ric kennenzulernen. Vielleicht klaue ich ihm seine Baskenmütze. Schließlich bin ich jetzt ein Künstler.«

»Ich erzähle ihm, was du gesagt hast.« Ihr Tonfall veränderte sich. »Hast du schon mit Ilse gesprochen?«

»Nein, warum?«

»Wenn du's tust, sagst du lieber nichts davon, dass Ric mitkommt, okay? Überlass das mir.«

»Ich hatte das nicht vorgehabt.«

»Weil sie und Carson ... sie sagt, dass sie dir davon erzählt hat ...«

»Das hat sie.«

»Nun, ich bin mir ziemlich sicher, dass es da ein Problem gibt. Illy sagt, dass sie ›über diese Sache nachdenkt‹. Das ist ein wörtliches Zitat. Ric wundert sich nicht darüber. Er sagt, dass man keinem trauen darf, der öffentlich betet. Ich weiß nur, dass sie viel erwachsener klingt, als das bei meiner kleinen Schwester bisher der Fall war.«

Das gilt auch für dich, Lin, dachte ich. Vor meinem inneren Auge stand sie kurz als Siebenjährige, als sie so krank gewesen war, dass Pam und ich schon Angst hatten, sie könnte uns unter den Händen wegsterben, auch wenn wir das natürlich nie laut sagten. Damals hatte Melinda nur noch aus großen dunklen Augen, blassen Wangen und strähnigem Haar bestanden. Ich erinnerte mich, einmal *Totenschädel auf einer Stange* gedacht und mich dafür gehasst zu haben. Und mich noch mehr gehasst zu haben, weil ich in den Tiefen meines Herzens wusste, dass ich froh war, dass es sie getroffen hatte, wenn schon eines unserer Mädchen so schwer erkranken musste. Ich hatte immer zu glauben versucht, ich würde meine beiden Töchter mit gleicher Qualität und Intensität lieben, aber das stimmte nicht. Vielleicht war das bei manchen Eltern so – ich vermutete es bei Pam –, aber nie bei mir. Und wusste Melinda das?

Natürlich wusste sie es.

»Passt du gut auf dich auf?«, fragte ich sie.

»Ja, Daddy.« Ich konnte beinahe sehen, wie sie die Augen verdrehte.

»Mach so weiter. Und gute Reise!«

»Daddy?« Eine Pause. »Hab dich lieb.«

Ich lächelte. »Wie viele Bussis?«

»Eine Million und eines für unter dein Kopfkissen«, sagte sie wie jemand, der einem Kind den Gefallen tut. Aber das war in Ordnung. Ich blieb eine Zeit lang sitzen, sah übers Wasser hinaus, rieb mir geistesabwesend die Augen und raffte mich dann zum hoffentlich letzten Anruf dieses Tages auf.

VII

Inzwischen war es Mittag, und ich rechnete eigentlich nicht damit, sie zu erreichen; ich dachte, sie würde mit Freunden zum Lunch ausgegangen sein. Aber wie Pam meldete sie sich nach dem ersten Klingeln. Ihr *Hallo?* klang merkwürdig zurückhaltend, und ich hatte jäh eine klare Intuition: Sie glaubte, dass es Carson Jones war, der anrief, um eine zweite Chance zu erbitten oder alles zu erklären. Alles noch mal von vorn. Ich habe diese Vermutung nie verifiziert, aber das war auch nicht nötig. Von manchen Dingen weiß man einfach, dass sie wahr sind.

»Hey, If-So-Girl, was treibst du so?«

Ihre Stimme klang sofort fröhlicher. »Daddy!«

»Wie geht's dir, Schätzchen?«

»Mir geht's gut, Daddy, aber nicht so gut wie dir – hab ich dir nicht gesagt, dass sie klasse sind? Ich meine, hab ich's dir *gesagt*, oder was?«

»Das hast du«, bestätigte ich und musste unwillkürlich grinsen. Im Gespräch mit Lin mochte sie älter geklungen haben, aber auf mich wirkte sie nach dem ersten zögerlichen *Hallo?* ganz wie die alte Illy, die übersprudelte wie ein Cola mit Eiscreme.

»Mama hat gesagt, dass du dir schrecklich Zeit lässt, aber dass sie sich mit deinem neuen Freund dort unten zusammentun und dafür sorgen will, dass du in dic Gänge kommst. Das war *wundervoll!* Sie hat genauso geredet wie in alten Zeiten!« Sie machte eine Pause, um Atem zu holen, und als sie wieder sprach, klang sie nicht mehr ganz so ausgelassen. »Na ja … nicht ganz, aber es muss reichen.«

»Ich weiß, was du meinst, Gummibärchen.«

»Daddy, du bist echt erstaunlich. Dies ist ein *eineinhalbfaches* Comeback.«

»Wie viel werden diese ganzen Schmeicheleien mich kosten?«

»*Millionen*«, sagte sie und lachte.

»Hast du noch vor, zur Tournee der Hummingbirds zu stoßen?« Ich bemühte mich, nur interessiert zu klingen. Nicht sonderlich besorgt wegen des Liebeslebens meiner fast zwanzigjährigen Tochter.

»Nein«, sagte sie. »Das ist passé, denke ich.« Nur fünf Wörter, noch dazu kurze, aber in diesen fünf Wörtern hörte ich die veränderte, reifere Illy, die sich in vielleicht nicht allzu ferner Zukunft in einem Hosenanzug mit Strumpfhose und Pumps mit praktischen mittelhohen Absätzen wohlfühlen, ihr Haar tagsüber zu einem Nackenknoten zusammengefasst tragen und vielleicht mit einem Aktenkoffer in Flughafenterminals unterwegs sein würde, statt einen Rucksack von Gap über der Schulter zu haben. Kein If-So-Girl mehr; in dieser Vision konnte man jegliches *If* streichen. Das *Girl* übrigens auch.

»Die ganze Sache oder …«

»Das bleibt abzuwarten.«

»Ich will dich nicht aushorchen, Schätzchen. Aber besorgte Väter …«

»… wollen nun einmal Klarheit, natürlich wollen sie das, aber diesmal kann ich dir leider nicht helfen. Im Augenblick weiß ich nur, dass ich ihn noch immer liebe – zumindest denke ich das – und dass er mir fehlt, aber er muss sich entscheiden.«

An dieser Stelle hätte Pam gefragt: *Zwischen dir und dem Mädchen, mit dem er singt?* Ich dagegen fragte: »Isst du genug?«

Sie brach in fröhliches Lachen aus.

»Beantworte meine Frage, Illy.«

»Wie ein Mastschwein!«

»Warum bist du dann jetzt nicht beim Mittagessen?«

»Ein paar von uns wollen sich zum Picknick im Park treffen, deshalb. Komplett mit Anthro-Skripten und Frisbees. Ich bringe den Käse und Baguettes mit. Und ich bin schon zu spät dran.«

»Okay. Solange du isst und nicht in deinem Zelt vor dich hin brütest.«

»Esse gut, brüte maßvoll.« Ihre Stimme veränderte sich, wurde wieder eine Erwachsenenstimme. Diese abrupten Wechsel waren verwirrend. »Manchmal liege ich ein bisschen wach, und dann denke ich an dich dort unten. Liegst du manchmal auch wach?«

»Manchmal. Inzwischen seltener.«

»Daddy, war deine Heirat mit Mama ein Fehler, den du gemacht hast? Den sie gemacht hat? Oder war's nur Zufall?«

»Es war kein Zufall, auch kein Fehler. Vierundzwanzig gute Jahre, zwei Töchter, die uns Freude machen, und wir reden noch miteinander. Das war kein Fehler, Illy.«

»Du würdest nichts ungeschehen machen wollen?«

Das fragten die Leute mich dauernd. »Nein.«

»Wenn du zurückgehen könntest … würdest du's tun?«

Ich zögerte, aber nicht lange. Manchmal hat man keine Zeit, sich die beste Antwort zu überlegen. Manchmal kann man nur die Wahrheit sagen. »Nein, Schätzchen.«

»Okay. Aber du fehlst mir, Dad.«

»Du fehlst mir auch.«

»Manchmal sehne ich mich auch nach den alten Zeiten. Als vieles weniger kompliziert war.« Sie machte eine Pause. Ich hätte sprechen können – wollte etwas sagen –, hielt aber den Mund. Manchmal ist Schweigen die beste Lösung. »Daddy, haben Leute jemals eine zweite Chance verdient?«

Ich dachte an meine eigene zweite Chance. Wie ich einen Unfall überlebt hatte, der mich das Leben hätte kosten müssen. Und jetzt tat ich offenbar mehr, als nur im Ruhestand zu faulenzen. Ich fühlte Dankbarkeit in mir aufwallen. »Immer!«

»Danke, Daddy. Ich kann's kaum erwarten, dich wiederzusehen.«

»Gleichfalls. In Kürze kriegst du eine offizielle Einladung.«

»Okay. Ich muss jetzt wirklich los. Hab dich lieb.«

»Hab dich auch lieb.«

Nachdem sie aufgelegt hatte, saß ich noch einen Augenblick mit dem Telefon am Ohr da und horchte auf nichts. »Lebe den Tag, und lass den Tag dich leben!«, sagte ich. Dann war wieder der Wählton zu hören, und ich überlegte mir, dass ich doch noch ein Gespräch zu führen hatte.

VIII

Als Alice Aucoin sich diesmal am Telefon meldete, war sie weitaus lebhafter und viel weniger vorsichtig. Eine erfreuliche Veränderung, fand ich.

»Alice, wir haben nie über einen Titel für die Ausstellung gesprochen«, sagte ich.

»Ich habe irgendwie angenommen, sie sollte ›Aus Muscheln wachsen Rosen‹ heißen«, sagte sie. »Der Titel ist gut. Weckt Assoziationen.«

»Das tut er«, sagte ich und sah aus dem Florida-Raum auf den Golf hinaus. Das Wasser glich einer leuchtenden blau-weißen Scheibe; es blendete, sodass ich die Augen zusammenkneifen musste. »Aber er ist nicht ganz treffend.«

»Sie haben vermutlich einen, der Ihnen besser gefällt?«

»Ja, ich denke schon. Ich möchte sie ›Blick von Duma Key‹ nennen. Was halten Sie davon?«

Ihre Antwort kam prompt. »Er singt, finde ich.«

Das fand ich auch.

IX Trotz der wirkungsvollen Klimaanlage im Big Pink hatte ich mein T-Shirt mit dem Aufdruck LOSE IT IN THE VIRGIN ISLANDS durchgeschwitzt und war erschöpfter, als ich inzwischen nach einem raschen Spaziergang zum *Palacio* und zurück gewesen wäre. Mein Ohr pochte und war ganz heiß vom Telefon. Wegen Ilse war mir unbehaglich zumute – auf die Weise, wie wohl allen Eltern bei Problemen ihrer Kinder zumute ist, sobald diese zu alt sind, um heimgerufen zu werden, wenn es dunkel wird und das Badewasser schon einläuft –, aber ich war auch zufrieden über die geleistete Arbeit, wie früher nach einem guten Tag auf einer schwierigen Baustelle.

Obwohl ich nicht besonders hungrig war, zwang ich mich dazu, ein paar Teelöffel Thunfischsalat auf ein Salatblatt zu häufen, und spülte beides mit einem Glas Milch hinunter. Vollmilch – schlecht fürs Herz, gut für die Knochen. *Das hebt sich ungefähr auf, denke ich,* hätte Pam gesagt. Ich stellte den Fernseher in der Küche an und erfuhr, dass Candy Browns Ehefrau die Stadt Sarasota wegen Fahrlässigkeit im Zusammenhang mit dem Tod ihres Mannes verklagte. *Viel Glück dabei, Sweetheart,* dachte ich. Ein hiesiger Meteorologe sagte, die Hurrikansaison könne dieses Jahr früher einsetzen als je zuvor. Und die zweitklassigen Devil Rays hatten in einem Freundschaftsspiel gegen die Red Sox eine tüchtige Abreibung bezogen – willkommen in der Baseballrealität, Jungs.

Ich dachte an eine Nachspeise (ich hatte Jell-O-Pudding, auch bekannt als ›letzte Rettung des Junggesellen‹), aber dann stellte ich nur meinen Teller in den Ausguss und hinkte ins Schlafzimmer, um ein Nickerchen zu machen. Ich überlegte, ob ich den Wecker stellen sollte, sparte mir aber die Mühe, weil ich vermutlich nur dösen würde. Selbst wenn ich tatsächlich einschlief, würde die Sonne mich in ungefähr einer Stunde wecken, wenn sie die Westseite des Hauses erreichte und schräg durchs Schlafzimmerfenster einfiel.

Mit diesem Gedanken legte ich mich hin und schlief bis sechs Uhr abends.

X Ein Abendessen kam nicht infrage; ich dachte nicht einmal daran. Unter mir flüsterten die Muscheln: *Musst malen, musst malen.*

Nur mit meiner Unterhose bekleidet, ging ich wie ein Schlafwandler hinauf ins Little Pink. Ich stellte The Bone an, lehnte *Mädchen mit Schiff Nr.* 7 an die Wand und stellte eine neue Leinwand – nicht so groß wie die, die ich für *Wireman blickt nach Westen* benutzt hatte, aber ziemlich groß – auf meine Staffelei. Mein fehlender Arm juckte, aber das störte mich nicht mehr so sehr wie anfangs; tatsächlich war ich schon fast so weit, dass ich mich darauf freute.

Im Radio lief Shark Puppy: »Dig«. Großartiger Song. Großartiger Text. *Life is more than love and pleasure.*

Ich erinnere mich deutlich, wie ich das Gefühl hatte, die ganze Welt würde darauf warten, dass ich anfing – eine derart starke Energie spürte ich in mir pulsen, während die Elektrogitarren kreischten und die Muscheln murmelten.

I came here to dig for treasure.

Ein Schatz, ja. Beute.

Ich malte, bis die Sonne untergegangen war und der Mond seinen bitteren Schimmer aus weißem Licht übers Wasser warf … und auch nachdem er untergegangen war.

Und in der folgenden Nacht.

Und in der folgenden.
Und in der folgenden.
Mädchen mit Schiff Nr. 8.
If you want to play you gotta pay.
Ich ließ den Korken fliegen.

XI

Der Anblick von Dario in Anzug und Krawatte, seine üppige Mähne gezähmt und aus der Stirn nach hinten zurückgekämmt, ängstigte mich mehr als das murmelnde Publikum, das das Geldbart Auditorium füllte, in dem die Beleuchtung soeben halb heruntergedreht worden war … das heißt, bis auf den Deckenspot, der das Rednerpult in der Bühnenmitte anstrahlte. Die Tatsache, dass selbst Dario nervös war – auf dem Weg zur Bühne hätte er beinahe seine Notizkärtchen fallen lassen –, ängstigte mich noch mehr.

»Guten Abend, mein Name ist Dario Nannuzzi«, begann er. »Ich bin Mitkurator und Chefeinkäufer der Scoto Gallery in der Palm Avenue. Noch wichtiger ist vielleicht, dass ich seit dreißig Jahren der Kunstszene in Sarasota angehöre, und Sie werden meinen kurzen Abstieg in etwas, das manche vielleicht Lokalpatriotismus à la Bobbit nennen würden, hoffentlich entschuldigen, wenn ich sage, dass es in ganz Amerika keine glänzendere Kunstszene gibt.«

Das brachte ihm den begeisterten Applaus eines Publikums ein, das zwar – wie Wireman später sagte – vielleicht den Unterschied zwischen Manet und Monet kannte, aber offenbar keine Ahnung hatte, dass es auch einen zwischen George Babbit und John Bobbit gab. In den Kulissen stehend und das Fegefeuer durchleidend, das nur verängstigte Hauptredner durchleiden, während jemand, der die einführenden Worte spricht, quälend langsam seinen gewundenen Weg geht, achtete ich kaum darauf.

Dario steckte das oberste Kärtchen nach unten, ließ wieder beinahe den ganzen Stapel fallen, fing sich und sah erneut in den Saal hinaus. »Ich weiß kaum, wo ich anfangen soll, aber zu meiner Erleichterung brauche ich nur sehr wenig zu sagen, denn wahres Talent scheint aus dem Nichts emporzulodern und macht eine Vorstellung fast überflüssig.«

Nachdem das gesagt war, stellte er mich in den folgenden zehn Minuten ausführlich vor, während ich weiter in den Kulissen stand und meine lausige eine Seite mit Notizen krampfhaft mit meiner verbliebenen Linken umklammerte. Namen zogen vorbei wie geschmückte Wagen bei einem Festzug. Ein paar wie Edward Hopper und Salvador Dalí kannte ich. Andere wie Yves Tanguy und Kay Sage dagegen nicht. Jeder unbekannte Name bewirkte, dass ich mir erst recht wie ein Hochstapler vorkam. Die Angst, die ich empfand, war nicht mehr nur mental; sie hatte sich tief in meinem Unterleib festgekrallt. Ich hatte Blähungen, traute mich aber nicht, zu furzen, weil ich fürchtete, ich könnte mir in die Hose machen. Meinen auswendig gelernten Text hatte ich gänzlich vergessen – bis auf den ersten Satz, der grausig zutreffend war: *Mein Name ist Edgar Freemantle, und ich habe keine Ahnung, wie ich hierher geraten bin.* Diese Aussage sollte Heiterkeit auslösen. Das würde sie nicht tun, das wusste ich inzwischen, aber sie war zumindest wahr.

Während Dario monoton weitersprach – Joan Miró dies, Bretons Surrealistisches Manifest jenes –, stand ein verängstigter ehemaliger Bauunternehmer mit seinen kümmerlichen Notizen in einer klammen Faust im Schattenreich der Bühne. Meine Zunge lag wie ein Bleiklumpen in meinem Mund; ich konnte vielleicht krächzen, aber kein vernünftiges Wort sprechen – nicht vor zweihundert Kunstkennern, von denen viele akademische Grade besaßen, von denen einige gottverdammte *Professoren* waren. Am schlimmsten von allem war mein Gehirn. Es glich einem leeren Gefäß, das darauf wartete, mit sinnlosem, gegen alles und jeden gerichtetem Zorn gefüllt zu werden; die Worte würden vielleicht ausbleiben, aber die Wut war immer verfügbar.

»Genug!«, rief Dario heiter aus, versetzte mein pochendes Herz erneut in Angst und Schrecken und schickte einen Krampf durch meine elenden Unterlcibsregionen – Entsetzen oben, mit knapper Not zurückgehaltene Scheiße unten. Eine großartige Kombination! »Es ist fünfzehn Jahre her, dass die Scoto einen neuen Künstler in ihr übervolles Frühjahrsprogramm aufgenommen hat, und wir haben nie einen vorgestellt, der mehr Interesse geweckt hätte. Ich bin sicher, dass die Dias, die Sie sehen, und der Vortrag, den Sie hören werden, unser Interesse und unsere Begeisterung verständlich machen werden.«

Er machte eine dramatische Pause. Ich spürte einen vergifteten Tropfen Schweiß auf meiner Stirn und wischte ihn weg. Der Arm, den ich dazu hob, schien zwanzig Kilo zu wiegen.

»Meine Damen und Herren, Mr. Edgar Freemantle, zuletzt aus Minneapolis-St. Paul, jetzt wohnhaft auf Duma Key.«

Sie applaudierten. Das klang wie Artilleriesperrfeuer. Ich befahl mir, wegzulaufen. Ich befahl mir, in Ohnmacht zu fallen. Ich tat weder das eine noch das andere, sondern ging wie im Traum – aber in keinem guten – hinaus ins Rampenlicht. Alles schien in Zeitlupe abzulaufen. Ich sah, dass alle Plätze besetzt waren, gleichzeitig war im Moment *keiner* besetzt, weil das Publikum aufgesprungen war und mir stehend applaudierte. In der Kuppel hoch über mir schwebten Engel, die alles Irdische unter ihnen leichthin zu ignorieren schienen – oh, wie ich mir wünschte, einer von ihnen zu sein! Dario stand am Rednerpult und streckte mir die Hand entgegen. Aber es war die falsche; in der eigenen Nervosität streckte er mir die Rechte hin, sodass unser Händedruck unbeholfen und herkehrt verum ausfiel. Meine Notizen wurden zwischen unseren Handflächen zerknittert, dann zerriss das Papier. *Sieh dir bloß an, was du gemacht hast, Arschloch,* dachte ich – und fürchtete einen schrecklichen Augenblick lang, ich hätte es laut genug gesagt, dass das Mikrofon es aufnehmen und im ganzen Saal verbreiten konnte. Mir war bewusst, wie hell der Deckenspot leuchtete, als Dario mich so angestrahlt und schrecklich exponiert am Rednerpult zurückließ. Das Mikrofon an seiner biegsamen Chromspirale erschien mir wie eine Kobra, die sich aus dem Korb eines Schlangenbeschwörers erhob. Ich nahm helle Lichtpunkte wahr, die von diesem Chrom und dem Rand des Wasserglases und dem Hals der Evian-Flasche daneben reflektiert wurden. Dann merkte ich, dass der Beifall abklang; einige Leute nahmen bereits wieder Platz. Bald würde der Applaus durch erwartungsvolle Stille ersetzt werden. Sie würden darauf warten, dass ich anfing. Nur hatte ich nichts zu sagen. Sogar meinen Eröffnungssatz hatte ich vergessen. Sie würden warten, und die Stille würde peinlich werden. Ein paar Leute würden nervös hüsteln, und dann würde das Gemurmel anfangen. Weil sie Arschlöcher waren. Nur eine Bande von neugierig gaffenden Arschlöchern. Und falls ich doch irgendwas herausbrachte, würde es eine zornige Wortflut wie der Ausbruch eines am Tourette-Syndrom Erkrankten sein.

Ich würde Alice einfach um das erste Dia bitten. Vielleicht schaffte ich wenigstens das, und die Bilder würden mir als Krücken dienen. Das konnte ich nur hoffen. Aber als ich einen Blick auf meine Notizen warf, war der Zettel nicht nur entzweigerissen, sondern mein Schweiß hatte die hingekritzelten Stichworte auch noch verwischt und unleserlich gemacht. Oder Stress hatte einen Kurzschluss zwischen meinen Augen und meinem Gehirn ausgelöst. Und was *war* überhaupt das erste Dia? Die Zeichnung mit dem Briefkasten? *Sonnenuntergang mit Sophora?* Ich war mir ziemlich sicher, dass keines von beiden zutraf.

Nun saßen alle wieder. Der Beifall war vorbei. Es wurde Zeit, dass der echte Vertreter der naiven Kunst den Mund aufmachte und über seine Arbeit sprach. In der dritten Reihe am Mittelgang saß die schleugierige Nampe Mary Ire mit etwas auf dem Schoß, das ich für einen aufgeschlagenen Blenostock hielt. Ich sah mich nach Wireman um. Er hatte mich hier reingeritten, aber ich nahm ihm das nicht üter weibel. Ich wollte mich nur mit einem kurzen Blick für das Kommende entschuldigen.

Ich werde in der ersten Reihe sitzen, hatte er gesagt. *Genau in der Mitte.*

Und da saß er wirklich. Jack, meine Haushälterin Juanita, Jimmy Yoshida und Alice Aucoin saßen links neben Wireman. Und rechts neben ihm, auf dem Platz am Gang …

Der Mann am Mittelgang musste eine Halluzination sein. Ich blinzelte, aber er war weiterhin da. Ein breites Gesicht, dunkel und ruhig. Eine Gestalt, die so in den luxuriösen Sessel gequetscht war, dass man vielleicht eine Brechstange brauchen würde, um ihn wieder herauszuhebeln: Xander Kamen, der durch seine riesige Hornbrille zu mir aufblickte und dabei mehr denn je wie irgendeine unbedeutende Gottheit aussah. Sein Riesenwanst überdeckte seinen Schoß, aber auf den Knien balancierte er eine fast einen Meter lange Geschenkschachtel mit bunten Schmuckschleifen. Er sah meine Überraschung – meinen Schock – und machte eine Geste, die kein Winken, sondern ein eigenartig gütiger Gruß war, bei dem er die Fingerspitzen erst an seine breite Stirn legte und dann an seine Lippen führte, bevor er mir die Hand mit gespreizten Fingern entgegenstreckte. Dabei konnte ich sehen, dass die Handfläche deutlich heller war. Er lächelte zu mir auf, als sei seine Anwesenheit hier im Geldbart Auditorium, in der ersten Reihe neben meinem Freund Wireman, die natürlichste Sache der Welt. Seine breiten Lippen bildeten drei Wörter, eines nach dem anderen: *Sie schaffen das.*

Und vielleicht würde ich es tatsächlich schaffen. Wenn ich mich von diesem Augenblick löste. Wenn ich Querverbindungen schuf.

Ich dachte an Wireman – genauer an *Wireman blickt nach Westen* – und erinnerte mich plötzlich wieder an meinen Eröffnungssatz.

Ich nickte Kamen zu. Kamen erwiderte mein Nicken. Dann betrachtete ich das Publikum und sah, dass es nur aus Menschen bestand. Alle Engel waren über unseren Köpfen, wo sie jetzt im Dunklen flogen. Was Dämonen betraf, existierten die meisten vermutlich nur in meinem Kopf.

»Hallo …«, begann ich, dann fuhr ich zurück, als das Mikrofon meine Stimme unerwartet laut dröhnen ließ. Das Publikum lachte, aber dieses Geräusch machte mich nicht wütend, wie es noch vor einer Minute der Fall gewesen wäre. Dies war nur ein Lachen – und ein gutmütiges dazu.

Ich schaffe das.

»Hallo«, sagte ich nochmals. »Mein Name ist Edgar Freemantle, und ich fürchte, dass ich kein besonders guter Redner bin. In meinem anderen Leben war ich Bauunternehmer. Ich weiß, dass ich ein guter war, weil ich immer Aufträge hatte. In meinem jetzigen Leben male ich Bilder. Aber von öffentlichen Reden hat niemand was gesagt.«

Diesmal war das Lachen etwas ungezwungener, etwas allgemeiner.

»Ich wollte damit anfangen, dass ich behaupte, keine Ahnung zu haben, wie ich hierher geraten bin, aber die habe ich doch. Und das ist gut so, denn mehr kann ich Ihnen nicht erzählen. Sehen Sie, ich weiß nichts von Kunstgeschichte, Kunsttheorie oder sogar Kunstbetrachtung. Einige von Ihnen kennen vermutlich Mary Ire.«

Das löste ein Kichern aus, als hätte ich gesagt: *Einige von Ihnen haben vielleicht schon von Andy Warhol gehört.* Die Lady selbst sah sich um und plusterte sich ein bisschen auf, während sie ansonsten weiter stocksteif dasaß.

»Als ich mit einigen meiner Gemälde erstmals in der Scoto Gallery war, hat Ms. Ire sie gesehen und mich als echten Vertreter der naiven Kunst bezeichnet. Das hat mir nicht besonders gefallen, denn welcher einst erfolgreiche Unternehmer möchte sich schon naiv nennen lassen?«

Erneut eine Lachsalve. Meine Beine waren wieder nur Beine, keine Betonklötze, und während ich mich nun wieder in der Lage fühlte, wegzurennen, wollte oder brauchte ich das nicht mehr. Vielleicht würden sie meine Bilder scheußlich finden, aber das war in Ordnung, weil *ich* sie nicht scheußlich fand. Sei ihnen doch ihr kleines Lachen, ihr kleines Buhen und Zischen, ihre kleinen angewiderten Seufzer (oder ihr kleines Gähnen) gegönnt, wenn sie so reagieren wollen; sobald diese Geschichte überstanden war, konnte ich ins Big Pink zurückkehren und weitermalen.

Und wenn sie begeistert waren? Kein Unterschied.

»Aber wenn sie damit meint, dass ich jemand bin, der etwas tut, das er nicht versteht, das er nicht mit Worten ausdrücken kann, weil ihm die richtigen Begriffe dafür fehlen, dann hat sie recht.«

Kamen nickte und machte ein zufriedenes Gesicht. Und bei Gott, das tat auch Mary Ire.

»So bleibt nur die Geschichte übrig, wie ich hierhergekommen bin – welche Brücke ich überquert habe, um aus meinem anderen Leben in das zu gelangen, das ich jetzt lebe.«

Kamens fleischige Hände klatschten lautlos Beifall. Das sorgte dafür, dass ich mich gut fühlte. Allein seine Anwesenheit sorgte dafür, dass ich mich gut fühlte. Ich weiß nicht, was genau ohne ihn passiert wäre, aber ich denke, es wäre etwas gewesen, das Wireman *muy feo* – sehr hässlich – nennt.

»Aber ich darf sie nicht ausschmücken, denn mein Freund Wireman sagt, dass wir alle beim Mischen mogeln, wenn es um die Vergangenheit geht, und ich glaube, dass er damit recht hat. Erzählt man zu viel, läuft man Gefahr … hm … ich weiß nicht recht … eine Vergangenheit zu erzählen, die man sich gewünscht hätte?«

Ein Blick nach unten zeigte mir, dass Wireman nickte.

»Ja, das stimmt wohl, eine, die man sich gewünscht hätte. Einfach gesagt, ist Folgendes passiert: Ich hatte einen Unfall auf einer Baustelle. Einen schweren Unfall. Da gab es diesen Kran, müssen Sie wissen, der erst meinen Pick-up und dann auch mich zerquetschte. Ich verlor meinen rechten Arm und beinahe auch das Leben. Ich war verheiratet, aber meine Ehe ist in die Brüche gegangen. Ich war mit meiner Weisheit am Ende. Dies ist etwas, das ich nachträglich klarer sehe; damals wusste ich nur, dass ich mich sehr, sehr schlecht fühlte. Ein weiterer Freund, ein Mann namens Xander Kamen, hat mich eines Tages gefragt, ob mich irgendetwas glücklich mache. Es gab tatsächlich etwas …«

Ich machte eine Pause. Aus der ersten Reihe sah Kamen, der die lange Geschenkschachtel auf seinen Knien balancierte, aufmerksam zu mir auf. Ich wusste noch gut, wie er mich an jenem Tag am Lake Phalen besucht hatte – ich erinnerte mich an seinen schäbigen Aktenkoffer, an die immer wieder von Wolken verdeckte blasse Herbstsonne, die in diagonalen Streifen über den Wohnzimmerboden gefallen war. Und ich erinnerte mich, dass ich über Selbstmord und die Myriaden von Straßen nachgedacht hatte, die ins Dunkel führten: Fernstraßen und Nebenstraßen und schlecht instand gehaltene, fast vergessene Sträßchen.

Das Schweigen zog sich in die Länge, aber ich fürchtete es nicht mehr. Und das Publikum schien sich nicht daran zu stören. Dass ich ein wenig abschweifte, war ganz natürlich. Schließlich war ich ein *Künstler*.

»Die Idee, glücklich zu sein – zumindest auf mich angewandt –, war etwas, woran ich lange nicht mehr gedacht hatte«, sagte ich. »Ich habe daran gedacht, meine Familie zu ernähren, und nachdem ich eine Baufirma gegründet hatte, habe ich daran gedacht, meine Arbeiter und Angestellten nicht im Stich zu lassen. Ich habe auch daran gedacht, Erfolg zu haben, und dafür gearbeitet – vor allem weil so viele Leute glaubten, ich würde scheitern. Dann ist der Unfall passiert. Mit einem Schlag war alles anders. Ich musste feststellen, dass ich keine …«

Ich griff nach dem Wort, das ich suchte, tastete mit beiden Händen danach, obwohl sie nur eine sahen. Und vielleicht ein leichtes Zucken des Armstumpfs in dem hochgesteckten Jackenärmel.

»Ich besaß keine Ressourcen, auf die ich zurückgreifen konnte. Und was das betraf, was mich glücklich machen konnte …« Ich zuckte mit den Schultern. »Ich habe meinem Freund Kamen erzählt, dass ich früher gezeichnet habe – jetzt allerdings schon lange nicht mehr. Er hat mir vorgeschlagen, wieder damit anzufangen, und als ich gefragt habe, wozu, hat er gesagt, ich bräuchte einen Schutzwall gegen die Nacht. Ich habe damals nicht verstanden, was er meinte, weil ich desorientiert und verwirrt war und Schmerzen hatte. Jetzt verstehe ich es besser. Die Leute sagen, die Nacht sinke herab, aber hier im Süden steigt sie auf. Sie steigt aus dem Golf herauf, wenn der Sonnenuntergang beendet ist. Das zu sehen hat mich erstaunt.«

Ebenso erstaunte mich meine unerwartete Beredtheit. Mein rechter Arm meldete sich die ganze Zeit nicht. Mein rechter Arm war nur ein Stumpf in einem hochgesteckten Ärmel.

»Können wir die Lampen bitte ganz herunterdrehen? Auch den Spot über mir?«

Alice lief selbst zum Schaltkasten und vergeudete keine Zeit. Der Lichtkegel, in dem ich gestanden hatte, wurde zu einem Glimmen heruntergedreht. Halbdunkel erfüllte den Saal.

Ich sagte: »Auf dem Weg über die Brücke zwischen meinen beiden Leben habe ich entdeckt, dass Schönheit manchmal entgegen aller Erwartungen entsteht. Aber das ist keine sehr originelle Idee, nicht wahr? Sie ist eigentlich nur eine Plattitüde … irgendwie auf die gleiche Art wie ein Sonnenuntergang in Florida. Trotzdem ist sie nun einmal wahr, und die Wahrheit verdient es, ausgesprochen zu werden … *wenn* man sie auf neuartige Weise sagen kann. Ich habe versucht, sie auf einem Gemälde festzuhalten. Alice, können wir bitte das erste Dia sehen?«

Es wurde ungefähr zwei mal drei Meter groß auf die Leinwand rechts neben mir projiziert: ein Trio riesiger üppiger Rosen, die aus einer dicken Schicht dunkelrosa Muscheln wuchsen. Sie waren dunkel, weil sie sich unter dem Haus, im Schatten meines Hauses befanden. Das Publikum holte unwillkürlich Luft – ein Geräusch, das wie ein kurzer, aber lauter Windstoß klang. Ich hörte es und wusste, dass Wireman und die Leute in der Scoto nicht die Einzigen waren, die verstanden. Die sahen. Sie schnappten nach Luft, wie es Menschen tun, die von etwas gänzlich Unerwartetem überrascht worden sind.

Dann begannen sie zu applaudieren. Der Beifall dauerte fast eine Minute lang. Ich stand da, hielt die linke Seite des Rednerpults umklammert und hörte ihn mir benommen an.

Die restliche Bildervorstellung dauerte ungefähr fünfundzwanzig Minuten, aber ich habe kaum eine Erinnerung daran. Ich glich einem Mann, der im Traum einen Diavortrag hält. Ich erwartete ständig, in meinem Krankenhausbett aufzuwachen: in Schweiß gebadet, mit rasenden Schmerzen, nach Morphium brüllend.

XII Dieses traumartige Gefühl hielt auch bei dem Empfang an, der nach meinem Vortrag in der Scoto stattfand. Ich hatte kaum mein erstes Glas Champagner geleert (größer als ein Fingerhut, aber nicht viel), als mir ein zweites in die Hand gedrückt wurde. Leute, die ich nicht kannte, tranken mir zu. Rufe wie »Hört, hört!« und einmal sogar »Maestro!« wurden laut. Ich sah mich nach meinen neuen Freunden um, konnte sie aber nirgends entdecken.

Allerdings hatte ich nicht viel Zeit, mich umzusehen. Die Gratulationen zu den Dias und meinem Vortrag gingen endlos weiter. Wenigstens brauchte ich mir keine weitschweifigen Kommentare zu meiner Malweise anzuhören, denn die richtigen Bilder (und zusätzlich noch ein paar Buntstiftskizzen) waren in zwei großen Lagerräumen der Galerie sicher hinter Schloss und Riegel weggesperrt. Und ich entdeckte, dass der Trick, sich auf dem eigenen Empfang nicht zu betrinken, für einen Einarmigen darin bestand, in der verbliebenen Pfote dauernd eine Garnele im Schinkenmantel zu halten.

Mary Ire kam vorbei und fragte, ob unser Interview wie geplant stattfinden könne.

»Sicher«, sagte ich. »Obwohl ich nicht weiß, was ich Ihnen sonst erzählen kann. Ich glaube, ich habe heute Abend schon alles gesagt.«

»Oh, uns fallen schon ein paar Sachen ein«, sagte sie, und der Teufel soll mich holen, wenn sie mir nicht hinter ihren Brillengläsern im Katzenaugenstil der Fünfzigerjahre zublinzelte, während sie ihre Champagnerflöte aufs Tablett eines der die Runde machenden Ober zurückstellte. »Dann bis übermorgen. *À bientôt, monsieur.*«

»Klar doch«, sagte ich und unterdrückte den Drang, ihr zu erklären, mit ihrem Französisch müsse sie noch warten, bis ich meine Manet-Baskenmütze trug. Sie schwebte davon und küsste Dario auf eine Wange, bevor sie in die duftende Märznacht hinausschlüpfte.

Jack kam zu mir herüber und schnappte sich unterwegs zwei Champagnerflöten. Meine Haushälterin Juanita, die in ihrem kleinen rosa Kostüm adrett und chic aussah, war bei ihm. Sie nahm eine gegrillte Garnele auf einem Holzspießchen, lehnte den Champagner jedoch ab. Also hielt er das Glas stattdessen mir hin und wartete, bis ich mein Hors-d'œuvre in den Mund geschoben hatte, um danach greifen zu können. Dann stieß er mit mir an.

»Glückwunsch, Boss – du hast das Haus zum Schwanken gebracht.«

»Danke, Jack. Das ist mal eine Kritik, die ich verstehe.« Ich trank meinen Champagner (jede Flöte enthielt nur einen Schluck) und wandte mich an Juanita. »Sie sehen wundervoll aus.«

»*Gracias,* Mr. Edgar«, sagte sie und sah sich um. »Diese Bilder sind nett, aber Ihre sind viel besser.«

»Danke.«

Jack gab Juanita eine weitere Garnele. »Entschuldigen Sie uns bitte für ein paar Sekunden?«

»Natürlich.«

Jack zog mich neben eine farbenprächtige Skulptur von David Gerstein. »Mr. Kamen hat Wireman gefragt, ob sie noch ein bisschen in der Bibliothek bleiben könnten, nachdem der Saal sich geleert hat.«

»Wirklich?« Ich war leicht besorgt. »Weshalb?«

»Nun, er hat den größten Teil des Tages im Flugzeug verbracht und gesagt, Bordtoiletten und er vertrügen sich eigentlich nicht.« Jack grinste. »Er hat Wireman erklärt, er sitze schon den ganzen Tag auf etwas, das er jetzt in aller Ruhe loswerden wolle.«

Ich lachte schallend. Trotzdem war ich zugleich gerührt. Für einen Mann von Kamens Größe war es sicher nicht leicht, öffentliche Verkehrsmittel zu benutzen … und wenn ich es mir recht überlegte, war es ihm vermutlich nicht möglich, sich in einer dieser schäbigen Bordtoiletten hinzusetzen. Stehend Wasser lassen? Vielleicht. Mit knapper Not. Aber hinsetzen konnte er sich nicht. Er passte einfach nicht darauf.

»Jedenfalls dachte Wireman, Mr. Kamen hätte eine Auszeit verdient. Er hat gesagt, du würdest das verstehen.«

»Das tue ich«, sagte ich und winkte Juanita wieder zu uns heran. Sie sah zu einsam aus, wie sie in ihrem vermutlich besten Outfit allein dastand, während die Kulturhyänen um sie herumstrichen. Ich drückte sie leicht an mich, und sie lächelte zu mir auf. Und als ich sie gerade dazu überredete, sich endlich ein Glas Champagner zu nehmen (als ich das Wort *pequeño* für »klein« benutzte, musste sie kichern, woraus ich schloss, dass es nicht ganz richtig war), betraten Wireman und Kamen – Letzterer noch immer mit der Geschenkschachtel unter dem Arm – die Galerie. Kamen lächelte erfreut, als er mich sah, und das war wohltuender als mehrmaliger Beifall, selbst mit stehenden Ovationen als Dreingabe.

Ich nahm ein Glas Champagner von einem vorbeigetragenen Tablett, drängte mich durch die Menge und gab es ihm. Dann legte ich den Arm um alles, was ich von seinem gewaltigen Körper umfassen konnte, und drückte ihn an mich. Er erwiderte meine Umarmung so kräftig, dass meine noch immer empfindlichen Rippen aufschrien.

»Edgar, Sie sehen wundervoll aus. Das freut mich! Gott ist gut, mein Freund. Gott ist gut.«

»Sie auch«, sagte ich. »Wie kommt's, dass Sie zufällig in

Sarasota aufgekreuzt sind? Hat Wireman das veranlasst?« Ich wandte mich an meinen *compadre* vom gestreiften Sonnenschirm. »Das war deine Idee, stimmt's? Du hast Kamen angerufen und ihn gebeten, als Überraschungsgast zu meinem Vortrag zu kommen.«

Wireman schüttelte den Kopf. »Ich habe *Pam* angerufen. Ich war in Panik, *muchacho*, weil ich geahnt habe, dass du bei diesem Gig ausflippen würdest. Sie hat gesagt, dass du nach deinem Unfall auf Dr. Kamen gehört hast, wenn du für sonst niemanden erreichbar warst. Also habe ich ihn angerufen. Ich habe nicht zu hoffen gewagt, dass er so kurzfristig kommen könnte, aber ... hier ist er.«

»Ich bin nicht nur hier, sondern habe Ihnen ein Geschenk von Ihren Töchtern mitgebracht«, sagte er und übergab mir die Schachtel. »Sie müssen sich allerdings mit dem begnügen, was ich auf Lager hatte, weil die Zeit für Einkäufe zu knapp war. Sie werden enttäuscht sein, fürchte ich.«

Ich wusste plötzlich, was das Geschenk war, und bekam einen trockenen Mund. Trotzdem klemmte ich die Schachtel unter meinen Stumpf, zog die Schleifen auf und riss das Geschenkpapier ab. Ich nahm kaum wahr, dass Juanita mir beides abnahm. Aus dem Papier kam eine schmale Schachtel zum Vorschein, die mir wie ein Kindersarg erschien. Natürlich. Wie sollte sie sonst aussehen? Auf dem Deckel prangte der Stempel **MADE IN THE DOMINICAN REPUBLIC**.

»Nobel, Doc«, sagte Wireman.

»Sorry, ich hatte keine Zeit, etwas Besseres zu besorgen«, antwortete Kamen.

Ihre Stimmen schienen aus weiter Ferne zu kommen. Juanita hob den Deckel ab. Den nahm Jack ihr aus der Hand, glaube ich. Und dann blickte Reba zu mir auf – diesmal in einem roten Kleid statt einem blauen, aber die weißen Tupfen waren ebenso identisch wie die schwarz glänzenden Lackschuhe, das leblose rote Haar und die blauen Augen, die zu sagen schienen: *Aua, du böser Mann! Ich war die ganze Zeit hier drinnen eingesperrt!*

Weiter wie aus großer Ferne sagte Kamen: »Ilse war diejenige, die angerufen und eine Puppe als Geschenk vorgeschlagen hat. Aber zuvor hatte sie mit ihrer Schwester am Telefon darüber gesprochen.«

Natürlich war es Ilse, dachte ich. Ich nahm das stetige Stimmengemurmel – wie das Geräusch der Muscheln unter dem Big Pink – um mich herum wahr. Mein *Gott, wie nett*-Lächeln war noch auf meinem Gesicht fixiert, aber hätte jemand mich in diesem Augenblick von hinten angestoßen, hätte ich vermutlich laut aufgeschrien. *Ilse ist diejenige, die auf Duma Key war. Die auf der Straße am* Palacio *vorbei in den Dschungel hineingefahren ist.*

Ich glaube nicht, dass Kamen trotz seiner scharfen Beobachtungsgabe erfasste, dass hier etwas nicht stimmte – aber er war natürlich den ganzen Tag unterwegs gewesen und bei Weitem nicht in Bestform. Wireman beobachtete mich jedoch stirnrunzelnd und mit leicht schief gelegtem Kopf. Unterdessen kannte Wireman mich besser, glaube ich, als Kamen mich je gekannt hatte.

»Sie wusste, dass Sie schon eine haben«, fuhr Kamen fort. »Sie dachte, ein Pärchen würde Sie an beide Töchter erinnern, und Melinda hat zugestimmt. Aber ich habe natürlich nur Lucys …«

»Lucys?«, sagte Wireman und griff nach der Puppe. Ihre ausgestopften rosa Beine baumelten. Ihre leeren Augen starrten.

»Sie sehen wie Lucille Ball aus, finden Sie nicht auch?

Ich schenke sie manchen meiner Patienten, die ihnen natürlich eigene Namen geben. Wie haben Sie Ihre genannt, Edgar?«

Einige Augenblick lang lähmte der alte Frost wieder mein Gehirn, und ich dachte: *Rhonda Robin Rachel, setz dich auf den Freund, setz dich auf den Kumpel, setz dich auch den gottverdammten SPEZI!* Dann dachte ich: *It was RED.*

»Reba«, sagte ich. »Wie die Countrysängerin.«

»Und Sie haben sie noch?«, fragte Kamen. »Ilse sagt, dass Sie sie noch haben.«

»O ja«, sagte ich und erinnerte mich daran, wie Wireman über Powerball gesprochen hatte, wie man die Augen schließen und hören kann, wie die Gewinnzahlen einrasten: *klick* und *klick* und noch mal *klick*. Ich glaubte, sie jetzt zu hören. In der Nacht, in der ich *Wireman blickt nach Westen* beendet hatte, hatte ich im Big Pink Besuch von kleinen Flüchtlingen bekommen, die dort Zuflucht vor dem Sturm gesucht hatten. Elizabeth' ertrunkene Schwestern: Tessie und Laura Eastlake. Jetzt sollte ich wieder Zwillinge im Big Pink haben – und weshalb?

Weil irgendetwas die Initiative ergriffen hatte, deshalb. Irgendetwas hatte die Initiative ergriffen und meiner Tochter diese Idee in den Kopf gesetzt. Dies war das nächste Klicken des Glücksrads, der nächste Powerball, der aus dem Korb fiel.

»Edgar?«, fragte Wireman. »Alles in Ordnung mit dir, *muchacho?*«

»Ja«, sagte ich und lächelte. Die Welt kam mit all ihrem Licht, all ihrer Farbe zurückgeschwebt. Ich zwang mich dazu, Juanita – die sie verwirrt betrachtete – die Puppe abzunehmen. Das kostete mich große Überwindung, aber ich schaffte es. »Danke, Dr. Kamen. Xander.«

Er zuckte mit den Schultern, breitete die Hände aus. »Bedanken Sie sich bei Ihren Mädchen, vor allem bei Ilse.«

»Das tue ich. Wer möchte noch ein Glas Champagner?«

Alle wollten eines. Ich legte meine neue Puppe in ihre Schachtel zurück und fasste dabei zwei Vorsätze. Erstens: Keine meiner Töchter würde jemals erfahren, wie sehr mich der Anblick des verdammten Dings erschreckt hatte. Und zweitens: Ich kannte zwei Schwestern – *lebende* Schwestern –, die niemals gleichzeitig einen Fuß auf Duma Key setzen würden. Oder überhaupt jemals, wenn ich es verhindern konnte.

Dies war ein Versprechen, das ich hielt.

12
Ein anderes Florida

I

»Schön, Edgar, ich denke, wir sind fast fertig.« Vielleicht sah Mary Ire etwas auf meinem Gesicht, denn sie lachte. »War's denn so schlimm?«

»Nein«, sagte ich, und es war wirklich nicht schlimm gewesen, auch wenn mir bei ihren Fragen nach meiner Malweise unbehaglich zumute gewesen war. Meine Malweise bestand eigentlich darin, dass ich mir Dinge ansah und dann Farbe auf die Leinwand klatschte. Und Einflüsse? Was konnte ich dazu sagen? Das Licht. Es lief immer aufs Licht hinaus – bei den Bildern, die ich mir gern ansah, und bei denen, die ich gern malte. Wie es die Oberfläche von Dingen veränderte und wie es anzudeuten schien, was sich darunter verbarg und nach außen drängte. Aber das klang nicht gelehrt; in meinen Ohren klang es bescheuert.

»Also gut«, sagte sie, »letztes Thema: Wie viele Gemälde sind es insgesamt?«

Wir saßen in Marys Penthouse in Davis Islands, einer feudalen Enklave in Tampa, die mir wie die Art-déco-Hauptstadt der Welt vorkam. Das Wohnzimmer war ein riesiger, fast leerer Raum mit einer Couch an einem Ende und zwei Designersesseln aus Leder und Chromstahl am anderen. Bücher gab es keine, aber auch keinen Fernseher. An der Ostwand, wo die Morgensonne ihn beleuchten würde, hing ein David Hockney. Mary und ich saßen an entgegengesetzten Ecken der Couch. Sie hatte einen Stenoblock auf ihren Knien. Auf der Sofalehne neben ihr stand ein Aschenbecher. Zwischen uns stand ein großes silbergraues Tonbandgerät von Wollensak. Es musste fünfzig Jahre alt sein, aber die Spulen drehten sich geräuschlos. Deutsche Technik, Baby.

Mary trug kein Make-up, aber farbloses Lipgloss, das ihren Lippen Glanz verlieh. Ihr Haar war zu einer nachlässigen Hochfrisur aufgetürmt, die sich bereits wieder auflöste und elegant und schlampig zugleich wirkte. Sie rauchte English Oval und trank etwas, das wie unverdünnter Scotch aussah, aus einem Whiskyglas von Waterford (sie hatte mir einen Drink angeboten und enttäuscht gewirkt, als ich mich für Mineralwasser entschied). Sie trug maßgeschneiderte Baumwollslacks. Ihr Gesicht sah alt, verbraucht und sexy aus. Ihre beste Zeit war vermutlich gewesen, als *Bonnie and Clyde* in den Kinos lief, aber ihre Augen waren noch immer atemberaubend, selbst mit Falten in den Augenwinkeln, Runzeln auf den Lidern und völlig ohne Wimperntusche oder Lidschatten. Sie hatte Sophia-Loren-Augen.

»In der Selby haben Sie zweiundzwanzig Dias gezeigt. Neun davon waren Bleistiftzeichnungen. Sehr interessant, aber klein. Und elf Gemälde, denn Sie hatten drei Dias von *Wireman blickt nach Westen* – zwei Nahaufnahmen, eine Weitwinkelaufnahme. Wie viele Gemälde gibt's also insgesamt? Wie viele werden Sie nächsten Monat in der Scoto ausstellen?«

»Nun«, sagte ich, »das weiß ich noch nicht so genau, weil ich ständig male, aber ich denke, dass es im Augenblick ungefähr … zwanzig weitere sind.«

»Zwanzig«, sagte sie leise und tonlos. »Zwanzig weitere.«

Irgendetwas an der Art, wie sie mich ansah, war mir unangenehm, und ich veränderte meine Haltung. Das Sofa knarzte. »Tatsächlich könnten es einundzwanzig werden, denke ich.« Natürlich gab es ein paar Bilder, die ich nicht mitzählte. *Freunde mit Zuwendungen* war eines davon. Auch das Gemälde, das ich für mich *Candy Brown außer Atem* nannte. Und die Buntstiftskizze *Lady in roter Robe*.

»Also insgesamt über dreißig.«

Ich rechnete im Kopf und veränderte meine Haltung nochmals. »Das kommt hin.«

»Und Sie haben keine Ahnung, wie erstaunlich das ist. Das sehe ich Ihnen an.« Sie stand auf, leerte ihren Aschenbecher in einen Papierkorb hinter dem Sofa aus und blieb dann mit den Händen in den Taschen ihrer teuren Slacks vor dem Hockney stehen. Das Gemälde zeigte ein würfelförmiges Haus mit einem blauen Swimmingpool. Am Pool lag ein reifer weiblicher Teenager, fast eine junge Frau, in einem knappen schwarzen Badeanzug. Sie schien ganz aus Busen und langen gebräunten Beinen und schwarzem Haar zu bestehen. Sie trug eine Sonnenbrille, in deren dunklen Gläsern sich jeweils eine winzige Sonne spiegelte.

»Ist das ein Original?«, fragte ich.

»Allerdings«, sagte sie, ohne sich umzudrehen. »Auch das Mädchen ist ein Original. Mary Ire, um 1962. *Gidget in Tampa*.« Ihr Gesichtsausdruck war grimmig, als sie sich zu mir umdrehte. »Stellen Sie das Tonbandgerät ab. Das Interview ist zu Ende.«

Ich stellte das Gerät ab.

»Ich möchte, dass Sie mir zuhören. Tun Sie das?«

»Natürlich.«

»Es gibt Künstler, die sich monatelang mit einem einzigen Gemälde abmühen, das nur halb so gut ist wie Ihre

Arbeiten. Allerdings verbringen viele ihre Vormittage damit, sich von den Exzessen der vorigen Nacht zu erholen. Aber *Sie* … Sie produzieren diese Sachen wie ein Mann, der am Fließband arbeitet. Wie ein Zeitschriftenillustrator oder ein … ich weiß nicht … ein Comiczeichner!«

»Ich bin mit der Überzeugung aufgewachsen, dass man bei jeder Arbeit sein Bestes geben muss – mehr steckt nicht dahinter, glaube ich. Sobald ich meine eigene Firma hatte, habe ich viel länger als früher gearbeitet, weil der strengste Boss, den ein Mann haben kann, er selbst ist.«

Sie nickte. »Trifft nicht bei jedem zu, aber wenn's zutrifft, trifft es *wirklich* zu. Ich weiß.«

»Ich habe diese … nun, diese Arbeitsmoral … einfach auf das übertragen, was ich jetzt tue. Und das ist in Ordnung. Teufel, das ist mehr als nur in Ordnung. Ich stelle das Radio an … dann ist's, als verfiele ich in eine Art Trance … und ich male …« Ich wurde rot. »Ich versuche nicht, den Geschwindigkeitsrekord für Landfahrzeuge zu brechen oder irgendwas in der Art …«

»Das *weiß* ich«, wehrte sie ab. »Sagen Sie, blocken Sie?«

»Blocken?« Ich wusste, was dieses Wort im Football bedeutete, aber ansonsten zog ich eine Niete. »Was ist das?«

»Schon gut. Bei *Wireman blickt nach Westen* – übrigens ein umwerfendes Bild, dieses *Gehirn* –, wie haben Sie da die Gesichtszüge angelegt?«

»Ich habe ein paar Fotos gemacht«, sagte ich.

»Bestimmt haben Sie das, Schätzchen, aber wie haben Sie die Gesichtszüge angelegt, als Sie daran gegangen sind, das Porträt zu malen?«

»Ich … nun, ich …«

»Haben Sie die Drittes-Auge-Regel angewandt?«

»Drittes-Auge-Regel? Nie davon gehört.«

Sie lächelte mich freundlich an. »Um den Augenabstand eines Porträtierten richtig hinzubekommen, stellen viele Maler sich ein drittes Auge zwischen den vorhandenen vor oder markieren es sogar irgendwie. Was ist mit dem Mund? Haben Sie ihn mithilfe der Ohren zentriert?«

»Nein … das heißt, ich wusste gar nicht, dass man das tun soll.« Jetzt kam es mir vor, als würde ich am ganzen Körper rot.

»Keine Sorge«, sagte sie, »ich werde nicht vorschlagen, dass Sie sich an einen Haufen doofer Malerkniffe halten, nachdem Sie sie so spektakulär gebrochen haben. Die Sache ist nur …« Sie schüttelte den Kopf. »Dreißig Gemälde seit vergangenem November? Nein, in sogar noch kürzerer Zeit, weil Sie nicht gleich angefangen haben zu malen.«

»Natürlich nicht, ich musste mir erst Malmaterial besorgen«, sagte ich, und Mary lachte, bis sie einen Hustenanfall bekam, den sie mit einem Schluck Scotch wegspülte.

»Wenn dreißig Gemälde in drei Monaten eine Folge davon sind, dass man fast zu Tode gequetscht wurde«, sagte sie, als sie wieder sprechen konnte, »sollte ich mir vielleicht einen Kran suchen.«

»Das würden Sie nicht wollen«, sagte ich. »Glauben Sie's mir.« Ich stand auf, ging ans Fenster und sah auf die Adalia Street hinunter. »Mir gefällt, wie Sie hier wohnen.«

Sie trat neben mich, und wir blickten gemeinsam hinaus. Das Gehsteigcafé sieben Stockwerke tiefer und genau gegenüber hätte auf dem Luftweg aus New Orleans importiert sein können. Oder aus Paris. Eine Frau mit einem Baguette unter dem Arm kam in einem wippenden roten Seidenrock den Gehsteig entlanggeschlendert. Irgendwo spielte irgendwer einen zwölftaktigen Gitarrenblues, jede Note absolut tonrein. »Erzählen Sie mir etwas, Edgar – interessiert Sie das, was Sie hier bei einem Blick aus dem Fenster sehen, als Künstler oder als ehemaliger Bauunternehmer?«

»Beides«, sagte ich.

Sie lachte. »Klar doch. Davis Islands ist völlig künstlich, das Geistesprodukt eines Mannes namens Dave Davis. Er war der Jay Gatsby von Florida. Schon mal von ihm gehört?«

Ich schüttelte den Kopf.

»Das beweist nur, dass Ruhm etwas Vergängliches ist. In den Goldenen Zwanzigern war Davis hier unten an der Sonnenküste ein Gott.«

Ihre Handbewegung umfasste das Straßengewirr unter uns; die Armreife an ihrem schmalen Handgelenk klirrten; irgendwo in der Nähe schlug eine Kirchenuhr zweimal.

»Dies alles hat er auf einem trockengelegten Sumpfgebiet an der Mündung des Hillsborough River erbaut. Hat die Stadtväter von Tampa dazu überredet, das Krankenhaus und die Radiostation hierher zu verlegen – damals, als der Rundfunk mehr galt als Gesundheitsfürsorge. In einer Zeit, in der Apartmentkomplexe noch unbekannt waren, hat er eigenartig schöne Apartmentkomplexe errichtet. Er hat Hotels und luxuriöse Nachtclubs gebaut. Er hat mit Geld um sich geworfen, eine Schönheitskönigin geheiratet, sich von ihr scheiden lassen, sie wieder geheiratet. Er war in einer Zeit millionenschwer, in der eine Million Dollar so viel wert war wie heute zwölf Millionen. Und einer seiner besten Freunde hat nicht weit südlich von hier auf Duma Key gelebt. John Eastlake. Sagt Ihnen dieser Name etwas?«

»Natürlich. Ich kenne seine Tochter. Mein Freund Wireman betreut sie.«

Mary zündete sich eine weitere Zigarette an. »Nun, Dave und John waren reich wie Krösus – Dave durch seine Immobilienspekulationen, John mit seinen Fabriken –, aber Davis war ein Pfau und Eastlake mehr ein schlichter brauner Hänfling. Wohl zu seinem Glück, denn Sie wissen, was mit Pfauen passiert, nicht wahr?«

»Sie kriegen die Schwanzfedern ausgerissen?«

Sie zog an ihrer neuen Zigarette, dann wies sie mit den beiden Fingern, die sie hielten, auf mich und stieß dabei Rauch aus den Nasenlöchern aus. »Korrekt, Sir! Im Jahr 1925 brach eine Immobilienkrise über Florida herein, als ließe ein Ziegelstein eine Seifenblase zerplatzen. Dave Davis hatte praktisch sein gesamtes Vermögen in das investiert, was Sie dort draußen sehen.« Ihre Handbewegung umfasste die verwinkelten Straßen, die rosa Häuser. »Im Jahr 1926 standen Davis aus mehreren erfolgreichen Projekten vier Millionen Dollar zu, von denen er nur ungefähr dreißigtausend Dollar eintreiben konnte.«

Es war eine Weile her, dass ich den Tiger geritten hatte – so nannte mein Vater Überschuldung bis zu einem Punkt, an dem man mit den Gläubigern jonglieren und in der Buchhaltung kreativ werden musste –, aber solche Größenordnungen hatte ich nie gekannt, nicht einmal in der verzweifelten Anfangszeit der Freemantle Company. Mein Mitgefühl galt Dave Davis, auch wenn er inzwischen schon lange tot sein musste.

»Wie viele seiner Schulden konnte er begleichen? Überhaupt welche?«

»Anfangs hat er's noch geschafft. In anderen Teilen Amerikas waren das Boomjahre.«

»Sie wissen viel über diese Sache.«

»Die Kunst der Sonnenküste ist meine Passion, Edgar. Die Geschichte der Sonnenküste ist mein Hobby.«

»Ich verstehe. Davis hat die Immobilienkrise also überstanden.«

»Für kurze Zeit. Ich vermute, dass er die Börsenhausse genutzt und Aktien verkauft hat, um seine anfänglichen Verluste zu decken. Und Freunde haben ihm geholfen.«

»Eastlake?«

»Vor allem John Eastlake – und das zusätzlich zu Daves ins Land geschmuggeltem Schnaps, den er vielleicht manchmal auf Duma Key versteckt hat.«

»Hat er das wirklich getan?«, fragte ich.

»Ich habe *vielleicht* gesagt. Das war eine andere Zeit, ein anderes Florida. Wer länger hier lebt, hört alle möglichen wilden Schmugglergeschichten aus der Prohibitionszeit. Schnaps hin, Schnaps her, ohne John Eastlake wäre Davis zu Ostern 1926 völlig pleite gewesen. John war kein Playboy, er zog nicht durch Nachtclubs und Puffs wie Davis und einige seiner anderen Freunde, aber er war seit 1923 Witwer, und ich vermute, dass der alte Dave seinem Kumpel gelegentlich mit einem Mädel ausgeholfen hat, wenn besagter Kumpel sich einsam fühlte. Aber im Sommer 1926 waren Daves Schulden einfach zu hoch. Nicht einmal seine alten Freunde konnten ihn noch retten.«

»Also ist er bei Nacht und Nebel verschwunden.«

»Dave Davis ist verschwunden, aber nicht bei Nacht und Nebel. Das wäre nicht sein Stil gewesen. Im Oktober 1926, weniger als einen Monat nachdem der Hurrikan Esther sein Lebenswerk schwer beschädigt hatte, bestieg er mit einem Leibwächter und seiner neuen Gefährtin, zufällig eine Badeschönheit von Mack Sennett, ein Schiff nach Europa. Die Badenixe und der Leibwächter erreichten Gay Paree, aber Davis kam nie dort an. Er verschwand während der Überfahrt spurlos auf See.«

»Ist das eine wahre Geschichte?«

Mary hob ihre rechte Hand zum Pfadfindergruß, bei

dem nur die zwischen Zeige- und Mittelfinger glimmende Zigarette etwas störte. »Großes Ehrenwort. Im November 1926 hat gleich dort drüben ein Gedenkgottesdienst stattgefunden.« Sie zeigte auf die Stelle, wo der Golf zwischen zwei leuchtend rosa Art-déco-Gebäuden glitzerte. »Mindestens vierhundert Personen haben daran teilgenommen, darunter meines Wissens viele Frauen mit einer auffälligen Vorliebe für Straußenfedern. Einer der Redner war John Eastlake. Er hat einen Kranz aus Tropenblumen ins Meer geworfen.«

Sie seufzte, und mich umwehte eine Alkoholfahne. Ich bezweifelte nicht, dass die Lady einiges vertrug; ich bezweifelte jedoch auch nicht, dass sie an diesem Nachmittag nicht weit davon entfernt war, angesäuselt, wenn nicht regelrecht betrunken zu sein.

»Eastlake war bestimmt traurig über den Tod seines Freundes«, sagte sie, »aber ich wette, dass er sich dazu gratuliert hat, den Hurrikan Esther überlebt zu haben. Ich wette, dass sie das alle getan haben. Er konnte nicht ahnen, dass er weniger als sechs Monate später weitere Kränze ins Meer werfen würde. Nicht nur eine Tochter fort, sondern zwei. Sogar drei, wenn man die älteste Tochter mitzählt. Sie ist nach Atlanta durchgebrannt. Mit einem Betriebsleiter aus einer von Daddys Fabriken, wenn ich mich recht erinnere. Obwohl das natürlich nicht damit vergleichbar ist, zwei im Golf zu verlieren. Gott, das muss schlimm gewesen sein!«

»SIE SIND FORT«, sagte ich, als mir die Schlagzeile einfiel, die Wireman zitiert hatte.

Sie musterte mich scharf. »Sie haben also selbst recherchiert?«

»Nicht ich, Wireman. Er war neugierig in Bezug auf die Frau, deren Betreuung er übernommen hatte. Ich glaube nicht, dass er von der Verbindung zu diesem Dave Davis weiß.«

Sie wirkte nachdenklich. »Wie viel Elizabeth davon wohl noch weiß?«

»Heutzutage weiß sie nicht einmal ihren eigenen Namen«, sagte ich.

Mary starrte mich prüfend an, dann wandte sie sich vom Fenster ab, holte ihren Aschenbecher und drückte die Zigarette aus. »Alzheimer? Das hört man gerüchteweise.«

»Ja.«

»Tut mir verdammt leid, das zu hören. Die unheimlicheren Einzelheiten von Dave Davis' Story verdanke ich ihr, wissen Sie. In besseren Zeiten bin ich ihr in der Kunstszene ständig begegnet. Und ich habe viele der Künstler interviewt, die in Salmon Point gewohnt haben. Aber Sie nennen das Haus anders, nicht wahr?«

»Big Pink.«

Sie lächelte. »Ich wusste, dass es etwas Niedliches war.«

»Wie viele Künstler haben dort gewohnt?«

»Oh, viele. Sie sind gekommen, um in Sarasota oder Venice Vorträge zu halten, vielleicht sogar, um zu malen – obwohl die in Salmon Point wohnenden Künstler herzlich wenig gemalt haben. Für die meisten von Elizabeth' Gästen dürfte der Aufenthalt auf Duma Key kaum mehr als ein kostenloser Urlaub gewesen sein.«

»Sie hat das Haus kostenlos zur Verfügung gestellt?«

»O ja«, antwortete sie mit einem ziemlich ironischen Lächeln. »Der Sarasota Arts Council hat die Vortragshonorare übernommen, und Elizabeth hat im Allgemeinen die Unterkunft gestellt – das Big Pink, ehemals Salmon Point. Aber Sie haben nicht von diesem Deal profitiert, stimmt's? Vielleicht nächstes Mal. Vor allem nachdem Sie dort tatsächlich *arbeiten*. Ich könnte Ihnen ein halbes Dutzend Künstler nennen, die in diesem Haus gewohnt und niemals auch nur einen Pinsel eingetaucht haben.« Sie marschierte zum Sofa, setzte ihr Glas an den Mund und nahm einen kleinen Schluck. Nein, einen großen.

»Elizabeth hat eine Skizze von Dalí, die im Big Pink entstanden ist«, sagte ich. »Ich habe sie mit eigenen Augen gesehen.«

Marys Augen glitzerten. »O ja, natürlich. Dalí. Ihm hat's hier *wunderbar* gefallen, aber selbst er ist nicht lange geblieben … und bevor er abgehauen ist, hat der Hundesohn mich in den Po gekniffen. Wissen Sie, was Elizabeth mir nach seiner Abreise erzählt hat?«

Ich schüttelte den Kopf. Natürlich wusste ich das nicht, aber ich wollte es hören.

»Er meinte, es sei zu ›ergiebig‹. Erinnert Sie das an etwas, Edgar?«

Ich lächelte. »Weshalb, glauben Sie, hat Elizabeth das Big Pink in ein Refugium für Künstler umgewandelt? War sie schon immer eine Mäzenin?«

Sie wirkte überrascht. »Hat Ihr Freund Ihnen das nicht erzählt? Vielleicht weiß er's nicht. Einer lokalen Legende nach war Elizabeth früher selbst eine begabte Künstlerin.«

»Was meinen Sie mit einer lokalen Legende?«

»Es gibt eine Story – die womöglich nur Erfindung ist –, sie sei ein Wunderkind gewesen. Sie soll in sehr jungen Jahren wundervoll gemalt und dann plötzlich damit aufgehört haben.«

»Haben Sie sie jemals danach gefragt?«

»Natürlich, Sie Dummerchen. Leute auszufragen ist mein Beruf.« Sie stand jetzt leicht schwankend vor mir, und ihre Sophia-Loren-Augen waren sichtbar blutunterlaufen.

»Was hat sie gesagt?«

»Dass an der Geschichte nichts Wahres sei. Sie hat geantwortet: ›Die es können, tun es. Und die's nicht können, *unterstützen* die, die's können. Wie wir, Mary.‹«

»Klingt überzeugend, finde ich«, sagte ich.

»Ja, das habe ich auch gefunden«, sagte Mary und nahm einen weiteren Schluck aus ihrem Waterford-Glas. »Das einzige Problem war nur, dass ich ihr nicht geglaubt habe.«

»Warum nicht?«

»Keine Ahnung, einfach nur so. Ich hatte eine alte Freundin namens Aggie Winterborn, damals die Briefkastentante der *Tampa Tribune*, und der gegenüber habe ich die Geschichte mal erwähnt. Das war ungefähr zu der Zeit, als Dalí die Sonnenküste mit seiner Anwesenheit beehrt hat, vielleicht 1980. Wir waren irgendwo in einer Bar – damals waren wir immer irgendwo in einer Bar –, und sind im Gespräch darauf gekommen, wie Legenden entstehen. Ich habe die Geschichte, dass Elizabeth angeblich ein Baby-Rembrandt gewesen ist, als Beispiel dafür angeführt, und Aggie – inzwischen schon lange tot, Gott hab sie selig – hat gesagt, sie halte das für keine Legende, sondern für die Wahrheit oder eine Version davon. Sie hat erzählt, dass sie einen Zeitungsartikel darüber gesehen hätte.«

»Haben Sie das je nachgeprüft?«, fragte ich.

»Natürlich! Ich schreibe nicht alles, was ich weiß …« Sie zwinkerte mir zu. »… aber ich *weiß* gern alles.«

»Was haben Sie gefunden?«

»Nichts. Nichts in der *Tribune*, auch nichts in der Lokalpresse in Sarasota und Venice. Also *war* das Ganze vielleicht nur eine Geschichte. Teufel, vielleicht war auch die Behauptung, ihr Vater habe Dave Davis' Whisky auf Duma Key versteckt, nur eine Geschichte. Aber … auf Aggie Winterborns Gedächtnis hätte ich viel Geld gesetzt. Und Elizabeth hatte einen ganz bestimmten Gesichtsausdruck, als ich sie danach gefragt habe.«

»Was für einen Gesichtsausdruck?«

»Einen Das-erzähle-ich-doch-*dir*-nicht-Gesichtsausdruck. Aber das ist alles schon lange her, seitdem ist viel Schnaps durch alle möglichen Kehlen geflossen, und Sie können sie jetzt nicht mehr danach fragen, stimmt's? Nicht, wenn's so schlimm mit ihr steht, wie Sie sagen.«

»Nein, aber vielleicht taucht sie wieder auf. Wireman sagt, dass sie das schon früher getan hat.«

»Wir wollen's hoffen«, sagte Mary. »Sie ist eine seltene Erscheinung, wissen Sie. Florida ist voll alter Menschen – es wird nicht umsonst Gottes Wartezimmer genannt –, aber nur verdammt wenige sind hier aufgewachsen. Die Sonnenküste, an die Elizabeth sich erinnert – *erinnerte* –, war wirklich ein anderes Florida. Nicht das mit wild wuchernden Stadtgebieten, überdachten Stadien und überall hinführenden Turnpikes, und auch nicht das, in dem ich aufgewachsen bin. Meines war John D. MacDonalds Florida von damals, als die Leute in Sarasota noch ihre Nachbarn kannten und der Tamiami Trail nur eine bessere Landstraße war. Damals, als Leute, die aus der Kirche heimkamen, manchmal noch Alligatoren in ihren Swimmingpools entdeckten und Luchse sahen, die ihren Müll durchwühlten.«

Sie war tatsächlich *sehr* betrunken, das merkte ich jetzt … aber das machte sie nicht uninteressant.

»Das Florida, in dem Elizabeth und ihre Schwestern aufgewachsen sind, war das nach der Ausrottung der Indianer, aber bevor der alte Mr. White Man seine Macht gänzlich konscho… konsolidiert hatte. Ihre kleine Insel hätte sich Ihnen ganz anders dargeboten. Ich habe Bilder von damals gesehen. Im Inselinneren standen von Würgfeigen überwucherte Sabalpalmen und Gumbo Limbo und Karibische Kiefern; an einigen feuchten Stellen wuchsen Virginia-Eichen und Mangroven. Der Boden war mit Korallensträuchern und Tintenbeeren bedeckt, nicht mit diesem Dschungelscheiß, der heutzutage dort draußen wuchert. Nur die Strände sind unverändert – und natürlich der Strandhafer … wie ein Rocksaum. Die Zugbrücke am Nordende gab es schon, aber auf Duma Key stand nur ein einziges Haus.«

»Wie ist dieser ganze Wildwuchs entstanden?«, fragte ich. »Wissen Sie eine Erklärung dafür? Ich meine, er bedeckt doch drei Viertel der Insel.«

Sie schien mich nicht gehört zu haben. »Nur ein einziges Haus«, wiederholte sie. »Auf der kleinen Erhebung im Süden stehend und ganz im Stil der eleganten Landsitze erbaut, die man heute in Charleston oder Mobile besichtigen kann. Mit Säulen und einer gekiesten Einfahrt. Nach Westen hatte man einen weiten Blick über den Golf hinaus; im Osten erstreckte sich die Küste Floridas. Allerdings gab's dort nicht viel zu sehen … nur Venice. Das Dorf Venice. Ein verschlafenes kleines Nest.« Sie hörte, wie undeutlich sie sprach, und riss sich zusammen. »Sie müssen mich entschuldigen, Edgar. Bitte. Ich mache das wirklich nicht jeden Tag. Sie sollten meine … meine Aufregung … als Kompliment betrachten.«

»Das tue ich.«

»Vor zwanzig Jahren hätte ich versucht, Sie ins Bett zu locken, statt mich dumm und dämlich zu trinken. Vielleicht noch vor zehn. Wie die Dinge jetzt stehen, kann ich nur hoffen, dass ich Sie nicht für immer vergrämt habe.«

»Schön wär's.«

Mary lachte: ein Krächzen, das steril und fröhlich zugleich war. »Dann hoffe ich, dass Sie mich bald wieder besuchen. Ich koche uns eine pikante rote Gumbosuppe. Jetzt jedoch …« Sie legte mir einen Arm um die Schultern und führte mich zur Tür. Der Körper unter ihrer Kleidung war mager und heiß und steinhart. Beim Gehen schwankte sie nur mehr ganz leicht. »Aber jetzt ist's Zeit, denke ich, dass Sie gehen und ich meine nachmittägliche Siesta mache. Ich bedaure, sagen zu müssen, dass ich sie brauche.«

Ich trat auf den Flur hinaus, dann drehte ich mich noch mal um. »Mary, haben Sie Elizabeth jemals über den Tod ihrer Zwillingsschwestern reden gehört? Sie muss damals vier oder fünf gewesen sein. Alt genug, um sich an etwas so Traumatisches zu erinnern.«

»Nie«, sagte Mary. »Nicht ein einziges Mal.«

II

In dem schmalen, aber behaglichen Schattenstreifen um Viertel nach zwei Uhr standen auf beiden Seiten des Hauseingangs ungefähr ein Dutzend Stühle. Dort saßen fünf oder sechs alte Männer, die den Verkehr auf der Adalia Street beobachteten. Auch Jack saß dort, aber weder beobachtete er den Verkehr noch bewunderte er die vorbeigehenden Ladys. Er hatte seinen Stuhl an den rosa Verputz zurückgelehnt und las *Bestattungswesen für Dummies*. Er merkte sich, wo er war, und stand auf, sobald er mich kommen sah.

»Passende Wahl für diesen Staat«, sagte ich mit einem Nicken, das seinem Buch mit dem zum Markenzeichen gewordenen glotzäugigen Trottel auf dem Umschlag galt.

»Irgendwann muss ich mich für einen Beruf entscheiden«, sagte er, »und nachdem du in letzter Zeit so aktiv bist, glaube ich nicht, dass dieser Job noch lange vorhält.«

»Hetz mich nicht«, sagte ich und griff in meine Tasche, um mich davon zu überzeugen, dass ich mein Fläschchen Aspirin hatte. Es war da.

»Tatsächlich«, sagte Jack, »habe ich genau das vor.«

»Musst du irgendwohin?«, fragte ich, während ich neben ihm über den Gehsteig und in den Sonnenschein hinaushinkte. In der Sonne war es heiß. Auch an der Westküste Floridas gibt es einen Frühling, aber er macht dort nur eine Kaffeepause, bevor er nach Norden weiterzieht, um dort die schwere Arbeit zu tun.

»Nein, aber du hast um vier Uhr einen Termin bei Dr. Hadlock in Sarasota. Den können wir gerade noch schaffen, denke ich, wenn der Verkehr es gut mit uns meint.«

Ich hielt ihn mit meiner Hand auf der Schulter auf. »Elizabeth' Arzt? Wozu?«

»Zu einer Untersuchung. Wie man hört, hast du sie bisher vor dir hergeschoben, Boss.«

»Dahinter steckt Wireman«, murmelte ich und fuhr mir mit der Hand durchs Haar. »Wireman der Ärztehasser. Aber das Ergebnis erfährt er nie. Du bist mein Zeuge, Jack. Ich erzähle ihm *nie*, was …«

»Nein, er hat gesagt, dass du das sagen würdest«, sagte Jack und zog mich weiter. »Komm schon, komm schon, wenn wir nicht losfahren, schaffen wir's nie vor dem Berufsverkehr.«

»Wer? Wer war's sonst, wenn Wireman den Termin nicht vereinbart hat?«

»Dein anderer Freund. Der große Schwarze. Mann, der hat mir gefallen, er war total *chilly*.«

Wir hatten den Malibu erreicht, und Jack hielt mir die Beifahrertür auf, aber ich blieb einen Augenblick lang nur stehen und starrte ihn wie vom Donner gerührt an. *»Kamen?«*

»Ja. Dr. Hadlock und er sind auf dem Empfang nach deinem Vortrag ins Gespräch gekommen, und Dr. Kamen hat rein zufällig erwähnt, dass es ihm Sorgen macht, dass du noch nicht wie versprochen beim Arzt warst. Dr. Hadlock hat sich erboten, dich zu untersuchen.«

»Erboten«, sagte ich.

Jack nickte und lächelte im hellen Sonnenschein Floridas. Unwahrscheinlich jung, mit einem kanariengelben Exemplar von *Bestattungswesen für Dummies* unter einen Arm geklemmt. »Hadlock hat Dr. Kamen erklärt, sie dürften nicht zulassen, dass einem so wichtigen neu entdeckten Talent etwas zustoße. Und ich bin ganz ihrer Meinung, um das mal festzuhalten.«

»Danke für die Blumen, Jack.«

Er lachte. »Du bist ein Trip, Edgar.«

»Darf ich annehmen, dass ich auch *chilly* bin?«

»Klar doch, der reinste Kühlschrank. Jetzt steig ein, damit wir über die Brücke kommen, solange wir noch können.«

III

Tatsächlich erreichten wir Dr. Hadlocks Praxis in der Beneva Road auf die Minute pünktlich. Freemantles Lehrsatz über Wartezeiten in Arztpraxen besagt, dass man zum Bestelltermin eine halbe Stunde hinzuzählen muss, um bald nach dem Eintreffen dranzukommen, aber in diesem Fall wurde ich angenehm überrascht. Die Sprechstundenhilfe rief mich nach nur zehn Minuten auf und führte mich in einen freundlichen Untersuchungsraum, in dem ein Poster zu meiner Linken ein in Fett ertrinkendes Herz zeigte und eines zu meiner Rechten eine Lunge, die aussah wie gegrillt. Die Tafel mit dem Sehtest geradeaus vor mir war eine Erleichterung, auch wenn ich nach der sechsten Zeile nicht mehr viel erkennen konnte.

Eine Arzthelferin kam herein, steckte mir ein Thermometer unter die Zunge, zählte meinen Puls, wickelte die Manschette eines Blutdruckmessgeräts um meinen Arm, pumpte sie auf und studierte die Anzeige. Als ich nach meinen Werten fragte, lächelte sie unverbindlich und sagte: »Passabel.« Dann zapfte sie mir Blut ab. Danach zog ich mich mit einem Plastikbecher auf die Toilette zurück und schickte Kamen böse Gedanken, während ich den Reißverschluss meiner Hose öffnete. Auch ein Einarmiger kann eine Urinprobe abgeben, aber die Unfallgefahr ist erheblich größer.

Als ich ins Untersuchungszimmer zurückkam, war die Arzthelferin fort. Sie hatte einen mit meinem Namen beschrifteten Ordner dagelassen. Neben dem Ordner lag ein roter Kugelschreiber. Ich fühlte ein Stechen in meinem Armstumpf. Ohne darüber nachzudenken, was ich tat, nahm ich den Kugelschreiber und schob ihn in die Hosentasche. In meiner Hemdtasche steckte ein blauer Bic. Ich zog ihn heraus und legte ihn an die Stelle, wo der rote Kugelschreiber gelegen hatte.

Und was willst du sagen, wenn sie zurückkommt?, fragte ich mich. *Dass die Kugelschreiberfee reingekommen ist und beschlossen hat, ihn zu vertauschen?*

Bevor ich diese Frage beantworten konnte – oder mir überlegen, wieso ich den roten Kugelschreiber geklaut hatte –, kam Gene Hadlock herein und streckte mir die Hand hin. Seine linke Hand … die in meinem Fall die Rechte war.

Ich merkte, dass er mir weit sympathischer war, wenn er nicht gemeinsam mit Principe, dem spitzbärtigen Neurologen, auftrat. Er war ungefähr sechzig, etwas dicklich, mit einem weißen Schnurrbart im Zahnbürstenformat und angenehmen Praxismanieren. Ich musste mich bis auf die Unterhose ausziehen, und er untersuchte ziemlich ausführlich mein rechtes Bein und die rechte Körperhälfte. Er stupste mich an mehreren Stellen an und fragte, ob das wehtue. Er fragte, welche Schmerzmittel ich nahm, und schien überrascht zu sein, als ich ihm erklärte, ich käme mit Aspirin aus.

»Ich möchte Ihren Stumpf untersuchen«, sagte er. »Ist das in Ordnung?«

»Ja. Aber seien Sie bitte vorsichtig.«

»Ich tue mein Bestes.«

Ich saß mit meiner linken Hand auf meinem nackten linken Oberschenkel da und starrte die Tafel mit dem Sehtest an, während Hadlock mir eine Hand auf die Schulter legte und mit der anderen meinen Stumpf umfasste. Die siebte Zeile auf der Tafel schien **AGODSED** zu lauten. A GOD SAID – *ein Gott sagte was?*, fragte ich mich.

Von irgendwoher, aus weiter Ferne, spürte ich einen leichten Druck. »Tut das weh?«

»Nein.«

»Okay. Nein, nicht hinsehen, einfach weiter nach vorn sehen. Spüren Sie meine Hand?«

»Mhm. Weit weg. Druck.« Aber kein Stechen. Wozu auch? Der Arm, der nicht mehr da war, hatte den Kugelschreiber gewollt, der inzwischen in meiner Tasche steckte, und nun schlief der Arm wieder.

»Und wie steht's damit, Edgar? Darf ich Sie Edgar nennen?«

»Klar, Doc. Wie vorhin. Druck. Schwach.«

»Jetzt dürfen Sie hinsehen.«

Ich sah hin. Eine Hand ruhte weiter auf meiner Schulter, aber die andere hing locker an seiner Seite. Nicht einmal in der Nähe des Armstumpfs. »Oje!«

»Keineswegs, Phantomempfindungen in Stümpfen von Gliedmaßen sind normal. Mich wundert nur, wie rasch alles geheilt ist. Und dass Sie kaum Schmerzen haben. Beim ersten Mal habe ich verdammt fest zugedrückt. Das ist alles sehr schön.« Er umfasste den Stumpf erneut und drückte ihn nach oben. »Ist das schmerzhaft?«

Diesmal hatte ich Schmerzen – ein dumpfes, leichtes Stechen, vage heiß. »Ein bisschen«, sagte ich.

»Ich wäre besorgt, wenn Sie nichts gespürt hätten.« Er ließ mich los. »Konzentrieren Sie sich wieder auf den Sehtest, okay?«

Ich tat wie verlangt und gelangte zu dem Schluss, die entscheidende siebte Zeile laute **AGOCSEO**. Was mehr Sinn ergab, weil es keinen Sinn ergab.

»Mit wie vielen Fingern berühre ich Sie, Edgar?«

»Weiß nicht.« Ich spürte überhaupt nicht, dass er mich berührte.

»Jetzt?«

»Weiß nicht.«

»Und jetzt?«

»Drei.« Er war fast oben am Schlüsselbein angelangt. Und ich dachte plötzlich – ein verrückter, aber sehr klarer Gedanke –, dass ich während eines Malwutanfalls seine Finger überall an dem Stumpf gespürt hätte. Tatsächlich hätte ich seine Finger in der Luft unterhalb des Stumpfs spüren können. Und ich denke, *er* hätte *mich* spüren können … was den guten Doktor zweifellos dazu veranlasst hätte, schreiend aus dem Raum zu flüchten.

Er untersuchte mich weiter – erst mein linkes Bein, dann meinen Kopf. Er hörte meine Herztöne ab, sah mir in die Augen und machte alle möglichen ärztlichen Dinge. Als er die meisten Möglichkeiten ausgeschöpft hatte, forderte er mich auf, mich anzuziehen und in das Zimmer am Ende des Flurs zu kommen.

Dieser Raum erwies sich als sympathisch unordentliches kleines Sprechzimmer. Hadlock saß hinter dem Schreibtisch und lehnte sich in seinen Sessel zurück. An einer Wand hingen gerahmte Fotos. Einige schienen Angehörige des Doktors zu zeigen, aber es gab auch Fotos, die ihn händeschüttelnd mit George Bush dem Ersten und dem Talkmaster Maury Povich zeigten (nach meinen Begriffen einander intellektuell ebenbürtig), und eine Aufnahme mit einer erstaunlich hübschen und sportlichen Elizabeth Eastlake. Beide hielten Tennisschläger in den Händen, und ich erkannte den Tennisplatz wieder. Es war der des *Palacio*.

»Bestimmt möchten Sie nach Duma zurück und Ihre Hüfte entlasten, nicht wahr?«, fragte Hadlock. »Sie muss um diese Tageszeit schmerzen, und ich wette, dass sie bei feuchtem Wetter schlimmer ist als die drei Hexen in *Macbeth*. Wenn Sie ein Rezept für Percocet oder Vicodin möchten …«

»Nein, mir genügt Aspirin«, sagte ich. Ich hatte darum gekämpft, von dem harten Zeug loszukommen, und wollte jetzt, Schmerzen hin oder her, nicht wieder damit anfangen.

»Ihre Genesung ist höchst bemerkenswert«, sagte Hadlock. »Ich denke, Sie wissen selbst, dass Sie von Glück reden können, dass Sie nicht für den Rest Ihres Lebens in einem Rollstuhl sitzen – den Sie vermutlich steuern würden, indem Sie in ein Röhrchen blasen.«

»Ich kann von Glück sagen, dass ich überhaupt noch lebe«, sagte ich. »Darf ich annehmen, dass Sie nichts Schwerwiegendes gefunden haben?«

»Vorbehaltlich der Blut- und Urinuntersuchung würde ich sagen, dass Sie so weit in Ordnung sind. Sollten Sie Symptome haben, die Ihnen Sorgen machen, lasse ich Ihre Verletzungen und Ihren Kopf gern röntgen, aber ...«

»Ich habe keine.« Tatsächlich hatte ich Symptome, die mir Sorgen machten, aber ich glaubte nicht, dass Röntgenaufnahmen ihre Ursache bestimmen könnten. Oder ihre Ursachen.

Er nickte. »Ihren Armstumpf habe ich so genau untersucht, weil Sie keine Prothese tragen. Ich dachte, er könnte druckempfindlich sein. Oder Anzeichen für eine Infektion aufweisen. Aber alles scheint in Ordnung zu sein.«

»Ich bin einfach noch nicht so weit, denke ich.«

»Das ist in Ordnung. Völlig in Ordnung. Wenn ich Ihr Arbeitspensum bedenke, meine ich doch, dass hier die Redensart zutrifft: ›Was nicht kaputt ist, braucht keine Reparatur.‹ Ihre Gemälde ... bemerkenswert. Ich kann es kaum erwarten, sie in der Scoto ausgestellt zu sehen. Ich bringe meine Frau mit. Sie ist schon ganz aufgeregt.«

»Großartig«, sagte ich. »Vielen Dank.« Das klang schlapp, zumindest in meinen Ohren, aber ich wusste noch immer nicht recht, was ich auf solche Komplimente antworten sollte.

»Dass ausgerechnet Sie als zahlender Mieter in Salmon Point wohnen, ist eine betrübliche Ironie des Schicksals«, sagte Hadlock. »Elizabeth hat dieses Haus jahrelang – aber das wissen Sie vielleicht – Künstlern als Refugium zur Verfügung gestellt. Dann wurde sie krank und hat ihre Einwilligung gegeben, dass es ganz normal vermietet wurde ... allerdings mit einer Mindestmietdauer von drei Monaten.

Sie wollte nicht, dass Frühlingsurlauber dort Partys feiern. Nicht dort, wo Salvador Dalí und James Bama einst ihre berühmten Köpfe zur Ruhe gebettet haben.«

»Das kann ich ihr nicht verübeln. Das Haus hat etwas Besonderes.«

»Ja, aber nur wenige der dort wohnenden berühmten Künstler haben etwas Besonderes geschaffen. Dann kreuzt der zweite ›normale‹ Mieter auf – ein Bauunternehmer aus Minneapolis, der sich von einem Unfall erholt – und … nun, Elizabeth muss überglücklich gewesen sein.«

»In der Baubranche haben wir das ›mit der Kelle dick auftragen‹ genannt, Dr. Hadlock.«

»Gene«, sagte er. »Und die Leute, die Ihren Vortrag gehört haben, denken anders darüber. Sie waren wundervoll. Ich hätte mir nur gewünscht, Elizabeth hätte dabei sein können. Wie *stolz* sie auf Sie gewesen wäre!«

»Vielleicht kann sie zur Vernissage kommen.«

Gene Hadlock schüttelte sehr langsam den Kopf. »Das glaube ich nicht. Sie hat erbittert gegen ihren Alzheimer gekämpft, aber irgendwann siegt die Krankheit doch. Nicht weil der Patient schwach ist, sondern weil er eine Erkrankung wie MS ist. Oder wie Krebs. Sobald die ersten Symptome auftreten – meist als Verlust des Kurzzeitgedächtnisses –, fängt die Uhr an zu ticken. Ich fürchte, Elizabeth' Zeit ist abgelaufen, und das tut mir sehr leid. Mir ist klar, und ich denke, allen Zuhörern Ihres Vortrags war bewusst, dass dieser ganze Wirbel Ihnen Unbehagen bereitet …«

»Das können Sie laut sagen!«

»… aber wäre sie dabei gewesen, hätte sie ihn *Ihretwegen* genossen. Ich habe sie fast mein ganzes Leben lang gekannt und kann Ihnen sagen, dass sie alles überwacht hätte, inklusive der Hängung jedes einzelnen Bildes in der Galerie.«

»Ich wollte, ich hätte sie damals gekannt«, sagte ich.

»Sie war ein Phänomen. Als sie fünfundvierzig und ich zwanzig war, haben wir als gemischtes Doppel das Tennisturnier in The Colony auf Longboat Key gewonnen. Ich war damals in den Semesterferien zu Hause. Den Pokal habe ich noch heute. Ihrer steht bestimmt auch noch irgendwo herum.«

Das erinnerte mich an etwas – *Sie finden ihn bestimmt* –, aber bevor ich diese Erinnerung zu ihrem Ursprung zurückverfolgen konnte, fiel mir etwas anderes ein. Etwas aus jüngerer Vergangenheit.

»Dr. Hadlock… Gene, hat Elizabeth jemals selbst gemalt? Oder gezeichnet?«

»Elizabeth? Niemals.« Und er lächelte.

»Wissen Sie das bestimmt?«

»Todsicher. Ich habe sie einmal danach gefragt und kann mich noch sehr gut an die Situation erinnern. Das war, als Norman Rockwell zu einem Vortrag nach Sarasota gekommen ist. Er hat nicht draußen in ihrem Haus gewohnt; er ist im Ritz abgestiegen. Norman Rockwell – mit Pfeife und allem!« Gene Hadlock schüttelte den Kopf, und sein Lächeln wurde breiter. »Großer Gott, war *das* eine Kontroverse, dieser Aufschrei, als der Arts Council bekannt gab, dass *Mr. Saturday Evening Post* persönlich erscheinen wird. Das war Elizabeth' Idee, und sie hat den dadurch ausgelösten Wirbel genossen. Sie hat behauptet, sie hätte leicht das Ben-Hill-Griffin-Stadion füllen können…« Er sah meinen verständnislosen Blick. »Es gehört der University of Florida. ›Der Sumpf, den nur Alligatoren lebend verlassen‹?«

»Falls Sie von Football reden, beginnt mein Interesse bei den Vikings und endet mit den Packers.«

»Der springende Punkt ist, dass ich sie während des Wirbels um Rockwell – dessen Vortrag tatsächlich ausverkauft war; übrigens nicht im Geldbart, sondern im City Center – nach ihren eigenen künstlerischen Fähigkeiten gefragt habe, Elizabeth hat mir lachend erklärt, sie könne kaum Strichmännchen zeichnen. Tatsächlich hat sie eine Sportmetapher gebraucht, die mich vermutlich auf die Alligatoren gebracht hat. Sie hat gesagt, sie sei wie einer dieser reichen Ehemaligen, nur gelte ihr Interesse der Kunst, nicht dem Football. Sie hat mir erklärt: ›Wenn man selbst kein Sportler sein kann, Schätzchen, muss man wenigstens den Sport fördern. Und kann man selbst kein Künstler sein, muss man sich um sie kümmern, sie ernähren und dafür sorgen, dass sie bei Regen ein Dach über dem Kopf haben.‹ Aber eigenes künstlerisches Talent? Fehlanzeige.«

Ich überlegte, ob ich ihm von Mary Ires Freundin Aggie Winterborn erzählen sollte. Dann berührte ich den roten Kugelschreiber in meiner Tasche und entschied mich dagegen. Ich wollte nach Duma Key zurück und weitermalen. *Mädchen mit Schiff Nr. 8* war das ehrgeizigste Gemälde dieser Serie, zugleich das größte und komplizierteste. Und es war beinahe fertig.

Ich stand auf und streckte ihm die Hand hin. »Vielen Dank für alles.«

»Nichts zu danken. Und falls Sie sich die Sache anders überlegen und etwas Stärkeres gegen Ihre Schmerzen möchten …«

IV Die Zugbrücke zur Insel war hochgezogen, damit das Spielzeug irgendeines reichen Kerls schwerfällig die Durchfahrt zum Golf benutzen konnte. Jack saß am Steuer des Malibu und bewunderte das Mädchen in dem grünen Bikini, das sich auf dem Vorderdeck sonnte. Aus dem Autoradio drang The Bone. Der Werbespot eines Motorradhändlers ging zu Ende (The Bone war stark in Motorradverkäufen und allen möglichen Hypothekenangeboten), und es folgten The Who mit »Magic Bus«. Mein Armstumpf begann zu prickeln, dann zu jucken. Und dieses Jucken kroch langsam nach unten: schläfrig, aber tief. Sehr tief. Ich stellte das Radio etwas lauter, dann griff ich in meine Tasche und zog den gestohlenen Kugelschreiber heraus. Nicht blau: nicht schwarz; er war *rot*. Ich bewunderte ihn einen Augenblick lang in der Spätnachmittagssonne. Dann öffnete ich das Handschuhfach und tastete darin herum.

»Kann ich dir helfen, irgendwas zu finden, Boss?«

»Nein. Behalt weiter die Schönheit dort unten im Auge. Ich komme schon zurecht.«

Ich zog einen Gutschein für einen kostenlosen NASCAR Burger bei Checkers heraus – *Ya Gotta Eat!*, verkündete der Coupon. Ich drehte ihn um. Seine Rückseite war unbedruckt. Ich zeichnete rasch und ohne viel nachzudenken. Ich war fertig, bevor der Song zu Ende war. Unter die kleine Zeichnung setzte ich in Druckschrift fünf Buchstaben. Das Bild glich den Zeichnungen, die ich in meinem anderen Leben zu Papier gebracht hatte, während ich (meistens mit irgendeinem Idioten) am Telefon verhandelt hatte. Die Buchstaben ergaben *PERSE*, den Namen meines geheimnisvollen Schiffes. Nur glaubte ich zu wissen, dass er nicht so ausgesprochen wurde. Ich hätte das zweite E mit einem Akzent schreiben können, aber dann hätte dieser Name wie *Persay* geklungen, und das war meiner Meinung nach auch nicht richtig.

»Was ist das?«, fragte Jack mit Blick zu mir herüber und beantwortete seine Frage dann selbst: »Ein kleiner roter Picknickkorb. Niedlich. Aber was soll *Purse* heißen?«

»Man spricht es eher wie *Persie* aus.«

»Glaube ich dir.« Der Schlagbaum auf unserer Seite der Zugbrücke ging hoch, und Jack fuhr hinüber nach Duma Key.

Ich betrachtete den kleinen roten Picknickkorb, den ich gezeichnet hatte – nur dachte ich, dass man diese Art Korb mit geflochtenen Seiten Deckelkorb nannte –, und fragte mich, weshalb er mir so bekannt vorkam. Dann wurde mir klar, dass das eigentlich nicht ganz stimmte. Es war die *Bezeichnung*, die mir vertraut war. *Suchen Sie Nan Soundsos Picknickkorb,* hatte Elizabeth mich an dem Abend aufgefordert, an dem ich Wireman aus Sarasota zurückgebracht hatte. Am letzten Abend, an dem ich sie bei klarem Verstand erlebt hatte, wie mir jetzt bewusst wurde. *Er ist auf dem Dachboden, da bin ich ziemlich sicher. Er ist rot.* Und: *Sie finden ihn bestimmt.* Und: *Da sind sie drin.* Aber als ich gefragt hatte, wovon sie rede, hatte sie es mir nicht sagen können. Sie war wieder abgetaucht.

Er ist auf dem Dachboden. Er ist rot.

»Natürlich ist er das«, sagte ich. »Alles ist rot.«

»Was, Edgar?«

»Nichts«, sagte ich und betrachtete den gestohlenen Kugelschreiber. »Ich habe nur laut gedacht.«

V *Mädchen mit Schiff Nr. 8* – das letzte Gemälde dieses Zyklus, daran hatte ich kaum Zweifel – war eigentlich fertig, trotzdem stand ich in der Abendsonne mit nacktem Oberkörper davor und begutachtete es, während The Bone ohrenbetäubend laut »Copperhead Road« spielte. Ich hatte länger daran gearbeitet als an den vorigen Bildern – vermutlich weil es auf vielfältige Weise alle früheren zusammenfasste –, und das war beunruhigend. Deshalb hatte ich das Gemälde nach jeder Arbeitsperiode mit einem Tuch abgedeckt. Als ich es jetzt mit hoffentlich leidenschaftslosem Blick begutachtete, merkte ich, dass »beunruhigend« vermutlich das falsche Wort war; dieses Baby war gottverdammt erschreckend. Es zu betrachten war, als würde man auf einen seitlich verdrehten Verstand blicken.

Und womöglich würde es nie *ganz* fertig sein. Bestimmt war darauf noch Platz für einen roten Picknickkorb. Ich konnte ihn über den Bugspriet der *Perse* hängen. Teufel noch mal, warum nicht? Das verdammte Ding war ohnehin schon mit Gestalten und Einzelheiten überladen. Da war immer Platz für ein weiteres Detail.

Ich setzte einen Pinsel an, der mit etwas getränkt war, das Blut hätte sein können, um genau das zu tun, als das Telefon klingelte. Ich ignorierte es beinahe ... hätte es ganz bestimmt getan, wenn ich wieder im Malwahn gewesen wäre, aber das war ich nicht. Der Picknickkorb sollte nur ein weiteres Ornament sein. Ich ließ den Pinsel sinken und griff nach dem Telefonhörer. Der Anrufer war Wireman, der aufgeregt klang.

»Sie hat heute Nachmittag ein klares Intervall gehabt, Edgar! Das hat vielleicht nichts zu bedeuten – ich bemühe mich, meine Hoffnungen klein zu halten –, aber ich kenne diesen Ablauf von früher. Erst ein klares Intervall, dann noch eines, dann noch eines, dann gehen sie ineinander über, und sie ist wieder sie selbst, zumindest für einige Zeit.«

»Sie weiß, wer sie ist? Wo sie ist?«

»Nicht jetzt, aber ab ungefähr halb sechs hat sie das alles mindestens eine halbe Stunde lang gewusst und auch mich erkannt. Und stell dir vor, *muchacho*, sie hat sich ihre verdammte Zigarette selbst angezündet!«

»Das muss ich dem Gesundheitsminister melden«, sagte ich, aber im Stillen rechnete ich nach. Halb sechs. Genau zu dem Zeitpunkt, als Jack und ich an der Zugbrücke gewartet hatten. Als ich plötzlich diesen Drang verspürt hatte, etwas zu zeichnen.

»Wollte sie außer einer Zigarette sonst noch was?«

»Sie hat nach Essen verlangt. Aber davor sollte ich sie zu ihren Porzellanfiguren bringen. Sie wollte zu ihren Figuren, Edgar! Weißt du, wie lange das letzte Mal her ist?«

Das wusste ich sehr genau. Und es tat gut, ihn ihretwegen aufgeregt zu erleben.

»Als ich sie hingebracht hatte, hat sie allerdings wieder nachgelassen. Sie hat sich umgesehen und mich gefragt, wo Percy sei. Sie hat gesagt, sie wolle Percy, Percy müsse in die Keksdose.«

Ich betrachtete mein Gemälde. Starrte mein Schiff an. Es gehörte jetzt ganz mir. Meine *Perse*. Ich leckte mir die Lippen, die sich plötzlich lederartig anfühlten. Wie sie es in der ersten Zeit nach dem Unfall bei jedem Aufwachen getan hatten. Als ich manchmal nicht mehr gewusst hatte, wer ich war. Wissen Sie, was verrückt ist? Sich ans Vergessen zu erinnern. Als blicke man in ein Spiegelkabinett. »Welche ist Percy?«

»Weiß der Teufel. Wenn ich die Keksdose in den Goldfischteich werfen soll, besteht sie immer darauf, ein Mädchen aus Porzellan hineinzustecken. Meistens die Schäferin mit dem abgeblätterten Gesicht.«

»Hat sie sonst noch was gesagt?«

»Wie schon gesagt, sie wollte was zu essen. Tomatensuppe. Und Pfirsiche. Unterdessen hatte sie aufgehört, sich für die Figuren zu interessieren, und ist wieder konfus geworden.«

Lag das daran, dass Percy nicht da gewesen war? Oder die *Perse?* Schon möglich, aber falls sie jemals ein Porzellanschiff gehabt hatte, hatte ich es nie gesehen. Ich dachte – nicht zum ersten Mal –, dass Perse ein komisches Wort war. Man konnte ihm nicht trauen. Es veränderte sich zu oft.

Wireman sagte: »Zwischendurch hat sie behauptet, der Tisch sei leck.«

»Und, war er das?«

Nach kurzer Pause fragte er ziemlich missgestimmt: »Soll das ein kleiner Scherz auf Wiremans Kosten sein, *mi amigo?*«

»Nein, ich bin nur neugierig. Was hat sie gesagt? Genau?«

»Nur das. ›Der Tisch ist leck.‹ Aber wie du weißt, stehen ihre Figuren auf einem massiven Holztisch!«

»Beruhige dich. Bewahr dir deine guten Gedanken.«

»Ich gebe mir Mühe, aber ich muss leider sagen, dass du heute nicht ganz so flüssig Konversation machst wie sonst, Edster.«

»Nenn mich nicht Edster, das klingt wie ein Oldtimer von Ford. Du hast ihr eine Suppe gebracht, und sie war … was? Wieder abgetaucht?«

»So ziemlich, ja. Sie hatte zwei Figuren auf den Fußboden geworfen und zerbrochen – ein Pferd und ein Rodeo-Girl.« Er seufzte.

»Hat sie ›Der Tisch ist leck‹ gesagt, bevor oder nachdem du ihr das Essen gebracht hast?«

»Vorher, nachher, welche Rolle spielt das?«

»Weiß ich nicht«, sagte ich. »Wann also?«

»Davor, glaube ich. Ja, vorher. Danach hatte sie so ziemlich das Interesse an allem verloren – auch daran, die Sweet-Owen-Dose zum x-ten Mal in den Teich zu werfen. Ich habe ihr die Suppe in ihrem Lieblingsbecher gebracht, aber sie hat ihn so energisch weggestoßen, dass etwas Suppe auf ihren armen alten Arm geschwappt ist. Das hat sie anscheinend nicht mal gespürt. Edgar, wieso stellst du mir all diese Fragen? Was weißt du?« Er ging mit dem Handy am Ohr auf und ab. Ich konnte sehen, wie er das tat.

»Nichts. Ich stochere mit einer Stange im Nebel herum, verdammt noch mal.«

»O ja? Und mit welchen Arm tust du das?«

Das ließ mich kurz zögern, aber wir hatten schon zu viel miteinander durchgemacht, als dass ich hätte lügen dürfen, auch wenn die Wahrheit verrückt klang. »Mit meinem rechten.«

»Also gut«, sagte er. »Also gut, Edgar. Ich wüsste nur gern, was hier vorgeht, das ist alles. Hier geht nämlich etwas vor.«

»Schon möglich. Was macht sie jetzt?«

»Sie schläft. Und ich störe dich. Du arbeitest.«

»Nein«, sagte ich und warf den Pinsel beiseite. »Ich denke, dieses Bild ist fertig, und ich glaube, auch ich bin für einige Zeit fertig. Bis zu meiner Ausstellung mache ich nur noch Strandwanderungen und suche Muscheln.«

»Edles Streben, aber ich glaube nicht, dass du das durchhältst. Nicht ein Workaholic wie du.«

»Ich glaube, du täuschst dich.«

»Okay, ich täusche mich. Wäre nicht das erste Mal. Kommst du morgen mal vorbei und besuchst uns? Ich möchte, dass du siehst, ob sie wieder zu sich kommt.«

»Verlass dich darauf. Und vielleicht können wir ein paar Bälle wechseln.«

»Jederzeit.«

»Wireman, noch eine Frage. Hat Elizabeth jemals gemalt?«

Er lachte. »Niemals. Ich habe sie mal gefragt, und sie hat geantwortet, sie könnte kaum Strichmännchen zeichnen. Sie hat gesagt, ihr Interesse für Kunst unterscheide sich nicht wesentlich von dem Interesse reicher ehemaliger Studenten für Football oder Baseball. Sie hat sogar einen Scherz darüber gemacht und gesagt …«

»Wenn man schon kein Sportler sein kann, muss man wenigstens den Sport fördern.«

»Genau. Woher wusstest du das?«

»Das ist ein Standardsatz«, sagte ich. »Schön, dann bis morgen.«

Ich legte auf, blieb stehen, wo ich war, und sah zu, wie die Abendsonne den Golf mit dem Glanz eines feurigen Sonnenuntergangs übergoss, den es mich nicht zu malen drängte. Genau das hatte sie zu Gene Hadlock gesagt. Und ich bezweifelte nicht, dass ich diese Anekdote einmal oder zweimal oder ein Dutzend Mal hören würde, wenn ich andere danach fragte: *Sie hat gesagt, sie könnte nicht mal Strichmännchen malen; sie hat gesagt, wer kein Sportler sein kann, muss wenigstens den Sport fördern.* Und weshalb? Weil eine ehrliche Frau vielleicht manchmal die Wahrheit entstellt, aber eine gute Lügnerin niemals ihre Geschichte variiert.

Ich hatte ihn nicht nach dem roten Picknickkorb gefragt, aber ich sagte mir, dass das in Ordnung war; er stand auf dem Dachboden des *Palacio*, er würde auch morgen oder übermorgen noch dort sein. Ich redete mir ein, dass dies alles noch Zeit hatte. Aber das sagen wir uns natürlich immer, nicht wahr? Wir können uns nicht vorstellen, dass die Zeit vielleicht schon so gut wie abgelaufen ist, und Gott straft uns für das, was wir uns nicht vorstellen können.

Ich betrachtete *Mädchen mit Schiff Nr. 8* fast mit gewissem Abscheu und warf das Abdecktuch darüber. Ich kam nie dazu, den roten Picknickkorb an den Bugspriet zu hängen; ich malte nie mehr einen Pinselstrich an diesem Bild – dem letzten verrückten Abkömmling meiner ersten Skizze im Big Pink, der ich den Titel *Hallo* gegeben hatte. Die *Nr. 8* war vielleicht mein bestes Gemälde, aber auf verrückte Weise vergaß ich es beinah. Bis zur Ausstellung, meine ich. Danach konnte ich es nie mehr vergessen.

VI

Der Picknickkorb.

Dieser verdammte Picknickkorb, gefüllt mit ihren Zeichnungen. Wie der mich verfolgt.

Noch heute, vier Jahre später, ertappe ich mich dabei, dass ich das Was-wäre-wenn-Spiel spiele und mich frage, wie viel sich geändert hätte, wenn ich alles andere beiseitegeschoben und mich auf die Suche nach ihm begeben hätte. Er wurde gefunden – von Jack Cantori –, aber da war's schon zu spät.

Und vielleicht – das lässt sich nicht sicher sagen – hätte das nichts geändert, weil irgendeine Macht am Werk war: auf Duma Key ebenso wie in Edgar Freemantle selbst. Kann ich sagen, dass diese Macht mich dorthin geführt hat? Nein. Kann ich sagen, sie hat es nicht getan? Nein, auch das kann ich nicht behaupten. Aber als der März in den April überging, hatte sie an Kraft gewonnen und begann heimlich, ganz heimlich, ihren Machtbereich zu erweitern.

Dieser Korb.

Elizabeth' verdammter Picknickkorb.

Er war *rot*.

VII

Allmählich sah es so aus, als wäre Wiremans Hoffnung, Elizabeth könnte sich wieder erholen, vergeblich. Sie blieb ein murmelnder Kloß in ihrem Rollstuhl und raffte sich nur gelegentlich dazu auf, mit der brüchigen Stimme eines alten Papageis nach einer Zigarette zu krächzen. Er warb Annmarie Whistler von Bay Area Private Nursing ab, damit sie ihn an vier Tagen in der Woche bei Elizabeth' Pflege unterstützte. Diese zusätzliche Hilfe verringerte Wiremans Arbeitsbelastung, aber sie konnte ihn kaum trösten; er war tief betrübt.

Aber das war etwas, was ich nur aus den Augenwinkeln heraus wahrnahm, als der April sonnig und heiß begann. Denn inzwischen war ich selbst ein heißer Tipp …

Sobald Mary Ires Interview erschien, wurde ich zu einer lokalen Berühmtheit. Wieso auch nicht? Künstler war gut, vor allem in Sarasota und Umgebung. Künstler, der früher Banken baute und dann dem schnöden Mammon den Rücken kehrte, war noch besser. Einarmiger Künstler mit unerhörtem Talent war der absolute glatte Wahnsinn. Dario und Jimmy vereinbarten mehrere Folgeinterviews, darunter eines auf Channel 6. Das Fernsehstudio in Sarasota verließ ich mit rasenden Kopfschmerzen und einem geschenkten Aufkleber, der mich als CHANNEL 6 SONNENKÜSTE WET-

TERMELDER auswies und den ich schließlich auf einen der **BISSIGE HUNDE**-Sägeböcke klebte. Fragen Sie mich nicht, warum.

Außerdem übernahm ich die von Florida aus zu erledigenden Reise- und Hotelreservierungen. Wireman war inzwischen fast komplett damit ausgelastet, Elizabeth dazu zu bewegen, etwas anderes als Zigarettenrauch zu sich zu nehmen. So kam es, dass ich alle zwei bis drei Tage wegen der Gästeliste aus Minnesota und Reisearrangements aus anderen Teilen des Landes mit Pam telefonierte. Ilse rief zweimal an. Ich fand, dass ihre gute Laune angestrengt klang, aber vielleicht täuschte ich mich. Meine Versuche, etwas über den Fortgang ihres Liebeslebens zu erfahren, wurden freundlich, aber bestimmt abgeblockt. Auch Melinda rief an – um sich ausgerechnet nach meiner Hutgröße zu erkundigen. Als ich nach dem Grund dafür fragte, wollte sie ihn mir nicht sagen. Eine Viertelstunde später fiel es mir wie Schuppen von den Augen: Sie und ihr französischer *ami* wollten mir tatsächlich eine gottverdammte Baskenmütze kaufen. Ich musste schallend laut lachen.

Ein AP-Reporter aus Tampa kam nach Sarasota; er wollte mich auf Duma Key besuchen, aber mir gefiel die Idee nicht, dass ein Reporter durchs Big Pink stapfte und den Muscheln zuhörte, die ich inzwischen als meine betrachtete. Stattdessen interviewte er mich in der Scoto, während sein Fotograf drei sorgfältig ausgewählte Gemälde aufnahm: *Aus Muscheln wachsen Rosen, Sonnenuntergang mit Sophora* und *Duma Road.* Ich trug ein T-Shirt mit dem Aufdruck *Casey Key Fish House*, und ein Foto von mir – mit verkehrt herum aufgesetzter Baseballkappe und einem leeren Ärmel, in dem mein Stumpf zu ahnen war – erschien in Zeitungen im ganzen Land. Danach klingelte mein Telefon fast unaufhörlich. Angel

Slobotnik rief an, und wir sprachen zwanzig Minuten lang miteinander. Zwischendurch sagte er, er hätte schon immer gewusst, dass ich's in mir hatte. »Was denn?«, fragte ich. Seine Antwort lautete: »Bockmist, Boss«, und wir lachten, als hätten wir sie nicht alle. Auch Kathi Green rief mich an; ich erfuhr alles über ihren neuen Freund (nicht so gut) und ihr neues Selbsthilfeprogramm (wundervoll). Ich erzählte ihr, wie Kamen bei meinem Vortrag aufgekreuzt war und mich vor einer Blamage gerettet hatte. Gegen Ende des Gesprächs fing sie an zu weinen und sagte, sie habe noch nie einen so tapferen Patienten gehabt, der sich durch nichts entmutigen ließ. Dann fügte sie hinzu, bei unserer nächsten Begegnung werde sie mich auffordern, mich auf den Boden zu setzen und ihr fünfzig Sit-ups zu machen. Das klang wie die alte Kathi. Um allem die Krone aufzusetzen, schickte Todd Jamieson, der Arzt, der mich wahrscheinlich davor bewahrt hatte, ein bis zwei Jahrzehnte lang als menschliche Steckrübe leben zu müssen, eine Flasche Champagner mit einer Karte, auf der *Kann's kaum erwarten, Ihre Bilder zu sehen* stand.

Hätte Wireman mit mir gewettet, dass ich mich langweilen und noch vor der Vernissage wieder zum Pinsel greifen würde, hätte er verloren. Wenn ich mich nicht auf meinen großen Augenblick vorbereitete, ging ich spazieren, las oder schlief. Das erwähnte ich ihm gegenüber an einem der seltenen Nachmittage, an dem wir am Ende des Holzstegs des *Palacio* gemeinsam unter dem gestreiften Sonnenschirm saßen und grünen Tee tranken. Das war weniger als eine Woche vor der Ausstellung.

»Das freut mich«, sagte er einfach. »Du hast Erholung gebraucht.«

»Was ist mit dir, Wireman? Wie geht's dir?«

»Nicht großartig, aber *I Will Survive* – Gloria Gaynor,

1978. Ich bin vor allem traurig.« Er seufzte. »Ich werde sie verlieren. Ich habe mir eingeredet, sie würde vielleicht zurückkommen, aber … ich werde sie verlieren. Es ist nicht wie bei Julia und Esmeralda, Gott sei Dank, aber es bedrückt mich trotzdem.«

»Das tut mir leid.« Ich legte meine Hand auf seine. »Ihret- *und* deinetwegen.«

»Danke.« Er blickte auf die Wogen hinaus. »Manchmal denke ich, dass sie überhaupt nicht sterben wird.«

»Nein?«

»Nein. Ich denke, dass stattdessen das Walross und der Zimmermann kommen werden, um sie abzuholen. Dass die beiden sie einfach wegführen werden wie die vertrauensvollen Austern. Am Strand entlang. Erinnerst du dich, was das Walross sagt?«

Ich schüttelte den Kopf.

»›Es wirkt beinah‹, das Walross sprach, ›wie ein recht übler Streich; die Kleinen sind vom langen Gehen ja immer noch ganz bleich.‹« Er fuhr sich mit einem Arm übers Gesicht. »Sieh mich an, *muchacho*, ich flenne schon genau wie das Walross. Bin ich nicht blöd?«

»Nein«, sagte ich.

»Ich will mich einfach nicht mit dem Gedanken abfinden, dass sie diesmal endgültig fort ist, dass der beste Teil von ihr mit dem Walross und dem Zimmermann zum Strand hinuntergegangen ist, dass nichts von ihr übrig ist als ein fetter alter Brocken Talg, der noch nicht ganz vergessen hat, wie man atmet.«

Ich sagte nichts. Er wischte sich noch einmal mit dem Unterarm über die Augen und holte tief und wässrig Luft. Dann sagte er: »Ich habe John Eastlakes Geschichte recherchiert … und wie seine Töchter ertrunken sind und was danach passiert ist. Erinnerst du dich, dass du mich darum gebeten hast?«

Das wusste ich noch, aber es schien lange zurückzuliegen und unwichtig zu sein. Heute vermute ich, dass etwas *wollte*, dass es mir so erschien.

»Ich bin durchs Internet gesurft und habe etliche Artikel aus der Lokalpresse und ein paar Memoiren gefunden, die man herunterladen kann. Eine dieser Erinnerungen – ohne Scheiß, *muchacho* – trägt den Titel *Bootsfahrten und Bienenwachs, eine Kindheit in Nokomis* von Stephanie Weider Gravel-Miller.«

»Klingt wie eine ziemliche Reise in die Vergangenheit.«

»Allerdings. Sie spricht von ›fröhlichen Schwarzen, die Orangen pflücken und mit ihren einschmeichelnden Stimmen ein schlichtes Gotteslob singen‹.«

»Das muss wohl vor Jay-Z gewesen sein.«

»Da liegst du richtig. Und noch besser: Ich habe mit Chris Shannington drüben auf Casey Key gesprochen – den hast du bestimmt schon mal gesehen. Ein munterer alter Knabe, der überall mit seinem Knotenstock, fast so groß wie er selbst, und einem breitkrempigen Strohhut auf dem Kopf herumläuft. Sein Vater Ellis Shannington war John Eastlakes Gärtner. Wie Chris erzählt, war es Ellis, der Maria und Hannah, Elizabeth' ältere Schwestern, ungefähr zehn Tage nach dem Ertrinkungstod der Zwillinge in die Braden School zurückgebracht hat. Er hat gesagt: ›Diese Kinner war'n untröstlich weg'n de Babbies.‹«

Wireman imitierte den Südstaatenakzent des Alten unheimlich gut, und aus irgendeinem Grund musste ich wieder an das Walross und den Zimmermann denken, die mit den kleinen Austern den Strand entlanggingen. Der einzige Teil des Gedichts, an den ich mich deutlich erinnern konnte, war der, in dem der Zimmermann den Austern erklärte, nun sei es Zeit, sich auf den Heimweg zu machen – aber natürlich konnten die Austern nicht antworten, »denn sie war'n allesamt verzehrt«.

»Willst du's jetzt hören?«, fragte Wireman.

»Hast du Zeit, es mir jetzt zu erzählen?«

»Klar. Annmarie hat Dienst bis sieben Uhr, obwohl wir uns die Arbeit tatsächlich meistens teilen. Wollen wir nicht ins Haus raufgehen? Ich habe eine Akte angelegt. Sie enthält nicht allzu viel, aber zumindest ein Foto, das sich anzusehen lohnt. Chris Shannington hatte es in einer Schachtel mit Sachen, die sein Vater hinterlassen hat. Ich bin mit ihm in die Casey Key Public Library gegangen und habe es fotokopiert.« Er machte eine Pause. »Es ist eine Aufnahme von Heron's Roost.«

»Wie es damals ausgesehen hat, meinst du?«

Wir waren dabei, den Holzsteg hinauf zurückzuschlendern, aber Wireman blieb stehen. »Nein, *amigo,* du verstehst mich falsch. Ich spreche von dem *ursprünglichen* Heron's Roost. Der *Palacio* ist das zweite Haus dieses Namens, das fast fünfundzwanzig Jahre nach dem Tod der beiden kleinen Mädchen erbaut wurde. Aus John Eastlakes zehn oder zwanzig Millionen waren seither rund hundertfünfzig Millionen geworden. ›Krieg ist ein gutes Geschäft, investieren Sie Ihren Sohn.‹«

»Protestbewegung gegen den Vietnamkrieg, 1969«, sagte ich. »Oft im Tandem mit ›Eine Frau braucht einen Mann wie ein Fisch ein Fahrrad‹ gehört.«

»Gut, *amigo*«, sagte Wireman. Seine Handbewegung umfasste den wilden Dschungel, der knapp südlich von uns begann. »Die erste Villa Heron's Roost hat dort draußen gestanden – damals, als die Welt noch jung war und unkonventionelle junge Mädchen *poop-oopie-doop* sagten.«

Ich dachte daran, wie Mary Ire, nicht nur beschwipst oder angeheitert, sondern regelrecht betrunken, gesagt hatte: *Nur ein einziges Haus auf der kleinen Erhebung stehend und ganz im Stil der eleganten Landsitze erbaut, die man heute in Charleston oder Mobile besichtigen kann.*

»Was ist damit passiert?«, fragte ich.

»Meines Wissens nichts außer Alter und Verfall«, sagte er. »Als John Eastlake die Suche nach den Leichen der Zwillinge aufgab, gab er auch Duma Key auf. Er hat den größten Teil des Personals entlassen, seine Siebensachen gepackt, seine drei verbliebenen Töchter mitgenommen, sich in seinen Rolls-Royce gesetzt – er hatte wirklich einen – und die Insel verlassen. Ein Roman, den F. Scott Fitzgerald nie geschrieben hat, das hat Chris Shannington gesagt. Er hat mir erzählt, Eastlake habe nirgends Frieden gefunden, bis Elizabeth ihn hierher zurückgebracht habe.«

»Glaubst du, dass das etwas ist, das Shannington wirklich weiß? Oder ist das bloß eine Geschichte, die er glaubt, weil er sie schon oft erzählt hat?«

»¿Quién sabe?«, sagte Wireman. Er blieb erneut stehen und nickte zum Südende von Duma Key hinüber. »Damals gab es noch keinen Dschungel. Das ursprüngliche Haus war vom Festland aus zu sehen – und umgekehrt. Und meines Wissens, *amigo*, steht es noch immer dort. Zumindest, was davon übrig ist. Es steht dort und verfällt.« Er erreichte den Hintereingang und sah mich an, ohne zu lächeln. »*Das* wäre ein Motiv für einen Maler, nicht wahr? Ein Geisterschiff an Land.«

»Vielleicht«, sagte ich. »Vielleicht hast du recht.«

VIII

Wireman ging mit mir in die Bibliothek mit der Ritterrüstung in einer Ecke und den museumswürdigen Waffen an einer Wand. Dort lag auf dem Schreibtisch neben dem Telefon eine Sammelmappe mit der Aufschrift JOHN EASTLAKE/HERON'S ROOST I. Er schlug sie auf und nahm das Foto einer Villa heraus, die dem Landhaus, in dem wir uns befanden, unverkennbar ähnelte – eine Familienähnlichkeit wie etwa unter Cousinen ersten Grades. Trotzdem gab es einen grundlegenden Unterschied zwischen den beiden, den die Ähnlichkeiten – die annähernd gleiche Baumasse, fand ich, und das gleiche Dach aus leuchtend orangeroten spanischen Ziegeln – nur unterstrichen.

Der jetzige *Palacio* versteckte sich vor der Welt hinter einer hohen Mauer mit einem einzigen Tor; hier gab es nicht einmal einen Lieferanteneingang. Er hatte einen aufwendig gestalteten Innenhof, den außer Wireman, der Pflegerin Annmarie und dem zweimal in der Woche kommenden Gärtner kaum jemand zu Gesicht bekam. So glich er dem unter einem sackartigen Gewand verborgenen Körper einer schönen Frau.

Die erste Villa Heron's Roost war ganz anders. Wie Elizabeth' Landsitz aus Porzellan besaß sie ein Säulenvordach und eine einladend großzügige Veranda. Eine breite Einfahrt, die ungefähr einen Hektar Rasenfläche zu teilen schien, führte in kühnem Schwung bis vors Haus. Bestreut war sie übrigens nicht mit Kies, wie Mary Ire mir erzählt hatte, sondern mit rosafarbenen Muschelsplittern. Das Original hatte die Welt willkommen geheißen. Sein Nachfolger – der *Palacio* – forderte die Welt auf, sich gefälligst fernzuhalten. Ilse hatte das sofort erkannt, und mir war es ebenfalls bewusst gewesen, aber an jenem Tag hatten wir die Villa von der Straße aus gesehen. Seither hatte meine Auffassung sich aus gutem Grund geändert: Ich hatte mich daran gewöhnt, sie vom Strand aus zu sehen. Mich ihr von der ungepanzerten Seite zu nähern.

Der ursprüngliche Landsitz war auch höher gewesen, vorn zweistöckig, hinten dreistöckig, sodass seine Bewohner – wenn er tatsächlich wie in Marys Beschreibung auf einer kleinen Anhöhe gestanden hatte – aus dem obersten Stock einen atemberaubenden Rundblick auf den Golf, das Festland, Casey Key und Don Pedro Island genossen haben mussten. Nicht übel. Aber der Rasen war eigenartig zerzaust – ungepflegt –, und die Zeilen der wie Hulamädchen auf beiden Seiten des Hauses aufgereihten Zierpalmen wiesen Lücken auf. Ich sah genauer hin und stellte fest, dass einige der Fenster in den oberen Stockwerken mit Brettern vernagelt waren. Auch der Dachfirst wirkte merkwürdig unausgeglichen. Ich brauchte eine Sekunde, um den Grund dafür zu erkennen. Am Ostende ragte ein Schornstein auf. Am Westende hätte sich ein zweiter Kamin befinden sollen, aber dieser fehlte.

»War das Haus damals schon verlassen?«, fragte ich.

Er schüttelte den Kopf. »Shannington sagt, die Aufnahme sei im März 1927 gemacht worden, bevor die kleinen Mädchen ertrunken sind, als alle noch glücklich und wohlauf waren. Was du hier siehst, ist keine Vernachlässigung – das sind Sturmschäden. Von einer Alice.«

»Von einer was?«

»Die offizielle Hurrikansaison beginnt hierzulande am fünfzehnten Juni und dauert ungefähr fünf Monate. Außerhalb der Saison auftretende Stürme mit sintflutartigem Regen und hohen Windgeschwindigkeiten … für die Alteingesessenen ist jeder eine Alice. Wie in Wirbelsturm Alice. Das ist eine Art Scherz.«

»Das hast du dir selbst ausgedacht.«

»Keineswegs. Esther – der große Hurrikan 1926 – hat Duma Key ungeschoren gelassen, aber die Alice im März 1927 hat es ziemlich mittschiffs getroffen. Dann ist sie landeinwärts weitergezogen und in den Everglades ertrunken. Sie hat die auf diesem Bild dokumentierten Schäden angerichtet – an sich nicht viele: einige Palmen entwurzelt, ein paar Fenster eingedrückt, den Rasen aufgewühlt. Aber in anderer Beziehung sind ihre Auswirkungen noch heute zu spüren. Weil mit einiger Sicherheit davon auszugehen ist, dass diese Alice dazu geführt hat, dass Laura und Tessie ertranken – und daraus hat sich alles andere entwickelt. Auch dass wir in diesem Augenblick hier stehen.«

»Das musst du mir erklären.«

»Erkennst du die wieder?«

Er nahm eine weitere Fotografie aus dem Ordner, und ich erkannte sie natürlich wieder. Das große Foto hing gerahmt auf dem Treppenabsatz im ersten Stock. Dies war ein kleinerer, schärferer Abzug. Er zeigte die Familie Eastlake, die sich um John Eastlake scharte, der einen schwarzen Badeanzug trug und wie ein zweitklassiger Hollywoodschauspieler aussah, der vielleicht auf Kriminalfilme und Dschungelabenteuer spezialisiert war. Er hielt Elizabeth auf dem Arm. Eine Hand umfasste ihren dicken kleinen Po. In der anderen hielt er die Harpunenpistole und eine Tauchermaske mit daran befestigtem Schnorchel.

»Allein nach Elizabeth zu urteilen, würde ich vermuten, dass diese Aufnahme aus dem Jahr 1925 stammt«, sagte Wireman. »Sie sieht aus wie eine Zweijährige, die bald drei wird. Und Adriana …« Er tippte auf die Älteste. »… könnte eine Siebzehnjährige sein, die auf die vierunddreißig zugeht, findest du nicht auch?«

Er hatte recht. Siebzehn und voll entwickelt, selbst in ihrem fast alles bedeckenden Badeanzug.

»Sie hat auch schon diesen mürrischen, schmollenden Ich-wäre-lieber-woanders-Gesichtsausdruck«, sagte Wireman. »Ich frage mich, wie überrascht ihr Vater war, als sie mit einem seiner Betriebsleiter durchgebrannt ist. Und ich frage mich, ob er in seinem Innersten nicht erleichtert war, dass sie ging.« Er verfiel erneut in Chris Shanningtons gedehnte Sprechweise. »Ist mit 'nem Jungen mit Krawatte un' Aug'n-schirm nach Atlanta durchgebrannt.« Dann hörte er wieder damit auf. Von toten kleinen Mädchen zu sprechen, selbst wenn sie schon vor achtzig Jahren ertrunken waren, ging ihm anscheinend noch immer nahe. »Sie ist mit ihrem neuen Mann zurückgekommen, aber da ging's nur noch darum, die Leichen zu finden.«

Ich zeigte auf das schwarze Kindermädchen mit dem grimmigen Gesichtsausdruck. »Wer ist das?«

»Melda oder Tilda, vielleicht sogar, Gott sei uns gnädig, Hekuba, wenn man Chris Shannington glauben will. Sein Vater hat ihren Namen gewusst, aber Chris kann sich nicht mehr an ihn erinnern.«

»Hübsche Armreife.«

Er betrachtete sie ohne sonderliches Interesse. »Wenn du meinst …«

»Vielleicht hat John Eastlake mit ihr geschlafen«, sagte ich. »Vielleicht waren die Armreife ein kleines Geschenk.«

»*¿Quién sabe?* Reicher Witwer, junge Frau – so was soll gelegentlich vorkommen.«

Ich tippte auf den Picknickkorb, den die junge Schwarze in beiden Händen trug, wobei ihre Armmuskeln hervortraten, als sei er schwer. Schwerer, als ein paar Sandwichs ihn gemacht hätten, würde man meinen … aber vielleicht enthielt er ein ganzes Huhn. Und auch ein paar Flaschen Bier für den ollen Massa – als kleine Belohnung nach den Tauchgängen dieses Tages. »Welche Farbe hat der Deckelkorb deiner Meinung nach? Dunkelbraun? Oder rot?«

Wireman warf mir einen merkwürdigen Blick zu. »Das lässt sich auf einem Schwarz-Weiß-Foto schwer beurteilen.«

»Erzähl mir, wie der Sturm den Tod der kleinen Mädchen verursacht hat.«

Er schlug den Ordner erneut auf und legte mir eine Kopie eines alten Zeitungsartikels mit dem dazugehörigen Foto hin. »Aus dem *Venice Gondolier* vom 28. März 1927. Auszüge daraus habe ich im Internet gefunden. Jack Cantori hat die Zeitung angerufen und jemanden dazu gebracht, den Originalartikel zu kopieren und mir zu faxen. Jack ist übrigens große Klasse.«

»Ganz deiner Meinung«, sagte ich und studierte das Foto. »Wer sind diese Mädchen? Nein … sag's mir nicht. Links neben ihm steht Maria. Hannah steht rechts.«

»Eins mit Stern. Hannah ist die mit den Brüsten. Sie war 1927 vierzehn.«

Wir studierten das Fax mehrere Sekunden lang schweigend. Eine E-Mail wäre besser gewesen. Das Fax wies ärgerliche schwarze Längsstreifen auf, die manche Wörter entstellten, aber die Schlagzeile war gut zu lesen: **STURM BESCHERT SPORTTAUCHER UNVERHOFFTEN SCHATZFUND**. Und das Zeitungsfoto war ebenfalls deutlich genug. Eastlakes Haaransatz war etwas zurückgewichen: Wie als Ausgleich dafür war sein schmales Menjoubärtchen jetzt zu einem Walrossschnauzer geworden. Und obwohl er weiter denselben schwarzen Badeanzug trug, platzte der jetzt fast aus den Nähten … und war unter einem Arm tatsächlich eingerissen, glaubte ich, obwohl das Foto nicht detailliert genug war, um meinen Verdacht zu bestätigen. Vater Eastlake schien zwischen 1925 und 1927 einiges an Gewicht zugelegt zu haben – der zweitklassige Schauspieler würde bald keine Rollen mehr bekommen, wenn er nicht anfing, auf Nachspeisen zu verzichten und mehr zu trainieren. Die beiden Mädchen, die ihn einrahmten, waren nicht so dunkeläugig sexy wie ihre ältere Schwester – betrachtete man Adriana, dachte man an heiße Nachmittage auf einem Heuboden; sah man diese beiden, fragte man sich, ob sie ihre Hausaufgaben schon gemacht hatten –, aber sie waren auf vielversprechende Weise hübsch, und ihre Aufregung war selbst auf dem Foto unverkennbar. Das war sie wirklich.

Vor ihnen im Sand ausgebreitet lag nämlich ein Schatz.

»Ich kann nicht alles erkennen, und die verdammte Bildunterschrift ist verschwommen«, beschwerte ich mich.

»In der Schublade liegt ein Vergrößerungsglas, aber ich will dir die Kopfschmerzen ersparen.« Wireman griff nach einem Kugelschreiber und tippte mit der Spitze auf die einzelnen Gegenstände. »Das ist ein Medizinfläschchen, und dies hier eine Musketenkugel – zumindest behauptet Eastlake das in dem Interview. Vor Maria scheint ein Stiefel zu liegen … oder die Überreste eines Stiefels. Gleich daneben …«

»Eine Brille«, sagte ich. »Und … eine Halskette?«

»In dem Bericht wird sie als Armband bezeichnet. Keine Ahnung, ob das stimmt. Ich sehe nur eine Art Metallring, der mit irgendwelchem Mist überwuchert ist. Aber das ältere Mädchen hält eindeutig einen Ohrring hoch.«

Ich überflog den Bericht. Außer den abgebildeten Sachen hatte Eastlake verschiedene Essutensilien gefunden … vier Becher im »italienischen Stil«, wie er behauptete … einen dreifüßigen Untersetzer … eine Kiste mit Hausrat (was immer damit gemeint sein mochte) … und Unmengen Nägel. Und er hatte einen halben Mann aus Porzellan gefunden, der aber nicht ausgestellt oder zumindest nicht aufs Bild gekommen war. In dem Artikel hieß es, Eastlake tauche seit fünfzehn Jahren zwischen den erodierten Riffen westlich von Duma Key – manchmal, um mit der Harpune Fische zu jagen, oft nur zur Entspannung. Er sagte, er habe schon alles mögliche Zeug, aber nie etwas wirklich Interessantes gefunden. Er sagte, die Alice (er nannte sie tatsächlich so) habe bemerkenswert hohe Wellen hervorgerufen, die offenbar so viel Sand vom Meeresboden weggespült hatten, dass der von ihm so bezeichnete »Abladeplatz« sichtbar geworden war.

»Er spricht nicht von einem Schiffswrack«, sagte ich.

»Es gibt keins«, sagte Wireman. »Dort ist kein Schiff untergegangen. Er hat keines gefunden, und auch die vielen Dutzend Leute, die ihm auf der Suche nach den Leichen seiner kleinen Mädchen geholfen haben, haben keines entdeckt. Nur allen möglichen Müll. Wäre ein Wrack zu finden gewesen, hätten sie's entdeckt: Südwestlich der Insel ist das Wasser bis zu den Überresten von Kitt Reef hinaus nur sieben bis acht Meter tief und noch heute ziemlich klar. Damals muss es türkisgrünem Glas geglichen haben.«

»Irgendwelche Theorien darüber, wie das Zeug dort hingelangt ist?«

»Klar doch. Wahrscheinlich ist vor hundert, zweihundert, dreihundert Jahren dort draußen ein Schiff kurz vor dem Absaufen vorbeigesegelt und hat dabei allen möglichen Scheiß verloren. Oder vielleicht hat die Besatzung irgendwelchen Kram über Bord geworfen, um nicht unterzugehen. Als der Sturm vorüber war, hat sie die Schäden instand gesetzt und ist mit unbekanntem Ziel weitergesegelt. Das wäre eine Erklärung dafür, wieso Eastlakes Funde über eine längere Strecke verteilt waren – und warum er nichts wirklich Wertvolles entdeckt hat. Schätze wären an Bord geblieben.«

»Und das Riff hätte den Rumpf eines Schiffes, das um 1700 oder 1800 im Sturm in diese Gewässer geraten wäre, nicht aufgerissen?«

Wireman zuckte mit den Schultern. »Chris Shannington sagt, dass niemand weiß, wie die Geografie von Kitt Reef vor hundertfünfzig Jahren ausgesehen haben mag.«

Ich betrachtete die ausgebreiteten Funde. Die lächelnden mittleren Töchter. Den lächelnden Daddy, der sich bald einen neuen Badeanzug würde kaufen müssen. Und mir wurde plötzlich klar, dass er nicht mit dem Kindermädchen geschlafen hatte. Nein. Selbst eine Geliebte hätte ihm gesagt, er könne sich unmöglich in diesem alten Ding für die Zeitung fotografieren lassen. Sie hätte eine taktvolle Begründung gefunden, aber den wahren Grund hatte ich nach all diesen Jahren hier vor Augen; ich konnte ihn selbst mit meinem schwächeren rechten Auge sehen. Er war zu fett. Nur sah er selbst das nicht, und seine Töchter auch nicht. Die Augen der Liebe sind blind.

Zu fett. Aber es gab noch etwas anderes, nicht wahr? Irgendein A, das praktisch ein B erforderte.

»Mich wundert, dass er überhaupt von seinem Fund erzählt hat«, sagte ich. »Würde jemand heute so was entdecken und auf Channel 6 darüber schwatzen, würde halb Florida in kleinen Außenbordern aufkreuzen und versuchen, mit Metalldetektoren Dublonen und Achtpfünder zu finden.«

»Ah, aber das war ein anderes Florida«, sagte Wireman, und ich erinnerte mich, dass Mary Ire den gleichen Ausdruck gebraucht hatte. »John Eastlake war ein reicher Mann, und

Duma Key war sein Privatbesitz. Außerdem gab es weder Dublonen noch Achtpfünder zu finden – nur mäßig interessanten Schund, den ein außergewöhnlicher Sturm freigelegt hatte. Er hat wochenlang dort getaucht, wo dieses Zeug über den Meeresboden verstreut war – und wie Shannington erzählt, lag es nicht allzu weit draußen; bei Ebbe konnte man praktisch zu ihm hinauswaten. Und er hat bestimmt gehofft, doch noch etwas Wertvolles zu finden. Er war reich, aber ich glaube nicht, dass das einen Mann gegen das Schatzsuchervirus immun macht.«

»Nein«, sagte ich. »Wohl kaum.«

»Das Kindermädchen hat ihn bestimmt zu seinen Schatzsuchen begleitet. Auch die drei Mädchen, die noch daheim waren: die Zwillinge und Elizabeth. Maria und Hannah waren wieder in Bradenton in ihrem Internat, und die Älteste war nach Atlanta durchgebrannt. Eastlake und die kleinen Mädchen haben vermutlich am Strand gepicknickt.«

»Wie oft?« Allmählich sah ich, worauf die Sache hinauslief.

»Ziemlich oft. Wahrscheinlich täglich, als noch jede Menge Zeug zu finden war. Sie haben einen Trampelpfad vom Haus zum sogenannten Shade Beach ausgetreten. Bis dorthin war's eine halbe Meile, falls überhaupt.«

»Einen Pfad, dem zwei abenteuerlustige kleine Mädchen allein folgen konnten.«

»Was sie eines Tages getan haben. Zum großen Kummer aller.« Er schob die Bilder wieder in den Ordner. »Hier gibt's eine Story, *muchacho*, und ich vermute, sie ist marginal interessanter als die von einem kleinen Mädchen, das eine Murmel verschluckt, aber eine Tragödie ist eine Tragödie, und letztlich sind alle Tragödien dumm. Wenn ich die Wahl habe, ist mir *Ein Sommernachtstraum* allemal lieber als *Hamlet.* Jeder Trottel mit ruhigen Händen und funktionierender Lunge kann ein Kartenhaus bauen und es so anblasen, dass es einstürzt, aber man muss ein Genie sein, um die Menschen zum Lachen zu bringen.«

Er grübelte einen Augenblick nach.

»Was an jenem Schicksalstag im April 1927 passiert ist, war vermutlich, dass Laura und Tessie, die mittags schlafen sollten, heimlich aufgestanden und zum Shade Beach hinuntergelaufen sind, um auf Schatzsuche zu gehen. Bestimmt wollten sie nur bis zu den Knien hineinwaten, denn tiefer durften sie nicht – das hat John Eastlake laut einer Zeitungsmeldung gesagt, und Adriana hat es bestätigt.«

»Die zurückgekehrte verheiratete Tochter.«

»Richtig. Ihr Mann und sie sind ein bis zwei Tage vor der Einstellung der offiziellen Suche nach den Leichen hier aufgekreuzt. Das weiß ich von Shannington. Jedenfalls dürfte eines der kleinen Mädchen ein Stückchen weiter draußen etwas glitzern gesehen und den Boden unter den Füßen verloren haben. Dann …«

»Dann hat ihre Schwester versucht, sie zu retten.« Ja, das stand mir deutlich vor Augen. Nur sah ich Lin und Ilse, wie sie in diesem Alter gewesen waren. Keine Zwillinge, aber drei oder vier goldene Jahre lang fast unzertrennlich.

Wireman nickte. »Und dann hat die Strömung sie beide mitgerissen. So muss es gewesen sein, *amigo;* deshalb wurden die Leichen nie gefunden. So ging's unaufhaltsam hinaus in den *caldo largo.*«

Ich öffnete den Mund, um ihn zu fragen, was er mit Strömung meinte; dann fiel mir ein romantisches, aber unbestreitbar kraftvolles Gemälde von Winslow Homer ein: *Unterströmung.*

Das Piepsen der Gegensprechanlage an der Wand erschreckte uns beide. Wireman stieß den Ordner vom Schreibtisch, als er sich nach ihr umdrehte, und verstreute überall Faxe und Fotokopien.

»Mr. Wireman!« Das war Annmarie Whistler. »Mr. Wireman, sind Sie da?«

»Ich bin hier«, sagte Wireman.

»Mr. Wireman?« Sie klang aufgeregt. Dann schien sie fast mit sich selbst zu sprechen: »Himmel, wo *sind* Sie?«

»Die Scheißtaste«, murmelte er und war mit zwei, drei raschen Schritten an der Wand. Er drückte die Sprechtaste. »Ich bin hier. Was gibt's denn? Was ist passiert? Ist sie gestürzt?«

»Nein!«, rief Annmarie. »Sie ist wach! Wach und *bei klarem Verstand!* Sie hat nach Ihnen gefragt. Können Sie gleich kommen?«

»Sofort«, sagte er, dann wandte er sich mir grinsend zu. »Hast du das gehört. Edgar? Los, komm jetzt!« Er machte eine Pause. »Was interessiert dich so?«

»Diese hier«, sagte ich und hielt die beiden Fotos von Eastlake in seinem schwarzen Badeanzug hoch: das eine, auf dem er von allen seinen Töchtern umgeben war, und das zwei Jahre später aufgenommene Foto, auf dem er nur zwischen Maria und Hannah stand.

»Lass die jetzt liegen … hast du sie nicht gehört? Miss Eastlake ist *wieder da!*« Er hastete zur Tür. Ich warf seinen Ordner auf den Schreibtisch und folgte ihm. Ich hatte die Verbindung hergestellt – aber nur weil ich mich in den letzten paar Monaten in der Kunst des Sehens geübt hatte. Emsig geübt.

»Wireman!«, rief ich. Er hatte den Verbindungsgang durchquert und war schon halb die Treppe hinauf. Ich hinkte, so schnell ich konnte, aber sein Vorsprung vergrößerte sich trotzdem. Er wartete auf mich, allerdings ziemlich ungeduldig. »Wer hat ihm gesagt, dass dort auf dem Meeresboden alles Mögliche zu finden war?«

»Eastlake? Ich nehme an, dass er bei einem seiner Tauchgänge zufällig darauf gestoßen ist.«

»Das glaube ich nicht – er hatte diesen Badeanzug schon lange nicht mehr getragen. Tauchen mag Anfang der Zwanzigerjahre sein Hobby gewesen sein, aber ich denke, dass er etwa ab 1925 lieber reichlich gegessen hat. Wer hat ihm also davon erzählt?«

Annmarie kam aus der Tür fast am Ende des Korridors. Auf ihrem Gesicht stand ein dümmliches, ungläubiges Grinsen, das sie halb so alt wie ihre vierzig Jahre aussehen ließ.

»Kommt rein«, sagte sie. »Es ist wundervoll.«

»Ist sie …«

»Ja, das ist sie«, hörten wir Elizabeth' brüchige, aber unverkennbare Stimme. »Herein mit Ihnen, Wireman, und lassen Sie mich Ihr Gesicht sehen, solange ich es noch kenne!«

IX

Ich blieb mit Annmarie auf dem Korridor, wusste nicht recht, was ich tun sollte, und betrachtete die Nippes und den großen alten Frederic Remington an der Querwand – Indianer auf kleinen Pferden. Dann rief Wireman mich. Seine Stimme klang ungeduldig und von Tränen heiser.

Der Raum lag im Halbdunkel. Alle Jalousien waren heruntergelassen. Aus Lüftungsschlitzen irgendwo über uns drang mit leisem Summen gekühlte Luft. Neben ihrem Bett stand ein Tischchen mit einer Lampe. Der Lampenschirm bestand aus grünem Glas. Das Bett, ein richtiges Krankenhausbett, war hochgekurbelt, sodass Elizabeth fast saß. Die Lampe tauchte sie in sanfte Helligkeit und ließ ihr offenes Haar glänzen, das locker auf die Schultern eines rosa Morgenrocks fiel. Wireman saß neben ihr und hielt ihre Hände. Über ihrem Bett hing das einzige Bild in diesem Raum: ein guter Kunstdruck von Edward Hoppers *Eleven A.M.*, eine Darstellung prototypischer Einsamkeit, die am Fenster geduldig auf eine Veränderung, irgendeine Veränderung wartet.

Irgendwo tickte eine Uhr.

Elizabeth sah mich an und lächelte. Auf ihrem Gesicht las ich drei Dinge. Sie trafen mich nacheinander wie Steine – einer schwerer als der andere. Das erste war, wie sehr sie abgenommen hatte. Das zweite war, dass sie schrecklich erschöpft aussah. Das dritte war, dass sie nicht mehr lange zu leben hatte.

»Edward«, sagte sie.

»Nein …«, begann ich, aber als sie eine Hand hob (wobei das Fleisch als schneeweißer Beutel vor ihrem Ellbogen herabhing), verstummte ich sofort. Denn es gab noch ein viertes Ding zu sehen, das mich am schwersten traf – nicht wie ein Stein, sondern wie ein Felsblock. Ich sah mich selbst. Dies war, was die Leute nach meinem Unfall gesehen hatten, als ich versucht hatte, die erbärmlichen zerstreuten Reste meiner Erinnerungen aufzuklauben: all diese Schätze, die auf so hässliche, nackte Weise nach verstreutem Müll aussahen. Ich erinnerte mich daran, wie ich den Namen meiner Puppe vergessen hatte, und wusste, was als Nächstes kommen würde.

»Ich schaffe das«, sagte sie.

»Ich weiß, dass Sie's können«, sagte ich.

»Sie haben Wireman aus dem Krankenhaus zurückgebracht«, sagte sie.

»Ja.«

»Ich hatte solche Angst, dass sie ihn dabehalten würden. Und ich allein sein würde.«

Dazu äußerte ich mich nicht.

»Sind Sie Edmund?«, fragte sie zaghaft.

»Miss Eastlake, überanstrengen Sie sich nicht«, sagte Wireman behutsam. »Das ist …«

»Pst, Wireman«, sagte ich. »Sie schafft das.«

»Sie malen«, sagte Elizabeth.

»Ja.«

»Haben Sie das Schiff schon gemalt?«

Mit meinem Magen passierte etwas Seltsames. Er sackte nicht nach unten, sondern schien vielmehr zu verschwinden und einen Leerraum zwischen Herz und Eingeweiden zurückzulassen. Meine Knie wurden weich, drohten nachzugeben. Der Stahl in meiner Hüfte wurde heiß. Mein Genick fühlte sich eiskalt an. Und ein prickelndes Feuer lief den Arm hinauf, der nicht mehr da war.

»Ja«, sagte ich. »Wieder und wieder und wieder.«

»Sie sind Edgar«, sagte sie.

»Ja, Elizabeth. Ich bin Edgar. Gut für Sie, Schätzchen.«

Sie lächelte. Vermutlich war sie schon sehr lange nicht mehr Schätzchen genannt worden. »Mein Verstand gleicht einer Tischdecke mit einem mitten hineingebrannten großen Loch.« Sie wandte sich an Wireman. *»¿Muy divertido, sí?«*

»Sie brauchen Ruhe«, sagte er. »Sie sollten wirklich *dormir como un tronco.*«

Sie lächelte schwach. »Wie ein Stück Holz. Ja. Und ich glaube, dass ich noch da sein werde, wenn ich wieder aufwache. Für eine kleine Weile.« Sie hob seine Hände an ihr Gesicht und küsste sie. »Ich liebe Sie, Wireman.«

»Ich liebe Sie auch, Miss Eastlake«, sagte er. Gut für ihn.

»Edgar? … Sie heißen doch Edgar?«

»Was glauben Sie, Elizabeth?«

»Ja, natürlich heißen Sie so. Sie bekommen eine Ausstellung? Das war der letzte Stand, bevor ich …« Sie senkte die Lider, wie um Schlaf anzudeuten.

»Ja, in der Scoto Gallery. Sie brauchen jetzt wirklich Ruhe.«

»Ist sie bald? Ihre Ausstellung?«

»In weniger als einer Woche.«

»Und Ihre Gemälde … die Schiffsbilder … sind sie auf dem Festland? In der Galerie?«

Wireman und ich wechselten einen Blick. Er zuckte mit den Schultern.

»Ja«, sagte ich.

»Gut.« Sie lächelte. »Dann ruhe ich mich jetzt aus. Alles andere kann warten … bis Sie Ihre Ausstellung gehabt haben. Ihren Moment im Rampenlicht. Verkaufen Sie sie? Die Schiffsbilder?«

Wireman und ich sahen uns erneut an. Was er meinte, stand deutlich in seinem Blick: *Sie darf sich nicht aufregen.*

»Sie sind alle als unverkäuflich gekennzeichnet, Elizabeth. Das bedeutet …«

»Ich weiß, was das bedeutet, Edgar, ich bin nicht erst gestern von einem Orangenbaum gefallen.« In ihren von tiefen Falten umgebenen Höhlen, in einem in Richtung Tod entschwindenden Gesicht gefangen, blitzten ihre Augen. »Verkaufen Sie sie. Ganz gleich, wie viele es sind, Sie *müssen sie verkaufen*. Und wenn's Ihnen noch so schwerfällt.

Lösen Sie den Zyklus auf, verstreuen Sie ihn in alle vier Winde. Haben Sie verstanden?«

»Ja.«

»Tun Sie's auch wirklich?«

Ich wusste nicht, ob ich es tun würde oder nicht, aber ich erkannte die Anzeichen für ihre wachsende Erregung aus meiner nicht allzu weit zurückliegenden Vergangenheit wieder. »Ja.« In diesem Augenblick hätte ich ihr versprochen, in Siebenmeilenstiefeln über den Mond zu springen, wenn es sie beruhigt hätte.

»Selbst dann bleiben sie vielleicht gefährlich«, murmelte sie in fast ängstlichem Ton.

»Schluss jetzt«, sagte ich und tätschelte ihre Hand. »Denken Sie nicht mehr daran.«

»Also gut. Nach Ihrer Ausstellung reden wir noch mal darüber. Nur wir drei. Ich bin dann kräftiger ... bei klarem Verstand ... und Sie, Edgar, können besser aufpassen. Haben Sie Töchter? Ich scheine mich daran zu erinnern, dass Sie welche haben.«

»Ja, und sie bleiben mit ihrer Mutter auf dem Festland. Im Ritz. Das ist schon arrangiert.«

Sie lächelte, aber ihre Mundwinkel sanken gleich wieder herab. »Kurbeln Sie mich hinunter, Wireman. Ich war im Sumpf ... vierzig Tage und vierzig Nächte lang ... so fühlt es sich an ... und bin müde.«

Er kurbelte sie hinunter, und Annmarie kam mit etwas in einem Glas auf einem Tablett herein. Aber Elizabeth würde keinen einzigen Schluck davon trinken; sie war bereits weggetreten. Über ihrem Kopf saß das einsamste Mädchen der Welt auf einem Stuhl und sah für immer aus dem Fenster: das Gesicht hinter nach vorn fallenden Haaren verborgen, bis auf ein Paar Schuhe nackt.

X

An diesem Abend fand ich lange keinen Schlaf. Es war nach Mitternacht, als ich endlich hinüberglitt. Am Golf herrschte Ebbe, und die flüsternden Gespräche unter dem Haus waren verstummt. Das galt jedoch nicht für die wispernden Stimmen in meinem Kopf.

Ein anderes Florida, flüsterte Mary Ire. *Das war ein anderes Florida.*

Verkaufen Sie sie. Ganz gleich, wie viele es sind, Sie müssen sie verkaufen. Das war natürlich Elizabeth.

Die *erwachsene* Elizabeth. Ich hörte jedoch auch eine andere Version, und weil ich ihre Stimme erfinden musste, hörte ich Ilses Kinderstimme.

Ich weiß einen Schatz, Daddy, sagte die Stimme. *Du kannst ihn dir holen, wenn du mit Maske und Schnorchel tauchst. Ich kann dir zeigen, wo du suchen musst.*

Ich habe ein Bild gemalt.

XI

Ich war bei Tagesanbruch wach. Ich dachte, ich könnte wieder einschlafen – aber nicht bevor ich eine der wenigen noch aufgesparten Oxycontin-Pillen genommen und telefoniert hatte. Ich nahm die Pille, dann rief ich die Scoto Gallery an und erreichte den Anrufbeantworter. Es würde noch Stunden dauern, bevor die erste Menschenseele dort aufkreuzte. Künstlertypen sind keine Morgenmenschen.

Ich drückte zweimal die Eins, um Dario Nannuzzis Nebenstelle zu erreichen, und sagte nach dem Piepton: »Dario, hier ist Edgar. Ich habe mir die Sache mit dem Zyklus *Mädchen mit Schiff* anders überlegt. Ich will die Bilder doch verkaufen, okay? Meine einzige Bedingung ist, dass sie möglichst an verschiedene Leute gehen sollen. Danke.«

Ich legte auf und ging wieder ins Bett. Lag eine Viertelstunde auf dem Rücken, beobachtete, wie der Deckenventilator sich langsam drehte, und horchte auf das Flüstern der Muscheln unter mir. Die Pille wirkte, aber ich fand trotzdem keinen Schlaf. Und ich wusste, weshalb.

Ich wusste genau, weshalb.

Ich stand erneut auf, drückte auf Wahlwiederholung, hörte mir die aufgezeichnete Nachricht an und wählte nochmals Darios Nebenstelle. Wieder forderte mich seine Tonbandstimme auf, nach dem Piepton eine Nachricht zu hinterlassen. »Bis auf die *Nummer acht*«, sagte ich. »Die ist weiterhin unverkäuflich.«

Und *weshalb* war sie unverkäuflich?

Nicht weil sie genial gemalt war, obwohl ich glaube, dass sie das war. Nicht einmal weil es für mich so war, als hörte ich den finstersten Teil meines Herzens seine Geschichte erzählen, wenn ich sie ansah. Sondern weil ich das Gefühl hatte, irgendetwas habe mich nur leben lassen, damit ich dieses Bild malen konnte. Und ein Verkauf hätte bedeutet, mein eigenes Leben zu leugnen – und alle Schmerzen, die ich durchlitten hatte, um es zurückzugewinnen.

Ja, genau.

»Die *Nummer acht* gehört mir, Dario«, sagte ich.

Dann ging ich ins Bett zurück, und diesmal konnte ich einschlafen.

Wie man ein Bild zeichnet (VII)

Denken Sie daran, dass »Sehen ist Glauben« das Pferd vom Schwanz her aufzäumt. Kunst ist der konkrete Ausdruck von Hoffnung und Glauben, die Realisierung einer Welt, die sonst kaum mehr als ein über eine Kluft voller Mysterien gespannter Schleier zweckloser Bewusstheit wäre. Und außerdem: Wer wird Ihre Kunst glauben, wenn Sie selbst nicht glauben, was Sie sehen?

Die Katastrophe nach dem Schatzfund hatte vor allem mit Glauben zu tun. Elizabeth war unwahrscheinlich begabt, aber sie war nur ein Kind – und bei einem Kind ist Glauben eine gegebene Tatsache. Er gehört einfach zur Grundausstattung. Ebenso sind Kinder, auch die begabten (*vor allem* die begabten), noch nicht im Besitz ihrer vollen geistigen Fähigkeiten. Ihre Vernunft schläft noch, und der Schlaf der Vernunft gebiert Monster.

Hier ist ein Bild, das ich nie gemalt habe:

Eineinige Zwillinge, die identische Jumper tragen, nur dass einer rot mit einem **L** auf der Vorderseite und der andere blau mit einem **T** ist. Die kleinen Mädchen halten sich an den Händen, als sie den Weg entlangrennen, der zum Shade Beach führt. So nennen sie den Strand, weil er den größten Teil des Tages im Schatten von Hag's Rock liegt. Auf ihren blassen runden Gesichtern sind Tränenspuren zu sehen, aber die werden bald verschwinden, weil sie zu verängstigt sind, um zu weinen.

Wenn Sie das glauben können, dürfen Sie den Rest sehen.

Eine riesige Krähe fliegt langsam an ihnen vorbei: im Rückenflug, mit starr ausgestreckten Flügeln. Sie spricht mit der Stimme ihres Daddys zu ihnen.

Lo-Lo stolpert, fällt und schneidet sich die Knie an Muscheln auf. Tessie zieht sie wieder hoch. Sie rennen weiter. Es ist nicht die auf dem Rücken fliegende sprechende Krähe, vor der sie Angst haben, oder die Art und Weise, wie das Himmelsblau sich manchmal in Sonnenuntergangsrot verwandelt, bevor es wieder zu Blau wird; Angst haben sie vor dem Ding hinter ihnen.

Vor dem Big Boy.

Selbst mit seinen Reißzähnen sieht er ein bisschen wie einer der komischen Frösche aus, die Libbit früher gezeichnet hat, aber dieser ist so viel größer und real genug, um einen Schatten zu werfen. Real genug, um zu stinken und die Erde bei jedem seiner Sprünge erzittern zu lassen. Seit Daddy den Schatz gefunden hat, sind sie durch alle möglichen Dinge geängstigt worden, und Libbit sagt, dass sie es nicht wagen dürfen, nachts ihr Zimmer zu verlassen oder auch nur aus dem Fenster zu schauen, aber jetzt ist Tag, und das Ding hinter ihnen ist zu real, um unglaubhaft zu sein, und es holt auf.

Nächstes Mal ist es Tessie, die hinfällt, und Lo-Lo zieht sie hoch, wobei sie sich ängstlich nach dem Ding umsieht, das sie verfolgt. Es wird von Insekten umschwirrt, die es manchmal mit der Zunge aus der Luft angelt. Lo-Lo kann Tessie in einem hervorquellenden, blöden Auge sehen. Sie selbst ist in dem anderen.

Sie stürmen keuchend und außer Atem auf den Strand hinaus und können jetzt nur noch ins Wasser. Aber vielleicht gibt es doch eine andere Möglichkeit, denn das Schiff, das sie in den letzten paar Wochen immer häufiger gesehen haben, ist wieder da. Libbit sagt, dass es nicht ist, was es zu sein scheint, aber im Augenblick ist es ein schwimmender weißer Traum von Sicherheit, und außerdem ... sie haben keine andere Wahl. Der Big Boy ist ihnen dicht auf den Fersen.

Er ist aus dem Swimmingpool gekommen, als sie eben damit fertig waren, im Rampopo, dem Spielhaus auf dem Rasen, Adies Hochzeit zu spielen (heute hatte Lo-Lo Adie spielen dürfen). Libbit kann diese schrecklichen Wesen manchmal vertreiben, indem sie etwas auf ihren Zeichenblock kritzelt, aber Libbit schläft jetzt – sie hat in letzter Zeit sehr viele unruhige Nächte gehabt.

Der Big Boy springt vom Trampelpfad auf den Strand, dass der Sand in alle Richtungen spritzt. Seine hervorquellenden Augen starren. Sein verletzlicher Bauch, so voll widerlichen Gedärms, wölbt sich prall. Seine Kehle pocht.

Die beiden Mädchen, die sich an den Händen haltend in den schäumenden Strudeln der kleinen Brandung stehen, wie Daddy sie nennt, sehen sich an. Dann sehen sie zu dem Schiff hinüber, das weiß schimmernd und mit gerefften Segeln vor Anker liegt. Es wirkt näher, als wäre es dichter an Land gekommen, um sie zu retten.

Lo-Lo sagt: *Wir müssen hin.*

Tessie sagt: *Aber ich kann nicht SCHWIMMEN!*

Du kannst paddeln wie ein Hund!

Der Big Boy springt. Sie können seine Gedärme schwabbeln hören, als er landet. Sie klingen wie nasser Müll in einem Wasserfass. Das Himmelsblau verblasst, und dann blutet der Himmel grausig rot. Danach kehrt langsam das vorige Blau zurück. Heute ist einfach ein Tag für solche Dinge. Und haben sie nicht gewusst, dass ein solcher Tag kommen würde? Haben sie das nicht in Libbits gehetztem Blick gesehen? Nan Melda weiß es; sogar Daddy weiß es, obwohl er nicht ständig hier ist. Heute ist er in Tampa, und wenn sie das grünlich weiße Ungeheuer betrachten, das sie schon fast eingeholt hat, wissen sie, dass Tampa ebenso gut auf der Rückseite des Mondes liegen könnte. Sie sind auf sich allein gestellt.

Tessie umklammert Lo-Los Schulter mit kalten Fingern. *Was ist mit der Unterströmung?*

Aber Lo-Lo schüttelt den Kopf. *Die Unterströmung ist gut. Sie trägt uns zu dem Schiff hinaus.*

Für Worte bleibt keine Zeit mehr. Das Frosch-Ding macht sich zum nächsten Sprung bereit. Und sie begreifen, dass es irgendwie real ist, obwohl es das nicht sein kann. Es wird sie töten. Lieber das Wasser riskieren. Sie wenden sich ab, ohne die Hände loszulassen, und werfen sich in den *caldo*. Sie richten ihren Blick auf die schlanke weiße Schwalbe, die dicht vor ihnen vor Anker schwoit. Bestimmt werden sie an Bord gezogen werden, und jemand wird übers Schiffstelefon im Roost anrufen. »Haben zwei Meerjungfrauen aufgefischt«, werden sie sagen. »Will sie bei Ihnen jemand haben?«

Die Unterströmung reißt ihre Hände auseinander. Sie ist unbarmherzig, und Lo-Lo ertrinkt tatsächlich als Erste, weil sie sich heftiger wehrt. Tessie hört sie zweimal rufen. Einmal um Hilfe. Dann, resignierend, den Namen ihrer Schwester.

Unterdessen treibt ein Nebenfluss der Strömung Tessie geradewegs auf das Schiff zu und hält sie zugleich über Wasser. Einige magische Augenblicke lang schwimmt sie wie auf einem Surfbrett, und ihr kraftloses Hundepaddeln scheint sie wie ein Außenbordmotor voranzutreiben. Dann, kurz bevor eine kältere Strömung nach oben greift und sich um ihre Knöchel schlingt, sieht sie, wie das Schiff sich verwandelt ...

Hier ist ein Bild, das ich gemalt habe, nicht nur einmal, sondern wieder und wieder und wieder:

Das Weiß des Schiffsrumpfs verschwindet nicht wirklich; es wird nach innen gesaugt, wie das Blut aus den Wangen eines zu Tode Erschrockenen zurückweicht. Das Tauwerk franst aus. Die Messingbeschläge werden trüb. Die Verglasung der Heckkabine platzt nach außen. An Deck zeigt sich ein an eine Müllhalde erinnerndes Durcheinander, das von vorn nach achtern rollend in Erscheinung tritt. Aber es war schon immer da. Tessie hat es nur nicht gesehen. Jetzt sieht sie es.

Jetzt glaubt sie.

Ein Wesen kommt an Deck. Es tritt langsam an die Reling, von der aus es auf das Mädchen hinunterstarrt. Es ist ein zusammengesunkenes Ding in einer roten Robe mit Kapuze. Feuchtes Haar, das vielleicht gar kein Haar ist, flattert um ein zerfließendes Gesicht. Gelbliche Hände umklammern splitterndes, verfaulendes Holz. Dann hebt es langsam eine Hand.

Und winkt dem Mädchen zu, das bald FORT sein wird.

Das Winken heißt: *Komm zu mir, Kind.*

Und ertrinkend denkt Tessie Eastlake: *Das ist eine FRAU!*

Sie geht unter. Und spürt sie, wie die noch warmen Hände ihrer erst seit Kurzem toten Schwester sie an den Knöcheln packen und sie in die Tiefe ziehen?

Ja, natürlich. Natürlich tut sie das.

Glauben ist auch Fühlen.

Das wird Ihnen jeder Künstler bestätigen.

13
Die Ausstellung

I Irgendwann, falls Sie lange leben und Ihr Denkvermögen ungetrübt bleibt, werden Sie sich an das letzte Gute erinnern, das Ihnen jemals zugestoßen ist. Das hat nichts mit Pessimismus zu tun, nur mit Logik. Ich hoffe, dass mir noch Gutes bevorsteht – das Leben wäre sinnlos, wenn ich nicht daran glauben würde –, aber seit dem letzten Mal liegt eine lange Durststrecke hinter mir. Dieses letzte Mal ist mir deutlich in Erinnerung. Es hat sich vor etwas über vier Jahren ereignet: am Abend des 15. April in der Scoto Gallery. Das war zwischen 19.45 und 20 Uhr, als die Schatten auf der Palm Avenue leicht bläulich zu werden begannen. Die genaue Uhrzeit weiß ich, weil ich immer wieder auf meine Armbanduhr sah. Die Scoto war bereits gerammelt voll – bis zur maximal zulässigen Personenzahl, vielleicht sogar etwas darüber –, aber meine Familie fehlte noch. Ich hatte Pam und Illy tagsüber getroffen, und Wireman hatte mir versichert, Melindas Flug sei pünktlich, aber an diesem Abend hatte sich noch niemand von ihnen blicken lassen. Oder wenigstens angerufen.

In der Nische links neben mir, in der die Bar und acht Gemälde aus dem Zyklus *Sonnenuntergang mit …* zahlreiche Gäste angelockt hatten, klimperte ein Trio aus dem hiesigen Konservatorium eine trübselige Version von »My

Funny Valentine« herunter. Mary Ire (mit einem Champagnerglas in der Hand, aber vorerst noch nüchtern) erläuterte einer aufmerksamen kleinen Menge irgendetwas Künstlerisches. Rechts von mir öffnete sich ein größerer Raum, in dem das Büfett aufgebaut war. An einer Wand hingen *Aus Muscheln wachsen Rosen* und ein Gemälde, dem ich den Titel *Ich sehe den Mond* gegeben hatte; an einer anderen drei Ansichten von Duma Key. Obwohl auf der Tafel auf einer Staffelei am Eingang stand, Fotografieren sei verboten, hatte ich schon mehrere Leute beobachtet, die Aufnahmen mit ihren Handys machten.

Als ich das Jimmy Yoshida gegenüber nebenbei erwähnte, nickte er, schien aber weder ärgerlich noch auch nur irritiert zu sein, eher wirkte er gedankenverloren. »Heute sind viele Leute hier, die ich nicht mit der Kunstszene in Verbindung bringe oder gar nicht kenne«, sagte er. »Solchen Andrang habe ich noch nie erlebt.«

»Ist das schlecht?«

»Gott, nein! Aber wenn man jahrelang gekämpft hat, den Kopf über Wasser zu halten, kommt es einem seltsam vor, so davongetragen zu werden.«

Der zentrale Ausstellungsraum der Scoto Gallery war groß, was an diesem Abend nur gut war. Obwohl es in den Nebenräumen Essen, Getränke und Musik gab, schien er die meisten Besucher irgendwann magisch anzuziehen. An fast unsichtbaren Nylonschnüren hing der Zyklus *Mädchen mit Schiff* mitten im Raum. *Wireman blickt nach Westen* nahm die rechte Seitenwand ein. Dieses Bild und *Mädchen mit Schiff Nr. 8* waren die einzigen ausgestellten Gemälde, die ich mit *unverk.* gekennzeichnet hatte: *Wireman*, weil dieses Bild ihm gehörte, und *Nr. 8*, weil ich es einfach nicht verkaufen konnte.

»Wir halten dich wohl vom Zubettgehen ab, Boss?«, fragte Angel Slobotnik links neben mir – wie eh und je immun gegen den Ellbogen seiner Frau.

»Nein«, sagte ich. »Ich war in meinem Leben nie wacher; ich bin nur …«

Ein Mann in einem Anzug, der zwei Mille gekostet haben musste, streckte mir die Hand hin. »Henry Vestick, Mr. Freemantle, First Sarasota Bank and Trust. Privatkundenbereich. Ihre Bilder sind wundervoll. Ich bin *überwältigt*. Ich bin *hingerissen.*«

»Danke«, sagte ich und überlegte mir, dass er SIE MÜSSEN UNBEDINGT WEITERMACHEN vergessen hatte. »Sehr freundlich.«

Zwischen seinen Fingern erschien eine Visitenkarte. Das sah aus, als führe ein Straßengaukler einen Zaubertrick vor. Oder es hätte so ausgesehen, wenn Gaukler Armani-Anzüge trügen. »Falls ich irgendetwas für Sie tun kann … ich habe meine Telefonnummern hinten draufgeschrieben – privat, Handy, dienstlich.«

»Sehr freundlich«, wiederholte ich. Mir fiel nichts anderes ein, und was erwartete Mr. Vestick eigentlich von mir? Dass ich ihn zu Hause anrief und mich nochmals bedankte? Dass ich bei ihm einen Kredit beantragte und ein Gemälde als Sicherheit anbot?

»Darf ich später mit meiner Frau vorbeikommen und Sie mit ihr bekannt machen?«, fragte er, und ich sah einen merkwürdigen Ausdruck in seinem Blick. Es war nicht ganz der Ausdruck wie in Wiremans Blick, als er zu der Einsicht gelangt war, dass ich Candy Brown beseitigt hatte, aber doch recht ähnlich. Als hätte Vestick ein bisschen Angst vor mir.

»Natürlich«, sagte ich, und er verschwand im Gedränge.

»Früher hast du für solche Kerle Bankfilialen gebaut und dich dann mit ihnen wegen der Kostensteigerungen rumgestritten«, sagte Angel. Er trug einen von der Stange gekauften blauen Anzug und schien kurz davor zu sein, wie der Incredible Hulk an mindestens neun Stellen gleichzeitig aus den Nähten zu platzen. »Damals hätte er dich bloß für irgendeinen Trottel gehalten, der ihm den Tag verderben will. Jetzt glotzt er dich an, als könntest du goldene Gürtelschnallen scheißen.«

»Angel, jetzt reicht's!«, rief Helen Slobotnik, indem sie ihn mit dem Ellbogen anstieß und gleichzeitig nach seinem Champagnerglas zu greifen versuchte. Er hielt es gleichmütig außer ihrer Reichweite hoch.

»Bestätige ihr, dass ich die Wahrheit sage, Boss!«

»Irgendwie stimmt das wohl«, sagte ich.

Und es war nicht nur der Bankier, der mich so eigenartig ansah. Die Frauen … Himmel! Sobald unsere Blicke sich begegneten, entdeckte ich manchmal ein Milderwerden, eine Nachdenklichkeit, als überlegten sie, wie ich sie mit nur einem Arm umarmen könnte. Wahrscheinlich war das verrückt, aber …

Ich wurde von hinten gepackt, fast von den Beinen gerissen. Hätte Angel sich nicht blitzschnell das Glas gegriffen, wäre mein eigener Champagner verschüttet worden. Ich drehte mich um und stand vor Kathi Green, die mich anlächelte. Sie hatte die Reha-Gestapo weit hinter sich gelassen, wenigstens für heute Abend; sie trug ein kurzes, grün glänzendes Kleid, das jeden Zoll ihres durchtrainierten Körpers eng umschloss, und reichte mir mit ihren High Heels bis fast an die Stirn. Neben ihr stand – sie weit überragend – Kamen. Seine riesigen Augen schwammen mit gütigem Ausdruck hinter seiner Hornbrille.

»Himmel, Kathi!«, rief ich aus. »Was hättest du getan, wenn du mich umgerissen hättest?«

»Hätte dich fünfzig Sit-ups machen lassen«, sagte sie und lächelte breiter als je zuvor. In ihren Augen standen Tränen. »Das hab ich dir schon am Telefon angedroht. Sieh dir bloß deine Sonnenbräune an, du gut aussehender Junge.« Ihre Tränen liefen über, und sie umarmte mich.

Ich erwiderte ihre Umarmung, dann schüttelte ich Kamen die Hand. Seine Linke verschluckte meine vollständig.

»Ihr Flugzeug ist das ideale Beförderungsmittel für Männer meiner Größe«, sagte er, und viele Leute drehten sich nach ihm um. Er hatte eine dieser tiefen, tiefen James-Earl-Jones-Stimmen, die Werbedurchsagen im Supermarkt wie das Buch Jesaja klingen lassen können. »Das habe ich *sehr* genossen, Edgar.«

»Es ist nicht wirklich meines, aber trotzdem vielen Dank«, sagte ich. »Hat einer von euch …«

»Mr. Freemantle?«

Das war eine bildhübsche Rothaarige, deren üppig sommersprossige Brüste in Gefahr waren, aus dem Ausschnitt ihres rosa Chiffonkleids zu quellen. Sie hatte große grüne Augen und schien etwa so alt wie meine Tochter Melinda zu sein. Bevor ich etwas sagen konnte, streckte sie eine Hand aus und umfasste zart meine Finger.

»Ich wollte nur die Hand berühren, die diese Bilder gemalt hat«, sagte sie. »Diese wundervollen, *ausgeflippten* Bilder. Gott, Sie sind *sensationell.*« Sie hob meine Hand und küsste sie. Dann drückte sie sie an eine Brust. Ich konnte den rauen Kiesel der Brustwarze durch dünne Chiffonschleier spüren, bevor sie wieder in der Menge untertauchte.

»Passiert das oft?«, fragte Kamen, und im selben Moment fragte Kathi: »Na, wie kommst du als Geschiedener zurecht, Edgar?« Sie wechselten einen amüsierten Blick, dann lachten beide schallend laut.

Ich wusste recht gut, worüber sie lachten – Edgars Elvis-Moment –, aber ich fand das nur verrückt. Die Räume begannen mir wie Kammern einer Unterwassergrotte vorzukommen, und ich erkannte, dass ich sie hätte malen können: unterseeische Räume mit Bildern an den Wänden, Gemälden, die von Peoplefish-Schwärmen betrachtet wurden, während das Neptun-Trio »Octopus's Garden« blubberte.

Viel zu verrückt. Ich wollte endlich Wireman und Jack – ebenfalls noch nicht da –, aber noch mehr meine Familie um mich haben. Vor allem Illy. Vielleicht konnten sie gemeinsam durch ihre Gegenwart bewirken, dass die Welt um mich herum wieder etwas realer wurde. Ich sah zum Eingang hinüber.

»Falls Sie Pam und die Mädchen suchen, müssten sie jeden Augenblick kommen«, sagte Kamen. »Mit Melindas Kleid war irgendwas nicht in Ordnung, also ist sie im letzten Augenblick noch mal hinaufgefahren, um sich umzuziehen.«

Melinda, dachte ich. *Natürlich war's wieder Mel…*

Und dann sah ich, wie sie sich ihren Weg durchs Gedränge der Ausstellungsbesucher bahnten: inmitten all der gebräunten Gesichter sehr nördlich und fehl am Platz wirkend. Tom Riley und William Bozeman III. – der unsterbliche Bozie – schritten in dunklen Anzügen hinter ihnen drein. Sie blieben stehen, um drei meiner frühen Skizzen zu betrachten, die Dario in der Nähe des Eingangs zu einem Triptychon angeordnet hatte. Es war Ilse, die mich als Erste sah. Sie rief *»DADDY!«* und zerteilte dann mit ihrer Schwester dicht hinter sich die Menge wie ein Schnellboot. Lin hatte einen hochgewachsenen jungen Mann im Schlepptau. Pam winkte und setzte sich ebenfalls in meine Richtung in Bewegung.

Ich ließ Kamen, Kathi und die Slobotniks – Angel weiter mit meinem Glas in der Hand – stehen. »Entschuldigung, Mr. Freemantle, ich hätte Sie gern gefragt …«, begann jemand, aber ich achtete nicht darauf. Im Moment hatte ich nur Augen für Ilses freudestrahlendes Gesicht

Wir trafen uns unter der Schrifttafel mit dem Text **DIE SCOTO GALLERY PRÄSENTIERT »BLICK VON DUMA KEY« – SKIZZEN UND GEMÄLDE VON EDGAR FREEMANTLE**. Ich stellte fest, dass sie ein taubenblaues Kleid trug, das ich noch nicht kannte, und mit den hochgesteckten Haaren und ihrem regelrechten Schwanenhals, den das Kleid betonte, erstaunlich erwachsen aussah. Ich war mir meiner immensen, fast überwältigenden Liebe für sie bewusst, und empfand Dankbarkeit dafür, dass sie mich ebenso liebte – das war in ihren Augen zu lesen. Dann hielt ich sie an mich gedrückt.

Im nächsten Augenblick war auch Melinda mit ihrem hinter ihr stehenden jungen Mann (der sie weit überragte – er war ein richtiger Hüne) bei mir. Ich konnte meine Töchter nicht gleichzeitig in die Arme schließen, aber sie hatte einen Arm für mich; sie drückte mich an sich und küsste mich auf die Wange. »*Bonsoir,* Dad, herzlichen Glückwunsch!«

Dann stand Pam vor mir: die Frau, die ich vor nicht allzu langer Zeit als treuloses Mistbeet bezeichnet hatte. Zu einem dunkelblauen Hosenanzug trug sie eine hellblaue Seidenbluse und eine Perlenkette. Dezente Ohrringe. Ebenso ordentliche wie gut aussehende Wildlederpumps mit halbhohen Absätzen. Klassisches Minnesota in Reinkultur. Auch wenn all die

Leute und die fremde Umgebung ihr offenbar eine Heidenangst einjagten, stand auf ihrem Gesicht trotzdem ein hoffnungsvolles Lächeln. Im Lauf unserer Ehe war Pam alles Mögliche gewesen, aber hoffnungslos hatte nie dazugehört.

»Edgar?«, fragte sie mit schwacher Stimme. »Sind wir noch Freunde?«

»Worauf du dich verlassen kannst«, sagte ich. Ich küsste sie nur flüchtig, umarmte sie aber so fest, wie es ein Einarmiger nur tun kann. Ilse hielt mich von einer Seite umarmt; Melinda drückte mich von der anderen so fest an sich, dass meine Rippen schmerzten, aber das war mir alles egal. Wie aus weiter Ferne hörte ich das Publikum in spontanen Applaus ausbrechen.

»Du siehst gut aus«, flüsterte Pam mir ins Ohr. »Nein, du siehst wundervoll aus. Ich weiß nicht, ob ich dich auf der Straße wiedererkannt hätte.«

Ich trat einen halben Schritt zurück und musterte sie. »Du siehst selbst ziemlich prächtig aus.«

Sie lachte errötend, eine Fremde, mit der ich mir einst Tisch und Bett geteilt hatte. »Make-up verdeckt alle möglichen Sünden.«

»Daddy, das hier ist Ric Doussault«, sagte Melinda.

»*Bonsoir* und herzlichen Glückwunsch, Monsieur Freemantle«, sagte Ric. Er hatte eine einfache weiße Schachtel unter dem Arm. Jetzt hielt er sie mir hin. »Von Linnie und mir. *Un cadeau.* Ein Geschenk?«

Ich wusste natürlich, was *le cadeau* war; die eigentliche Offenbarung war der exotische Klang, den sein Akzent dem Kosenamen meiner Tochter gab. Er ließ mich deutlicher als alles andere verstehen, dass sie jetzt mehr ihm als mir gehörte.

Ich hatte den Eindruck, die Mehrzahl aller Besucher habe

sich um mich versammelt, um zuzusehen, wie ich mein Geschenk auspackte. Tom Riley war bis fast zu Pams Schulter vorgedrungen. Bozie stand neben ihm. Dicht hinter den beiden warf Margaret Bozeman mir eine Kusshand zu. Neben ihr standen Dr. Todd Jamieson, der mir das Leben gerettet hatte … zwei Paare von Onkeln und Tanten … Rudy Rudnick, mein alter Büroleiter … Kamen, der natürlich nicht zu übersehen war … mit Kathi an seiner Seite. Sie waren alle gekommen, alle außer Wireman und Jack, und ich begann mich zu fragen, ob etwas passiert war, das sie von hier fernhielt. Aber im Augenblick erschien mir das nebensächlich. Ich dachte daran, wie ich in meinem Krankenhausbett aufgewacht war, verwirrt und durch unaufhörliche Schmerzen von allem abgeschnitten; dann sah ich mich um und fragte mich, wie meine Situation sich so grundlegend hatte verändern können. Alle diese Menschen waren für einen Abend in mein Leben zurückgekehrt. Ich wollte nicht flennen, aber ich wusste ziemlich sicher, dass ich es tun würde; ich merkte, dass meine Fassung sich aufzulösen begann wie ein Papiertaschentuch in einem Wolkenbruch.

»Mach es auf, Daddy!«, sagte Ilse. Ich konnte ihr Parfüm riechen, einen süßen, frischen Duft.

»Aufmachen! Aufmachen!« Gutmütige Stimmen aus dem dicht gedrängten Kreis von Leuten, die uns umstanden.

Ich öffnete die Schachtel. Schlug eine Lage weißes Seidenpapier zurück und fand, was ich erwartet hatte … aber ich hatte etwas Scherzhaftes erwartet, und dies war kein Scherz. Die Baskenmütze, die Melinda und Ric mir aus Frankreich mitgebracht hatten, war aus dunkelrotem Samt, der sich seidenweich anfühlte. Sie war bestimmt nicht billig gewesen.

»Die ist zu schön.«

»Nein, Daddy!«, sagte Melinda. »Nicht schön genug. Wir hoffen nur, dass sie passt.«

Ich nahm sie aus der Schachtel und hielt sie hoch. Das Publikum ließ ein anerkennendes *Oooh* hören. Melinda und Ric wechselten einen zufriedenen Blick, und Pam – die der Überzeugung war, Lin habe irgendwie nie genug Zuneigung oder Anerkennung von mir erfahren (womit sie vermutlich richtig lag) – bedachte mich mit einem wirklich strahlenden Blick. Dann setzte ich die Baskenmütze auf. Sie saß perfekt. Melinda griff danach, rückte sie etwas zurecht, wandte sich dem Publikum zu, wies mit beiden Handflächen auf mich und sagte: *»Voici mon père, ce magnifique artiste!«* In den donnernden Applaus mischten sich Bravorufe. Ilse küsste mich. Sie lachte und weinte gleichzeitig. Ich erinnere mich an die weiße Verwundbarkeit ihres Halses und die Berührung ihrer Lippen dicht über meinem Unterkiefer.

Ich stand im Mittelpunkt, und ich hatte meine Familie um mich. Es gab Lichterglanz und Champagner und Musik. Das war vor vier Jahren, am Abend des 15. April zwischen 19.45 und 20 Uhr, als die Schatten auf der Palm Avenue leicht bläulich zu werden begannen. Dies ist die Erinnerung, die ich mir bewahrt habe.

II Ich führte sie herum, und Tom und Bozie und die anderen aus Minnesota folgten uns als Tross. Viele der Anwesenden waren vielleicht zum ersten Mal in einer Galerie, aber sie waren höflich genug, um uns Platz zu machen.

Melinda blieb eine ganze Minute vor *Sonnenuntergang mit Sophora* stehen, dann wandte sie sich fast vorwurfsvoll an mich: »Wenn du das schon immer konntest, Dad, wieso hast du dann dreißig Jahre deines Lebens damit vergeudet, Banken und Bürogebäude zu bauen?«

»Melinda Jean!«, sagte Pam, aber geistesabwesend. Sie sah zum Hauptraum hinüber, in dem der Zyklus *Mädchen mit Schiff* hing.

»Es stimmt aber«, sagte Melinda. »Oder etwa nicht?«

»Schätzchen, ich hab's nicht gewusst.«

»Wie kann man etwas so Großes in sich haben und nichts davon wissen?«, fragte sie scharf.

Darauf wusste ich keine Antwort, aber Alice Aucoin rettete mich. »Edgar, Dario lässt fragen, ob Sie für ein paar Minuten in Jimmys Büro kommen könnten? Ich begleite Ihre Familie inzwischen in den Hauptraum, und Sie können dort wieder zu ihr stoßen.«

»Okay ... was wollen sie denn?«

»Keine Sorge, sie lächeln alle«, sagte sie ihrerseits lächelnd.

»Geh nur, Edgar«, sagte Pam. Und zu Alice: »Ich bin es gewohnt, dass er weggerufen wird. Als wir noch verheiratet waren, war das unser Lebensstil.«

»Dad, was bedeutet dieser kleine rote Punkt oben am Rahmen?«, fragte Ilse.

»Dass das Bild verkauft ist, meine Liebe«, sagte Alice.

Bevor ich mich in Bewegung setzte, sah ich rasch zu *Sonnenuntergang mit Sophora* hinüber ... und tatsächlich klebte in der rechten oberen Ecke des Bilderrahmens ein kleiner roter Punkt. Das war gut – es bewies immerhin, dass das Publikum nicht nur aus Gaffern bestand, die sich von der Neuheit eines einarmigen Kleckser hatten anlocken lassen –, aber ich spürte trotzdem einen kleinen Stich und fragte mich, ob diese Empfindung normal war. Nur konnte ich das nicht beurteilen. Ich kannte keine anderen Künstler, die ich hätte fragen können.

III

Bei Dario und Jimmy Yoshida im Büro war ein dritter Mann, den ich nicht kannte. Dario stellte ihn mir als Jacob Rosenblatt, den Buchhalter der Scoto Gallery, vor. Mein Herz sank ein wenig, als ich ihm die Hand schüttelte und dabei die eigene verdrehte, weil er mir die Rechte hinstreckte, wie es so viele Leute taten. Ah, dies ist eine Welt der Rechtshänder!

»Dario, gibt's irgendwelche Probleme?«, fragte ich.

Er stellte einen versilberten Champagnerkühler auf Jimmys Schreibtisch. In zerstoßenem Eis steckte darin eine Flasche Perrier Jouët. Das Zeug, das draußen in der Galerie serviert wurde, war gut, aber nicht so gut. Die Flasche war gerade erst entkorkt worden; aus dem grünen Flaschenhals stieg noch Champagnerduft auf. »Sieht das nach Problemen aus?«, fragte er. »Ich hätte Alice gern auch Ihre Familie einladen lassen, aber dafür ist dieses Büro verdammt zu klein. Zwei Leute, die jetzt hier sein sollten, sind Wireman und Jack Cantori. Wo zum Teufel stecken die beiden? Ich dachte, sie wollten gemeinsam kommen.«

»Das dachte ich auch. Haben Sie in Elizabeth Eastlakes Haus angerufen? Im *Pa*… Heron's Roost?«

»Natürlich«, sagte Dario. »Aber dort meldet sich nur der Anrufbeantworter.«

»Nicht einmal Elizabeth' Pflegerin? Annmarie?«

Er schüttelte den Kopf. »Nur der Anrufbeantworter.«

Ich begann ans Sarasota Memorial Hospital zu denken. »Das gefällt mir nicht«, murmelte ich.

»Vielleicht sind die drei jetzt hierher unterwegs«, sagte Rosenblatt.

»Das halte ich für höchst unwahrscheinlich. Sie ist sehr gebrechlich und kurzatmig. Kann nicht mal mehr ihre Gehhilfe benutzen.«

»Das klärt sich bestimmt alles noch auf«, sagte Jimmy. »Bis dahin sollten wir miteinander anstoßen.«

»*Müssen* wir miteinander anstoßen, Edgar«, sagte Dario.

»Danke, Jungs, sehr nett von euch, und ich würde gern ein Glas mit euch trinken, aber meine Familie ist draußen, und wenn's recht ist, möchte ich sie auf einem Rundgang begleiten, während sie sich meine übrigen Bilder ansieht.«

Jimmy sagte: »Verständlich, aber …«

Dario unterbrach ihn mit ruhiger Stimme. »Edgar, wir sind ausverkauft.«

Ich starrte ihn an. »Wie bitte?«

»Wir haben uns schon gedacht, dass Sie keine Zeit hatten, all die roten Punkte zu registrieren«, sagte Jimmy. Er lächelte, und seine Gesichtsfarbe war so lebhaft, dass sie wie ein Erröten wirkte. »Alle Zeichnungen und Gemälde, die verkäuflich *waren, sind* verkauft.«

Jacob Rosenblatt, der Buchhalter, sagte: »Vierzehn Zeichnungen und dreißig Gemälde. Das hat es noch nie gegeben!«

»Aber …« Meine Lippen fühlten sich taub an. Ich sah zu, wie Dario sich abwandte und diesmal ein Tablett mit Gläsern aus dem Regal hinter dem Schreibtisch nahm. Die Kelche trugen alle denselben Blütenschmuck wie die Flasche Perrier Jouët. »Aber Sie haben *Mädchen mit Schiff*

Nummer sieben doch mit vierzigtausend Dollar ausgezeichnet!«

Aus einer Tasche seines schlichten schwarzen Anzugs zog Rosenblatt einen aufgerollten Papierstreifen, der aus einer Addiermaschine stammen musste. »Die Gemälde haben vierhundertsiebenundachtzigtausend Dollar gebracht, die Zeichnungen weitere neunzehntausend. Die Gesamtsumme beträgt etwas über eine halbe Million Dollar. Das ist der höchste Betrag, den die Scoto jemals bei einer Einzelausstellung eines Künstlers eingenommen hat. Ein erstaunlicher Coup. Glückwunsch!«

»Alle?«, fragte ich mit so schwacher Stimme, dass ich sie selbst kaum hören konnte. Ich sah Dario an, der mir ein Glas Champagner in die Hand drückte.

Er nickte. »Wäre *Mädchen mit Schiff Nummer acht* verkäuflich gewesen, hätte allein dieses Bild hunderttausend Dollar gebracht, glaube ich.«

»Das Doppelte«, sagte Jimmy.

»Auf Edgar Freemantle, der am Anfang seiner brillanten Karriere steht!«, sagte Rosenblatt und hob sein Glas. Wir stießen miteinander an, ohne zu ahnen, dass meine brillante Karriere in diesem Moment praktisch beendet war.

Da hatten wir noch mal Glück, *muchacho*.

IV

Tom Riley gesellte sich zu mir, als ich durch die Menge zu meiner Familie zurückging: lächelnd und alle Gesprächseröffnungen möglichst rasch parierend. »Boss, diese Bilder sind unglaublich«, sagte er, »aber auch ein bisschen unheimlich.«

»Das ist vermutlich ein Kompliment«, sagte ich. Tatsächlich war es eher unheimlich, mit Tom zu sprechen, über den ich so viel wusste.

»Ganz entschieden ein Kompliment«, sagte er. »Hör zu, du willst zu deiner Familie. Ich verdrücke mich lieber.« Aber bevor er das tun konnte, hielt ich ihn am Ellbogen fest.

»Bleib bei mir«, sagte ich. »Gemeinsam können wir alle Enterversuche abwehren. Allein bin ich wahrscheinlich um neun noch nicht bis zu Pam und den Mädchen vorgedrungen.«

Er lachte. Der alte Tommy sah gut aus. Er hatte seit jenem Tag am Lake Phalen ein paar Pfund zugelegt, aber ich hatte irgendwo gelesen, dass Antidepressiva häufig diese Nebenwirkung hatten, vor allem bei Männern. Etwas mehr Gewicht stand ihm gut. Er war nicht mehr so hohlwangig wie früher.

»Wie ist's dir ergangen, Tom?«

»Nun … um ehrlich zu sein … ich war deprimiert.« Er hob eine Hand, wie um Mitgefühl abzuwehren, das ich nicht geäußert hatte. »Das Ganze hängt mit einem chemischen Ungleichgewicht zusammen, und es ist verdammt schwierig, sich an die Pillen zu gewöhnen. Sie lassen einen anfangs nicht mehr klar denken – zumindest war's bei mir so. Ich hatte sie eine Zeit lang abgesetzt, aber jetzt nehme ich sie wieder, und das Leben sieht besser aus. Das kommt von den falschen Endorphinen, die Wirkung zeigen, oder dem Frühlingsanfang im Land der eine Milliarde Seen.«

»Und die Freemantle Company?«

»Sie heißt noch immer so und schreibt schwarze Zahlen, aber ohne dich ist es nicht mehr dieselbe Firma. Ich bin hier, weil ich dachte, ich könnte dich vielleicht zum Zurückkommen überreden. Dann habe ich gesehen, was du heutzutage machst, und kapiert, dass deine Zeit in der Baubranche vermutlich zu Ende ist.«

»Ja, das glaube ich auch.«

Seine Handbewegung umfasste die Gemälde im Hauptraum. »Was sind sie in Wirklichkeit? Ganz ohne Scheiß, meine ich. Weil sie – was ich nicht allzu vielen Leuten erzählen würde – mich daran erinnern, wie's in meinem Kopf ausgesehen hat, als ich die Pillen abgesetzt hatte.«

»Sie zeigen nur eine Scheinwelt«, sagte ich. »Schatten.«

»Mit Schatten kenne ich mich aus«, erwiderte er. »Man muss nur aufpassen, dass sie nicht plötzlich Zähne kriegen. Das kann nämlich passieren. Wenn man dann nach dem Lichtschalter tastet, um sie verschwinden zu lassen, entdeckt man manchmal, dass der Strom ausgefallen ist.«

»Aber jetzt geht's dir besser?«

»Ja«, sagte er. »Pam hat viel damit zu tun gehabt. Willst du etwas über sie hören, das du vermutlich schon weißt?«

»Klar«, sagte ich und konnte nur hoffen, dass Tom mir nicht anvertrauen wollte, dass sie manchmal tief hinten in der Kehle lachte, wenn sie kam.

»Sie besitzt jede Menge Verständnis, aber wenig Freundlichkeit«, sagte er. »Das ist eine verrückt grausame Kombination.«

Ich sagte nichts … aber nicht unbedingt, weil ich fand, dass er unrecht hatte.

»Sie hat mir vor nicht allzu langer Zeit eine ordentliche Standpauke darüber gehalten, dass man auf sich achtgeben muss, und die hat ins Schwarze getroffen.«

»Echt?«

»Echt. Und wenn ich ihren Blick richtig deute, hast du vielleicht auch eine Standpauke zu erwarten, Edgar. Ich denke, ich suche deinen Freund Kamen und plaudere ein bisschen mit ihm. Entschuldige mich bitte.«

Ric und die Mädchen standen vor *Wireman blickt nach Westen* und schwatzten angeregt miteinander. Pam dagegen stand auf etwa halber Strecke des Zyklus *Mädchen mit Schiff*, dessen Gemälde wie Filmplakate aufgehängt waren, und wirkte beunruhigt. Nicht ärgerlich, das nicht, aber beunruhigt. Verwirrt. Sie winkte mich zu sich heran, und als ich zu ihr kam, verlor sie keine Zeit.

»Ist die Kleine auf diesen Bildern Ilse?« Sie zeigte auf die *Nr. 1*. »Ich dachte zuerst, diese Rothaarige soll die Puppe sein, die du nach deinem Unfall von Dr. Kamen bekommen hast, aber Ilse hatte als kleines Mädchen ein Tic-Tac-Toe-Kleid wie dieses. Ich hatte es bei Rompers gekauft. Und das hier …« Jetzt deutete sie auf die *Nr. 3*. »Ich könnte schwören, dass dies das Kleid ist, das sie unbedingt für den ersten Schultag haben musste … das sie auch getragen hat, als sie sich am Abend nach den Stock Car Races ihren verdammten Arm gebrochen hat!«

Nun, da hatten wir's wieder. Ich glaubte mich an einen Armbruch nach der Kirche zu erinnern, aber das war nur ein kleiner Ausrutscher im großen Tanz meiner Erinnerungen. Es gab wichtigere Dinge. Dazu gehörte, dass Pam auf einzigartige Weise befähigt war, die meisten Rauchschleier und Trugbilder zu durchschauen, die Kritiker gern als Kunst bezeichnen – zumindest in meinem Fall. In dieser Beziehung, vermutlich auch auf vielfältige andere Weise, war sie weiter meine Ehefrau. Offenbar würde letztlich erst die Zeit ein Scheidungsurteil verkünden. Und dieses Urteil würde bestenfalls parteiisch sein.

Ich drehte sie etwas zu mir her. Wir wurden von sehr vielen Leuten beobachtet, die darin vermutlich eine Umarmung sahen. In gewisser Weise war es auch eine. Ich sah kurz ihre erstaunt aufgerissenen Augen, dann flüsterte ich ihr ins Ohr.

»Ja, das Mädchen in dem Ruderboot ist Ilse. Ich wollte nie, dass sie auf diesen Bildern erscheint, weil sie nie etwas *bedeuten* sollten. Ich wusste nicht mal, dass ich sie malen würde, bis ich damit angefangen habe. Und weil sie nur von hinten zu sehen ist, erfährt das kein Mensch, außer einer von uns erzählt davon. Und ich tu's garantiert nicht. Aber …« Ich ließ Pam los. Ihre Augen waren noch immer weit aufgerissen, die Lippen wie zu einem Kuss leicht geöffnet. »Was hat *Ilse* gesagt?«

»Etwas ganz Verrücktes.« Sie nahm mich am Ärmel und zog mich vor *Nr. 7* und *Nr. 8*. Auf beiden trug das rudernde Mädchen ein grünes Kleid mit über dem bloßen Rücken gekreuzten Trägern. »Sie hat gesagt, du müsstest Gedankenleser sein, weil sie sich erst vor wenigen Wochen genau dieses Kleid bei Newport News bestellt hat.«

Sie sah wieder die Gemälde an. Ich stand schweigend neben ihr und ließ Pam sie betrachten.

»Die gefallen mir nicht, Edgar. Sie sind nicht wie die anderen, und ich mag sie nicht.«

Ich dachte daran, wie Tom Riley über meine Ex gesagt hatte: *Sie besitzt jede Menge Verständnis, aber wenig Freundlichkeit.*

Pam senkte ihre Stimme. »Du weißt nicht etwas über Illy, das du nicht wissen solltest, stimmt's? Wie du gewusst hast, dass …«

»Nein«, sagte ich, aber der Zyklus *Mädchen mit Schiff* beunruhigte mich mehr als je zuvor. Das kam zum Teil daher, dass ich sie alle nebeneinander hängen sah; ihre kombinierte Unheimlichkeit traf mich wie ein Schlag.

Verkaufen Sie sie. Das hatte Elizabeth mir geraten. *Ganz gleich, wie viele es sind, Sie müssen sie verkaufen.*

Und ich konnte verstehen, warum sie so dachte. Mir gefiel es nicht, meine Tochter, nicht einmal in Gestalt eines Kindes, das sie längst nicht mehr war, in solch enger Nähe zu dieser verrottenden Hulk zu sehen. Und in gewisser Weise war ich überrascht, dass Pam nur Verwirrung und Beunruhigung empfand. Aber die Gemälde hatten noch nicht allzu lange auf sie einwirken können.

Und sie waren nicht mehr auf Duma Key.

Die jungen Leute gesellten sich zu uns, Ric und Melinda mit umeinandergelegten Armen. »Daddy, du bist ein Genie«, sagte Melinda. »Ric findet das auch, nicht wahr, Ric?«

»Ja«, sagte Ric, »das tue ich wirklich. Ich hatte mir vorgenommen … höflich zu sein. Stattdessen suche ich nach Worten, um mein Erstaunen auszudrücken.«

»Sehr freundlich«, sagte ich. *»Merci.«*

»Ich bin so stolz auf dich, Dad«, sagte Illy und umarmte mich.

Pam verdrehte die Augen, und in diesem Moment hätte ich ihr bedenkenlos eine reinhauen können. Stattdessen umarmte ich Ilse und küsste sie auf die Stirn. Während ich das tat, war vom Eingangsbereich der Scoto her Mary Ires vom Rauchen heisere Stimme mit einem ungläubig erstaunten Ausruf zu hören. *»Libby Eastlake! Ich traue meinen gottverdammten Augen nicht!«*

Bei mir waren es die Ohren, denen ich nicht traute, aber als vom Eingang her, wo die wahren *aficionados* sich versammelt hatten, um zu plaudern und etwas frische Abendluft zu genießen, spontaner Beifall aufbrandete, begriff ich, warum Jack und Wireman sich verspätet hatten.

V

»Was?«, fragte Pam. »*Was?*« Ich hielt sie an der Hand und bedeutete Illy, mit uns zu kommen, als ich mich in Richtung Tür bewegte; Linnie und Ric folgten in unserem Kielwasser. Der Applaus wurde stärker. Leute wandten sich dem Eingang zu und verrenkten sich die Hälse. »Wer kommt da, Edgar?«

»Meine besten Freunde auf der Insel.« Ilse erklärte ich: »Darunter die Lady aus der Hazienda am Strand, du erinnerst dich? Nur ist sie nicht die Braut, sondern die Tochter des Paten. Sie heißt Elizabeth Eastlake und ist ein Schatz.«

Ilses Augen glitzerten vor Aufregung. »Die alte Dame mit den großen blauen Sneakers?«

Die Menge – viele Leute klatschten noch immer – teilte sich vor uns, und ich sah die drei im Empfangsbereich, wo zwei Tische mit je einer Punschschüssel aufgestellt worden waren. Meine Augen begannen zu brennen, und ich spürte einen Kloß im Hals. Jack trug einen schiefergrauen Anzug. Da er seinen meist zerzausten Surferschopf diesmal gezähmt hatte, sah er aus wie eine sehr junge Führungskraft der Bank of America oder ein besonders großer Schüler am Berufsberatungstag. Wireman, der Elizabeth im Rollstuhl schob, trug verblichene Jeans ohne Gürtel und ein weißes Leinenhemd mit rundem Kragen, das seine tiefe Sonnenbräune betonte. Er hatte sich das Haar glatt zurückgekämmt, und mir wurde erstmals bewusst, dass er eigentlich recht gut aussah – wie Harrison Ford Ende vierzig.

Aber es war Elizabeth, die ihnen die Schau stahl, Elizabeth, der dieser Beifall galt – sogar von den Neulingen, die keinen blassen Schimmer hatten, wer sie war. Sie trug einen Hosenanzug aus stumpfem schwarzem Leinen, lose und elegant. Ihr hochgestecktes Haar wurde von einem dünnen Haarnetz zusammengehalten, das im Licht der vielen Halogenleuchten wie mit Diamanten besetzt glitzerte. Um den Hals trug sie eine Elfenbeinschnitzerei an einer Goldkette, und an den Füßen hatte sie keine Frankenstein-Sneakers, sondern elegante Pumps in dunkelstem Scharlachrot. Zwischen Zeige- und Mittelfinger ihrer knotigen linken Hand hielt sie eine unangezündete Zigarette in einer aus Gold getriebenen Spitze.

Sie sah lächelnd nach links und rechts. Als Mary den Rollstuhl erreichte, hielt Wireman lange genug an, damit die jüngere Frau Elizabeth auf die Wange küssen und ihr etwas ins Ohr flüstern konnte. Elizabeth hörte zu, nickte, flüsterte ihrerseits etwas. Mary krächzte ein Lachen, dann tätschelte sie Elizabeth' Arm.

Jemand drängte sich an mir vorbei. Das war Jacob Rosenblatt, der Buchhalter, der feuchte Augen und eine rote Nase hatte. Dario und Jimmy kamen gleich hinter ihm. Rosenblatt kniete sich neben ihren Rollstuhl, dass seine knochigen Knie wie Startpistolen knackten, und rief aus: »Miss Eastlake! Oh, Miss Eastlake, wir haben Sie so lange nicht mehr gesehen, und jetzt … oh, was für eine wundervolle Überraschung!«

»Danke, gleichfalls, Jake«, sagte sie und drückte seinen kahlen Schädel an ihren Busen. Dort liegend, erinnerte er an ein sehr großes Ei. »Gut aussehend wie Bogart!« Sie sah mich … und blinzelte mir zu. Ich blinzelte ebenfalls, aber es war nicht leicht, weiter fröhlich zu wirken. Sie wirkte ausgezehrt, trotz ihres Lächelns schrecklich erschöpft.

Wireman quittierte meinen fragenden Blick mit einem ganz winzigen Schulterzucken. *Sie hat darauf bestanden,* signalisierte es. Ich sah zu Jack hinüber, dessen Reaktion ähnlich ausfiel.

Der Buchhalter wühlte unterdessen in seinen Taschen.

Endlich brachte er ein Zündholzbriefchen zum Vorschein, das so alt und abgenutzt aussah, als sei es über Ellis Island ohne Pass in die Vereinigten Staaten gelangt. Er klappte es auf, riss ein Zündholz heraus.

»Ich dachte, in allen öffentlichen Gebäuden sei das Rauchen heutzutage verboten«, sagte Elizabeth.

Rosenblatt kämpfte. Sein Gesicht lief von unten herauf rot an. Ich fürchtete fast, sein Kopf werde explodieren. Schließlich rief er aus: »*Scheiß* auf die Regeln, Miss Eastlake!«

»BRAVISSIMO!«, schrie Mary, indem sie lachend die Hände hochwarf, was mit weiterem Beifall quittiert wurde. Erneuten Applaus gab es, als Rosenblatt es endlich schaffte, das alte Zündholz aufflammen zu lassen, und es Elizabeth hinhielt, die ihre Zigarettenspitze zwischen die Lippen nahm.

»Wer ist sie in Wirklichkeit, Daddy?«, fragte Ilse halblaut. »Außer der kleinen alten Dame, die auf der Insel deine Nachbarin ist, meine ich.«

Ich sagte: »Wie man hört, *war* sie früher einmal die hiesige Kunstszene.«

»Ich verstehe nicht, weshalb ihr das das Recht gibt, unsere Lungen mit *ihrem* Zigarettenrauch zu verpesten«, sagte Linnie. Zwischen ihren Augenbrauen erschien wieder mal eine senkrechte Falte.

Ric lächelte. »Oh, *chérie*, nach den Bars, in denen wir …«

»Hier ist nicht dort«, sagte sie, wobei die Falte sich vertiefte, und ich dachte: *Ric, du bist zwar Franzose, aber in Bezug auf diese spezielle Amerikanerin musst du noch viel lernen.*

Alice Aucoin murmelte Dario etwas zu, der eine kleine Blechdose mit Altoids aus der Jackentasche zog. Er kippte die Pfefferminzpastillen in seine Handfläche und gab ihr die Dose. Alice gab sie Elizabeth, die sich bedankte und ihre Zigarettenasche hineinklopfte.

Pam beobachtete das alles fasziniert, dann wandte sie sich an mich. »Was hält *sie* von deinen Bildern?«

»Weiß ich nicht«, sagte ich. »Sie hat sie noch nicht gesehen.«

Elizabeth winkte mich zu sich heran. »Wollen Sie mich mit Ihrer Familie bekannt machen, Edgar?«

Das tat ich, indem ich mit Pam anfing und mit Ric aufhörte. Auch Jack und Wireman schüttelten Pam und den Mädchen die Hand.

»Nach all unseren Telefonaten freue ich mich, Sie persönlich kennenzulernen«, sagte Wireman zu Pam.

»Danke, gleichfalls«, sagte Pam und musterte ihn prüfend. Ihr gefiel anscheinend, was sie sah, denn sie lächelte – ihr echtes Lächeln, das ihr ganzes Gesicht aufleuchten ließ. »Wir haben's geschafft, nicht wahr? Er hat es uns nicht einfach gemacht, aber wir haben's geschafft.«

»Kunst ist nie einfach, junge Frau«, sagte Elizabeth.

Pam blickte auf sie hinab, lächelte weiter ihr echtes Lächeln, in das ich mich damals verliebt hatte. »Wissen Sie, wie lange es her ist, dass jemand mich ›junge Frau‹ genannt hat?«

»Ah, aber in meinen Augen sind Sie jung und schön«, sagte Elizabeth... war dies die Frau, die noch vor einer Woche kaum mehr als ein Talgklumpen gewesen war, der murmelnd und sabbernd im Rollstuhl hockte? Heute erschien das kaum glaublich. Obwohl sie sichtlich erschöpft war, erschien es unglaublich. »Aber nicht so jung und schön wie Ihre Töchter. Mädchen, euer Vater ist – nach allem, was ich höre – ein großes Talent.«

»Wir sind sehr stolz auf ihn«, sagte Melinda, die mit ihrer Halskette spielte.

Elizabeth lächelte ihr zu, dann wandte sie sich an mich. »Ich möchte die Bilder sehen und mir selbst ein Urteil bilden. Wie wär's mit einer Führung, Edgar?«

»Oh, sehr gern.« Das entsprach der Wahrheit, aber ich war auch verdammt nervös. Ein Teil meines Ich fürchtete sich davor, ihre Meinung zu hören. Dieser Teil hatte Angst, sie könnte den Kopf schütteln und ihr Urteil mit der Direktheit abgeben, zu der ihr Alter sie berechtigte: *Gefällig … farbig … gewiss auch voller Energie … aber vielleicht doch belanglos. In letzter Konsequenz.*

Wireman wollte wieder die Rollstuhlgriffe umfassen, aber sie schüttelte den Kopf. »Nein, Edgar soll mich schieben, Wireman. Er soll mich *herumfahren.*« Sie zog die erst halb gerauchte Zigarette aus der Spitze, was ihre arthritischen Finger erstaunlich geschickt schafften, und drückte sie in der kleinen Blechdose aus. »Und die junge Dame hat recht – ich denke, wir haben alle genug von diesem *Gestank.*«

Melinda besaß den Anstand, zu erröten. Elizabeth hielt die Blechdose Rosenblatt hin, der sie mit einem Lächeln und einem Nicken entgegennahm. Seither habe ich mich oft gefragt – ich weiß, dass das morbid ist, aber ich hab's trotzdem getan –, ob sie mehr davon geraucht hätte, wenn sie gewusst hätte, dass dies ihre letzte Zigarette sein würde.

VI Selbst Leute, die noch nie von John Eastlakes Tochter gehört hatten, begriffen, dass jetzt eine *Persönlichkeit* unter uns war, und die Flut, die sich nach Mary Ires übermütigem Ausruf in Richtung Empfangsbereich gewälzt hatte, kehrte ihre Richtung um, als ich den Rollstuhl in die geräumige Nische schob, in der die meisten Bilder aus dem Zyklus *Sonnenuntergang mit …* hingen. Wireman und Pam gingen links von mir; Ilse und Jack begleiteten mich zu meiner Rechten, und Ilse versetzte dem Griff auf dieser Seite ab und zu einen hilfreichen kleinen Stoß, um sicherzustellen, dass der Rollstuhl auf Kurs blieb. Melinda und Ric folgten uns, Kamen, Tom Riley und Bozie waren hinter ihnen. Hinter diesem Trio schienen sich sämtliche Anwesenden eingereiht zu haben.

Ich war mir nicht sicher, ob die Lücke zwischen der provisorischen Bar und der Mauer für den Rollstuhl ausreichen würde, aber sie war knapp breit genug. Ich machte mich daran, ihn durch diesen schmalen Gang zu schieben, und war dankbar, dass wir so unser Gefolge hinter uns lassen konnten, als Elizabeth plötzlich *»Stopp!«* rief.

Ich hielt sofort an. »Elizabeth, alles in Ordnung mit Ihnen?«

»Nur einen Augenblick, Schätzchen … pst!«

Sie saß da und betrachtete die Bilder an den Wänden. Nach einer Weile seufzte sie tief und fragte: »Wireman, haben Sie ein Kleenex für mich?«

Er hatte ein Taschentuch, das er entfaltete und ihr gab.

»Kommen Sie nach vorn, Edgar«, sagte sie. »Kommen Sie hierher, damit ich Sie sehen kann.«

Ich schaffte es, mich zwischen Rollstuhl und Bar durchzuquetschen, wobei der Barkeeper den Tisch stützte, damit er auf keinen Fall umkippte.

»Können Sie sich hinknien, damit unsere Gesichter auf gleicher Höhe sind?«

Das konnte ich. Meine Großen Strandwanderungen machten sich jetzt bezahlt. Sie hielt ihre Zigarettenspitze – irgendwie töricht und zugleich großartig – in einer Hand, Wiremans Taschentuch in der anderen. Ihre Augen waren feucht.

»Sie haben mir Gedichte vorgelesen, weil Wireman nicht konnte. Erinnern Sie sich daran?«

»Ja, Ma'am.« Natürlich erinnerte ich mich daran. Das waren bezaubernde Interludien gewesen.

»Würde ich ›Sprich, Erinnerung, sprich‹ zu Ihnen sagen, würden Sie an den Mann denken – der Name fällt mir gerade nicht ein –, der *Lolita* geschrieben hat, oder?«

Ich hatte keine Ahnung, wen sie meinte, aber ich nickte trotzdem.

»Aber es gibt auch ein Gedicht. Ich weiß nicht mehr, wer es geschrieben hat, aber es beginnt mit den Worten: ›Sprich, Erinnerung, auf dass ich nicht vergesse den Geschmack der Rosen noch den Klang der in den Wind verstreuten Asche; dass ich nur einmal noch kosten darf vom grünen Becher des Meeres.‹

Rührt Sie das an? Ja, ich sehe, dass es das tut.«

Die Hand mit der Zigarettenspitze öffnete sich. Dann wurde sie ausgestreckt und strich mir übers Haar. In dem Moment (und seither wiederholte Male) kam mir der Gedanke, dass ich für meinen ganzen Kampf, um zu überleben und wieder annähernd wie früher zu werden, allein durch die Berührung dieser Hand einer alten Frau reichlich belohnt worden bin. Die runzlige Weichheit der Handfläche. Die gebeugte Kraft dieser Finger.

»Kunst bedeutet Erinnerung, Edgar. Das lässt sich nicht

einfacher sagen. Je deutlicher die Erinnerung, desto besser die Kunst. Desto reiner. Diese Bilder … sie brechen mir das Herz und machen es dann wieder heil. Wie froh ich bin, dass sie in Salmon Point gemalt wurden! Unabhängig von allem anderen.« Sie hob die Hand, mit der sie meinen Kopf gestreichelt hatte. »Sagen Sie mir, wie Sie dieses eine nennen.«

»Sonnenuntergang mit Sophora.«

»Und diese anderen heißen … wie? *Sonnenuntergang mit Schneckenmuschel,* Nummer eins bis vier?«

Ich lächelte. »Nun, eigentlich waren es sechzehn, wenn man die Buntstiftzeichnungen mitrechnet. Ein paar davon sind im Eingangsbereich ausgestellt. Die besten Ölbilder habe ich für diesen Raum ausgewählt. Sie sind surreal, das weiß ich, aber …«

»Sie sind nicht surreal, sie sind klassisch. Das kann jeder Trottel sehen. Sie enthalten alle vier Elemente: Erde … Luft … Wasser … Feuer …«

Ich sah Wireman lautlos sagen: *Überanstreng sie nicht!*

»Wie wär's, wenn ich Ihnen rasch die übrigen Bilder zeige und Ihnen dann was Kaltes zu trinken bringe?«, fragte ich sie, und jetzt nickte Wireman und bildete mit Daumen und Zeigefinger einen Kreis. »Hier drinnen ist es trotz der Klimaanlage ziemlich heiß.«

»Also gut«, sagte sie. »Ich *bin* ein bisschen müde. Aber, Edgar?«

»Ja?«

»Sparen Sie sich die Schiffsgemälde für zuletzt auf. Anschließend werde ich einen Drink *brauchen.* Vielleicht im Büro. Nur einen, aber etwas Kräftigeres als Co'-Cola.«

»Wird gemacht«, sagte ich und quetschte mich noch mal an ihrem Rollstuhl vorbei.

»Zehn Minuten«, flüsterte Wireman mir ins Ohr. »Auf keinen Fall länger. Sie soll hier raus, bevor Gene Hadlock aufkreuzt. Wenn er sie hier sieht, kriegt er einen Tobsuchtsanfall. Und du weißt, gegen wen er sich richten würde.«

»Zehn«, sagte ich und schob Elizabeth in den Büfettraum, um ihr die dortigen Gemälde zu zeigen. Die Menge folgte uns weiter. Mary Ire hatte begonnen, sich Notizen zu machen. Ilse schob eine Hand in meine Armbeuge und lächelte mich an. Ich erwiderte ihr Lächeln, hatte aber wieder dieses Gefühl, mich in einem Traum zu befinden. In einem, der jeden Augenblick in einen Albtraum umschlagen kann.

Elizabeth begeisterte sich für *Ich sehe den Mond* und den Duma-Road-Zyklus, aber es war die Art und Weise, wie sie die Hände nach *Aus Muscheln wachsen Rosen* ausstreckte, die mir eine Gänsehaut bescherte. Sie ließ die Arme wieder sinken und sah mich über die Schulter hinweg an. »Das ist das Wesentliche«, sagte sie. »Das Wesentliche an Duma. Der Grund dafür, weshalb alle, die eine Zeit lang dort gelebt haben, die Insel nie wirklich verlassen können. Selbst wenn ihr Kopf ihren Körper fortschickt, bleibt ihr Herz zurück.« Sie widmete sich erneut dem Gemälde. »*Aus Muscheln wachsen Rosen.* Das ist korrekt.«

»Danke, Elizabeth.«

»Nein, Edgar – ich danke *Ihnen.*«

Ich sah mich nach Wireman um und stellte fest, dass er sich mit jenem anderen Rechtsanwalt aus meinem anderen Leben unterhielt. Die beiden schienen sich glänzend zu verstehen. Ich konnte nur hoffen, dass Wireman ihn nicht versehentlich Bozie nannte. Dann wandte ich mich wieder Elizabeth zu. Sie betrachtete noch immer *Aus Muscheln wachsen Rosen* und wischte sich dabei die Augen.

»Ich liebe dieses Bild«, sagte sie, »aber wir müssen weiter, glaube ich.«

Nachdem sie die restlichen Gemälde und Zeichnungen im Büfettraum gesehen hatte, sagte sie wie zu sich selbst: »Ich wusste natürlich, dass jemand kommen würde. Aber ich hätte nie geglaubt, dass es jemand sein würde, der so kraftvolle und zugleich anrührende Werke schaffen kann.«

Jack tippte mir auf die Schulter, dann beugte er sich nach vorn und murmelte mir ins Ohr: »Dr. Hadlock ist gerade reingekommen. Wireman möchte, dass du's so kurz wie möglich machst.«

Der Hauptraum der Galerie – mit dem Zyklus *Mädchen mit Schiff* – lag auf unserem Weg ins Büro, und Elizabeth konnte das Gebäude durch den Hinterausgang verlassen, sobald sie ihren Drink genossen hatte; dieser Ausgang war für den Rollstuhl sogar bequemer. Hadlock konnte sie begleiten, wenn er das wollte. Aber ich fürchtete mich davor, sie an dem Zyklus *Mädchen mit Schiff* vorbeizuschieben, obwohl mir ihre Meinung als Kunstkritikerin keine Sorgen mehr machte.

»Kommen Sie«, sagte sie und ließ ihren Amethystring auf der Lehne ihres Rollstuhls klicken. »Wir wollen sie uns ansehen. Kein Zögern mehr!«

»Also gut«, sagte ich und begann, sie in Richtung Hauptraum zu schieben.

»Alles in Ordnung mit dir, Eddie?«, fragte Pam mich leise.

»Klar«, sagte ich.

»Das stimmt nicht. Was ist los?«

Ich schüttelte nur den Kopf. Wir waren jetzt im Hauptraum angelangt. Meine Bilder hingen in ungefähr zwei Metern Höhe; darüber hinaus war der Raum offen. Die Wände, bespannt mit grobem braunem Stoff, der nach Jute aussah, waren kahl bis auf *Wireman blickt nach Westen*. Ich schob Elizabeth' Rollstuhl langsam weiter. Seine Räder rollten geräuschlos über den blassblauen Teppichboden. Das Murmeln des Publikums hinter uns war verstummt – oder mein Gehör blendete es aus. Ich glaubte, die Gemälde zum ersten Mal zu sehen, und sie kamen mir auf eigentümliche Weise wie Standfotos aus einem Kinofilm vor. Jedes folgende Bild war etwas klarer, etwas fokussierter, aber eigentlich doch wieder gleich, weil das Motiv stets das Gleiche war: das Schiff, das ich erstmals im Traum gesehen hatte. Es war stets Sonnenuntergang, und das den Westen ausfüllende Licht war stets ein titanischer Amboss, der Blut übers Wasser verbreitete und den Himmel infizierte. Das Schiff war ein dreimastiger Leichnam, der aus einem Pesthaus der Toten angetrieben war. Seine Segel hingen in Fetzen herab. Seine Decks waren verlassen. In jeder winkligen Linie lag etwas Grausiges, und obwohl es sich nicht genau bestimmen ließ, fürchtete man um das allein in seinem Ruderboot sitzende kleine Mädchen – das kleine Mädchen, das auf dem ersten Bild ein Tic-Tac-Toe-Kleid trug, das kleine Mädchen, dessen Boot auf dem tiefroten Meer schwamm.

In dieser ersten Fassung lag das Totenschiff so schräg zum Betrachter, dass von seinem Namen nichts zu erkennen war. Auf *Mädchen mit Schiff Nr. 2* war der Winkel etwas günstiger, aber das kleine Mädchen (weiter mit den falschen roten Haaren und jetzt auch in Rebas gepunktetem Kleid) verdeckte alles bis auf den Buchstaben *P*. Auf der *Nr. 3* war daraus PER geworden, und Reba hatte sich selbst von hinten ziemlich eindeutig in Ilse verwandelt. In dem Ruderboot lag John Eastlakes Harpunenpistole.

Falls Elizabeth sie erkannte, ließ sie sich nichts anmerken. Ich schob sie langsam die Reihe entlang, während das Schiff größer und näher aufragte, seine schwarzen Masten wie Finger ausgriffen und die Segel wie totes Fleisch herabsackten. Der in Flammen stehende Himmel leuchtete durch die Löcher in der Segelleinwand. Der Name am Heck lautete jetzt PERSE. Vielleicht ging er noch weiter – der Platz hätte für mehrere Buchstaben gereicht –, aber der Rest verschwand in dunklen Schatten. Auf *Mädchen mit Schiff Nr. 6* (auf dem der Schiffsrumpf hoch über dem Ruderboot aufragte) trug das Mädchen etwas, das ein blauer einteiliger Badeanzug mit gelber Einfassung zu sein schien. Diesmal spielte die Haarfarbe der Kleinen ins Orangerote; sie war das einzige Ruderbootmädchen, über dessen Identität ich mir nicht völlig im Klaren war. Vielleicht war sie Ilse, nachdem auch alle anderen … aber davon war ich nicht wirklich überzeugt. Auf diesem Bild waren die ersten Rosenblätter auf dem Wasser erschienen (sowie ein einzelner gelbgrüner Tennisball, auf dem die Buchstaben **DUNL** sichtbar waren), und an Deck befand sich eine eigenartige Ansammlung seltsamer Dinge: ein Standspiegel (der mit Blut gefüllt zu sein schien, weil er den Sonnenuntergang zurückwarf), ein Schaukelpferd, ein Überseekoffer, ein kleiner Berg Schuhe. Diese Gegenstände erschienen auch auf *Nr. 7* und *Nr. 8*, auf denen weitere Dinge hinzukamen: ein am Vormast lehnendes Kinderfahrrad, ein Reifenstapel auf dem Achterdeck, eine große Sanduhr mittschiffs. Auch sie spiegelte die Sonne wider und schien mit Blut statt Sand gefüllt zu sein. Auf *Mädchen mit Schiff Nr. 8* schwammen noch mehr Rosenblätter zwischen dem Ruderboot und der *Perse*. Und auch mehr Tennisbälle, mindestens ein halbes Dutzend. Und um den Hals des Schaukelpferds war eine verrottende Blumengirlande gehängt. In der reglosen Luft konnte ich fast ihren fauligen Geruch riechen.

»*Großer Gott*«, flüsterte Elizabeth. »Sie ist so stark geworden.« Zuvor war ihr Gesicht rosig gewesen, aber jetzt war alle Farbe daraus verschwunden. Sie sah nicht wie fünfundachtzig, sondern wie zweihundert aus.

Wer?, versuchte ich zu fragen, aber ich brachte keinen Ton heraus.

»Ma'am … Miss Eastlake … Sie dürfen sich nicht überanstrengen«, sagte Pam.

Ich räusperte mich. »Soll ich Ihnen ein Glas Wasser bringen?«

»Überlass das mir, Dad«, sagte Illy.

Elizabeth starrte noch immer *Mädchen mit Schiff Nr. 8* an. »Wie viele dieser … dieser *Souvenirs* … erkennen Sie?«, fragte sie mich.

»Keines … reine Fantasie …« Ich verstummte. Das Ruderbootmädchen auf *Nr. 8* war kein Erinnerungsstück, aber es *war* Ilse. Das grüne Kleid mit seinen auf dem bloßen Rücken gekreuzten Trägern hatte für ein kleines Mädchen unpassend sexy gewirkt, aber inzwischen wusste ich, weshalb: Es war ein Kleid, das Ilse vor Kurzem aus einem Versandhauskatalog bestellt hatte, und Ilse war kein kleines Mädchen mehr. Im Übrigen waren die Tennisbälle mir weiter rätselhaft, und der Spiegel bedeutete mir so wenig wie der Reifenstapel. Und ich wusste nicht bestimmt, dass das am Vormast lehnende Fahrrad einst Tina Garibaldi gehört hatte, aber ich befürchtete es … und mein Herz war sich dessen irgendwie sicher.

Elizabeth' Hand, grausig kalt, umfasste mein Handgelenk. »Am Rahmen dieses Bildes fehlt der Punkt.«

»Ich weiß nicht, was Sie …«

Ihr Griff wurde fester. »Doch, *doch!* Sie wissen genau, was ich meine. Die Ausstellung ist *ausverkauft*, Edgar, oder halten Sie mich für blind? Ein Punkt am Rahmen jedes Gemäldes, das wir gesehen haben – auch an der *Nummer sechs*, dem Bild mit meiner Schwester Adie im Ruderboot –, aber nicht an diesem!«

Ich sah zur *Nr. 6* hinüber, auf der das Ruderbootmädchen orangerote Haare hatte. »Das ist Ihre *Schwester?*«

Sie achtete nicht auf mich. Vermutlich hatte sie mich gar nicht gehört. Ihre gesamte Aufmerksamkeit galt *Mädchen mit Schiff Nr. 8*. »Was haben Sie damit vor? Es zurückzubringen? Wollen Sie's *nach Duma Key zurückbringen?*« Ihre Stimme hallte durch die jetzt in der Galerie herrschende Stille.

»Ma'am … Miss Eastlake … Sie sollten sich wirklich nicht so aufregen«, sagte Pam.

Elizabeth' Augen funkelten aus dem schlaff herabhängenden Fleisch ihres Gesichts. Ihre Fingernägel gruben sich in mein mageres Handgelenk. »Und was dann? Stellen Sie's neben ein anderes, das Sie bereits angefangen haben?«

»Ich habe kein anderes …« Oder hatte ich doch eines angefangen? Wie oft in stressreichen Augenblicken spielte mein Gedächtnis mir wieder Streiche. Hätte mich jemand in diesem Moment aufgefordert, den Namen des französischen Freundes meiner älteren Tochter auszusprechen, hätte ich wahrscheinlich René gesagt. Wie bei Magritte. Der Traum war tatsächlich umgekippt; hier war der Albtraum – geradezu nach Fahrplan.

»Das eine, auf dem das Ruderboot leer ist?«

Bevor ich etwas sagen konnte, arbeitete Gene Hadlock sich durch die Menge – von Wireman gefolgt, dem Ilse folgte, die ein Glas Wasser in der Hand hielt.

»Elizabeth, wir sollten gehen«, sagte Hadlock.

Er griff nach ihrem Arm. Elizabeth wischte seine Hand beiseite. Mit demselben Schwung traf sie das Glas, das Ilse ihr anbieten wollte; es flog an eine der kahlen Wände und zersplitterte. Irgendjemand schrie auf, und irgendeine Frau lachte unglaublicherweise.

»Sehen Sie das Schaukelpferd, Edgar?« Sie zeigte darauf. Ihre Hand zitterte stark. Die Fingernägel waren korallenrot lackiert, vermutlich von Annmarie. »Es hat meinen Schwestern Laura und Tessie gehört. Die beiden haben es geliebt. Sie haben das verdammte Ding überallhin mitgeschleppt. Als sie ertrunken waren, hat es vor dem Rampopo – dem Spielhaus auf dem Rasen am Pool – gestanden. Mein Vater konnte seinen Anblick nicht länger ertragen. Er hat es beim Trauergottesdienst ins Wasser werfen lassen. Natürlich mit der Girlande, die das Pferd umhängen hat.«

Stille, die nur durch das keuchende Rasseln ihres Atems unterbrochen wurde. Mary Ire starrte sie mit großen Augen an, dachte nicht mehr daran, sich zwanghaft Notizen zu machen, und hielt ihren Notizblock in einer herabhängenden Hand, als hätte sie ihn vergessen. Die andere Hand hatte sie vor den Mund geschlagen. Dann zeigte Wireman auf eine Tür, die sehr geschickt in der Wandbespannung aus Jute verborgen war. Hadlock nickte. Und plötzlich war Jack da; tatsächlich war es Jack, der die Initiative ergriff. »Wir haben Sie gleich draußen, Miz Eastlake«, sagte er. »Kein Problem.« Er umfasste die Handgriffe ihres Rollstuhls.

»Sehen Sie sich das Kielwasser des Schiffs an!«, schrie Elizabeth mich an, bevor sie endgültig aus dem Blick der Öffentlichkeit verschwand. *»Um Himmels willen, sehen Sie denn nicht, was Sie gemalt haben?«*

Ich sah hin. Das tat auch meine Familie.

»Da ist nichts zu sehen«, sagte Melinda. Sie sah misstrauisch zu der Bürotür hinüber, die sich eben hinter Jack und Elizabeth schloss. »Ist sie bekloppt, oder was?«

Illy stand auf Zehenspitzen und verrenkte sich den Hals, um besser sehen zu können. »Daddy«, sagte sie zögernd. »Sind das Gesichter? Gesichter im Wasser?«

»Nein«, sagte ich und staunte darüber, wie fest meine eigene Stimme klang. »Du siehst nur eine Idee, die sie dir in den Kopf gesetzt hat. Entschuldigt ihr mich für einen Augenblick, Leute?«

»Natürlich«, sagte Pam.

»Kann ich irgendwie helfen, Edgar?«, fragte Kamen in seinem dröhnenden Bass.

Ich lächelte. Ich staunte auch darüber, wie leicht mir das fiel. Ein Schock konnte anscheinend auch nützlich sein. »Nein, vielen Dank. Ihr Arzt ist bei ihr.«

Ich hastete zu der Bürotür und widerstand dem Drang, mich noch mal umzusehen. Melinda hatte sie nicht gesehen; Ilse dagegen schon. Ich vermutete, dass nicht viele Leute sie wahrnehmen würden, selbst wenn man sie ihnen zeigte … und selbst dann würden die meisten sie als Zufall oder künstlerischen Einfall abtun.

Diese Gesichter.

Diese kreischenden ertrunkenen Gesichter in dem vom Sonnenuntergang roten Kielwasser des Schiffes.

Laura und Tessie waren dort, ganz gewiss, aber auch andere, dicht unter ihnen, wo das Rot zu Grün verblasste und das Grün zu Schwarz wurde.

Ein Gesicht gehörte zweifellos einem Mädchen mit karottenroten Haaren in einem altmodischen einteiligen Badeanzug: Elizabeth' ältester Schwester Adriana.

VII

Wireman flößte ihr kleine Schlucke von etwas ein, das wie Perrier aussah, während Rosenblatt, an ihrer Seite stehend, buchstäblich die Hände rang. Das Büro schien von Menschen überzuquellen. Hier war es heißer als in der Galerie, und die Temperatur stieg weiter.

»Raus mit euch allen!«, sagte Hadlock. »Alle außer Wireman! Los, raus jetzt!«

Elizabeth schob das Glas mit dem Handrücken weg. »Edgar«, sagte sie mit heiserer Stimme. »Edgar bleibt.«

»Nein, Edgar geht«, sagte Hadlock. »Sie haben sich mehr als genug aufge...«

Seine Hand befand sich vor ihr. Elizabeth ergriff sie und drückte sie. Anscheinend recht kräftig, Hadlocks Augen weiteten sich nämlich.

»Er bleibt.« Nur ein Flüstern, aber ein gebieterisches.

Leute begannen den Raum zu verlassen. Ich hörte, wie Dario den draußen Versammelten erklärte, alles sei in Ordnung, Miss Eastlake fühle sich ein wenig schwach, aber ihr Arzt sei bei ihr und sie erhole sich bereits. Jack ging eben hinaus, als Elizabeth ihm nachrief: »Junger Mann!« Er drehte sich um.

»Nicht vergessen«, ermahnte sie ihn.

Er grinste knapp und salutierte mit zwei an die Schläfe gelegten Fingern. »Nein, Ma'am, bestimmt nicht.«

»Ich hätte gleich auf Sie vertrauen sollen«, sagte sie, und Jack ging hinaus. Etwas leiser, als ließen ihre Kräfte nach, fügte sie hinzu: »Er ist ein guter Junge.«

»In welcher Beziehung vertrauen?«, fragte Wireman sie.

»Dass er auf dem Dachboden einen bestimmten Picknickkorb sucht«, sagte sie. »Auf dem Foto auf dem Treppenabsatz trägt Nan Melda ihn.« Sie starrte mich vorwurfsvoll an.

»Tut mir leid«, sagte ich. »Ich erinnere mich, dass Sie davon gesprochen haben, aber ich … ich bin ins Malen gekommen und habe …«

»Ich mache Ihnen keinen Vorwurf«, sagte sie. Ihre Augen waren tief in ihre Höhlen zurückgesunken. »Ich hätte's wissen müssen. Das ist ihre Macht. Dieselbe Macht, die Sie ursprünglich hierher geholt hat.« Sie sah zu Wireman auf. »Und Sie.«

»Elizabeth, das reicht«, sagte Hadlock. »Ich möchte Sie ins Krankenhaus bringen und ein paar Untersuchungen veranlassen. Sie an einen Tropf hängen, wenn ich schon mal dabei bin. Ihnen etwas Ruhe verschaffen …«

»Was ich an Ruhe brauche, bekomme ich jetzt sehr bald«, erklärte sie ihm und lächelte. Das Lächeln ließ große und ziemlich gruselige Zahnprothesen sehen. Ihr Blick kehrte zu mir zurück. »Trixie Pixie Nixie«, sagte sie. »Für sie ist alles nur ein Spiel. All unser Schmerz. Und sie ist wieder wach.« Ihre Hand, eiskalt, legte sich auf meinen Unterarm. »Edgar, *sie ist wach!*«

»Wer? Elizabeth, wer? Perse?«

Sie warf sich zuckend in ihren Rollstuhl zurück, als ginge ein Stromstoß durch ihren Körper. Die Hand auf meinem Arm verkrampfte sich. Ihre korallenroten Fingernägel gruben sich durch meine Haut, ließen ein Quartett aus roten Halbmonden zurück. Ihr Mund öffnete sich, ließ ihre Zähne diesmal mit einem Knurren statt einem Lächeln sehen. Ihr Kopf flog nach hinten, und ich glaubte, einen Wirbel brechen zu hören.

»Halt den Stuhl fest, bevor er umkippt!«, brüllte Wireman, aber das konnte ich nicht – ich hatte nur einen Arm, und Elizabeth umklammerte ihn. War darin verankert.

Hadlock bekam einen der Schiebegriffe zu fassen, sodass

der Rollstuhl nicht hintenüberkippte, sondern nur seitlich wegrutschte. Er knallte gegen Jimmy Yoshidas Schreibtisch. Elizabeth befand sich jetzt ganz und gar im Krampfmodus, zuckte wie eine Marionette in ihrem Stuhl vor und zurück. Das Haarnetz löste sich von ihrem Hinterkopf und flatterte im Licht der Deckenleuchten glitzernd auf und ab. Ihre Füße zuckten, und einer der scharlachroten Pumps flog davon. *Die Engel woll'n meine roten Schuhe tragen,* dachte ich, und als ob diese Zeile das Signal dazu gegeben hätte, schoss ihr Blut aus Mund und Nase.

»*Haltet sie fest!*«, rief Hadlock, und Wireman warf sich quer über den Rollstuhl.

Sie war das, dachte ich kalt. *Perse. Wer auch immer sie ist.*

»Ich hab sie!«, sagte Wireman. »Rufen Sie 911 an, Doc, um Himmels willen!«

Hadlock hastete um den Schreibtisch herum, nahm den Telefonhörer ab, wählte, hörte zu. »Scheiße! Ich kriege nur den Wählton!«

Ich riss ihm den Hörer aus der Hand. »Bestimmt müssen Sie die Neun wählen, um ein Amt zu bekommen«, sagte ich und tat das, indem ich den Hörer zwischen Ohr und Schulter einklemmte. Und als die Frau am anderen Ende mit ruhiger Stimme nach der Art meines Notfalls fragte, war ich imstande, ihn ihr zu schildern. Es war die Adresse, an die ich mich nicht erinnern konnte. Ich wusste nicht einmal mehr den Namen der Galerie.

Ich drückte Hadlock den Hörer in die Hand und ging um den Schreibtisch herum zu Wireman zurück.

»Verflucht!«, sagte er. »Ich *wusste*, dass wir sie nicht hätten herbringen sollen, ich hab's *gewusst* ... aber sie war so verdammt *hartnäckig*.«

»Ist sie bewusstlos?« Ich betrachtete sie, wie sie zusammengesunken im Rollstuhl hockte. Ihre Augen waren offen, aber sie starrten blicklos in eine entfernte Ecke. »Elizabeth?« Keine Reaktion.

»War das ein Schlaganfall?«, fragte Wireman. »Ich hätte nicht gedacht, dass so einer so *gewalttätig* sein kann.«

»Das war kein Schlaganfall. Irgendwas hat sie zum Schweigen gebracht. Du fährst mit ihr ins Krankenhaus …«

»Klar tue ich das!«

»Und wenn sie noch was sagt, *hörst du zu.*«

Hadlock legte auf. »Sie wird im Krankenhaus erwartet. Der Krankenwagen muss jeden Augenblick kommen.« Er starrte Wireman durchdringend an, dann wurde sein Gesichtsausdruck sanfter. »Oh, schon gut«, sagte er.

»Oh, schon gut?«, fragte Wireman. »Was soll das heißen, oh, schon gut?«

»Ganz einfach«, sagte Hadlock. »Welchen Ort hätte Elizabeth sich Ihrer Meinung nach dafür *gewünscht*, wenn etwas in dieser Art passieren sollte? Ihr Bett zu Hause oder eine der Galerien, in denen sie so viele glückliche Tage und Nächte verbracht hat?«

Wireman holte zittrig tief Luft, atmete aus, kniete dann neben ihr nieder und begann ihr Haar zu glätten. Elizabeth' Gesicht wies rote Flecken auf und war aufgedunsen wie bei einer extremen allergischen Reaktion.

Hadlock beugte sich über sie und hob ihren Kopf etwas an, ein Versuch, ihr das schrecklich rasselnde Atmen zu erleichtern. Wenig später hörten wir das näher kommende Sirenengeheul eines Krankenwagens.

VIII

Die Ausstellung zog sich weiter hin, und ich hielt durch – teils wegen all der Arbeit, die Dario, Jimmy und Alice hineingesteckt hatten, aber hauptsächlich wegen Elizabeth. Ich glaubte, damit in ihrem Sinne zu handeln. Meinen Augenblick in der Sonne, so hatte sie ihn genannt.

Allerdings ging ich nicht mit zu dem Essen, mit dem mein Erfolg gefeiert werden sollte. Ich brachte eine Entschuldigung vor, dann schickte ich Pam und die Mädchen mit Kamen, Kathi und einigen anderen aus Minneapolis hin. Als ich den Davonfahrenden nachsah, wurde mir klar, dass ich mich nicht um eine Mitfahrgelegenheit ins Krankenhaus gekümmert hatte. Während ich mich, draußen vor der Galerie stehend, fragte, ob Alice Aucoin schon weggefahren war, hielt ein klappriger alter Mercedes neben mir, und das Beifahrerfenster glitt nach unten.

»Steigen Sie ein«, sagte Mary Ire. »Falls Sie ins Sarasota Memorial wollen, setze ich Sie dort ab.« Sie merkte, dass ich zögerte, und lächelte schief. »Mary hat heute Abend sehr wenig getrunken, kann ich Ihnen versichern, außerdem kommt der oft stockende hiesige Verkehr nach zehn Uhr abends fast zum Erliegen – die alten Leutchen nehmen ihr Prozac mit einem Scotch und machen es sich dann gemütlich, um Bill O'Reilly auf TiVo zu sehen.«

Ich stieg ein. Die Tür schepperte, als ich sie schloss, und einen erschreckenden Augenblick lang fürchtete ich, mein Hintern würde immer tiefer sinken, bis ich tatsächlich auf der Palm Avenue saß. Endlich hörte das Absacken auf. »Edgar«, sagte sie, dann zögerte sie. »Darf ich Sie noch Edgar nennen?«

»Natürlich.«

Sie nickte. »Schön. Ich konnte mich nicht mehr so wirklich daran erinnern, wie unser Verhältnis beim letzten Abschied war. Manchmal, wenn ich zu viel trinke …« Sie zuckte mit ihren knochigen Schultern.

»Zwischen uns ist alles bestens«, sagte ich.

»Gut. Was Elizabeth betrifft … nicht so gut. Oder?«

Weil ich meiner Stimme nicht traute, schüttelte ich nur den Kopf. Die Straßen waren wie versprochen fast leer. Auf den Gehsteigen war keine Menschenseele mehr unterwegs.

»Jake Rosenblatt und sie waren eine Zeit lang zusammen. Muss ziemlich ernsthaft gewesen sein.«

»Was ist passiert?«

Mary zuckte mit den Schultern. »Schwer zu sagen. Müsste ich raten, würde ich darauf tippen, dass ihr Wunsch, selbstständig zu bleiben, letztlich doch stärker war. Oder ihre Scheu vor einer festen Bindung. Aber Jake ist nie über sie hinweggekommen.«

Ich dachte daran, wie er *Scheiß auf die Regeln, Miss Eastlake!* gesagt hatte, und fragte mich, wie er sie wohl im Bett genannt hatte. Bestimmt nicht Miss Eastlake. Das war eine traurige und nutzlose kleine Spekulation.

»Vielleicht ist es besser so«, sagte Mary. »Sie ist ausgehöhlt. Hätten Sie sie in ihrer besten Zeit gekannt, wüssten Sie, dass sie nicht die Art Frau war, die so enden wollte.«

»Ich wollte, ich hätte sie in ihrer besten Zeit gekannt.«

»Kann ich irgendwas für Ihre Angehörigen tun?«

»Nein«, sagte ich. »Die sind mit Dario und Jimmy und dem gesamten Staat Minnesota beim Dinner. Wenn's irgendwie geht, stoße ich später dazu – vielleicht zum Nachtisch –, und ich habe auch ein Zimmer im Ritz, wo alle übernachten. Also sehe ich sie spätestens morgen beim Frühstück.«

»Das ist nett. *Sie* haben nett gewirkt. Und verständnisvoll.«

Pam wirkte tatsächlich verständnisvoller als vor unserer Scheidung. Allerdings war ich jetzt hier unten und malte, statt dort oben zu sein und sie anzubrüllen. Oder zu versuchen, sie mit einem Mutterbesser abzustechen.

»Ich werde Ihre Ausstellung über den grünen Klee loben, Edgar. Ich bezweifle, dass Ihnen das heute Abend viel bedeutet, aber vielleicht freut es Sie später. Ihre Bilder sind wirklich einzigartig.«

»Vielen Dank.«

Vor uns flimmerten die Lichter des Krankenhauses in der Nacht. Gleich daneben stand ein Waffle House. Die Waffeln trugen vermutlich dazu bei, die Abteilung Kardiologie auszulasten.

»Sagen Sie Libby einen Gruß von mir, falls sie imstande ist, so was zu registrieren?«

»Klar.«

»Und ich habe etwas für Sie. Es liegt im Handschuhfach. Brauner Umschlag. Ich wollte es eigentlich als Köder für ein weiteres Interview verwenden, aber scheiß drauf.«

Ich hatte Schwierigkeiten mit dem Knopf am Handschuhfach des alten Wagens, aber zuletzt fiel die kleine Klappe herunter wie die Kinnlade eines Toten. Das Fach enthielt weit mehr als nur einen braunen Umschlag – ein Geologe hätte bei einer Kernbohrung bis etwa ins Jahr 1965 zurückreichende Proben entnehmen können –, aber er lag obenauf und trug meinen Namen.

Als Mary am Haupteingang in der Kurzparkzone für Fahrzeuge hielt, die Leute abholten oder brachten, sagte sie: »Seien Sie darauf gefasst, verblüfft zu sein. Ich jedenfalls war es. Eine alte Freundin, die Redakteurin ist, hat den Artikel für mich ausgegraben – sie ist älter als Libby, aber noch immer hellwach.«

Ich bog die Klammern auf und zog zwei fotokopierte Seiten mit einem uralten Zeitungsbericht heraus. »Aus dem *Port Charlotte Weekly Echo*«, sagte Mary. »Juni 1925. Das muss die Story sein, die meine Freundin Aggie gesehen hat, und ich habe sie offenbar nur deshalb nicht gefunden, weil ich nie so weit südlich wie Port Charlotte gesucht habe. Außerdem hat das *Weekly Echo* schon 1931 den Geist aufgegeben.«

Die Straßenlaterne, unter der wir parkten, gab nicht genug Licht fürs Kleingedruckte, aber ich konnte die Schlagzeile lesen und das Bild sehen. Ich betrachtete es lange.

»Es sagt Ihnen etwas, nicht wahr?«, fragte sie.

»Ja. Ich weiß nur nicht, was.«

»Erzählen Sie's mir, wenn Sie's wissen?«

»Einverstanden«, sagte ich. »Vielleicht glauben Sie es sogar. Aber, Mary … das ist eine Story, die Sie nie veröffentlichen werden. Danke fürs Mitnehmen. Und danke, dass Sie zu meiner Ausstellung gekommen sind.«

»War mir beides ein Vergnügen. Vergessen Sie nicht, Libby von mir zu grüßen.«

»Wird gemacht.«

Aber dazu kam es nicht mehr. Ich hatte Elizabeth Eastlake zum letzten Mal lebend gesehen.

IX

Die Schwester auf der Intensivstation teilte mir mit, dass Elizabeth operiert wurde. Als ich fragte, woran, erklärte sie mir, das wisse sie nicht genau. Ich sah mich im Wartezimmer um.

»Falls Sie Mr. Wireman suchen, er ist in der Cafeteria,

glaube ich, um einen Kaffee zu trinken«, sagte die Schwester. »Im dritten Stock.«

»Danke.« Ich wollte gehen, dann drehte ich mich noch mal um. »Gehört Dr. Hadlock zum Operationsteam?«

»Das glaube ich nicht«, sagte sie, »aber er ist als Beobachter dabei.«

Ich dankte ihr erneut und machte mich auf die Suche nach Wireman. Ich fand ihn in einer Ecke der Cafeteria, wo er vor einem Pappbecher etwa von der Größe einer Wergranate im Zweiten Weltkrieg saß. Bis auf einige wenige Schwestern und Krankenpfleger und eine aufgeregt wirkende Familiengruppe in einer anderen Ecke hatten wir den Raum für uns. Die meisten Stühle standen umgekehrt auf den Tischen, und eine müde aussehende Frau in roter Kunstseide wischte den Boden. Vor ihrer Brust baumelte ein iPod an einer Kordel.

»Hola, mi vato«, sagte Wireman mit schwachem Lächeln. Sein Haar, das bei seinem Auftritt mit Jack und Elizabeth ordentlich zurückgekämmt gewesen war, fiel jetzt wieder über die Ohren, und er hatte dunkle Ringe unter den Augen. »Willst du dir nicht auch einen Kaffee holen? Er schmeckt wie selbst gebraute Scheiße, aber er verhindert, dass einem die Augen zufallen.«

»Nein danke. Gib mir nur einen Schluck von deinem ab.« In meiner Hosentasche hatte ich drei Aspirin. Ich angelte sie heraus und nahm sie mit etwas von Wiremans Kaffee ein.

Er rümpfte die Nase. »Mit all deinem verseuchten Kleingeld zusammen. Das ist unhygienisch.«

»Ich habe ein starkes Immunsystem. Wie geht's ihr?«

»Nicht gut.« Er starrte mich düster an.

»Ist sie im Krankenwagen zu sich gekommen? Hat sie noch irgendwas gesagt?«

»Ja.«

»Was denn?«

Aus der Tasche seines Leinenhemds zog Wireman eine Einladung zu meiner Ausstellung, auf der vorn **BLICK VON DUMA KEY** stand. Auf die Rückseite der Faltkarte hatte er drei Sätze gekritzelt. Sie tanzten auf und ab – das kam von den Bewegungen des Krankenwagens, vermutete ich –, aber ich konnte sie lesen:

»Der Tisch leckt.«

»Sie werden es wollen, aber Sie dürfen nicht.«

»Ertränken Sie sie, damit sie weiterschläft.«

Alle drei Sätze waren unheimlich, aber der letzte verursachte mir eine Gänsehaut auf den Armen.

»Sonst nichts?«, fragte ich und gab ihm die Einladung zurück.

»Sie hat ein paarmal meinen Namen gesagt. Sie hat mich erkannt. Und sie hat deinen gesagt, Edgar.«

»Sieh dir das hier an«, sagte ich und schob den braunen Umschlag über den Tisch.

Er wollte wissen, wie ich an den Artikel gekommen war, und ich erzählte es ihm. Als er meinte, dass ihm das alles ein bisschen zu praktisch vorkomme, zuckte ich mit den Schultern. Ich dachte daran, was Elizabeth zu mir gesagt hatte – *Das Wasser fließt jetzt rascher. Bald kommen Stromschnellen.* Nun, die Stromschnellen waren da. Und ich hatte das Gefühl, dass das weiß schäumende Wasser gerade erst anfing zu brodeln.

Meiner Hüfte ging es schon etwas besser; ihr spätnächtliches Pochen war auf ein bloßes Pulsieren herabgesunken. Nach allgemeiner Überzeugung ist der Hund der beste

Freund des Menschen, aber ich hätte für Aspirin gestimmt. Ich nahm meinen Stuhl mit und setzte mich so neben Wireman, dass ich die Schlagzeile lesen konnte: **MÄDEL AUS DUMA KEY BLÜHT NACH STURZ AUF – EIN WUNDERKIND?** Darunter war ein Foto abgedruckt. Es zeigte einen Mann, den ich gut kannte, in einem Badeanzug, den ich gut kannte: John Eastlake in seiner schlankeren, sportlicheren Inkarnation. Er lächelte und hatte ein lächelndes kleines Mädchen auf dem Arm. Die Kleine war Elizabeth, ungefähr im selben Alter wie auf dem Familienporträt von Daddy und seinen Töchtern, nur trug sie diesmal einen Kopfverband und hielt mit beiden Händen eine Zeichnung in die Kamera. Auf dem Foto war auch noch ein viel älteres Mädchen – die große Schwester Adriana, die tatsächlich rothaarig zu sein schien –, aber Wireman und ich beachteten sie anfangs kaum. So wenig wie John Eastlake. Oder die kleine Göre mit dem Mullverband um den Kopf.

»Heiliger Bimbam!«, sagte Wireman.

Die Zeichnung stellte ein Pferd dar, das über den Zaun einer Koppel blickte. Es trug ein unwahrscheinliches (und nicht pferdgerechtes) Lächeln zur Schau. Im Vordergrund, mit dem Rücken zum Betrachter, hielt ein kleines Mädchen mit üppigen goldenen Ringellöckchen dem lächelnden Pferd eine Karotte von der Größe einer Schrotflinte zum Fressen hin. Auf beiden Seiten wuchsen Palmen, die das Bild fast wie Theatervorhänge einrahmten. Darüber standen bauschige weiße Wolken und eine riesengroße Sonne, die glückstrahlend leuchtete.

Es war eine Kinderzeichnung, aber das Talent, das sie geschaffen hatte, stand außer Frage. Das Pferd besaß eine Lebensfreude, die sein Lächeln zur Pointe eines fröhlichen

Scherzes machte. Man hätte ein Dutzend Kunststudenten mit der Aufgabe, ein glückliches Pferd zu zeichnen, in einen Raum setzen können – und ich hätte gewettet, dass keiner von ihnen ein ähnlich gutes Bild abgeliefert hätte. Sogar die übertrieben große Karotte wirkte nicht fehlerhaft, sondern war Teil des Scherzes, ein Geschmacksverstärker, ein künstlerisches Aufputschmittel.

»Das ist *kein* Scherz«, murmelte ich und beugte mich tiefer darüber … nur nützte größere Nähe nichts. Ich betrachtete dieses Bild durch vier ärgerliche Verschleierungsebenen: das Pressefoto, die Wiedergabe des Pressefotos im Zeitungsdruck, die Fotokopie der Wiedergabe des Pressefotos im Zeitungsdruck … und die Zeit selbst. Über achtzig Jahre, wenn ich richtig gerechnet hatte.

»Was ist kein Scherz?«, fragte Wireman.

»Wie die Größe des Pferdes übertrieben ist. Und die Karotte. Sogar die Sonnenstrahlen. Das ist der Freudenschrei eines Kindes, Wireman!«

»Ein Schwindel, meinst du. Es muss einer sein. Damals wäre sie *zwei* gewesen! Eine Zweijährige kann nicht einmal Strichmännchen zeichnen und sie Mama und Papa nennen, oder?«

»War das, was Candy Brown zugestoßen ist, ein Schwindel? Und was ist mit dem Geschoss, das in deinem Gehirn gesteckt hat? Das jetzt nicht mehr da ist?«

Er schwieg.

Ich tippte auf **WUNDERKIND**. »Siehst du, sie hatten sogar das richtige Wort dafür. Was wäre wohl passiert, wenn sie arm und schwarz gewesen wäre? Wäre sie gönnerhaft als **LAUNE DER NATUR** bezeichnet und in eine Kuriositätenschau gesteckt worden? Das glaube ich nämlich irgendwie.«

»Wäre sie arm und schwarz gewesen, hätte sie es nie in die Zeitung geschafft. Oder wäre gar nicht erst aus einem Ponywägelchen gefallen.«

»Ist das damals ...« Ich sprach nicht weiter, denn das verschwommene Foto hatte erneut meine Aufmerksamkeit erregt. Nur betrachtete ich diesmal die große Schwester. Adriana.

»Was?«, fragte Wireman, und sein Tonfall besagte: *Was ist nun schon wieder?*

»Ihr Badeanzug – kommt er dir bekannt vor?«

»Ich sehe nicht viel davon, bloß das Oberteil. Vor den Rest hält Elizabeth ihre Zeichnung.«

»Was ist mit dem Teil, den du sehen kannst?«

Er starrte ihn lange an. »Ich wollte, ich hätte ein Vergrößerungsglas.«

»Damit würdest eher schlechter sehen als besser.«

»Na gut, *muchacho*, er kommt mir *vage* bekannt vor ... aber vielleicht hast du mir das auch nur eingeredet.«

»Auf allen Bildern des Zyklus *Mädchen mit Schiff* gibt's nur ein Ruderbootmädchen, dessen ich mir nicht ganz sicher war: das von *Nummer sechs*. Das mit den karottenroten Haaren, das in dem gelb eingefassten blauen Einteiler.« Ich tippte auf Adrianas verschwommene Gestalt auf der Fotokopie, die Mary Ire mir gegeben hatte. »Das hier ist das Mädchen. Das hier ist der Badeanzug. Da bin ich mir sicher. Und Elizabeth war sich da auch sicher.«

»Wovon reden wir hier?«, fragte Wireman. Er überflog den Text und rieb sich dabei die Schläfen. Ich fragte ihn, ob sein Auge wieder wehtat.

»Nein. Alles ist nur so ... so beschissen ...« Er sah mit großen Augen zu mir auf und rieb sich weiter die Schläfen. »Hier steht, dass sie aus einem gottverdammten Ponywägelchen gefallen ist und sich den Kopf an einem Felsblock angeschlagen hat. Ist beim Arzt im Sprechzimmer zu sich gekommen, als sie eben nach St. Pete ins Krankenhaus gebracht werden sollte. Seither immer wieder Anfälle. Hier steht: ›Leider hat Baby Elizabeth weiter Krämpfe, die aber schwächer werden und keine Dauerschäden zu hinterlassen scheinen.‹ Und sie hat angefangen zu malen!«

Ich sagte: »Der Unfall muss kurz nach dem Tag passiert sein, an dem das große Gruppenporträt aufgenommen wurde. Sie sieht hier genau wie auf dem anderen Foto aus, und Kinder in diesem Alter verändern sich schnell.«

Wireman schien nicht zugehört zu haben. »Wir sitzen alle im selben Ruderboot«, sagte er.

Ich wollte fragen, wie er das meinte, doch dann wurde mir klar, dass das überflüssig war. *»Sí, señor«*, sagte ich.

»Sie ist auf den Kopf gefallen. Ich habe mich in den Kopf geschossen. *Dir* hat ein Radlader den Kopf zerquetscht.«

»Kran.«

Er winkte ab, als wäre das nebensächlich. Dann umfasste er mein übrig gebliebenes Handgelenk. Seine Finger waren kalt. »Ich habe Fragen, *muchacho*. Wie kommt es, dass sie mit der Malerei aufgehört hat? Und wie kommt es, dass ich nie damit angefangen habe?«

»Ich kann nicht bestimmt sagen, warum sie aufgehört hat. Vielleicht hat sie es vergessen – durch ihr Unterbewusstsein blockiert –, vielleicht hat sie aber auch vorsätzlich gelogen. Was dich betrifft, ist dein Talent Empathie. Und auf Duma Key ist aus Empathie die nächsthöhere Stufe Telepathie geworden.«

»Das ist doch Schwachsi…« Er verstummte.

Ich wartete.

»Nein«, sagte er. »Nein, das ist keiner. Aber ich habe

diese Fähigkeit wieder völlig verloren. Soll ich dir was erzählen, *amigo?*«

»Klar.«

Er wies mit dem Daumen auf die aufgeregt wirkende Familiengruppe in der anderen Ecke des Raums. Sie hatte ihre Diskussion wieder aufgenommen. Papa drohte Mama jetzt mit dem Zeigefinger. Oder vielleicht war es auch die Schwester. »Vor ein paar Monaten hätte ich dir noch sagen können, worüber sie sich die Köpfe heißreden. Jetzt könnte ich nur eine wohlbegründete Vermutung anstellen.«

»Und wahrscheinlich mit ähnlichem Ergebnis«, sagte ich. »Würdest du das eine überhaupt gegen das andere eintauschen wollen? Dein Sehvermögen gegen einen gelegentlichen Geistesblitz?«

»Gott, nein!«, sagte er, dann sah er sich mit schief gelegtem Kopf und einem ironischen, hoffnungslosen Lächeln in der Cafeteria um. »Ich kann einfach nicht glauben, dass wir diese Diskussion führen, weißt du. Ich denke immer, dass ich aufwachen und hören werde: ›Kommando zurück, Gefreiter Wireman, weitermachen!‹«

Ich erwiderte seinen Blick. »Das wird leider nicht passieren.«

X Wie das *Weekly Echo* berichtete, begann Baby Elizabeth (wie sie fast durchgehend genannt wurde) gleich am ersten Tag der häuslichen Genesung damit, sich künstlerisch zu betätigen. Sie machte rasche Fortschritte, »gewann, wie es ihrem Vater schien, stündlich an Kunstfertigkeit und Können dazu«. Sie begann mit Buntstiften

(»Klingt bekannt, was?«, fragte Wireman), bevor sie sich auf die Wasserfarben stürzte, die John Eastlake ihr aus Venice mitbrachte.

In den drei Monaten nach ihrem Unfall, die sie zum großen Teil im Bett verbrachte, malte sie buchstäblich Hunderte von Aquarellen, die sie mit einer Geschwindigkeit produzierte, die John Eastlake und ihre Schwestern leicht beängstigend fanden. (Falls Nan Melda eine Meinung dazu hatte, war sie jedenfalls nicht mit abgedruckt.) Auf ärztliche Anordnung versuchte Eastlake, sie etwas zu bremsen, aber das erwies sich als kontraproduktiv. Es bewirkte Gereiztheit, Weinanfälle, Schlaflosigkeit, Fieber. »Mein Kopf tut weh«, sagte Baby Elizabeth, wenn sie nicht zeichnen oder malen durfte. Und ihr Vater sagte, wenn sie malte, »futterte sie wie eines der Pferde, die sie so gern gezeichnet hat«. Der Verfasser des Artikels, ein gewisser M. Rickert, schien das reizend zu finden. Wenn ich an meine eigenen Fressorgien dachte, kam mir das nur allzu bekannt vor.

Ich las den verschwommen kopierten Text zum dritten Mal, während Wireman dort saß, wo mein rechter Arm gewesen wäre, wenn ich einen rechten Arm gehabt hätte, als die Tür aufging und Gene Hadlock hereinkam. Er trug weiter das hellrosa Hemd mit schwarzer Krawatte, das er zur Vernissage getragen hatte, aber er hatte die Krawatte gelockert und den Kragen aufgeknöpft. Und er trug weiter eine grüne Hose und die zur OP-Kleidung gehörenden grünen Überschuhe. Seinen Kopf hielt er gesenkt. Als er aufblickte, sah ich in ein Gesicht, das so lang und traurig war wie das eines alten Spürhundes.

»Dreiundzwanzig Uhr neunzehn«, sagte er. »Sie hatte nie eine echte Chance.«

Wireman vergrub sein Gesicht in den Händen.

XI

Als ich morgens um Viertel vor eins ins Ritz kam, hinkte ich vor Müdigkeit und wollte eigentlich gar nicht dort sein. Ich wollte in meinem Schlafzimmer im Big Pink sein. Ich wollte mitten auf meinem Bett liegen, die fremde neue Puppe auf den Fußboden werfen, wie ich es mit den Zierkissen getan hatte, und Reba an mich drücken. Ich wollte dort liegen und zu dem sich drehenden Deckenventilator aufsehen. Und vor allen Dingen wollte ich der im Flüsterton geführten Unterhaltung der Muscheln unter dem Haus lauschen, während ich in den Schlaf abdriftete.

Stattdessen musste ich diese Hotelhalle durchqueren: zu überladen, zu sehr voller Leute und Musik (selbst um diese Zeit klimperte noch ein Barpianist), vor allem viel zu hell. Trotzdem: Meine Familie war hier. Ich hatte das Siegesdinner verpasst. Das Siegesfrühstück würde ich nicht versäumen.

Ich bat den Nachtportier um meinen Schlüssel. Er gab ihn mir mit einem ganzen Stapel Nachrichten. Ich riss eine nach der anderen auf. Die meisten waren Glückwünsche. Die von Ilse war anders. Sie lautete: *Alles okay mit dir? Wenn ich dich bis 8 Uhr nicht sehe, komme ich dich suchen. Du bist vorgewarnt.*

Ganz unten lag ein Umschlag, auf dem ich Pams Schrift erkannte. Die Mitteilung selbst war nur sechs Wörter lang: *Ich weiß, dass sie tot ist.* Was sonst noch gesagt werden musste, drückte die Anlage aus: Der Umschlag enthielt ihre Schlüsselkarte.

XII Fünf Minuten später stand ich mit der Karte in der Hand vor Zimmer 857. Ich bewegte sie in Richtung Schlitz, dann hob ich die Hand zur Türklingel, dann sah ich mich wieder nach den Aufzügen um. So muss ich minutenlang dagestanden haben – zu erschöpft, um einen Entschluss zu fassen –, und ich hätte noch länger gezögert, wenn ich nicht gehört hätte, wie die Aufzugtür sich öffnete und beschwipstes geselliges Lachen auf den Hotelflur hinausschwappen ließ. Ich hatte Angst, dass dort Leute kämen, die ich kannte: Tom und Bozie oder Big Ainge und seine Frau. Vielleicht sogar Lin und Ric. Ich hatte letztlich nicht die ganze Etage genommen, aber doch den größten Teil davon belegt.

Ich steckte die Karte in den Schlitz. Ein grünes Lämpchen flammte auf, und als das Lachen auf dem Korridor näher kam, schlüpfte ich hinein.

Ich hatte eine Suite für sie gebucht, und das Wohnzimmer war geräumig. Hier hatte offenbar eine Party vor der Vernissage stattgefunden, denn ich sah zwei Tische vom Zimmerservice und viele Teller, auf denen noch Reste von Kanapees lagen. Ich entdeckte zwei … nein, drei Champagnerkühler. Zwei der Flaschen steckten umgekehrt darin, tote Soldaten. Die dritte schien noch am Leben zu sein, gehörte jedoch auf die Intensivstation.

Das ließ mich wieder an Elizabeth denken. Vor meinem geistigen Auge sah sie aus wie Katharine Hepburn in *Die Frau, von der man spricht,* saß vor ihrem Tisch mit Porzellanfiguren und sagte: *Sehen Sie, wie ich die Kinder vor dem Schulhaus gruppiert habe? Oh, das müssen Sie sich ansehen!*

Schmerz ist die größte Liebesmacht. Das sagt Wireman.

Ich schlängelte mich durch die Stühle, auf denen meine

engsten und liebsten Angehörigen gesessen, geredet, gelacht und – dessen war ich sicher – auf meine Produktivität und meinen Erfolg angestoßen hatten. Ich zog die letzte Champagnerflasche aus dem Wasser, in dem sie stand, hob sie vor dem wandgroßen Panoramafenster mit Blick auf die nächtliche Sarasota Bay und sagte: »Auf dich, Elizabeth. *Hasta la vista, mi amada.*«

»Was heißt *amada?*«

Ich drehte mich um. Pam stand in der Schlafzimmertür. Sie hatte ein blaues Nachthemd an, das ich nicht kannte. Sie trug ihre Haare offen. So lang waren sie nicht mehr gewesen, seit Ilse in den unteren Klassen der Highschool gewesen war. Es berührte ihre Schultern.

»Es heißt Liebling«, sagte ich. »Das hab ich von Wireman gelernt. Er war mit einer Mexikanerin verheiratet.«

»War?«

»Sie ist gestorben. Wer hat dir von Elizabeth erzählt?«

»Der junge Mann, der für dich arbeitet. Ich habe ihn gebeten, mich anzurufen, wenn sich etwas Neues ergibt. Das tut mir so leid.«

Ich lächelte. Ich versuchte, die Champagnerflasche in den Kühler zurückzustellen, und verfehlte ihn. Teufel, ich verfehlte sogar den Tisch. Die Flasche knallte auf den Teppich und rollte davon. Früher war die Tochter des Paten ein Kind gewesen, das seine Zeichnung von einem lächelnden Pferd vor der Kamera eines Fotografen hochgehalten hatte, der vermutlich irgendein flotter Bursche mit Strohhut und Ärmelhaltern gewesen war. Dann war sie eine alte Frau gewesen, die ihr Leben in einem Rollstuhl zuckend beendet hatte, während ihr Haarnetz sich löste und unter den Neonröhren im Büro einer Galerie an einer letzten Haarnadel flatterte. Und die Zeit dazwischen? Die war ihr vermutlich nicht länger als ein Nicken oder Winken zum klaren blauen Himmel hinauf erschienen. Zuletzt zerschellen wir alle auf dem Fußboden.

Pam streckte die Arme aus. Durch das große Fenster schien der Vollmond ins Zimmer, und in dem Licht konnte ich die auf der Rundung ihrer Brust eintätowierte Rose sehen. Noch etwas, das neu und anders war … aber die Brust war mir vertraut. Ich kannte sie gut. »Komm zu mir«, sagte Pam.

Ich kam. Ich stieß mit meiner schlimmen Hüfte gegen einen der Tische vom Zimmerservice, schrie halblaut auf und stolperte die beiden letzten Schritte in ihre Arme. Schöne Wiedervereinigung, dachte ich, bei der wir beide auf dem Teppich landen werden, du auf ihr. Vielleicht konnte ich ihr sogar ein paar Rippen brechen. Das war durchaus möglich; seit meiner Übersiedlung nach Duma Key hatte ich sieben bis acht Kilo zugelegt.

Aber sie war stark. Das hatte ich vergessen. Sie hielt mein Gewicht, indem sie sich erst am Türrahmen abstützte und sich dann mit mir in den Armen aufrichtete. Ich legte meinen Arm um sie, ließ mein Gesicht auf ihre Schulter sinken und atmete einfach nur ihren Duft ein.

Wireman! Ich bin früh aufgewacht und habe mich wunderbar mit meinem Porzellan vergnügt!

»Komm jetzt, Eddie, du bist müde. Komm ins Bett.«

Sie führte mich ins Schlafzimmer. Hier war das Fenster kleiner und das Mondlicht schwächer, aber das Fenster stand offen, und ich konnte das stete Seufzen des Wassers hören.

»Weißt du bestimmt …«

»Pst.«

Ich habe Ihren Namen bestimmt schon mal gehört, aber er fällt mir gerade nicht ein, ich vergesse jetzt so vieles.

»Ich wollte dich nie verletzen. Es tut mir so leid, dass ich …«

Sie legte zwei Finger auf meine Lippen. »Ich will keine Entschuldigungen.«

Wir saßen im Schatten nebeneinander auf dem Bett. »Was *willst* du also?«

Sie zeigte es mir mit einem Kuss. Ihr Atem war warm und roch nach Champagner. Für eine kleine Weile vergaß ich Elizabeth und Wireman, Picknickkörbe und Duma Key. Für eine kleine Weile gab es nur sie und mich, ganz wie in alten Zeiten. Den zweiarmigen Zeiten. Für eine kleine Weile schlief ich danach – bis der Morgen heraufdämmerte. Gedächtnisverlust ist nicht immer das Problem; manchmal – vielleicht sogar oft – ist er die Lösung.

Wie man ein Bild zeichnet (VIII)

Seien Sie tapfer. Schrecken Sie nicht davor zurück, die geheimen Dinge zu zeichnen. Niemand behauptet, Kunst sei immer ein Zephyr; manchmal ist sie ein Hurrikan. Selbst dann dürfen Sie nicht zögern oder den Kurs wechseln. Denn erzählen Sie sich die große Lüge schlechter Kunst – dass die Verantwortung bei Ihnen liegt –, bringen Sie sich um die Chance, die Wahrheit zu finden. Die Wahrheit ist nicht immer hübsch. Manchmal ist die Wahrheit der Big Boy.

Die Kleinen sagen: *Sie ist Libbits Frosch. Ein Frosch mit Zeenen.*

Und manchmal ist sie etwas noch Schlimmeres. Etwas wie Charley in seinen leuchtend blauen Breeches.

Oder wie *SIE*.

Hier ist ein Bild der kleinen Libbit mit ihrem Finger auf den Lippen. Sie sagt: *Pscht.* Sie sagt: *Wenn man redet, kann sie einen hören, also pscht.* Sie sagt: *Es können schlimme Dinge passieren, und auf dem Rücken fliegende sprechende Vögel sind nur das Erste und Letzte, also pscht. Wenn man versucht wegzurennen, kann etwas Schreckliches unter den Zypressen und dem Gumbo Limbo hervorkommen und einen auf der Straße erwischen. Im Wasser unten vor dem Shade Beach lauern noch schlimmere Wesen – schlimmer als der Big Boy, schlimmer als Charley, der sich so flink bewegt. Sie sind im Wasser, warten darauf, einen ertränken zu können. Und nicht mal das Ertrinken ist das Ende, nein, nicht mal das Ertrinken. Also pscht.*

Aber dem wahren Künstler setzt die Wahrheit beharrlich zu. Libbit Eastlake kann ihrem Mund das Wort verbieten, aber nicht ihren Farben und Bleistiften.

Es gibt nur einen Menschen, mit dem sie zu reden wagt – nur einen Ort im Heron's Roost, an dem *IHRE* Macht zu versagen scheint. Sie bringt Nan Melda dazu, mit ihr dorthin zu gehen. Und versucht, ihr zu erklären, wie alles passiert ist, wie ihr Talent die Wahrheit gefordert und die Wahrheit sich ihrem Griff entwunden hat. Sie versucht, ihr zu erklären, wie die Zeichnungen die Gewalt über ihr Leben errungen haben und wie sie dazu gekommen ist, die kleine Porzellanpuppe zu hassen, die Daddy bei dem Schatz gefunden hat – die kleine Frau aus Porzellan, die Libbits fairer Bergelohn war. Sie versucht, ihre größte Angst zu erklären: Wenn sie nichts unternehmen, sind die Zwillinge vielleicht nicht die Einzigen, die sterben mussten, nur die Ersten. Und die Tode werden vielleicht nicht auf Duma Key beschränkt bleiben.

Sie nimmt all ihren Mut zusammen (und für ein Kleinkind, das fast noch ein Baby ist, muss sie sehr mutig gewesen sein) und erzählt die ganze Wahrheit, so verrückt sie auch klingen mag. Erst, wie sie den Hurrikan gemacht hat, aber das war nicht ihre Idee – das war *IHRE* Idee.

Ich denke, dass Nan Melda ihr glaubt. Weil sie den Big Boy gesehen hat? Weil sie Charley gesehen hat?

Ich denke, sie hat beide gesehen.

Die Wahrheit muss ans Tageslicht, das ist die Grundlage aller Kunst. Aber das heißt nicht, dass die Welt sie zu sehen bekommen muss.

Nan Melda sagt: *Wo is deine neue Puppe jetz? Die aus Puzellan?*

Libbit sagt: *In meinem speziellen Schatzkorb. In meinem Herzkorb.*

Nan Melda sagt: *Un' wie heißt se?*

Libbit sagt: *Ihr Name ist Perse.*

Nan Melda sagt: *Percy is 'n Name für Jungs.*

Und Libbit sagt: *Ich kann's nicht ändern. Ihr Name ist Perse. Das ist die Wahrheit.* Und sie sagt: *Perse hat ein Schiff. Es sieht nett aus, ist aber nicht nett. Es ist böse. Was sollen wir nur tun, Nanny?*

Nan Melda denkt darüber nach, während sie dort an diesem einzigen sicheren Ort stehen. Und ich glaube, sie wusste, was getan werden musste. Sie war vielleicht keine Kunstkritikerin – keine Mary Ire –, aber ich glaube, sie hat es gewusst. Tapferkeit liegt im Handeln, nicht im Zeigen. Die Wahrheit lässt sich wieder verstecken, wenn sie zu grausig ist, als dass die Welt ihren Anblick ertragen könnte. Und das passiert. Ich bin sicher, dass es dauernd passiert.

Ich glaube, dass jeder Künstler, der einen Schuss Pulver wert ist, einen roten Picknickkorb hat.

14
Der rote Korb

I

»Teilen Sie Ihren Pool mit mir, Mister?« Das war Ilse in grünen Shorts und dazu passendem Top. Sie war barfuß, trug kein Make-up und hatte ein vom Schlaf leicht verquollenes Gesicht. Ihre Haare waren zu einem straffen Pferdeschwanz zusammengefasst, wie sie ihn als Elfjährige getragen hatte, und wäre die Rundung ihrer Brüste nicht gewesen, hätte sie als diese Elfjährige durchgehen können.

»Jederzeit«, sagte ich.

Sie setzte sich neben mich auf den gefliesten Beckenrand. Wir befanden uns etwa auf halber Länge bei fünf Fuß, mein Hintern auf der **5** und ihrer auf dem **FT**.

»Du bist früh auf«, sagte ich, aber das überraschte mich nicht. Illy war schon immer unsere Rastlose gewesen.

»Ich habe mir Sorgen um dich gemacht. Vor allem als Mr. Wireman Jack angerufen hat, um ihm zu sagen, dass die nette alte Frau gestorben ist. Jack hat es dann uns erzählt. Wir waren noch beim Dinner.«

»Ich weiß.«

»Das tut mir schrecklich leid.« Sie lehnte ihren Kopf an meine Schulter. »Und ausgerechnet an deinem großen Abend.«

Ich legte meinen Arm um sie.

»Na ja, jedenfalls habe ich nur ein paar Stunden geschlafen und bin dann aufgestanden, weil es hell wurde. Und wen sonst hätte ich bei einem Blick aus dem Fenster am Pool sitzen sehen sollen außer meinem Vater, dazu noch ganz allein?«

»Konnte nicht mehr schlafen. Ich hoffe nur, dass ich deine Mutter nicht ge…« Ich machte eine Pause, weil Ilse große runde Augen machte. »Komm nicht auf falsche Ideen, Miss Cookie. Das war rein zum Trost.«

Es war *nicht* rein zum Trost gewesen, aber was es wirklich gewesen war, wollte ich nicht gemeinsam mit meiner Tochter ergründen. Mit mir selbst übrigens auch nicht.

Sie sackte leicht zusammen, dann setzte sie sich wieder auf und sah mich an: den Kopf leicht schief gelegt, die Anfänge eines Lächelns um die Mundwinkel.

»Wenn du Hoffnungen hegst, ist das deine Sache«, sagte ich. »Aber ich würde dir davon abraten. Ich werde sie immer gern haben, aber manchmal entfernen sich Menschen zu weit, um noch umkehren zu können. Ich denke … ich bin mir ziemlich sicher, dass das bei uns der Fall ist.«

Sie betrachtete wieder die stille Wasserfläche des Pools, und das kleine Lächeln um ihre Mundwinkel erstarb. Ich fand es furchtbar, das Lächeln verschwinden zu sehen, aber vielleicht war es besser so. »Na gut.«

Das gab mir freie Hand, ein anderes Thema anzuschneiden. Ich hatte keine Lust dazu, aber ich war nach wie vor ihr Vater, und sie war in vieler Beziehung noch ein Kind. Was bedeutete, dass ich – sosehr ich an diesem Morgen auch um Elizabeth Eastlake trauerte oder wie verwirrt in Bezug auf meine eigene Situation ich auch sein mochte – noch immer bestimmte Pflichten zu erfüllen hatte.

»Ich muss dich was fragen, Illy.«

»Okay, klar.«

»Trägst du den Ring nicht, weil du nicht willst, dass deine Mutter ihn sieht und in die Luft geht … wofür ich vollstes Verständnis hätte … oder weil du und Carson …«

»Ich habe ihn zurückgeschickt«, sagte sie ausdruckslos, mit tonloser Stimme. Dann kicherte sie, und mir fiel ein Stein vom Herzen. »Aber mit UPS – unfrei und versichert.«

»Dann … ist es also vorbei?«

»Nun, man soll nie nie sagen.« Ihre Füße hingen ins Wasser, und sie bewegte sie langsam vor und zurück. »Carson will *nicht* Schluss machen, sagt er. Ich weiß auch nicht, ob ich's will. Zumindest nicht, bevor ich sehe, wie es in einem persönlichen Gespräch läuft. Am Telefon oder per E-Mail kann man so was eigentlich nicht ausdiskutieren. Außerdem will ich sehen, ob die Anziehungskraft noch existiert, und wenn ja, wie stark sie noch ist.« Sie warf mir von der Seite einen leicht besorgten Blick zu. »Deswegen flippst du nicht aus, stimmt's?«

»Nein, Schatz.«

»Darf ich dich was fragen?«

»Ja.«

»Wie viele zweite Chancen hast du Mama gegeben?«

Ich lächelte. »Im Lauf unserer Ehe? Ungefähr zweihundert, würde ich sagen.«

»Und wie viele hat sie dir gegeben?«

»Etwa gleich viele.«

»Hast du sie jemals …« Sie brach ab. »Das kann ich dich nicht fragen.«

Ich starrte in den Pool und spürte, wie ich auf sehr bourgeoise Weise errötete. »Da wir diese Diskussion um sechs Uhr morgens führen, noch bevor der Bademeister hier ist, und weil ich zu wissen glaube, welches Problem du mit Carson Jones hast, darfst du fragen. Die Antwort lautet nein. Kein einziges Mal. Aber wenn ich ganz ehrlich sein soll, muss ich sagen, dass das mehr Glück als tugendhafte Rechtschaffenheit war. Es gab Zeiten, da war ich dicht davor, und einmal hat wahrscheinlich nur Glück oder Schicksal oder Vorhersehung verhindert, dass es passiert ist. Ich glaube nicht, dass unsere Ehe zerbrochen wäre, wenn das … das Missgeschick passiert wäre, ich glaube, dass es schlimmere Vergehen gegen den Partner gibt, aber so was nennt man nicht umsonst Betrug. Ein Ausrutscher lässt sich als menschliche Fehlbarkeit entschuldigen. Zwei als menschliche Schwäche. Danach …« Ich zuckte mit den Schultern.

»Er sagt, dass es nur einmal war.« Ihre Stimme war kaum lauter als ein Flüstern. Ihre Fußbewegungen hatten sich zu einem verträumten Gleiten unter Wasser verlangsamt. »Er sagt, dass sie sich an ihn rangemacht hat. Und schließlich … du weißt schon.«

Klar doch. So läuft das ständig ab. Zumindest in Romanen und Filmen. Manchmal vielleicht auch im richtigen Leben. Dass etwas wie eine Zwecklüge klang, bedeutete noch längst nicht, dass es eine war.

»Das Mädchen, mit dem er singt.«

Ilse nickte. »Bridget Andreisson.«

»Die mit dem Mundgeruch.«

Ein schwaches Lächeln.

»Wenn ich mich recht erinnere, hast du mir vor nicht allzu langer Zeit erklärt, dass er sich entscheiden muss.«

Langes Schweigen. Dann: »Die Sache ist kompliziert.«

Das ist sie immer. Fragen Sie jeden Betrunkenen in einer Bar, den seine Frau vor die Tür gesetzt hat. Ich hielt den Mund.

»Er hat ihr gesagt, dass er sich nicht mehr mit ihr treffen will. Und die Duette sind gestrichen. Das weiß ich sicher, weil ich einige der letzten Kritiken im Internet nachgelesen habe.« Dabei errötete sie leicht, obwohl ich ihr nicht verübeln konnte, dass sie das kontrolliert hatte. Ich hätte es auch getan. »Als Mr. Fredericks – er ist der Tourneeleiter – gedroht hat, ihn nach Hause zu schicken, hat Carson ihm erklärt, dass er das von ihm aus gern tun könnte, jedenfalls würde er nicht mehr mit diesem bigotten blonden Flittchen singen.«

»Hat er das wirklich gesagt?«

Sie lächelte strahlend. »Er ist *Baptist*, Daddy, ich übersetze für ihn. Jedenfalls ist Carson standhaft geblieben, und Mr. Fredericks hat schließlich nachgegeben. Für mich ist das ein Punkt zu seinen Gunsten.«

Ja, dachte ich, *aber er ist immer noch ein Betrüger, der sich Smiley nennt.*

Ich nahm ihre Hand. »Was hast du jetzt vor?«

Sie seufzte. Der Pferdeschwanz ließ sie wie elf aussehen; dieser Seufzer ließ sie wie vierzig klingen. »Keine Ahnung. Ich bin ziemlich ratlos.«

»Dann lass dir von mir helfen. Tust du das?«

»Okay.«

»Halt dich vorläufig von ihm fern«, sagte ich und merkte, dass ich mir das von ganzem Herzen wünschte. Aber das war noch längst nicht alles. Wenn ich an den Zyklus *Mädchen mit Schiff* dachte – vor allem an das Mädchen in dem Ruderboot –, hätte ich sie am liebsten ermahnt, niemals mit Unbekannten zu reden, stets ihren Föhn von der Badewanne fernzuhalten und nur auf der Tartanbahn im College zu joggen. *Nie* in der Abenddämmerung durch den Roger Williams Park.

Sie sah mich fragend an, und ich schaffte es, wieder in die Gänge zu kommen. »Fahr zurück ins College ...«

»Darüber wollte ich mit dir reden ...«

Ich nickte, drückte aber ihren Arm, um zu zeigen, dass ich noch nicht ganz fertig war. »Bring dein Semester zu Ende. Leg deine Prüfungen ab. Lass Carson die Tournee beenden. Sorgt erst für einen klaren Blick, und kommt *dann* zusammen ... verstehst du, was ich meine?«

»Ja ...« Sie verstand, aber das klang nicht überzeugt.

»Wenn ihr zusammenkommt, trefft euch auf neutralem Boden. Und ich will dich nicht in Verlegenheit bringen, aber wir sind noch unter uns, deshalb sag ich's jetzt: Das Bett ist kein neutraler Boden.«

Sie sah auf ihre Füße im Wasser hinab. Ich streckte die Hand aus und drehte ihr Gesicht zu mir her.

»Wenn die Streitpunkte nicht beigelegt sind, ist das Bett ein Schlachtfeld. An deiner Stelle würde ich mit dem Kerl nicht mal zum Essen gehen, bevor du weißt, wo ihr steht. Trefft euch in ... ich weiß nicht ... Boston. Setzt euch auf eine Parkbank. Verschaff dir Klarheit, und sorg dafür, dass die auch in seinem Kopf herrscht. *Dann* könnt ihr essen gehen. Oder zu einem Red-Sox-Spiel. Oder ins Bett, wenn du das für richtig hältst. Dass ich nicht über dein Liebesleben nachdenken will, bedeutet nicht, dass du keins haben solltest.«

Ihr Lachen war eine große Erleichterung für mich. Sein Klang bewirkte, dass ein Ober, der noch halb zu schlafen schien, herauskam und fragte, ob wir Kaffee wollten. Wir bestellten welchen. Als er verschwand, um ihn zu holen, sagte Ilse: »Also gut, Daddy, verstanden. Ich wollte dir ohnehin sagen, dass ich heute Nachmittag zurückfliege. Nächste Woche habe ich eine Anthro-Vorprüfung, und ein paar von uns haben eine kleine Lerngruppe gegründet. Wir nennen uns Survivors' Club.« Sie musterte mich besorgt. »Wäre das okay? Ich weiß, dass du mit ein paar Tagen gerechnet hast, aber nachdem nun das mit deiner Freundin passiert ist …«

»Nein, Schatz, das ist in Ordnung.« Ich küsste sie auf die Nasenspitze, weil ich dachte, aus der Nähe würde sie nicht sehen, wie erfreut ich war – erfreut darüber, dass sie zur Vernissage gekommen war, erfreut darüber, dass wir heute Morgen etwas Zeit miteinander verbracht hatten, vor allem aber erfreut darüber, dass sie heute Abend bei Sonnenuntergang tausend Meilen nördlich von Duma Key sein würde. Vorausgesetzt, dass sie einen Flug bekam. »Und was Carson angeht?«

Sie saß mindestens eine Minute lang schweigend da und bewegte ihre nackten Füße im Wasser vor und zurück. Dann stand sie auf, nahm meinen Arm und half mir aufzustehen. »Ich denke, du hast recht. Ich werde ihm sagen, dass er bis zum vierten Juli alles auf Eis legen muss, wenn es ihm mit unserer Beziehung ernst ist.«

Nachdem ihr Entschluss jetzt feststand, glänzten ihre Augen wieder.

»Das lässt mir Zeit bis Semesterschluss und einen Monat Sommerferien dazu. Ihm lässt es Zeit für seinen Schlussauftritt im Cow Palace in San Francisco, und er hat reichlich Zeit, sich darüber klar zu werden, ob er mit Blondie wirklich ganz und gar fertig ist. Recht so, lieber Vater?«

»Ganz und gar.«

»Da kommt der Kaffee«, sagte sie. »Bleibt die Frage: Wann gibt's endlich Frühstück?«

II

Wireman kam nicht zum Frühstück am Morgen danach, aber er hatte uns den Bay Island Room von acht bis zehn Uhr reservieren lassen. Ich saß zwei Dutzend Angehörigen und Freunden, hauptsächlich aus Minnesota, bei Tisch vor. Dies war einer jener Anlässe, an die Leute sich noch jahrzehntelang im Gespräch erinnern, teils weil sie hier so vielen bekannten Gesichtern in exotischer Umgebung begegneten, teils weil die emotionale Atmosphäre so gespannt war.

Einerseits herrschte eine fast mit Händen zu greifende Euphorie: *Junge aus unserer Stadt feiert Erfolg.* Das hatten sie in der Ausstellung gespürt, und ihr Urteil wurde durch die Morgenzeitungen bestätigt. Die Besprechungen in der *Sarasota Herald Tribune* und dem *Venice Gondolier* waren großartig, aber kurz. Mary Ires Artikel in der *Tampa Tribune* füllte dagegen fast eine ganze Seite und war hymnisch. Das meiste davon musste sie schon vorher geschrieben haben. Sie bezeichnete mich als ein »wichtiges neues amerikanisches Talent«. Meine Mutter – immer etwas sauertöpfisch – hätte gesagt: *Mit dem und 'nem Dime dazu kannst du dir bequem den Arsch abwischen.* Natürlich war das ihre Redensart vor vierzig Jahren gewesen, als man für einen Dime noch deutlich mehr bekam als heute.

Elizabeth verkörperte natürlich die Kehrseite der Medaille. Es gab keine Todesanzeige, aber auf der Seite mit Marys Artikel in der *Tribune* hieß es in einem Kasten: BEKANNTE MÄZENIN BRICHT IN FREEMANTLE-AUSSTELLUNG ZUSAMMEN. In der nur zwei Absätze langen Meldung stand, Elizabeth Eastlake, wohnhaft auf Duma Key und lange eine feste Größe in der Kunstszene Sarasotas, habe kurz nach ihrer Ankunft in der Scoto Gallery einen Schwächeanfall erlitten und sei ins Sarasota Memorial Hospital eingeliefert worden. Über ihren Zustand sei bis Redaktionsschluss nichts bekannt geworden.

Meine Leute aus Minnesota wussten, dass am Abend meines Triumphs eine gute Freundin von mir gestorben war. Es gab Gelächter und gelegentliche Neckereien, dann Blicke zu mir hinüber, um zu sehen, ob ich etwas übel nahm. Um halb zehn lag mir das Rührei, das ich gegessen hatte, wie Blei im Magen, und ich bekam wieder mal meine Kopfschmerzen – erstmals seit fast einem Monat.

Ich entschuldigte mich, um nach oben zu fahren. In dem Zimmer, in dem ich nicht geschlafen hatte, stand meine kleine Reisetasche. Beim Rasierzeug lagen einige Blisterstreifen des Migränemedikaments Zomig. Einen voll entwickelten Hurrikan der Stärke 5 konnte es nicht stoppen, aber wenn ich meine Dosis früh genug nahm, wirkte es meistens. Mit einem Cola aus der Minibar spülte ich eine Tablette hinunter. Erst als ich gerade wieder gehen wollte, sah ich die AB-Anzeige blinken. Ich hätte sie fast ignoriert, aber dann wurde mir klar, dass Wireman angerufen haben könnte.

Wie sich zeigte, hatte ich ein halbes Dutzend Nachrichten. Die ersten vier waren Glückwünsche, die auf meinen schmerzenden Kopf fielen wie Hagelkörner auf ein Blechdach. Als ich zu Jimmys kam – er war die Nummer vier –, hatte ich schon angefangen, die Sechsertaste zu drücken, um die nächste Nachricht aufzurufen. Ich war nicht in der Stimmung, mir Komplimente machen zu lassen.

Die fünfte Nachricht stammte tatsächlich von Jerome Wireman. Seine Stimme klang müde und wie betäubt. »Edgar, ich weiß, dass du ein paar Tage für Angehörige und Freunde reserviert hast, und bitte dich verdammt ungern um diesen Gefallen, aber können wir uns heute Nachmittag in deinem Haus treffen? Wir müssen miteinander reden, dringend! Jack hat hier im *Palacio* übernachtet – er wollte mich nicht allein lassen, er ist echt ein guter Junge –, und wir sind früh aufgestanden, um den roten Korb zu suchen, von dem sie geredet hat, und … nun, wir haben ihn gefunden. Lieber spät als nie, stimmt's? Sie wollte, dass du ihn bekommst, also hat Jack ihn ins Big Pink rübergebracht. Die Haustür war nicht abgesperrt, und hör zu, Edgar … in deinem Haus war jemand.«

Eine Pause, in der ich jedoch seine Atemzüge hörte. Dann:

»Jack ist beinahe ausgeflippt, und du musst dich auf einen Schock gefasst machen, *muchacho*. Auch wenn du vielleicht schon etwas ahnst …«

Ich hörte einen Pfeifton, dann begann die sechste Nachricht. Der Anrufer war noch immer Wireman, der jetzt ziemlich sauer war, sodass er wieder mehr wie er selbst klang.

»Dass dieses Scheißding nur Kurznachrichten aufzeichnet! *¡Chinche pedorra! ¡Ay!* Edgar, Jack und ich fahren jetzt zu Abbot-Wexler. Das ist das …« Eine kurze Pause, während er sich bemühte, nicht die Fassung zu verlieren. »… der Bestatter, den sie selbst ausgesucht hat. Ich bin gegen ein Uhr wieder da. Du solltest wirklich auf uns warten, bevor du dein Haus betrittst. Es ist nicht verwüstet oder sonst was, aber ich möchte an deiner Seite sein, wenn du diesen Korb öffnest oder siehst, was in deinem Atelier im Obergeschoss zurückgelassen wurde. Ich tue nicht gern geheimnisvoll, aber Wireman lässt diesen Scheiß nicht von einem Gerät aufzeichnen, das jeder abhören kann. Und noch was: Einer ihrer Anwälte hat angerufen. Er hat auf Band gesprochen – Jack und ich waren noch auf dem gottverdammten Dachboden. Er sagt, dass ich ihr einziger Erbe bin.« Eine Pause.

»*La lotería.*« Eine Pause. »Ich kriege alles.« Eine Pause. »Scheiße, was?«

Das war alles.

III Ich drückte die 0 für die hotelinterne Vermittlung. Nach kurzem Warten gab die Telefonistin mir die die Nummer des Bestattungsunternehmens Abbot-Wexler. Ich wählte sie. Ein Automat antwortete und bot mir eine erstaunliche Vielfalt einschlägiger Dienstleistungen an (»Sargausstellung – bitte die 5 drücken«). Ich wartete aufs Ende – das Angebot, mit einem richtigen Menschen zu sprechen, kommt heutzutage immer am Schluss, ein Scherzpreis für Trottel, die sich im 21. Jahrhundert nicht zurechtfinden –, und während ich wartete, dachte ich über Wiremans Mitteilung nach. Die Haustür nicht abgesperrt? Seit dem Unfall war mein Gedächtnis unzuverlässig, aber das wirkte sich nicht auf alte Gewohnheiten aus. Das Big Pink gehörte nicht mir, und ich hatte von frühester Kindheit an gelernt, mit fremdem Eigentum besonders sorgsam umzugehen. Ich wusste ziemlich sicher, dass ich die Haustür abgeschlossen hatte. Wieso war sie also nicht aufgebrochen worden, wenn jemand im Haus gewesen war?

Ich dachte einen Augenblick lang an zwei kleine Mädchen in nasser Kleidung – kleine Mädchen mit verwesten Gesichtern, die mit der rauen Stimme der Muscheln unter dem Haus sprachen –, dann schob ich dieses Bild erschaudernd beiseite. Sie waren bestimmt nur Einbildung gewesen, Trugbilder, die ein überlasteter Verstand mir vorgegaukelt hatte. Und selbst wenn sie mehr gewesen wären …

Geister brauchten keine Türen aufzuschließen, nicht wahr? Sie gingen einfach hindurch oder kamen durch die Bodendielen herauf.

»… die Null, wenn Sie Hilfe benötigen.«

Großer Gott, beinahe hätte ich mein Stichwort verpasst! Ich drückte die 0, und nach ein paar Takten von etwas, das entfernt nach der anglikanischen Hymne »Abide With Me« klang, fragte eine professionell beruhigende Stimme, ob sie mir helfen könne. Ich unterdrückte den irrationalen und sehr starken Drang, ihr zu erklären: *Es geht um meinen Arm! Der ist nie anständig beigesetzt worden!*, und aufzulegen. Stattdessen klemmte ich den Hörer zwischen Kinn und Schulter ein und rieb mir eine Stelle über der rechten Augenbraue, während ich fragte, ob Jerome Wireman dort sei.

»Darf ich fragen, welche Verstorbene, welchen Verstorbenen er vertritt?«

Vor mir erschien ein albtraumhaftes Bild: ein Gerichtssaal voll stummer Toter, in dem Wireman *Einspruch, Euer Ehren* sagte.

»Elizabeth Eastlake«, sagte ich.

»Ah, natürlich.« Die Stimme klang wärmer, vorübergehend menschlich. »Sein junger Freund und er sind zeitweilig fort – sie wollten an Ms. Eastlakes Nachruf arbeiten, glaube ich. Ich denke, ich habe eine Nachricht für Sie. Bleiben Sie einen Augenblick dran?«

Ich blieb dran. »Abide With Me« dudelte weiter. Nach einiger Zeit meldete sich *Digger the Undertaker* wieder. »Mr. Wireman lässt Sie bitten, sich heute um vierzehn Uhr mit Mr. … äh … Candoori und ihm in Ihrem Haus auf Duma Key zu treffen. Hier steht: ›Bitte draußen warten, falls du als Erster ankommst.‹ Haben Sie das?«

»Klar. Sie wissen nicht, wann er zurückkommt?«

»Nein, das hat er nicht gesagt.«

Ich bedankte mich und legte auf. Falls Wireman ein Handy besaß, hatte ich es nie zu Gesicht bekommen und wusste ohnehin die Nummer nicht, aber Jack hatte eins. Ich angelte die Handynummer aus meiner Geldbörse und wählte sie.

Gleich nach dem ersten Klingeln meldete sich seine Mailbox, was mir sagte, dass das Handy abgeschaltet oder tot war, weil Jack es zu laden vergessen oder die Rechnung nicht bezahlt hatte. Beides war möglich.

Jack ist beinahe ausgeflippt, und du musst dich auf einen Schock gefasst machen.

Ich möchte an deiner Seite sein, wenn du diesen Korb öffnest.

Aber ich konnte mir längst ziemlich gut vorstellen, was der Korb enthielt, und bezweifelte, dass sein Inhalt für Wireman eine Überraschung gewesen war.

Wahrscheinlich nicht.

IV

Die Minnesota-Mafia an dem langen Tisch im Bay Island Room schwieg, und noch bevor Pam aufstand, erkannte ich, dass diese Leute mehr getan hatten, als in meiner Abwesenheit über mich zu reden. Sie hatten eine Versammlung abgehalten.

»Wir fliegen heim«, sagte Pam. »Beziehungsweise die meisten von uns. Die Slobotniks wollten hier noch Disney World besuchen, die Jamiesons reisen nach Miami weiter …«

»Und wir begleiten sie, Daddy«, sagte Melinda. Ihre Hand lag auf Rics Arm. »Von dort aus können wir einen Flug nach Orly bekommen, der sogar noch billiger als der ist, den du für uns gebucht hast.«

»Ich glaube, das hätten wir uns leisten können«, sagte ich, aber ich lächelte. Ich empfand eine höchst seltsame Mischung aus Erleichterung, Enttäuschung und Angst. Zugleich konnte ich spüren, wie die Eisenreifen, die mein Gehirn umspannten, sich lösten und abfielen. Meine beginnenden Kopfschmerzen verschwanden schlagartig. Das konnte an dem Zomig liegen, aber das Zeug wirkt im Allgemeinen nicht so rasch, selbst wenn ein koffeinhaltiges Getränk die Anfangswirkung verstärkt.

»Haben Sie heute Morgen schon von Ihrem Freund Wireman gehört?«, fragte Kamen mit seinem Bass.

»Ja«, sagte ich. »Er hat auf meinen Anrufbeantworter gesprochen.«

»Und wie geht's ihm?«

Nun, das war eine lange Geschichte, nicht wahr? »Er kommt einigermaßen zurecht, kümmert sich um die Beerdigung ... Jack hilft ihm dabei ... aber er ist noch ziemlich labil.«

»Geh und hilf ihm«, sagte Tom Riley. »Das ist für heute dein Job.«

»Ganz recht«, fügte Bozie hinzu. »Sie trauern selbst, Edgar. Sie brauchen jetzt nicht den Gastgeber zu spielen.«

»Ich habe den Flughafen angerufen«, sagte Pam, als hätte ich protestiert – was ich nicht getan hatte. »Die Gulfstream steht ab Mittag für uns bereit. Und an der Rezeption hilft jemand den anderen bei ihren Umbuchungen. Bis dahin steht uns noch der restliche Vormittag zur Verfügung. Die Frage ist nur: Was stellen wir damit an?«

Zuletzt machten wir, was ich geplant hatte: Wir besuchten das John and Mable Ringling Museum of Art.

Und ich trug meine Baskenmütze.

V Am frühen Nachmittag fand ich mich bei Dolphin Aviation auf dem Vorfeld wieder, wo ich meine Angehörigen und Freunde zum Abschied küsste oder ihnen die Hand schüttelte oder sie umarmte oder alles nacheinander tat. Melinda, Ric und die Jamiesons waren bereits fort.

Kathi Green, die Reha-Queen, küsste mich mit ihrer üblichen Heftigkeit. »Pass gut auf dich auf, Edgar«, sagte sie. »Ich liebe deine Bilder, aber noch stolzer bin ich darauf, wie du dich bewegst. Du hast erstaunliche Fortschritte gemacht. Am liebsten würde ich dich meiner neuesten Generation von Heulsusen präsentieren.«

»Du bist echt hart, Kathi.«

»So hart auch wieder nicht«, erwiderte sie und fuhr sich mit einem Taschentuch über die Augen. »In Wirklichkeit bin ich ein verdammtes Marshmallow.«

Dann ragte Kamen über mir auf. »Falls Sie Hilfe brauchen, melden Sie sich bitte *sofort.*«

»Ja«, sagte ich. »Sie sein der KamenDoc.«

Kamen lächelte. Das war, als lächle Gott auf einen herab. »Ich denke nicht, dass mit Ihnen schon alles in Ordnung ist, Edgar. Ich kann nur hoffen, dass es noch in Ordnung kommt. Niemand hat es mehr verdient als Sie, mit der glänzenden Seite nach oben und der Gummisohle nach unten zu landen.«

Ich umarmte ihn. Eine einarmige Umarmung, aber er machte sie mehr als wett.

Ich ging neben Pam her zu der wartenden Maschine hinaus. Wir standen unten an der Fluggasttreppe, während die anderen an Bord gingen. Sie hielt meine Hand umschlossen und blickte zu mir auf.

»Ich werde dich nur auf die Wange küssen, Edgar. Illy beobachtet uns, und ich möchte nicht, dass sie auf falsche Gedanken kommt.«

Das tat sie, danach sagte sie: »Ich mache mir Sorgen um dich. Du hast etwas Weißes um die Augen, das mir nicht gefällt.«

»Elizabeth …«

Sie schüttelte kaum merklich den Kopf. »Es war gestern Abend schon da, bevor sie in die Galerie gekommen ist. Auch als du am glücklichsten warst. Etwas Weißes um die Augen. Besser kann ich es nicht beschreiben. Das hab ich erst einmal an dir gesehen – damals im Jahr 1992, als es eine Zeit lang so aussah, als bliebe eine große Zahlung aus, und du Angst hattest, die Firma zu verlieren.«

Die Triebwerke heulten, und eine heiße Brise wehte ihr das Haar ins Gesicht und zerzauste ihre sorgfältig gelegten Locken aus dem Frisiersalon zu einem jüngeren und natürlicheren Look. »Darf ich dich etwas fragen, Eddie?«

»Natürlich.«

»Könntest du überall malen? Oder muss es hier sein?«

»Überall, glaube ich. Aber anderswo wär's anders.«

Sie sah mich unverwandt an. Fast bittend. »Trotzdem täte dir ein Ortswechsel vielleicht gut. Du musst dieses Weiß loswerden. Ich rede nicht von einer Rückkehr nach Minnesota, nicht unbedingt, nur von einem Ortswechsel. Versprichst du mir, darüber nachzudenken?«

»Ja.« Aber nicht bevor ich wusste, was der rote Picknickkorb enthielt. Und nicht bevor ich mindestens einmal am Südende von Duma Key gewesen war. Und das traute ich mir zu. Denn es war *Ilse* gewesen, der schlecht geworden war, nicht mir. Ich hatte nur eine dieser rot gefärbten Rückblenden auf den Unfall erlebt. Und diese Phantomschmerzen.

»Alles Gute, Edgar. Ich weiß nicht genau, was aus dir geworden ist, aber von deinem alten Ich ist noch genug da, um es zu lieben.« Sie stellte sich mit ihren weißen Sandalen – bestimmt eigens für diesen Trip gekauft – auf die Zehenspitzen und drückte einen weiteren sanften Kuss auf meine stoppelige Wange.

»Danke«, sagte ich. »Und danke für letzte Nacht.«

»Nichts zu danken«, sagte sie. »Sie war sehr schön.«

Sie drückte meine Hand. Dann war sie die Treppe hinauf und verschwunden.

VI

Wieder vor dem Abfertigungsgebäude von Delta Airlines. Dieses Mal ohne Jack.

»Nur du und ich, Miss Cookie«, sagte ich. »Sieht so aus, als wären wir die Letzten am Tresen.«

Dann sah ich, dass sie weinte, und legte meinen Arm um sie.

»Daddy, ich wollte, ich könnte hier bei dir bleiben.«

»Flieg zurück, Schatz. Lern für deine Prüfung, und trumpf dann ganz groß auf. Wir sehen uns bald wieder.«

Sie löste sich aus meiner Umarmung. Musterte mich besorgt. »Du kommst zurecht?«

»Ja. Und du kommst auch zurecht?«

»Klar. Bestimmt.«

Ich umarmte sie erneut. »Geh rein. Check ein. Kauf Zeitschriften. Sieh CNN. Flieg gut.«

»Also gut, Daddy. Es war sensationell.«

»*Du* bist sensationell.«

Sie gab mir einen herzhaften Schmatz auf den Mund – vielleicht als Entschädigung für den, den ihre Mutter mir vorenthalten hatte – und ging durch die Automatiktür hinein. Sie drehte sich noch mal um und winkte mir zu – jetzt kaum mehr als eine Mädchengestalt hinter dem polarisierten Glas. Ich wünschte von ganzem Herzen, ich hätte sie besser sehen können, denn ich habe sie nie wiedergesehen.

VII

Vom Ringling Art Museum aus hatte ich Nachrichten für Wireman hinterlassen – eine beim Bestattungsunternehmen und eine auf dem Anrufbeantworter im *Palacio* –, dass ich gegen drei Uhr zurück sein und ihn dort erwarten würde. Und er sollte Jack von mir ausrichten, wenn Jack alt genug sei, um zu wählen und Partys mit Studentinnen der FSU zu feiern, müsste er eigentlich auch alt genug sein, um sich um sein verdammtes Handy zu kümmern.

Tatsächlich war es fast halb vier, als ich nach Duma Key zurückkam, trotzdem stand sowohl Jacks Wagen als auch Elizabeth' alter silberner Mercedes auf dem von Rissen durchzogenen Quadrat rechts neben dem Big Pink, und Jack und Wireman saßen auf der Hintertreppe meines Hauses und tranken Eistee. Jack trug weiter seinen grauen Anzug, aber sein Haar war wieder wie gewohnt zerzaust, und er hatte unter dem Jackett ein T-Shirt der Devil Rays an. Wireman trug schwarze Jeans und ein weißes Hemd mit offenem Kragen; auf seinem Kopf saß weit aus der Stirn geschoben eine Kappe der Nebraska Cornhuskers.

Ich parkte, stieg aus, reckte mich und versuchte, meine schlimme Hüfte in Gang zu bekommen. Sie standen auf und kamen mir entgegen, keiner der beiden lächelnd.

»Alle fort, *amigo?*«, fragte Wireman.

»Alle bis auf meine Tante Jean und Onkel Ben«, sagte ich. »Als erfahrene Schnorrer sind sie entschlossen, etwas Gutes bis zum letzten Tropfen zu melken.«

Jack lächelte, ohne wirklich amüsiert zu wirken. »In jeder Familie gibt's ein paar davon«, sagte er.

»Wie geht's dir?«, fragte ich Wireman.

»Was Elizabeth betrifft, einigermaßen. Hadlock sagt, dass es so wahrscheinlich für sie am besten war, und ich vermute, er hat recht. Dass sie mir schätzungsweise hundertsechzig Millionen Dollar in Bargeld, Wertpapieren und Grundbesitz hinterlassen hat …« Er schüttelte den Kopf. »Das ist etwas anderes. Vielleicht kann ich mir irgendwann den Luxus erlauben, das zu begreifen zu versuchen, aber im Augenblick …«

»Im Augenblick geht hier etwas vor.«

»*Sí, señor.* Etwas sehr Unheimliches.«

»Wie viel hast du Jack erzählt?«

Wireman sah leicht unbehaglich drein. »Nun, ich will dir was sagen, *amigo*. Als ich erst mal angefangen hatte, war's verdammt schwierig, einen vernünftigen Punkt zum Aufhören zu finden.«

»Er hat mir alles erzählt«, sagte Jack. »Wenigstens behauptet er das. Auch was du seiner Meinung nach getan hast, um sein Sehvermögen wiederherzustellen, und was du Candy Brown angetan zu haben glaubst.« Er machte eine Pause. »Und von den beiden kleinen Mädchen, die du gesehen hast.«

»Die Sache mit Candy Brown stört dich nicht?«

»Hätte ich zu entscheiden, würdest du einen Orden kriegen. Und von den Bürgern Sarasotas bekämst du beim Umzug am Memorial Day wahrscheinlich einen eigenen Festwagen.« Jack vergrub die Hände in seinen Taschen. »Aber hättest du mir im letzten Herbst erzählt, solches Zeug könnte auch außerhalb der Filme von M. Night Shyamalan passieren, hätte ich gelacht.«

»Wie steht's mit letzter Woche?«, fragte ich.

Jack dachte darüber nach. Hinter dem Big Pink rollten die Wellen stetig heran. Unter meinem Wohn- und dem Schlafzimmer würden die Muscheln miteinander reden. »Nein«, sagte er. »Ich hätte wahrscheinlich nicht mehr gelacht. Ich hab von Anfang an gewusst, dass du etwas an dir hattest, Edgar. Du bist hier angekommen, und …« Er führte die Finger seiner beiden Hände zusammen, verschränkte sie. Und ich fand, dass er es damit auf den Punkt traf. Genau so war es gewesen. Wie die Finger zweier Hände, die sich verschränkten. Und die Tatsache, dass ich nur eine Hand hatte, hatte nie eine Rolle gespielt

Nicht hier.

»Wie meinst du das, *hermano?*«, fragte Wireman.

Jack zuckte mit den Schultern. »Edgar und Duma. Duma und Edgar. Als ob sie aufeinander gewartet hätten.« Er wirkte verlegen, aber nicht unsicher.

Ich wies mit dem Daumen auf mein Haus. »Kommt, wir gehen rein.«

»Erzähl ihm erst, wie du den Korb gefunden hat«, sagte Wireman zu Jack.

Jack zuckte mit den Schultern. »War keine große Sache; hat keine zwanzig Minuten gedauert. Er hat auf einem alten Schreibtisch ganz hinten auf dem Dachboden gestanden. Aus einer der Lüftungsöffnungen im Dach ist ein Lichtstrahl darauf gefallen. Als ob er gefunden werden wollte.« Er sah zu Wireman hinüber, der zustimmend nickte. »Jedenfalls haben wir ihn mit in die Küche runtergenommen und reingesehen. Er war echt bleischwer.«

Als Jack das Gewicht des Korbes erwähnte, musste ich an die Haushälterin Melda denken, die ihn auf dem Familienporträt mit deutlich hervortretenden Armmuskeln gehalten hatte. Anscheinend war er auch damals schwer gewesen.

»Wireman hat mich gebeten, den Korb herzubringen und für dich dazulassen, weil ich den Hausschlüssel hatte … nur habe ich keinen Schlüssel gebraucht. Die Haustür war nicht abgesperrt.«

»Hat die Tür offen gestanden?«

»Das nicht. Aber als ich meinen Schlüssel umgedreht habe, hab ich sie wieder abgesperrt. Das hat mich verdammt überrascht.«

»Komm jetzt«, sagte Wireman und ging voraus. »Showtime – wird Zeit, dass wir dir alles zeigen. Und erzählen.«

Auf dem Hartholzboden im Eingangsbereich waren etliche Teile der Golfküste Floridas verstreut: Sand, kleine Muscheln, ein paar Sophorahülsen und ein paar Stücke getrocknetes Binsengras. Und es gab Fußabdrücke. Die Sneakerabdrücke hatte Jack hinterlassen. Es waren die anderen, die bei mir eine Gänsehaut erzeugten. Ich konnte drei Paare ausmachen: ein großes und zwei kleine. Die kleinen

Abdrücke stammten von Kindern. Alle diese Füße waren nackt gewesen.

»Siehst du, wie sie die Treppe hinaufführen und dabei schwächer werden?«, fragte Jack.

»Ja«, sagte ich. In meinen eigenen Ohren klang meine Stimme schwach und wie aus weiter Ferne.

»Ich bin nebenhergegangen, weil ich sie nicht verwischen wollte«, sagte Jack. »Hätte ich da schon gewusst, was Wireman mir erzählt hat, während wir auf dich gewartet haben, wäre ich vermutlich gar nicht raufgegangen.«

»Kann ich dir nicht verübeln«, sagte ich.

»Aber dort war niemand«, sagte Jack. »Bloß … na ja, du wirst's ja sehen. Pass auf.« Er zog mich seitlich an die Treppe. Die neunte Stufe befand sich in Augenhöhe, und weil Licht darüber fiel, konnte ich ganz schwach die Spuren bloßer Kinderfüße erkennen, die wieder nach unten führten.

Jack sagte: »Alles ziemlich klar, finde ich. Die Kinder sind in dein Atelier raufgegangen und dann wieder runtergekommen. Der Erwachsene ist an der Haustür geblieben, vermutlich um Schmiere zu stehen … aber wenn das mitten in der Nacht war, gab es nicht viel aufzupassen. Hattest du die Alarmanlage eingeschaltet?«

»Nein«, antwortete ich, wobei ich seinem Blick auswich. »Ich kann mir die Zahlen nicht merken. Ich habe sie auf einem Zettel in der Geldbörse, aber jedes Hereinkommen war ein Wettlauf gegen die Uhr – ich gegen dieses gottverdammte Piepsding an der Wand …«

»Schon okay.« Wireman packte mich an der Schulter. »Diese Einbrecher haben nichts mitgenommen; sie haben was dagelassen.«

»Du glaubst nicht echt, dass Miss Eastlakes tote Schwestern dir einen weiteren Besuch abgestattet haben, oder?«, fragte Jack.

»Tatsächlich«, sagte ich, »glaube ich, dass sie es getan haben. Ich dachte, das würde im hellen Licht eines Aprilnachmittags, an dem der Golf im Sonnenschein glitzerte, dämlich klingen, aber das tat es nicht.«

»In *Scooby Doo* käme am Ende heraus, dass es der verrückte Bibliothekar gewesen ist«, sagte Jack. »Du weißt schon, der dem Schlüssel Angst zu machen versucht, damit er den Schatz für sich behalten kann.«

»Schön wär's«, sagte ich.

»Nehmen wir mal an, die kleinen Spuren *stammen* von Laura und Tessie Eastlake«, sagte Wireman. »Wer hat dann die größeren hinterlassen?«

Keiner von uns antwortete.

»Kommt, wir gehen hinauf«, sagte ich schließlich. »Ich möchte in den Korb sehen.«

Wir gingen ins Little Pink hinauf (und mieden dabei die Spuren – nicht um sie zu erhalten, sondern weil keiner von uns auf sie treten wollte). Der Picknickkorb, der genau so aussah wie der, den ich mit dem aus Gene Hadlocks Praxis geklauten roten Kugelschreiber gezeichnet hatte, stand auf dem Teppichboden, aber mein Blick wurde als Erstes von meiner Staffelei angezogen.

»Du kannst mir glauben, dass ich auf der Stelle abgehauen bin, als ich *das* gesehen habe«, sagte Jack.

Ich glaubte ihm, spürte aber selbst keinerlei Fluchtreflex. Im Gegenteil. Ich fühlte mich von der Staffelei angezogen wie eine Eisenschraube von einem Magneten. Dort war eine neue Leinwand hingestellt worden, und dann war irgendwann mitten in der Nacht – vielleicht während Elizabeth starb, vielleicht während Pam und ich uns zum letzten

Mal liebten, vielleicht während ich neben ihr schlief – ein Finger in meine Farbe getaucht worden. Wessen Finger? Das wusste ich nicht. In welche Farbe? Das war offensichtlich: Rot. Die Buchstaben, die sich quer über die Leinwand zogen und stolperten und tropften, waren *rot*. Und anklagend. Sie schienen fast zu schreien.

wo unsre
schwester

VIII

»Fundkunst«, sagte ich mit trockener, rasselnder Stimme, die ich kaum als meine eigene erkannte.

»Ist es das?«, fragte Wireman.

»Sicher.« Die Buchstaben schienen vor mir zu tanzen, und ich fuhr mir mit der Hand über die Augen. »Graffitikunst. In der Scoto wären sie davon begeistert.«

»Mag sein, aber ich find's eine echt unheimliche Scheiße«, sagte Jack. »Ich hasse es.«

Das ging mir nicht anders. Und das hier war mein Atelier, verdammt noch mal, meines. Ich hatte einen Mietvertrag. Ich riss die Leinwand von der Staffelei und rechnete einen Augenblick lang damit, dass sie mir die Finger verbrennen würde. Aber das tat sie nicht. Sie war schließlich nur eine Leinwand. Ich stellte sie mit der Bildseite an die Wand. »Besser so?«

»Allerdings«, sagte Jack, und Wireman nickte. »Edgar … falls diese kleinen Mädchen hier waren … können Geister auf Leinwand schreiben?«

»Wenn sie eine Planchette über ein Ouija-Brett bewegen und auf bereifte Fensterscheiben schreiben können, müssten sie auch dazu in der Lage sein«, erwiderte ich. Dann fügte ich mit einigem Widerstreben hinzu: »Aber ich habe keinen Schimmer, wie Geister meine Haustür aufschließen könnten. Oder eine Leinwand auf die Staffelei stellen.«

»Dort hat also keine gestanden?«, fragte Wireman.

»Da bin ich ziemlich sicher. Die leeren stehen alle im Regal drüben in der Ecke.«

»Wer ist die Schwester?«, wollte Jack wissen. »Wer ist die Schwester, nach der sie fragen?«

»Das muss Elizabeth sein«, sagte ich. »Sie war die einzige überlebende Schwester.«

»Schwachsinn«, befand Wireman. »Wären Laura und Tessie auf der immer beliebten anderen Seite des Schleiers, hätten sie ihre Schwester Elizabeth mühelos ausfindig machen können; sie hat über fünfeinhalb Jahrzehnte hier auf Duma Key gelebt, und Duma war der einzige Ort, den die beiden jemals gekannt haben.«

»Was weißt du von den anderen?«, fragte ich.

»Maria und Hannah sind beide tot«, sagte Wireman. »Hannah ist in den Siebzigerjahren gestorben, irgendwo im Staat New York – in Ossining, glaube ich –, und Maria Anfang der Achtzigerjahre an der Westküste. Beide waren verheiratet, Maria sogar mehrmals. Das weiß ich von Chris Shannington, nicht von Miss Eastlake. Sie hat manchmal von ihrem Vater gesprochen, aber kaum jemals über ihre Schwestern. Nachdem John Eastlake und sie im Jahr 1951 nach Duma Key zurückgekehrt waren, hat sie alle Verbindungen zum Rest ihrer Familie gekappt.«

wo unsre schwester?

»Und Adriana? Was ist mit ihr?«

Er zuckte mit den Schultern. »*¿Quién sabe?* Das Dunkel der Geschichte hat sie verschluckt. Shannington vermutet, dass sie mit ihrem frisch angetrauten Mann nach Atlanta zurückgekehrt ist, als die Suche nach den Kleinen aufgegeben wurde. Jedenfalls waren sie zum Trauergottesdienst nicht hier.«

»Vielleicht hat sie Daddy für das Geschehene verantwortlich gemacht«, sagte Jack.

Wireman nickte. »Oder vielleicht hat sie's nicht ertragen, hier noch länger rumzuhängen.«

Ich erinnerte mich an Adrianas schmollenden Ich-wäre-lieber-woanders-Blick auf dem Familienporträt und dachte, Wireman könnte recht haben.

»Jedenfalls«, fuhr Wireman fort, »muss sie auch tot sein. Sonst wäre sie nämlich fast hundert. Und die Chancen dafür sind verdammt gering.«

wo unsre schwester?

Wireman fasste mich am Arm, zog mich zu sich herum. Er sah abgespannt und alt aus. »*Muchacho,* wenn etwas Übernatürliches Miss Eastlake ermordet hat, um sie zum Schweigen zu bringen, sollten wir das vielleicht als Wink verstehen und von Duma Key verschwinden.«

»Dafür ist es vielleicht zu spät«, sagte ich.

»Weshalb?«

»Weil sie wieder wach ist. Das hat Elizabeth gesagt, bevor sie gestorben ist.«

»Wer ist wach?«

»Perse«, sagte ich. »Oder vielleicht Persie.«

»Wer ist das?«

»Das weiß ich nicht«, sagte ich. »Aber ich glaube, wir sollen sie ertränken, damit sie weiterschläft.«

IX

Der ursprünglich scharlachrote Picknickkorb war in seinem langen Leben nur wenig verblasst, was vermutlich daher kam, dass er einen Großteil davon auf dem Dachboden abgestellt zugebracht hatte. Ich begann damit, dass ich ihn probeweise an einem der Griffe anhob. Das verdammte Ding war tatsächlich ziemlich schwer; ich schätzte sein Gewicht auf knapp unter zehn Kilo. Der Korb war trotz fester Flechtweise im unteren Bereich etwas zusammengesackt. Ich stellte ihn wieder auf den Teppichboden, klappte die dünnen hölzernen Tragegriffe nach beiden Seiten auseinander und öffnete den Deckel, wobei die Scharniere leise quietschten.

Obenauf lagen Buntstifte, von denen die meisten nach häufigem Anspitzen nur mehr Stummel waren. Und darunter lagen Zeichnungen, die ein bestimmtes Wunderkind vor über achtzig Jahren angefertigt hatte. Ein kleines Mädchen, das mit zwei Jahren aus einem Ponywagen gefallen war, sich den Kopf angeschlagen hatte und mit Krampfanfällen und einer erstaunlichen Zeichenbegabung aufgewacht war. Das wusste ich, obwohl auf dem ersten Blatt gar keine Zeichnung, sondern nur dies zu sehen war:

Ich blätterte weiter. Auf dem nächsten Blatt fand ich dies:

Danach wurden die Bilder *wirklich* Bilder, entwickelten sich in Bezug auf Zeichentechnik und Komplexität in einem atemberaubenden Tempo, das unglaublich war. Es sei denn, man war zufällig ein Kerl wie Edgar Freemantle, der kaum mehr als Strichmännchen gezeichnet hatte, bevor ein Baustellenunfall ihm einen Arm geraubt, den Schädel eingedrückt und ihn fast das Leben gekostet hatte.

Sie hatte Felder gezeichnet. Palmen. Den Strand. Ein riesiges schwarzes Gesicht, rund wie ein Basketball, mit lächelnden roten Lippen – vermutlich die Haushälterin Melda, obwohl diese Melda eher wie ein übergroßes Kind in extremer Nahaufnahme aussah. Dann viele Tiere – Möwen, Pelikane, Waschbären, eine Schildkröte, eine Hirschkuh, ein Luchs –, die in natürlicher Größe, aber über den Strand fliegend oder laufend dargestellt waren. Ich fand einen absolut detailgetreu gezeichneten Reiher, der auf dem Balkongeländer des Hauses stand, in dem sie aufgewachsen war. Direkt darunter befand sich ein Aquarell, auf dem derselbe Vogel mit vorgerecktem Schnabel über dem Fischteich lauerte. Die aus dem Bild starrenden scharfen Augen hatten genau die Farbe des Teichwassers. *Sie hat getan, was ich getan habe,* dachte ich und spürte erneut eine Gänsehaut. *Sie hat versucht, das Alltägliche neu zu erfinden, es neu zu machen, indem sie es in einen Traum verwandelt.*

Würden Dario, Jimmy und Alice sich vor Begeisterung

überschlagen, wenn sie diese Bilder zu Gesicht bekämen? Für mich stand das außer Zweifel.

Hier waren zwei kleine Mädchen – bestimmt Laura und Tessie – mit breitem Kürbislächeln, das absichtlich über ihre Gesichtsränder hinausreichte.

Hier war Daddy, größer als das Haus, neben dem er stand – offenbar die erste Villa Heron's Roost –, der eine Zigarre von der Größe einer Rakete rauchte. Ein Rauchring umgab den Mond am Himmel über ihm.

Hier waren zwei Mädchen in dunkelgrünen Trägerröcken, die eine unbefestigte Straße entlanggingen und dabei ihre Schulbücher auf den Köpfen balancierten, wie manche Afrikanerinnen ihre Kalebassen: zweifellos Maria und Hannah. Hinter ihnen marschierte eine Kolonne von Fröschen. Entgegen allen Regeln der Perspektive wurden sie nicht kleiner, sondern immer größer.

Als Nächstes kam Elizabeth' *Lächelnde Pferde*-Phase mit gut einem Dutzend Zeichnungen. Ich blätterte sie durch, dann wählte ich eine aus und tippte darauf. »Die hier war in der Zeitung abgebildet.«

Wireman sagte: »Weiter, nur weiter! Du hast noch nichts gesehen.«

Noch mehr Pferde … weitere Familienbilder in Bleistift, mit Kohle oder in fröhlichen Aquarellfarben, wobei die Familienmitglieder sich fast immer wie Ausschneidepuppen an den Händen hielten … dann ein Sturm, der im Swimmingpool Wellen schlug und die vom Wind gepeitschten Palmwedel wie ausgefranste Banner flattern ließ.

Insgesamt waren es über hundert Bilder. Elizabeth mochte nur ein Kind gewesen sein, aber auch sie hatte »den Korken fliegen lassen«. Zwei oder drei weitere Sturmbilder … vielleicht von der Alice, die Eastlakes Schatz freigelegt hatte, vielleicht nur von einem schweren Gewitter, das ließ sich unmöglich sagen … dann der Golf … wieder der Golf, diesmal mit fliegenden Fischen von der Größe von Delfinen … der Golf mit Pelikanen, die Regenbogen in ihren Schnäbeln zu halten schienen … der Golf bei Sonnenuntergang … und …

Ich machte halt, weil es mir den Atem verschlug.

Verglichen mit vielen anderen, die ich schon durchgeblättert hatte, war dieses Bild sehr schlicht, nur eine Schiffssilhouette bei letztem Licht, am Scheideweg zwischen Tag und Nacht, aber es war seine Einfachheit, die ihm Kraft verlieh. Jedenfalls hatte ich das gedacht, als ich eben dieses Motiv an meinem ersten Abend im Big Pink gezeichnet hatte. Hier gab es dieselbe Antenne, die sich vom Bug zu etwas spannte, das in Elizabeth' Zeit wohl als Marconi-Mast bezeichnet worden wäre, und ein leuchtend orangerotes Dreieck erzeugte. Identisch war auch der nach oben führende Farbverlauf von Orange zu Blau. Es gab sogar dieselbe nicht ganz achtlos hingekritzelte Übermalung, die das Schiff – schlanker, als meins gewesen war – wie ein Phantom erscheinen ließ, das dort draußen nach Norden lief.

»Das habe ich auch gezeichnet«, sagte ich mit schwacher Stimme.

»Ich weiß«, sagte Wireman. »Ich kenne die Zeichnung. Du hast sie *Hallo* genannt.«

Ich blätterte weiter und übersprang dicke Stapel von Aquarellen und Buntstiftzeichnungen, weil ich wusste, was ich letztlich finden würde. Und ja, ziemlich weit unten stieß ich auf Elizabeth' erste Zeichnung der *Perse*. Nur hatte sie das Schiff als Neubau gezeichnet: als ranken, eleganten Dreimastschoner, der mit zum Teil gerefften Segeln unter einer für Elizabeth Eastlake charakteristischen Sonne, die lange glückliche Strahlen ausschickte, auf dem Wasser des Golfs einlief. Eine wundervolle Arbeit, die fast einen Calypso als Soundtrack erforderte.

Aber im Gegensatz zu den übrigen Bildern empfand ich sie als irgendwie unehrlich.

»Weiter, *muchacho.*«

Das Schiff … das Schiff … Familie, vier von ihnen, die sich jedenfalls am Strand stehend an den Händen hielten wie Girlandenfiguren und das Glückslächeln à la Elizabeth aufgesetzt hatten … das Schiff … das Haus mit etwas, das aussah wie ein schwarzer Rasenjockey, der auf dem Kopf stand … das Schiff, diese prächtige weiße Schwalbe … John Eastlake …

John Eastlake *schreiend* … mit Blut, das ihm aus der Nase und einem Auge lief.

Ich starrte es wie hypnotisiert an. Das hier war das Aquarell eines Kindes, aber es war mit teuflischem Geschick ausgeführt. Es stellte einen Mann dar, der vor Kummer oder Entsetzen – oder beidem – wahnsinnig zu sein schien.

»Mein Gott«, sagte ich.

»Noch eins, *muchacho*«, sagte Wireman. »Nur noch eins.«

Ich zog das Bild des schreienden Mannes ganz heraus. Trockene alte Aquarellfarben raschelten wie Knochen. Unter dem schreienden Vater war noch mal das Schiff abgebildet, nur war es diesmal wirklich mein Schiff, meine *Perse*. Elizabeth hatte sie vor einem Nachthimmel gemalt – nicht mit dem Pinsel, denn in den grauen und schwarzen Strudeln konnte ich noch uralte Abdrücke ihrer Kinderfinger sehen. Diesmal schien sie die Tarnung der *Perse* endlich durchschaut zu haben. Die Planken waren zersplittert, die Segel schlaff und voller Löcher. Um sie herum, bläulich im

Licht eines Mondes, der nicht lächelte oder Glücksstrahlen aussandte, reckten Hunderte von Knochenarmen sich zu einem tropfenden Gruß aus dem Wasser. Und auf dem Vordeck stand ein plumpes, blasses Wesen, vage weiblich, in ein zerschlissenes Etwas gehüllt, das ein Umhang, ein Leichentuch oder … eine Robe sein konnte. Es war die Rote Robe, *meine* Rote Robe, nur diesmal von vorn gesehen. Aus ihrem Schädel grinsten drei leere Öffnungen, und ihr Grinsen ging in einem verrückten Gemenge von Zähnen und Lippen über die Ränder ihres Gesichts hinaus. Dieses Bild war weit grausiger als mein Zyklus *Mädchen mit Schiff*, weil es direkt ans Herz der Sache griff, ohne dem Verstand Gelegenheit zu geben, es zu erfassen. *Dies ist die Verkörperung aller Schrecken*, sagte es. *Dies ist alles, was du jemals im Dunkeln lauernd anzutreffen gefürchtet hast. Sieh nur, wie ihr Grinsen im Mondschein überbordet. Sieh nur, wie die Ertrunkenen ihr ihren Gruß entbieten.*

»Herr des Himmels«, sagte ich, zu Wireman aufblickend. »Wann, glaubst du? Nachdem ihre Schwestern …?«

»Muss so gewesen sein. Muss ihre Art gewesen sein, das zu verarbeiten, glaubst du nicht auch?«

»Weiß nicht«, sagte ich. Ein Teil meines Ich versuchte an meine eigenen Mädchen zu denken, und ein anderer bemühte sich, das nicht zu tun. »Ich verstehe nicht, wie ein Kind – irgendein Kind – so etwas darstellen kann.«

»Archetypische Erinnerungen«, sagte Wireman. »Würden jedenfalls die Jungianer sagen.«

»Und wie bin ich dazu gekommen, dasselbe verfluchte Schiff zu malen? Vielleicht auch dasselbe gottverdammte *Wesen*, nur von hinten? Haben die Jungianer auch dafür irgendwelche Theorien?«

»Auf Elizabeth' Bild steht nicht *Perse*«, stellte Jack fest.

»Damals war sie ungefähr vier«, sagte ich. »Ich bezweifle, dass der Name sie sonderlich beeindruckt hat.« Ich dachte an die früheren Bilder, auf denen das Schiff ein schönes weißes Trugbild gewesen war, an das sie für kurze Zeit geglaubt hatte. »Vor allem nachdem sie erkannt hatte, was es wirklich war.«

»Du redest, als wäre es real«, sagte Wireman.

Mein Mund war wie ausgedörrt. Ich ging ins Bad, ließ mir ein Glas Wasser einlaufen und stürzte es hinunter. »Ich weiß nicht, was ich in diesem Fall glauben soll«, sagte ich, als ich zurückkam, »aber ich habe mir im Leben eine Faustregel zurechtgelegt, Wireman. Wird etwas von nur einem Menschen gesehen, könnte es eine Halluzination sein. Sehen es zwei Menschen, steigen die Chancen, dass es die Realität ist, exponentiell. Elizabeth und ich haben beide die *Perse* gesehen.«

»In eurer *Fantasie*«, sagte Wireman. »Ihr habt sie in eurer *Fantasie* gesehen.«

Ich deutete auf sein Gesicht und sagte: »Du hast selbst erlebt, wozu meine Fantasie imstande ist.«

Er gab keine Antwort, aber er nickte. Er war sehr blass.

»Du hast gesagt: ›Nachdem sie erkannt hatte, was es wirklich war‹«, sagte Jack. »Wenn das Schiff auf diesem Bild real ist, was ist es dann genau?«

»Ich denke, das weißt du«, sagte Wireman. »Ich denke, das tun wir alle – es ist verdammt schwer zu verkennen. Wir haben nur Angst davor, es laut auszusprechen. Also los, Jack! Gott hasst Feiglinge.«

»Okay, es ist ein Totenschiff«, sagte Jack. In meinem sauberen, gut beleuchteten Atelier klang seine Stimme ausdruckslos. Er hob die Hände an den Kopf, fuhr sich langsam mit den Fingern durchs Haar und zerzauste es mehr denn je. »Aber ich will euch was sagen, Jungs – wenn mich am Ende *das da* abholen kommt, wünschte ich, ich wäre nie geboren.«

X Ich legte den dicken Packen Zeichnungen und Aquarelle auf den Teppich, erfreut, die beiden letzten Blätter nicht mehr sehen zu müssen. Dann begutachtete ich, was unter ihren Bildern gelegen und den Picknickkorb so schwer gemacht hatte.

Es waren Geschosse für die Harpunenpistole. Ich nahm eine der stummelförmigen Harpunen heraus. Sie war etwa vierzig Zentimeter lang und ziemlich schwer. Ihr Schaft bestand aus Stahl, nicht aus Aluminium – ich wusste nicht mal bestimmt, ob Aluminium in den Zwanzigerjahren schon erfunden gewesen war. Die Dreizack-Pfeilspitze war zwar angelaufen, sah aber immer noch sehr scharf aus. Als ich eine mit dem Zeigefinger berührte, erschien auf der Fingerkuppe sofort ein winziger Tropfen Blut.

»Das solltest du desinfizieren«, sagte Jack.

»Klar doch«, sagte ich. Ich drehte das Ding in der Nachmittagssonne zwischen den Händen, ließ Lichtreflexe über die Wände huschen. Die kurze Harpune besaß ihre eigene hässliche Schönheit, ein vielleicht exklusiv für bestimmte wirkungsvolle Waffen reserviertes Paradoxon.

»Die käme im Wasser nicht sehr weit«, sagte ich. »Nicht bei ihrem Gewicht.«

»Du würdest dich wundern«, sagte Wireman. »Die Pistole schießt mit Federmechanismus und CO_2-Patrone. Die hat ganz schöne Durchschlagskraft. Und damals brauchte man keine große Reichweite. Der Golf hat von Fischen gewimmelt, sogar in Küstennähe. Wenn Eastlake etwas schießen wollte, konnte er es gewöhnlich aus Kernschussweite tun.«

»Ich verstehe diese Spitzen nicht«, sagte ich.

Wireman sagte: »Ich auch nicht. Sie hatte mindestens ein Dutzend Harpunen, vier davon an die Wand in der Bibliothek montiert, und keine sieht aus wie die hier.«

Jack war ins Bad gegangen und mit einem Fläschchen Wasserstoffperoxid zurückgekommen. Jetzt griff er nach der Harpune, die ich in den Händen hielt, und betrachtete die dreischneidige Spitze. »Was ist das? Silber?«

Wireman machte mit Daumen und Zeigefinger eine Pistole und zielte damit auf ihn. »Behalt deine Karten noch, aber Wireman glaubt, dass du ein Bingo erzielt hast.«

»Und das versteht ihr nicht?«, fragte Jack.

Wireman und ich wechselten einen Blick, dann sahen wir wieder zu Jack hinüber.

»Ihr habt eben nicht die richtigen Filme gesehen«, sagte er. »Silberkugeln braucht man, um Werwölfe zu erlegen. Ich weiß nicht, ob Silber auch gegen Vampire wirkt, aber *irgendjemand* hat das offenbar geglaubt. Oder zumindest gehofft.«

»Wenn du behaupten willst, Laura und Tessie seien Vampire«, sagte Wireman, »müssen sie seit 1927 einen gewaltigen Durst entwickelt haben.« Er sah mich an, als erwarte er Zustimmung.

»Ich glaube, Jack ist da etwas auf der Spur«, sagte ich. Ich nahm das Fläschchen Wasserstoffperoxid, steckte den Finger mit dem Blutstropfen hinein und schüttelte das Fläschchen mehrmals kräftig auf und ab.

»*Man Law* – der Ehrenkodex für echte Männer«, verkündete Jack und zog eine Grimasse.

»Nur wenn du vorhast, das Zeug zu saufen«, kommentierte ich seine Anspielung auf die Miller-Lite-Werbung, und nach kurzer Überlegung brachen Jack und ich in Lachen aus.

»Hä?«, fragte Wireman. »Kapier ich nicht.«

»Schon gut«, sagte Jack, noch immer grinsend. Dann wurde er wieder ernst. »Aber Vampire gibt's nicht wirklich, Edgar. Geister mag's ja vielleicht geben, das gestehe ich dir zu – fast jeder Mensch glaubt wohl an Geister –, aber Vampire gibt's nicht wirklich.« Seine Miene hellte sich auf, als ihm etwas einfiel. »Außerdem wird man nur durch einen Vampir zum Vampir. Die Zwillinge Eastlake sind *ertrunken.*«

Ich griff wieder nach der kurzen Harpune, drehte sie in den Händen und ließ die Lichtreflexe der angelaufenen Spitze über die Wand huschen. »Trotzdem ist das hier suggestiv.«

»Allerdings«, bestätigte Jack.

»Ebenso wie die unverschlossene Haustür, die du vorgefunden hast, als du den Picknickkorb gebracht hast«, sagte ich. »Die Fußspuren. Die Leinwand, die aus dem Regal geholt und auf die Staffelei gestellt wurde.«

»Soll das heißen, dass es doch der verrückte Bibliothekar war, *amigo?*«

»Nein. Nur dass ...« Meine Stimme versagte. Ich musste noch einen Schluck Wasser trinken, bevor ich sagen konnte, was gesagt werden musste. »Nur dass Vampire vielleicht nicht die einzigen Wesen sind, die von den Toten zurückkommen.«

»Wen meinst du damit?«, fragte Jack. »Zombies?«

Ich dachte an die *Perse* mit ihren verrottenden Segeln. »Sagen wir einfach, Deserteure.«

XI

»Bist du dir sicher, dass du heute Nacht allein hierbleiben willst, Edgar?«, fragte Wireman. »Ich weiß nämlich nicht, ob das eine so tolle Idee ist. Vor allem mit diesem Stapel alter Bilder als Gesellschaft.« Er seufzte. »Du hast's geschafft, Wireman zu einem erstklassigen Fall von Muffensausen zu verhelfen.«

Wir saßen draußen im Florida-Raum und beobachteten, wie die Sonne ihren allmählichen Abstieg in Richtung Horizont begann. Ich hatte Käse und Kräcker serviert.

»Ich bin mir nicht sicher, ob es anders funktionieren würde«, sagte ich. »Sieh mich als einen Revolvermann des Kunstbetriebs. Ich male allein, Podner.«

Jack sah mich über ein neues Glas Eistee hinweg an. »Du willst *malen?*«

»Na ja … skizzieren. Das kann ich am besten.« Und wenn ich mich an ein bestimmtes Paar Gartenhandschuhe erinnerte – mit HANDS auf dem einen und OFF! auf dem anderen Rücken –, dachte ich, skizzieren würde genügen, vor allem wenn ich mit den Buntstiften der kleinen Elizabeth Eastlake arbeitete.

Ich wandte mich an Wireman. »Du musst heute Abend im Bestattungsinstitut sein, korrekt?«

Wireman sah auf seine Uhr und seufzte schwer. »Korrekt. Von sechs bis acht. Morgen ist von zwölf bis zwei Uhr noch mal Gelegenheit, Abschied von der Verstorbenen zu nehmen. Entfernte Verwandte werden kommen, um ihre Zähne gegen den perfiden Erbschleicher zu fletschen. Der wäre ich. Übermorgen dann der letzte Akt. Trauergottesdienst in der Unitarian Universalist Church in Osprey. Der ist um zehn. Anschließend Feuerbestattung bei Abbot-Wexler. Burny-burny, hot-hot-hot.«

Jack verzog das Gesicht. »Echt krass.«

Wireman nickte. »Der *Tod* ist krass, mein Sohn. Weißt du noch, was wir als Kinder gesungen haben? ›Die Würmer kriechen rein, die Würmer kriechen raus, und der Eiter läuft wie aus 'nem Schwein hinaus.‹«

»Klasse«, sagte ich.

»Und ob«, stimmte Wireman zu. Er nahm sich einen weiteren Kräcker, starrte ihn an und warf ihn so heftig aufs Tablett zurück, dass er auf den Boden sprang. »Das ist verrückt. Die ganze Sache.«

Jack hob den Kräcker auf, schien zu überlegen, ob er ihn essen sollte, und legte ihn dann weg. Vielleicht glaubte er, Kräcker vom Fußboden eines Florida-Raums zu essen verstoße gegen ein weiteres Männergesetz. Wahrscheinlich traf das zu. Es gab so viele.

Ich sagte zu Wireman: »Wenn du heute Abend aus dem Bestattungsinstitut zurückkommst, siehst du nach mir, okay?«

»Ja.«

»Wenn ich dir sage, dass mir nichts fehlt und du einfach heimfahren sollst, tust du genau das.«

»Damit ich dich nicht störe, wenn du mit deiner Muse kommunizierst. Oder den Geistern.«

Ich nickte, weil er damit nicht weit danebenlag. Dann wandte ich mich an Jack. »Und du bleibst im *Palacio*, während Wireman im Bestattungsinstitut ist, richtig?«

»Klar, wenn ihr das wollt, Jungs.« Ihm schien dabei etwas unbehaglich zumute zu sein, und ich verübelte ihm das nicht. Das Haus war riesig, Elizabeth hatte lange darin gelebt, und die Erinnerung an sie war dort am frischesten. Auch mir wäre dort unbehaglich zumute gewesen, wenn ich nicht gewusst hätte, dass die Gespenster auf Duma Key anderswo hausten.

»Wenn ich dich anrufe, kommst du sofort her.«

»Wird gemacht. Ruf mich im Haus oder auf dem Handy an.«

»Weißt du bestimmt, dass dein Handy funktioniert?«

Er wirkte leicht verlegen. »Der Akku war nicht ganz voll, das ist alles. Ich lade ihn gerade draußen in meinem Auto.«

Wireman sagte: »Ich würd gern besser verstehen, weshalb du dich verpflichtet fühlst, dich weiter mit dieser Sache abzugeben, Edgar.«

»Weil sie nicht zu Ende ist. Jahrelang war sie es. Elizabeth hat hier viele Jahre sehr ruhig gelebt – erst mit ihrem Vater, später allein. Sie hatte ihre Wohltätigkeitsorganisationen, sie hatte ihre Freunde, sie hat Tennis gespielt, sie hat Bridge gespielt – das weiß ich von Mary Ire –, und vor allem hatte sie die Kunstszene an der Sonnenküste. Das war das stille, erfüllte Leben einer älteren Frau mit einem Haufen Geld und wenigen schlechten Angewohnheiten außer ihren Zigaretten. Plötzlich ist alles anders geworden. *La lotería.* Das hast du selbst gesagt, Wireman.«

»Du glaubst wirklich, dass irgendetwas dies alles bewirkt hat«, sagte er. Nicht ungläubig, sondern staunend.

»Das glaubst *du*«, sagte ich.

»Manchmal schon. Es ist nicht das, was ich glauben *möchte*. Dass es etwas gibt, das einen so langen Arm hat … und scharf genug sieht, um dich beobachten zu können … mich … Gott mag wissen, wen oder was noch …«

»Mir gefällt's auch nicht«, sagte ich, aber das war weit von der Wahrheit entfernt. Tatsächlich war es mir verhasst. »Mir gefällt die Idee nicht, jemand könnte tatsächlich die Hand ausgestreckt und Elizabeth ermordet haben – vielleicht zu Tode erschreckt –, nur um sie zum Schweigen zu bringen.«

»Und du glaubst, dass du mithilfe dieser Bilder rauskriegen kannst, was hier vorgeht.«

»Teilweise, ja. Wie viel, weiß ich erst, wenn ich es versuche.«

»Und dann?«

»Kommt darauf an. Ziemlich sicher ein Ausflug zum Südende der Insel. Dort gibt's noch was zu erledigen.«

Jack stellte sein Teeglas ab. »*Was* zu erledigen?«

Ich schüttelte den Kopf. »Weiß ich nicht. Vielleicht erfahre ich es aus ihren Bildern.«

»Wenn du nur nicht zu tief hineingerätst und feststellen musst, dass du nicht mehr an Land zurückkannst«, sagte Wireman. »Das ist den beiden kleinen Mädchen passiert.«

»Ja, ich weiß«, sagte ich.

Jack zeigte mit dem Finger auf mich. »Pass auf dich auf. *Man Law.*«

Ich nickte und zeigte meinerseits auf ihn. *»Man Law.«*

15 Eindringling

I

Zwanzig Minuten später saß ich mit meinem Skizzenblock auf dem Schoß und dem roten Picknickkorb neben mir im Little Pink. Direkt vor mir, das Westfenster mit reflektiertem Licht füllend, lag der Golf. Tief unter mir hörte ich das Gemurmel der Muscheln. Ich hatte die Staffelei zur Seite gerückt und den mit Farbe bekleckerten Arbeitstisch mit einem Handtuch abgedeckt. Auf dem Frotteetuch lagen die Reste ihrer frisch gespitzten Buntstifte. Von den dicken Stiften, die irgendwie antiquiert wirkten, war nicht mehr viel da, aber ich glaubte, dass es genügen würde. Ich war bereit.

»Von wegen«, sagte ich. Für diese Sache würde ich niemals bereit sein, und ein Teil meines Ich hoffte, dass nichts geschehen würde. Ich glaubte jedoch, dass sich etwas ereignen würde. Ich glaubte, dass Elizabeth deshalb gewollt hatte, dass ich ihre Zeichnungen fand. Aber wie gut hatte sie sich tatsächlich an den Inhalt des roten Korbs erinnert? Ich vermutete, dass Elizabeth ihre Kindheitserlebnisse weitgehend vergessen hatte, schon bevor die Alzheimerkrankheit alles kompliziert hatte. Weil das Vergessen nicht immer unfreiwillig geschieht. Manchmal ist es *gewollt*.

Wer würde sich an etwas erinnern wollen, das so entsetzlich gewesen war, dass der eigene Vater geschrien hatte, bis er blutete? Lieber ganz mit dem Zeichnen aufhören und die Entzugserscheinungen stoisch ertragen. Lieber den Leuten erklären, man könne kaum Strichmännchen zeichnen und gleiche auf dem Gebiet der Kunst reichen Ehemaligen, die Sportmannschaften ihres College unterstützten: Wenn man selbst kein Sportler sein kann, muss man wenigstens den Sport fördern. Lieber alles völlig verdrängen, bis im Alter die schleichende Senilität den Rest erledigt.

Oh, ein Teil dieser alten Begabung bleibt vielleicht zurück – wie Narbengewebe von einer lange zurückliegenden Verletzung (zum Beispiel durch einen Sturz aus einem Ponywagen) auf der *Dura Mater* des Gehirns –, und man muss Möglichkeiten finden, ihr gelegentlich Auslass zu verschaffen, sie auszudrücken wie angesammelten Eiter aus einem Geschwür, das niemals ganz abheilen wird. Also interessiert man sich für die Kunst anderer Leute. Man wird sogar eine *Förderin* der Künste. Und wenn das noch immer nicht reicht? Nun, vielleicht fängt man an, Figuren und Gebäude aus Porzellan zu sammeln. Man fängt an, eine ganze Porzellanstadt zu erbauen. Niemand würde den Aufbau solcher *Tableaux* als Kunst bezeichnen, aber er erfordert Fantasie, und der regelmäßige Einsatz der Fantasie – vor allem ihres visuellen Aspekts – genügt, um es aufhören zu lassen.

Was aufhören zu lassen?

Natürlich das Jucken.

Dieses verdammte Jucken.

Ich kratzte mir den rechten Arm, griff hindurch und traf zum zehntausendsten Mal nur meine Rippen. Ich klappte meinen Skizzenblock auf, sodass ich das erste Blatt vor mir hatte.

Beginnen Sie mit einer leeren Fläche.

Sie schien mich zu rufen, und ich glaubte zu wissen,

dass solche leeren Blätter auch sie einst magisch angezogen hatten.

Bemale mich. Denn Weiß ist das Fehlen von Erinnerung, die Farbe von »weiß nicht mehr«. Mach. Zeig. Zeichne. Male. Und wenn du es tust, verschwindet das Jucken. Die Verwirrung legt sich für gewisse Zeit.

Bitte bleiben Sie auf der Insel, hatte sie gesagt. *Unabhängig davon, was passiert. Wir brauchen Sie.*

Das konnte stimmen, vermutete ich.

Ich zeichnete rasch. Nur ein paar Linien. Etwas, das ein Karren hätte sein können. Oder vielleicht ein Ponywägelchen, das dastand und auf das Pony wartete.

»Sie haben hier glücklich und zufrieden gelebt«, erklärte ich dem leeren Atelier. »Vater und Töchter. Dann ist Elizabeth aus dem Ponywagen gefallen und hat zu zeichnen angefangen, ein außerhalb der Saison wütender Hurrikan hat das Schatzfeld freigelegt, und die kleinen Mädchen sind ertrunken. Danach flüchten die Überlebenden nach Miami, und der Spuk ist vorbei. Und als sie nach fast fünfundzwanzig Jahren zurückkehren …«

Unter den Ponywagen schrieb ich in Druckbuchstaben **WIEDER**. Machte eine Pause. Fügte **GUT** hinzu. **WIEDER GUT**.

Gut, flüsterten die Muscheln tief unter mir. *Wieder gut.*

Ja, ihnen war's gut gegangen, John und Elizabeth hatten gut gelebt. Auch nach Johns Tod war es Elizabeth weiter gut gegangen. Gut wegen ihrer Vernissagen. Gut wegen ihrer Porzellanfiguren. Dann war aus irgendeinem Grund wieder eine Veränderung eingetreten. Ich wusste nicht, ob die Tode von Wiremans Frau und seiner Tochter mit dieser Veränderung zusammenhingen, aber ich hielt es für denkbar. Und was seine und meine Ankunft auf Duma Key betraf, stand der Zusammenhang meiner Überzeugung nach außer Frage. Für diese Überzeugung gab es keinen rationalen Grund, aber ich hegte sie trotzdem.

Die Zustände auf Duma Key waren in Ordnung gewesen … dann schlimm … dann lange Zeit wieder in Ordnung. Und nun …

Sie ist wach.

Der Tisch leckt.

Wenn ich verstehen wollte, was jetzt geschah, musste ich wissen, was sich damals ereignet hatte. Ich *musste*, gefährlich hin oder her.

II

Ich griff nach ihrer ersten Zeichnung, die gar keine war, sondern nur aus einer krummen Linie bestand, die quer übers Papier lief. Ich nahm sie in die linke Hand, schloss die Augen und gab dann vor, sie mit der Rechten zu berühren, genau wie ich es mit Pams HANDS OFF-Gartenhandschuhen getan hatte. Ich versuchte zu sehen, wie meine rechten Finger über diese zögerliche Linie glitten. Das konnte ich – gewissermaßen –, aber ich empfand eine Art Verzweiflung. Wollte ich das bei allen Bildern machen? Es mussten zwölf Dutzend sein, und das war eine vorsichtige Schätzung. Außerdem wurde ich nicht gerade mit psychischen Informationen überschüttet.

Lass dir Zeit. Rom ist auch nicht in einer Stunde erbaut worden.

Ich fand, etwas Radio The Bone könnte nicht schaden und vielleicht sogar nützen. Ich erhob mich mit dem alten Stück Papier in der rechten Hand, und natürlich flatterte es zu Boden, weil es keine rechte Hand gab. Als ich mich danach bückte, fiel mir ein, dass ich das Sprichwort falsch zitiert hatte. Richtig musste es lauten: *Rom ist auch nicht an einem Tag erbaut worden.*

Aber Melda sagt Stunne.

Ich erstarrte mit dem Blatt Papier in der linken Hand. In der Hand, die der Kran nicht erwischt hatte. War dies eine wirkliche Erinnerung gewesen, die mir aus dem Bild zugeflogen war, oder nur etwas, das ich mir eingebildet hatte? Nur mein Verstand, der zuvorkommend zu sein versuchte?

»Das ist kein Bild«, sagte ich und betrachtete die zögerliche Linie.

Nein, aber es versucht, eines zu sein.

Mein Hintern plumpste wieder auf den Stuhl. Das war kein bewusstes Hinsetzen; vielmehr hatte ich weiche Knie bekommen und mich nicht mehr auf den Beinen halten können. Ich sah die Linie an, dann aus dem Fenster. Vom Golf zu der Linie. Von der Linie wieder zum Golf.

Sie hatte versucht, den Horizont zu zeichnen. Damit hatte alles angefangen.

Ja.

Ich griff nach meinem Skizzenblock und nahm einen ihrer Buntstifte. Die Farbe war unwichtig, wenn er nur einer ihrer Stifte war. In meiner Hand fühlte er sich zu groß, zu dick an. Aber auch genau richtig. Ich begann zu zeichnen.

Das konnte ich auf Duma Key am besten.

III Ich skizzierte ein Kind in einem Hochstuhl mit Töpfchen in der Sitzfläche. Die Kleine trug einen Kopfverband. In einer Hand hielt sie ein Glas Wasser. Ihr anderer Arm war um den Hals ihres Vaters geschlungen. Er trug ein Unterhemd mit Trägern und hatte Rasierschaum auf den Wangen. Im Hintergrund, nur ein Schatten, stand die Haushälterin. Heute ohne Armreife, die sie nicht immer trug, aber mit einem turbanartig gebundenen Kopftuch, den Knoten vorn. Nan Melda, der einzige Mutterersatz, den Libbit je gekannt hatte.

Libbit?

Ja, so wurde sie genannt. So nannte sie sich selbst. Libbit, die kleine Libbit.

»Die Kleinste von allen«, murmelte ich und blätterte meinen Skizzenblock um. Der Bleistift – zu kurz, zu dick, seit über einem Dreivierteljahrhundert unbenutzt – war das ideale Werkzeug, der perfekte *Kanal.* Er begann wieder übers Papier zu gleiten.

Ich zeichnete die Kleine in einem Zimmer. Bücher erschienen an der Wand hinter ihr, verwandelten es in ein Arbeitszimmer. Daddys Arbeitszimmer. Sie trug weiter einen Kopfverband. Sie saß an einem Schreibtisch. Sie trug etwas, das wie ein kleiner Morgenrock aussah. Sie hielt einen

(Bei-stiff)

Bleistift in der Hand. Einen der Buntstifte? Vermutlich nicht – damals nicht, noch nicht –, aber das spielte keine Rolle. Sie hatte ihr Ding gefunden, ihre Aufgabe, ihre Berufung. Und wie hungrig sie davon wurde! Wie heißhungrig!

Sie denkt: Ich möchte bitte mehr Papier.

Sie denkt: Ich bin ELIZABETH.

»Sie hat sich buchstäblich in die Welt zurückgezeichnet«, sagte ich und bekam dann plötzlich eine Gänsehaut von

Kopf bis Fuß – denn hatte ich nicht das Gleiche getan? Hatte ich hier auf Duma Key nicht *genau* das Gleiche getan?

Ich hatte noch viel Arbeit vor mir. Ich wusste, das hier würde eine lange, anstrengende Nacht werden, aber ich hatte das Gefühl, vor großen Entdeckungen zu stehen, und was ich empfand, war keine Angst – damals noch nicht –, sondern die Art Aufregung, die einen kupfrigen Geschmack im Mund erzeugt.

Ich beugte mich nach vorn, hob Elizabeth' dritte Zeichnung auf. Die vierte. Die fünfte. Die sechste. Ich bewegte mich schneller, immer schneller. Gelegentlich machte ich eine Pause, um zu zeichnen, aber meistens war das nicht nötig. Die Bilder entstanden in meinem Kopf, und weshalb ich sie nicht zu Papier bringen musste, erschien mir klar: Elizabeth hatte diese Arbeit schon vor langer Zeit getan, während sie sich von einem Unfall erholte, der sie beinahe das Leben gekostet hatte.

In jener glücklichen Zeit, bevor Noveen zu sprechen begann.

IV

Bei meinem Interview hatte Mary Ire an einer Stelle gesagt, in mittleren Jahren zu entdecken, dass ich als Maler mit den besten mithalten konnte, müsse für mich so ähnlich gewesen sein, als hätte mir jemand die Schlüssel eines aufgemotzten Muscle-Car gegeben – eines Roadrunner oder GTO. Ich hatte gesagt, ja, so ungefähr. Als Nächstes hatte sie es damit verglichen, plötzlich die Schlüssel zu einem vollständig eingerichteten Haus überreicht zu bekommen. Eigentlich zu einer Villa. Ich sagte, ja, auch das.

Und wenn sie so weitergemacht hätte? Hätte sie mich gefragt, ob es war, als würde man unverhofft eine Million Microsoft-Aktien erben oder auf Lebenszeit zum Herrscher irgendeines ölreichen (aber friedlichen) Emirats im Nahen Osten gewählt werden? Ich hätte geantwortet: Ja, sicher, klar doch. Um sie zu beschwichtigen. Weil es in diesen Fragen um *sie* ging. Ich hatte die Sehnsucht in Marys Blick erkannt, während sie sie stellte. Es war der Blick eines Mädchens, das genau weiß, dass es seinem Traum, Trapezkünstlerin zu werden, nie näher kommen wird, als samstags in der Nachmittagsvorstellung auf einem der billigen Plätze zu sitzen. Sie war Kritikerin, und viele Kritiker, die nicht zu dem berufen sind, worüber sie schreiben, werden aus Enttäuschung eifersüchtig und gemein und kleinlich. Mary war nicht so. Mary liebte den Kunstbetrieb noch immer. Sie trank Whisky aus einem Wasserglas und wollte wissen, wie es war, wenn Tinkerbell aus dem Nichts angeflogen kam und einem auf die Schulter tippte, worauf man entdeckte, dass man – obwohl man die fünfzig schon überschritten hatte – plötzlich imstande war, am Mond vorbeizufliegen. Und obwohl es nicht so war, als bekäme man die Schlüssel eines schnellen Wagens oder zu einer Luxusvilla, erklärte ich ihr, genauso sei es. Weil man niemandem erzählen *kann*, wie es wirklich ist. Man kann nur drum herumreden, bis alle erschöpft sind und es Zeit ist, zu Bett zu gehen.

Aber Elizabeth hatte gewusst, wie es war.

Das bewiesen erst ihre Zeichnungen, dann ihre Aquarelle.

Es war, als bekäme man eine Zunge, nachdem man stumm gewesen war. Und noch mehr. Besser. Es war, als bekäme man seine Erinnerungen zurück – und die Erinnerungen eines Menschen bedeuten wirklich alles. Erinnerungen sind

Identität. Sie sind die *Person*. Schon von dieser ersten Linie an – dieser unglaublich *tapferen* ersten Linie, die darstellen sollte, wie Meer und Himmel sich trafen – hatte sie erfasst, dass Sehen und Erinnern austauschbar sind, und sich daran gemacht, sich selbst zu heilen.

Perse war daran nicht beteiligt gewesen. Nicht zu Anfang.

Davon war ich überzeugt.

V In den folgenden vier Stunden streifte ich durch Libbits Welt. Sie war ein wundervoller, oft erschreckender Aufenthaltsort. Manchmal kritzelte ich ein paar Wörter hin – *Talent ist immer hungrig; fang mit dem an, was du weißt* –, aber meistens waren es Bilder. Bilder waren unsere reale gemeinsame Sprache.

Ich verstand, wieso ihre Angehörigen so rasch den Bogen von Erstaunen über Anerkennung bis hin zu Langeweile geschlagen hatten. Dazu war es teilweise gekommen, weil die Kleine so produktiv war, aber vielleicht noch mehr, weil sie zu *ihnen* gehörte, sie war ihre kleine Libbit, und es gibt immer die Befürchtung, dass aus Nazareth nichts Gutes kommen konnte, nicht wahr? Aber ihre Langeweile steigerte den Hunger der Kleinen nur noch mehr. Sie suchte nach neuen Mitteln, sie zum Staunen zu bringen, suchte nach neuen Sichtweisen.

Und fand sie, Gott sei ihr gnädig.

Ich zeichnete Vögel, die auf dem Rücken flogen, und Tiere, die über das Wasser des Swimmingpools liefen.

Ich zeichnete ein Pferd mit einem Lächeln, das über seine

Kopfränder hinausging. Ich vermutete, dass etwa um diese Zeit Perse auf der Bildfläche erschienen war. Nur …

»Nur hat Libbit nicht *gewusst*, dass es Perse war«, sagte ich. »Sie dachte …«

Ich blätterte bis fast zu ihren ersten Zeichnungen zurück. Bis zu dem runden schwarzen Gesicht mit den lächelnden roten Lippen. Auf den ersten Blick hatte ich die Zeichnung für ein Porträt von Nan Melda gehalten, aber ich hätte es besser wissen müssen – das hier war ein Kindergesicht, nicht das einer Frau. Das Gesicht einer *Puppe*. Plötzlich schrieb ich **NOVEEN** daneben – in Druckschrift und so energisch, dass Elizabeth' alter kanariengelber Bleistift beim letzten Strich des zweiten **N** abbrach. Ich warf ihn zu Boden und schnappte mir einen anderen.

Es war Noveen, durch die Perse zuerst gesprochen hatte, um ihr kleines Genie nicht zu erschrecken. Was hätte weniger bedrohlich sein können als eine kleine schwarze Mädchenpuppe, die lächelte und genau wie die geliebte Nan Melda ein zu einem Turban gebundenes rotes Kopftuch trug?

Und war Elizabeth erschrocken oder gar verängstigt, als die Puppe auf einmal zu sprechen begann? Das glaubte ich nicht. Sie mochte auf einem eng beschränkten Spezialgebiet unglaublich begabt gewesen sein, aber sie war trotzdem nur ein kleines Mädchen von drei Jahren.

Noveen sagte ihr Dinge, die sie zeichnen sollte, und Elizabeth …

Ich griff wieder nach meinem Skizzenblock. Zeichnete eine auf dem Boden liegende Torte. Eine auf den Boden *geklatschte* Torte. Die kleine Libbit glaubte, dass Noveen sich diesen Streich erlaubt hatte, aber dahinter steckte Perse, die Elizabeth' Fähigkeiten testete. Perse experimentierte, wie ich experimentiert hatte, und versuchte herauszufinden, was dieses neue Werkzeug leisten konnte.

Als Nächstes war der Hurrikan Alice gekommen.

Weil es, wie ihre Puppe ihr zugeflüstert hatte, einen Schatz gab, den ein Sturm freilegen würde.

Also gar kein Hurrikan Alice, nicht eigentlich. Und keine Elizabeth, weil sie noch nicht Elizabeth *gewesen* war – nicht für ihre Familie, nicht für sie selbst. Der große Sturm des Jahres 1927 war der Hurrikan Libbit gewesen.

Weil es Daddy gefallen würde, einen Schatz zu finden. Und weil Daddy nicht ständig daran denken sollte …

»Sie hat sich die Suppe eingebrockt«, sagte ich mit rauer Stimme, die nicht wie meine klang. »Jetzt soll sie sie auslöffeln.«

… wie zornig er darüber war, dass Adie mit Emery, diesem Zelluloidkragen, durchgebrannt war.

Ja. So war's damals im Jahr 1927 am Südende von Duma Key gewesen.

Ich zeichnete John Eastlake – allerdings waren nur seine Schwimmflossen vor dem Himmel, das Ende seines Schnorchels und darunter ein Schatten zu sehen. John Eastlake, der nach Schätzen tauchte.

Der nach der neuen Puppe seiner jüngsten Tochter tauchte, obwohl er vermutlich nichts zu finden erwartete.

Unter eine Schwimmflosse schrieb ich in Druckbuchstaben: **FAIRER BERGELOHN**.

Die Bilder stiegen klarer, immer klarer in meinem Geist auf, als hätten sie all diese Jahre nur darauf gewartet, befreit zu werden, und ich fragte mich flüchtig, ob jedes Gemälde (und jedes zu seiner Herstellung benutzte Werkzeug) von Höhlenmalereien in Zentralasien bis zur *Mona Lisa* solche versteckten Erinnerungen an seine Entstehung und seinen

Schöpfer enthielt, die wie DNA in den Pinselstrichen gespeichert war.

Schwimm und mach Beinschläge, bis ich Halt sage.

Ich fügte Elizabeth zu dem tauchenden Daddy hinzu, wie sie, mit Noveen unter einen Arm geklemmt, bis zu ihren molligen Knien im Wasser stand. Libbit hätte fast das Puppenmädchen auf der Zeichnung sein können, die Ilse sich erbeten hatte – die eine, der ich den Titel *Das Spiel ist aus* gegeben hatte.

Und nachdem er all dieses Zeug gesehen hat, umarmt er mich umarmt mich umarmt mich.

Ich machte eine hastige kleine Skizze, auf der John Eastlake mit auf den Kopf geschobener Tauchermaske das tat. Der Picknickkorb stand gleich daneben auf einer Decke, und die Harpunenpistole lag auf dem Korbdeckel.

Er umarmt mich umarmt mich umarmt mich.

Zeichne sie, flüsterte eine Stimme. *Zeichne Elzabeth' fairen Bergelohn. Zeichne Perse.*

Aber das würde ich nicht tun. Ich hatte Angst vor dem, was ich zu sehen bekommen könnte. Und vor dem, was es mir antun könnte.

Und was war mit Daddy? Was mit John? Wie viel hatte er gewusst?

Ich blätterte die Zeichnungen durch bis zu dem Bild mit dem schreienden John Eastlake, dem das Blut aus der Nase und aus einem Auge rann. Er hatte viel gewusst. Möglicherweise zu spät, aber er hatte es gewusst.

Was genau *war* mit Tessie und Lo-Lo passiert?

Und mit Perse, dass sie sich in all den Jahren still verhalten hatte?

Was war sie eigentlich? Keine Puppe, so viel schien festzustehen.

Ich hätte weitermachen können – ein Bild, auf dem Tessie und Lo-Lo Hand in Hand einen Weg, irgendeinen Weg, entlangliefen, wartete bereits darauf, gezeichnet zu werden –, aber ich begann aus meiner Halbtrance zu erwachen und war fast zu Tode erschrocken. Außerdem glaubte ich genug zu wissen, um weitermachen zu können; Wireman würde mir helfen, den Rest rauszukriegen, dessen war ich mir fast sicher. Ich klappte meinen Skizzenblock zu. Ich legte den braunen Bleistift – jetzt nur noch ein Stummel – des kleinen Mädchens von damals aus der Hand und merkte, dass ich hungrig war. Sogar heißhungrig. Aber diese Art Kater war mir nicht neu, und ich hatte reichlich Vorräte im Kühlschrank.

VI

Ich ging langsam die Treppe hinunter, glaubte ein Kaleidoskop aus bunten Bildern zu sehen – den auf dem Kopf stehenden Reiher mit scharfen blauen Augen, die lächelnden Pferde, die bootsgroßen Schwimmflossen an Daddys Füßen – und sparte mir die Mühe, im Wohnzimmer Licht zu machen. Das war überflüssig; jetzt im April hätte ich den Weg vom Fuß der Treppe in die Küche bei stockfinsterer Nacht gefunden. Inzwischen hatte ich mir dieses einsame Haus, das sein Kinn über die Brandungslinie hinausreckte, so zu eigen gemacht, dass ich mir trotz allem nicht vorstellen konnte, es zu verlassen. Auf halbem Weg blieb ich stehen und sah durch den Florida-Raum auf den Golf hinaus.

Dort draußen, keine hundert Meter vom Strand entfernt, im Licht des Viertelmonds und einer Million Sterne deutlich und unverwechselbar, lag die *Perse* vor Anker. Ihre Segel waren gerefft, aber Seilnetze sackten von ihren uralten Masten wie Spinnweben herab. *Die Leichentücher,* dachte ich. *Das sind ihre Leichentücher.* Sie dümpelte wie das vermoderte Spielzeug eines längst gestorbenen Kindes auf den Wellen. Soweit ich sehen konnte, waren die Decks leer – von Lebewesen wie von Andenken –, aber wer konnte wissen, was sich vielleicht unter Deck befand?

Ich war kurz davor, ohnmächtig zu werden. In dem Augenblick, in dem ich das merkte, erkannte ich auch den Grund dafür: Ich hatte aufgehört zu atmen. Ich wies meinen Körper an, einzuatmen, aber eine schreckliche Sekunde lang passierte nichts. Meine Brust blieb flach wie eine Seite in einem zugeklappten Buch. Als sie sich endlich hob, hörte ich ein lautes Keuchen. Das war ich, der darum kämpfte, sein Leben bei vollem Bewusstsein fortzusetzen. Ich stieß die Luft aus, die ich eben eingeatmet hatte, und holte erneut Luft, diesmal etwas weniger geräuschvoll. Im Halbdunkel tanzten vor meinen Augen schwarze Punkte, die allmählich verblassten. Ich erwartete, dass das auch das Schiff dort draußen tun würde – es *musste* eine Halluzination sein –, aber es blieb, ungefähr vierzig Meter lang und etwas weniger als ein Viertel breit. Auf den Wellen tanzend. Dabei auch leicht gierend. Der Bugspriet schien mir wie ein erhobener Zeigefinger zu drohen, wie um zu sagen: *Aua, du böser Mann, jetzt bist du d…*

Ich ohrfeigte mich mit solcher Gewalt, dass mein linkes Auge tränte, aber das Schiff lag weiter dort draußen. Wenn es da *war* – wirklich da war –, musste Jack es vom Holzsteg des *Palacio* aus sehen können, das wurde mir jetzt klar. Im hinteren Teil des Wohnzimmers stand ein Telefon, aber von hier aus war das auf der Arbeitstheke in der Küche näher. Und es hatte den Vorzug, dort direkt unter den Lichtschaltern zu stehen. Ich wollte Licht, vor allem das in der Küche, diese guten, strahlend hellen Leuchtstoffröhren. Ohne das Schiff aus den Augen zu lassen, verließ ich rückwärts gehend das Wohnzimmer und betätigte alle drei Kippschalter mit dem Handrücken. Die Lampen flammten auf, und ihr nüchtern grelles Licht ließ die *Perse* – und alles andere außerhalb des Florida-Raums – verschwinden. Ich griff nach dem Telefonhörer, dann sank meine Hand herab.

In meiner Küche stand ein Mann am Kühlschrank. Er trug klatschnasse Lumpen, die früher einmal Jeans und ein Hemd mit Stehkragen gewesen sein mochten. Seine Kehle, aber auch Wangen, Stirn und Unterarme schienen bemoost zu sein. Die rechte Kopfseite war eingedrückt. Blütenblätter aus Knochen ragten aus dem glatten Laub seiner dunklen Haare. Eines seiner Augen – das rechte – fehlte. Diese Augenhöhle war mit einer schwammigen Masse ausgefüllt. Das linke Auge glänzte in einem fremdartigen, entmutigenden Silber, das nichts Menschliches an sich hatte. Seine geschwollenen bloßen Füße waren aufgeplatzt, sodass die Knöchel weiß aus dem purpurroten Fleisch hervorstachen.

Das Wesen grinste mich an. Seine Lippen schienen aufzuplatzen, als sie zurückwichen und zwei Reihen gelber Zähne in vor Alter schwarz gewordenem Zahnfleisch sehen ließen. Es hob die rechte Hand, an der ein weiteres Relikt der *Perse* baumelte: ein Paar Handschellen. Ein alter, verrosteter Ring umschloss das Handgelenk des Wesens. Der andere hing offen wie ein loser Unterkiefer.

Der andere war für mich.

Es ließ ein heiseres Zischen hören, vielleicht alles, was seine verwesten Stimmbänder noch hervorbringen konnten, und begann, unter den nüchtern grellen Leuchtstoffröhren auf mich zuzukommen. Es hinterließ Fußspuren auf dem Hartholzboden. Es warf einen Schatten. Ich konnte ein leises Knarren hören und sah, dass es einen durchnässten Ledergürtel trug – verrottet, aber bisher nicht gerissen.

Eine eigenartige sanfte Lähmung hatte mich befallen. Ich war bei Bewusstsein, aber ich konnte nicht weglaufen, obwohl ich recht gut wusste, was die offene Handschelle bedeutete und was dieses Wesen vorhatte: Es würde mich an sich fesseln und an Bord der Fregatte oder Bark oder Brigantine oder was zum Teufel dort draußen lag, schleppen. Ich würde mich in die Besatzung einreihen müssen. Und auch wenn es an Bord der *Perse* vielleicht keine jungen Kabinenstewards gab, glaubte ich zu wissen, dass dieser Dienst von zwei Mädchen versehen wurde, von denen eine Lo-Lo und die andere Tessie hieß.

Du musst weglaufen. Zieh ihm wenigstens das Telefon über den Schädel, verdammt noch mal!

Aber ich konnte nicht. Ich glich einem von einer Schlange hypnotisierten Kaninchen. Ich schaffte es nur, einen benommenen Schritt rückwärts ins Wohnzimmer zu machen … dann noch einen … dann einen dritten. Jetzt war ich wieder im Halbschatten. Das Wesen stand so in der Küchentür, dass das grelle Neonlicht auf sein feuchtes, verwesendes Gesicht fiel und seinen Schatten über den Wohnzimmerteppich warf. Noch immer grinsend. Ich überlegte, ob ich die Augen schließen und versuchen sollte, es fortzuwünschen, aber das würde nicht funktionieren; ich konnte es riechen wie einen Müllbehälter hinter einem Fischrestaurant. Und …

»Zeit zu gehen, Edgar.«

… es konnte also doch reden. Die Wörter waren schlammig, aber verständlich.

Es machte einen Schritt ins Wohnzimmer. Ich wich benommen einen weiteren Schritt zurück, wusste aber in meinem Innersten, dass das nichts nützen würde, dass es nicht genügen würde, bloß Abstand zu halten, dass das Wesen sich einfach auf mich stürzen würde, sobald es das Katz-und-Maus-Spiel satthatte, die stählerne Handschelle um mein Handgelenk zuschnappen lassen und mich trotz meines Kreischens zum Wasser, zum *caldo largo* hinunterschleifen, und das letzte Geräusch, das ich auf der lebenden Seite der Welt hören würde, würde die mahlende Unterhaltung der Muscheln unter dem Haus sein. Dann würde Wasser meine Ohren füllen.

Trotzdem wich ich einen weiteren Schritt zurück, wusste nicht einmal, ob ich mich in Richtung Haustür bewegte, sondern hoffte es nur, machte noch einen … und dann fiel eine Hand auf meine Schulter.

Ich schrie auf.

VII

»Was zum *Teufel* ist dieses Ding?«, flüsterte Wireman mir ins Ohr.

»Weiß ich nicht«, antwortete ich schluchzend. Vor Angst schluchzend. »Oder doch. Ich *weiß* es. Sieh auf den Golf hinaus, Wireman.«

»Ich kann nicht. Ich traue mich nicht, es aus den Augen zu lassen.«

Aber das Ding auf der Schwelle hatte Wireman jetzt gesehen – Wireman, der ebenfalls durch die offene Haustür hereingekommen war, Wireman, der gerade rechtzeitig eingetroffen war wie die Kavallerie in einem John-Wayne-Western – und blieb nach drei Schritten ins Wohnzimmer hinein stehen: mit leicht gesenktem Kopf und der am ausgestreckten Arm vor und zurück schwingenden Handschelle.

»O mein Gott«, sagte Wireman. »Dieses Schiff! Das auf deinen Bildern!«

»Geh«, forderte das Wesen ihn auf. »Mit dir haben wir nichts zu schaffen. Geh, dann darfst du weiterleben.«

»Es lügt«, sagte ich.

»Erzähl mir was, das ich nicht weiß«, erwiderte Wireman, dann erhob er seine Stimme. Er stand dicht hinter mir, und mir platzte fast das Trommelfell. *»Verschwinde! Das ist Hausfriedensbruch!«*

Der ertrunkene junge Mann gab keine Antwort, aber er war genauso schnell, wie ich befürchtet hatte. Eben noch hatte er drei Schritte weit im Wohnzimmer gestanden. Im nächsten Augenblick war er dicht vor mir, und ich hatte nur eine unbestimmte, flackernde Vorstellung davon, wie er die Entfernung zurückgelegt hatte. Sein Gestank – Fäulnis und Seetang und toter Fisch, der in der Sonne zerfällt – schwoll an und wurde überwältigend. Ich spürte, wie seine Hände – eiskalt – meinen Unterarm umfassten, und schrie vor Abscheu und Entsetzen auf. Nicht wegen der Kälte, sondern weil sie so *weich* waren. So *schwammig*. Das eine silberne Auge starrte mich an, schien sich in mein Gehirn zu bohren, und ich hatte einen Moment lang den Eindruck von absoluter Schwärze, die mich ausfüllte. Dann schloss die Handschelle sich mit nüchtern hartem Klicken um mein Handgelenk.

»Wireman!«, kreischte ich, aber Wireman war fort. Er lief von mir weg, hastete so schnell durch den Raum, wie er nur konnte.

Das ertrunkene Wesen und ich waren aneinandergekettet. Es schleppte mich zur Tür.

VIII

Wireman kehrte zurück, kurz bevor der Untote mich über die Schwelle zerren konnte. In einer Hand hielt er etwas, das aussah wie ein stumpfer Dolch. Einen Augenblick lang glaubte ich, das müsse eine der silbernen Harpunen sein, aber das war nur machtvolles Wunschdenken; die Silberharpunen lagen oben neben dem roten Picknickkorb. »He!«, sagte er. »He, du! Ja, ich rede mit dir! *¡Cojudo de puta madre!*«

Sein Kopf fuhr blitzschnell herum wie der einer Schlange, die zuschnappen will. Wireman war kaum langsamer. Er hob den stumpfen Gegenstand mit beiden Händen, stieß ihn dem Wesen ins Gesicht und traf es unmittelbar über der rechten Augenhöhle. Das Wesen kreischte – ein gellender Schrei, der meinen Kopf wie ein Glassplitter durchbohrte. Ich sah Wireman zusammenzucken und zurückstolpern; sah ihn trotz aller Anstrengungen seine Waffe verlieren, die auf den sandigen Dielenboden fiel. Aber das spielte keine Rolle mehr. Das Mann-Wesen, das so massiv gewirkt hatte, löste sich mitsamt seiner Kleidung und allem anderen in Unkörperlichkeit auf. Ich spürte, wie auch die Handschelle an meinem Handgelenk an Substanz verlor. Eben war sie noch zu sehen, dann wurde sie zu Wasser, das auf meine Sneakers und den Teppich tropfte. Eine größere Pfütze zeigte, wo noch vor wenigen Augenblicken der Dämonen-Seefahrer gestanden hatte.

Ich fühlte dickflüssige Wärme auf dem Gesicht und wischte mir Blut von Nase und Oberlippe. Wireman war über ein Sitzkissen gefallen. Ich half ihm auf und sah dabei, dass auch er aus der Nase blutete. Und vom linken Ohr lief ein dünner Blutfaden seinen Hals hinunter; er hob und senkte sich mit dem Hämmern seines Pulses.

»Verdammt, dieser *Schrei*«, sagte er. »Meine Augen tränen, und mir klingeln die Ohren wie verrückt. Kannst du mich hören, Edgar?«

»Ja«, sagte ich. »Alles in Ordnung mit dir?«

»Außer dass ich glaube, gesehen zu haben, wie ein Toter vor mir zu einer Pfütze geworden ist? Ich denke schon.« Er bückte sich, hob den stumpfen Zylinder auf und küsste ihn. »Ehre sei Gott für scheckige Dinge«, sagte er, dann lachte er bellend. »Sogar wenn sie nicht gescheckt sind.«

Wireman hielt einen Kerzenleuchter in der Hand. Die Spitze, auf die man eine Kerze stecken sollte, war dunkel angelaufen, als wäre sie mit etwas sehr Heißem in Berührung gekommen statt mit etwas Nassem und Kaltem.

»In allen Häusern, die Miss Eastlake vermietet, stehen Kerzen, weil's hier oft Stromausfälle gibt«, sagte Wireman. »Im großen Haus haben wir ein Notstromaggregat, aber sonst nirgends, auch hier nicht. Doch im Gegensatz zu den kleineren Häusern stehen im Big Pink Kerzenleuchter aus dem *Palacio*, die zufällig aus Silber sind.«

»Und du hast daran gedacht«, sagte ich. Eigentlich: staunte ich.

Er zuckte mit den Schultern, dann blickte er auf den Golf hinaus. Das tat ich auch. Dort draußen waren nur Mondlicht und Sternenschein auf dem Wasser zu sehen. Zumindest im Augenblick.

Wireman fasste mich am Handgelenk. Seine Finger schlossen sich um die Stelle, wo die Handschelle gesessen hatte, und ließen mein Herz jagen. »Was?«, fragte ich rasch, weil mir die neue Angst auf seinem Gesicht nicht gefiel.

»Jack«, sagte er. »Jack ist allein im *Palacio*.«

Wir nahmen Wiremans Wagen. In meinem Entsetzen hatte ich weder die Scheinwerfer bemerkt noch sein Auto vorfahren gehört.

IX

Mit Jack war alles in Ordnung. Ein paar von Elizabeth' alten Freunden hatten angerufen, aber der letzte dieser Anrufe war um Viertel vor neun gekommen – eineinhalb Stunden bevor wir hereingestürmt kamen, blutig und mit wildem Blick, Wireman noch immer den Kerzenleuchter schwenkend. Im *Palacio* hatte es keine Eindringlinge gegeben, und Jack hatte das Schiff, das eine Zeit lang vor dem Big Pink geankert hatte, nicht gesehen. Jack hatte Popcorn aus der Mikrowelle gegessen und sich ein altes Video von *Beverly Hills Cop* angesehen.

Er hörte sich unsere Geschichte mit wachsendem Erstaunen, aber nicht wirklich ungläubig an; er war ein junger Mann, musste ich mir ins Gedächtnis rufen, und mit TV-Serien wie *Akte X* und *Lost* aufgewachsen. Außerdem passte alles zu dem, was er zuvor erfahren hatte. Als wir fertig waren, nahm er Wireman den Kerzenleuchter aus der Hand und untersuchte die Spitze, die aussah wie der schwarze Glühfaden einer durchgebrannten Birne.

»Warum ist es nicht gekommen, um mich zu holen?«, fragte er. »Ich war allein und völlig ahnungslos.«

»Ich will deiner Selbstachtung keinen Schlag versetzen«, sagte ich, »aber ich glaube nicht, dass die für diese Show Verantwortliche dir eine große Bedeutung beimisst.«

Jack begutachtete den schmalen roten Streifen an meinem Handgelenk. »Edgar, ist das, wo …«

Ich nickte.

»Scheiße«, sagte Jack halblaut.

»Hast du schon rausgekriegt, was hier läuft?«, fragte Wireman mich. »Wenn sie dir dieses Wesen auf den Hals gehetzt hat, muss sie annehmen, dass du gefährlich viel weißt, dass du sie enttarnen kannst.«

»Ich glaube nicht, dass jemals irgendwer *alles* erfahren

wird«, sagte ich, »aber ich weiß, wer dieses Wesen war, als es noch gelebt hat.«

»Wer?« Jack starrte mich mit großen Augen an. Wir standen in der Küche, und Jack hielt noch den Kerzenleuchter in der Hand. Jetzt stellte er ihn auf die Arbeitsplatte.

»Emery Paulson, Adriana Eastlakes Ehemann. Die beiden sind aus Atlanta gekommen, um bei der Suche zu helfen, als Laura und Tessie verschwunden waren, das stimmt, aber sie haben Duma Key nie mehr verlassen. Dafür hat Perse gesorgt.«

X

Wir gingen in den Salon, in dem ich Elizabeth Eastlake erstmals begegnet war. Der niedrige lange Tisch stand noch dort, aber er war jetzt abgeräumt. Seine polierte Oberfläche kam mir vor wie eine sehr treffende Verspottung des Lebens.

»Wo sind sie?«, fragte ich Wireman. »Wo sind ihre Porzellanfiguren? Wo ist das Dorf?«

»Ich habe alles in Schachteln gepackt und in die Sommerküche geschafft«, sagte er mit einer vagen Handbewegung. »Ohne bestimmten Grund, ich konnte … ich konnte sie einfach nicht … *muchacho*, möchtest du etwas grünen Tee? Oder ein Bier?«

Ich bat um ein Glas Wasser. Jack meinte, er hätte lieber ein Bier, wenn's recht sei. Wireman ging hinaus, um die Getränke zu holen. Er schaffte es bis auf den Flur, bevor er zu weinen begann – mit großen, lauten Schluchzern, die man nicht unterdrücken kann, so sehr man sich auch bemüht.

Jack und ich wechselten einen Blick, dann sahen wir weg. Wir sagten nichts.

XI

Er blieb viel länger weg, als man normalerweise braucht, um zwei Dosen Bier und ein Glas Wasser zu holen, aber als er zurückkam, hatte er die Fassung wiedergewonnen.

»Sorry«, sagte er. »Gewöhnlich verliere ich nicht binnen einer Woche einen geliebten Menschen und ramme einem Vampir einen Kerzenleuchter ins Gesicht. Im Allgemeinen ist es entweder das eine oder das andere.« Er zuckte die Schultern, um Unbekümmertheit anzudeuten. Das misslang, aber ich musste ihm den Versuch anrechnen.

»Sie sind keine Vampire«, sagte ich.

»Was denn sonst?«, fragte er. »Erklär uns das näher!«

»Ich kann nur schildern, was ihre Bilder mir erzählt haben. Aber ihr müsst bedenken, dass sie – so talentiert sie auch gewesen sein mag – noch immer nur ein Kind war.« Ich zögerte, dann schüttelte ich den Kopf. »Nicht einmal das. Kaum mehr als ein Baby. Perse war … nun, man müsste wohl sagen, dass Perse ihr Geistführer gewesen ist.«

Wireman riss die Lasche seiner Bierdose auf, dann beugte er sich nach vorn. »Und wie steht's mit dir? Ist Perse auch dein Geistführer? Hat sie auch verstärkt, was *du* tust?«

»Natürlich hat sie das. Sie hat meine Fähigkeiten ausgelotet und erweitert – ich glaube, das steckte hinter der Sache mit Candy Brown. Und sie hat Motive für mich ausgewählt. Sie war für den Zyklus *Mädchen mit Schiff* verantwortlich.«

»Und dein sonstiges Zeug?«, fragte Jack.

»Überwiegend meins, glaube ich. Aber Teile davon ...« Ich sprach nicht weiter, weil mir plötzlich etwas Schreckliches einfiel. Als ich mein Glas wegstellte, warf ich es fast um. »Großer Gott!«

»Was?«, fragte Wireman. »Um Himmels willen, was?«

»Du musst dein kleines rotes Buch mit den Telefonnummern holen. Sofort!«

Er ging und holte es, dann gab er mir das schnurlose Telefon. Ich blieb einen Augenblick mit dem Telefon im Schoß sitzen, weil ich nicht wusste, wen ich zuerst anrufen sollte. Dann wusste ich es. Aber im modernen Leben gibt es eine Regel, die noch unumstößlicher ist als die, dass nie ein Cop in der Nähe ist, wenn man einen brauchte: Wenn man jemanden unbedingt braucht, meldet sich immer sein Anrufbeantworter.

Den hörte ich, als ich Dario Nannuzzi, Jimmy Yoshida und Alice Aucoin zu Hause anzurufen versuchte.

»Scheiße!«, rief ich und trennte die Verbindung mit dem Daumen, als Alices Tonbandstimme begann: »Tut mir leid, dass ich Ihren Anruf jetzt nicht entgegennehmen kann, aber ...«

»Wahrscheinlich feiern sie noch«, sagte Wireman. »Lass dir Zeit, *amigo,* dann beruhigt sich alles.«

»Ich *habe* keine Zeit!«, sagte ich. »Mist! Scheiße! *Mist!*«

Er legte eine Hand auf meine und sprach in beruhigendem Ton. »Was gibt's, Edgar? Was ist los?«

»Die Bilder sind gefährlich! Vielleicht nicht alle, aber manche ganz sicher!«

Er überlegte, dann nickte er. »Okay. Denken wir mal darüber nach. Am gefährlichsten ist vermutlich der Zyklus *Mädchen mit Schiff*, richtig?«

»Ja, das dürfte stimmen.«

»Diese Bilder sind sicher noch in der Galerie, um gerahmt und versandt zu werden.«

Versandt. Großer Gott, *versandt*. Allein das Wort war erschreckend. »Das darf ich nicht zulassen.«

»*Muchacho*, du darfst nicht zulassen, dass Nebensächlichkeiten dich ablenken.«

Er kapierte nicht, dass dies ganz und gar keine Nebensächlichkeit war. Perse konnte Stürme und Überschwemmungen heraufbeschwören, wenn sie wollte.

Aber dazu brauchte sie Hilfe.

Ich fand die Nummer der Scoto Gallery und wählte sie. Ich hielt es für denkbar, dass noch jemand dort war – selbst um Viertel nach elf, nachdem am Vortag meine große Vernissage stattgefunden hatte. Aber die eiserne Regel hatte Bestand, und ich geriet auch hier an den Anrufbeantworter. Ich wartete ungeduldig, dann drückte ich die 9, um eine allgemeine Nachricht zu hinterlassen.

»Hört zu, Leute, hier ist Edgar«, sagte ich. »Ich möchte, dass *kein* Bild, *keine* Zeichnung verschickt wird, bevor ich den Auftrag dazu erteile, okay? *Nicht ein einziges*. Stellt den Versand einfach für ein paar Tage ein. Erfindet Ausreden, wenn's sein muss, aber haltet euch daran. Bitte. Diese Sache ist sehr wichtig.«

Ich unterbrach die Verbindung und sah zu Wireman hinüber. »Werden sie das tun?«

»Nachdem sie gesehen haben, was sich mit dir verdienen lässt? Jede Wette. Und du hast dir gerade ein langes, kompliziertes Gespräch erspart. Können wir uns jetzt wieder …«

»Noch nicht.« Meine Freunde und meine Familie würden am verwundbarsten sein, und die Tatsache, dass sie sich wieder in alle Winde verstreut hatten, bot mir keinen Trost.

Perse hatte schon demonstriert, wie weit ihre Macht reichte. Und ich hatte angefangen, mich in ihre Angelegenheiten einzumischen. Bestimmt war sie wütend auf mich oder hatte Angst vor mir oder beides gleichzeitig.

Mein erster Impuls war, Pam anzurufen, aber dann erinnerte ich mich daran, dass Wireman gesagt hatte, ich hätte mir gerade ein langes, kompliziertes Gespräch erspart. Statt in seinem kleinen Buch nachzuschlagen, durchsuchte ich mein eigenes unzuverlässiges Gedächtnis ... und unter Druck lieferte es ausnahmsweise das gewünschte Ergebnis.

Aber ich gerate an den Anrufbeantworter, dachte ich. Und so war es auch, obwohl ich das nicht gleich merkte.

»Hallo, Edgar.« Tom Rileys Stimme, aber nicht wirklich Toms Stimme. Sie war vollkommen emotionslos. *Das kommt von den Medikamenten, die er nimmt,* dachte ich ... obwohl mir diese Abgestumpftheit bei der Vernissage noch nicht aufgefallen war.

»Tom, hör mir zu, ohne mich zu unter...«

Aber die Stimme sprach weiter. Diese ausdruckslos leiernde Stimme. »Sie bringt dich um, das weißt du. Dich und alle deine Freunde. Wie sie mich umgebracht hat. Nur lebe ich noch.«

Ich kam taumelnd auf die Beine.

»Edgar!«, sagte Wireman scharf. »Edgar, was ist los?«

»Schnauze«, sagte ich. »Ich muss aufpassen.«

Die Nachricht schien zu Ende zu sein, aber ich konnte ihn weiter atmen hören. Langsame, flache Atemzüge, die aus Minnesota kamen. Dann sprach er weiter.

»Tot sein ist besser«, sagte er. »Jetzt muss ich losfahren und Pam umbringen.«

»Tom!«, brüllte ich die Aufzeichnung an. »Tom, *wach auf!«*

»Sobald wir beide tot sind, können wir heiraten. Es wird eine Schiffstrauung. *Sie* hat's versprochen.«

»Tom!« Wireman und Jack drängten heran, einer packte meinen Arm, der andere meinen Armstumpf. Ich registrierte das kaum.

Und dann:

»Nach dem Piepton kannst du deine Nachricht hinterlassen.«

Der Piepton kam, dann wurde die Verbindung getrennt.

Ich legte das Telefon nicht hin; ich ließ es einfach fallen. Ich wandte mich an Wireman. »Tom Riley ist losgefahren, um meine Frau zu ermorden«, sagte ich. Und dann sprach ich mit einer Stimme weiter, die nicht wie meine klang: »Vielleicht hat er es schon getan.«

XII

Wireman verlangte keine Erklärung, sondern forderte mich nur auf, sie anzurufen. Ich hob das Telefon wieder auf, konnte mich aber nicht an die Nummer erinnern. Wireman las sie mir vor, aber ich schaffte es nicht, sie einzutippen; vor meinem schlimmen Auge sah ich – erstmals seit vielen Wochen – nur rote Schleier.

Jack tippte sie für mich in die Tasten.

Ich stand da, hörte das Telefon in Mendota Heights klingeln und wartete auf Pams helle, unpersönliche Stimme auf dem Anrufbeantworter – mit der Mitteilung, dass sie in Florida sei, jedoch so bald wie möglich zurückrufen werde. Pam, die nicht länger in Florida war, sondern vielleicht tot auf dem Fußboden ihrer Küche lag, mit Tom Riley neben sich, ebenso tot. Diese Vorstellung war so deutlich, dass ich

Blut an den Küchenschränken und auf dem Messer in Toms erstarrender Hand vor mir sah.

Ein Klingeln … zwei … drei … nach dem nächsten würde der Anrufbeantworter sich einschalten …

»Hallo?« Das war Pam. Ihre Stimme klang atemlos.

»Pam!«, rief ich. »O Gott, bist du's wirklich? Sag mir, dass du's bist!«

»Edgar? Wer hat es dir erzählt?« Ihre Stimme klang völlig verwirrt. Und weiter atemlos. Oder vielleicht auch nicht. Dies war eine Pam-Stimme, die ich kannte: leicht heiser und verschwommen; wie sie klang, wenn Pam erkältet war – oder wenn sie …

»Pam, weinst du?« Und dann etwas verspätet: »Wer hat mir *was* erzählt?«

»Das mit Tom Riley«, sagte sie. »Ich dachte, es ist sein Bruder, der anruft. Oder – bitte, Gott, nein – seine Mutter.«

»Was ist mit Tom?«

»Auf dem Rückflug war noch alles in Ordnung mit ihm«, sagte sie. »Er hat gelacht und seine neue Zeichnung herumgezeigt, hat mit Kamen und ein paar anderen hinten in der Maschine Karten gespielt.« Jetzt fing sie an, *wirklich* zu weinen, große Schluchzer wie atmosphärische Störungen, die ihre Sätze zerhackten. Ein hässliches Geräusch, das zugleich aber auch wundervoll war. Weil es lebendig war. »Ihm hat *nichts* gefehlt. Und dann hat er heute Abend Selbstmord begangen. Die Zeitungen werden wahrscheinlich einen Unfall melden, aber es war Selbstmord. Das sagt Bozie. Ein Freund bei den Cops hat ihn angerufen und ihm das erzählt, und Bozie hat mich angerufen. Tom ist mit mindestens siebzig Meilen in eine massive Straßenabsperrung gerast. Ohne Bremsspuren. Das war auf der Route 23, also war er vielleicht hierher unterwegs.«

Ich verstand alles, und ich brauchte auch keinen Phantomarm, der mir das sagte. Es gab etwas, das Perse wollte, weil sie böse auf mich war. Böse? Wütend. Nur hatte Tom unterwegs einen vernünftigen Augenblick – einen *mutigen* Augenblick – erlebt und seinen Wagen rasch gegen eine Betonbarriere gesteuert.

Wireman machte verrückte Was-ist-los-Gesten vor meinem Gesicht. Ich kehrte ihm den Rücken zu.

»Panda, er hat dir das Leben gerettet.«

»Was?«

»Ich weiß, was ich weiß«, sagte ich. »Diese Zeichnung, die er auf dem Rückflug herumgezeigt hat … das war eine von meinen, richtig?«

»Ja … er war so stolz darauf … Edgar, *was willst du damit …*«

»Hatte sie einen Titel? Hatte die Zeichnung einen Titel? Weißt du den noch?«

»Sie hieß *Hallo*. Tom hat immer wieder gesagt: ›Sieht abba nick sähr nach Minnesödda aus‹ … in diesem blöden Dialekt, den er …« Eine Pause, in der ich sie nicht unterbrach, weil ich selbst nachzudenken versuchte. Dann: »Dies gehört zu deiner speziellen Art, etwas zu wissen. Hab ich recht?«

Hallo, dachte ich. Ja, natürlich. Meine erste Skizze im Big Pink hatte gleich zu den machtvollsten Bildern gehört. Und Tom hatte sie gekauft.

Gottverdammtes *Hallo*.

Wireman nahm mir das Telefon aus der Hand – sanft, aber energisch.

»Pam? Hier ist Wireman. Ist Tom Riley …« Er hörte zu, nickte dabei mehrmals. Sein Tonfall war sehr ruhig, sehr besänftigend. So hatte ich ihn manchmal mit Elizabeth reden gehört. »Richtig … ja … ja, Edgar geht's gut, mir geht's auch gut, uns allen hier unten geht's gut. Das mit Mr. Riley tut mir natürlich leid. Aber Sie müssen etwas für uns tun, das sehr, sehr wichtig ist. Moment, ich schalte den Lautsprecher ein.« Er drückte auf einen Knopf, den ich bisher gar nicht bemerkt hatte. »Sind Sie noch da?«

»Ja …« Ihre Stimme klang blechern, aber klar. Und sie war dabei, ihre Selbstbeherrschung zurückzugewinnen.

»Wie viele von Edgars Freunden haben Bilder gekauft?«

Sie überlegte. »Aus der Familie hat niemand ein Bild gekauft. Das weiß ich bestimmt.«

Ich atmete erleichtert auf.

»Ich denke, alle haben gehofft – oder vielleicht ist ›erwartet‹ das richtige Wort –, dass sie irgendwann … zum passenden Geburtstag oder vielleicht zu Weihnachten …«

»Ja, ich verstehe. Also haben sie die Finger davon gelassen.«

»Das habe ich nicht gesagt. Melindas Freund hat eine der Zeichnungen gekauft. Worum geht's eigentlich? *Was ist mit den Bildern nicht in Ordnung?*«

Ric. Mein Herz jagte. »Pam, hier ist wieder Edgar. Haben Melinda und Ric die Zeichnung mitgenommen?«

»Auf all den Flügen, unter anderem über den Atlantik? Nein, er lässt sie rahmen und sich nachschicken. Ich glaube nicht, dass Melinda etwas davon weiß. Es war eine Buntstiftzeichnung mit irgendwelchen Blumen.«

»Dann ist sie also noch in der Scoto.«

»Ja.«

»Und du weißt bestimmt, dass sonst niemand aus der Familie ein Bild gekauft hat?«

Sie ließ sich ungefähr zehn Sekunden Zeit, um zu überlegen. Das Warten war eine Qual. Zuletzt sagte sie: »Nein. Das weiß ich bestimmt.« *Das will ich hoffen, Panda,* dachte ich. »Aber Angel und Helen Slobotnik haben eine Zeichnung gekauft. Sie heißt *Briefkasten mit Blumen*, glaube ich.«

Ich wusste, welche sie meinte. Tatsächlich lautete der Titel *Briefkasten mit Margeriten*. Und ich hielt diese spezielle Zeichnung für harmlos. Sie stammte vermutlich komplett von mir, aber trotzdem …

»Sie haben sie nicht mitgenommen, oder?«

»Nein, weil sie erst nach Orlando und von dort aus heimfliegen wollten. Auch sie lassen sie rahmen und zu sich nach Hause schicken.« Keine Fragen mehr, nur noch Antworten. Ihre Stimme klang jünger – wie die der Pam, die ich geheiratet hatte, die mir in der Zeit vor Tom die Bücher geführt hatte. »Dein Chirurg … sein Name fällt mir gerade nicht ein …«

»Todd Jamieson«, sagte ich automatisch. Hätte ich eine Pause gemacht, um zu überlegen, wäre ich nicht darauf gekommen.

»Ja, der. Auch er hat ein Bild gekauft, das die Galerie ihm schicken soll. Er wollte eines aus dieser unheimlichen Serie *Mädchen mit Schiff*, aber die waren schon weg. Er hat sich mit dem Bild, auf dem das Gehäuse einer Meeresschnecke im Wasser schwimmt, zufriedengegeben.«

Das Scherereien bringen konnte. Alle surrealen Gemälde konnten Scherereien bringen.

»Bozie hat zwei der Zeichnungen gekauft und Kamen eine. Kathi Green wollte gern eine, meinte aber, sie könnte sich keine leisten.« Eine Pause. »Ihr Freund ist ein ziemlicher Trottel, glaube ich.«

Hätte sie gefragt, hätte ich ihr eine geschenkt, dachte ich.

Wireman ergriff wieder das Wort. »Hören Sie mir jetzt zu, Pam. Auf Sie wartet Arbeit.«

»Also gut.« Noch leichte Benommenheit in der Stimme, aber überwiegend wach. Überwiegend ganz da.

»Sie müssen Bozeman und Kamen anrufen. Gleich anschließend.«

»Okay.«

»Sagen Sie ihnen, dass sie diese Zeichnungen verbrennen sollen.«

Eine kleine Pause, dann: »Die Zeichnungen verbrennen, okay, verstanden.«

»Sofort nach diesem Gespräch«, warf ich ein.

Ein Anflug von Verärgerung: »Ich hab ›verstanden‹ gesagt, Eddie.«

»Bestell ihnen, dass ich ihnen den doppelten Kaufpreis ersetze oder sie andere Arbeiten aussuchen lasse, was ihnen lieber ist, aber dass diese Zeichnungen nicht sicher sind. Sie *sind nicht sicher.* Hast du das?«

»Ja, ich rufe sie gleich an.« Und endlich stellte sie eine Frage. *Die* Frage. »Eddie, hat dieses *Hallo*-Bild Tom den Tod gebracht?«

»Ja. Du musst mich später zurückrufen.«

Ich gab ihr die Telefonnummer. Pam klang, als würde sie wieder weinen, aber sie wiederholte die Nummer trotzdem fehlerfrei.

»Pam, ich danke Ihnen«, sagte Wireman.

»Ja, ich auch«, fügte Jack hinzu. »Danke, Mrs. Freemantle.«

Ich dachte, sie würde fragen, wer das gewesen war, aber das tat sie nicht. »Edgar, versprichst du, dass den Mädchen nichts passiert?«

»Wenn sie keine Bilder von mir mitgenommen haben, sind sie in Sicherheit.«

»Ja«, sagte sie. »Deine gottverdammten Bilder. Ich rufe zurück.«

Und sie legte grußlos auf.

»Besser?«, fragte Wireman, als ich das Gespräch beendete.

»Weiß nicht«, sagte ich. »Ich flehe zu Gott, dass es so ist.« Ich drückte meinen Handballen erst gegen das linke, dann ans rechte Auge. »Aber es fühlt sich *nicht* besser an. Es fühlt sich *nicht* in Ordnung gebracht an.«

XIII

Wir schwiegen eine Minute lang. Dann fragte Wireman: »War Elizabeth' Sturz aus dem Ponywagen wirklich ein Unfall? Was glaubst du?«

Ich bemühte mich, wieder klar zu denken. Auch dieses Zeug war wichtig.

»Ich vermute, dass es einer war. Als sie wieder zu sich gekommen ist, hat sie als Folge eines Hirntraumas, das sich 1925 noch nicht diagnostizieren ließ, an Gedächtnisschwund, Verlust des Sprechvermögens und weiß der Himmel was noch gelitten. Ihre Malerei war mehr als nur eine Therapie; Elizabeth war ein echtes Wunderkind ... und selbst ihr erstes großes Kunstwerk. Auch die Haushälterin – Nan Melda – hat darüber gestaunt. Dann ist dieser Zeitungsartikel erschienen, der sicher viele verblüfft hat, die ihn beim Frühstück gelesen haben – aber du weißt ja, wie die Leute sind ...«

»Was sie beim Frühstück verblüfft, ist beim Lunch vergessen«, sagte Wireman.

»Ach, du Heiliger«, sagte Jack, »wenn ich im Alter auch so zynisch werde wie ihr beide, gebe ich meine Plakette ab, glaub ich.«

»Für dich immer noch heiliger Bimbam, mein Sohn«,

sagte Wireman und lachte tatsächlich. Sein Lachen klang leicht benommen, aber es war *da*. Und das war gut.

»Mit der Zeit haben alle das Interesse verloren«, sagte ich. »Und das galt wahrscheinlich auch für Elizabeth. Ich meine, wer langweilt sich schneller als eine Dreijährige?«

»Nur Hundewelpen und Papageien«, sagte Wireman.

»Ein kreatives Feuerwerk mit drei«, sagte Jack nachdenklich. »Verdammt beeindruckende Vorstellung.«

»Also hat sie angefangen …« Ich verstummte, weil ich einen Augenblick lang nicht weitersprechen konnte.

»Edgar?«, fragte Wireman ruhig. »Alles okay?«

Das war es nicht, aber ich musste weiter funktionieren. Sonst würde Tom nur der Anfang gewesen sein. »Ich hab eben daran gedacht, dass er in der Galerie gut ausgesehen hat. *Gut,* verstehst du? Als hätte er sein Leben wieder im Griff. Wenn *sie* sich nicht eingemischt hätte …«

»Ich weiß«, sagte Wireman. »Trink noch einen Schluck Wasser, *muchacho.*«

Ich trank noch einen Schluck Wasser und zwang mich dazu, zu unserem Thema zurückzukehren. »Sie hat angefangen zu experimentieren. Sie ist innerhalb von – wie ich glaube – *Wochen* von Buntstiften über Fingerfarben zu Aquarellfarben gelangt. Und einige der Blätter in dem Picknickkorb sind mit dem Füller gezeichnet, manche meiner Ansicht nach mit Wandfarben, mit denen ich's auch schon versuchen wollte. Sie trocknen auf ganz bestimmte Weise, die …«

»Heb dir das für die Kunstakademie auf, *muchacho*«, sagte Wireman.

»Ja, ja.« Ich trank noch einen Schluck Wasser. Allmählich kam ich wieder auf Kurs. »Sie hat auch angefangen, mit verschiedenen Medien zu experimentieren. Falls ›Medien‹ der richtige Ausdruck ist. Ich denke schon. Kreide auf Ziegel. Sandzeichnungen am Strand. Eines Tages hat sie Tessies Gesicht mit zerlaufener Eiscreme auf die Arbeitsplatte in der Küche gemalt.«

Jack beugte sich nach vorn, hielt die Hände zwischen seinen muskulösen Schenkeln gefaltet und runzelte die Stirn. »Edgar … das ist nicht bloß ausgedacht? Das hast du gesehen?«

»Gewissermaßen. Manches habe ich wirklich gesehen. Manchmal war es mehr wie eine … eine Woge, die ich aus ihren Bildern und beim Gebrauch ihrer Buntstifte gespürt habe.«

»Aber du weißt, dass es wahr ist.«

»Das weiß ich.«

»Ihr war's egal, ob ihre Bilder haltbar waren?«, fragte Wireman.

»Ja. Das *Machen* selbst war ihr wichtiger. Sie hat mit Medien experimentiert und dann angefangen, mit der Realität zu experimentieren. Sie zu verändern. Und *dabei*, während sie sich daranmachte, an der Realität herumzudoktern, hat Perse sie gehört, glaube ich. Hat sie gehört und ist aufgewacht. Ist aufgewacht und hat sie gerufen.«

»Perse war bei dem Kram dabei, den Eastlake aus dem Meer geholt hat, nicht wahr?«, fragte Wireman.

»Elizabeth hat sie für eine Puppe gehalten. Die beste von allen. Aber die beiden konnten erst zusammen sein, als sie stark genug war.«

»Wen meinst du mit *sie?*«, fragte Jack. »Perse oder das kleine Mädchen?«

»Wahrscheinlich beide. Elizabeth war noch ein Kind. Und Perse … Perse hatte endlos lange geschlafen. Unter dem Sand geschlafen, volle fünf Faden tief.«

»Sehr poetisch«, sagte Jack, »aber ich weiß nicht genau, wovon du redest.«

»Ich auch nicht«, sagte ich. »*Sie* sehe ich nämlich nicht. Falls Elizabeth sie gezeichnet hat, muss sie die Blätter vernichtet haben. Dass sie im Alter angefangen hat, Porzellanfiguren zu sammeln, finde ich aufschlussreich, vielleicht war's trotzdem nur ein Zufall. Ich weiß aber, dass Perse sich einen direkten Draht zu der Kleinen verschafft hat – erst durch Elizabeth' Zeichnungen, dann durch Noveen, die bis dahin ihre Lieblingspuppe war. Und Perse hat eine Art … na ja, Trainingsprogramm mit ihr durchgeführt. Ich weiß nicht, wie man es sonst nennen sollte. Sie hat Elizabeth dazu überredet, Dinge zu zeichnen, die dann in der realen Welt passiert sind.«

»Mit dir hat sie also das gleiche Spiel gespielt«, sagte Jack. »Candy Brown.«

»Und mein Auge«, sagte Wireman. »Vergiss nicht, dass du mein Auge in Ordnung gebracht hast.«

»Ich denke lieber, dass ich das allein geschafft habe«, sagte ich … aber stimmte das? »Es gab jedoch andere Dinge. Meistens nur Kleinigkeiten … dass ich manche meiner Bilder als Kristallkugel benutzt habe …« Ich sprach nicht weiter. Daran wollte ich lieber nicht denken, denn diese Straße führte zurück zu Tom. Zu Tom, der eigentlich hätte geheilt sein müssen.

»Erzähl uns, was du sonst noch aus ihren Bildern erfahren hast«, sagte Wireman.

»Also gut. Fangen wir mit dem Wirbelsturm außerhalb der Hurrikansaison an. Elizabeth hat ihn heraufbeschworen, wahrscheinlich mit Perses Hilfe.«

»Du willst mich wohl verscheißern?«, fragte Jack.

»Perse hat Elizabeth erzählt, wo der Trödelkram zu finden war, und Elizabeth hat es ihrem Vater erzählt. Zu den Fundstücken gehörte … sagen wir mal … die Porzellanfigur einer schönen Frau, vielleicht dreißig Zentimeter hoch.« Ja, ich konnte sie sehen. Nicht die Details, aber die Figur. Und die leeren, pupillenlosen Perlen, die ihre Augen waren. »Sie war Elizabeth' Belohnung, ihr fairer Bergelohn, und sobald sie aus dem Wasser heraus war, hat sie *wirklich* losgelegt.«

Jack sprach sehr leise. »Woher kann so was überhaupt gekommen sein, Edgar?«

Mir lag ein Satz aus unbekannter Quelle auf den Lippen, von dem ich nur wusste, dass er nicht von mir war: *In jenen Tagen gab es ältere Götter; Könige und Königinnen, das waren sie.* Aber ich sagte ihn nicht. Ich wollte nichts davon hören, nicht einmal in diesem gut beleuchteten Raum, deshalb schüttelte ich nur den Kopf.

»Das weiß ich nicht. Und ich weiß nicht, welche Flagge das Schiff gesetzt hatte, das hier im Sturm vorbeigetrieben und vielleicht auf Kitt Reef leckgeschlagen ist und einen Teil seiner Ladung verloren hat. Ich weiß nicht vieles sicher … aber ich glaube, dass Perse ein eigenes Schiff besitzt, und sobald sie aus dem Wasser heraus war und mit Elizabeth Eastlakes machtvollem Kinderverstand verschmolzen, konnte sie es herbeirufen.«

»Ein Totenschiff«, sagte Wireman. Sein Gesicht wirkte vor Angst und Staunen geradezu kindlich. Draußen schüttelte ein Windstoß die dichte Bepflanzung des Innenhofs; die Rhododendren nickten mit den Köpfen, und wir konnten das stetige, einschläfernde Geräusch der sich am Strand brechenden Wogen hören. Dieses Brausen hatte ich geliebt, seit ich nach Duma Key gekommen war, und ich liebte es noch immer, aber jetzt ängstigte es mich auch. »Ein Schiff namens … wie? *Persephone?*«

»Wie du magst«, sagte ich. »Ich habe mir natürlich überlegt, dass Perse auch gut Elizabeth' kindliche Aussprache dieses Namens gewesen sein mag. Ist aber nicht wichtig; wir reden hier nicht über griechische Mythologie. Wir reden von etwas, das weit älter und monströser ist. Und hungrig. Das hat es mit Vampiren gemeinsam. Nur hungert es nach Seelen, nicht nach Blut. Zumindest glaube ich das. Elizabeth hatte ihre neue ›Puppe‹ nicht länger als einen Monat, und Gott mag wissen, wie das Leben damals im ersten Heron's Roost war – aber es kann nicht gut gewesen sein.«

»Hat Eastlake die silbernen Harpunen damals anfertigen lassen?«, fragte Wireman.

»Kann ich dir nicht sagen. Es gibt so vieles, was ich nicht weiß, denn mein ganzes Wissen stammt von Elizabeth, die damals fast noch ein Baby war. Ich habe keine Vorstellung davon, was sich in *ihrem* anderen Leben ereignet hat, denn damals hatte sie schon aufgehört, zu zeichnen und zu malen. Und wenn sie sich an die Zeit erinnerte, in der sie beides getan hat …«

»Hat sie ihr Bestes getan, um es gleich wieder zu vergessen«, schloss Jack.

Wireman nickte trübselig. »Gegen Ende zu war sie kurz davor, alles zu vergessen.«

Ich sagte: »Erinnerst du dich an die Bilder, auf denen alle dieses breite, verrückte Grinsen von Drogensüchtigen auf dem Gesicht haben? Das war Elizabeth' Versuch, die Welt, an die sie sich erinnerte, neu zu erschaffen. Die Welt *vor* Perse. Eine glücklichere Welt. In den Tagen, bevor ihre Zwillingsschwestern ertranken, war sie völlig verängstigt, aber sie hat sich davor gefürchtet, etwas zu sagen, weil sie glaubte, es wäre ihre Schuld, dass alle möglichen Dinge schiefgingen.«

»Was für Dinge?« Das war Jack.

»Weiß ich nicht genau, aber es gibt eine Zeichnung, auf der ein alter schwarzer Rasenjockey einen Kopfstand macht. Meiner Ansicht nach verkörpert er alles. Ich glaube, dass Elizabeth in jenen letzten Tagen den Eindruck hatte, dass *alles* auf dem Kopf stand.« Der Rasenjockey hatte noch mehr zu bedeuten – dessen war ich mir fast sicher –, aber ich wusste nicht, was, und dies war vermutlich nicht der richtige Zeitpunkt für Nachforschungen. »Ich glaube, dass die Familie in den Tagen vor und kurz nach Lauras und Tessies Ertrinkungstod in Heron's Roost fast ein Gefangenendasein gefristet hat.«

»Und nur Elizabeth wusste, weshalb?«, fragte Wireman.

»Schwer zu sagen.« Ich zuckte mit den Schultern. »Nan Melda könnte einen Teil davon gewusst haben. *Wahrscheinlich* wusste sie ein bisschen was.«

»Wer hat in der Zeit zwischen dem Schatzfund und dem Tod der kleinen Mädchen dort im Haus gelebt?«, fragte Jack.

Ich dachte darüber nach. »Maria und Hannah dürften nur an ein, zwei Wochenenden aus dem Internat heimgekommen sein, und Eastlake könnte im März und April länger geschäftlich verreist gewesen sein. *Bestimmt* die ganze Zeit im Haus waren Elizabeth, Laura, Tessie und Nan Melda. Und Elizabeth hat versucht, ihre neue ›Freundin‹ durch Zeichnen zu beseitigen.« Ich fuhr mir mit der Zungenspitze über die Lippen, die sehr trocken waren. »Das hat sie mit ihren Buntstiften getan – mit denen im Picknickkorb. Das war, kurz bevor Laura und Tessie ertrunken sind. Vielleicht in der Nacht davor. Weil ihr Ertrinken eine Strafe war, richtig? Genau wie Pams Ermordung durch Tom *meine* Strafe für mein Herumschnüffeln sein sollte. Ich meine, das seht ihr doch, oder?«

»Großer Gott«, flüsterte Jack. Wireman war sehr blass.

»Ich glaube nicht, dass Elizabeth schon vorher etwas verstanden hat.« Ich dachte darüber nach, dann zuckte ich mit den Schultern. »Teufel, ich weiß nicht mal mehr, wie viel *ich* verstanden habe, als ich vier war. Aber bis dahin hatte sie vermutlich nie etwas Schlimmeres erlebt – abgesehen von ihrem Sturz aus dem Ponywagen, und ich möchte wetten, dass sie sich an den nicht mal erinnern konnte –, als von Daddy übers Knie gelegt zu werden oder eines auf die Finger zu bekommen, wenn sie von Nan Meldas Marmeladentörtchen naschen wollte, bevor sie abgekühlt waren. Was wusste sie vom Wesen des Bösen? Sie wusste nur, dass Perse unartig war: Perse war keine brave, sondern eine böse Puppe; sie ließ sich nicht mehr bändigen und wurde immer unbändiger, deshalb musste sie weggeschickt werden. Also setzte sich Libbit mit Zeichenpapier und ihren Stiften hin und sagte sich: ›Ich schaffe das. Wenn ich ganz langsam mache und so gut ich nur kann, schaffe ich es vielleicht.‹« Ich machte eine Pause und fuhr mir mit der Hand über die Augen. »Ich glaube, dass das stimmt, aber ihr dürft es nicht ganz wörtlich nehmen. Es könnte mit Dingen vermischt sein, an die ich mich aus eigenem Erleben erinnere. Weil mein Verstand mir wieder irgendwelche Kunststücke vorführt. Irgendwelche dämlichen beschissenen Hundekunststücke.«

»Immer mit der Ruhe, *muchacho*«, sagte Wireman. »Lass dir Zeit. Sie hat versucht, Perse durch Zeichnen zu beseitigen. Wie stellt man das an?«

»Zeichnen und dann ausradieren.«

»Und Perse hat sie nicht gelassen?«

»Perse hat nichts davon gewusst, da bin ich mir ziemlich sicher. Weil Elizabeth es geschafft hat, ihre Absicht zu tarnen. Frag mich aber bitte nicht, wie. Und wenn ihr mich fragt, ob das ihre eigene Idee war – etwas, das sie sich im Alter von vier Jahren selbst ausgedacht hatte …«

»Keineswegs unglaublich«, sagte Wireman. »Irgendwie entspricht das der Denkweise einer Vierjährigen.«

»Ich verstehe nicht, wie sie das vor dieser Perse hätte geheim halten können«, sagte Jack. »Ich meine … ein kleines Mädchen?«

»Ich weiß es auch nicht«, gestand ich ein.

»Jedenfalls hat's nicht geklappt«, sagte Wireman.

»Nein, hat es nicht. Ich glaube, sie hat sie gezeichnet, und ich bin sicher, dass es eine Bleistiftzeichnung war, und ich glaube, dass sie die fertige Zeichnung ausradiert hat. Einen Menschen hätte sie damit vermutlich umgebracht, wie ich Candy Brown erledigt habe, aber Perse ist natürlich kein Mensch. Das Ganze hat sie nur wütend gemacht. Sie hat sich an Elizabeth gerächt, indem sie ihr die von ihr vergötterten Zwillinge geraubt hat. Tessie und Laura sind nicht etwa den Pfad zum Shade Beach hinuntergelaufen, um weitere Schätze zu suchen. Sie landeten im Wasser und wurden von der Strömung aufs Meer getrieben.«

»Aber nicht für immer«, sagte Wireman, und ich wusste, dass er an bestimmte kleine Fußabdrücke dachte. Von dem Wesen, das in meiner Küche gewesen war, ganz zu schweigen.

»Nein«, stimmte ich zu. »Nicht für immer.«

Der Wind frischte erneut auf, diesmal so stark, dass etwas gegen die dem Golf zugewandte Seite des Hauses geworfen wurde. Wir fuhren alle zusammen.

»Wie hat sie Emery Paulson erwischt?«, fragte Jack.

»Weiß nicht«, antwortete ich.

»Und Adriana«, sagte Wireman. »Hat Perse sie etwa auch erwischt?«

»Weiß ich nicht«, sagte ich. »Vielleicht.« Widerstrebend fügte ich hinzu: »Wahrscheinlich.«

»Adriana haben wir nicht gesehen«, sagte Wireman. »Immerhin etwas.«

»Noch nicht«, sagte ich.

»Aber die kleinen Mädchen sind ertrunken«, bemerkte Jack. Als würde er versuchen, sich Klarheit zu verschaffen. »Dieses Perse-Ding hat sie ins Wasser gelockt. Oder irgendwas.«

»Ja«, sagte ich. »Oder irgendwas.«

»Aber dann gab's eine Suche. Außenstehende.«

»Notgedrungen, Jack«, sagte Wireman. »Die Leute haben gewusst, dass sie fort waren. Zum Beispiel Shannington.«

»Ich weiß«, erwiderte Jack. »Genau davon rede ich ja. Also haben Elizabeth und ihr Dad und die Haushälterin … sich einfach dumm gestellt?«

»Was hätten sie sonst tun sollen?«, fragte ich. »Hätte John Eastlake vierzig oder fünfzig Freiwilligen erklären sollen: ›Die Butzefrau hat meine Töchter entführt, sucht die Butzefrau‹? Er hat es vielleicht nicht mal gewusst. Allerdings muss er's irgendwann erfahren haben.« Ich dachte an das Bild, auf dem er schrie. Schrie und blutete.

»Das genügt mir als Erklärung«, sagte Wireman. »Ich möchte wissen, was passiert ist, nachdem die Suche eingestellt worden war. Miss Eastlake hat kurz vor ihrem Tod davon gesprochen, dass man sie ertränken muss, damit sie weiterschläft. Hat sie damit Perse gemeint? Und wenn ja, wie funktioniert so was?«

Ich schüttelte den Kopf. »Weiß nicht.«

»*Warum* weißt du das nicht?«

»Weil die restlichen Antworten am Südende der Insel zu finden sind«, sagte ich. »In den Ruinen der ursprünglichen Villa Heron's Roost. Und ich glaube, dass auch Perse dort ist.«

»Also gut«, sagte Wireman. »Falls wir nicht bereit sind, Duma schnellstens zu verlassen, müssen wir dorthin, glaube ich.«

»Wenn man bedenkt, was Tom zugestoßen ist, bleibt uns gar nichts anderes übrig«, sagte ich. »Ich habe einen Haufen Bilder verkauft, und die Leute in der Scoto werden sie nicht ewig zurückhalten.«

»Kauf sie zurück«, schlug Jack vor. Daran hatte ich allerdings auch schon gedacht.

Wireman schüttelte den Kopf. »Viele der Besitzer würden nicht verkaufen wollen, nicht mal zum doppelten Preis. Und eine solche Geschichte würde sie nicht überzeugen.«

Dazu sagte keiner etwas.

»Aber bei Tageslicht ist sie nicht ganz so stark«, sagte ich. »Ich würde neun Uhr vorschlagen.«

»Einverstanden«, sagte Jack. »Ich bin um Viertel vor da. Jetzt fahre ich über die Brücke nach Sarasota zurück.« *Die Brücke.* Das setzte mir eine Idee in den Kopf, wo sie fortan umherschwirrte.

»Du kannst gern hier übernachten«, sagte Wireman.

»Nach *diesem* Gespräch?« Jack zog die Augenbrauen hoch. »Bei allem Respekt, Mann, kommt nicht infrage. Aber ich bin morgen da.«

»Morgen sind lange Hosen und Stiefel angesagt«, fügte Wireman hinzu. »Dort unten ist alles überwuchert, und vielleicht gibt's Schlangen.« Er rieb sich das Gesicht mit einer Hand. »Sieht so aus, als würde ich das morgige Abschiednehmen bei Abbot-Wexler verpassen. Miss Eastlakes Verwandte werden gegeneinander die Zähne fletschen müssen. Wie schade … he, Jack.«

Jack war zur Tür unterwegs. Jetzt machte er halt und drehte sich um.

»Du hast nicht zufällig etwas, das Edgar gemalt oder gezeichnet hat?«

»Hmmm … nun …«

»Raus mit der Sprache. Beichten ist gut für die Seele, *compañero.*«

»Eine Skizze«, sagte Jack. Er scharrte mit den Füßen, und ich bildete mir ein, ihn erröten zu sehen. »Bleistift, laviert. Auf der Rückseite eines Briefumschlags. Eine Palme. Ich … äh … hab sie eines Tages aus dem Papierkorb geangelt. Entschuldige, Edgar. Tut mir leid.«

»Schon gut, aber verbrenn sie«, sagte ich. »Vielleicht kann ich dir eine andere Zeichnung schenken, wenn dies alles vorbei ist.« *Falls es jemals vorbei ist,* dachte ich, ohne es jedoch auszusprechen.

Jack nickte. »Okay. Soll ich dich zum Big Pink mitnehmen?«

»Ich bleibe hier bei Wireman«, sagte ich, »aber ich möchte, dass du mir etwas aus dem Big Pink holst.«

»Ich weiß schon, was«, sagte Jack. »Schlafanzug und Zahnbürste.«

»Nein«, sagte ich. »Den Picknickkorb und diese silbernen Har…«

Das Telefon klingelte, und wir sahen uns gegenseitig an. Ich glaube, ich wusste sofort, dass uns schlechte Nachrichten erwarteten; ich hatte das Gefühl, dass mein Magen fahrstuhlartig in die Tiefe sank.

Das Telefon klingelte wieder. Ich sah zu Wireman hinüber, aber Wireman sah mich nur an. Auch er wusste es. Ich nahm den Hörer ab.

»Ich bin's.« Pam, mit bedrückter Stimme. »Mach dich auf was gefasst, Edgar.«

Wann immer man diese Warnung hört, versucht man eine

Art mentalen Sicherheitsgurt anzulegen. Aber das funktioniert nur selten. Die meisten Leute haben keinen.

»Spuck's aus.«

»Ich habe Bozie zu Hause erreicht und ihm ausgerichtet, was du gesagt hast. Er hat angefangen, Fragen zu stellen, was keine Überraschung war, aber ich habe ihm erklärt, ich hätte es eilig und wüsste ohnehin keine Antworten. Also hat er – in Kurzform – sich bereit erklärt, zu tun, was du verlangst. ›Um alter Zeiten willen‹, hat er gesagt.«

Das Gefühl, mein Magen sinke ins Bodenlose, wurde schlimmer.

»Danach habe ich Ilse angerufen. Ich wusste nicht, ob ich sie erreichen würde, aber sie war gerade eben angekommen. Sie klang müde, aber sie ist wieder zu Hause, und ihr geht's gut. Morgen rufe ich Linnie an, wenn …«

»Pam …«

»Ich komme schon dazu. Nach Illy habe ich Kamen angerufen. Nach dem zweiten oder dritten Klingeln hat jemand abgehoben, und ich habe angefangen, meinen Text herunterzurasseln. Ich dachte, er selbst wäre am Apparat.« Sie machte eine Pause. »Aber es war sein Bruder. Er hat gesagt, dass Kamen auf der Rückfahrt vom Flughafen auf einen Kaffee in ein Starbucks gegangen ist. Während er in der Schlange gewartet hat, hat er einen Herzinfarkt erlitten. Der Notarzt hat ihn ins Krankenhaus gefahren, aber das war nur eine Formalität. Sein Bruder sagt, Kamen sei auf der Stelle tot gewesen. Er wollte wissen, weshalb ich anrufe, und ich habe geantwortet, das spiele jetzt keine Rolle mehr. War das richtig?«

»Ja.« Ich glaubte nicht, dass Kamens Zeichnung sich auf seinen Bruder oder sonst jemanden auswirken würde; ich vermutete, dass die Zeichnung ihr Werk verrichtet hatte. »Danke, Pam.«

»Es *kann* ein Zufall gewesen sein, wenn dir das ein Trost ist – er war ein verdammt netter Kerl, aber er hat auch einen Haufen überflüssiger Pfunde mit sich herumgeschleppt. Das konnte jeder sehen.«

»Vielleicht hast du recht.« Obwohl ich wusste, dass das nicht stimmte. »Ich ruf dich bald wieder an.«

»Okay.« Sie zögerte. »Pass auf dich auf, Eddie.«

»Gleichfalls. Schließ heute Nacht alle Türen ab, und schalt die Alarmanlage ein.«

»Das tue ich immer.«

Sie legte auf. Auf der anderen Seite des Hauses stritt die Brandung sich mit der Nacht. Mein rechter Arm juckte. Ich dachte: *Wenn ich an dich herankäme, würde ich dich wahrscheinlich noch mal abschneiden. Teils wegen des Unheils, das du anrichten kannst, aber vor allem, um dich zum Schweigen zu bringen.*

Doch natürlich war das Problem nicht mein fehlender Arm oder die Hand, in die er früher gemündet hatte; das Problem war das Frauenwesen in der roten Robe, das mich wie irgendeine Art verrücktes Ouija-Brett benutzte.

»Was?«, fragte Wireman. »Spann uns nicht auf die Folter, *muchacho*, was?«

»Kamen«, sagte ich. »Herzinfarkt. Tot.«

Ich dachte an all die Bilder, die in der Scoto lagerten: Arbeiten, die verkauft waren. Dort würden sie noch einige Zeit sicher sein, aber letztlich galt: Geld spricht, und Scheißdreck läuft frei herum.

Das war nicht mal ein *Man Law*, das war der beschissene *American Way*.

»Komm jetzt, Edgar«, sagte Jack. »Ich fahr dich zu dir und bring dich wieder zurück.«

XIV

Ich will nicht behaupten, unser Trip ins Little Pink hinauf sei unbekümmert gewesen (ich hatte den silbernen Kerzenleuchter dabei und trug ihn vor der Brust, solange wir im Haus waren), aber er verlief ohne Zwischenfälle. Die einzigen Geister im Haus waren die aufgeregten Stimmen der Muscheln. Ich legte die Zeichnungen in den roten Picknickkorb zurück. Jack packte ihn an den Griffen und trug ihn nach unten. Ich hielt ihm auf dem Weg durchs Haus den Rücken frei und sperrte die Tür des Big Pink hinter uns ab. Auch wenn *das* nicht viel nützen würde.

Auf der Rückfahrt zum *Palacio* kam mir ein Gedanke … oder kam wieder. Ich hatte meine digitale Nikon zurückgelassen und wollte nicht umkehren, um sie zu holen, aber …

»Jack, hast du eine Polaroidkamera?«

»Klar«, sagte er. »Eine One-Shot. *Alt, aber brauchbar,* wie mein Dad sagen würde. Warum?«

»Wenn du morgen kommst, möchte ich, dass du auf der Casey Key zugewandten Seite der Zugbrücke kurz haltmachst. Mach ein paar Polaroidfotos von den Vögeln und Booten, okay?«

»Okay …«

»Und nebenbei ein paar von der Zugbrücke selbst, vor allem von dem Öffnungsmechanismus.«

»Wieso? Wozu brauchst du die?«

»Ich werde die Zugbrücke ohne den Mechanismus zeichnen«, sagte ich. »Und zwar wenn ich das Hupsignal höre, das bedeutet, dass sie hochgezogen ist, um ein Boot durchzulassen. Ich glaube nicht, dass der Motor und die Hydraulikstempel wirklich verschwinden werden, aber mit etwas Glück kann ich den Mechanismus so stören, dass eine Zeit lang niemand auf die Insel kann. Zumindest kein Auto.«

»Im Ernst? Glaubst du wirklich, dass du die Brücke sabotieren kannst?«

»Wenn man bedenkt, wie oft sie ohnehin defekt ist, müsste das eine Kleinigkeit sein.« Ich sah erneut übers dunkle Meer hinaus und dachte an Tom Riley, der wieder in Ordnung hätte sein sollen. Der wieder in Ordnung gewesen *war*, verdammt noch mal. »Ich wünschte nur, ich könnte mir für heute Nacht einen erholsamen Schlaf zeichnen.«

Wie man ein Bild zeichnet (IX)

Suchen Sie das Bild im Bild. Es ist nicht immer leicht zu finden, aber es ist immer da. Und wenn man es übersieht, übersieht man womöglich das Wichtigste. Das weiß ich besser als jeder andere, denn als ich damals das Foto von Carson Jones und meiner Tochter – von Smiley und seinem Punkin – betrachtet habe, glaubte ich zu wissen, wonach ich Ausschau halten musste, und habe die Wahrheit übersehen. Weil ich ihm nicht traute? Richtig, aber das ist beinahe komisch. Die Wahrheit war, dass ich keinem Mann getraut hätte, der sich anmaßte, mir meinen kleinen Liebling, meine liebste Tochter, meine Ilse wegzunehmen.

Ich hatte ein Foto von ihm allein gefunden, bevor ich das eine entdeckte, das sie miteinander zeigte, aber ich hatte mir eingeredet, dass ich dieses Bild nicht wollte, weil es mir nichts nützen würde, denn um seine Absichten gegenüber meiner Tochter zu erkennen, würde ich sie mit meiner magischen Hand als Paar berühren müssen.

Ich stellte bereits damals Vermutungen an, müssen Sie wissen. Unzutreffende.

Hätte ich das erste Bild – Carson Jones in seinem T-Shirt der Twins – berührt, es wirklich gesucht, hätten die Dinge sich vielleicht anders entwickelt. Ich hätte vielleicht seine grundlegende Harmlosigkeit gespürt. Sogar ziemlich bestimmt. Aber ich ignorierte dieses Foto. Und ich habe nie hinterfragt, weshalb ich sie, wenn er für sie gefährlich war, allein gezeichnet hatte, wie sie auf all diese im Wasser treibenden Tennisbälle hinaussah.

Weil das kleine Mädchen in dem Tenniskleid natürlich sie war. Fast alle Mädchen, die ich während meines Aufenthalts auf Duma Key malte oder zeichnete, stellten sie dar, selbst diejenigen, die vorgaben, Reba, Libbit oder – in einem Fall – Adriana darzustellen.

Es gab nur eine Ausnahme: die rote Robe.

Sie.

Als ich das Foto von Ilse und ihrem Freund berührt hatte, hatte ich eine Todesahnung gespürt – ich hatte sie mir damals nicht eingestanden, trotzdem war sie da gewesen. Meine fehlende Hand hatte Tod gespürt, der wie Regen in dichten Wolken hing.

Ich hatte angenommen, dass Carson Jones meiner Tochter Böses wollte, und deshalb versucht, sie von ihm fernzuhalten. Aber er war nie das Problem. Perse wollte mich aufhalten – sobald ich Libbits alte Zeichnungen und Buntstifte gefunden hatte, war sie verzweifelt bemüht, mich zum Aufhören zu zwingen, glaube ich –, aber Carson Jones war niemals Perses Waffe. Selbst der arme Tom Riley war nur ein Lückenbüßer, ein Notbehelf.

Das Bild war da, aber ich habe falsche Vermutungen angestellt und die Wahrheit verfehlt: Der Tod, den ich spürte, kam nicht von ihm. Er hing über *ihr.*

Und ein Teil meines Ich muss gewusst haben, dass ich die Wahrheit verfehlt hatte.

Weshalb hätte ich sonst diese verdammten Tennisbälle gezeichnet?

16

Das Spiel ist aus

I

Wireman bot mir eine Lunesta an, damit ich schlafen konnte. Ich war schwer in Versuchung, lehnte jedoch ab. Aber ich nahm mir eine der silbernen Harpunen, und Wireman folgte meinem Beispiel. Mit seinem behaarten Bauch, der etwas über die blauen Boxershorts hinausquoll, und einer von John Eastlakes Spezialwaffen in der Rechten sah er aus wie eine ulkige Alltagsversion des Liebesgottes Amor. Der Wind war unterdessen noch stürmischer geworden; er brauste die Seiten des Hauses entlang und pfiff um die Ecken.

»Schlafzimmertüren offen, richtig?«, fragte er.

»Korrekt.«

»Und falls nachts irgendwas passiert, schreist du wie der Teufel.«

»Verstanden, Houston. Du tust das Gleiche.«

»Ist Jack wirklich außer Gefahr, Edgar?«

»Wenn er die Skizze verbrennt, kann ihm nichts passieren.«

»Kommst du damit zurecht, was deinen Freunden zugestoßen ist?«

Kamen, der mich gelehrt hatte, seitwärts zu denken. Tom, der mich aufgefordert hatte, nicht auf den Heimvorteil zu verzichten. Kam ich damit zurecht, was meinen Freunden zugestoßen war?

Nun, ja und nein. Ich war traurig und wie betäubt, aber ich wäre ein Lügner, wenn ich nicht zugäbe, dass ich auch eine gewisse klammheimliche Erleichterung verspürte; in mancher Beziehung sind wir Menschen eben komplette Arschlöcher. Weil Kamen und Tom mir zwar nahe-, aber doch knapp außerhalb des Zauberkreises derer standen, die mir wirklich etwas bedeuteten. *Diesen* Leuten hatte Perse nichts anhaben können. Und wenn wir rasch handelten, würden Kamen und Tom unsere einzigen Verluste bleiben.

»¿Muchacho?«

»Ja«, sagte ich und fühlte mich wie aus weiter Ferne zurückgerufen. »Ja, mir fehlt nichts. Ruf mich, wenn du mich brauchst, Wireman, und nimm keine Rücksicht auf mich. Ich glaube nicht, dass ich viel schlafen werde.«

II Ich lag da und starrte die Zimmerdecke an, während die silberne Harpune neben mir auf dem Nachttisch lag. Ich horchte auf das stetige Brausen des Windes und das stetige Rauschen der Brandung. Ich weiß noch, wie ich dachte: *Dies wird eine lange Nacht.* Dann übermannte mich der Schlaf.

Ich träumte von den Schwestern der kleinen Libbit. Nicht von den Großen Fiesen, sondern von den Zwillingen.

Die Zwillinge rannten.

Der Big Boy verfolgte sie.

Er hatte ZEENE.

III Als ich aufwachte, lag ich fast ganz auf dem Fußboden, aber mein linkes Bein ruhte noch auf dem Bett und war völlig eingeschlafen. Draußen röhrten Sturm und Brandung weiter. Drinnen hämmerte mein Herz fast so stark wie die Wogen, die sich am Strand brachen. Ich konnte noch immer sehen, wie Tessie versank – wie sie ertrank, während diese weichen, unerbittlichen Hände ihre Waden umklammerten. Die Szene war vollkommen klar, ein höllisches Gemälde vor meinem inneren Auge.

Aber es war nicht der Traum von den kleinen Mädchen, die vor diesem Frosch-Wesen flüchteten, der mein Herz hämmern ließ, es war nicht der Traum, der mich dazu brachte, auf dem Fußboden aufzuwachen – mit einem kupfrigen Geschmack im Mund und dem Gefühl, als stünden meine sämtlichen Nerven in Flammen. Es war eher, wie wenn man aus einem Albtraum hochschreckt und einen gleich die Gewissheit überfällt, dass man irgendwas Wichtiges vergessen hat: zum Bespiel das Gas abzudrehen, und jetzt ist das ganze Haus von Gasgeruch erfüllt.

Ich zog den Fuß vom Bett, und er knallte mit einem Kribbeln und Brennen wie von tausend Nadelstichen auf den Boden. Ich verzog das Gesicht und rieb ihn kräftig. Anfangs war er gefühllos wie ein Stück Holz, aber dann verschwand die Taubheit allmählich. Nicht jedoch das Gefühl, etwas Entscheidendes vergessen zu haben.

Aber was? Ich hegte gewisse Hoffnungen, dass unsere Expedition zum Südende der Insel dieser ganzen widerlichen, schwärenden Angelegenheit ein Ende bereiten würde. Die höchste Hürde war schließlich der eigene Glaube daran, und solange wir morgen im hellen Sonnenschein Floridas nicht davon abließen, waren wir über sie hinweg. Vielleicht würden wir auf dem Rücken fliegende Vögel sehen, oder ein gigantisches hüpfendes Frosch-Ungeheuer wie aus meinem Traum würde versuchen, uns den Weg zu versperren, aber ich glaubte zu wissen, dass sie nur Gespenster waren – hervorragend geeignet, um sechsjährige Mädchen zu erschrecken, aber weniger gut gegen erwachsene Männer, vor allem wenn sie über Harpunen mit silbernen Spitzen verfügten.

Und ich würde natürlich Block und Stifte bei mir haben.

Ich glaubte, dass Perse mich und mein neu entdecktes Talent fürchtete. Allein und noch immer nicht von meiner Nahtoderfahrung genesen (sogar nach wie vor selbstmordgefährdet), wäre ich für sie eher ein Aktivposten statt ein Problem gewesen. Denn trotz seiner großen Worte hatte dieser Edgar Freemantle kein wirklich neues Leben geführt; dieser Edgar hatte nur den Hintergrund seines Invalidendaseins von Tannen zu Palmen umgestaltet. Doch plötzlich hatte ich wieder Freunde … sah, was um mich herum vorging, und streckte die Hand danach aus …

Dann war ich gefährlich geworden. Ich wusste nicht genau, was sie vorhatte – außer ihren Platz auf der Welt zurückzuerobern –, aber sie musste sich gesagt haben, dass in Bezug auf böse Streiche ein einarmiger Maler ein gewaltiges Potenzial bot. Großer Gott, ich hätte vergiftete Bilder in alle Welt verschicken können! Aber jetzt habe ich mich gegen sie gewandt, genau wie Libbit damals. Jetzt war ich etwas, das zuerst aufgehalten und dann beseitigt werden musste.

»Dafür bis du etwas spät dran, du Miststück«, flüsterte ich.

Doch warum roch ich dann noch immer Gas?

Die Gemälde – vor allem die gefährlichsten Bilder, der Zyklus *Mädchen mit Schiff* – lagerten sicher hinter Schloss und Riegel drüben auf dem Festland, genau wie Elizabeth es gewünscht hatte. Nach Pams Auskunft hatte niemand aus unserem Freundes- und Familienkreis eine meiner Zeichnungen mitgenommen, außer Bozie, Tom und Xander Kamen. Für Tom und Kamen war es zu spät, und ich hätte viel darum gegeben, daran etwas ändern zu können, aber Bozie hatte versprochen, seine zu verbrennen, weshalb *das* inzwischen in Ordnung war. Selbst Jack war nicht in Gefahr, weil er seinen kleinen Diebstahl gestanden hatte. Ich fand es ausgesprochen clever von Wireman, dass er ihn gefragt hatte. Ich war nur verwundert gewesen, dass er nicht gefragt hatte, ob ich Jack selbst eine meiner Arbeiten ge…

Augenblicklich wurde mein Atem in meiner Kehle zu scharfkantigen Glassplittern. *Jetzt* wusste ich, was ich vergessen hatte. Mitten in der Nacht, während draußen ein Sturm heulte, war ich so auf die gottverdammte Ausstellung fixiert gewesen, dass ich nie richtig darüber nachgedacht hatte, wem ich vielleicht *vor* der Ausstellung eine Arbeit von mir geschenkt hatte.

Kann ich das Bild haben?

Mein Gedächtnis, das noch immer dazu neigte, störrisch zu sein, überraschte mich manchmal mit Ausbrüchen von Brillanz in Technicolor. So auch dieses Mal. Ich sah Ilse, bekleidet mit Shorts und Shell Top, barfuß im Little Pink stehen. Sie stand vor meiner Staffelei. Ich musste sie bitten, zur Seite zu treten, damit ich sehen konnte, welches Bild sie so sehr faszinierte. Eine Zeichnung, an deren Anfertigung ich mich nicht einmal erinnern konnte.

Kann ich das Bild haben?

Als sie zur Seite trat, sah ich ein kleines Mädchen, das ein Tenniskleid trug. Sie kehrte uns den Rücken zu, war aber der Mittelpunkt des Bildes. Ihre roten Haare kennzeichneten sie als Reba, meinen kleinen Schatz, jene alte Freundin aus meinem anderen Leben. Trotzdem war sie zugleich auch

Ilse – Ruderboot-Ilse – und Elizabeth' große Schwester Adriana, denn es war Adrianas Tenniskleid, das mit den blassblauen Schleifchen am Rocksaum. (Das konnte ich nicht wissen, aber ich wusste es trotzdem; das gehörte zu den Informationen, die aus den Zeichnungen, die Elizabeth noch als Libbit angefertigt hatte, flüsternd zu mir aufgestiegen waren.)

Kann ich das Bild haben? Ich will genau dieses.

Oder etwas wollte, dass sie genau dieses wollte.

Danach habe ich Ilse angerufen, hatte Pam gesagt. *Ich wusste nicht, ob ich sie erreichen würde, aber sie war gerade eben angekommen.*

Um die Füße des Puppenmädchens herum lagen lauter Tennisbälle. Weitere wurden von der zahmen Brandung an Land getragen.

Sie klang müde, aber ihr geht's gut.

Stimmte das? Stimmte das wirklich? Ich hatte ihr dieses verdammte Bild geschenkt. Sie war meine Miss Cookie, und ich konnte ihr nichts abschlagen. Ich hatte ihm sogar einen Titel gegeben, weil Ilse gesagt hatte, Künstler müssten ihren Bildern immer einen geben. *Das Spiel ist aus,* hatte ich ihr erklärt, und jetzt hallten diese Worte durch meinen Kopf wie eine Glocke.

IV

Im Gästezimmer gab es kein Telefon, deshalb schlich ich hinaus in den Korridor, wobei ich meine silberne Harpune fest umklammert hielt. Obwohl ich Ilse dringend erreichen musste, nahm ich mir einen Augenblick Zeit, um durch die offene Tür auf der anderen Seite des Flurs zu sehen. Wireman lag wie ein gestrandeter Wal auf dem Rücken und schnarchte friedlich. Seine silberne Harpune lag neben dem Glas Wasser auf seinem Nachttisch.

Ich ging an dem Familienporträt vorbei, stieg die Treppe hinunter und betrat die Küche. Hier waren das Brausen des Windes und das Tosen der Brandung lauter als je zuvor. Ich nahm den Telefonhörer ab und hörte ... nichts.

Natürlich. Denkst du, Perse würde die Telefone vernachlässigen?

Dann sah ich mir den Hörer genauer an und entdeckte Knöpfe für zwei Leitungen. Zumindest in der Küche reichte es offenbar nicht aus, nur den Hörer abzunehmen. Ich schickte ein stummes Stoßgebet gen Himmel, drückte auf den mit LINE 1 bezeichneten Knopf und wurde mit einem Wählton belohnt. Als ich den Daumen über das Tastenfeld bewegen wollte, merkte ich, dass ich Ilses Telefonnummer vergessen hatte. Mein Adressbuch lag drüben im Big Pink, und ihre Telefonnummer war mir komplett entfallen.

V

Das Telefon begann wie eine Sirene zu heulen. Es war klein – ich hatte den Hörer auf die Arbeitstheke gelegt –, doch in der halbdunklen Küche klang es ziemlich laut und ließ mich an schlimme Dinge denken. Streifenwagen, die auf Gewalttaten reagierten. Krankenwagen, die zu Unfallorten rasten.

Ich drückte den Ausschaltknopf und legte meine Stirn an die mit gebürstetem Edelstahl verkleidete kalte Front des riesigen Kühlschranks im *Palacio*. Vor mir hatte ich einen Magneten, auf dem DICK IST DAS NEUE DÜNN stand.

Richtig, und tot war das neue lebendig. Gleich daneben hingen ein magnetischer Notizblockhalter und ein kurzer Bleistift an einer Schnur.

Ich drückte wieder auf den mit LINE 1 bezeichneten Knopf und wählte 411. Eine Computerstimme hieß mich bei der Telefonauskunft von Verizon willkommen und fragte nach Stadt und Staat. Ich sagte: »Providence, Rhode Island«, und sprach dabei deutlich wie auf der Bühne. So weit, so gut, aber der Roboter kapierte *Ilse* nicht, obwohl ich mir größte Mühe gab, den Namen deutlich auszusprechen. Er verband mich mit einer Telefonistin, die mir bestätigte, was ich schon befürchtet hatte: Ilses Nummer stand nicht im Telefonbuch. Ich erklärte ihr, dass ich meine Tochter anrufen müsse und dieses Gespräch sehr wichtig sei. Die Telefonistin schlug mir vor, mit ihrem Vorgesetzten zu sprechen, der vermutlich bereit sein werde, bei Ilse Freemantle anzufragen, ob sie meinen Anruf entgegennehmen wolle – jedoch nicht vor acht Uhr Ostküstenzeit. Ich sah auf die Uhr an der Mikrowelle. Es war 02:04.

Ich legte auf und schloss die Augen. Ich konnte Wireman wecken und ihn fragen, ob er Ilse in seinem kleinen roten Adressbuch habe, aber ich hatte den quälenden Verdacht, dass selbst das zu lange dauern könnte.

»Ich schaffe das«, sagte ich, aber ohne wirkliche Hoffnung.

Natürlich können Sie das, sagte Kamen. *Wie viel wiegen Sie?*

Ich wog hundertvierundsiebzig, nachdem ich in meiner besten Zeit als junger Erwachsener hundertfünfzig Pfund gewogen hatte. Diese Zahlen standen vor meinem inneren Auge: 174150. Die Ziffern waren *rot.* Dann wurden fünf von ihnen grün, eine nach der anderen. Ohne die Augen zu öffnen, griff ich nach dem Bleistiftstummel und schrieb sie auf den Notizblock: 40175.

Und wie lautet Ihre Sozialversicherungsnummer?, fragte Kamen weiter.

Sie erschien in leuchtend roten Ziffern in der Dunkelheit. Vier davon wurden grün, und ich schrieb sie zu denen, die ich schon hingekritzelt hatte. Als ich die Augen öffnete, hatte ich in nach rechts hin abfallender, wie betrunken aussehender Schrift die Zahl 401759082 auf den Notizblock gekritzelt.

Sie stimmte so weit, da war ich mir sicher, aber es fehlte noch eine Ziffer.

Das spielt keine Rolle, erklärte mir der Kamen in meinem Kopf. *Für Leute mit schlechtem Gedächtnis sind Telefone mit Tastenfeld ein Segen. Wenn Sie unverkrampft eintippen, was Sie bisher haben, folgt die letzte Nummer ganz von allein. Ihre Muskeln erinnern sich daran.*

Ich hoffte inständig, dass er recht behielt, als ich wieder auf LINE 1 drückte, die Vorwahl für Rhode Island eingab und anschließend 759-082 eintippte. Mein Finger zögerte keinen Augenblick. Ich gab die letzte Ziffer ein, und irgendwo in Providence begann ein Telefon zu klingeln.

VI

»Hal-lo? … Wer … 's da?«

Im ersten Augenblick fürchtete ich, dass ich doch die falsche Nummer erwischt hatte. Die Stimme gehörte einer Frau, aber sie klang älter als meine Tochter. Viel älter. Und als stünde sie unter Medikamenten. Aber ich widerstand meinem ersten Impuls, »Entschuldigung, hab mich verwählt«

zu sagen und aufzulegen. *Sie klang müde,* hatte Pam gesagt, aber wenn das Ilse war, klang sie nicht nur müde; sie klang zu Tode erschöpft.

»Ilse?«

Lange keine Antwort. Ich fing an zu glauben, dass die körperlose Angerufene in Providence einfach aufgelegt hatte. Ich merkte, dass ich schwitzte – stark genug, um mich selbst riechen zu können. Dann wieder derselbe kleine Refrain:

»Hal-lo? ... Wer ... 's da?«

»Ilse!«

Nichts. Ich spürte, dass sie kurz davor war, wieder aufzulegen. Draußen röhrte der Wind, und die Brandung donnerte an den Strand.

»Miss Cookie!«, rief ich. »Miss Cookie, trau dich bloß nicht, einfach aufzulegen!«

Das drang durch. »Dad...dy?« In diesem gebrochenen Wort lag großes Staunen.

»Ja, Schätzchen – Dad.«

»Wenn du wirklich Daddy bist ...« Wieder eine lange Pause. Ich konnte sie in ihrer eigenen Küche sehen: barfuß (wie an dem Tag, als sie im Big Pink die Zeichnung mit der Puppe und den schwimmenden Tennisbällen betrachtet hatte), den Kopf gesenkt, dass ihr die Haare ins Gesicht hingen. Geistesabwesend, vielleicht bis fast zum Wahnsinn verwirrt. Und zum ersten Mal begann ich Perse mindestens ebenso zu hassen, wie ich sie fürchtete.

»Ilse ... Miss Cookie ... du musst mir jetzt zuhören ...«

»Sag mir meinen Benutzernamen.« In ihrer Stimme lag jetzt eine gewisse entrüstete Schlauheit. »Sag mir meinen Benutzernamen, wenn du wirklich mein Daddy bist.«

Und wenn ich das nicht tat, so viel war mir völlig klar,

würde sie auflegen. Weil ihr etwas zugesetzt hatte. Etwas hatte sie genarrt, sie begrapscht, sie in ein Netz eingesponnen. Nur eben kein Etwas. *Sie.*

Illys Benutzername.

Er wollte mir im Augenblick einfach nicht einfallen.

Sie schaffen das, sagte Kamen, aber Kamen war tot.

»Du bist nicht... mein Daddy!«, sagte das verwirrte Mädchen am anderen Ende und war wieder kurz davor, den Hörer aufzulegen.

Seitwärts denken, riet Kamen mir gelassen.

Sogar dann, dachte ich, ohne zu wissen, warum ich das dachte. *Selbst jetzt, selbst wenn ...*

»Du bist nicht mein Daddy, du bist *sie*«, sagte Ilse. Mit dieser betäubten, schwerfälligen Stimme, die gar nicht wie ihre klang. »Mein Daddy ist tot. Ich hab es im Traum gesehn. Goodb...«

»If so!«, rief ich laut, ohne mich darum zu scheren, ob ich Wireman aufweckte. Ich dachte nicht einmal an Wireman. *»Du bist If-So-Girl!«*

Eine lange Pause am anderen Ende. Dann: »Wie lautet der Rest?«

Ich spürte nochmals einen Augenblick lang diese schreckliche Leere, dann dachte ich: *Alicia Keys, Keyboard, Klaviertasten ...*

»Achtundachtzig«, sagte ich. »Du bist If-So-Girl88.«

Es folgte eine lange, lange Pause. Sie schien endlos zu dauern. Dann fing Ilse an zu weinen.

VII

»Daddy, sie hat gesagt, du bist tot. Das war das Einzige, was ich ihr geglaubt habe. Nicht nur, weil ich's geträumt hab, sondern weil Mama angerufen hat und gesagt, Tom ist tot. Ich habe geträumt, du seist traurig gewesen und ins Meer gegangen. Ich habe geträumt, du bist von der Unterströmung mitgerissen worden und ertrunken.«

»Ich bin nicht ertrunken, Ilse. Mir fehlt nichts, das verspreche ich dir.«

Ihre Geschichte kam bruchstückhaft und anfallartig heraus, immer wieder unterbrochen durch Tränen und Abschweifungen. Mir war klar, dass der Klang meiner Stimme sie zwar ein wenig stabilisiert, aber nicht kuriert hatte. Sie sprang gedanklich hin und her und schien keinerlei Zeitgefühl zu haben; sie sprach von der Ausstellung in der Scoto, als läge sie schon mindestens eine Woche zurück, und unterbrach sich einmal selbst, um mir zu erzählen, dass eine ihrer Freundinnen wegen »Cropping« verhaftet worden sei. Darüber musste sie wild lachen, als wäre sie bekifft oder betrunken. Als ich fragte, was »Cropping« bedeute, erklärte sie mir, das sei unwichtig. Sie sagte, vielleicht habe das sogar nur zu ihrem Traum gehört. Jetzt klang sie wieder fast nüchtern. Nüchtern ... aber nicht in Ordnung. Ilse sagte, dass *sie* eine Stimme in ihrem Kopf sei, aber manchmal auch aus Waschbecken oder Spüle oder Toilette komme.

Wireman kam irgendwann während unseres Gesprächs in die Küche, schaltete die Deckenleuchten ein und setzte sich mit seiner Harpune vor sich an den Tisch. Er sagte nichts, hörte sich nur meinen Part an.

Ilse sagte, sie habe sich von dem Augenblick an, als sie ihre Wohnung wieder betreten hatte, eigenartig gefühlt – tatsächlich sagte sie »grausam-furchtsam«. Anfangs habe sie nur eine Art Benommenheit gespürt, aber bald auch Übelkeit wie an dem Tag auf Duma Key, an dem wir versucht hatten, auf der einzigen Straße das Südende der Insel zu erkunden. Alles sei schlimmer und schlimmer geworden. Eine Frau habe aus dem Waschbecken zu ihr gesprochen und ihr erklärt, dass ihr Vater tot ist. Ilse wollte daraufhin einen Spaziergang machen, um ihren Kopf auszulüften, sei aber gleich wieder umgekehrt.

»Das muss an den Geschichten von diesem Lovecraft liegen, die ich für mein Projekt im letzten Schuljahr gelesen habe«, sagte sie. »Ich hatte das Gefühl, verfolgt zu werden. Von dieser Frau.«

Nach ihrer Rückkehr hatte sie sich darangemacht, sich einen Haferbrei zu kochen, der ihren Magen vielleicht beruhigen würde. Aber allein von seinem Anblick, als er dick zu werden begann, wurde ihr wieder schlecht – bei jedem Umrühren schien sie darin Dinge zu sehen. Totenschädel. Die Gesichter schreiender Kinder. Dann ein Frauengesicht. Die Frau hatte zu viele Augen, sagte Ilse. Die Frau im Haferbrei sagte, ihr Vater sei tot und ihre Mutter wisse noch nichts davon, aber wenn sie es erfahren werde, werde sie ein Fest feiern.

»Dann hab ich ein Schläfchen gemacht«, sagte sie, anscheinend ohne zu merken, dass sie die kindliche Ausdrucksweise benutzt hatte, »und dabei hab ich geträumt, dass die Frau die Wahrheit sagt und du tot bist, Daddy.«

Ich überlegte, ob ich fragen sollte, wann Pam sie angerufen hatte, aber das würde sie vermutlich nicht mehr wissen, zudem spielte es eigentlich keine Rolle. Aber, mein Gott, hatte Pam nicht gemerkt, dass Ilse unter weit mehr litt als unter Müdigkeit, vor allem im Licht meines Anrufs? War sie taub? Ich war sicher nicht der Einzige, der diese Verwirrung in Ilses Stimme, diesen Überdruss hören konnte. Aber vielleicht war ihr Zustand noch nicht so schlimm gewesen, als

Pam sie angerufen hatte. Perse war mächtig, aber das bedeutete nicht, dass sie keine Zeit brauchte, um ihr Werk zu vollbringen. Vor allem aus der Ferne.

»Ilse, hast du die Zeichnung noch, die ich dir geschenkt habe? Die mit dem kleinen Mädchen und den Tennisbällen? *Das Spiel ist aus,* so habe ich sie genannt.«

»Da ist noch was Komisches«, sagte sie. Ich hatte den Eindruck, dass sie sich anstrengte, verständlich zu sprechen, wie ein von der Polizei angehaltener Betrunkener versucht, nüchtern zu wirken. »Ich wollte sie rahmen lassen, aber ich bin noch nicht dazu gekommen, deshalb habe ich sie mit einem Reißnagel an der Wand des großen Raums befestigt. Du weißt schon, in der Wohnküche. Du hast dort mit mir Tee getrunken.«

»Ja.« Ich war noch nie in ihrer Wohnung in Providence gewesen.

»Wo ich sie … sie sehen konnte … aber als ich heimkamte … hnn …«

»Schläfst du etwa ein? Trau dich ja nicht, wieder einzuschlafen, Miss Cookie.«

»Schlaf nich …« Aber ihre Stimme wurde leiser.

»Ilse! Wach auf! *Wach auf, verdammt noch mal!*«

»Daddy!« Das klang entrüstet. Aber auch wieder hellwach.

»Was ist mit der Zeichnung passiert? War sie anders, als du zurückgekommen bist?«

»Sie war im Schlafzimmer. Ich muss sie selbst umgehängt haben – sie ist sogar mit demselben roten Reißnagel befestigt –, aber ich kann mich nicht daran erinnern, das getan zu haben. Wahrscheinlich wollte ich sie näher bei mir haben. Ist das nicht komisch?«

Nein, das fand ich ganz und gar nicht komisch.

»Ich würde nicht leben wollen, wenn du tot wärst, Daddy«, sagte sie. »Dann würde ich auch tot sein wollen. So tot wie … wie … so tot wie eine Murmel.« Und sie lachte. Ich dachte an Wiremans Tochter und blieb ernst.

»Hör mir jetzt gut zu, Ilse. Es ist wichtig, dass du genau tust, was ich dir sage. Tust du das?«

»Ja, Daddy. Wenn's nicht zu lange dauert. Ich bin …« Ein Gähnen. »… müde. Vielleicht kann ich sogar schlafen, nachdem ich jetzt weiß, dass dir nichts fehlt.«

Ja, sie habe schlafen können. Genau unter *Das Spiel ist aus*, der an einem roten Reißnagel hängenden Zeichnung. Und sie sei mit der Gewissheit aufgewacht, dass dieses Gespräch ein Traum war und der Selbstmord ihres Vaters auf Duma Key die Realität.

Perse habe dafür gesorgt. Diese Hexe. Dieses *Miststück*.

Die Wut war wieder da, einfach so. Als wäre sie nie fort gewesen. Aber ich durfte nicht zulassen, dass sie mein Denken durcheinanderbrachte; ich musste sie sogar ganz aus meiner Stimme heraushalten, weil Ilse sonst glauben würde, dass ich auf sie wütend wäre. Ich klemmte mir den Hörer zwischen Ohr und Schulter. Dann streckte ich meine Hand aus und griff nach dem schlanken verchromten Wasserhahn über der Spüle. Meine Faust umklammerte ihn.

»Es dauert nicht lange, Schatz. Aber du musst es tun. Danach kannst du zu Bett gehen.«

Wireman saß völlig unbeweglich am Küchentisch und beobachtete mich. Draußen toste die Brandung.

»Was für eine Art Herd hast du, Miss Cookie?«

»Gas. Gasherd.« Sie lachte wieder.

»Gut. Hol die Zeichnung, und steck sie in die Backröhre. Dann schließt du die Tür und stellst die Bratröhre an. So hoch wie nur möglich. Verbrenn das Ding.«

»Nein, Daddy!« Wieder hellwach, wieder so entrüstet, als hätte ich *verfluchte Scheiße* gesagt, womöglich noch Schlimmeres. »Ich *liebe* dieses Bild!«

»Ich weiß, Schatz, aber das Bild ist schuld daran, dass du dich so unwohl fühlst.« Ich wollte noch etwas hinzufügen, hielt dann aber den Mund. Wenn es die Zeichnung war – und natürlich war sie es –, brauchte ich diesen Punkt nicht eigens zu betonen. Sie würde es so gut wissen wie ich. Statt zu sprechen, rüttelte ich an dem Wasserhahn, als wollte ich ihn erdrosseln, und wünschte mir sehnlichst, er wäre der Hals des elenden Miststücks.

»Daddy! Glaubst du wirklich …«

»Ich glaube es nicht, ich weiß es. Hol die Zeichnung, Ilse. Ich bleibe inzwischen dran. Hol sie, und steck sie in den Gasofen, und *verbrenn sie*. Jetzt sofort.«

»Ich … okay. Bleib dran.«

Ein Klappern, als das Telefon hingelegt wurde.

Wireman fragte: »Tut sie es?«

Bevor ich antworten konnte, war ein lautes Knacken zu hören. Ihm folgte eine Wasserfontäne, die meinen Arm bis zum Ellbogen durchnässte. Ich betrachtete den Wasserhahn in meiner Hand, dann die gezackte Bruchstelle, wo ich ihn abgebrochen hatte. Ich ließ ihn in die Spüle fallen.

»Ich glaube schon«, sagte ich. Und dann: »Tut mir leid.«

»De nada.« Er kniete sich hin, öffnete die Schranktür unter dem Ausguss und griff an dem Abfalleimer und einem Stapel Müllsäcke vorbei. Als er an etwas drehte, fiel die aus dem abgebrochenen Hahn schießende Wasserfontäne in sich zusammen. »Du weißt selbst nicht, wie stark du bist, *muchacho*. Oder vielleicht doch.«

»Tut mir leid«, sagte ich noch einmal. Aber es tat mir

nicht leid. Meine Handfläche blutete aus einem nicht besonders tiefen Schnitt, doch ich fühlte mich besser. Klarer. Dann fiel mir ein, dass dieser Wasserhahn früher der Hals meiner Frau hätte sein können. Kein Wunder, dass sie sich von mir hatte scheiden lassen.

Wir saßen in der Küche und warteten. Der Sekundenzeiger der Uhr über dem Herd machte eine sehr langsame Runde ums Zifferblatt, begann die nächste. Das aus dem abgebrochenen Hahn kommende Wasser war zu einem bloßen Rinnsal geworden. Dann hörte ich Ilse leise rufen: »Ich bin wieder da … ich hab sie … ich …« Dann schrie sie auf. Ich konnte nicht beurteilen, ob aus Überraschung oder vor Schmerz oder wegen beidem.

»Ilse!«, brüllte ich. *»Ilse!«*

Wireman fuhr hoch und schlug sich die Hüfte seitlich am Spülbecken an. Er hob fragend die offenen Hände. Ich schüttelte den Kopf – *weiß nicht*. Jetzt konnte ich spüren, dass mir der Schweiß übers Gesicht lief, obwohl es in der Küche nicht besonders warm war.

Ich überlegte, was ich als Nächstes tun sollte – wen ich anrufen könnte –, als Ilse sich wieder meldete. Sie klang ganz aus der Puste. Aber sie klang auch normal. Endlich wieder normal. »O Herr des Himmels«, sagte sie.

»Was ist passiert?« Ich musste mich beherrschen, um nicht zu schreien. *»Illy, was ist passiert?«*

»Sie ist futsch. Sie hat Feuer gefangen und ist verbrannt. Ich hab durchs Fenster zugesehen. Sie ist nur noch Asche. Ich muss mir ein Pflaster für meinen Handrücken holen, Dad. Du hattest recht gehabt. Mit ihr war wirklich etwas ganz und gar nicht in Ordnung.« Sie lachte zittrig. »Das verdammte Ding wollte nicht rein. Es hat sich nach oben gefaltet und …« Wieder dieses zittrige Lachen. »Ich würde sagen, ich habe mich am Papier geschnitten, aber es sieht nicht wie ein Papierschnitt aus und hat sich nicht wie einer angefühlt. Es fühlt sich wie ein Biss an. Ich glaube, sie hat mich gebissen.«

VIII

Mir war wichtig, dass ihr nichts fehlte. Ilse war wichtig, dass mir nichts fehlte. Uns fehlte beiden nichts. Zumindest glaubte das der törichte Künstler. Ich versprach ihr, morgen wieder anzurufen.

»Illy? Noch eine Kleinigkeit.«

»Ja, Dad.« Sie klang hellwach, schien wieder ganz sie selbst zu sein.

»Geh bitte zum Gasherd. Gibt's in dem Backofen ein Licht?«

»Ja.«

»Schalt es ein. Und sag mir, was du siehst.«

»Dann musst du einen Augenblick warten – das schnurlose Telefon ist im Schlafzimmer.«

Es folgte eine weitere Pause, kürzer diesmal. Dann kam sie zurück und sagte: »Asche.«

»Gut«, sagte ich.

»Daddy, was ist mit deinen anderen Bildern? Sind die alle so?«

»Ich kümmere mich schon darum, Schatz. Die Geschichte heben wir uns für ein andermal auf.«

»Also gut. Danke, Daddy. Du bist weiter mein Held. Ich hab dich lieb.«

»Ich dich auch.«

Dies war das letzte Mal, dass wir miteinander sprachen, aber das wusste keiner von uns. Das weiß man nie, nicht wahr? Zumindest versicherten wir uns am Ende gegenseitig unserer Liebe. Das bleibt mir. Es ist nicht viel, aber immerhin etwas. Andere haben es schlechter. Das sage ich mir in den langen Nächten, wenn ich nicht schlafen kann.

Andere haben es schlechter.

IX

Ich sackte Wireman gegenüber auf einen Stuhl und stützte meinen Kopf in die Hand. »Ich schwitze wie ein Schwein.«

»Hat vielleicht auch damit zu tun, dass du Miss Eastlakes Spüle demoliert hast.«

»Tut mir …«

»Sag das noch einmal, dann knall ich dir eine«, fiel er mir ins Wort. »Das hast du gut gemacht. Nicht jeder Mann kriegt die Chance, seiner Tochter das Leben zu retten. Du kannst mir glauben, wenn ich dir gestehe, dass ich dich beneide. Willst du ein Bier?«

»Das würde ich über den ganzen Tisch spucken. Hast du Milch?«

Er sah im Kühlschrank nach. »Keine Milch, aber wir haben Halb-und-Halb.«

»Gib mir ein bisschen davon.«

»Du bist echt ein schräger schräger Vogel, Edgar.« Aber er kippte mir etwas von dem Milch-Sahne-Mix in ein Saftglas, und ich stürzte ihn hinunter. Dann gingen wir wieder nach oben, setzten langsam einen Fuß vor den anderen und hielten dabei unsere Stummelpfeile mit den Silberspitzen umklammert wie alternde Dschungelkrieger.

Ich ging zurück ins Gästezimmer, streckte mich auf dem Bett aus und starrte wieder die Zimmerdecke an. Meine Hand tat weh, aber das war in Ordnung. Sie hatte einen Schnitt in ihrer; ich hatte einen in meiner. Das war irgendwie passend.

Der Tisch leckt, dachte ich.

Ertränken Sie sie, damit sie weiterschläft, dachte ich.

Und noch etwas … Elizabeth hatte noch etwas anderes gesagt. Bevor mir einfiel, was es gewesen war, erinnerte ich mich an etwas weit Wichtigeres: Ilse hatte *Das Spiel ist aus* in ihrem Gasherd verbrannt und nicht mehr als einen Schnitt – vielleicht einen Biss – am Handrücken davongetragen.

Hätte sie auffordern sollen, ihn zu desinfizieren, dachte ich. *Sollte auch meinen desinfizieren.*

Ich schlief. Und diesmal gab es keinen riesenhaften Traumfrosch, der mich warnte.

X

Bei Sonnenaufgang weckte mich ein Scheppern. Der noch immer stürmische Wind – stärker denn je – hatte einen von Wiremans Strandstühlen gegen die Hauswand geschleudert. Oder vielleicht den fröhlich gestreiften Sonnenschirm, unter dem wir bei unserem ersten gemeinsamen Drink zusammengesessen hatten – grüner Eistee, sehr erfrischend.

Ich zog meine Jeans an und ließ alles andere, auch die Harpune mit der Silberspitze, auf dem Fußboden liegen. Ich glaubte nicht, dass Emery Paulson mich erneut aufsuchen würde, nicht bei Tageslicht. Ich sah nach Wireman, aber das war nur eine Formalität; ich konnte sein Schnarchen und seine pfeifenden Atemzüge hören. Er lag wieder auf dem Rücken, hatte die Arme weit von sich gestreckt.

Ich ging in die Küche hinunter und schüttelte den Kopf über den abgebrochenen Wasserhahn und das Saftglas mit angetrockneten Milch-Sahne-Resten. In einem der Hängeschränke fand ich ein größeres Glas, das ich mit Orangensaft füllte. Ich nahm es mit auf die hintere Veranda. Der Wind vom Golf her war stark, aber warm und blies mir die verschwitzten Haare von Stirn und Schläfen. Das war angenehm. Beruhigend. Ich beschloss, zum Strand hinunterzugehen und meinen Saft dort zu trinken.

Nach ungefähr drei Vierteln des Holzstegs blieb ich stehen, um einen Schluck Saft zu trinken. Das Glas kippte, und ein Teil des Inhalts ergoss sich auf meine nackten Füße. Das nahm ich kaum wahr.

Draußen auf dem Meer schwamm auf einer der großen, vom Sturm gegen die Küste getriebenen Wogen ein hellgrüner Tennisball.

Das hat nichts zu bedeuten, sagte ich mir, aber diese Behauptung war natürlich nicht stichhaltig. Das bedeutete alles, und ich wusste es sofort, als ich den Tennisball sah. Ich warf das Glas ins Seegras und verfiel in einen schwerfällig schwankenden Trab – in diesem Jahr Edgar Freemantles Version eines Spurts.

Ich brauchte fünfzehn Sekunden, um das Ende des Holzstegs zu erreichen, vielleicht sogar weniger, aber in dieser Zeitspanne sah ich drei weitere Tennisbälle mit der Flut herantreiben. Dann sechs, dann acht. Die meisten trudelten rechts von mir heran – weiter nördlich.

Weil ich nicht darauf achtete, wohin ich unterwegs war, stolperte ich am Endes des Holzstegs mit wild kreiselnden Armen ins Leere. Ich rannte noch, als ich im Sand aufkam und hätte vielleicht das Gleichgewicht halten können, wenn ich auf meinem gesunden Bein gelandet wäre, aber das tat ich nicht. Ein gezackter Schmerz wand sich korkenzieherartig durch mein schlimmes Bein, vom Schienbein übers Knie bis zur Hüfte, und ich schlug der Länge nach in den Sand. Ein Stück weit vor mir lag einer dieser verdammten Tennisbälle mit flach anliegendem durchnässtem Filz.

Auf der mir zugekehrten Seite stand *DUNLOP*, die Buchstaben schwarz wie die Verdammnis.

Ich rappelte mich auf, starrte verstört aufs Meer hinaus. Vor dem *Palacio* trieben nur einzelne Tennisbälle an, aber weiter im Norden, wo das Big Pink stand, sah ich eine grüne Flottille – mindestens hundert, wahrscheinlich mehr.

Das hat nichts zu bedeuten. Sie ist in Sicherheit. Sie hat das Bild verbrannt und schläft wohlbehalten in ihrer Wohnung tausend Meilen von hier.

»Das bedeutet gar nichts«, sagte ich laut, aber inzwischen fühlte sich der Wind, der mir die Haare aus dem Gesicht blies, nicht mehr warm, sondern kalt an. Dort im nassen, kompakten, feucht glänzenden Sand machte ich mich hinkend auf den Weg zurück ins Big Pink. Die Piepser flogen in Wolken vor mir auf. Ab und zu legte eine hereinkommende Welle einen Tennisball vor meinen Füßen ab. Unterdessen lagen sie überall auf dem nassen festen Sand verstreut. Dann kam ich zu einer aufgeplatzten Kiste, auf der *Dunlop Tennisbälle* und *AUSSCHUSSWARE OHNE DOSEN* stand. Sie war umgeben von schwimmenden, im Wasser tanzenden Tennisbällen.

Augenblicklich beschleunigte ich meine hinkenden Schritte.

XI

Ich schloss die Tür auf und ließ meine Schlüssel im Schloss stecken. Schlingerte ans Telefon und sah die Anzeige des Anrufbeantworters blinken. Ich drückte auf PLAY. Die ausdruckslose Männerstimme des AB teilte mir mit, dass die Nachricht um 6.48 Uhr eingegangen war, was bedeutete, dass ich sie um weniger als eine halbe Stunde verpasst hatte. Dann explodierte Pams Stimme aus dem Lautsprecher. Ich senkte den Kopf, als müsste ich mein Gesicht vor einem Hagel scharfer Glassplitter schützen.

»Edgar, die Polizei hat angerufen und gesagt, dass Illy tot ist! Sie sagt, dass eine Frau namens Mary Ire in ihre Wohnung gekommen ist und sie ermordet hat! Eine deiner Freundinnen! Eine deiner *Kunstfreundinnen* aus *Florida* hat unsere Tochter *umgebracht!*« Sie brach in einen rau und hässlich klingenden Weinanfall aus … und dann lachte sie. Es war abscheulich, dieses Lachen. Es fühlte sich an, als hätte mir einer dieser fliegenden Glassplitter das Gesicht zerschnitten. »Ruf mich an, du Scheißkerl! Ruf mich an und versuch, mir das zu erklären. *Du hast gesagt, sie ist IN SICHERHEIT!*«

Dann wieder Weinen. Es wurde mit einem Klicken beendet. Danach ertönte das Summen einer freien Leitung.

Ich streckte meine Hand aus und brachte es per Knopfdruck zum Schweigen.

Ich ging in den Florida-Raum und starrte die auf den Wellen tanzenden Tennisbälle an. Ich fühlte mich wie verdoppelt, wie ein Mann, der einen Mann beobachtet.

Die toten Zwillinge hatten in meinem Atelier eine Nachricht hinterlassen – *wo unsre schwester?* Hatten sie damit Illy gemeint?

Ich konnte fast hören, wie die Hexe lachte, konnte sie nicken sehen.

»Bist du hier, Perse?«, fragte ich.

Der Wind rauschte durch die Fliegengitter herein. Die Wogen brachen sich mit der Regelmäßigkeit eines Metronoms am Strand. Ich hörte die Schreie von Vögeln über dem Wasser. Am Strand konnte ich eine weitere aufgeplatzte Kiste mit Tennisbällen erkennen, die schon halb im Sand vergraben war. Schätze aus dem Meer; fairer Bergelohn aus dem *caldo*. Sie beobachtete mich, so viel stand fest. Wartete darauf, dass ich zusammenbrechen würde. Davon war ich überzeugt. Ihre … was? … ihre Schergen? … mochten tagsüber schlafen, aber nicht sie selbst.

»Ich gewinne, du gewinnst«, sagte ich. »Aber du glaubst, du hast immer noch einiges in der Hinterhand, nicht wahr? Clevere Perse.«

Natürlich war sie clever. Schließlich spielte sie dieses Spiel schon sehr lange. Ich konnte mir vorstellen, dass sie schon alt gewesen war, als die Kinder Israels noch die Gärten Ägyptens umgegraben hatten. Manchmal schlief sie, aber jetzt war sie wach.

Und ihre Macht reichte weit.

Mein Telefon begann zu klingeln. Ich ging wieder hinein, wobei ich mich weiter wie zwei Edgars fühlte – einer erdgebunden, der andere über dem Kopf des erdgebundenen Edgars schwebend –, und nahm den Hörer ab. Der Anrufer war Dario. Er war hörbar aufgebracht.

»Edgar? Was soll dieser Mist, dass wir die verkauften Bilder nicht …«

»Nicht jetzt, Dario«, sagte ich. »Still.« Ich legte auf, dann rief ich Pam an. Weil ich jetzt nicht darüber nachdachte, hatte ich nicht die geringsten Probleme mit den Ziffern; das fabelhafte Muskelgedächtnis übernahm das Kommando. Ich überlegte mir, dass die Menschen vielleicht besser dran wären, wenn dies ihr einziges Gedächtnis wäre.

Pam war ruhiger. Ich wusste nicht, was sie genommen hatte, aber es wirkte bereits. Wir sprachen zwanzig Minuten lang miteinander. Sie weinte fast durchgehend und überhäufte mich zwischendurch mit Vorwürfen, aber als ich keinen Versuch machte, mich zu verteidigen, löste sich ihr Zorn in Trauer und Verwirrung auf. Ich bekam die entscheidenden Einzelheiten aus ihr heraus, zumindest dachte ich das damals. Es gab einen sehr wichtigen Punkt, den wir beide glatt übersahen, aber wie ein kluger Mann einmal gesagt hat: »Man kann sie nicht treffen, wenn man sie nicht sehen kann«, und der Polizeibeamte, der Pam angerufen hatte, hatte nicht daran gedacht, ihr zu erzählen, was Mary Ire in die Wohnung unserer Tochter in Providence mitgebracht hatte.

Das heißt, außer der Pistole. Der Beretta.

»Die Polizei meint, dass sie mit dem Auto gefahren sein muss – und das praktisch nonstop«, sagte Pam matt. »Mit einer solchen Waffe hätte man sie in kein Flugzeug gelassen. Warum hat sie das getan? War daran wieder eins dieser *Scheißbilder* schuld?«

»Natürlich«, sagte ich. »Sie hat eins gekauft. Daran habe ich nicht gedacht. An sie habe ich überhaupt nicht gedacht. Kein einziges Mal. Es war Illys verdammter *Freund*, der mir Sorgen gemacht hat.«

Meine Exfrau – das war sie nun sicher – sprach ganz ruhig, als sie sagte: »Das ist alles *deine* Schuld.«

Ja, das stimmte. Mir hätte klar sein müssen, dass Mary Ire mindestens ein Bild kaufen würde, wahrscheinlich ein Gemälde aus dem Zyklus *Mädchen mit Schiff* – den gefährlichsten Arbeiten von allen. Und sie hätte auch nicht gewollt, dass die Scoto es für sie aufbewahrte, schließlich wohnte sie in Tampa, praktisch die Straße entlang. Wer weiß, vielleicht hatte sie das Bild im Kofferraum ihres klapprigen

Mercedes gehabt, als sie mich vor dem Krankenhaus abgesetzt hatte. Von dort aus konnte sie direkt zu ihrer Wohnung in Davis Islands weitergefahren sein, um die Pistole zu holen, die sie sich zur Selbstverteidigung gekauft hatte. Verdammt, wenn man nach Norden wollte, war das nicht mal ein Umweg.

Zumindest darauf hätte ich kommen müssen. Schließlich kannte ich sie und wusste, was sie von meiner Arbeit hielt.

»Pam, auf dieser Insel passiert etwas sehr Schlimmes, und ich …«

»Glaubst du, dass mich das interessiert, Edgar? Oder weshalb diese Frau es getan hat? Du hast dafür gesorgt, dass unsere Tochter ermordet wurde. Ich will nie mehr mit dir reden, ich will dich nie mehr *sehen* und würde mir lieber die Augen ausstechen, als noch einen Blick auf irgendeines deiner Gemälde zu werfen. Du hättest sterben sollen, als der Kran dich erwischt hat!« In ihrer Stimme lag eine grausame Nachdenklichkeit. »Das wäre ein Happy End gewesen.«

Nach kurzer Stille hörte ich wieder nur das Summen einer freien Leitung. Ich überlegte, ob ich den ganzen Krempel quer durch den Raum an die Wand werfen sollte, aber der über meinem Kopf schwebende Edgar sagte Nein. Der über meinem Kopf schwebende Edgar sagte, das würde Perse vielleicht zu viel Vergnügen bereiten. Also legte ich stattdessen behutsam auf und stand dann ungefähr eine Minute lang da, wobei ich nur leicht schwankte: Ich war weiter am Leben, während meine neunzehnjährige Tochter tot war, jedoch nicht erschossen, sondern von einer verrückten Kunstkritikerin in ihrer eigenen Badewanne ertränkt.

Dann ging ich langsam durch die Haustür hinaus. Ich ließ sie offen. Ich sah keinen Grund, sie jetzt noch abzuschließen. An der Hauswand lehnte ein Besen, mit dem man den

Sand von dem ums Haus herumführenden Weg fegen konnte. Als ich ihn betrachtete, begann mein rechter Arm zu jucken. Ich hob die rechte Hand und hielt sie vor meine Augen. Sie war nicht da, aber als ich sie öffnete und wieder zur Faust ballte, konnte ich fühlen, wie die Muskeln sich bewegten. Und ich spürte zwei lange Fingernägel, die sich in meine Handfläche gruben. Die übrigen schienen kurz zu sein und unebene Ränder zu haben. Wahrscheinlich abgebrochen. Irgendwo – vielleicht auf dem Teppichboden oben im Little Pink – lagen ein paar Gespensterfingernägel.

»Verschwinde«, forderte ich die Hand auf. »Ich will dich nicht mehr; hau ab und sei tot.«

Aber das tat sie nicht. Wie der Arm, dessen Fortsetzung sie früher gewesen war, juckte und pochte und schmerzte sie und weigerte sich, mich zu verlassen.

»Dann geh und such meine Tochter«, sagte ich, und nun begannen die Tränen zu fließen. »Bring sie zurück, ja? Bring sie mir wieder. Ich male, was du willst, wenn du sie mir nur zurückbringst.«

Nichts. Ich war nur ein Einarmiger mit einem Phantomjucken. Der einzige Geist war sein eigener, der knapp über seinem Kopf schwebte und dies alles beobachtete.

Das Jucken wurde schlimmer. Ich griff nach dem Besen, weinte jetzt nicht nur vor Kummer, sondern auch wegen der grässlichen Qualen dieses unerreichbaren Juckens, und begriff dann, dass ich nicht tun konnte, was ich tun musste – ein Einarmiger kann keinen Besenstiel über seinem Knie zerbrechen. Ich lehnte den Besen wieder an die Hauswand und trat mit dem gesunden Bein darauf. Ein lautes Knacken, dann flog das mit Borsten besetzte Ende weg. Ich hielt den zersplitterten Stiel vor meine tränennassen Augen und nickte. Er würde genügen.

Ich ging um die Hausecke herum in Richtung Strand, und irgendein abgekoppelter Teil meines Verstands registrierte die laute Unterhaltung der Muscheln unter dem Big Pink, während die Wellen ins Dunkel unter dem Haus brandeten und wieder zurückfluteten.

Als ich den feucht glänzenden Sandstreifen am Wasser erreichte, der hier und dort mit Tennisbällen gesprenkelt war, stieg eine flüchtige Erinnerung in mir auf. Der zweite Satz, den Elizabeth zu Wireman gesagt hatte, hatte gelautet: *Sie werden es wollen, aber Sie dürfen nicht.*

»Zu spät«, sagte ich, und dann riss die Schnur, die den Edgar über meinem Kopf gehalten hatte. Er schwebte davon, und für kurze Zeit wusste ich gar nichts mehr.

17

Das Südende der Insel

I

Das Nächste, woran ich mich erinnere, ist, dass Wireman vorbeikam und mir aufhalf. Ich erinnere mich, dass ich ein paar Schritte machte, bis mir wieder einfiel, dass Ilse tot war, und dann zusammenbrechend auf die Knie sank. Und das Beschämendste an meiner Reaktion war, dass ich zwar untröstlich, aber auch hungrig war. Heißhungrig.

Ich erinnere mich, wie Wireman mich stützte, mich durch die offene Tür ins Haus führte und mir versicherte, alles sei nur ein böser Traum und ich hätte Wahnvorstellungen, und als ich ihm erklärte, nein, es ist wahr, Mary Ire hat es getan, Mary Ire hat Ilse in ihrer eigenen Badewanne ertränkt, lachte er und meinte, nun wisse er ganz sicher, dass mich der Wahn gepackt habe. Einen schrecklichen Augenblick lang glaubte ich ihm.

Ich deutete auf den Anrufbeantworter. »Spiel die Nachricht ab«, sagte ich und ging in die Küche. Torkelte hinüber in die Küche. Als Pam wieder begann – *Edgar, die Polizei hat angerufen und gesagt, dass Illy tot ist!* –, verschlang ich Hände voll Frosted Mini-Wheats direkt aus der Packung. Ich hatte das verrückte Gefühl, ein Präparat auf einem Objektträger zu sein. Bald würde ich unter ein Mikroskop geschoben und studiert werden. Im Raum nebenan war die Nachricht zu Ende. Wireman fluchte und spielte sie noch einmal ab. Ich stopfte mich weiter mit Frühstücksflocken voll. An die Zeit, die ich am Strand verbracht hatte, bevor Wireman gekommen war, hatte ich keine Erinnerung. Dieser Teil meines Gedächtnisses war so leer wie bei meinem Krankenhausaufenthalt direkt nach dem Unfall.

Ich stopfte mir eine letzte Handvoll Frühstücksflocken in den Mund und schluckte. Sie blieben mir im Hals stecken, und das war gut. Das war sehr gut. Hoffentlich würde ich daran ersticken. Ich hatte es *verdient*, zu ersticken. Dann rutschten sie hinunter. Ich schlurfte hinkend ins Wohnzimmer zurück. Wireman stand neben dem Anrufbeantworter und sah mir erschrocken entgegen.

»Edgar … *muchacho* … was um Himmels willen …?«

»Eins der Bilder«, sagte ich und schlurfte weiter. Nachdem ich mich nun vollgeschlagen hatte, wünschte ich mir noch etwas Vergessen. Wenn auch nur für kurze Zeit. »Wünschen« war jedoch ein zu schwaches Wort; ich »brauchte« es. Ich hatte den Besenstiel abgebrochen … dann war Wireman vorbeigekommen. Was war in der Zwischenzeit passiert? Das wusste ich nicht.

Ich beschloss, es nicht wissen zu *wollen*.

»Die Bilder …?«

»Mary Ire hat eins gekauft. Bestimmt eins aus dem Zyklus *Mädchen mit Schiff*. Und sie hat es gleich mitgenommen. Das hätten wir wissen müssen. *Ich* hätte's wissen müssen. Wireman, ich muss mich hinlegen. Ich muss schlafen. Zwei Stunden, okay? Dann weckst du mich, und wir fahren ans Südende.«

»Edgar, du kannst nicht … das erwarte ich nicht von dir, nachdem …«

Ich blieb stehen, um ihm in die Augen zu sehen. Mir kam es vor, als würde mein Kopf hundert Pfund wiegen, aber ich schaffte es. »Auch *sie* erwartet das nicht von mir, aber ich bringe diese Sache heute zu Ende. Zwei Stunden.«

Die offene Haustür des Big Pink führte nach Osten hinaus, und die einfallende Morgensonne beleuchtete Wiremans Gesicht und ließ es so voller Mitgefühl erstrahlen, dass ich seinen Anblick kaum ertragen konnte. »Okay, *muchacho*. Zwei Stunden.«

»Versuch bis dahin, alle abzuwimmeln.« Ich wusste nicht, ob er das noch mitbekam. Ich war ins Schlafzimmer unterwegs, und meine Stimme wurde mit jedem Wort leiser. Ich ließ mich aufs Bett fallen, auf dem schon Reba lag. Ich spielte kurz mit dem Gedanken, sie quer durch den Raum zu werfen, wie ich es am liebsten mit dem Telefon gemacht hätte. Stattdessen zog ich sie an mich, drückte mein Gesicht gegen ihren knochenlosen Körper und fing an zu weinen. Ich weinte noch, als ich einschlief.

II »Aufwachen!« Irgendjemand schüttelte mich. »Wach auf, Edgar. Wenn wir diese Sache durchziehen wollen, müssen wir los!«

»Ich weiß nicht … vielleicht ist er gar nicht wachzukriegen.« Das war Jacks Stimme.

»Edgar!« Wireman schlug mir erst links, dann rechts ins Gesicht. Und keineswegs sanft. Grelles Licht traf meine geschlossenen Lider, überflutete meine Welt mit Rot. Ich versuchte, mich gegen all die Weckreize abzuschotten – auf der anderen Seite meiner Lider erwarteten mich schlimme Dinge –, aber das ließ Wireman nicht zu. »*¡Muchacho!* Wach auf! Es ist zehn nach elf!«

Das drang durch. Ich setzte mich auf und sah ihn an. Er hielt die Nachttischlampe so dicht vor mein Gesicht, dass ich die Hitze der Glühbirne spüren konnte. Jack stand hinter ihm. Die Erkenntnis, dass Ilse – meine Illy – tot war, rührte an mein Herz, aber ich schob sie beiseite. »*Elf Uhr!* Wireman, ich hab zwei Stunden gesagt! Was ist, wenn ein paar von Elizabeth' Verwandten auf die Idee kommen …«

»Nicht aufregen, *muchacho*. Ich habe den Bestatter angerufen und darum gebeten, alle von Duma fernzuhalten. Ich habe behauptet, dass drei von uns an Röteln erkrankt sind. Hoch ansteckend. Und ich habe Dario angerufen und ihm das mit deiner Tochter erzählt. Was die Bilder betrifft, liegt alles auf Eis, wenigstens vorläufig. Ich bezweifle, dass das zu deinen Prioritäten gehört, aber …«

»Natürlich tut es das.« Ich stand auf und rieb mir mit meiner Hand die Augen. »So kann Perse wenigstens nicht noch mehr Schaden anrichten.«

»Mein Beileid, Edgar«, sagte Jack. »Dein Verlust tut mir verdammt leid. Ich weiß, dass dir das kein großer Trost ist, aber …«

»Doch, es ist einer«, sagte ich, und mit der Zeit würde es vielleicht einer werden. Wenn ich das immer wieder sagte, wenn ich weiter nach ausgestreckten Händen griff. Mein Unfall hatte mich eigentlich nur eines gelehrt: Man kann immer nur weitermachen wie bisher. Man muss sich immer wieder zuflüstern: *Ich schaffe das,* auch wenn man weiß, dass man es nicht schaffen wird.

Ich sah, dass einer von ihnen mir meine restliche Kleidung mitgebracht hatte, aber für die heutige Arbeit wollte ich statt der Sneakers am Bettende die Stiefel aus dem Kleiderschrank. Jack trug Georgia Giants und ein langärmeliges Hemd; das war gut.

»Wireman, setzt du Kaffee auf?«, fragte ich.

»Haben wir dafür Zeit?«

»Die müssen wir uns nehmen. Ich brauche noch alles Mögliche, aber als Erstes muss ich wach werden. Auch ihr beide könnt vielleicht etwas Treibstoff brauchen. Jack, hilf mir mit meinen Stiefeln, ja?«

Wireman ging in die Küche. Jack kniete sich hin, ließ mich in die Stiefel schlüpfen und verknotete die Schnürsenkel. »Wie viel weißt du?«, fragte ich ihn.

»Mehr, als mir lieb ist«, sagte er. »Aber ich verstehe das alles nicht. Ich habe mit dieser Frau – Mary Ire? – auf deiner Vernissage gesprochen. Ich hab sie *gemocht*.«

»Ich auch.«

»Während du geschlafen hast, hat Wireman deine Frau angerufen. Sie wollte nicht ausführlich mit ihm reden, deshalb hat er anschließend einen Kerl angerufen, den er auf deiner Ausstellung kennengelernt hat – Mr. Bozeman?«

»Erzähl mir davon.«

»Edgar, weißt du bestimmt …«

»Erzähl's mir.« Pams Version war unvollständig und bruchstückhaft gewesen, und selbst daran konnte ich mich nicht mehr genau erinnern – in meinem Kopf wurden die Einzelheiten von dem Bild überlagert, wie Ilses Haare auf der Oberfläche einer überlaufenden Badewanne schwammen. Dieses Bild konnte den Tatsachen entsprechen oder auch nicht, aber es war höllisch deutlich, höllisch *detailliert* und hatte praktisch alles andere ausgelöscht.

»Mr. Bozeman sagt, dass die Polizei kein Anzeichen für gewaltsames Eindringen gefunden hat und deshalb glaubt, dass deine Tochter sie selbst reingelassen hat, obwohl es mitten in der Nacht war.«

»Oder Mary hat einfach überall geklingelt, bis irgendjemand sie reingelassen hat.« Mein fehlender Arm juckte. Dieses Jucken saß tief. Es war schläfrig, fast verträumt. »Dann ist sie zu Illys Wohnung raufgegangen und hat dort geklingelt. Sagen wir, sie hat sich als jemand anders ausgegeben.«

»Edgar, vermutest du das bloß oder …«

»Sagen wir, sie hat vorgegeben, von einem Gospelchor zu kommen, der sich Hummingbirds nennt, und sagen wir weiter, sie hat durch die Tür gerufen, dass Carson Jones einen schlimmen Unfall hatte.«

»Wer ist …«

»Nur nennt sie ihn Smiley, und das ist natürlich überzeugend.«

Wireman war wieder da. Ebenso der schwebende Edgar. Der erdgebundene Edgar sah all die profanen Dinge eines sonnigen Morgens auf Duma Key in Florida. Der Edgar über meinem Kopf sah mehr. Nicht alles, nur so viel, dass es zu viel war.

»Und dann, Edgar?«, fragte Wireman. Er sprach sehr leise. »Was glaubst du?«

»Sagen wir, dass Illy die Tür öffnet – und auf einmal sieht sie sich einer Frau gegenüber, die sie mit einer Pistole bedroht. Sie kennt diese Frau irgendwoher, aber sie hat in dieser Nacht schon einen schlimmen Schrecken hinter sich, sie ist desorientiert und kann sie nicht einordnen – ihr Gedächtnis versagt. Aber das ist vielleicht nur gut so. Mary befiehlt ihr, sich umzudrehen, und als sie das tut … als sie das tut …« Ich fing wieder an zu weinen.

»Edgar, Mann, nicht«, sagte Jack. Auch er war den Tränen nahe. »Das sind alles nur Vermutungen.«

»Sind es nicht«, sagte Wireman. »Lass ihn reden.«

»Aber wozu müssen wir wissen, wie …«

»Jack … *muchacho* … wir *wissen* nicht, was wir wissen müssen. Also lass den Mann reden.«

Ich hörte ihre Stimmen, aber wie aus weiter Ferne.

»Sagen wir, dass Mary mit der Pistole zuschlägt, als sie sich umdreht.« Ich wischte mir die Tränen mit dem Handballen ab. »Sagen wir, dass sie mehrmals, vier- oder fünfmal zuschlägt. Im Film kriegt man nur einen Schlag über den Schädel und ist sofort bewusstlos. Ich bezweifle, dass es im richtigen Leben auch so ist.«

»Nein«, murmelte Wireman, und dieses Sagen-wir-Spiel sollte sich als allzu zutreffend erweisen. Als Folge mehrerer mit großer Wucht geführter Schläge hatte mein If-So-Girl drei Schädelbrüche erlitten und stark geblutet.

Mary schleppte sie mit sich. Die Blutspur führte durch die Wohnküche (in der wahrscheinlich noch der Geruch der verbrannten Zeichnung in der Luft hing) und den kurzen Gang zwischen dem Schlafzimmer und der Ecke, die Illy als Arbeitsplatz gedient hatte. Im Bad am Ende des Flurs ließ Mary die Wanne volllaufen und ertränkte meine bewusstlose Tochter darin wie ein unerwünschtes Kätzchen. Als die Arbeit getan war, ging Mary ins Wohnzimmer, setzte sich aufs Sofa und schoss sich in den Mund. Die Kugel trat aus der Schädeldecke aus und klatschte ihre Vorstellungen über Kunst (und auch einen Großteil ihrer Haare) an die Wohnzimmerwand hinter ihr. Inzwischen war es fast vier Uhr. Der an Schlaflosigkeit leidende Mieter der Wohnung darunter erkannte das Geräusch als Schuss und alarmierte die Polizei.

»Wozu sie ertränken?«, fragte Wireman. »Das verstehe ich nicht.«

Weil das Perses Art ist, dachte ich.

»Darüber wollen wir jetzt nicht nachdenken«, sagte ich. »Okay?«

Er griff nach meiner verbliebenen Hand und drückte sie. »Okay, Edgar.«

Und wenn wir diese Sache hinkriegen, brauchen wir es vielleicht nie zu tun, dachte ich.

Aber ich hatte meine Tochter gezeichnet. Dessen war ich mir sicher. Ich hatte sie am Strand gezeichnet.

Meine tote Tochter. Meine ertränkte Tochter. In den Sand gezeichnet, damit die Wellen sie auslöschten.

Sie werden es wollen, hatte Elizabeth gesagt, *aber Sie dürfen nicht.*

Oh, aber Elizabeth.

Manchmal bleibt einem keine Wahl.

III Wir standen in der sonnigen Küche im Big Pink und tranken starken Kaffee, bis uns der Schweiß auf dem Gesicht stand. Ich nahm drei Aspirin, fügte eine weitere Lage Koffein hinzu und schickte dann Jack nach oben, damit er mir zwei Artisan-Zeichenblöcke holte. Außerdem sollte er jeden Buntstift spitzen, den er finden konnte.

Wireman füllte eine Tragetasche mit Proviant aus dem Kühlschrank: essfertige Karotten, Gurken in Streifen, ein Sixpack Pepsi, drei große Flaschen Evian, etwas Roastbeef in Scheiben und ein Astronautenhähnchen, wie Jack es nannte, ein noch in Folie verpacktes Brathähnchen.

»Wundert mich irgendwie, dass du überhaupt an Essen denken kannst«, sagte er mit einem Anflug von Tadel in der Stimme.

»Essen interessiert mich nicht im Geringsten«, sagte ich,

»aber vielleicht muss ich irgendwelches Zeug zeichnen. Ich bin sogar *sicher*, dass ich nachher irgendwelches Zeug zeichnen muss. Und das scheint Wagenladungen von Kalorien zu verbrauchen.«

Jack kam mit den Zeichenblöcken und Stiften herunter. Ich nahm ihm alles ab und schickte ihn dann wieder nach oben, damit er die Knetgummis holte, die ich als Radiergummis benutzte. Wahrscheinlich würde irgendwas fehlen – ist es nicht immer so? –, aber mir fiel nicht ein, was es sein könnte. Ich sah auf die Wanduhr. Es war zehn vor zwölf.

»Hast du Polaroidbilder von der Brücke gemacht?«, fragte ich Jack. »Bitte sag mir, dass du sie gemacht hast.«

»Ja, aber ich dachte … die Geschichte mit den Röteln …«

»Zeig mir die Fotos«, sagte ich.

Jack griff in seine Gesäßtasche und zog einen dünnen Packen Polaroidbilder heraus. Er sortierte sie, dann gab er mir vier davon, die ich wie eine kurze Patience auf dem Küchentisch auslegte. Dann griff ich mir einen der Zeichenblöcke und begann eine Skizze nach dem Foto, das die Zahnräder und Ketten unter der sich öffnenden Zugbrücke – ein kümmerliches kleines Ding mit nur einer Fahrspur – am deutlichsten zeigte. Mein rechter Arm juckte weiter: ein tiefes, schläfriges Kribbeln.

»Die Geschichte mit den Röteln war genial«, sagte ich. »Sie wird fast jedermann fernhalten. Aber fast ist nicht gut genug. Mary hätte sich auch nicht von meiner Tochter ferngehalten, wenn ihr jemand erzählt hätte, dass Illy Vogelgr… *Scheiße!*« Mir standen Tränen in den Augen, und ein Strich, der gerade hätte sein sollen, war krumm geworden.

»Ganz ruhig, Edgar«, sagte Wireman.

Ich sah auf die Wanduhr: 11.58 Uhr. Die Zugbrücke würde um 12 Uhr hochgehen; das tat sie immer. Ich blinzelte die Tränen weg und beugte mich wieder über meine Zeichnung. Maschinenteile flossen aus der Spitze des Venus Black, und sogar jetzt, wo Ilse tot war, erfasste die Faszination, etwas Reales aus dem Nichts entstehen zu sehen – wie Formen, die aus einer Nebelbank auftauchen –, mich fast unmerklich wieder. Und warum auch nicht? Welcher Zeitpunkt wäre besser gewesen? Die Arbeit bot mir eine Zuflucht.

»Wenn sie jemanden hat, den sie auf uns ansetzen kann, und die Zugbrücke ist lahmgelegt, schickt sie ihn einfach zur Fußgängerbrücke, die von Don Pedro Island herüberführt«, sagte Wireman.

Ohne von meiner Zeichnung aufzusehen, sagte ich: »Vielleicht auch nicht. Nicht allzu viele Leute kennen den Sunshine Walkway, und ich bin sicher, dass Perse ihn nicht kennt.«

»Warum nicht?«

»Weil er in den Fünfzigerjahren gebaut wurde, das weiß ich von dir, und sie damals geschlafen hat.«

Er dachte einen Augenblick darüber nach, dann sagte er: »Du glaubst, dass sie besiegt werden kann, nicht wahr?«

»Ja, das tue ich. Vielleicht nicht getötet, aber wieder in Schlaf versetzt.«

»Weißt du, wie?«

Man muss das Leck im Tisch finden und abdichten, hätte ich beinahe gesagt ... aber das ergab keinen Sinn.

»Noch nicht. Im anderen Haus liegen weitere Zeichnungen von Libbit. In dem am Südende der Insel. Sie werden uns sagen, wo Perse ist, und mir, was ich zu tun habe.«

»Woher weißt du, dass es noch mehr gibt?«

Weil es welche geben muss, hätte ich gesagt, aber in diesem Augenblick ertönte das Mittagssignal. Eine Viertelmeile die Straße hinunter ging die Zugbrücke zwischen Duma Key und Casey Key – die einzige nördliche Verbindung zwischen uns und der Küste – langsam hoch. Ich zählte bis zwanzig, wobei ich zwischen den Zahlen jeweils das Wort *Mississippi* einfügte, wie ich es als Kind getan hatte. Dann radierte ich das größte Zahnrad auf meiner Zeichnung aus. Während ich das tat, hatte ich das Gefühl – in dem fehlenden Arm, ja, aber auch genau zwischen und knapp über meinen Augen –, wundervolle Präzisionsarbeit zu verrichten.

»Okay«, sagte ich.

»Können wir jetzt fahren?«, fragte Wireman.

»Nicht gleich«, sagte ich.

Er sah auf die Wanduhr, dann wieder mich an. »Ich dachte, du hättest es eilig, *amigo*. Und wenn man bedenkt, wen wir letzte Nacht hier angetroffen haben, weiß ich, dass ich es eilig habe. Was gibt's also noch?«

»Ich muss euch beide zeichnen«, sagte ich.

IV

»Ich würde mich liebend gern von dir zeichnen lassen, Edgar«, sagte Jack, »und ich weiß, dass meine Mutter total aus dem Häuschen wär – aber ich finde, Wireman hat recht. Wir müssen los.«

»Warst du schon mal am Südende der Insel?«

»Äh, nein.«

Das hatte ich nicht anders erwartet. Aber als ich die Zeichnung der Hebemechanik der Zugbrücke von meinem

Block riss, sah ich zu Wireman hinüber. Trotz des Bleis, das sich in meinem Herz und meinen Gefühlen breitgemacht zu haben schien, merkte ich, dass dies etwas war, das mich wirklich interessierte. »Wie steht's mit dir? Warst du jemals im ursprünglichen Heron's Roost, um ein bisschen herumzustochern und zu schnüffeln?«

»Nein, noch nicht.« Wireman trat ans Fenster und sah hinaus. »Die Zugbrücke ist noch oben – von hier aus kann ich die Westhälfte gegen den Himmel erkennen. So weit, so gut.«

Ganz so leicht konnte man mich nicht ablenken. »Warum nicht?«

»Miss Eastlake hat mir davon abgeraten«, sagte er, ohne sich mir wieder zuzuwenden. »Sie meinte, dort wär die Umwelt verpestet. Grundwasser, Flora, sogar die Luft. Sie hat gesagt, im Zweiten Weltkrieg hätte das Army Air Corps den Süden der Insel als Versuchsgelände benutzt und dabei gründlich verseucht, was der Grund dafür sein dürfte, dass der Pflanzenwuchs dort so üppig ist. Sie hat gesagt, dass der hiesige Giftsumach der schlimmste in ganz Amerika ist – schlimmer als die Syphilis vor Penizillin, so hat sie sich ausgedrückt. Wenn man ihn mit bloßer Haut berührt, hat man jahrelang damit zu tun. Die Symptome scheinen zu verschwinden, kommen aber wieder. Und das Zeug wächst überall. Das hat sie gesagt.«

Alles nicht uninteressant, aber Wireman hatte meine Frage nach dem Warum noch immer nicht beantwortet. Daher wiederholte ich sie.

»Na ja, sie hat außerdem behauptet, dass es dort Schlangen gibt«, sagte er kleinlaut und drehte sich endlich wieder um. »Ich habe entsetzliche Angst vor Schlangen. Die habe ich, seit ich als kleiner Junge bei einem Campingausflug mit meinen Eltern eines Morgens aufgewacht bin und feststellen musste, dass ich mir den Schlafsack mit einer Milchnatter teilte. Sie war sogar in mein Unterhemd gekrochen. Sie hat mich mit Moschus besprüht. Ich dachte: *Scheiße, du bist vergiftet!* Zufrieden?«

»Ja«, sagte ich. »Hast du ihr von diesem Erlebnis vor oder nach ihrer Warnung erzählt, dass es am Südende von Schlangen wimmelt?«

Er sagte steif: »Das weiß ich nicht mehr.« Dann seufzte er. »Wahrscheinlich vorher. Ich sehe, worauf du hinauswillst – sie wollte mich von dort fernhalten.«

Das habe nicht ich, sondern du gesagt, dachte ich. »Sorgen mache ich mir in erster Linie um Jack«, sagte ich. »Aber wir wollen lieber auf Nummer sicher gehen.«

»Um *mich?*« Jack wirkte verblüfft. »Ich habe nichts gegen Schlangen. Und ich weiß, wie Giftsumach und -efeu aussehen. Ich war Pfadfinder.«

»Verlass dich auf mich«, sagte ich und fing an, ihn zu zeichnen. Ich arbeitete rasch und widerstand dem Drang, ins Detail zu gehen, wie es ein Teil meines Ich offenbar tun wollte. Während ich zeichnete, begann der erste Autofahrer jenseits der Zugbrücke wütend zu hupen.

»Klingt so, als wäre die Brücke wieder mal defekt«, sagte Jack.

»Ja«, stimmte ich zu, ohne von meiner Zeichnung aufzusehen.

V Mit Wiremans Porträt beeilte ich mich noch mehr, musste aber auch hier gegen den Drang ankämpfen, mich in die Arbeit hineinzuknien ... denn durch Arbeit wurden Kummer und Schmerz in Schach gehalten. Arbeit war wie eine Droge. Doch dieser Tag würde irgendwann zu Ende gehen, und ich hatte so wenig Lust wie Wireman, Emery ein zweites Mal zu begegnen. Ich wollte, dass diese Sache vorüber war und wir drei weg von der Insel waren – *weit* weg –, wenn diese Sonnenuntergangsfarben aus dem Golf aufzusteigen begannen.

»Okay«, sagte ich. Ich hatte Jack in Blau und Wireman in leuchtendem Orange gezeichnet. Die Porträts waren nicht perfekt, aber ich fand, dass ich das Wesentliche getroffen hatte. »Nur noch eine Kleinigkeit.«

Wireman stöhnte. *»Edgar ...!«*

»Nichts, was ich zeichnen müsste«, sagte ich und klappte den Block mit den beiden Porträtskizzen zu. »Lächle einfach für den Künstler, Wireman. Aber denk vorher an etwas besonders Erfreuliches.«

»Meinst du das ernst?«

»Todernst.«

Seine Stirn bekam Falten ... dann wurde sie wieder glatt. Er lächelte. Wie jedes Mal hellte das sein ganzes Gesicht auf und machte einen neuen Menschen aus ihm.

Ich wandte mich Jack zu. »Jetzt du.«

Und weil ich aus irgendeinem Grund das Gefühl hatte, dass er der Wichtigere von den beiden war, beobachtete ich ihn dabei sehr genau.

VI Wir hatten keinen Geländewagen, aber Elizabeth' alter Mercedes schien ein brauchbarer Ersatz zu sein: Er war robust wie ein Panzer. Wir fuhren in Jacks Wagen zum *Palacio* und parkten gleich hinter dem Tor. Jack und ich luden unsere Vorräte in den SEL 500 um. Wireman sollte inzwischen den Picknickkorb holen.

»Noch ein paar Sachen, die du mitbringen könntest«, sagte ich. »Insektenspray und eine wirklich gute Stablampe. Hast du eine?«

Er nickte. »Im Geräteschuppen hängt eine mit acht Batterien. Der reinste Suchscheinwerfer.«

»Gut. Und, Wireman?«

Er bedachte mich mit einem Was-denn-noch-Blick – von der aufgebrachten Art, an der hauptsächlich die Augenbrauen beteiligt sind –, sagte aber nichts.

»Die Harpunenpistole?«

Er grinste tatsächlich. *»Sí, señor. Para fijaciòn.«*

Als er gegangen war, blieb ich an den Mercedes gelehnt stehen und sah hinüber zum Tennisplatz. Die Tür im Drahtzaun am anderen Ende war offen. Elizabeth' halb zahmer Reiher stand in Netznähe auf dem Platz. Er starrte mich mit seinen blauen Augen anklagend an.

»Edgar?« Jack berührte meinen Ellbogen. »Alles okay?«

Mit mir war nichts okay, würde es lange nicht mehr sein. Aber …

Ich schaffe das, dachte ich. *Ich muss es schaffen. Sie darf nicht siegen.*

»Klar«, sagte ich.

»Es gefällt mir nicht, dass du so blass bist. Du siehst aus wie damals, als du angekommen bist.« Bei den letzten paar Worten versagte ihm fast die Stimme.

»Mir geht's gut«, sagte ich und legte ihm kurz den Arm

um die Schultern. Dabei fiel mir auf, dass dies abgesehen von gelegentlichem Händeschütteln vermutlich das erste Mal war, dass ich ihn berührt hatte.

Wireman, der die Griffe des Picknickkorbs mit beiden Händen umklammert hielt, kam aus dem Haus. Auf dem Kopf trug er drei Baseballkappen übereinander. John Eastlakes Harpunenpistole hatte er sich unter den Arm geklemmt. »Stablampe liegt im Korb«, sagte er. »Ebenso Deep Woods Off gegen die Stechviecher und drei Paar Gartenhandschuhe, die ich im Schuppen gefunden habe.«

»Großartig«, sagte ich.

»*Sí.* Aber es ist Viertel vor eins, Edgar. Können wir bitte fahren, wenn wir fahren wollen?«

Ich sah zu dem Reiher auf dem Tennisplatz hinüber. Er stand am Netz, unbeweglich wie der Zeiger einer kaputten Uhr, und erwiderte unbarmherzig meinen Blick. Aber das war in Ordnung; schließlich ist diese Welt größtenteils unbarmherzig.

»Ja«, sagte ich. »Also los!«

VII

Von nun an habe ich eine klare Erinnerung. Normalerweise funktionierte mein Gedächtnis zu der Zeit alles andere als perfekt, und bis heute habe ich noch manchmal Schwierigkeiten mit Namen oder der Chronologie der Ereignisse, aber von unserer Expedition zu dem Haus an der Südspitze von Duma Key steht mir jede einzelne Sekunde deutlich vor Augen – wie der erste Film, der mich jemals staunen ließ, oder das erste Gemälde, das mir jemals den Atem verschlug (*Der Hagelsturm* von Thomas Hart

Benton). Trotzdem war mir anfangs kalt, ich fühlte mich von allem distanziert wie ein leicht übersättigter Kunstkenner, der ein Gemälde in einem zweitklassigen Museum betrachtet. Erst als Jack die Puppe in der nach Nirgendwo hinaufführenden Treppe fand, begann ich zu begreifen, dass ich mit ins Bild gehörte, statt es nur zu betrachten. Und dass keiner von uns heimkehren würde, wenn es uns nicht gelang, sie zu stoppen. Ich wusste, dass sie stark war; natürlich war sie das, wenn sie ihren Arm bis nach Omaha und Minneapolis ausstrecken konnte, um zu kriegen, was sie wollte, und dann bis nach Providence, um es zu behalten. Und trotzdem unterschätzte ich sie. Bis wir tatsächlich in diesem Haus an der Südspitze von Duma Key waren, erkannte ich nicht, wie stark Perse war.

VIII

Ich wollte, dass Jack fuhr und Wireman hinten saß. Als Wireman fragte, weshalb, erklärte ich ihm, ich hätte meine Gründe dafür, die vermutlich sehr bald offenkundig werden würden. »Und falls ich mich geirrt haben sollte«, fügte ich hinzu, »freut das keinen mehr als mich.«

Jack stieß rückwärts auf die Straße hinaus und fuhr in Richtung Süden. Eigentlich mehr aus Neugier schaltete ich das Radio ein und wurde mit Billy Ray Cyrus belohnt, der von seinem wehen, brechenden Herzen röhrte. Jack ächzte und streckte seine Hand aus, vermutlich um The Bone zu suchen. Bevor er dazu kam, wurde Billy Ray schlagartig von ohrenbetäubenden Störgeräuschen übertönt.

»Himmel, stell das ab!«, jaulte Wireman.

Aber zuerst drehte ich den Knopf nach links. Die Verringerung der Lautstärke machte keinen Unterschied. Die Störungen schienen im Gegenteil noch lauter zu werden. Ich konnte spüren, wie sie meine Zahnfüllungen rattern ließen, und drückte rasch den Ausschaltknopf, bevor noch meine Trommelfelle anfingen zu bluten.

»Was war *das?*«, fragte Jack. Er hatte am Straßenrand gehalten. Seine Augen waren weit aufgerissen.

»Nennen wir es einfach Umweltbelastung, okay?«, sagte ich. »Ein kleines Überbleibsel der vom Army Air Corps vor sechzig Jahren durchgeführten Tests.«

»Sehr witzig«, sagte Wireman.

Jack sah das Radio an. »Ich möchte es noch mal versuchen.«

»Bitte sehr«, sagte ich und hielt mir mit meiner Hand das linke Ohr zu.

Jack drückte den Einschaltknopf. Die diesmal aus den vier Lautsprechern des Mercedes kommenden Störungen hatten die Lautstärke eines Düsentriebwerks. Obwohl ich mir ein Ohr zuhielt, fegten sie durch meinen Kopf. Ich meinte Wireman etwas rufen zu hören, war mir meiner Sache aber nicht sicher.

Jack stellte das Radio wieder ab, und der Höllenlärm verstummte. »Wir lassen die Musik heute mal lieber aus«, sagte er.

»Wireman? Alles in Ordnung?« Meine Stimme schien aus weiter Ferne zu kommen und war mit einem leisen Dauerklingeln unterlegt.

»Rockin'«, sagte er.

IX Vielleicht kam Jack etwas weiter als bis zu der Stelle, an der es Ilse schlecht geworden war; vielleicht auch nicht. Das war schwer zu beurteilen, sobald die Vegetation einen umringte. Die Straße wurde zu einer schmalen Fahrspur, deren Oberfläche durch die unter ihr verlaufenden Wurzeln uneben und bucklig war. Ihr Laub bildete über uns ein Dach, das den größten Teil des Himmels verdeckte. Man kam sich vor wie in einem lebenden Tunnel. Auch bei geschlossenen Fenstern erfüllte üppig pflanzlicher Dschungelgeruch den Wagen.

Jack testete die Federung des alten Mercedes an einem besonders tückischen Schlagloch, polterte über den jenseitigen Asphaltrand hinauf, bremste dann scharf und stellte den Automatikhebel auf P.

»Entschuldigung«, sagte er. Seine Lippen zitterten, und seine Augen waren zu groß. »Mir ist …«

Ich wusste genau, was ihm war.

Jack fummelte die Tür auf, beugte sich hinaus und übergab sich. Ich hatte gedacht, dass der Geruch des Dschungels (in dem wir uns kaum eine Meile vom *Palacio* entfernt befanden) schon im Auto stark gewesen war, aber was durch die offene Tür hereinflutete, war zehnmal berauschender: dick und grün und bösartig lebendig. Trotzdem konnte ich in dieser Masse aus Dschungelgrün keine Vögel rufen hören. Das einzige Geräusch kam von Jack, der sein Frühstück von sich gab.

Danach sein Mittagessen. Schließlich sank er matt in den Fahrersitz zurück. Er fand also, *ich* sähe wieder aus wie ein Schneehuhn? Das war irgendwie komisch, denn an diesem frühen Nachmittag Mitte April war Jack Cantori so blass wie der März in Minnesota. Statt wie einundzwanzig sah er wie ein kranker Mittvierziger aus. *Muss der Thunfischsalat gewesen sein,* hatte Ilse gesagt, aber der war es nicht gewesen. Etwas aus dem Meer, das stimmte, aber kein Thunfisch.

»Entschuldigung«, sagte er. »Ich weiß nicht, was mit mir los ist. Der Geruch, glaub ich … dieser faulige Dschungelgeruch …« Seine Brust hob sich krampfartig, er machte irgendwo tief in der Kehle *urk* und beugte sich wieder hinaus. Diesmal verfehlte seine Hand das Lenkrad, und wenn ich ihn nicht am Kragen gepackt und zurückgerissen hätte, wäre er mit dem Gesicht voraus in seiner eigenen Bescherung gelandet.

Er lehnte sich zurück: die Augen geschlossen, das Gesicht schweißnass, stoßweise hechelnd.

»Am besten bringen wir ihn in den *Palacio* zurück«, sagte Wireman. »Tut mir leid um die Zeit – Teufel, mir tut's um ihn leid –, aber dieser Scheiß ist nicht in Ordnung.«

»Aus Perses Sicht ist er *genau* in Ordnung«, sagte ich. Mein schlimmes Bein juckte nun fast so stark wie mein Arm. Ich fühlte mich wie unter Strom. »Das ist ihr kleiner Giftgürtel. Wie steht's mit dir, Wireman? Was macht dein Magen?«

»Dem fehlt nichts, aber mein schlimmes Auge – das eine, das früher schlimm war – juckt wie Teufel, und mein Kopf summt irgendwie. Wahrscheinlich von dem verdammten Radio.«

»Das Radio kann nichts dafür. Und dass nur Jack darauf anspricht, kommt daher, dass wir … nun … sagen wir, wir sind dagegen immun. Irgendwie eine Ironie des Schicksals, oder?«

Jack saß gegen das Lenkrad gelehnt und stöhnte.

»Was kannst du für ihn tun, *muchacho?* Überhaupt irgendwas?«

»Ich denke, schon. Hoffentlich.«

Ich hatte meine Zeichenblöcke auf den Knien, meine Buntstifte und Radiergummis in einer Gürteltasche. Jetzt blätterte ich Jacks Porträt auf und fand einen meiner Knetgummis. Damit radierte ich seinen Mund und die unteren Augenbögen bis zu den Augenwinkeln hinaus weg. Das Jucken in meinem rechten Arm war schlimmer als je zuvor, sodass ich nicht die geringsten Zweifel hatte, dass mein Plan aufgehen würde. Ich rief mir Jacks Lächeln in meiner Küche ins Gedächtnis – wie er gelächelt hatte, als ich ihn aufgefordert hatte, an etwas besonders Schönes zu denken – und zeichnete es rasch mit meinem mitternachtsblauen Stift. Dafür brauchte ich kaum dreißig Sekunden (entscheidend waren eigentlich die Augen, bei einem Lächeln sind es immer die Augen), aber diese wenigen Striche veränderten die ganze *Idee* von Jack Cantoris Gesicht.

Und ich erlebte etwas, womit ich nicht gerechnet hatte. Während ich zeichnete, sah ich ihn ein Mädchen in einem Bikini küssen. Nein, ich sah nicht nur, ich konnte ihre glatte Haut fühlen, sogar ein paar Sandkörner, die sich in der Höhlung ihres Kreuzes festgesetzt hatten. Ich konnte ihr Shampoo riechen und einen leichten Hauch von Salz auf ihren Lippen schmecken. Sie hieß Caitlin, und er nannte sie Kate.

Ich steckte meinen Stift in die kleine Gürteltasche zurück und zog den Reißverschluss zu. »Jack?« Ganz ruhig. Er hielt die Augen noch geschlossen, und sein Gesicht war in Schweiß gebadet, aber ich fand, dass seine Atmung sich beruhigt hatte. »Wie geht's dir jetzt? Etwas besser?«

»Ja«, sagte er, ohne die Augen zu öffnen. »Was hast du gemacht?«

»Nun, solange wir drei unter uns sind, können wir es

beim richtigen Namen nennen: Magie. Ein kleiner Gegenzauber, den ich bei dir angewandt habe.«

Wireman griff mir über die Schulter, nahm den Block von meinen Knien, studierte das Porträt und nickte dann. »Ich fange an zu glauben, dass sie dich besser in Ruhe gelassen hätte, *muchacho.*«

Ich sagte: »Es war meine Tochter, die sie hätte in Ruhe lassen sollen.«

X

Wir blieben noch fünf Minuten, wo wir waren, damit Jack sich erholen konnte. Schließlich verkündete er, dass er sich nun imstande fühle, weiterzufahren. Seine gesunde Farbe war zurückgekehrt. Ich fragte mich, ob es ähnliche Probleme gegeben hätte, wenn wir mit dem Boot zum Südende gefahren wären.

»Wireman, hast du schon mal Fischerboote vor der Südspitze von Duma Key ankern gesehen?«

Er überlegte. »Wenn du so fragst, nein. Sie bleiben meistens vor Don Pedro Island. Merkwürdig, nicht wahr?«

»Nicht merkwürdig, sondern verdammt unheimlich«, sagte Jack. »Wie diese Straße.« Sie war jetzt kaum mehr so breit wie eine Fahrspur. Seetraubenzweige und Äste von Banyanbäumen scharrten die Flanken des langsam weiterrollenden Mercedes entlang und machten dabei höllische Kratzgeräusche. Die von Baumwurzeln untertunnelte und aufgewölbte Straße, deren Belag an einigen Stellen zerbröckelt und mit Schlaglöchern durchsetzt war, führte tiefer ins Inselinnere hinein und begann jetzt ebenfalls anzusteigen.

Wir krochen weiter, eine langsame Meile nach der anderen, während Blätter und Zweige an die Seiten des alten Mercedes klatschten und hämmerten. Ich rechnete damit, dass die Straße irgendwann aufhören würde, aber das dichte Laubdach hatte sie bis zu einem gewissen Grad vor Witterungseinflüssen geschützt, sodass sie nie ganz unbefahrbar wurde. Die Banyanbäume wichen einem düsteren Wald aus Brasilianischen Pfefferbäumen, und hier sahen wir das erste Stück Wild: ein riesiger Rotluchs stand einen Augenblick auf den zerbröckelnden Überresten der Straße, fauchte uns mit angelegten Ohren an und flüchtete dann ins Unterholz. Etwas weiter fielen ein Dutzend fetter schwarzer Raupen auf die Windschutzscheibe, zerplatzten und hinterließen eine gummiartige Schmiere, gegen die Scheibenwischer und Waschanlage wenig ausrichten konnten; die Wischer verteilten das Zeug nur, sodass der Blick durch die Scheibe dem glich, der sich einem von grauem Star befallenen Auge geboten hätte.

Ich ließ Jack halten, stieg aus, öffnete den Kofferraum und fand darin ein Autoleder. Damit säuberte ich die Windschutzscheibe, wobei ich darauf achtete, einen von Wiremans Gartenhandschuhen zu tragen – eine Mütze hatte ich ohnehin schon auf. Aber soviel ich feststellen konnte, waren das nur Raupen: schmierig, aber nicht übernatürlich.

»Nicht schlecht«, sagte Jack durchs offene Fahrerfenster. »Ich entriegle jetzt die Motorhaube, damit du nach dem …« Er verstummte, während er wie gebannt über meine Schulter hinwegstarrte.

Ich drehte mich um. Die Fahrbahn war kaum mehr breiter als ein Fußweg, der mit alten Asphaltbrocken übersät und mit Dreilappigem Hasenfuß überwachsen war. Ungefähr dreißig Meter vor uns überquerten hintereinanderweg fünf Frösche in der Größe von Cockerspanielwelpen die Straße. Die ersten drei waren in einem Farbton, der in der Natur selten oder nie vorkommt, leuchtend sattgrün; der vierte war blau; der fünfte auf blasse Art orange, als wäre er früher einmal rot gewesen. Sie lächelten, aber ihr Lächeln hatte etwas Starres und Erschöpftes an sich. Sie hüpften langsam, als litten sie an Muskelschwund in den Beinen. Wie der Rotluchs erreichten sie das Unterholz und verschwanden darin.

»Scheiße, wer waren *die?*«, fragte Jack.

»Gespenster«, sagte ich. »Überbleibsel der starken Einbildungskraft eines kleinen Mädchens. Und wie sie aussehen, machen sie's nicht mehr lange.« Ich stieg wieder ein. »Fahr weiter, Jack. Lass uns fahren, solange wir können.«

Er ließ den Wagen wieder vorwärtskriechen. Ich fragte Wireman nach der Uhrzeit.

»Kurz nach zwei.«

Wir konnten bis zum Tor der ursprünglichen Villa Heron's Roost fahren. Darauf hätte ich nie gewettet, aber wir kamen tatsächlich dort an. Die Vegetation drängte noch ein letztes Mal heran – Banyanbäume und dicht mit grauen Bärten aus Louisianamoos behangene Krüppelkiefern –, aber Jack jagte den Mercedes hindurch, und plötzlich wich das Unterholz zurück. Hier hatten Wind und Wetter den Asphalt ganz zerfallen lassen, und der letzte Abschnitt war nur noch eine zerfurchte Erinnerung an eine Straße, die aber für den Mercedes genügte, der holpernd und schwankend einen langen Hügel zu zwei Steinsäulen hinauffuhr. Von beiden Seiten der Steinsäulen führte eine mächtige verwilderte Hecke weg, die mindestens fünfeinhalb Meter hoch und weiß Gott wie breit war; sie streckte bereits breite grüne Finger den Hügel hinab in Richtung Dschungel aus. Es gab ein Eisentor, das jedoch halb offen festgerostet war. Ich bezweifelte, dass der Mercedes hindurchpassen würde.

Dieses letzte Straßenstück säumten auf beiden Seiten uralte Kängurubäume von imposanter Höhe. Ich hielt Ausschau nach auf dem Rücken fliegenden Vögeln, sah aber keine. Übrigens sah ich auch keine von der richtig herum fliegenden Variante, obwohl ich jetzt schwaches Insektensummen hören konnte.

Jack hielt am Tor und sah uns bedauernd an. »Dieses alte Mädchen passt da nicht durch.«

Wir stiegen aus. Wireman blieb stehen, um sich die alten, von Flechten überwucherten Messingschilder an den Torsäulen anzusehen. Auf der linken war **HERON'S ROOST** zu lesen. Auf der rechten stand **EASTLAKE**, aber darunter war etwas wie mit einer Messerspitze eingekratzt. Früher mochte es schwer zu lesen gewesen sein, aber die aus den Kratzern im Metall wachsenden Flechten ließen es deutlich hervortreten: **Abyssus abyssum invocat**.

»Hast du einen Schimmer, was das heißt?«, fragte ich Wireman.

»Allerdings. Das ist eine Warnung, die oft jungen Juristen mit auf den Weg gegeben wird, wenn sie ihre Anwaltszulassung erhalten. Frei übersetzt bedeutet sie: ›Ein Fehltritt führt zum nächsten.‹ Wörtlich übersetzt besagt sie: ›Der Abgrund ruft nach dem Abgrund.‹« Er betrachtete mich düster, dann widmete er sich wieder der Botschaft unter dem Familiennamen. »Eine Ahnung sagt mir, dass das John Eastlakes abschließendes Urteil gewesen sein könnte, als er diese Version von Heron's Roost für immer verlassen hat.«

Jack streckte eine Hand aus, um das eingekratzte Motto zu berühren, ließ sie dann aber wieder sinken.

Wireman tat es an seiner Stelle. »Das Verdikt, meine Herrschaften ... und in Justitias eigener Sprache. Kommt jetzt. Sonnenuntergang ist um Viertel nach sieben, plus/minus, und Tageslicht ist ein flüchtig' Ding. Mit dem Picknickkorb wechseln wir uns am besten ab. Der ist 'ne verdammt schwere *puta.*«

XI

Aber bevor wir irgendwohin gingen, blieben wir hinter dem Tor stehen, um uns Elizabeth' erstes Heim auf Duma Key genau anzusehen. Meine erste Reaktion war Bestürzung. Irgendwo im Hinterkopf hatte ich eine klare Vorstellung von dem voraussichtlichen Ablauf: Wir würden das Haus betreten, nach oben gehen und den Raum finden, der in den längst vergangenen Tagen, als alle Welt Elizabeth als Libbit gekannt hatte, ihr Kinderzimmer gewesen war. Dort würde mein fehlender Arm, manchmal auch als Edgar Freemantles Göttliche Übersinnliche Wünschelrute bekannt, mich zu einem zurückgelassenen Überseekoffer (oder vielleicht zu einer bescheidenen Kiste) führen. Darin würden weitere Zeichnungen, die *fehlenden* Zeichnungen liegen, die mir den Weg zu Perse weisen und das Rätsel des lecken Tisches lösen würden. Alles vor Sonnenuntergang.

Hübsch ausgedacht, wenn da nicht ein Problem gewesen wäre: Die obere Hälfte von Heron's Roost existierte nicht mehr. Das Haus stand auf einer dem Wetter ausgesetzten Anhöhe, und seine oberen Stockwerke waren von irgendeinem Sturm komplett weggerissen worden. Das Erdgeschoss stand noch, aber es war von graugrünen Ranken überwuchert, die auch die Säulen des Vordachs hinaufwuchsen. Louisianamoos hing von den Dachsimsen und hatte die Veranda in eine Höhle verwandelt. Das Haus war von zertrümmerten orangeroten Dachziegeln umgeben – den einzigen Überresten des Daches. Sie ragten wie Drachenzähne aus dem jetzt völlig verunkrauteten ehemaligen Rasen. Die letzten fünfundzwanzig Meter der mit Muschelsplittern durchsetzten Einfahrt verschwanden unter Würgefeigen. Das galt auch für den Tennisplatz und etwas, das ein Spielhaus für Kinder gewesen sein mochte. Weitere Schlingpflanzen krochen die Wände eines lang gestreckten scheunenartigen Gebäudes hinter dem Tennisplatz hinauf und breiteten sich zwischen den Überresten der Dachziegel des Spielhauses aus.

»Was ist *das?*« Jack zeigte auf etwas zwischen dem Tennisplatz und dem Haupthaus. Dort schimmerte ein mit einer üblen schwarzen Brühe angefülltes langes Rechteck in der Nachmittagssonne. Das Insektensummen schien größtenteils von dorther zu kommen.

»Heute? Da würde ich es als Teergrube bezeichnen«, sagte Wireman. »In den Goldenen Zwanzigern dürfte die Familie Eastlake es ihren Swimmingpool genannt haben.«

»Stellt euch vor, ihr müsstet da reinspringen«, sagte Jack und erschauderte.

Der Pool war von Weiden umgeben. Dahinter standen dicht an dicht weitere Brasilianische Pfefferbäume und …

»Wireman, sind das *Bananenstauden?*«, fragte ich.

»Richtig«, sagte er. »Und wahrscheinlich voller Schlangen. Puh! Sieh nach Westen, Edgar.«

Auf der dem Meer zugewandten Seite von Heron's Roost verdrängte Strandhafer allmählich das Gewirr aus Unkraut, Ranken und Kriechpflanzen, das ehemals John Eastlakes Rasen gewesen war. Die Brise war gut und die Aussicht noch besser, was mir vor Augen führte, dass man in Florida eines nur selten hatte: Höhe. Hier waren wir eben hoch genug, dass der Golf von Mexiko zu unseren Füßen zu liegen schien. Don Pedro Island lag links von uns, Casey Key träumte rechts von uns in blaugrauem Dunst.

»Die Zugbrücke ist noch oben«, sagte Jack hörbar belustigt. »Diesmal haben sie wirklich Probleme.«

»Wireman«, sagte ich. »Sieh dort hinunter, den alten Weg entlang. Siehst du das da?«

Sein Blick folgte meinem Zeigefinger. »Den Felsvorsprung? Klar sehe ich den. Nicht Koralle, glaube ich jedenfalls nicht, aber das ließe sich erst aus der Nähe feststellen – was ist damit?«

»Hör eine Minute lang auf, den Geologen zu spielen, und *sieh* bloß hin. Was siehst du?«

Er sah hin. Beide sahen hin. Jack erkannte es als Erster. »Ein Profil?« Dann wiederholte er ohne das Zögern: »Ein Profil.«

Ich nickte. »Von hier aus sehen wir nur die Stirn, die Vertiefung der Augenhöhle und den Nasensattel, aber ich wette, dass wir vom Strand aus auch den Mund sehen würden. Oder was früher einmal der Mund war. Das ist der Hag's Rock. Und gleich darunter liegt der Shade Beach, darauf gehe ich jede Wette ein. Von wo aus John Eastlake losgeschwommen ist, um nach Schätzen zu tauchen.«

»Und wo die Zwillinge ertrunken sind«, fügte Wireman hinzu. »Das ist der Weg, auf dem sie zum Strand runtergelaufen sind. Nur …«

Er verstummte. Die Brise zupfte an unseren Haaren. Wir betrachteten den Weg, der nach all den Jahren noch sichtbar war. Kleine Füßchen, die zum Baden liefen, hätten das nicht geschafft. Ein Trampelpfad zwischen Heron's Roost und Shade Beach wäre in fünf Jahren verschwunden, vielleicht auch schon in zwei Jahren.

»Das ist kein Weg«, sagte Jack, als würde er meine Gedanken lesen. »Das war mal eine Straße. Nicht asphaltiert, aber trotzdem eine Straße. Wozu braucht jemand eine Straße vom Haus zu einem Strand, der zu Fuß bestimmt in weniger als zehn Minuten zu erreichen ist?«

Wireman schüttelte den Kopf. »Weiß ich nicht.«

»Edgar?«

»Keine Ahnung.«

»Vielleicht hat er mehr aus dem Wasser geholt als nur ein bisschen Trödel«, sagte Jack.

»Möglich, aber ...« Aus den Augenwinkeln heraus nahm ich eine Bewegung wahr – etwas Dunkles – und drehte mich zum Haus um. Dort war nichts zu sehen.

»Was gibt's?«, fragte Wireman.

Die Brise, der bisher vom Golf geweht hatte, drehte leicht und kam nun aus dem Süden. Sie führte einen üblen Fäulnisgestank mit sich.

Jack verzog angewidert das Gesicht. »Scheiße, was ist *das?*«

»Düfte aus dem Pool, würde ich vermuten«, antwortete Wireman. »Jack, ich liebe den Geruch von Schlick am Morgen.«

»Von mir aus, aber jetzt ist es Nachmittag.«

Wireman bedachte ihn mit einem Was-du-nicht-sagst-Blick, dann wandte er sich an mich. »Was denkst du, *muchacho?* Gehen wir rein?«

Ich machte rasch Inventur. Wireman hatte den roten Korb; Jack hatte die Tragetasche mit dem Proviant; ich hatte mein Zeichenzeug. Ich wusste nicht genau, was wir tun würden, falls sich herausstellte, dass Elizabeth' übrige Zeichnungen von dem Sturm, der die Ruine vor uns zurückgelassen hatte, entführt worden waren (oder wenn es keine Zeichnungen *gab*), aber wir waren so weit hergekommen und mussten etwas tun. Ilse bestand darauf, das spürte ich in meinen Knochen und meinem Herzen.

»Ja«, sagte ich. »Gehen wir rein.«

XII

Wir hatten die Stelle erreicht, wo die Einfahrt unter Würgefeigen zu verschwinden begann, als ich das schwarze Wesen durchs hohe Unkraut rechts neben dem Haus huschen sah. Diesmal sah Jack es auch.

»Dort ist jemand«, sagte er.

»Ich hab niemand gesehen«, sagte Wireman. Er stellte den Picknickkorb ab und wischte sich mit dem Ärmel den Schweiß von der Stirn. »Tausch mal mit mir, Jack. Du nimmst den Korb, ich den Proviant. Du bist jung und stark. Wireman ist alt und verbraucht. Er wird bald ster… *heiliger Scheiß, was ist das?*«

Der Mann brach knapp links vor uns aus dem Unterholz hervor. Das war im Grunde unmöglich – Jack und ich hatten ihn erst vor wenigen Sekunden in fünfzig Metern Entfernung gesehen –, aber er kam von dort. Er war ein Schwarzer, aber kein menschliches Wesen. Keinen Augenblick lang hielten wir ihn für einen wirklichen Menschen. Zum einen weil seine Beine, krumm und mit blauen Breeches bekleidet, sich nicht bewegten, während er an uns vorbeiflitzte. Auch rührte sich kein Blatt in der dicken Matte aus Würgefeigen, als er hindurchlief. Aber seine Lippen grinsten; seine Augen rollten in fröhlicher Boshaftigkeit. Er trug eine Schirmmütze mit oben aufgenähtem Knopf, und die war irgendwie das Schlimmste.

Ich dachte, wenn ich diese Mütze lange ansehen muss, werde ich verrückt.

Das Wesen verschwand im Gras rechts vor uns: ein Schwarzer in blauen Breeches, gut eineinhalb Meter groß. Das Gras war höchstens eineinviertel Meter hoch, und es war leicht auszurechnen, dass er nicht darin hätte verschwinden dürfen, aber genau das tat er.

Im nächsten Augenblick grinste er – es – uns von der vorderen Veranda an, dann war er – es – ohne Pause am Fuß der Treppe, flitzte ins Unkraut davon und grinste uns dabei ständig an.

Grinste uns unter seiner Mütze hervor an.

Seine Mütze war *ROT*.

Jack machte Anstalten, die Flucht zu ergreifen. Auf seinem Gesicht stand nichts außer blinder, sprachloser Panik. Ich ließ Wireman los, um ihn mir zu schnappen, und wenn Wireman sich ebenfalls zur Flucht entschlossen hätte, wäre das vermutlich das Ende unserer Expedition gewesen; ich hatte schließlich nur einen Arm und konnte sie unmöglich beide festhalten. Ich konnte keinen der beiden aufhalten, wenn sie ernsthaft türmen wollten.

So erschrocken ich auch war, dachte ich doch niemals an Flucht.

Auch Wireman, Gott segne ihn, hielt stand und beobachtete mit offenem Mund, wie der Schwarze als Nächstes unter den Bananenstauden zwischen dem Pool und dem Nebengebäude auftauchte.

Ich bekam Jack am Gürtel zu fassen und riss ihn zurück. Weil ich ihn nicht ohrfeigen konnte – dafür fehlte mir eine Hand –, begnügte ich mich damit, ihn anzubrüllen. *»Es ist nicht real! Es ist ihr Albtraum!«*

»Ihr … Albtraum?« In Jacks Augen dämmerte etwas wie

Verstehen. Oder vielleicht auch nur ein halbwegs klarer Gedanke. Das genügte mir schon.

»Ihr Albtraum, ihr Butzemann, wovor auch immer sie Angst hatte, wenn das Licht ausgemacht wurde«, sagte ich. »Es ist nur ein weiteres Gespenst, Jack.«

»Woher weißt du das?«

»Zum einen flimmert es wie ein alter Film«, sagte Wireman. »Sieh mal genau hin.«

Der Schwarze war verschwunden, dann wieder da, diesmal vor der mit Rost überkrusteten Leiter, die zum Sprungbrett über dem Pool hinaufführte. Er grinste uns unter seiner roten Mütze hervor an. Sein Hemd war so blau wie seine Breeches, wie ich jetzt sehen konnte. Während er von einem Ort zum anderen glitt, blieben seine krummen Beine die ganze Zeit in unveränderter Stellung wie bei einer Schießbudenfigur. Er war wieder fort, dann erschien er auf der Veranda. Im nächsten Augenblick war er auf der Einfahrt, fast direkt vor uns. Ihn anzusehen machte mir Kopfschmerzen, und es ängstigte mich noch immer … aber nur weil *sie* Angst gehabt hatte. Libbit.

Als Nächstes stand er auf dem zweispurigen Weg zum Shade Beach hinunter, und diesmal konnten wir das Meer durch sein Hemd und seine Breeches glitzern sehen. Dann verschwand er jäh, und Wireman begann hysterisch zu lachen.

»Was?« Jack wandte sich ihm zu. Wandte sich fast *gegen* ihn. *»Was?«*

»Es ist ein gottverdammter *Rasenjockey!*«, sagte Wireman, noch lauter lachend. »Einer von diesen schwarzen Rasenjockeys, die heutzutage so politisch unkorrekt sind, bloß zu drei- bis vierfacher Größe aufgeblasen! Elizabeth' Butzemann war der Rasenjockey des Hauses!«

Er wollte noch mehr sagen, konnte aber nicht mehr. Er beugte sich vornüber und lachte so schallend, dass er sich mit den Händen auf seine Knie stützen musste. Ich sah den Witz, konnte aber nicht darüber lachen … und das nicht nur, weil meine Tochter tot in Rhode Island lag. Wireman lachte nur, weil er anfangs so verängstigt wie Jack und ich gewesen war – so verängstigt, wie Libbit gewesen sein musste. Und weshalb war sie verängstigt gewesen? Weil ihr jemand, vermutlich unabsichtlich, die falsche Idee in den fantasievollen kleinen Kopf gesetzt hatte. Ich tippte auf Nan Melda und eine Gutenachtgeschichte, mit der sie ein Kind beruhigen wollte, das nach seiner Kopfverletzung noch quengelig war und vielleicht sogar an Schlaflosigkeit litt. Bloß hatte diese Gutenachtgeschichte sich am falschen Ort festgesetzt, und dort waren ihr Zeene gewachsen.

Mr. Blue Breeches war auch anders als die Frösche, die wir zuvor auf der Straße gesehen hatten. Diese hatten *ganz* Elizabeth gehört und waren nicht im Geringsten bösartig gewesen. Der Rasenjockey dagegen … er mochte ursprünglich aus dem verletzten Kopf der kleinen Libbit stammen, aber ich vermutete, dass Perse ihn längst für ihre eigenen Zwecke gekapert hatte. Falls jemand es schaffte, so nahe an Elizabeth' erstes Haus heranzukommen, stand er bereit, um den Eindringling zu verscheuchen. Ihn vielleicht für einige Zeit in die nächste Irrenanstalt zu befördern.

Was bedeutete, dass es hier vielleicht doch etwas zu finden gab.

Jack sah nervös zu der Stelle hinüber, wo der zweispurige Pfad – der wirklich breit genug für einen Karren oder sogar einen Lastwagen zu sein schien – nach unten abfiel, bis er außer Sicht geriet. »Kommt er zurück?«

»Spielt keine Rolle, *muchacho*«, sagte Wireman. »Er ist

nicht real. Außerdem muss dieser Picknickkorb getragen werden. Also ab durch den Schnee! Los, ihr Huskies!«

»Ich dachte, ich verlier schon den Verstand, wenn ich ihn nur ansehe«, sagte Jack. »Verstehst du das, Edgar?«

»Natürlich. Libbit hatte damals eine sehr starke Einbildungskraft.«

»Was ist später damit *passiert?*«

»Sie hat vergessen, wie man sie gebraucht.«

»Himmel«, sagte Jack. »Das ist schrecklich.«

»Ja. Und ich glaube, diese Art Vergessen ist einfach. Was noch schrecklicher ist.«

Jack bückte sich, hob den Korb hoch und sah dann zu Wireman hinüber. »Was ist da drin? Goldbarren?«

Wireman griff sich die Tragetasche und lächelte unbekümmert. »Ich habe ein paar Extras eingepackt.«

Wir arbeiteten uns über die zugewachsene Einfahrt vor und hielten Ausschau nach dem Rasenjockey. Er kam nicht zurück. Oben an der Verandatreppe stellte Jack den Picknickkorb mit einem kleinen Seufzer der Erleichterung ab. Hinter uns waren flatternde Flügelschläge zu hören.

Wir drehten uns um und sahen einen Reiher auf der Einfahrt landen. Er konnte der Vogel sein, der mich vom Tennisplatz des *Palacio* so kalt betrachtet hatte. Sein Blick war jedenfalls identisch: blau, scharf und ohne das geringste Mitleid.

»Ist er real?«, fragte Wireman. »Was meinst du, Edgar?«

»Er ist real«, sagte ich.

»Woher weißt du das?«

Ich hätte darauf hinweisen können, dass der Reiher einen Schatten warf, aber vielleicht hatte das auch der Rasenjockey getan; ich war zu verblüfft gewesen, um darauf zu achten. »Ich weiß es einfach. Kommt, wir gehen rein. Und spart euch die Mühe, anzuklopfen. Das hier ist kein Höflichkeitsbesuch.«

XIII

»Äh, das könnte vielleicht ein Problem sein«, sagte Jack.

Hinter herabhängendem Louisianamoos lag die Veranda in tiefem Schatten, aber sobald unsere Augen sich an das Halbdunkel gewöhnt hatten, konnten wir die massive rostige Kette sehen, die um die beiden Türflügel geschlungen war. Gesichert war sie gleich mit zwei Vorhängeschlössern. Die Kette führte durch Ösen an beiden Türpfosten.

Wireman trat vor, um sich die Kette anzusehen. »Weißt du«, sagte er, »vielleicht können Jack und ich eine oder sogar beide Ösen glatt absprengen. Die haben schon bessere Tage gesehen.«

»Bessere *Jahre*«, sagte Jack.

»Schon möglich«, sagte ich, »aber die Tür selbst ist bestimmt abgeschlossen, und wenn ihr mit Ketten rasselt und Ösen absprengt, schreckt ihr die Nachbarn auf.«

»Nachbarn?«, fragte Wireman.

Ich deutete senkrecht nach oben. Wireman und Jack folgten meinem Zeigefinger und sahen, was ich bereits entdeckt hatte: eine große Kolonie brauner Fledermäuse, die so dicht gedrängt schliefen, dass es aussah wie eine riesige Spinnwebe. Ich blickte nach unten und stellte fest, dass die Veranda nicht nur mit Guano übersät, sondern regelrecht damit beschichtet war. Nun war ich besonders froh, dass ich eine Mütze trug.

Als ich wieder aufsah, stand Jack Cantori am Fuß der

Treppe. »Nicht mit mir, Baby«, sagte er. »Nenn mich einen Feigling, nenn mich ein Weichei, nenn mich, was du willst, aber ich gehe dort nicht rein. Bei Wireman sind's Schlangen. Bei mir sind's Fledermäuse. Einmal …« Es schien, als wollte er noch mehr sagen haben, vielleicht sogar jede Menge, wüsste aber nicht, wie. Stattdessen machte er einen weiteren Schritt rückwärts. Ich hatte einen Augenblick Zeit, über die Exzentrizität der Angst nachzudenken: Was dem unheimlichen Jockey nicht gelungen war (er war nahe daran gewesen, aber das zählt nur beim Hufeisenwerfen), hatte eine Fledermauskolonie geschafft. Zumindest bei Jack.

Wireman sagte: »Sie können Tollwut übertragen, *muchacho* – hast du das gewusst?«

Ich nickte. »Ich denke, wir sollten uns nach dem Lieferanteneingang umsehen.«

XIV

Wir arbeiteten uns langsam ums Haus herum vor, Jack mit dem roten Picknickkorb vorneweg. Sein Hemd hatte dunkle Schweißflecken, aber die Übelkeit schien vollkommen überstanden zu sein. Dabei hätte ihm eigentlich übel sein sollen; uns allen hätte eigentlich übel sein sollen. Der Gestank des Pools war fast überwältigend. Hüfthohes Gras schlug raschelnd gegen unsere Hosenbeine; steife Geigenholzstiele stachen nach unseren Knöcheln. Es gab Fenster, aber wenn Jack nicht versuchen wollte, auf Wiremans Schultern zu stehen, waren sie alle viel zu hoch.

»Wie spät ist es?«, schnaufte Jack.

»Spät genug, dass du dich etwas beeilen solltest, *amigo*«,

sagte Wireman. »Soll ich dir den Korb mal wieder abnehmen?«

»Gute Idee«, höhnte Jack, der zum ersten Mal, seit ich ihn kannte, wirklich übel gelaunt zu sein schien. »Dann kannst du einen Herzanfall kriegen, und der Boss und ich können ausprobieren, wie gut wir in Wiederbelebungsmaßnahmen sind.«

»Willst du etwa andeuten, dass ich nicht in Form bin?«

»In Form schon, aber meiner Schätzung nach trotzdem mit fünfzig Pfund in der Infarktgefahrenzone.«

»Schluss damit«, sagte ich. »Alle beide.«

»Stell ihn ab, mein Sohn«, sagte Wireman. »Stell diesen *cesto de puta madre* ab, dann trage ich ihn weiter.«

»Nein. Vergiss es.«

Aus den Augenwinkeln heraus sah ich etwas Schwarzes sich bewegen. Fast hätte ich es nicht weiter beachtet. Weil ich dachte, es wäre wieder der Rasenjockey, der diesmal den Pool entlangflitzte. Oder über seine von Insekten wimmelnde, übel riechende Oberfläche huschte. Zum Glück wollte ich mich dann doch vergewissern.

Wireman funkelte inzwischen Jack an. Seine Männlichkeit war infrage gestellt worden. »Ich will dich ablösen.«

Ein Stück der ekligen Oberfläche des Beckens war zum Leben erwacht. Es löste sich aus der Schwärze, plumpste auf den rissigen, mit Unkraut durchsetzten Beckenrand aus Beton und spritzte mit einer schmutzigen Sprengwolke aus schlammigem Wasser um sich.

»Nein, Wireman, ich hab ihn.«

Ein Stück Ekligkeit mit Augen.

»Jack, ich sag's dir zum letzten Mal.«

Dann sah ich den Schwanz und erkannte, was ich vor mir hatte.

»Und ich sage *dir* …«

»Wireman«, rief ich und packte ihn an der Schulter.

»*Nein,* Edgar, ich schaffe das.«

Ich schaffe das. Wie diese Worte in meinem Kopf widerhallten! Ich zwang mich dazu, langsam, laut und nachdrücklich zu sprechen.

»Wireman, halt die Klappe. Und pass auf, ein Alligator! Er ist eben aus dem Pool gekommen.«

Wireman hatte Angst vor Schlangen. Jack hatte Angst vor Fledermäusen. Ich hätte nie geahnt, dass ich Angst vor Alligatoren hatte, bis ich sah, wie dieser Klumpen aus prähistorischer Finsternis sich aus der fauligen Brühe in dem alten Pool löste und auf uns losging, erst über den mit Unkraut übersäten Beton (wobei er den letzen noch existierenden, umgekippten Liegestuhl zur Seite fegte), dann durch das Unkraut selbst und die von den nächsten Brasilianischen Pfefferbäumen herab ausgreifenden Ranken. Ich erhaschte einen Blick auf eine Schnauze mit hochgezogenen Lefzen und ein schwarzes Auge, das sich schloss, als würde das Vieh mir zublinzeln, dann ragte nur noch sein nasser Rücken hier und da durch die zitternde Vegetation auf – wie ein zu drei Vierteln untergetauchtes U-Boot. Er griff uns an, und nachdem ich Wireman gewarnt hatte, war ich zu nichts mehr imstande. Graue Schleier trübten meinen Blick. Ich lehnte mich an die verzogene alte Bretterverschalung von Heron's Roost. Die Bretter waren warm. Ich lehnte dort und wartete darauf, von dem dreieinhalb Meter langen Ungeheuer, das in John Eastlakes ehemaligem Swimmingpool lebte, gefressen zu werden.

Wireman zögerte keine Sekunde lang. Er riss Jack den Korb aus den Händen, stellte ihn ab, kniete sich daneben und klappte eine Deckelhälfte auf. Er griff hinein und brachte die größte Pistole zum Vorschein, die ich außer im Film jemals gesehen hatte. Wireman kniete im hohen Gras vor dem offenen Picknickkorb und hielt die Pistole mit beiden Händen umklammert. Ich konnte sein Gesicht gut beobachten und fand – und finde noch heute –, dass es völlig entspannt wirkte, vor allem für einen Mann, der sich etwas gegenübersah, das man auch als überdimensionierte Schlange betrachten konnte. Er wartete.

»Schieß doch!«, kreischte Jack.

Wireman wartete. Und hinter ihm sah ich den Reiher. Er schwebte über dem lang gestreckten zugewachsenen Nebengebäude hinter dem Tennisplatz. Er flog auf dem Rücken.

»Wireman!«, sagte ich. »Entsichern!«

»Caray«, murmelte er und betätigte etwas mit dem Daumen. Der rote Punkt oben am Griff der Pistole verschwand. Wireman beobachtete aufmerksam das hohe Gras, das jetzt zu zittern begonnen hatte. Dann teilte es sich, und der Alligator ging auf ihn los. Ich kannte diese Tiere aus dem Discovery Channel und Sonderheften des *National Geographic*, aber nichts hatte mich darauf vorbereitet, wie schnell dieses Tier auf seinen Stummelbeinen war. Das Gras hatte den größten Teil des Schlamms von seinem angedeuteten Gesicht gewischt, und ich konnte sein ungeheures Grinsen sehen.

»Jetzt!«, schrie Jack.

Wireman drückte ab. Der Knall war gewaltig – er rollte davon wie etwas Festes, wie etwas aus Stein –, und die Wirkung war nicht geringer. Die obere Hälfte des Alligatorschädels explodierte in einer Wolke aus Schlamm, Blut und Fleisch. Das machte ihn nicht langsamer; seine Stummelbeine schienen sich im Gegenteil noch rascher zu bewegen, als er die letzten zehn bis zwölf Meter zurücklegte. Ich konnte hören, wie das Gras an seine gepanzerten Flanken peitschte.

Der Rückstoß riss die Pistolenmündung hoch. Wireman versuchte nicht, diese Bewegung zu bremsen. Eine solche Ruhe hatte ich noch niemals erlebt, und sie erstaunt mich noch immer. Als die Mündung in die Waagrechte zurückkehrte, war der Alligator keine fünf Meter mehr entfernt. Wireman schoss erneut, und die zweite Kugel riss das Ungeheuer hoch, sodass sein grünlich weißer Bauch zu sehen war. Einen Augenblick lang schien es auf seinem Schwanz zu tanzen wie ein fröhlicher Alligator in einem Disney-Cartoon.

»Jaaa, du hässliche Bestie!«, brüllte Jack. *»Fick dich! Fick dich in dein VERDAMMTES Knie!«*

Die Pistolenmündung ging erneut hoch. Das ließ Wireman seelenruhig zu. Der Alligator plumpste so auf die Seite, dass sein Bauch sichtbar war, strampelte mit seinen Stummelbeinen und peitschte mit dem Schwanz, dass Grasbüschel und Erdklumpen umherspritzten. Als die Mündung seiner Waffe wieder waagerecht war, drückte Wireman nochmals ab, und die Bauchmitte des Ungeheuers schien zu zerbersten. Plötzlich war der ungleichmäßige niedergetrampelte Kreis, in dem es lag, mehr rot als grün.

Ich suchte den Reiher am Himmel. Der Reiher war fort.

Wireman stand auf, und ich sah, dass er zitterte. Er trat vor den Alligator – blieb jedoch außerhalb der Reichweite des noch immer um sich schlagenden Schwanzes – und jagte ihm noch zwei Kugeln in den Leib. Der Schwanz schlug ein letztes Mal krampfartig auf den Boden, der Körper zuckte ein letztes Mal, dann lag das Tier reglos da.

Wireman wandte sich Jack zu und hielt die Pistole mit zitternder Hand hoch. »Desert Eagle, Kaliber .357«, sagte er. »*One great big ol' pistol, made by bad ass Hebrews* – James McMurtry, 2002. Was den Korb so schwer gemacht hat, war hauptsächlich die Munition. Ich hab alle Magazine reingeworfen, die ich hatte. Das waren ungefähr ein Dutzend.«

Jack ging zu ihm, umarmte ihn und küsste ihn auf beide Wangen. »Wenn du willst, trage ich diesen Korb nach Cleveland, ohne ein Wort zu sagen.«

»Wenigstens brauchst du die Pistole nicht zu tragen«, sagte Wireman. »Ab jetzt bleibt die gute alte Betsy McCall in meinem Gürtel.« Und dort steckte er sie hinein, nachdem er ein volles Magazin eingesetzt und die Waffe sorgfältig gesichert hatte. Dazu brauchte er wegen seiner zitternden Hände zwei Versuche.

Ich trat auf ihn zu und küsste ihn ebenfalls auf beide Wangen.

»O Gott«, sagte er. »Wireman fühlt sich nicht länger spanisch. Wireman fängt ganz entschieden an, sich französisch zu fühlen.«

»Wie kommst du überhaupt zu dieser Pistole?«, fragte ich ihn.

»Das war Miss Eastlakes Idee – nach der letzten Schießerei unter Drogenhändlern in Tampa-St. Pete.« Er wandte sich an Jack. »Du erinnerst dich daran, nicht wahr?«.

»Und ob. Vier Tote.«

»Jedenfalls hat Miss Eastlake angeregt, eine Waffe zur Selbstverteidigung zu besorgen. Ich habe eine große gekauft. Sie und ich haben sogar Schießübungen damit veranstaltet.« Er lächelte. »Sie war gut, und die Knallerei hat ihr nichts ausgemacht, aber den Rückstoß hat sie *gehasst.*« Er betrachtete den in seinem Blut liegenden Alligator. »Sie hat sich bewährt, denke ich. Wie geht's jetzt weiter, *muchacho?*«

»Hintenherum, aber … hat einer von euch beiden den Reiher gesehen?«

Jack schüttelte den Kopf. Das tat auch Wireman, der nachdenklich wirkte.

»*Ich* habe ihn gesehen«, sagte ich. »Und wenn ich ihn das nächste Mal sehe … oder wenn einer von euch ihn sieht … will ich, dass du ihn erschießt, Jerome.«

Wireman zog die Augenbrauen hoch, sagte aber nichts. Wir setzten unseren Marsch um die Ostseite der verlassenen Villa fort.

XV

Wie sich zeigte, war es kein Problem, einen Zugang auf der Rückseite des Hauses zu finden: Es gab keine Rückseite. Alles außer der Ostecke des Hauses war weggerissen worden, vermutlich von demselben Sturm, dem die Obergeschosse zum Opfer gefallen waren. Als ich dastand und die überwucherten Ruinen betrachtete, die ehemals Küche und Anrichteraum gewesen waren, wurde mir klar, dass Heron's Roost aus kaum mehr als einer mit Moosgirlanden geschmückten Fassade bestand.

»Von hier aus können wir rein«, sagte Jack zweifelnd, »aber ich weiß nicht recht, ob ich dem Fußboden traue. Was denkst du, Edgar?«

»Weiß nicht«, sagte ich. Ich fühlte mich sehr müde. Vielleicht lag das nur an der heftigen Adrenalinausschüttung bei unserer Konfrontation mit dem Alligator, aber ich hatte das Gefühl, dass mehr dahintersteckte. Das empfand ich als Niederlage. Es hatte zu viele Jahre, zu viele Stürme gegeben. Und die Zeichnungen eines kleinen Mädchens waren ohnehin sehr vergängliche Dinge. »Wie spät ist es, Wireman? Ohne den üblichen Scheiß, wenn ich bitten darf.«

Er sah auf seine Uhr. »Halb drei. Was sagst du, *muchacho?* Gehen wir rein?«

»Weiß nicht«, wiederholte ich.

»Ich schon«, sagte er. »Ich hab einen gottverdammten Alligator erlegt, um hierher zu gelangen; ich ziehe nicht wieder ab, ohne mich wenigstens in dem alten Herrenhaus umgesehen zu haben. Der Boden der Anrichte sieht solide aus und liegt am tiefsten. Kommt, ihr beiden, wir stapeln etwas von dem Scheiß hier auf, damit wir darauf stehen können. Ein paar dieser Balken müssten reichten. Jack, du kannst als Erster raufklettern und mir dann helfen. Anschließend ziehen wir Edgar gemeinsam rauf.«

Und genauso machten wir es: Schmutzig, zerzaust und außer Atem kletterten wir erst in die Anrichte und gelangten von dort ins Haus, wo wir uns staunend umsahen und uns fühlten wie Zeitreisende … Touristen in einer Welt, die vor über achtzig Jahren untergegangen war.

18

Noveen

I Das Haus stank nach verrottendem Holz, altem Verputz und schimmeligen Stoffen. Dazu kam noch ein alles überlagernder Grüngeruch. Teile der Einrichtung waren noch vorhanden – im Lauf der Zeit erodiert und von Feuchtigkeit verzogen –, aber die schöne alte Tapete im Salon hing in Fetzen herab, und an der Decke der verfallenden Eingangshalle hing ein riesiges Papiernest, uralt und stumm. Darunter bildeten tote Wespen einen fußhohen Hügel auf den krumm gewordenen Zypressendielen des Fußbodens. Irgendwo in den kümmerlichen Überresten der Obergeschosse tropfte Wasser, ein einzelner Tropfen nach dem anderen.

»Das Zypressen- und Redwoodholz aus diesem Haus wäre ein Vermögen wert gewesen, wenn jemand es geholt hätte, bevor es zum Teufel gegangen ist«, sagte Jack. Er bückte sich, ergriff das hervorstehende Ende einer Bodendiele und ruckte daran. Sie löste sich, ließ sich fast biegen wie Toffee und brach dann ab – nicht laut krachend, sondern mit einem lustlosen dumpfen Knacksen. Aus der rechteckigen Öffnung darunter kamen ohne erkennbare Hast ein paar Kellerasseln hervor. Der aufsteigende Geruch war modrig und trübe.

»Kein Herumgestöber, kein Versuch, irgendwas Wertvolles zu bergen, und niemand, der hier ausgelassen gefeiert hat«, sagte Wireman. »Keine liegen gelassenen Kondome oder Schlüpfer, kein einziges an die Wand gesprühtes JOE LIEBT DEBBIE. Ich glaube nicht, dass jemand in diesem Haus war, seit John die Tür mit einer Kette gesichert hat und davongefahren ist. Ich weiß, dass das schwer zu glauben ist …«

»Nein«, sagte ich. »Das alte Heron's Roost an diesem Ende der Insel gehört Perse seit 1927. Das hat auch John gewusst, und mit seinem Testament har er dafür gesorgt, dass es so blieb. Elizabeth hat das Gleiche getan. Aber das hier ist kein Schrein.« Ich warf einen Blick in den Raum gegenüber dem Salon, vielleicht das ehemalige Arbeitszimmer. Ein alter Schreibtisch mit Rollverschluss stand in einer Lache aus stinkendem Wasser. An den Wänden standen Bücherregale, aber sie waren leer. »Es ist ein Grab.«

»Wo suchen wir also nach den Zeichnungen?«, fragte Jack.

»Keine Ahnung«, sagte ich. »Ich weiß nicht mal …« Auf der Schwelle lag ein Gipsbrocken, dem ich einen Tritt versetzte. Ich wollte ihn wegfliegen lassen, aber er war zu alt und feucht; er zerfiel nur. »Eigentlich glaube ich nicht, dass es überhaupt noch weitere Zeichnungen *gibt*. Nicht mehr, seit ich diese Bruchbude gesehen habe.«

Ich sah mich nochmals um, roch den feuchten Modergestank.

»Vielleicht hast du recht, aber ich traue dir nicht«, sagte Wireman. »Weil du Kummer hast, *muchacho*. Und das macht einen Mann müde. Du hörst auf die Stimme der Erfahrung.«

Jack ging ins Arbeitszimmer, wo er über feuchte Dielen quietschte, um an den alten Schreibtisch heranzukommen.

Ein Wassertropfen platschte auf den Schirm seiner Mütze, und er blickte auf. »Die Decke bricht allmählich ein«, sagte er. »Dort oben hat's mindestens eine Toilette gegeben, vielleicht auch zwei, und damals vielleicht eine Zisterne für Regenwasser auf dem Dach. Ich sehe ein herunterhängendes Wasserrohr. Irgendwann kommt die ganze Decke runter, und dann ist Schluss mit diesem Schreibtisch.«

»Pass du nur auf, dass nicht mit dir Schluss ist, Jack«, sagte Wireman.

»Im Augenblick macht mir eher der Fußboden Sorgen«, erwiderte er. »Fühlt sich verdammt glitschig an.«

»Dann komm zurück«, sagte ich.

»Augenblick noch. Ich will nur erst hier drin nachsehen.«

Er zog eine Schublade nach der anderen heraus. »Nichts«, sagte er. »Nichts … wieder nichts … nichts …« Er machte eine Pause. »Hier liegt etwas. Eine Nachricht. Handgeschrieben.«

»Lass mal sehen«, sagte Wireman.

Jack brachte sie ihm und machte große vorsichtige Schritte, bis er den nassen Teil des Fußbodens hinter sich hatte. Ich las über Wiremans Schulter hinweg mit. Die Nachricht war in großer, nüchterner Männerschrift auf ein einfaches weißes Blatt Papier gekritzelt:

19. August 1926

Johnny – was du willst, kriegst du. Das hier ist der Rest von dem guten Zeug & nur für dich, mein Junge. Der »Schampus« ist leider nicht mein allerbester, aber »hol's der Teufel«. Single Malt ist o.k. CC fürs »gemeine Volk« (ha-ha). 5 Ken im Krug. Und auf deinen Wunsch Tisch X 2 und in cera. Ich will mich nicht loben, ich hab nur Schwein gehabt, aber diese Kiste ist wirklich die letzte. Danke für alles, Kumpel. Wir sehen uns, wenn ich wieder auf dieser Seite des Teichs bin.

DD

Wireman tippte auf *Tisch X 2* und sagte: »›Der Tisch ist leck.‹ Kannst du mit dem restlichen Zeug irgendwas anfangen, Edgar?«

Das konnte ich, aber im Augenblick weigerte mein verdammtes unzuverlässiges Gedächtnis sich, es preiszugeben. *Ich schaffe das,* dachte ich … und dann dachte ich seitwärts. Erst an Ilse, die *Teilen Sie Ihren Pool mit mir, Mister?* fragte, und das tat weh, aber ich ließ es geschehen, weil dies der Zugang war. Dann folgte die Erinnerung an ein anderes Mädchen an einem anderen Pool. Dieses Mädchen, das ganz aus Busen und langen Beinen zu bestehen schien und einen knappen schwarzen Badeanzug trug, war Mary Ire, wie Hockney sie gemalt hatte – *Gidget in Tampa,* so hatte er ihr jüngeres Ich genannt –, und dann hatte ich's. Ich atmete aus, ohne dass mir bewusst gewesen war, dass ich den Atem angehalten hatte.

»DD war Dave Davis«, sagte ich. »In den Goldenen Zwanzigern war er ein Sonnenküstenmogul.«

»Woher weißt du das?«

»Mary Ire hat es mir erzählt«, antwortete ich, und ein kalter Teil meines Ich, der vermutlich nie mehr warm werden würde, konnte diese Ironie des Schicksals würdigen; das Leben ist ein Rad, und wenn man lange genug wartet, kehrt es immer an seinen Ausgangspunkt zurück. »David war mit Eastlake befreundet und hat ihn offenbar reichlich mit Spirituosen versorgt.«

»Schampus«, sagte Jack. »Das ist Champagner, richtig?«

Wireman sagte: »Schön für dich, Jack, aber ich möchte wissen, was Tisch bedeutet. Und *cera.*«

»Das ist Spanisch«, sagte Jack. »Du müsstest das doch wissen.«

Wireman betrachtete ihn mit hochgezogenen Augenbrauen. »Du denkst an *será* – mit einem *s.* Wie in *que será, será.*«

»Doris Day, 1956«, sagte ich. »*The future's not ours to see* – niemand von uns kann in die Zukunft blicken.« *Gut so,* dachte ich. »Was ich ziemlich sicher weiß, ist, dass Davis recht hatte, als er von seiner letzten Lieferung gesprochen hat.« Ich tippte auf das Datum: 19. August. »Der Kerl ist am 26. Oktober mit dem Schiff nach Europa gereist und nie zurückgekommen. Er ist auf See verschollen – zumindest hat Mary Ire mir das erzählt.«

»Und *cera?*«, fragte Wireman.

»Stellen wir das vorerst zurück«, sagte ich. »Aber das ist merkwürdig – nur dieses eine Stück Papier.«

»Vielleicht ein bisschen merkwürdig, aber nicht ganz unerklärlich«, sagte Wireman. »Würdest du die letzte Mitteilung deines Schwarzhändlers in dein neues Leben mitnehmen wollen, wenn du Witwer mit kleinen Töchtern wärst?«

Ich dachte darüber nach und kam zu dem Schluss, dass da was dran sein könnte. »Nein … aber ich würde sie eher vernichten, gemeinsam mit meinen heimlich gehorteten französischen Aktpostkarten.«

Wireman zuckte mit den Schultern. »Wir werden nie erfahren, wie viel belastenden Papierkram er vernichtet hat … oder wie wenig. Außer dass er gelegentlich mit seinen Kumpels einen gehoben hat, dürfte er eine relativ weiße Weste gehabt haben. Aber, *muchacho.*« Er legte mir eine Hand auf die Schulter. »Dieses Papier *ist* real. Wir *haben* es. Und wenn jemand es auf uns abgesehen hat, hält vielleicht jemand anders seine schützende Hand über uns … zumindest ein bisschen. Ist das nicht denkbar?«

»Jedenfalls eine nette Vorstellung. Mal sehen, ob wir noch was finden können.«

11

Danach sah es anfangs nicht aus. Wir stöberten in allen Erdgeschossräumen, ohne etwas zu finden, dafür handelten wir uns eine Beinahe-Katastrophe ein, als mein Fuß durch die Bodenbretter im ehemaligen Speisezimmer brach. Wireman und Jack waren jedoch flink, und da ich mit meinem schlimmen Bein eingebrochen war, konnte ich mich mit dem gesunden abstützen.

Oberhalb des Erdgeschosses weiterzusuchen war aussichtslos. Die Treppe führte zwar ganz hinauf, aber jenseits des Treppenabsatzes und eines abgebrochenen Stückes Geländer daneben waren nur blauer Himmel und die schwankenden Wedel einer hohen Sabalpalme zu sehen. Der erste Stock war noch andeutungsweise vorhanden, der zweite völlig zerstört. Als wir uns auf den Rückweg hinunter zur Küche und zu unserer provisorischen Treppe zur Außenwelt machten, hatten wir als Resultat unserer Erforschung nicht mehr vorzuweisen als eine alte Mitteilung, die eine Lieferung von geschmuggelten Spirituosen ankündigte. Ich hatte einen Verdacht, was *cera* heißen könnte, aber solange ich nicht wusste, wo Perse steckte, war diese Idee wertlos.

Und sie war hier.

Sie war in der Nähe.

Weshalb war es sonst so verdammt schwierig gewesen, hierherzukommen?

Wireman, der vorausging, blieb so abrupt stehen, dass ich gegen ihn prallte. Jack wiederum rammte mich und stieß mir dabei den Picknickkorb in den Hintern.

»Wir müssen die Treppe kontrollieren«, sagte Wireman. Er sprach im Tonfall eines Mannes, der nicht glauben kann, dass er so dämlich gewesen ist.

»Wie bitte?«

»Wir müssen die Treppe auf ein Ha-ha kontrollieren. Daran hätte ich gleich denken müssen. Ich baue anscheinend ab.«

»Was ist ein Ha-ha?«, fragte ich.

Wireman kehrte um. »Das im *Palacio* ist in der Haupttreppe in der vierten Stufe von unten. Die Idee dabei war – sie hat gesagt, es wär die ihres Vaters gewesen –, es für den Fall, dass Feuer ausbricht, in der Nähe der Haustür zu haben. Es enthält eine Kassette, in der jetzt nur ein paar alte Souvenirs und einige Fotos liegen, aber früher hat sie darin ihr Testament und ihren besten Schmuck aufbewahrt. Dann hat sie ihrem Anwalt davon erzählt. Großer Fehler. Er bestand darauf, dass sie das ganze Zeug in ein Bankschließfach in Sarasota auslagerte.«

Wir waren jetzt wieder am Fuß der Treppe in der Nähe des Hügels aus toten Wespen. Der Gestank des Hauses schien sich um unsere Haut zu legen. Wiremans Augen glitzerten, als er sich an mich wandte. »*Muchacho,* sie hat in dieser Kassette auch ein paar wertvolle Porzellanfiguren aufbewahrt.« Er begutachtete die demolierte Treppe, die zu nichts anderem hinaufführte als zu sinnloser Zerstörung und dem blauen Himmel darüber. »Du glaubst doch nicht etwa … wenn Perse wirklich etwas wie eine Porzellanfigur ist, die John vom Meeresgrund heraufgeholt hat … du glaubst doch nicht etwa, dass sie hier in der Treppe versteckt ist?«

»Ich glaube, dass alles möglich ist. Sei also vorsichtig. Sehr.«

»Ich gehe jede Wette ein, dass es hier ein Ha-ha gibt«, sagte er. »Wir wiederholen alle, was wir als Kinder gelernt haben.«

Er schob die toten Wespen mit dem Stiefel beiseite – sie machten ein wisperndes, papierenes Geräusch –, dann kniete er am Fuß der Treppe nieder. Er untersuchte die erste Stufe, dann die zweite, dann die dritte. Als er zur vierten kam, sagte er: »Jack, gib mir die Stablampe.«

III

Ich konnte mir leicht einreden, dass Perse sich unmöglich in einem Geheimfach unter der Treppe versteckt hielt – es wäre zu einfach –, aber ich erinnerte mich an die Porzellanfiguren, die Elizabeth gern in ihre Keksdose von Sweet Owen gesteckt hatte, und spürte, wie mein Puls sich beschleunigte, als Jack in dem Picknickkorb herumwühlte und die monströse Taschenlampe mit dem Edelstahlzylinder herauszog. Er klatschte sie Wireman in die Hand wie eine OP-Schwester, die dem Chirurgen ein medizinisches Instrument reicht.

Als Wireman den Lichtstrahl auf die Treppe richtete, sah ich ein schwaches goldenes Glitzern: ein winziges Klavierband am rückwärtigen Rand der Trittstufe. »Okay«, sagte er und gab Jack die Stablampe zurück. »Du beleuchtest jetzt die Stufenkante.«

Jack tat wie geheißen. Wireman griff nach dem überstehenden Vorderrand der Stufe, die sich an diesem winzigen Scharnier hochklappen lassen sollte.

»Augenblick noch, Wireman«, sagte ich.

Er wandte sich mir zu.

»Riech erst daran«, sagte ich.

»Wie *bitte?*«

»Riech daran. Sag mir, ob es nass riecht.«

Er schnüffelte an der Stufe mit dem hinten angebrachten Klavierband und drehte sich erneut zu mir um. »Vielleicht ein bisschen feucht, aber so riecht hier *alles*. Könntest du dich ein bisschen genauer ausdrücken?«

»Klapp sie nur sehr langsam hoch, okay? Jack, du leuchtest direkt hinein. Achtet beide auf Spuren von Nässe.«

»Warum, Edgar?«, fragte Jack.

»Weil der Tisch leck ist, das hat sie gesagt. Wenn ihr ein Gefäß aus Porzellan seht – eine Flasche, eine Kanne, einen Krug –, das ist sie. Wahrscheinlich hat das Gefäß einen Riss oder ist sogar weit aufgebrochen.«

Wireman holte tief Luft und atmete wieder langsam aus. »Okay. Wie der Mathematiker sagte, als er durch null dividierte: Was kann dabei schon passieren?«

Er versuchte, die Stufe hochzuklappen, aber ohne Erfolg. »Sie ist abgeschlossen. Ich sehe eine winzige Öffnung ... muss ein verdammt kleiner Schlüssel gewesen sein ...«

»Ich hab ein Schweizer Armeemesser«, warf Jack ein.

»Augenblick«, sagte Wireman, und ich sah, wie er die Lippen zusammenkniff, während er die Stufe mit den Fingerspitzen gewaltsam nach oben zog. In der Höhlung seiner Schläfe trat eine Ader hervor.

»Wireman«, begann ich, »sei vorsich...«

Bevor ich ausreden konnte, gab das Schloss – alt und

winzig und bestimmt von Rost zerfressen – plötzlich nach. Die Stufe flog hoch und wurde von dem Klavierband gerissen. Wireman taumelte rückwärts. Jack fing ihn auf, und dann fing ich Jack in einer unbeholfenen einarmigen Umarmung auf. Die große Stablampe knallte auf den Boden, blieb dabei jedoch heil; ihr heller Lichtstrahl beschrieb einen Halbkreis und beleuchtete nun wie ein Spot den grausigen kleinen Hügel aus toten Wespen.

»Heiliger Scheiß«, rief Wireman, als er sich wieder aufrappelte. »Larry, Curly und Moe.«

Jack schnappte sich die Lampe und leuchtete damit in das Loch in der Treppe.

»Was?«, fragte ich. »Irgendwas? Nichts? Red schon!«

»Etwas, aber nicht aus Porzellan«, sagte er. »Etwas aus Blech. Sieht aus wie eine Keksdose, nur größer.« Er bückte sich danach.

»Vielleicht lieber nicht«, sagte Wireman.

Aber dafür war es zu spät. Jack steckte einen Arm bis zum Ellbogen hinein, und ich rechnete sekundenlang damit, dass sein Gesicht sich zu einem Schrei verzerren würde, weil etwas sich in seinem Arm verbiss und ihn mit einem Ruck bis zur Schulter hineinzog. Dann richtete er sich wieder auf. In seiner Hand hielt er eine herzförmige Blechschachtel. Er streckte sie uns hin. Auf dem Deckel, unter den Rostflecken, mit denen er gesprenkelt war, kaum mehr zu erkennen, thronte ein rosa Engel. Darunter waren in altmodischer Zierschrift drei Wörter gemalt:

ELIZABETH
IHRE SACHEN

Jack sah uns fragend an.

»Weiter!«, sagte ich. Das hier war nicht Perse – das wusste ich jetzt bestimmt. Ich war enttäuscht und erleichtert zugleich. »Du hast sie gefunden; also mach sie auf.«

»Das sind die Zeichnungen«, sagte Wireman. »Sie müssen's sein.«

Das dachte ich auch. Aber sie waren es nicht. Was Jack aus der rostigen herzförmigen Schachtel hob, war Libbits Puppe, und Noveen zu sehen glich für mich einer Heimkehr.

Aua, schienen ihre schwarzen Augen und der scharlachrote lächelnde Mund zu sagen. *Aua, ich bin die ganze Zeit hier drin gewesen, du böser Mann.*

IV

Als ich sie aus der Blechschachtel kommen sah wie eine exhumierte Leiche aus einer Gruft, spürte ich, wie schreckliches, hilfloses Entsetzen sich durch meinen Körper schlich: Es begann im Herzen, strahlte von dort aus und drohte erst alle meine Muskeln zu lockern und sie dann ganz kraftlos werden zu lassen.

»Edgar?«, fragte Wireman scharf. »Alles okay?«

Ich tat mein Bestes, um mich wieder in die Gewalt zu bekommen. Das Schlimmste war das zahnlose Lächeln dieses Wesens. Wie die Mütze des Jockeys war es *rot*. Und wie schon bei der Jockeymütze hatte ich das Gefühl, allein vom Anschauen langsam durchzudrehen. Dieses Lächeln schien darauf zu beharren, dass alles, was sich in meinem neuen Leben ereignet hatte, nur ein Traum war, den ich auf irgendeiner Intensivstation hatte, während Maschinen meinen verkrüppelten Körper noch ein wenig länger am Leben erhielten … und vielleicht war das gut, nur zum Besten, weil es bedeutete, dass Ilse nichts passiert war.

»Edgar?« Als Jack auf mich zutrat, empfand ich die ruckartigen Bewegungen der Puppe in seiner Hand als groteske Parodie von Besorgnis. »Du kippst uns doch jetzt nicht etwa um, oder?«

»Nein«, sagte ich. »Lass sie mich sehen.« Und als er sie mir geben wollte: »Ich will sie nicht nehmen. Halt sie einfach nur hoch.«

Als er das tat, begriff ich sofort, weshalb ich dieses Gefühl augenblicklichen Erkennens, diese Empfindung einer Heimkehr gehabt hatte. Nicht wegen Reba oder ihrer vor Kurzem hinzugekommenen Gefährtin – obwohl sie alle drei Stoffpuppen waren, diese Ähnlichkeit war nicht zu leugnen. Nein, es lag daran, dass ich sie schon früher auf mehreren von Elizabeth' Zeichnungen gesehen hatte. Ursprünglich hatte ich geglaubt, sie wäre Nan Melda. Das stimmte nicht, aber …

»Nan Melda hat sie ihr geschenkt«, sagte ich.

»Klar«, stimmte Wireman zu. »Und sie muss ihre Lieblingspuppe gewesen sein, denn sie hat sie als Einzige gezeichnet. Die Frage ist nur: Warum hat sie sie zurückgelassen, als die Familie aus Heron's Roost fortgezogen ist? Warum hat sie sie weggesperrt?«

»Manchmal fallen Puppen in Ungnade«, sagte ich. Ich betrachtete ihren roten, lächelnden Mund. Nach all diesen Jahren noch immer rot. Rot wie der Ort, an dem Erinnerungen sich verkrochen, wenn man verletzt war und nicht klar denken konnte. »Manchmal machen Puppen einem auch Angst.«

»Ihre Zeichnungen haben zu dir gesprochen, Edgar«, sagte Wireman. Er schüttelte die Puppe leicht, dann gab er sie Jack zurück. »Was ist mit ihr? Wird uns die Puppe erzählen, was wir wissen wollen?«

»Noveen«, sagte ich. »Sie heißt Noveen. Und ich wünschte, ich könnte es bejahen, aber zu mir sprechen nur Elizabeth' Zeichnungen und Aquarelle.«

»Woher weißt du das?

Eine gute Frage. Woher *wusste* ich das?

»Ich weiß es einfach. Ich wette, sie hätte zu *dir* sprechen können, Wireman. Bevor ich dich kuriert habe. Als du noch dein kleines Augenzwinkern hattest.«

»Jetzt ist es zu spät«, sagte Wireman. Er kramte in unserer Vorratstüte herum, fand die Gurkenstreifen und aß ein paar davon. »Was machen wir jetzt? Zurückfahren? Irgendwas sagt mir, *'chacho*, dass wir nie mehr den Mumm aufbringen werden, noch mal herzukommen, wenn wir jetzt zurückfahren.«

Wahrscheinlich hatte er recht. Und inzwischen verstrich überall um uns herum der Nachmittag.

Jack saß zwei, drei Stufen über dem Ha-ha auf der Treppe. Er hielt die Puppe auf seinem Knie. Sonnenschein fiel durch die zerstörten oberen Räume des Hauses und übergoss die beiden mit Licht. Ihr Anblick war seltsam beziehungsreich, er hätte ein großartiges Gemälde ergeben: *Junger Mann mit Puppe.* Seine Art, Noveen zu halten, erinnerte mich an etwas, aber ich kam nicht ganz darauf. Noveens pechschwarze Knopfaugen schienen mich fast selbstgefällig anzublicken. *Ich hab schon eine Menge gesehen, du böser Mann. Ich hab alles gesehen. Ich* weiß *alles. Nur schade, dass ich kein Bild bin, das du mit deiner Phantomhand berühren kannst, stimmt's?*

Ja, das stimmte.

»Es gab eine Zeit, da hätte *ich* sie reden lassen können«, sagte Jack.

Wireman blickte verständnislos drein, aber ich spürte das kleine *Klick!*, das man wahrnimmt, wenn eine Verbindung, die man herzustellen versucht hat, endlich zustande kommt. Jetzt wusste ich, weshalb mir seine Art, die Puppe zu halten, so bekannt vorkam.

»Hast dich mal als Bauchredner versucht, was?« Das klang hoffentlich beiläufig, aber mein Herz begann wieder gegen meine Rippen zu hämmern. Ich glaubte zu wissen, dass hier an der Südspitze von Duma Key viele Dinge möglich waren. Sogar am helllichten Tag.

»Ja«, sagte Jack mit einem Lächeln, das halb verlegen, halb nostalgisch war. »Ich hab mir ein Buch darüber gekauft, als ich erst acht war, und bin vor allem dabeigeblieben, weil mein Dad fand, das wär verschleudertes Geld, weil ich sowieso immer alles aufgeben würde.« Er zuckte mit den Schultern, und Noveen auf seinem Knie machte eine ruckartige kleine Bewegung. Als würde auch sie versuchen, mit den Schultern zu zucken. »Ich hab es nie großartig gelernt, aber doch so gut, dass ich in der Schule den Talentwettbewerb meines Jahrgangs gewonnen habe. Mein Dad hat sich die Medaille in seinem Büro an die Wand gehängt. Das hat mir viel bedeutet.«

»Klar«, sagte Wireman. »Nichts geht über ein ›Gut gemacht, Junge‹ von einem zweifelnden Dad.«

Jack lächelte, und wie immer erhellte das Lächeln sein ganzes Gesicht. Er veränderte seine Haltung etwas, und Noveen veränderte ihre. »Das Beste daran? Ich war ein schüchterner Junge, und das Bauchreden hat mir ein bisschen aus meiner Ecke rausgeholfen. Es wurde leichter, mit Leuten zu reden – ich hab mir vorgestellt, ich wär Morton. Meine Puppe, wisst ihr. Morton war ein Klugscheißer, der allen alles gesagt hat.«

»Das tun sie immer«, sagte ich. »Ein ungeschriebenes Gesetz, denke ich.«

»Dann kam ich in die Junior High, und im Vergleich zu Skateboardfahren fand ich Bauchreden eher uncool. Also hab ich's aufgegeben. Wo das Buch geblieben ist, weiß ich nicht. Nur noch, wie's hieß: *Verleihe deine Stimme.*«

Wir schwiegen. Um uns herum schien das Haus modrig feucht zu atmen. Erst vorhin hatte Wireman einen angreifenden Alligator erlegt. Das konnte ich inzwischen kaum glauben, obwohl mir von den Schüssen noch immer die Ohren summten.

Dann sagte Wireman: »Ich möchte hören, wie du's machst. Lass sie ›*Buenos días, amigos, mi nombre es Noveen*‹ und ›*La mesa* ist leck‹ sagen.«

Jack lachte. »Ja, klar.«

»Nein, das ist mein Ernst.«

»Das kann ich nicht. Wenn man längere Zeit keine Übung hat, verlernt man es.«

Aus eigenen Recherchen wusste ich, dass er grundsätzlich recht hatte. Was erlernte Fertigkeiten betrifft, steht die Erinnerung an einem Scheideweg. Der eine Weg führt zu solchen, die so einfach sind wie Radfahren – Dinge, die man nur selten wieder verlernt. Aber die kreativen, sich ständig verändernden Fertigkeiten des Vorderhirns müssen fast täglich geübt werden und werden leicht beschädigt oder zerstört. Jack behauptete, dass dies auch aufs Bauchreden zutraf. Und obwohl ich keinen Grund hatte, das zu bezweifeln – schließlich musste man dafür eine neue Persönlichkeit erschaffen, nicht nur seine Stimme verleihen –, ermunterte ich ihn: »Versuch's wenigstens.«

»Was?« Er sah mich an. Lächelnd. Verwundert.

»Los, versuch's einfach.«

»Ich hab dir doch gesagt, dass ich nicht …«

»Versuch's trotzdem.«

»Edgar, ich habe keine Ahnung, wie sie reden würde, selbst wenn ich meine Stimme noch projizieren *könnte.*«

»Ja, aber du hast sie auf deinem Knie, und wir sind hier unter uns, also leg los.«

»Na ja, Scheiße.« Er blies sich die Haare aus der Stirn. »Was soll sie denn sagen?«

Wireman sprach jetzt ganz leise: »Warum warten wir nicht einfach ab, was rauskommt?«

V

Jack saß noch einen Augenblick länger mit Noveen auf seinem Knie da: ihre Köpfe in der Sonne, während sie aufgewirbelter Staub von der Treppe und dem uralten Läufer im Flur umschwebte. Dann veränderte er seinen Griff, sodass seine Finger auf dem nur angedeuteten Nacken der Puppe und ihren Stoffschultern lagen. Ihr Kopf kam hoch.

»Hallo, Jungs«, sagte Jack, aber weil er sich bemühte, die Lippen nicht zu bewegen, kam es als *hallunks* heraus.

Er schüttelte den Kopf und brachte damit den aufgewirbelten Staub in Bewegung. »Wartet einen Moment«, sagte er. »Das war beschissen.«

»Du hast jede Menge Zeit«, erklärte ich ihm. Ich glaube, meine Stimme klang ruhig, aber mein Herz hämmerte stärker denn je. Zu meinen jetzigen Empfindungen gehörte auch Angst um Jack. Wenn dieser Versuch klappte, konnte er gefährlich für ihn sein.

Er reckte das Kinn vor und massierte sich den Adamsapfel mit seiner freien Hand. Was ihn wie einen Tenor wirken ließ, der sich zum Singen bereit macht. Oder wie einen

Vogel, dachte ich. Vielleicht ein Hummingbird, der Gospels sang. Dann sagte er: »Hallo, Jungs.« Das war besser, aber …

»Nein«, sagte er. »Das war wieder Scheiße. Klingt wie diese alte blonde Tussi, Mae West. Wartet.«

Er massierte sich nochmals die Kehle. Dabei sah er in die von oben einfallenden Lichtkaskaden auf und merkte vermutlich gar nicht, dass auch seine andere Hand – die auf der Puppe – sich bewegte. Noveen sah erst mich, dann Wireman, dann wieder mich an. Schwarze Knopfaugen. Mit Bändern durchflochtene schwarze Haare, die ein schokoladenbraunes Gesicht umgaben. Ein rotes **O** als Mund. Ein *Aua, du böser Mann*-Mund, wenn ich je einen gesehen hatte.

Wiremans Hand umklammerte meine. Sie war kalt.

»Hallo, Jungs«, sagte Noveen, und obwohl Jacks Adamsapfel auf und ab hüpfte, bewegten sich seine Lippen diesmal so gut wie überhaupt nicht.

»He! Wie war das?«

»Gut«, sagte Wireman so ruhig, wie ich mich nicht fühlte. »Lass sie noch was anderes sagen.«

»Dafür werd ich extra bezahlt, stimmt's, Boss?«

»Klar«, sagte ich. »Du kriegst die Überstunden anger …«

»Willste denn gar nich zeichnen?«, fragte Noveen und sah mich mit diesen runden schwarzen Augen an. Sie waren wirklich Knöpfe, da war ich mir ziemlich sicher.

»Ich weiß nicht, was«, antwortete ich. »Noveen.«

»Ich sag dir, was du zeichn kannst. Wo isn dein Block?« Jack sah jetzt zur Seite, in die Schatten, die zu dem verfallenen Salon führten, gedankenverloren, den Blick in ungewisse Fernen gerichtet. Er schien weder bei Bewusstsein noch bewusstlos zu sein, sondern sich in irgendeinem Zwischenstadium zu befinden.

Wireman ließ meine Hand los und bückte sich nach der Provianttasche, in der ich meine beiden Artisan-Zeichenblöcke verstaut hatte. Er gab mir einen davon. Jacks Hand bewegte sich etwas, und Noveen schien leicht den Kopf zu senken, um ihn zu studieren, als ich erst den Block aufklappte und dann den Reißverschluss der Gürteltasche aufzog, die meine Stifte enthielt. Ich nahm einen heraus.

»Nee, nee. Nimm ein von ihrn.«

Ich kramte nochmals und holte Libbits blassgrünen Stift heraus. Er war der einzige, der noch lang genug war, um sich gut anfassen zu lassen. Anscheinend war dies nicht ihre Lieblingsfarbe gewesen. Oder vielleicht kam das nur daher, dass Dumas Grüntöne dunkler waren.

»Okay, was nun?«

»Zeichne mich inner Küche. Lehn mich an den Brotkast'n, das wär gut.«

»Auf der Anrichte, meinst du?«

»Denkste, ich hab vom Fußboden gered't?«

»Heiliger«, murmelte Wireman. Die Stimme hatte sich von Satz zu Satz verändert; jetzt klang sie überhaupt nicht mehr wie Jacks Stimme. Und wem gehörte sie, wenn man bedachte, dass Noveen nur durch die Einbildungskraft eines kleinen Mädchens hatte sprechen können? Ich glaubte, dass die Puppe damals mit Nan Meldas Stimme gesprochen hatte, die wir vermutlich auch jetzt wieder hörten.

Sobald ich zu arbeiten begann, floss das Jucken meinen fehlenden Arm hinunter, umgrenzte ihn, machte, dass er *da* war. Ich zeichnete sie im Sitzen an einen altmodischen Brotkasten gelehnt; dann ließ ich ihre Beine über den Rand der Anrichte baumeln. Ohne zu pausieren oder zu zögern – tief in meinem Inneren, wo die Bilder herkamen, sagte mir irgendetwas, ein Zögern könnte den noch entstehenden, fragilen Zauberbann brechen –, machte ich weiter und zeichnete ein kleines Mädchen, das neben der Anrichte stand. Das neben der Anrichte stand und aufblickte. Eine kleine Vierjährige in einer Kittelschürze. Wie eine Kittelschürze aussieht, hätte ich Ihnen nicht sagen können, bevor ich eine über das Kleid der kleinen Libbit zeichnete, während sie in der Küche neben ihrer Puppe stand, als sie dort stand und aufblickte, als sie dort stand …

Pscht …

… mit einem Finger auf den Lippen.

Noch rascher als zuvor, mit übers Papier flitzendem Farbstift, fügte ich jetzt Nan Melda hinzu, die ich zum ersten Mal außerhalb des Fotos sah, auf dem sie den roten Picknickkorb mit hervortretenden Armmuskeln an sich gedrückt hielt. Nan Melda, die sich über das kleine Mädchen beugte, ihr Gesicht starr und ärgerlich.

Nein, nicht ärgerlich …

VI *Verängstigt.*

Das ist Nan Melda nämlich: fast zu Tode geängstigt. Sie weiß, dass irgendwas vorgeht, Libbit weiß, dass irgendwas vorgeht, und die Zwillinge wissen's auch – Tessie und Lo-Lo sind so verängstigt wie sie selbst. Sogar dieser Dummkopf Shannington weiß, dass irgendwas nicht stimmt. Deshalb hat er es sich angewöhnt, möglichst wegzubleiben; er arbeitet lieber auf der Farm auf dem Festland, statt nach Duma rauszukommen.

Und der Mister? Wenn er hier ist, ärgert der Mister sich

zu sehr über Adie, die nach Atlanta durchgebrannt ist, um zu sehen, was er deutlich vor Augen hat.

Nan Melda dachte anfangs, was sie vor Augen hatte, wäre nur Einbildung, ausgelöst durch die Spiele der Babbies; bestimmt sah sie nie nich Pelikane oder Reiher, die wirklich auf dem Rücken flogen, oder dass die Ferde ihr zulächelten, als Shannington mit dem Zweiergespann aus Nokomis rüberkam, um die Mädchen spazieren zu fahren. Und sie glaubte zu wissen, warum die Kleinen sich vor Charley fürchteten; auf Duma mochte es jetzt rätselhafte Dinge geben, aber das hier gehörte nicht dazu. Das hier war allein ihre Schuld, obwohl sie's nur gut gemeint hatte …

VII

»Charley!«, sagte ich. »Er heißt Charley!« Noveen krächzte lachend ihre Zustimmung.

Ich zog den zweiten Block aus der Proviantasche – *rupfte* ihn geradezu heraus – und schlug ihn so rücksichtslos auf, dass der Deckel halb abriss. Ich wühlte in den Farbstiften und fand den Stummel von Libbits schwarzem Stift. Für diese Nebenzeichnung wollte ich Schwarz, und der Stummel war gerade eben noch groß genug, dass ich ihn zwischen Daumen und Zeigefinger einklemmen konnte.

»Edgar«, sagte Wireman. »Einen Augenblick lang dachte ich, ich hätte ihn gesehen … etwas wie deinen …«

»Maul halten!«, rief Noveen. »Schert euch um kein Mojo-Arm nich! Das werd ihr sehn wolln, wett ich!«

Ich zeichnete eilig, und der Jockey trat aus dem Weiß wie eine Gestalt aus dichtem Nebel. Die Skizze entstand rasch, mit überhastet nachlässigen Strichen, aber alles Wesentliche war da: die wissenden Augen und die wulstigen Lippen, deren Grinsen entweder fröhlich oder bösartig sein konnte. Ich hatte keine Zeit, das Hemd und die Breeches zu kolorieren, aber ich fummelte den mit *Plain Red* bedruckten Farbstift heraus (einer von meinen), fügte die schreckliche Mütze hinzu und malte sie rot aus. Und sobald er die Mütze auf dem Kopf hatte, wusste man, was dieses Grinsen wirklich war: ein Albtraum.

»Zeigs mir!«, rief Noveen. »Will sehn, obs richtig ist!«

Ich hielt meine Zeichnung für die Puppe hoch, die jetzt aufrecht auf Jacks Bein saß, während Jack gegen die Wand neben der Treppe gesackt war und blicklos zum Salon hinüberstarrte.

»Jau«, sagte Noveen. »Das is der Scheißkerl, der Meldas Mädels erschreckt hat. Ganz sicha.«

»Was …?«, begann Wireman, dann schüttelte er den Kopf. »Ich komm nicht mehr mit.«

»Melda hat auch den Frosch gesehn«, sagte Noveen. »Den die Babbies den Big Boy genannt hamn. Den mit *Zeenen.* Darauf hat Melda Libbit schließlich inner Küche gestellt. Um sie zum Redn zu bringen.«

»Anfangs dachte Melda, dass die Kleinen mit dem Zeug über Charley sich nur gegenseitig erschrecken wollten, stimmt's?«

Noveen krächzte wieder, aber ihre schwarzen Knopfaugen schienen erschrocken zu starren. Doch natürlich können solche Augen jeden beliebigen Ausdruck haben, den man in sie hineinlegen will, nicht wahr? »Stimmt genau, Süßer. Aber als sie den ollen Big Boy unten auf dem Rasen gesehn hat, wie er üba de Einfaht gehopst und unner de Bäum verschwunden is …«

Jacks Hand bewegte sich. Noveen schüttelte langsam den Kopf, wie um den Zusammenbruch von Nan Meldas Widerstandskraft anzudeuten.

Ich schob den Zeichenblock mit Charley dem Jockey unter den anderen und hatte nun wieder das Bild aus der Küche vor mir: Nan Melda, die nach unten sah, das kleine Mädchen, das mit dem Zeigefinger auf den Lippen – *Pscht!* – zu ihr aufblickte, und die am Brotkasten lehnende Puppe als stumme Zeugin. »Siehst du's?«, fragte ich Wireman. »Verstehst du's?«

»Sobald *sie* draußn war, war ziemlich bald Schluss mit lustig«, sagte Noveen. »Darauf isses rausgelaufn.«

»Vielleicht hat Melda anfangs geglaubt, dass Shannington den Rasenjockey als eine Art Scherz von einem Platz zum anderen trägt – weil er wusste, dass die drei kleinen Mädchen Angst vor ihm hatten.«

»Weshalb, um Himmels willen?«, fragte Wireman.

Noveen sagte nichts, deshalb fuhr ich mit meiner fehlenden Hand über die Noveen auf meiner Zeichnung – die an den Brotkasten gelehnte Noveen –, und sofort sprach die auf Jacks Knie weiter. Wie ich irgendwie gewusst hatte, dass sie es tun würde.

»Nanny hats echt nich bös gemeint. Sie wusst, dasse Angst vor Charley hattn – das war, bevor die bösn Sachen angefangen ham –, und so hat se ihn ne Gutenachtgeschichte erzählt, um zu versuchen, alles besser zu machen. Hats aber alles schlimma gemacht, wies bei klein Kinnern oft is. Dann is die böse Frau gekomm – die böse weiße Frau ausm Meer –, un die Schlampe hats noch schlimma gemacht. Sie hat Libbit zum Scherz dazu gebracht, Charley lebendig zu zeichnen. Sie hatt' noch annere Scherze auf Lager.«

Ich schlug das Blatt um, auf dem Libbit *pscht!* machte,

nahm die Gebrannte Umbra aus der Gürteltasche – wessen Stifte ich benutzte, schien keinen Unterschied mehr zu machen – und skizzierte nochmals die Küche. Hier war der Tisch, auf dem Noveen mit einem Arm wie flehend über den Kopf erhoben auf der Seite lag. Hier war Libbit, die diesmal ein Strandkleid trug und bestürzt wirkte, was ich mit nicht mehr als einem halben Dutzend rasch hingeworfener Striche ausdrückte. Und hier war Nan Melda, die vor dem offenen Brotkasten zurückwich und laut kreischte, weil darin …

»Ist das eine Ratte?«, fragte Wireman.

»Großes olles blindes Waldmurmeltier«, sagte Noveen. »Eigentlich nix anners als Charley. Sie hat Libbit dazu gebracht, es im Brotkastn zu zeichnen, und es *war* im Brotkastn. Ein Scherz. Libbit tat's leid, aber der bösen Wasserfrau? Nah-na. Der hat *nie* was leidgetan.«

»Und Elizabeth – Libbit – *musste* zeichnen?«, sagte ich.

»*Das* weißt du«, sagte Noveen. »Hab ich recht?«

Ja, das wusste ich. Weil Talent hungrig ist.

VII

Es war einmal ein kleines Mädchen, das sich bei einem Sturz auf genau die richtige Weise am Kopf verletzte. Und das gab jemandem – einem weiblichen Wesen – die Möglichkeit, ihren sprichwörtlich langen Arm auszustrecken und Verbindung mit ihr aufzunehmen. Die erstaunlichen Zeichnungen, die dann folgten, waren das Lockmittel, das Zuckerbrot, das am Ende der Peitsche baumelte. Es hatte lächelnde Pferde und Scharen regenbogenfarbener Frösche gegeben. Aber als Perse erst einmal draußen war – was hatte Noveen gesagt? –, war ziemlich bald Schluss mit lustig. Libbit Eastlakes Talent hatte sich in ihrer Hand in ein Messer verwandelt. Nur war das eigentlich nicht mehr *ihre* Hand. Ihr Vater war ahnungslos. Adie war fort. Maria und Hannah waren im Internat, in der Braden School. Die Zwillinge waren zu klein, um etwas zu verstehen. Aber Nan Melda begann einen bestimmten Verdacht zu hegen, und …

Ich blätterte zurück und betrachtete das kleine Mädchen mit dem Zeigefinger auf den Lippen.

Sie horcht, also pscht. Wenn man redet, kann sie einen hören, also pscht. Schlimme Dinge können passieren, noch schlimmere stehen bevor. Draußen im Golf lauern schreckliche Wesen darauf, dich zu ertränken und auf ein Schiff zu bringen, auf dem das Dasein kein richtiges Leben ist. Und wenn ich versuche, es zu erzählen? Dann können die schlimmen Dinge uns allen zustoßen – und alle gleichzeitig.

Wireman stand völlig still neben mir. Nur seine Augen bewegten sich, sahen manchmal Noveen, manchmal den bleichen Arm an, der ab und zu auf der rechten Seite meines Körpers sichtbar wurde und wieder verschwand.

»Aber es hat einen sicheren Ort gegeben, nicht wahr?«, fragte ich. »Einen Ort, an dem sie sprechen konnte. Wo?«

»Das weiß du«, sagte Noveen.

»Nein, ich …«

»Doch, doch das weiß du. Todsicha. Du hast ihn bloß vergessn. Zeichne ihn, dann siehst du ihn.«

Sie hatte recht. Zeichnend hatte ich mich neu erfunden. In dieser Beziehung war Libbit

(wo unsre schwester)

mit mir verwandt. Wir hatten uns beide zeichnend daran erinnert, wie man sich erinnerte.

Ich schlug ein neues Blatt auf. »Muss ich einen ihrer Stifte nehmen?«, fragte ich.

»Jetzt nich mehr. Du kanns jeden nehm.«

Also kramte ich in der Gürteltasche, fand mein Indigo und begann zu zeichnen. Ich skizzierte, ohne zu zögern, den Swimmingpool der Eastlakes – das war nicht anders, als würde man darauf verzichten, zu denken, und das Muskelgedächtnis eine Telefonnummer wählen lassen. Ich zeichnete ihn, wie er ausgesehen hatte, als er hell und neu und mit sauberem Wasser gefüllt gewesen war. Der Pool, an dem aus irgendeinem Grund Perses Macht schwand und ihr Gehör versagte.

Ich zeichnete Nan Melda, knietief im Wasser, und Libbit bis zur Taille darin, mit Noveen unter einen Arm geklemmt und ihre Kittelschürze um sie herum auf dem Wasser schwimmend. Aus meinen Strichen flossen Wörter.

Wo is deine neue Puppe jetzt? Die Puzellanpuppe?

In meinem Schatzkasten. Meiner Herzbox.

Sie *war* also darin gewesen, zumindest für einige Zeit.

Und wie heißt se?

Ihr Name ist Perse.

Percy is 'n Name für Jungs.

Und Libbit fest und sicher: *Ich kanns nich ändern. Ihr Name ist Perse.*

Na schön. Und du sagst, sie kann uns hier nich hörn.

Ich glaube nicht …

Das ist gut. Du sagst, du kannst Dinge erschein lassn. Aber hör mir zu, Kind …

IX »O mein Gott!«, sagte ich. »Das war nicht Elizabeth' Idee. Das war niemals Elizabeth' Idee. Das hätten wir wissen müssen.«

Ich sah von meiner Zeichnung auf, auf der Nan Melda und Libbit im Pool standen. Spürte wie von weit weg, dass ich heißhungrig war.

»Wovon redest du, Edgar?«, fragte Wireman.

»Perse zu beseitigen war Nan Meldas Idee.« Ich wandte mich an Noveen, die weiter auf Jacks Knie saß. »Das stimmt doch, nicht wahr?«

Noveen sagte nichts, deshalb fuhr ich mit meiner rechten Hand über die beiden Gestalten auf meiner Zeichnung mit dem Swimmingpool. Sekundenlang sah ich diese Hand – mit langen Fingernägeln und allem.

»Nanny hats nich bessa gewusst«, sagte Noveen im nächsten Augenblick von Jacks Knie aus. »Und Libbit hat Nanny imma vatraut.«

»Natürlich hat sie das«, sagte Wireman. »Melda war praktisch die Mutter der Kleinen.«

Ich hatte mir vorgestellt, dass das Zeichnen und Ausradieren in Elizabeth' Zimmer stattgefunden hatte, aber jetzt wusste ich es besser. Es hatte am Pool stattgefunden. Vielleicht sogar *im* Pool. Weil der Pool aus irgendeinem Grund sicher gewesen war. Zumindest hatte die kleine Libbit das geglaubt.

Noveen sagte: »Davon is Perse nich verschwunden, aber sie hats natürlich gemerkt. Ich glaub, die Hexe hat echt Muffensausen gehabt.« Die Stimme klang jetzt müde, krächzend; ich konnte Jacks Adamsapfel wieder auf und ab hüpfen sehen. »Ich *hoff'*, dass es so war!«

»Ja«, sagte ich. »Vermutlich schon. Also … wie ging es weiter?« Aber das wusste ich. Nicht im Detail, aber ich wusste es. Die Logik war grimmig und unwiderlegbar. »Perse hat sich an den Zwillingen gerächt. Und Elizabeth und Nan Melda wussten Bescheid. Sie wussten, was sie getan hatten. Nan Melda wusste, was *sie* getan hatte.«

»Sie hats gewusst«, sagte Noveen. Sie hatte noch immer eine Frauenstimme, die aber Jacks Stimme immer ähnlicher wurde. Woraus der Bann auch bestand, er würde nicht mehr lange halten. »Sie hat durchgehaltn, bis der Mister unten am Shade Beach ihre Spuren gefundn hat – Spuren, die ins Wasser führten –, aber danach konnte sies nicht länger ertragen. Sie hat geglaubt, sie wär am Tod der Babbies schuld.«

»Hat sie das Schiff gesehen?«, fragte ich.

»Sie hats in dieser Nacht gesehn. Dieses Schiff nachts sehn und nich glaubn, geht nich.«

Ich dachte an meinen Zyklus *Mädchen mit Schiff* und wusste, dass das die Wahrheit war.

»Aber noch bevor der Mister den Obersheriff am Telefon hatte, um zu melden, dass die Zwillinge fort un vermutlich ertrunkn sind, hat Perse mit Libbit geredt. Hat ihr erklärt, was Sache war. Und Libbit hats Nanny erzählt.«

Die Puppe sackte leicht zusammen, und ihr schokoladenbraunes Gesicht schien die herzförmige Schachtel zu studieren, aus der sie exhumiert worden war.

»Hat ihr *was* erzählt, Noveen?«, fragte Wireman. »Das verstehe ich nicht.«

Noveen sagte nichts. Jack wirkte erschöpft, fand ich, obwohl er sich kaum bewegt hatte.

Ich antwortete an Noveens Stelle. »Perse hat ihr erklärt: ›Versuch noch mal, mich zu beseitigen, dann waren die Zwillinge erst der Anfang. Versuch es noch einmal, dann bringe ich deine Familie einzeln um und spare dich für zuletzt auf.‹ Das stimmt doch?«

Jacks Finger bewegten sich. Noveens Kopf aus Stoff nickte langsam.

Wireman fuhr sich mit der Zungenspitze über die Lippen. »Diese Puppe«, sagte er. »Wessen Geist ist sie genau?«

»Hier gibt's keine Geister, Wireman«, sagte ich.

Jack stöhnte.

»Ich weiß nicht, was er gemacht hat, *amigo*, aber er ist damit fertig«, sagte Wireman.

»Ja, aber wir sind es nicht.« Ich griff nach der Stoffpuppe, die ein künstlerisch hochbegabtes Kind überallhin mitgenommen hatte. Und als ich das tat, sprach Noveen mich ein letztes Mal an – mit einer Stimme, die halb Jack, halb ihr gehörte, als versuchten beide gleichzeitig, sich in den Vordergrund zu drängen.

»Nah-na, nich' mit *der* Hand – die Hand brauchst du zum Zeichnen.«

Und so streckte ich den Arm aus, mit dem ich vor einem halben Jahr – in einem anderen Leben, einem anderen Universum – Monica Goldsteins verendenden Hund von der Straße aufgehoben hatte. Ich benutzte meine rechte Hand dazu, nach Elizabeth Eastlakes Puppe zu greifen und von Jacks Knie zu nehmen.

»Edgar?«, sagte Jack und setzte sich auf. »Edgar, wie zum *Teufel* hast du deinen ...«

... *Arm zurückgekriegt*, sagte er vermutlich, aber das weiß ich nicht sicher; den Rest bekam ich nicht mehr mit. Was ich sah, waren diese schwarzen Augen und dieser schwarze Rachen von einem rot umrandeten Mund. Noveen. Sie hatte all diese Jahre dort unten in doppelter Finsternis verbracht – unter der Treppe und in der Blechschachtel –, hatte darauf gewartet, ihre Geheimnisse preisgeben zu können, und ihr Lippenstift war die ganze Zeit über frisch geblieben.

Bist du bereit?, flüsterte sie in meinem Kopf, und diese Stimme gehörte nicht Noveen, nicht Nan Melda (da war ich mir ganz sicher), nicht einmal Elizabeth; sie gehörte ganz und gar Reba. *Bist du bereit, weiterzuzeichnen, du böser Mann? Bist du bereit, den Rest zu sehen? Bist du bereit, alles zu sehen?*

Das war ich nicht … aber ich würde es sein müssen.

Für Ilse.

»Zeig mir deine Bilder«, flüsterte ich, und dieser rote Mund verschlang mich in einem Stück.

Wie man ein Bild zeichnet (X)

Seien Sie bereit, alles zu sehen. Wenn Sie kreativ tätig sein wollen – Gott stehe Ihnen bei, wenn Sie es tun, Gott stehe Ihnen bei, wenn Sie es können –, dürfen Sie auf keinen Fall die Sittenwidrigkeit begehen, an der Oberfläche haltzumachen. Tauchen Sie tief und bergen Sie Ihren Fund. Tun Sie es, auch wenn es noch so schmerzt.

Sie können die beiden kleinen Mädchen zeichnen – aber das kann jeder. Hören Sie nicht an diesem Punkt auf, nur weil der Rest ein Albtraum ist. Versäumen Sie nicht, die Tatsache hinzuzufügen, dass sie knietief in Wasser stehen, das ihnen eigentlich bis über die Köpfe reichen müsste. Ein Augenzeuge – beispielsweise Emery Paulson – würde das bemerken, wenn er hinsähe, aber so viele Leute sind nicht bereit, das zu sehen, was sie direkt vor Augen haben.

Bevor es – natürlich – zu spät ist.

Er ist an den Strand heruntergekommen, um eine Zigarre zu rauchen. Das hätte er unter dem Säulenvordach oder auf der Veranda hinter dem Haus tun können, aber ein unerklärlich starker Drang hat ihn dazu bewogen, der tief ausgefahrenen Straße zu folgen, die Adie den Trinkerboulevard nennt, und dann den steileren, sandigen Pfad zum Strand hinunter zu nehmen. Diese Stimme hat ihm eingeredet, seine Zigarre würde dort besser schmecken. Er kann auf einem von den Wellen angeschwemmten Baumstamm sitzen und das Nachglühen des Sonnenuntergangs beobachten, während das Orange allmählich zu Dunkelrot und Graublau wird und die ersten Sterne hervorkommen. Der Golf wird bei diesem Licht hübsch aussehen, suggeriert die Stimme, auch wenn der Golf so geschmacklos war, den Beginn ihrer Ehe dadurch zu markieren, dass er zwei der kleinen Schwestern seiner Liebsten verschlungen hat.

Aber hier gibt es offenbar mehr zu beobachten als nur einen Sonnenuntergang. Dort draußen liegt ein Schiff. Ein altmodisches Schiff, ein ranker, schlanker Dreimaster mit gerefften Segeln. Statt sich auf den Baumstamm zu setzen, geht er den Strand entlang, wo der trockene Sand feucht und fest und zusammengepresst ist, und bewundert diese Schwalbenform vor dem Sonnenuntergang. Irgendeine optische Täuschung lässt es so aussehen, als schiene das letzte Rot des Tages glatt durch den Schiffsrumpf.

Während er das denkt, kommt der erste Schrei, der wie ein Silberglöckchen durch seinen Kopf hallt: *Emery!*

Und dann kommt ein weiterer: *Emery, Hilfe! Die Unterströmung! Der Strom!*

Nun sieht er die Mädchen, und sein Herz macht einen gewaltigen Satz. Es scheint ihm bis in die Kehle zu steigen, bevor es an seinen Platz zurücksackt, wo es doppelt so schnell wie zuvor rast. Die noch nicht angezündete Zigarre entgleitet ihm aus kraftlosen Fingern.

Zwei kleine Mädchen, die genau gleich aussehen. Sie scheinen identische Jumper zu tragen, und obwohl Emery nicht imstande sein dürfte, bei dem schwindenden Tageslicht Farben zu unterscheiden, kann er es doch: Der eine Jumper ist rot mit einem **L** auf der Vorderseite, der andere blau mit einem **T**.

Der Strom!, ruft das Mädchen mit dem **T** auf seinem Jumper und streckt flehend die Arme aus.

Die Unterströmung!, ruft das Mädchen mit dem **L**.

Und obwohl keines der Mädchen im Geringsten mit dem Ertrinken zu kämpfen scheint, zögert Emery keine Sekunde lang. Seine

Freude lässt ihn nicht zögern, auch die helle Gewissheit nicht, dass dies eine wundervolle Chance ist: Wenn er mit den Zwillingen aufkreuzt, wird sein bisher abweisender Schwiegervater sehr rasch sein Verhalten ändern. Und die Silberglöckchen, die diese Stimmen in seinem Kopf anschlagen, auch sie drängen ihn vorwärts. Er beeilt sich, Adies Schwestern zu retten, die verschollenen Mädchen an den Händen zu nehmen und mit ihnen an Land zu platschen.

Emery! Das ist Tessie, ihre Augen in ihrem porzellanblassen Gesicht dunkel ... aber ihre Lippen sind *rot*.

Emery, beeil dich! Das ist Laura, die ihm ihre triefnassen Hände entgegenstreckt und deren feuchte Locken an ihren bleichen Wangen kleben.

Er ruft: *Mädchen, ich komme! Haltet durch!*

Dann auf sie zuplatschend, erst bis zu den Knöcheln, nun schon bis zu den Knien im Wasser.

Er ruft: *Kämpft!*, als täten sie etwas anderes, als in Wasser zu stehen, das ihnen nur bis über die Knie reicht, während er jetzt schon bis zu den Schenkeln im Wasser ist – und das bei einer Körpergröße von fast einem Meter neunzig.

Das Wasser des Golfs – Mitte April noch ziemlich kalt – reicht ihm bis an die Brust, als er sie erreicht, als er die Hände nach ihnen ausstreckt und als sie mit Händen nach ihm greifen, die kräftiger sind, als die Hände kleiner Mädchen sein sollten; als er nahe genug heran ist, um den Silberglanz in ihren glasigen Augen sehen und den salzigen Fischgeruch ihres verrottenden Haars riechen zu können, ist es zu spät. Er wehrt sich, seine Freudenschreie und seine Ermahnungen an die Mädchen, gegen die Unterströmung anzukämpfen, verwandeln sich erst in lautstarke Protestschreie und dann in entsetztes Kreischen, aber inzwischen ist es viel zu spät. Ohnehin dauern die Schreie nicht sehr lange. Die kleinen Hände der Mädchen sind zu kalten Krallen geworden, die sich tief in sein Fleisch bohren, als sie ihn hinunterziehen, bis das Wasser seinen Mund füllt und seine

Schreie ertränkt. Er sieht das Schiff im letzten aschfahlen Widerschein des Sonnenuntergangs und – warum hatte er das zuvor nicht gesehen? Wieso hatte er das nicht gewusst? – erkennt, dass es eine Hulk, ein Pestschiff, ein Totenschiff ist. Dort wartet etwas auf ihn, etwas in einem Leichentuch, und er würde schreien, wenn er könnte, aber jetzt füllt das Wasser seine Augen, und es gibt weitere Hände, die nur aus nackten Knochenbündeln zu bestehen scheinen und seine Knöchel umklammern. Eine Kralle reißt ihm einen Schuh vom Fuß, dann kneift sie ihn in den Zeh ... als wollte sie »Dieses kleine Schweinchen ging auf den Markt« mit ihm spielen, während er ertrinkt.

Als Emery Paulson ertrinkt.

19
April 1927

I

Jemand schrie in der Finsternis irgendwas. Es klang wie: *Mach, dass er zu kreischen aufhört.* Dann war ein kurzes, hartes Klatschgeräusch zu hören, und die Finsternis hellte sich zu Dunkelrot auf, erst auf einer Seite, dann auch hinten. Das Rot wogte auf die Stirnseite der Finsternis zu wie eine Blutwolke im Wasser.

»Du hast zu fest zugeschlagen«, sagte jemand. War das Jack?

»Boss? He, Boss!« Jemand schüttelte mich, also hatte ich noch einen Körper. Vermutlich war das gut. Jack schüttelte mich. Jack *wer?* Ich konnte darauf kommen, aber ich musste seitwärts denken. Er trug den gleichen Namen wie jemand im Wetterkanal …

Weiteres Schütteln. Grober. »*¿Muchacho?* Bist du da?«

Mein Kopf schlug irgendwo an, und ich öffnete die Augen. Links von mir kniete Jack Cantori, sein Gesicht angespannt und ängstlich. Es war Wireman, der sich über mich beugte und mich schüttelte wie einen Daiquiri. Die Puppe lag bäuchlings auf meinem Schoß. Ich fegte sie mit angewidertem Grunzen beiseite … in der Tat: *Oh, du böser Mann.* Noveen landete mit papierenem Rascheln in dem Haufen toter Wespen.

Plötzlich fielen mir nach und nach wieder all die Orte

ein, an die sie mich mitgenommen hatte: eine höllische Tour. Der Weg hinunter zum Shade Beach, den Adriana Eastlake (sehr zum Missfallen ihres Vaters) den Trinkerboulevard genannt hatte. Der Strand selbst und die schrecklichen Dinge, die dort passiert waren. Der Swimmingpool. Die Zisterne.

»Seine Augen sind offen«, sagte Jack. »Gott sei Dank! Edgar, hörst du mich?«

»Ja«, sagte ich. Meine Stimme war vom Schreien heiser. Ich war ausgehungert, aber als Erstes wollte ich etwas in meine brennende Kehle schütten. »Durst – kannst du 'nem Bruder aushelfen?«

Wireman gab mir eine der großen Flaschen Evian. Ich schüttelte den Kopf. »Pepsi.«

»Im Ernst, *muchacho?* Wasser ist vielleicht ...«

»Pepsi. Koffein.« Das war nicht der einzige Grund, aber er würde genügen.

Wireman stellte das Evian zurück und gab mir eine Pepsi. Sie war lauwarm, aber ich ließ die Hälfte hinuntergluckern, rülpste und trank noch mal. Ein Blick in die Runde zeigte mir nur meine Freunde und ein Stück eines baufälligen Korridors. Das war nicht gut. Tatsächlich war das schrecklich. Meine Hand – ich hatte eindeutig wieder nur eine – war steif und pochte, als hätte ich sie mindestens zwei Stunden lang ständig gebraucht ... wo also waren die Zeichnungen? Ich hatte große Angst, ohne die Zeichnungen würde alles verblassen wie Träume nach dem Aufwachen. Und ich hatte mehr als mein Leben riskiert, um diese Informationen zu beschaffen. Ich hatte meinen Verstand aufs Spiel gesetzt.

Ich mühte mich ab, versuchte auf die Beine zu kommen. Ein stechender Schmerz durchzuckte meinen Kopf, den ich mir an der Wand angeschlagen hatte. »Wo sind die Bilder? Bitte sagt mir, dass es Bilder gibt.«

»Keine Sorge, *muchacho*, die sind hier.« Wireman trat zur Seite und ließ mich einen halbwegs ordentlichen Stapel Artisan-Blätter sehen. »Du hast wie verrückt gezeichnet, dabei ein Blatt nach dem anderen abgerissen. Ich hab sie aufgehoben und gestapelt.«

»Okay. Gut. Ich muss was essen. Ich verhungere.« Und das schien auch buchstäblich die Wahrheit zu sein.

Jack sah sich unbehaglich um. Der Eingangsbereich, der mit Nachmittagslicht angefüllt gewesen war, als ich Noveen von Jacks Knie genommen und mich in ein schwarzes Loch verabschiedet hatte, war jetzt düsterer. Nicht dunkel – noch nicht, und als ich aufsah, konnte ich feststellen, dass der Himmel über uns noch blau war –, aber es war klar, dass der Nachmittag entweder vorüber oder fast vergangen war.

»Wie spät ist es?«, fragte ich.

»Viertel nach fünf«, sagte Wireman. Dass er dazu nicht auf seine Uhr zu sehen brauchte, bewies mir, dass er die Zeit genau verfolgt hatte. »Sonnenuntergang ist erst in ein paar Stunden. Sagen wir in zwei. Wenn sie also nur nachts rauskommen …«

»Ich glaube, das tun sie. Die Zeit reicht, und ich muss trotzdem was essen. Diese Ruine können wir verlassen. Mit dem Haus sind wir fertig. Aber wir werden vielleicht eine Leiter brauchen.«

Wireman zog die Augenbrauen hoch, stellte aber keine Frage, sondern sagte nur: »Wenn's hier eine gibt, ist sie vermutlich im Nebengebäude. Das dem Zahn der Zeit übrigens recht gut widerstanden zu haben scheint.«

»Was ist mit der Puppe?«, fragte Jack. »Noveen?«

»Leg sie in Elizabeth' Herzdose zurück, und nimm sie

mit«, sagte ich. »Sie hat einen Platz im *Palacio* bei Elizabeth' übrigen Sachen verdient.«

»Was ist unsere nächste Station, Edgar?«, fragte Wireman.

»Die zeige ich dir, aber erst noch etwas anderes.« Ich deutete auf die Pistole in seinem Gürtel. »Die ist noch geladen, stimmt's?«

»Absolut. Frisches Magazin.«

»Falls der Reiher zurückkommt, will ich nach wie vor, dass du ihn erschießt. Das ist vordringlich.«

»Warum?«

»Weil er sie ist«, sagte ich. »Perse hat ihn benutzt, um uns zu beobachten.«

II

Wir verließen die Ruine auf demselben Weg, auf dem wir hereingekommen waren, und traten hinaus in einen für Florida typischen Spätnachmittag voll klarem Licht. Der Himmel über uns war wolkenlos. Die Sonne warf einen leuchtenden Silberschleier über den Golf. In ungefähr einer Stunde würde ihre Lichtspur matt werden und sich in Gold verwandeln, aber so weit war es noch nicht.

Wir stapften den ehemaligen Trinkerboulevard entlang, wobei Jack den Picknickkorb und Wireman den Proviant und die Artisan-Blöcke trug. Ich hatte meine Zeichnungen. Strandhafer raschelte an unseren Hosenbeinen. Wir zogen lange Schatten hinter uns her, die zur Ruine des alten Herrenhauses hin ausgriffen. Weit vor uns entdeckte ein Pelikan einen Fisch, faltete die Flügel zusammen und stieß wie ein Sturzkampfbomber hinab. Der Reiher ließ sich nicht blicken, auch Charley der Jockey suchte uns nicht heim. Aber als wir den Kamm des Höhenrückens erreichten, von dem aus früher ein Trampelpfad durch Dünen geführt hatte, die jetzt erodiert und steil waren, sahen wir etwas anderes.

Wir sahen die *Perse*.

Sie lag keine dreihundert Meter vom Strand entfernt vor Anker. Ihre makellos weißen Segel waren gerefft. Wegen des Wellengangs krängte sie von einer Seite zur anderen, regelmäßig wie ein Uhrwerk. Von hier aus konnten wir den ganzen an Steuerbord aufgemalten Namen lesen: *Persephone*. Sie wirkte verlassen, und das war sie bestimmt auch – tagsüber blieben die Toten tot. Aber Perse war nicht tot. Umso schlimmer für uns.

»Mein Gott, sie könnte geradewegs aus einem deiner Bilder gesegelt sein«, flüsterte Jack. Rechts am Wegrand stand eine Steinbank, die zwischen den Büschen, die sie umgaben, und unter den Ranken, die sich über ihre Sitzfläche schlängelten, kaum zu sehen war. Er ließ sich darauf sinken, während er weiter mit offenem Mund die *Persephone* anglotzte.

»Nein«, sagte ich. »Ich habe die Wahrheit gemalt. Du siehst die Maske, die sie tagsüber trägt.«

Wireman, der neben Jack stand, hielt sich zum Schutz vor der Sonne eine Hand über die Augen. Dann wandte er sich an mich. »Können sie drüben von Don Pedro aus das Schiff sehen? Das können sie nicht, stimmt's?«

»Manche vielleicht schon«, sagte ich. »Die Todkranken, die Schizos, die gerade ihre Medikamente abgesetzt haben…« Dabei musste ich an Tom denken. »Aber sie ist für uns hier, nicht für sie. Heute Nacht sollen wir Duma Key auf ihr verlassen. Ab Sonnenuntergang ist die Straße für uns unpassierbar. Die Untoten sind vielleicht alle dort draußen auf der *Persephone*, aber im Dschungel gibt es alle möglichen *Kreaturen*. Manche – wie der Rasenjockey – sind Wesen, die Elizabeth als kleines Mädchen geschaffen hat. Andere existieren erst, seit Perse wieder aufgewacht ist.« Ich machte eine Pause. Den Rest sprach ich nicht gern aus, aber ich tat es dennoch. Das musste ich. »Ich fürchte, dass ich für einige davon verantwortlich bin. Jeder Mensch hat seine Albträume.«

Ich dachte an die im Mondschein hochgereckten Skelettarme.

»Also«, sagte Wireman schroff. »Wir sollen per Schiff abreisen, was?«

»Ja.«

»Überfallen und an Bord geschleppt? Wie im guten alten England?«

»So ungefähr.«

»Nicht mit mir«, sagte Jack. »Ich werde seekrank.«

Ich lächelte und setzte mich neben ihn. »Seereisen stehen nicht auf dem Plan, Jack.«

»Gut.«

»Kannst du das Hähnchen für mich auspacken und mir ein Bein abreißen?«

Er tat, worum ich ihn gebeten hatte, und sie beobachteten fasziniert, wie ich erst ein Hühnerbein und dann das zweite verschlang. Ich fragte, ob jemand die Brust wollte, und als beide Nein sagten, aß ich auch noch die. Nach ungefähr der Hälfte musste ich an meine Tochter denken, die blass und tot in Rhode Island lag. Aber ich aß methodisch weiter und wischte mir zwischen einzelnen Bissen die fettigen Hände an meinen Jeans ab. Ilse hätte das verstanden. Pam nicht, vermutlich auch Lin nicht, aber Illy? Ja. Ich hatte

Angst vor dem Bevorstehenden, aber ich wusste, dass auch Perse Angst hatte. Hätte sie keine gehabt, hätte sie nicht so erbittert versucht, uns von hier fernzuhalten. Sie hätte uns im Gegenteil bereitwillig eingelassen.

»Die Zeit läuft ab, *muchacho*«, sagte Wireman. »Das Tageslicht flieht.«

»Ich weiß«, sagte ich. »Und meine Tochter ist auf ewig tot. Ich bin allerdings noch immer ausgehungert. Gibt's irgendwas Süßes? Kuchen? Kekse? Einen gottverdammten HoHo?«

Es gab nichts dergleichen. Also begnügte ich mich mit einer weiteren Pepsi und ein paar Gurkenstreifen, die ich in Ranch Dressing tunkte, das mich in Aussehen und Geschmack schon immer an gesüßten Rotz erinnert hatte. Wenigstens ließen meine Kopfschmerzen nach. Auch die Bilder, die ich in der Finsternis gesehen hatte – die in all diesen langen Jahren in Noveens mit Lumpen ausgestopften Kopf gewartet hatten –, verblassten allmählich, aber ich hatte meine Zeichnungen, um sie wieder aufzufrischen. Ich wischte mir ein letztes Mal die Hände ab, dann legte ich den Stapel aus eingerissenen und verknitterten Blättern auf meine Knie: ein Familienalbum aus der Hölle.

»Pass weiter auf diesen Reiher auf«, ermahnte ich Wireman.

Er sah sich um, warf einen Blick auf das bei leichtem Wellengang gleichmäßig krängende Schiff und sah wieder mich an. »Wäre für Big Bird nicht die Harpunenpistole besser? Mit einer der Harpunen mit Silberspitze?«

»Nein. Der Reiher ist nur ihr Fortbewegungsmittel, wie man auf einem Pferd reitet. Ihr wär's bestimmt recht, wenn wir eine der Silbernen auf ihn vergeuden würden, aber in Zukunft bekommt Perse nicht mehr ihren Willen.«

Ich lächelte grimmig. »Dieser Teil der Karriere der Lady ist vorüber.«

III Wireman ließ Jack aufstehen, damit er die Sitzfläche von Ranken befreien konnte. Dann saßen wir da, drei seltsame Krieger, zwei über fünfzig, einer kaum älter als ein Teenager, und hatten den Golf von Mexiko vor uns und die Ruine eines ehemaligen Herrenhauses hinter uns. Der rote Picknickkorb und die jetzt fast leere Proviant-tasche hatten wir zu unseren Füßen. Ich ging davon aus, dass mir zwanzig Minuten blieben, um ihnen zu erzählen, was ich wusste, sogar eine halbe Stunde, und die Zeit noch immer reichen würde.

Hoffentlich.

»Elizabeth' Verbindung zu Perse war enger als meine«, sagte ich. »Viel *intensiver* als meine. Ich weiß nicht, wie sie das ertragen hat. Sobald sie die Porzellanpuppe hatte, hat sie alles gesehen, ob sie dabei war oder nicht. Und sie hat alles gezeichnet. Aber die schlimmsten Bilder hat sie verbrannt, bevor sie aus diesem Haus weggegangen ist.«

»Wie das Bild des Hurrikans?«, fragte Wireman.

»Ja. Ich vermute, dass ihre gemeinsame Macht ihr Angst gemacht hat – und das zu Recht. Aber sie hat alles gesehen. Und die Puppe hat alles gespeichert. Wie eine übersinnliche Kamera. Meistens habe ich nur gesehen, was Elizabeth gesehen hat, und gezeichnet, was Elizabeth gezeichnet hat. Ist euch das klar?«

Beide nickten.

»Beginnen wir mit diesem Weg, der einmal eine Straße

war. Sie hat vom Shade Beach zum Nebengebäude geführt.« Ich zeigte auf das lang gestreckte, mit Ranken überwucherte Gebäude, in dem wir hoffentlich eine Leiter finden würden. »Ich glaube nicht, dass der Schwarzhändler, der hier Schmuggelware angelandet hat, Dave Davis war, aber ich bin sicher, dass er einer von Davis' Geschäftsfreunden war – und dass größere Mengen Alkohol die Sonnenküste über Duma Key erreicht haben. Vom Shade Beach zum Nebengebäude von John Eastlakes Villa hinauf, dann hinüber aufs Festland. Hauptsächlich erstklassige Ware, für ein paar Jazzclubs in Venice und Sarasota bestimmt und hier zwischengelagert, um Davis einen Gefallen zu tun.«

Wireman sah zu der schon tiefer stehenden Sonne hinüber, dann auf seine Uhr. »Gibt's irgendeinen Zusammenhang mit unserer jetzigen Situation, *muchacho?* Ich vermute, dass dem so ist.«

»Allerdings!« Ich legte ihnen eine Zeichnung eines Fässchens mit einem oben angebrachten massiven Schraubverschluss vor. Auf der Seite stand halbkreisförmig das Wort TABLE – *Tisch!* –, darunter bildete das Wort SCOTLAND einen weiteren Halbkreis. Alles recht unbeholfen hingekritzelt; ich konnte viel besser zeichnen als in Druckschrift schreiben. »Whisky, Leute.«

Jack deutete auf ein vage menschenähnliches Gekritzel auf dem Fässchen zwischen den Worten TABLE und SCOTLAND. Die in Orange ausgeführte Gestalt hatte ein Bein nach hinten angewinkelt. »Wer ist die Tussi in dem Kleid?«

»Das ist kein Kleid, sondern ein Kilt. Das soll ein Highlander sein.«

Wireman zog seine buschigen Augenbrauen hoch. »Dafür kriegst du keine Kunstpreise, *muchacho*.«

»Elizabeth hat Perse in ein Whiskyfässchen gesteckt«,

sagte Jack nachdenklich. »Oder vielleicht Elizabeth und Nan Melda gemeinsam …«

Ich schüttelte den Kopf. »Nur Elizabeth.«

»Wie groß war dieses Ding?«

Ich deutete mit der Hand über den Knien ungefähr sechzig Zentimeter an, überlegte dann und vergrößerte den Abstand noch etwas.

Jack nickte, aber er runzelte auch die Stirn. »Sie hat die Porzellanpuppe reingesteckt und den Verschluss draufgeschraubt. Oder das Fässchen verspundet. Und Perse ertränkt, damit sie weiterschläft. Was mir unsinnig vorkommt, Boss. Sie war unter Wasser, als sie angefangen hat, Elizabeth zu *rufen*, verdammt noch mal. Auf dem Boden des Golfs!«

»Lassen wir das vorläufig.« Ich schob das Blatt mit dem Whiskyfässchen unter den Stapel und zeigte ihnen die nächste Skizze. Darauf benutzte Nan Melda das Telefon im Salon. Aus schräg gehaltenem Kopf und leicht hochgezogenen Schultern sprach eine gewisse Heimlichtuerei, nur ein paar rasche Striche, die jedoch alles aussagten, was darüber gesagt werden musste, wie Südstaatler damals im Jahr 1927 über schwarze Haushälterinnen dachten, die das Telefon im Salon benutzten, selbst wenn ein Notfall vorlag.

»Wir dachten, Adie und Emery hätten von dem Unfall in der Zeitung gelesen und wären deshalb zurückgekommen, aber die Zeitungen in Atlanta haben über den Ertrinkungstod zweier kleiner Mädchen in Florida vermutlich gar nicht berichtet. Als Nan Melda sicher wusste, dass die Zwillinge verschwunden waren, hat sie Eastlake – den Mister – auf dem Festland angerufen, um ihm die Hiobsbotschaft mitzuteilen. Und dann hat sie Adie dort angerufen, wo sie mit ihrem frisch angetrauten Ehemann war.«

Wireman schlug sich mit der Faust aufs Bein. »Adie hat ihrem Kindermädchen gesagt, wo sie war! Natürlich hat sie das getan!«

Ich nickte. »Die Jungverheirateten müssen noch am selben Abend einen Zug bestiegen haben, sie waren nämlich am nächsten Tag vor Einbruch der Dunkelheit hier.«

»Inzwischen müssen auch die beiden mittleren Töchter zu Hause gewesen sein«, sagte Jack.

»Richtig, die ganze Familie«, bestätigte ich. »Und das Wasser dort draußen …« Ich zeigte dorthin, wo das ranke weiße Schiff auf die Dunkelheit wartend vor Anker lag. »Es war mit kleinen Booten bedeckt. Die Suche nach den Mädchen wurde mindestens drei Tage lang fortgesetzt, obwohl alle wussten, dass sie tot sein mussten. Ich stelle mir vor, dass John Eastlake zuallerletzt darüber nachgedacht hat, wie seine Älteste und ihr Mann die Nachricht erfahren hatten. In diesen Tagen konnte er an nichts anderes denken als seine verschwundenen Zwillinge.«

»SIE SIND FORT«, murmelte Wireman. *»Pobre hombre.«*

Ich hielt das nächste Bild hoch. Es zeigte drei Personen, die vor Heron's Roost standen und einem großen alten Tourenwagen nachwinkten, der die mit Muschelsplittern bedeckte Einfahrt entlangrollte – unterwegs zu den Steinsäulen und der normalen Welt. Ich hatte einzelne Palmen und ein paar Bananenstauden, aber keine Hecke hineingezeichnet; die Hecke hatte 1927 noch nicht existiert.

Durch das Heckfenster des Tourenwagens blickten zwei kleine weiße Ovale zum Haus zurück. Ich berührte sie nacheinander. »Maria und Hannah«, sagte ich dabei. »Auf der Rückfahrt in die Braden School.«

Jack sagte: »Das ist ein bisschen gefühllos, findest du nicht auch?«

Ich schüttelte den Kopf. »Eigentlich nicht. Kinder trauern anders als Erwachsene.«

Jack nickte. »Ja, das stimmt wohl. Aber mich überrascht …« Er verstummte.

»Was?«, fragte ich. »Was überrascht dich?«

»Dass Perse sie hat gehen lassen«, sagte Jack.

»Das hat sie nicht getan, nicht wirklich. Die beiden sind nur nach Bradenton gefahren.«

Wireman tippte auf das Blatt. »Wo ist Elizabeth hier?«

»Überall«, sagte ich. »Wir sehen mit ihren Augen.«

IV

»Viel gibt's nicht mehr, aber der Rest ist ziemlich schlimm.«

Ich zeigte ihnen die nächste Skizze. Sie war so hastig hingeworfen wie alle, und die Männergestalt war von hinten dargestellt, aber ich zweifelte nicht daran, dass dies die lebende Version des Wesens war, das mir in der Küche des Big Pink eine Handschelle angelegt hatte. Wir blickten auf den Mann hinab. Jack sah von der Zeichnung zum Shade Beach hinüber, der jetzt zu einem schmalen Sandstreifen erodiert war, und studierte dann wieder das Bild. Zuletzt sah er mich an.

»Hier?«, fragte er mit leiser Stimme. »Das da ist ein Blick von hier aus?«

»Ja.«

»Das ist Emery«, sagte Wireman und berührte das Blatt. Er sprach noch leiser als Jack. Auf seiner Stirn standen jetzt Schweißperlen.

»Ja.«

»Das Wesen, das in deinem Haus war.«

»Ja.«

Er bewegte seinen Finger. »Und das hier sind Tessie und Laura?«

»Tessie und Lo-Lo. Ja.«

»Sie … was? Haben ihn ins Wasser gelockt? Wie die Sirenen in alten griechischen Sagen?«

»Ja.«

»Das ist wirklich passiert«, sagte Jack. Als würde er versuchen, den Sinn dahinter zu erkennen.

»Wirklich«, bestätigte ich. »Du darfst niemals an ihrer Macht zweifeln.«

Wireman sah zur Sonne hinüber, die dem Horizont wieder ein Stück näher gekommen war. Ihre Lichtspur hatte schließlich begonnen, matt zu werden. »Dann erzähl weiter, *muchacho*, so schnell du kannst. Damit wir unsere Arbeit tun und schleunigst von hier verschwinden können!«

»Ich habe euch ohnehin nicht mehr viel zu erzählen«, sagte ich. Ich überblätterte eine Anzahl Skizzen, die kaum mehr als vage Kritzeleien waren. »Die wahre Heldin war Nan Melda, von der wir nicht mal den Nachnamen wissen.«

Ich zeigte ihnen eine nur halb fertige Skizze: Nan Melda, zu erkennen an ihrem turbanartig gebundenen Kopftuch und der flüchtigen Kolorierung von Stirn und einer Wange, sprach in der Eingangshalle mit einer jungen Frau. In der Nähe saß Noveen auf einem Tisch, der nur aus sechs oder acht Strichen bestand, zusammengehalten von einem rasch gezeichneten Oval.

»Hier ist sie dabei, Adriana irgendeine Lügengeschichte über Emery aufzutischen, nachdem er verschwunden ist. Dass er plötzlich nach Atlanta zurückgerufen wurde? Dass er nach Tampa gefahren ist, um als Überraschung ein weiteres Hochzeitsgeschenk zu besorgen? Keine Ahnung. Alles, nur damit Adie im Haus oder wenigstens in der Nähe bleibt.«

»Nan Melda hat auf Zeit gespielt«, sagte Jack.

»Mehr konnte sie nicht tun.« Ich zeigte auf den dichten Dschungel zwischen uns und dem Norden der Insel, diese üppige Vegetation, die dort nichts zu suchen hatte – zumindest nicht, ohne dass ein Team von Landschaftsgärtnern Überstunden machte, um sie zu pflegen und zu erhalten. »Dies alles war 1927 noch nicht da, aber *Elizabeth* war hier, und sie stand auf dem Höhepunkt ihrer Fähigkeiten. Ich glaube nicht, dass jemand, der versucht hätte, die aufs Festland führende Straße zu benutzen, eine Chance gehabt hätte. Wer weiß, was Perse Elizabeth alles hat zeichnen lassen, damit es sich zwischen hier und der Zugbrücke auf die Lauer legen konnte.«

»Adriana sollte die Nächste sein?«, fragte Wireman.

»Dann John. Maria und Hannah nach ihnen. Weil Perse es auf sie alle abgesehen hatte, außer – vielleicht – auf Elizabeth selbst. Nan Melda muss gewusst haben, dass sie Adie nur einen einzigen Tag würde zurückhalten können. Aber sie brauchte nur diesen einen Tag.«

Ich zog eine weitere Skizze heraus. Obwohl sie noch hastiger hingekritzelt war, zeigte sie wieder Nan Melda und Libbit, die im seichten Teil des Swimmingpools standen. Noveen lag so am Beckenrand, dass ihr herabhängender Arm gerade eben das Wasser berührte. Und neben Noveen stand ein dickbauchiges Keramikfässchen mit großer Öffnung, auf dessen Seite das Wort TABLE einen Halbkreis bildete.

»Nan Melda hat Libbit erklärt, was sie zu tun hatte. Und sie hat Libbit ermahnt, es unbeirrt zu tun, ganz gleich, was sie in ihrem Kopf sah oder wie laut Perse kreischen würde, dass sie aufhören soll … denn sie *würde* schreien, sagte Nan Melda, wenn sie es merkte. Sie hat gesagt, sie würden einfach hoffen müssen, dass Perse erst zu spät merkt, was mit ihr geschieht. Und dann hat Melda gesagt …« Ich machte eine Pause. Die Lichtspur der untergehenden Sonne leuchtete heller und heller. Ich musste weitersprechen, aber das fiel mir jetzt schwer. Es fiel mir sehr, sehr schwer.

»Was, *muchacho?*«, fragte Wireman sanft. »Was hat sie gesagt?«

»Sie hat gesagt, *sie* würde vielleicht auch schreien. Und Adie. Und ihr Daddy. Trotzdem durfte sie nicht aufhören. ›Wehe, du hörst auf, Kind‹, hat sie gesagt. ›Du darfst nicht aufhören, sonst war alles umsonst.‹« Wie aus eigenem Antrieb nahm meine Hand den Venus Black aus der Gürteltasche und kritzelte drei Wörter unter die primitive Zeichnung von dem Mädchen und der Frau im Swimmingpool:

darfst nicht aufhören

Meine Augen schwammen in Tränen. Ich ließ den Farbstift in den Strandhafer fallen und wischte sie weg. Soviel ich weiß, liegt der Stift noch heute dort, wo ich ihn fallen gelassen habe.

»Edgar, was ist mit den Silberspitzen-Harpunen?«, fragte Jack. »Über die hast du noch kein Wort gesagt.«

»Es hat keine gottverdammten magischen Harpunen gegeben«, sagte ich müde. »Die müssen viele Jahre später hergestellt worden sein, als Eastlake und Elizabeth nach Duma Key zurückgekehrt sind. Weiß der Himmel, wer von den beiden auf diese Idee gekommen ist, und wer immer es auch war, ist sich vielleicht nicht völlig sicher gewesen, weshalb sie wichtig zu sein schienen.«

»Aber …« Jack runzelte erneut die Stirn. »Wenn sie 1927 keine Silberharpunen hatten … wie haben sie dann …«

»Keine Silberharpunen, Jack, aber jede Menge Wasser.«

»Das kapier ich noch immer nicht. Perse ist aus dem Wasser *gekommen.* Sie ist *aus* Wasser.« Er sah zu dem Schiff hinüber, als wollte er sich vergewissern, dass es noch da war. Das war es.

»Richtig. Aber am Pool ist ihre Macht geschwunden. Elizabeth wusste das, aber sie sah nicht, was das bedeutete. Wie denn auch? Sie war nur ein Kind.«

»Oh, Scheiße«, sagte Wireman. Er schlug sich mit der flachen Hand an die Stirn. »Der Swimmingpool. Süßwasser. Es war ein Süßwasserbecken. Süß im Gegensatz zu Salz.«

Ich zeigte mit dem Finger auf ihn.

Wireman berührte das Keramikfässchen, das ich neben der Puppe stehend gezeichnet hatte. »Dieses Fässchen war *Leergut?* Das sie aus dem Pool gefüllt haben?«

»Ohne Zweifel.« Ich steckte die Poolskizze unter die anderen und zeigte ihnen das nächste Blatt. Auch dieses Mal stimmte die Perspektive genau mit unserer jetzigen überein. Tief über der Kimm stand eine eben aufgegangene schmale Mondsichel in der Takelage eines verrottenden Schiffs, von dem ich gehofft hatte, es nie wieder zeichnen zu müssen. Und am Strand, unmittelbar am Wasser …

»Himmel, das ist grauenhaft«, sagte Wireman. »Ich kann's nicht mal klar erkennen, aber es ist trotzdem entsetzlich.«

Mein rechter Arm juckte, pochte. *Brannte.* Ich streckte ihn aus und berührte das Bild mit der Hand, die ich hoffentlich nie wieder sehen würde … obwohl ich fürchtete, dass dies nicht das letzte Mal war.

»Ich kann für uns alle sehen«, sagte ich.

Wie man ein Bild zeichnet (XI)

Nicht aufhören, bevor das Bild fertig ist. Ich weiß nicht, ob das die Hauptregel der Kunst ist oder nicht, ich bin kein Lehrer, aber ich glaube, dass diese sieben Wörter alles zusammenfassen, was ich Ihnen zu erzählen versucht habe. Talent ist eine wundervolle Sache, aber es kann niemanden mitziehen, der vorzeitig aufgibt. Und es gibt immer einen Augenblick – wenn die Arbeit ehrlich ist, wenn sie aus jenem magischen Bereich kommt, in dem Denken, Erinnern und Fühlen sich vereinen –, in dem man glaubt, wenn man jetzt seinen Bleistift weglegt, wird der eigene Blick sich trüben, die Erinnerung schwinden und der Schmerz enden. Dies alles weiß ich von dem letzten Bild, das ich an jenem Tag zeichnete – das von der Versammlung am Strand. Es war nur eine Skizze, aber ich glaube, um die Hölle zu kartografieren, braucht man nicht mehr als eine Skizze.

Ich begann mit Adriana.

Den ganze Tag lang ist sie wegen Em außer sich gewesen, wobei ihre Gefühle zwischen wildem Zorn auf ihn und Angst um ihn schwankten. Ihr ist sogar in den Sinn gekommen, dass Daddy etwas Unbesonnenes getan haben könnte, obwohl das wenig wahrscheinlich ist; seit die Suche eingestellt wurde, hat sein Kummer ihn gleichgültig und teilnahmslos gemacht.

Als bei Sonnenuntergang noch immer kein Lebenszeichen von Em gekommen ist, müsste sie eigentlich nervöser als je zuvor werden, doch stattdessen wird sie gelassen, fast fröhlich. Sie erklärt

Nan Melda, dass Em demnächst zurückkommen wird, sie ist sich ganz sicher. Sie spürt es in den Knochen und hört es in ihrem Kopf, wo es wie ein läutendes Glöckchen klingt. Sie vermutet, dass man dieses Glöckchen meint, wenn von »weiblicher Intuition« die Rede ist, und glaubt, dass man sie erst ganz wahrnimmt, wenn man verheiratet ist. Auch das erzählt sie ihrem früheren Kindermädchen.

Nan Melda nickt und lächelt, aber sie beobachtet Adie genau. Sie hat sie den ganzen Tag nicht aus den Augen gelassen. Ihr armer Mann ist fort, das hat Libbit ihr erzählt, und Melda glaubt ihr, aber Melda glaubt auch, dass der Rest der Familie gerettet werden kann ... dass sie selbst gerettet werden kann.

Viel hängt jedoch von Libbit selbst ab.

Nan Melda geht nach oben, um nach ihrer übrig gebliebenen Kleinen zu sehen, und berührt die Armreife an ihrem linken Arm, als sie die Treppe hinaufsteigt. Die Silberreife sind von ihrer Mama, und Melda trägt sie jeden Sonntag in der Kirche. Vielleicht hat sie sie deshalb heute aus ihrer Schatulle genommen, sie übergestreift und so weit hochgeschoben, dass sie fest am Unterarm sitzen, statt leise klirrend über dem Handgelenk zu baumeln. Vielleicht wollte sie sich ihrer Mama ein wenig näher fühlen, ein wenig von der ruhigen Kraft ihrer Mama borgen, oder vielleicht wollte sie nur ein für sie wertvolles Andenken tragen.

Libbit sitzt in ihrem Zimmer und zeichnet. Sie zeichnet ihre Familie, Tessie und Lo-Lo durchaus noch eingeschlossen. Die acht Personen (aus Libbits Sicht gehört auch Nan Melda zur Familie) stehen am Strand, wo sie so viele glückliche Stunden mit Schwimmen, Picknicks und Sandburgenbauen verbracht haben, halten sich in der Manier von Ausschneidepuppen an den Händen und lächeln so breit, dass bei jedem das Lächeln über den Gesichtsrand hinausgeht. Als glaubte sie, sie könnte sie durch reine Willenskraft in ein glückliches Leben zurückzeichnen.

Nan Melda könnte das fast für möglich halten. Das Kind ist mächtig. Doch Leben wiederzuerschaffen übersteigt auch Libbits Kräfte. Wirkliches Leben wiederzuerschaffen übersteigt sogar die Kräfte des Wesens, das in ihrer herzförmigen Blechschachtel liegt. Nan Meldas Blick streift diese Schachtel, bevor sie sich wieder Libbit zuwendet. Sie hat die aus dem Meer kommende Gestalt nur einmal gesehen: eine ganz kleine Frau in einem altrosa Umhang, der einmal scharlachrot gewesen sein mag, und einer Kapuze, unter der Haare hervorquellen, die ihr Gesicht verbergen.

Sie fragt Libbit, wie es ihr geht. Mehr wagt sie nicht zu sagen, weiter wagt sie nicht zu gehen. Falls sich unter den Locken des Wesens in der Schachtel tatsächlich ein drittes Auge – ein weit blickendes Mojo-Auge – verbirgt, kann man gar nicht vorsichtig genug sein.

Libbit sagt: *Gut. Ich zeichne nur, Nan Melda.*

Hat sie vergessen, was sie tun soll? Nan Melda kann nur hoffen, dass sie es nicht getan hat. Sie muss jetzt wieder hinunter und ein Auge auf Adie haben. Ihr Mann wird sie bald rufen.

Ein Teil von ihr kann nicht glauben, dass dies alles passiert; ein anderer Teil hat das Gefühl, dass ihr ganzes Leben sie auf das hier vorbereitet hat.

Melda sagt: *Vielleicht hörst du mich dein Daddy rufn. Dann solltest du das Zeug reinholn, das du am Pool gelassn hast. Lass es nachts nicht draußn, wo der Tau es verderbn kann.*

Libbit zeichnet einfach weiter, ohne aufzublicken. Aber dann sagt sie etwas, das Meldas verängstigtes Herz erfreut. *Mach ich. Und ich nehm Perse mit. Dann hab ich keine Angst, wenn es dunkel ist.*

Melda sagt: *Nimm mit, wen du willst, aber hol Noveen rein, die liegt noch draußn.*

Das ist alles, wofür sie Zeit hat, alles, was sie wagt, wenn sie an dieses spezielle, forschende Mojo-Auge denkt –und wie es vielleicht versucht, ihre Gedanken zu lesen.

Als Melda die Treppe hinuntergeht, berührt sie nochmals ihre Armreife. Sie ist sehr froh, dass sie sie in Libbits Zimmer getragen hat, obwohl die kleine Porzellanfrau in der Blechschachtel eingesperrt war.

Sie kommt eben noch rechtzeitig, um Adies Kleid am Ende des hinteren Korridors wirbeln zu sehen, als Adie in der Küche verschwindet.

Es ist Zeit. Jetzt lässt sich nichts mehr aufhalten.

Statt Adie in die Küche zu folgen, läuft Melda den vorderen Korridor entlang zum Arbeitszimmer des Misters, das sie erstmals in ihren sieben Jahren bei der Familie Eastlake betritt, ohne anzuklopfen. Der Mister sitzt an seinem Schreibtisch und hat die Krawatte abgenommen und den Kragen aufgeknöpft und seine Hosenträger abgestreift, sodass sie schlaff herabhängende Schlingen bilden. Er hält die goldgerahmten Fotos von Tessie und Lo-Lo in den Händen. Die Augen in seinem Gesicht, das schon hagerer ist, sind rot, als er zu ihr aufsieht. Er scheint nicht überrascht zu sein, dass seine Haushälterin, ohne anzuklopfen, hereingeplatzt ist; überhaupt sieht er aus wie ein Mann, den nichts mehr überraschen, nichts mehr erschüttern kann, obwohl sich das natürlich als unzutreffend erweisen wird.

Er sagt: *Was gibt's, Melda-Lou?*

Sie sagt: *Sie müssen sofort kommen.*

Er sieht sie aus tränennassen Augen mit träger, aufreizender Verständnislosigkeit an. *Wohin kommen?*

Sie sagt: *Zum Strand. Und das hier mitbringn.*

Sie zeigt auf die Harpunenpistole, die, von mehreren kurzen Harpunen umgeben, an der Wand hängt. Die Spitzen bestehen aus Stahl, nicht aus Silber, aber ihre Schäfte sind schwer. Das weiß sie; hat sie den Korb mit ihnen nicht schon oft genug getragen?

Er sagt: *Wovon redest du überhaupt?*

Sie sagt: *Kann mir jetzt nich die Zeit nehm, was zu erklärn.*

Sie müssn sofort zum Strand mitkomm, außer Sie wolln noch eine verliern.

Er kommt. Er fragt nicht, welche Tochter, und erkundigt sich auch nicht noch einmal, wozu er die Harpunenpistole brauchen könnte; er reißt sie nur von der Wand, nimmt zwei der Harpunen in die andere Hand und geht mit großen Schritten durch die offene Tür seines Arbeitszimmers hinaus, erst neben Melda, dann vor ihr her. Als er die Küche erreicht, in der Melda Adie zuletzt gesehen hat, rennt er in vollem Tempo, und sie bleibt hinter ihm zurück, obwohl sie ihren Rock mit beiden Händen rafft. Und überrascht sie dieses plötzliche Ausbrechen aus seiner Trägheit, diese wie elektrisierte Aktivität? Nein. Denn unter seinem Schmerz, der alles zudeckt, hat auch der Mister gespürt, dass hier etwas nicht in Ordnung ist und sich dauernd weiter verschlimmert.

Die Hintertür steht offen. Eine Abendbrise fährt hinein und drückt sie ein kleines Stück weiter auf ... nur ist sie in Wirklichkeit eine Nachtbrise. Der Sonnenuntergang verglüht. Der Sand des Shade Beach wird noch etwas Licht reflektieren, aber hier im Heron's Roost ist es bereits dunkel. Melda läuft über die hintere Veranda und sieht den Mister bereits auf dem Weg zum Strand. Er ist nur ein Schatten. Sie hält Ausschau nach Libbit, aber Libbit ist natürlich nirgends zu sehen; wenn Libbit tut, was sie tun soll, ist sie bereits mit ihrer Herzschachtel zum Swimmingpool unterwegs.

Die Herzschachtel mit dem Ungeheuer darin.

Sie rennt hinter dem Mister her und holt ihn an der Bank ein, wo der Fußweg zum Strand hinunterführt. Dort steht er wie erstarrt. Im Westen bildet der letzte Widerschein des Sonnenuntergangs eine düster orangerote Linie, die bald verschwinden wird, aber das Licht reicht aus, um ihr Adie am Rand des Wassers zu zeigen – und den Mann, der aus dem Meer gewatet kommt, um sie zu begrüßen.

Adriana schreit: *Emery!* Ihre Stimme klingt verrückt vor Freude, als wäre er statt eines Tages ein Jahr fort gewesen.

Melda steht neben dem erstarrten, hilflos glotzenden Mann und ruft: *Nein, Adie, bleib weg von ihm!*, aber sie weiß, dass Adie nicht auf sie hören wird, und das tut sie auch nicht; Adie läuft zu ihrem Mann.

John Eastlake sagt: *Was* – mehr nicht.

Er hat seine Trägheit lange genug abgeschüttelt, dass er hierher rennen konnte, aber jetzt ist er wieder erstarrt. Liegt dies daran, dass er auch die beiden anderen Gestalten sieht, weiter draußen, aber ebenfalls zum Strand watend? In Wasser, das ihnen bis über die Köpfe reichen müsste. Melda glaubt das nicht. Sie glaubt, dass er weiter seine älteste Tochter anstarrt, als die Schattengestalt des aus dem Wasser kommenden Mannes mit seinen nassen Armen nach ihr greift, ihren Hals mit seinen nassen Händen umklammert und erst ihre Jubelschreie erstickt und sie dann in die Brandung zerrt.

Draußen auf dem Golf, wartend, in der sanften Dünung hin und her schwingend wie ein Uhrpendel, das statt Minuten und Stunden Jahre und Jahrhunderte abzählt, liegt die schwarze Hulk von Perses Schiff.

Melda packt den Mister am Arm, krallt ihre Finger tief in seinen Bizeps und spricht zu ihm, wie sie noch nie in ihrem Leben zu einem Weißen gesprochen hat.

Sie sagt: *Hilf ihr, du Scheißkerl! Bevor er sie ersäuft!*

Sie reißt ihn vorwärts. Er kommt mit. Sie wartet nicht ab, um zu sehen, ob er Schritt hält oder wieder erstarrt, und sie hat Libbit völlig vergessen; sie kann jetzt nur an Adie denken. Sie muss das Emery-Wesen daran hindern, sie ins Wasser zu schleppen, und das muss sie tun, bevor die toten Babbies nah genug sind, um ihm zu helfen.

Sie schreit: *Loslassen! Lass sie los!*

Sie fliegt den Strand entlang, dass ihr Rock sich hinter ihr bläht. Emery hat es geschafft, Adie fast bis zu den Hüften ins Meer zu schleppen. Adie wehrt sich jetzt, aber sie droht auch zu ersticken.

Melda platscht auf sie zu und stürzt sich auf den blassen Leichnam, der seine Frau am Hals gepackt hält. Er schreit auf, als Meldas linker Arm, der mit den Armreifen, ihn berührt. Das ist ein gurgelnder Laut, als wäre seine Kehle voller Wasser. Er windet sich in Meldas Griff wie ein Fisch, und sie krallt mit ihren Fingernägeln nach ihm. Fleisch löst sich mit ekelhafter Leichtigkeit unter ihnen ab, aber aus den blassen Wunden fließt kein Blut. Seine Augen rollen in ihren Höhlen, und sie gleichen denen eines toten Karpfens im Mondschein.

Er stößt Adriana weg, damit er sich der Harpyie erwehren kann, die ihn angefallen hat, dieser Harpyie mit dem kalten, abstoßenden Feuer am Arm.

Adie jammert: *Nein, Nanny, hör auf, du tust ihm weh!*

Adie taumelt vorwärts, um Melda wegzuziehen oder die beiden wenigstens zu trennen, und das ist der Augenblick, in dem John Eastlake, der knöcheltief im Golf steht, mit der Harpunenpistole schießt. Die dreischneidige Spitze trifft seine Tochter unter dem Kinn, und sie steht bolzengerade da: Zwei Zoll Stahl ragen vorn aus dem Hals, und weitere vier Zoll treten knapp unterhalb des Hinterkopfs aus.

John Eastlake kreischt: *Adie, nein! Adie, DAS WOLLTE ICH NICHT!*

Adie dreht sich nach dem Klang der Stimme ihres Vaters um und fängt tatsächlich an, auf ihn zuzugehen, aber mehr kann Nan Melda nicht beobachten. Adies toter Mann versucht, sich aus ihrem Griff loszureißen, aber das will sie nicht zulassen; sie will sein schreckliches Halbleben beenden und damit vielleicht die beiden Baby-Monster abschrecken, bevor sie zu nahe herankommen können. Und sie denkt (sofern sie denken kann), dass das zu schaffen ist, denn sie hat auf dem bleichen, nassen Gesicht des Wesens ein rauchendes Brandmal gesehen und begriffen, dass es von ihren Armreifen stammt.

Ihren silbernen Armreifen.

Das Wesen greift nach ihr, sein runzliger Mund vor Angst oder Wut weit aufgerissen. Hinter ihr kreischt John Eastlake wieder und wieder den Namen seiner Tochter.

Melda faucht: *Du bist schuld daran!,* und als das Emery-Wesen sie packt, lässt sie es geschehen.

Du und das Miststück, dem du gehorchst, würde sie hinzufügen, aber seine weißen Hände schließen sich um ihren Hals, wie sie sich um den der armen Adie geschlossen haben, und sie kann nur gurgeln. Ihr linker Arm ist jedoch frei, der mit den Armreifen, und dieser Arm fühlt sich sehr stark an. Sie holt gewaltig aus, schwingt ihn in weitem Bogen nach vorn und lässt ihn an die rechte Kopfseite des Emery-Wesens krachen.

Die Wirkung ist spektakulär. Sein Schädel wird von dem Schlag eingedrückt, als hätte das kurze Untertauchen die harte Knochenschale in Pappmaschee verwandelt. Trotzdem ist er stellenweise noch hart; einer der Splitter, der Emerys dichtes Haar durchstößt, schlitzt ihr den Unterarm so tief auf, dass Blut in das sie umbrandende Meer spritzt.

Zwei Schatten huschen an ihr vorbei, einer links, einer rechts.

Daddy!, ruft Lo-Lo in ihrer neuen silbrigen Stimme.

Tessie ruft: *Daddy, hilf uns!*

Das Emery-Wesen bemüht sich jetzt, von Melda wegzukommen, torkelt und platscht, will nichts mehr mit ihr zu schaffen haben. Melda rammt den Daumen ihrer starken linken Hand in sein rechtes Auge und spürt etwas Kaltes, Matschiges wie Kröteneingeweide unter einem Felsbrocken hervorquellen. Dann wirft sie sich herum und gerät ins Torkeln, als die Unterströmung versucht, ihr die Beine unter dem Körper wegzuziehen.

Sie streckt die linke Hand aus, bekommt Lo-Lo am Genick zu fassen und reißt sie zurück. *Hier geblieben!,* grunzt sie, und Lo-Lo, die mit den Armen rudernd rückwärts taumelt, stößt einen überraschten Schmerzensschrei aus ... kein derartiger Schrei ist jemals aus der Kehle eines kleinen Mädchens gekommen, das weiß Melda.

John heult: *Melda, lass das!*

Er kniet mit Adie vor sich in den letzten schwachen Ausläufern der Brandung. Der Schaft der Harpune ragt aus ihrer Kehle auf.

Melda, fass meine Mädchen nicht an!

Sie hat keine Zeit, auf ihn zu hören, obwohl sie flüchtig an Libbit denkt – wieso hat Libbit die Porzellanfigur nicht ertränkt? Oder hat es nicht geklappt? Hat das Wesen, das Libbit Percy nennt, sie irgendwie daran gehindert? Melda weiß, dass das nur allzu leicht möglich ist; Libbit ist stark, aber eben noch ein Kind.

Keine Zeit, darüber nachzudenken. Sie greift nach der anderen Untoten, nach Tessie, aber ihre rechte Hand ist nicht wie ihre linke, nicht durch Silber geschützt, und Tessie wirft sich knurrend herum und beißt zu. Melda spürt einen schwachen stechenden Schmerz, aber nicht, dass zwei ihrer Finger ganz und ein dritter zur Hälfte abgebissen sind und jetzt neben dem bleichen Kind im Meer treiben. Dafür flutet zu viel Adrenalin durch ihren Körper.

Über dem Hügel, über den Schwarzhändler manchmal Wagenladungen von geschmuggeltem Schnaps transportieren, steht inzwischen eine schmale Mondsichel, die diesen Albtraum zusätzlich in schwaches Licht taucht. Es zeigt Melda, wie Tessie sich erneut ihrem Vater zuwendet, wie Tessie wieder die Arme nach ihm ausstreckt.

Daddy! Daddy, bitte hilf uns! Nan Melda ist verrückt geworden!

Melda handelt instinktiv. Sie greift vorn an ihrem Körper vorbei und packt das Kind an den Haaren, die sie tausendmal gewaschen und zu Zöpfen geflochten hat.

John Eastlake kreischt: *MELDA, NEIN!*

Dann, als er die fallen gelassene Harpunenpistole aufhebt und den Sand in der Umgebung der Leiche seiner Tochter nach der zweiten Harpune absucht, meldet sich eine weitere Stimme. Diese erklingt hinter Melda, von Bord des Schiffs, das draußen im *caldo* ankert.

Sie ruft: *Du hättest dich nie mit mir anlegen sollen.*

Melda, die das Tessie-Wesen weiter an den Haaren gepackt hält (es wehrt sich und strampelt, aber das nimmt sie kaum wahr), dreht sich schwerfällig im Wasser um und sieht *sie* in ihrem roten Umhang an der Reling ihres Schiffs stehen. Ihre Kapuze ist zurückgeschlagen, und Melda sieht, dass sie nicht einmal entfernt menschlich, sondern etwas *anderes*, etwas außerhalb allen menschlichen Verstehens ist. Im Mondschein ist ihr Gesicht grausig und voller Wissen.

Aus dem Meer recken sich dünne Skelettarme, um sie zu grüßen.

Eine Brise teilt die Schlangen, die ihr Haar bilden, und Melda sieht das dritte Auge in Perses Stirn; sie sieht, dass es sie beobachtet, und büßt augenblicklich jeglichen Widerstandswillen ein.

Doch in diesem Augenblick wirft die Schlampengöttin den Kopf herum, als hätte sie gehört, dass jemand oder etwas sich auf Zehenspitzen von hinten an sie heranschleicht.

Sie ruft: *Was?*

Und dann: *Nein! Stell das ab! Stell das ab! DAS DARFST DU NICHT TUN!*

Aber Libbit kann – und hat es offenbar doch getan, denn die Gestalt an der Reling schwankt ... wird wässrig ... und löst sich dann in Mondschein auf. Die Skelettarme gleiten wieder unter Wasser und sind verschwunden.

Auch das Emery-Wesen ist fort – verschwunden –, aber die Zwillinge kreischen gemeinsam vor Schmerz und Verzweiflung darüber, dass sie verlassen worden sind.

Melda ruft dem Mister zu: *Jetzt ist es überstanden!*

Sie lässt das Wesen los, das sie an den Haaren gepackt hatte. Sie glaubt nicht, dass es noch etwas mit Lebenden zu tun haben will, nicht jetzt und noch für eine ganze Weile nicht.

Sie ruft: *Libbit hat's geschafft! Sie ...*

John Eastlake brüllt: HÄNDE WEG VON MEINEN TÖCHTERN, NIGGERSCHLAMPE!

Und er schießt zum zweiten Mal mit der Harpunenpistole.

Sehen Sie, wie die Harpune trifft, wie sie Nan Melda durchbohrt? Dann ist das Bild fertig.

O Gott, endlich – das Bild ist fertig.

20
Perse

I

Das Bild – nicht das letzte echte Kunstwerk Edgar Freemantles, aber das vorletzte – zeigte John Eastlake am Shade Beach kniend mit seiner toten Tochter neben sich und der eben erst aufgegangenen Mondsichel hinter sich. Nan Melda stand hüfttief im Wasser, hatte auf beiden Seiten je ein kleines Mädchen neben sich; ihre nassen, erhobenen Gesichter lang gezogen von einem Ausdruck, aus dem Wut und Entsetzen sprach. Der Schaft einer dieser kurzen Harpunen ragte zwischen den Brüsten der Frau hervor. Ihre Hände umklammerten ihn, während sie ungläubig den Mann anstarrte, dessen Tochter sie so selbstlos zu schützen versucht hatte, diesen Mann, der sie als Niggerschlampe beschimpft hatte, bevor er ihr das Leben nahm.

»Er hat gekreischt«, sagte ich. »Er hat gekreischt, bis er Nasenbluten hatte. Bis er aus einem Auge geblutet hat. Ein Wunder, dass er von dem Kreischen keine Gehirnblutung bekommen hat.«

»Auf dem Schiff ist niemand«, sagte Jack. »Wenigstens nicht auf dieser Zeichnung.«

»Nein. Perse war fort. Was Nan Melda gehofft hatte, ist tatsächlich eingetreten. Die Ereignisse am Strand haben das Miststück lange genug abgelenkt, dass Libbit sich um sie kümmern konnte. Sie ertränken konnte, damit sie weiterschlief.« Ich tippte auf Meldas linken Arm, auf den ich zwei schnelle Bogen und eine winzige Schraffur gezeichnet hatte, die reflektiertes schwaches Mondlicht anzeigen sollte. »Und hauptsächlich, weil irgendwas ihr eingegeben hat, dass sie die silbernen Armreife ihrer Mutter tragen soll. Silber, wie bei einem bestimmten Kerzenleuchter.« Ich sah Wireman an. »Vielleicht gibt es also *doch* etwas auf der lichten Seite der Gleichung, das ein bisschen auf uns aufpasst.«

Er nickte, dann zeigte er auf die Sonne. Sie würde in wenigen Augenblicken den Horizont berühren, und die übers Meer auf uns zuführende Lichtbahn, jetzt noch gelb, würde sich zu reinem Gold verdunkeln. »Aber bei Nacht kommen die Bösen zum Spielen heraus. Wo ist die Perse aus Porzellan jetzt? Irgendeine Idee, wo sie nach all dem, was am Strand geschehen ist, abgeblieben sein könnte?«

»Ich weiß nicht, was *genau* passiert ist, nachdem Eastlake Nan Melda erschossen hatte, aber ich kenne die wesentlichen Punkte. Elizabeth ...« Ich zuckte mit den Schultern. »Sie hatte ihr Pulver verschossen, zumindest für einige Zeit. Ihr Überlastungsschutz hat sozusagen angesprochen. Ihr Vater muss sie schreien gehört haben, und das war vermutlich das Einzige, was ihn noch zur Vernunft bringen konnte. Er muss sich daran erinnert haben, dass er – so schrecklich alles auch sein mochte – oben im Heron's Roost eine überlebende Tochter hatte. Vielleicht hat er sich sogar daran erinnert, dass er dreißig bis vierzig Meilen entfernt zwei weitere hatte. Was bedeutete, dass er hier Ordnung schaffen musste.«

Jack zeigte wortlos auf den Horizont, den die Sonne jetzt berührte.

»Ich weiß, Jack, aber wir sind schon näher dran, als du denkst.« Ich zog das letzte Blatt heraus und legte es auf den

Stapel. Das Motiv war nur angedeutet, aber das wissende Lächeln war unverkennbar. Dies war Charley der Rasenjockey. Ich stand auf und drehte die beiden vom Meer und dem wartenden Schiff weg, das jetzt als Silhouette, Schwarz vor Gold, sichtbar war. »Seht ihr ihn?«, fragte ich sie. »*Ich* habe sie auf unserem Weg ums Haus entdeckt. Die *wirkliche* Jockeystatue, meine ich, nicht die Projektion, die uns bei unserer Ankunft genarrt hat.«

Sie sahen hin. »Ich sehe nichts«, sagte Wireman, »und ich glaube, dass ich sie sehen würde, wenn sie da wäre, *muchacho*. Ich weiß, dass das Gras hoch ist, aber diese rote Mütze müsste trotzdem auffallen. Außer die Statue steht irgendwo zwischen den Bananenstauden.«

»Hab sie!«, rief Jack aus und lachte tatsächlich.

»Einen *Scheiß* hast du«, sagte Wireman gekränkt. Dann: »Wo?«

»Hinter dem Tennisplatz.«

Wireman sah genau hin, wollte gerade sagen, dass er noch immer nichts sah, und schüttelte dann den Kopf. »Der Teufel soll mich holen«, stieß er hervor. »Das Scheißding steht auf dem Kopf, nicht wahr?«

»Ja. Und weil er keine richtigen Füße hochzustrecken hat, siehst du nur den quadratischen Eisensockel. Charley bezeichnet die Stelle, *amigos*. Aber zuerst müssen wir in das Nebengebäude.«

II

Ich hatte keinerlei Vorahnung, was uns in dem scheunenartigen, dicht bewachsenen Gebäude, in dem es dunkel und drückend heiß war, erwartete, und wusste nicht, dass Wireman seine Desert Eagle gezogen hatte, bis sie plötzlich losging.

Die Schiebetore waren von der Sorte, die auf Schienen rollten, aber diese würden nie mehr rollen; sie waren im halb geöffneten Zustand festgerostet – und das seit Jahrzehnten. Graugrünes Louisianamoos hing wie ein Vorhang herab und verdeckte das obere Drittel der Lücke zwischen den Torflügeln.

»Was wir brauchen, ist…«, begann ich, und dann kam der Reiher herausgeflattert: mit glitzernden blauen Augen, nach vorn gerecktem langem Hals und klapperndem gelbem Schnabel. Er schwang sich in die Luft, sobald er aus dem Tor war, und ich bezweifelte nicht, dass er es auf meine Augen abgesehen hatte. Dann röhrte die Desert Eagle, und das wütende blaue Starren des Vogels verschwand mit dem Rest seines Kopfes in einem dünnen Blutnebel. Er traf mich, leicht wie ein mit Draht umwickelter Hohlkörper, und blieb vor meinen Füßen liegen. Im selben Augenblick hörte ich in meinem Kopf einen hohen, silbernen Wutschrei.

Aber nicht nur ich. Wireman fuhr zusammen. Jack ließ den Picknickkorb fallen und presste sich die Handballen an seine Ohren. Dann war der Schrei verstummt.

»Ein toter Reiher«, sagte Wireman mit nicht ganz fester Stimme. Er stieß das Federbündel an, dann schob er es von meinen Stiefeln. »Erzählt das um Himmels willen nicht der Naturschutzbehörde. Einen Reiher zu schießen kostet bestimmt fünfzigtausend Dollar und fünf Jahre hinter Gittern.«

»Woher hast du das gewusst?«, fragte ich.

Er zuckte mit den Schultern. »Ist das wichtig? Du hast gesagt, ich soll ihn erschießen, wenn ich ihn sehe. Du Lone Ranger, ich Tonto.«

»Aber du hattest die Pistole gezogen.«

»Ich hatte, was Nan Melda ›eine Intuition‹ genannt hätte, als sie die Armreife ihrer Mama übergestreift hat«, sagte Wireman, ohne zu lächeln. »Irgendwer hält tatsächlich seine schützende Hand über uns, belassen wir's dabei. Und nach dem, was mit deiner Tochter passiert ist, würde ich sagen, dass uns etwas Hilfe zusteht. Aber wir müssen unseren Teil leisten.«

»Halt bloß dein Schießeisen bereit, während wir es tun«, sagte ich.

»Oh, darauf kannst du dich verlassen.«

»Und Jack? Kannst du rauskriegen, wie die Harpunenpistole geladen wird?«

Es gab kein Problem. Bei Harpunenpistolen war das ein Kinderspiel.

III Im Innern des Nebengebäudes war es dunkel, und das nicht nur, weil der Höhenrücken zwischen dem Golf und uns das direkte Licht der untergehenden Sonne abhielt. Der Himmel war noch ziemlich hell, und in dem Schieferdach gab es reichlich Risse und Spalten, aber die Ranken hatten alles überwuchert. Was von oben an Licht einfiel, war grün, verschwommen und unzuverlässig.

Der Mittelbereich des Nebengebäudes war leer bis auf einen uralten Traktor, der ohne Räder auf den massiven Stummeln seiner Achsen stand, aber in einem der Geräteverschläge zeigte unsere starke Stablampe uns ein paar rostige Gartengeräte und eine an der Rückwand lehnende Holzleiter. Sie war schmutzig und deprimierend kurz. Jack versuchte hinaufzusteigen, während Wireman ihm leuchtete. Als er probeweise auf der zweiten Sprosse auf und ab hüpfte, hörten wir ein warnendes Knarren.

»Lass das Herumgehopse, und stell sie ans Tor«, sagte ich. »Das ist eine Leiter, kein Trampolin.«

»Ich weiß nicht recht«, sagte er. »Florida hat nicht das ideale Klima für die Konservierung von Holzleitern.«

»In der Not frisst der Teufel Fliegen«, sagte Wireman.

Jack hob die Leiter hoch und verzog angeekelt das Gesicht wegen des Staubs und der toten Insekten, die von ihren sechs schmutzigen Sprossen rieselten. »Du hast gut reden. Du musst sie nicht benutzen, nicht mit deinem Gewicht.«

»Ich bin der Scharfschütze der Gruppe, *niño*«, sagte Wireman. »Jeder hat seinen Job.« Das sollte lässig klingen, aber seine Stimme klang angespannt, und er sah müde aus. »Wo sind die restlichen Keramikfässchen, Edgar? Ich sehe sie nämlich nicht.«

»Vielleicht weiter hinten«, sagte ich.

Ich hatte richtig vermutet. Ganz hinten in dem Nebengebäude fanden wir etwa zehn Table-Whisky-Keramikfässchen. Ich sage *etwa*, weil das schwer abzuschätzen war. Sie waren alle zertrümmert.

IV In der Umgebung der größeren Keramikscherben und mit ihnen vermischt lagen glitzernde Häufchen und fächerförmige Ansammlungen aus Glas. Rechts neben diesem Haufen lagen zwei altmodische hölzerne Schubkarren, beide umgekippt. Links davon lehnte ein Vorschlaghammer mit rostigem Hammerkopf und bemoostem Stiel an der Wand.

»Hier hat jemand richtig Polterabend gemacht«, sagte Wireman. »Wer, glaubst du? Em?«

»Vielleicht«, sagte ich. »Wahrscheinlich.«

Zum ersten Mal fragte ich mich, ob sie uns letztlich doch besiegen würde. Uns blieb noch etwas Tageslicht, aber weniger, als ich erwartet hatte, und weit weniger, als mir lieb war. Und jetzt … worin sollten wir ihr Abbild aus Porzellan ertränken? In einer beschissenen Evian-Flasche? Eigentlich keine schlechte Idee – sie bestand aus Kunststoff, und die Umweltschützer behaupteten, die verdammten Dinger würden ewig halten –, aber ihre Öffnung war viel zu eng, als dass eine Porzellanfigur hindurchgepasst hätte.

»Also, welche Alternative haben wir?«, fragte Wireman. »Der Benzintank des alten John Deere? Genügt der?«

Die Vorstellung, wir würden versuchen, Perse im Benzintank des alten Traktors zu ertränken, ließ mich am ganzen Leib frösteln. Vermutlich war er nur noch ein rostiges Sieb. »Nein. Ich glaube nicht, dass das funktionieren würde.«

Er musste in meiner Stimme einen Anflug von Panik gehört haben, denn er packte mich am Arm. »Immer mit der Ruhe. Uns fällt schon was ein.«

»Klar, aber was?«

»Wir nehmen sie ins Heron's Roost mit, das ist alles. Dort findet sich bestimmt was.«

Vor meinem inneren Auge stand jedoch das Bild, wie

Stürme das Herrenhaus, das früher einmal über der Südspitze von Duma Key gethront hatte, verwüstet und kaum mehr als seine Fassade übrig gelassen hatten. Dann fragte ich mich, wie viele Behälter wir dort tatsächlich finden würden, vor allem nachdem uns nur noch etwa vierzig Minuten blieben, bevor die Dunkelheit hereinbrach und die *Perse* einen Landungstrupp entsandte, um unsere unerwünschte Einmischung zu beenden. Verdammt, dass ich etwas so Elementares wie einen wasserdichten Behälter vergessen hatte!

»Scheiße!«, sagte ich. Ich versetzte einem Scherbenhaufen einen Tritt, dass er auseinanderflog. *»Scheiße!«*

»Ganz ruhig, *vato*. Das hilft uns nicht weiter.«

Nein, das tat es nicht. Und sie würde wollen, dass ich wütend wurde, nicht wahr? Der alte jähzornige Edgar würde leicht zu manipulieren sein. Ich versuchte mich zu beherrschen, aber das *Ich schaffe das*-Mantra wirkte nicht. Trotzdem war es alles, was ich hatte. Und was tut man, wenn man nicht auf Wut zurückgreifen darf? Man gesteht die Wahrheit ein.

»Also gut«, sagte ich. »Aber ich habe keinen blassen Schimmer.«

»Locker bleiben, Edgar«, sagte Jack, und dabei lächelte er. »Den Teil kriegen wir hin.«

»Wie das? Was meinst du?«

»Vertrau mir«, sagte er.

V Als wir im Abendlicht, das jetzt eine entschieden purpurrote Färbung annahm, Charley den Rasenjockey betrachteten, fiel mir ein Nonsensreim aus einem alten Blues von Dave Van Ronk ein: »*Mama bought a chicken, thought it was a duck; Sat it on the table with the legs stickin up.*« Charley war kein Huhn, auch keine Ente, aber seine Beine, die nicht in Schuhen, sondern in einem schwarzen Eisensockel endeten, ragten tatsächlich in die Höhe. Sein Kopf war jedoch nicht zu sehen. Er war durch einen runden Deckel aus alten, mit Moos und Ranken überwucherten Brettern gebrochen.

»Was liegt darunter, *muchacho?*«, fragte Wireman. »Weißt du das?«

»Ich bin mir ziemlich sicher, dass es eine Zisterne ist«, sagte ich. »Hoffentlich keine Klärgrube.«

Wireman schüttelte den Kopf. »Auch wenn sein Geisteszustand noch so schlimm war, hätte er sie nicht in Scheiße versenkt. Nicht in einer Million Jahren.«

Jack sah von Wireman zu mir hinüber. Sein junges Gesicht war voller Entsetzen. »Adriana ist dort unten? Und das Kindermädchen?«

»Ja«, sagte ich. »Ich dachte, das wüsstest du. Aber das Wichtigste ist, dass *Perse* dort unten ist. Und ich tippe auf eine Zisterne, denn …«

»Elizabeth hat ganz sicher darauf bestanden, dass das Miststück in einem wässrigen Grab zurückblieb«, vollendete Wireman grimmig. »In einem mit *Süßwasser* gefüllten.«

VI

Charley war schwer, und die Bretter, mit denen die Grube im hohen Gras abgedeckt war, waren noch morscher als die Leitersprossen. Natürlich waren sie das; anders als die Leiter war dieser Holzdeckel dem Wetter ausgesetzt gewesen. Trotz der dunkler werdenden Schatten arbeiteten wir vorsichtig, weil wir nicht wussten, wie tief die Grube darunter war. Schließlich gelang es mir, den lästigen Jockey weit genug zur Seite zu drücken, damit Wireman und Jack die leicht krummen blauen Beine packen konnten. Dazu musste ich auf den morschen Holzdeckel treten; einer von uns musste es schließlich tun, und ich war der Leichteste. Er bog sich unter meinem Gewicht durch, gab ein langes warnendes Knarren von sich und ließ etwas Modergeruch entweichen.

»Runter mit dir, Edgar!«, rief Wireman, und gleichzeitig schrie Jack: »Pack ihn, o Scheiße, er fällt rein!«

Während ich von dem nachgebenden Holzdeckel sprang, schnappten die beiden sich Charley: Wireman um die angewinkelten Knie, Jack um die Taille. Einen Augenblick lang glaubte ich, dass er trotzdem hineinstürzen und sie beide mit sich reißen würde. Dann stießen sie in gemeinsamer Anstrengung einen Schrei aus, torkelten rückwärts und gingen zu Boden, sodass der Rasenjockey auf ihnen zu liegen kam. Sein grinsendes Gesicht und die rote Mütze waren mit riesigen schwerfälligen Käfern bedeckt. Mehrere davon landeten auf Jacks vor Anstrengung verzerrtem Gesicht, und einer fiel Wireman direkt in den Mund. Er schrie auf, spuckte ihn aus und sprang dann auf, wobei er weiterspuckte und sich die Lippen rieb. Im nächsten Augenblick war Jack bei ihm, tanzte um ihn herum und wischte ihm Käfer vom Hemd.

»Wasser!«, brüllte Wireman. »Wasser her! Einer war in

meinem *Mund*, ich hab gespürt, wie er über meine verdammte *Zunge* gekrochen ist!«

»Kein Wasser«, sagte ich, während ich in unserem erheblich zusammengeschrumpften Proviant wühlte. Kniend konnte ich die aus dem gezackten Loch in dem Holzdeckel aufsteigende Luft weit besser riechen, als mir lieb war. Sie roch wie Luft aus einem frisch geöffneten Grab. Was die Zisterne natürlich war. »Pepsi.«

»Cheeseburger, Cheeseburger, Pepsi«, sagte Jack. »Kein Cola.« Er lachte benommen.

Ich gab Wireman eine Dose Limonade. Er starrte sie einen Augenblick ungläubig an, dann riss er die Ringlasche auf. Er nahm einen Mundvoll, spuckte ihn braun schäumend und spritzend aus, nahm einen zweiten und spuckte ihn ebenfalls aus. Den Rest der Dose trank er in vier langen Schlucken.

»Ay, caramba«, sagte er. »Du bist ein harter Mann, van Gogh.«

Ich sah zu Jack hinüber. »Was denkst du? Können wir den Deckel zur Seite schieben?«

Jack begutachtete ihn, dann kniete er sich hin und begann die Ranken wegzureißen, mit denen der Deckelrand überwachsen war. »Ja sicher«, sagte er. »Aber dieser Scheiß muss weg.«

»Wir hätten eine Brechstange mitbringen sollen«, sagte Wireman. Er spuckte noch immer. Das konnte ich ihm nicht verübeln.

»Hätte nichts genützt, glaub ich«, sagte Jack. »Das Holz ist zu morsch. Hilf mir, Wireman.« Und als ich mich neben ihn kniete: »Spar dir die Mühe, Boss. Das hier ist ein Job für Kerle mit zwei Armen.«

Als er das sagte, spürte ich, dass mich wieder Zorn durchzuckte – die alte Wut war jetzt sehr dicht unter der Oberfläche –, und unterdrückte sie so gut wie möglich. Ich sah zu, wie sie sich um den runden Deckel herum vorarbeiteten und ihn von Unkraut und Ranken befreiten, während über uns das Licht aus dem Himmel schwand. Ein einzelner Vogel segelte mit angelegten Flügeln vorbei. Er flog auf dem Rücken. Wenn man so etwas sah, hatte man das Bedürfnis, sich in die nächste Klapsmühle einweisen zu lassen. Am besten zu einem längeren Aufenthalt.

Die beiden arbeiteten einander gegenüber, und als Wireman sich der Stelle näherte, wo Jack angefangen hatte, und Jack sich Wiremans Ausgangsstelle näherte, fragte ich: »Ist die Harpunenpistole noch geladen, Jack?«

Er sah auf. »Ja. Warum?«

»Weil das hier doch ein Kopf-an-Kopf-Rennen wird.«

VII

Jack und Wireman knieten auf einer Seite des Deckels. Ich kniete auf der anderen. Über uns hatte der Himmel sich zu einem Indigoblau verdüstert, das bald in Violett übergehen würde. »Auf drei«, sagte Wireman. *»Uno ... dos ... TRES!«* Sie zogen, und ich drückte mit meinem verbliebenen Arm, so gut ich konnte. Das konnte ich ziemlich gut, denn mein Arm war in meinen Monaten auf Duma Key kräftig geworden. Der Deckel widerstand noch einen Augenblick. Dann glitt er zu Wireman und Jack hinüber und ließ eine schmale Sichel aus Dunkelheit sehen – ein schwarzes einladendes Lächeln. Es verbreiterte sich zu einem Halbmond, dann zu einem kompletten Kreis.

Jack stand auf. Wireman ebenfalls. Er suchte seine Hände

nach weiteren Käfern ab. »Ich weiß, wie dir zumute ist«, sagte ich, »aber ich glaube nicht, dass wir Zeit für eine komplette Entlausung haben.«

»Verstanden, aber wenn du nicht auf einem dieser *maricones* rumgekaut hast, weißt du definitiv *nicht*, wie mir zumute ist.«

»Wie geht's jetzt weiter, Boss?«, fragte Jack und starrte unbehaglich in die Grube, aus der weiter dieser fade Gestank aufstieg.

»Wireman, du hast schon mit der Harpunenpistole geschossen – richtig?«

»Ja, auf Zielscheiben. Mit Miss Eastlake. Hab ich nicht gesagt, dass ich der Scharfschütze der Truppe bin?«

»Dann hältst du Wache. Jack, du leuchtest hinein.«

Ich sah ihm an, dass ihm nicht der Sinn danach stand, aber ihm blieb nichts anderes übrig – bevor diese Sache zu Ende gebracht war, gab es für uns kein Zurück. Und wenn wir sie nicht zu Ende brachten, würde es nie wieder ein Zurück geben.

Zumindest nicht auf dem Landweg.

Er griff nach der langen Stablampe, schaltete sie ein und richtete ihren starken Lichtstrahl in die Grube. »O Gott«, flüsterte er.

Es war tatsächlich eine in Korallenfels angelegte Zisterne, aber irgendwann in den vergangenen achtzig Jahren hatte der Untergrund sich gesetzt, sodass ein Riss entstanden war – vermutlich ganz unten auf dem Boden –, durch den das Wasser versickert war. Was wir im Lichtstrahl der Stablampe sahen, war ein feuchter, bemooster Schlund: zweieinhalb bis drei Meter tief und ungefähr zweieinhalb Meter im Durchmesser. Auf dem Boden, in einer Umarmung vereint, die seit achtzig Jahren andauerte, lagen zwei Skelette, an denen verrottete Fetzen Kleidung hingen. Geschäftige Käfer krochen um sie herum. Weißliche Kröten hüpften wie kleine Jungen auf den Knochen umher. Neben dem einen Skelett lag eine Harpune. Die Spitze der anderen steckte noch in Nan Meldas gelb werdendem Brustbein.

Das Licht begann zu schwanken. Weil der junge Mann, der die Lampe hielt, zu schwanken begann.

»Kipp uns bloß nicht um, Jack!«, sagte ich scharf. »Das ist ein Befehl!«

»Mir fehlt nichts, Boss.« Aber seine Augen waren riesengroß, glasig, und hinter der Stablampe – die in seiner Hand noch immer leicht zitterte – war sein Gesicht kreidebleich. »Echt nicht.«

»Gut. Dann leuchte wieder runter. Nein, mehr links. Etwas weiter … *Da!*«

Dort stand eines der Table-Whisky-Keramikfässchen, jetzt kaum mehr als ein kleiner Buckel unter einem dichten Moospolster. Eine der weißen Kröten hockte darauf. Sie blickte bösartig blinzelnd zu mir auf.

Wireman sah auf seine Uhr. »Uns bleiben … grob geschätzt, fünfzehn Minuten bis Sonnenuntergang. Können etwas mehr, können weniger sein. Also …?«

»Also stellt Jack die Leiter in das Loch, und ich steige hinunter.«

»Edgar … *mi amigo* – du hast nur einen Arm.«

»Sie hat mir meine Tochter genommen. Sie hat Ilse ermordet. Du weißt, dass das mein Job ist.«

»Okay.« Wireman sah zu Jack hinüber. »Womit noch die Frage nach dem wasserdichten Behälter offen wäre.«

»Keine Sorge«, sagte er, dann griff er nach der Leiter und drückte mir die Stablampe in die Hand. »Jetzt musst du mir leuchten, Edgar. Dafür brauche ich beide Hände.«

Es schien endlos lange zu dauern, bis er die Leiter zu seiner Zufriedenheit platziert hatte, aber schließlich standen ihre Füße am Boden zwischen den Knochen von Nan Meldas ausgestrecktem Arm (ich konnte die silbernen Armreife noch erkennen, obwohl sie jetzt bemoost waren) und einem von Adies Beinen. Die Leiter war wirklich sehr kurz; die oberste Sprosse lag über einen halben Meter unter dem Grubenrand, sodass Jack mich anfangs würde stabilisieren müssen. Ich überlegte, ob ich ihn nochmals nach dem Behälter für die Porzellanfigur fragen sollte, ließ es aber bleiben. Was diesen Punkt betraf, wirkte er völlig unbesorgt, und ich beschloss, ihm bedingungslos zu vertrauen. Tatsächlich war es für alles andere schon zu spät.

In meinem Kopf sagte eine Stimme, sehr leise, fast meditativ: *Hör jetzt auf, dann lasse ich dich gehen.*

»Niemals«, sagte ich.

Wireman sah mich an, ohne überrascht zu sein. »Du hast sie auch gehört, was?«

VIII

Ich lag auf dem Bauch und schob mich rückwärts ins Loch. Jack hielt mich an den Schultern gepackt. Wireman stand mit der geladenen Harpunenpistole in den Händen neben ihm und hatte drei zusätzliche Harpunen mit Silberspitzen in seinem Gürtel stecken. Zwischen ihnen lag die Stablampe auf dem Boden und warf helles Licht in ein Gewirr aus entwurzeltem Unkraut und Ranken.

Der Gestank in der Zisterne war sehr stark, und ich spürte ein Kitzeln am Schienbein, als etwas mein Bein hinaufkrabbelte. Ich hätte meine Hosenbeine oben in die Stiefel stecken sollen, aber nun war es ein bisschen zu spät dafür, umzukehren und neu anzufangen.

»Spürst du die Leiter?«, fragte Jack. »Stehst du schon drauf?«

»Nein, ich ...« Dann berührten meine Füße die oberste Leitersprosse. »Da ist sie. Halt mich fest.«

»Keine Sorge, ich hab dich.«

Komm hier herunter, dann töte ich dich.

»Los, versuch's doch«, sagte ich. »Ich komme dich holen, du Miststück, also strengst du dich besser mal an.«

Ich spürte, wie Jacks Hände an meinen Schultern sich verkrampften. »Verdammt, Boss, bist du si...«

»Ganz sicher. Halt mich einfach fest.«

Die Leiter hatte ein halbes Dutzend Sprossen. Jack konnte mich an den Schultern festhalten, bis ich auf der dritten stand. Jetzt war ich brusttief in der Grube. Er hielt mir die Stablampe hin, aber ich schüttelte den Kopf. »Behalt sie, damit du mir leuchten kannst.«

»Du verstehst nicht. Du brauchst sie nicht, um Licht zu haben, du brauchst sie für *sie*.«

Ich begriff nicht gleich.

»Schraub sie hinten auf. Nimm die Batterien heraus. Steck sie hinein. Ich gebe dir das Wasser runter.«

Wireman lachte humorlos. »Das gefällt Wireman, *niño*.« Er beugte sich zu mir hinunter. »Los jetzt! Miststück oder Mistbeet, ertränk sie und mach Schluss mit ihr.«

IX Die vierte Sprosse brach durch. Die Leiter kippte, und ich fiel hinunter – die Taschenlampe hatte ich weiter unter meinem Armstumpf geklemmt, sodass sie erst in den dunkler werdenden Himmel schien und dann moosbedeckte Korallenklumpen beleuchtete. Mein Kopf schlug hart genug auf einen davon, dass ich Sterne sah. Im nächsten Moment lag ich auf einer unebenen Knochenschicht und starrte in Adriana Eastlake Paulsons ewiges Grinsen. Eine dieser bleichen Kröten sprang mich zwischen ihren bemoosten Zähnen hervor an, und ich schlug mit der Stablampe nach ihr.

»*¡Muchacho!*«, rief Wireman, und Jack fügte hinzu: »Alles in Ordnung, Boss?«

Ich blutete aus einer Platzwunde in der Kopfhaut – ich konnte spüren, wie mir kleine warme Rinnsale übers Gesicht liefen –, aber das war vermutlich okay; im Land der Tausend Seen hatte ich schon weit Schlimmeres mitgemacht. Und die Leiter stand zwar schief, aber immerhin stand sie noch. Als ich nach rechts sah, fiel mein Blick sofort auf das bemooste Tischfässchen, dessentwegen wir diesen weiten Weg gemacht hatten. Statt einer Kröte saßen nun zwei darauf. Sie sahen meinen Blick und sprangen mir mit hervorquellenden Augen und weit aufgerissenen Mäulern ins Gesicht. Bestimmt wünschte Perse sich, sie hätten Zähne wie Elizabeth' Big Boy. Ah, die guten alten Zeiten.

»Mir fehlt nichts«, sagte ich, schlug die Kröten weg und rappelte mich mühsam in eine sitzende Position auf. Unter mir und um mich herum zerbrachen Knochen. Das heißt … nein. Sie waren zu morsch und feucht, um zu zerbrechen. Sie bogen sich erst durch, dann zerfielen sie. »Gib mir das Wasser runter. Du kannst es in der Tasche runterwerfen, aber versuch bitte, nicht meinen Kopf zu treffen.«

Ich sah Nan Melda an.

Ich nehme mir deine silbernen Armreife, erklärte ich ihr, *aber das ist kein Stehlen. Wenn du irgendwo in der Nähe bist und sehen kannst, was ich tue, hältst du es hoffentlich für Teilen. Für eine Art Weitergeben.*

Ich streifte sie von ihrem Knochenarm, steckte die linke Hand hindurch und hob den Arm, damit sie durch die Schwerkraft bis zum Anschlag hinunterrutschten. Über mir hing Jack kopfüber in die Zisterne. »Vorsicht, Edgar!«

Die Tragetasche kam herunter. Einer der Knochen, die bei meinem Sturz durchgebrochen waren, durchstieß die Plastiktüte, sodass Wasser heraustropfte. Ich schrie vor Angst und Wut auf, riss die Tasche auf und sah hinein. Nur eine der PET-Flaschen hatte ein Loch bekommen. Die beiden anderen waren unversehrt geblieben. Ich wandte mich dem dick bemoosten Keramikfässchen zu, schob meine Hand in die zähe Schleimschicht unter ihm und lockerte es. Es wehrte sich, aber das Ding in seinem Inneren hatte mir meine Tochter genommen, und ich war entschlossen, es dort rauszuholen. Als das Fässchen endlich auf mich zurollte, rutschte auf seiner Rückseite ein ziemlich großer Korallenbrocken weg und plumpste auf den schlammigen Boden der Zisterne.

Ich leuchtete das Fässchen mit der Stablampe ab. Auf der Seite, die an der Wand gestanden hatte, war es nur dünn bemoost, und ich konnte den Highlander in seinem Kilt sehen, wie er im Tanz einen Fuß nach hinten hob. Ich konnte auch einen gezackten Sprung sehen, der über die bauchige Flanke des Fässchens senkrecht nach unten lief. Er stammte von dem Korallenbrocken, der sich von der Wand gelöst hatte. Das Fässchen, das Libbit damals im Jahr 1927 aus dem Swimmingpool gefüllt hatte, hatte geleckt, seit dieser Brocken es getroffen hatte, und war nun fast leergelaufen.

Ich konnte darin etwas rattern hören.

Ich töte dich, wenn du nicht aufhörst, aber wenn du's tust, lass ich dich gehen. Dich und deine Freunde.

Ich spürte, wie meine Lippen sich zu einem Grinsen verzogen. Und hatte Pam ein solches Grinsen gesehen, als meine Hand sich um ihren Hals geschlossen hatte? Natürlich hatte sie das. »Du hättest meine Tochter nicht ermorden sollen.«

Hör sofort auf, sonst töte ich auch die andere.

Die nackte Verzweiflung in Wiremans Stimme war unüberhörbar, als er nach unten rief: »Eben ist die Venus rausgekommen, *muchacho*. Ich halte das für ein schlechtes Zeichen.«

Ich lehnte sitzend an einer feuchten Wand, während Korallen sich in meinen Rücken bohrten und Knochen mich in die Schenkel stachen. Ich konnte mich kaum bewegen, und in irgendeinem anderen Land pochte meine Hüfte schmerzhaft – sie kreischte noch nicht, aber das würde vermutlich bald kommen. Ich hatte keine Ahnung, wie ich in diesem Zustand wieder die Leiter hinaufklettern sollte, aber ich war viel zu wütend, um mir darüber Sorgen zu machen.

»Entschuldigung, Miss Cookie«, murmelte ich Adie zu und steckte das Ende der Stablampe in ihren knochigen Mund. Dann nahm ich das Keramikfässchen in beide Hände … denn es waren wieder beide da. Ich zog mein gesundes Bein an, schob Knochen und Schlamm mit dem Stiefelabsatz beiseite, hob das Fässchen in den staubigen Lichtstrahl und knallte es auf mein hochgestelltes Knie. Der Riss vergrößerte sich und ließ eine kleine Menge Schlammwasser austreten, aber das Fässchen platzte nicht auf.

In seinem Inneren kreischte Perse, und ich spürte, dass ich Nasenbluten bekam. Und das Licht der Stablampe veränderte sich. Es wurde *rot*. In dieser scharlachroten Glut starrten die Schädel von Adie Paulson und Nan Melda mich mit offenen, grinsenden Mündern an. Auf den bemoosten Wänden dieses Höllenschlunds, in den ich aus freien Stücken geklettert war, sah ich weitere Gesichter: Pam ... Mary Ire, deren Gesicht vor Wut verzerrt war, als sie Ilse den Griff ihrer Pistole auf den Kopf schlug ... Kamen, auf dessen Zügen zum letzten Mal Erstaunen stand, als er mit seinem blitzartigen Herzanfall zusammenklappte ... Tom, als er das Steuer seines Wagens herumriss und mit siebzig Meilen in der Stunde gegen eine Betonbarriere raste.

Das Schlimmste war, dass ich Monica Goldstein sah, die *Du hast mein Hundchen umgebracht!* kreischte.

»Edgar, was ist los?« Das war Jack, scheinbar tausend Meilen weit entfernt.

Ich dachte an Shark Puppy, die in The Bone »Dig« sangen. Ich dachte daran, wie ich Tom erklärt hatte: *Dieser Mann ist in seinem Pick-up gestorben.*

Dann steck mich in deine Tasche, und wir gehen miteinander, sagte sie. *Wir segeln gemeinsam in dein wirkliches anderes Leben, und alle Städte der Welt werden dir zu Füßen liegen. Du wirst lange leben ... dafür kann ich sorgen ... und der größte Künstler deiner Zeit sein. Man wird dich neben Goya stellen. Neben Leonardo.*

»Edgar?« In Wiremans Stimme lag Panik. »Vom Strand her kommen Leute herauf. Ich glaube, ich kann sie hören. Das ist übel, *muchacho* ...«

Du brauchst sie nicht. Wir brauchen sie nicht. Sie sind nichts als ... nichts als Handlanger.

Nichts als Handlanger. Bei diesen Worten überkam mich

roter Zorn, noch während meine rechte Hand sich wieder davonzustehlen begann. Aber bevor sie ganz verschwinden konnte … bevor ich die Gewalt über meinen Zorn oder das verdammte Fässchen mit dem Sprung verlor …

»Steck's dir in deinen Freund, du dumbe Kuh«, sagte ich und hob das Fässchen wieder über mein schmerzendes hochgestelltes Knie. »Steck's in den Kameraden.« Ich knallte es mit voller Wucht auf den knochigen Knopf. Das war schmerzhaft, aber weniger, als ich befürchtet hatte … und so ist es letztlich meistens, finden Sie nicht auch? »Steck's dir in deinen gottverdammten *Kumpel.*«

Das Fässchen zerbrach nicht; da es bereits einen Sprung hatte, platzte es einfach auseinander und tränkte meine Jeans mit schlammiger Nässe von dem Restwasser, das ungefähr zwei Finger hoch darin gestanden hatte. Und eine kleine Porzellanfigur fiel heraus: eine Frau in einem Umhang mit Kapuze. Die Hand, die den Umhang an ihrer Kehle zuhielt, war in Wirklichkeit gar keine Hand, sondern eine Kralle. Ich hob das Ding hastig vom Boden auf. Obwohl ich keine Zeit hatte, es näher zu betrachten – sie kamen jetzt, daran zweifelte ich nicht, hatten es auf Wireman und Jack abgesehen –, sah ich doch, dass Perse außergewöhnlich schön war. Das heißt, nur wenn man die Krallenhand und die beunruhigende Andeutung eines dritten Auges unter den unter ihrer Kapuze hervorquellenden und die Stirn verdeckenden Haaren ignorieren konnte. Die Figur war auch äußerst zart, fast durchsichtig. Aber als ich sie mit beiden Händen zu zerbrechen versuchte, erwies sie sich als hart wie Stahl.

»Edgar!«, kreischte Jack.

»Haltet sie auf!«, knurrte ich. »Ihr müsst sie aufhalten!«

Ich steckte sie in meine Hemdtasche und spürte sofort

eine ekelhafte Wärme, die sich über meine Haut auszubreiten begann. Und das Ding *trommelte* an meine Brust. Mein unzuverlässiger Mojo-Arm war wieder fort, deshalb klemmte ich eine Flasche Evian unter meinen Armstumpf und schraubte sie so auf. Diesen unbeholfenen und zeitraubenden Vorgang wiederholte ich mit der zweiten Flasche.

Über mir rief Wireman mit einer Stimme, die beinahe fest klang: »Stehen bleiben! Dieses Ding hat eine Silberspitze! Halt, oder ich schieße!«

Die Antwort darauf war selbst auf dem Boden der Zisterne deutlich zu hören. *»Glaubst du, dass du schnell genug nachladen kannst, um uns alle drei zu erschießen?«*

»Nein, Emery«, antwortete Wireman. Er sprach wie mit einem Kind, und seine Stimme war ganz fest geworden. Ich liebte ihn niemals mehr als in diesem Augenblick. »Ich gebe mich mit dir zufrieden.«

Jetzt kam der schwierige Teil, der schreckliche Teil.

Ich begann die hintere Kappe der Stablampe abzuschrauben. Bei der zweiten Umdrehung erlosch das Licht, und ich blieb in fast völliger Dunkelheit zurück. Ich kippte die dicken Monozellen aus der Stahlhülse der Stablampe, dann tastete ich nach der ersten Flasche Evian. Meine Finger schlossen sich um sie, und ich begann den Zylinder damit zu füllen, wobei ich nach Gefühl arbeitete. Ich hatte keine Ahnung, wie viel Wasser die Stablampe fassen würde, und glaubte, dass eine Flasche sie bis zum Rand füllen würde. Das war ein Irrtum. Als ich nach der zweiten griff, musste es auf Duma Key endgültig Nacht geworden sein. Das sage ich, weil die Porzellanfigur in meiner Hemdtasche in diesem Augenblick zum Leben erwachte.

X

Sollte ich irgendwann an diesen letzten verrückten Ereignissen in der Zisterne zweifeln, brauche ich mir nur das Gewirr aus weißen Narben auf meiner linken Brustseite anzusehen. Sähe mich jemand nackt, würden sie ihm nicht besonders auffallen; wegen meines Unfalls ist mein ganzer Körper mit Narben übersät, und dieses kleine weiße Bündel geht leicht in den auffälligeren unter. Aber diese Narben stammen von den Zähnen einer lebenden Puppe. Von einer, die sich durch mein Hemd und meine Haut bis in die Muskeln darunter fraß. Von einer, die sich bis zu meinem Herzen durchfressen wollte.

XI

Die zweite Flasche Evian warf ich beinahe um, bevor ich sie zu fassen bekam. Das lag hauptsächlich an meiner Überraschung, aber ich hatte auch starke Schmerzen und schrie laut auf. Ich spürte, dass erneut Blut zu fließen begann; diesmal lief es unter meinem Hemd in die Falte zwischen Brustkorb und Bauch. Sie bewegte sich in meiner Hemdtasche, *wand* sich darin, und ihre Zähne drangen in meine Haut ein und bissen und *pflügten*, gruben tiefer und tiefer. Ich musste sie herauszerren und riss dabei ein ordentliches Stück blutigen Stoff und Fleisch mit. Die Figur fühlte sich nicht mehr kühl und glatt an. Sie war jetzt heiß und wand sich in meinem Griff.

»Komm doch!«, brüllte Wireman über mir. *»Komm her, wenn du willst!«*

Sie schlug ihre Porzellanzähne, scharf wie Nadeln, in das Gewebe zwischen Daumen und Zeigefinger meiner Hand. Ich heulte auf. Trotz meiner Wut und meiner Entschlossenheit hätte sie jetzt entkommen können, aber Nan Meldas silberne Armreife rutschten herab, und ich spürte, wie sie vor ihnen tiefer in meine Handfläche zurückwich. Tatsächlich glitt eines ihrer Beine zwischen Ring- und Mittelfinger heraus. Ich presste alle meine Finger zusammen und hielt so die Figur fest. Hielt *sie* fest. Ihre Bewegungen wurden träge. Ich kann nicht beschwören, dass einer der Armreife sie berührte – hier unten war es stockfinster –, aber ich bin eigentlich davon überzeugt.

Über mir war der hohle, dumpfe Druckluftknall der Harpunenpistole zu hören, dann kam ein Aufschrei, der durch mein Gehirn zu zucken schien. Darunter – *dahinter* – konnte ich Wireman rufen hören: »Hinter mich, Jack. Nimm eine der …« Dann nichts mehr außer grunzenden Schreien meiner Freunde und dem wütenden, unirdischen Lachen der beiden seit Langem toten Kinder.

Ich hielt die umgedrehte Stablampe zwischen den Knien und brauchte niemanden, der mit erzählte, dass bei Dunkelheit alles Mögliche schiefgehen konnte, vor allem für einen Einarmigen. Ich würde nur eine Chance haben. Unter solchen Umständen ist es am besten, nicht zu zögern.

Nein! Halt! Mach das n…

Ich ließ sie hineinfallen, und eine Folge davon zeigte sich augenblicklich: Das wütende Lachen der Kinder verwandelte sich in überraschte Schreckensschreie. Dann hörte ich Jack. Seine Stimme klang hysterisch und halb verrückt, aber ich war noch nie so froh gewesen, jemanden zu hören.

»So ist's recht, haut nur ab! Bevor euer Scheißschiff ohne euch abfährt!«

Nun stand ich vor einem heiklen Problem. Ich hielt die Taschenlampe in der Hand, und *sie* war darin … aber die Verschlusskappe, die irgendwo in meiner Nähe liegen musste, konnte ich nicht sehen. Und ich hatte keine zweite Hand, um den Boden nach ihr abzutasten.

»Wireman!«, rief ich. »Wireman, bist du da?«

Nach einem langen Augenblick, der ausreichte, in mir alle möglichen Ängste zu wecken, antwortete er: »Jawohl, *muchacho*. Noch immer hier.«

»Alles in Ordnung?«

»Eins von ihnen hat mich gekratzt, und der Kratzer sollte desinfiziert werden, aber sonst … ja. Im Prinzip fehlt uns beiden nichts, glaub ich.«

»Jack, kannst du hier runterkommen? Ich brauche eine helfende Hand.« Und während ich dort verkrümmt in den Knochen hockte und die mit Wasser gefüllte Hülse einer Stablampe in die Höhe hielt wie die Freiheitsstatue ihre Fackel, fing ich an zu lachen.

Manche Dinge sind einfach so wahr, dass man lachen muss.

XII

Meine Augen hatten sich inzwischen so an die Dunkelheit gewöhnt, dass ich einen Schatten erkennen konnte, der die Wand der Zisterne herabzuschweben schien – Jack, der die Leiter heruntenstieg. Die Hülse der Stablampe in meiner Hand pochte – nur schwach, aber sie pochte. Ich stellte mir eine Frau vor, die in einer engen Stahlröhre ertrank, und verdrängte dieses Bild wieder. Es hatte zu viel Ähnlichkeit mit dem, was Ilse erlitten hatte, und das Monster, das ich eingesperrt hatte, war Ilse nicht im Geringsten ähnlich.

»Eine Sprosse fehlt«, sagte ich. »Wenn du nicht hier unten sterben willst, musst du verdammt vorsichtig sein.«

»Ich kann heute Nacht nicht sterben«, sagte er mit schwacher, zitternder Stimme, die ich nie als seine erkannt hätte. »Ich hab mogen einen Termin.«

»Gratulation.«

»Vielen D...«

Er trat ins Leere. Die Leiter rutschte seitlich weg. Einen Augenblick lang war ich sicher, dass er auf mich, auf die hochgehaltene Stablampe fallen würde. Das Wasser würde verschüttet werden, *sie* würde herausgeschleudert werden, und alles würde vergebens gewesen sein.

»Was treibt ihr da?«, rief Wireman über uns. *»Scheiße, was geht da ab?«*

Jack war wieder an die Wand gepresst und umklammerte mit einer Hand einen glücklicherweise dort vorhandenen Korallenbrocken, den er im letzten Augenblick zu fassen bekommen hatte. Ich konnte sehen, wie eines seiner Beine wie ein Kolben auf die nächste intakte Sprosse herabfuhr, und hörte etwas laut reißen. »Mann«, flüsterte er. »Mann o Mann o Scheiße Mann.«

»Was treibt ihr da?«, brüllte Wireman fast.

»Jack Cantori hat sich den Hosenboden zerrissen«, sagte ich. »Halt jetzt kurz die Klappe. Jack, du bist fast unten. Sie ist in der Lampe, aber ich habe nur eine Hand und kann die Verschlussklappe nicht aufheben. Du musst runterkommen und sie finden. Mir ist egal, ob du auf mich trittst, aber stoß ja nicht gegen die Taschenlampe. Okay?«

»O-okay. Verdammt, Edgar, ich dachte, ich würde kopfüber runterkommen.«

»Das dachte ich auch. Komm jetzt runter. Aber langsam.«

Er kam herunter, trat erst auf meinen Schenkel – das tat weh – und setzte seinen Fuß dann auf eine der leeren

Evian-Flaschen. Sie knatterte. Dann trat er auf etwas, das wie ein defekter Knallkörper mit einem feuchten Knall zerplatzte.

»Edgar, was war *das?*« Er schien den Tränen nahe zu sein. »Was …«

»Nichts weiter.« Ich war ziemlich sicher, dass es Adies Schädel gewesen war. Seine Hüfte stieß gegen die Stablampe. Kaltes Wasser schwappte über mein Handgelenk. In der Metallhülse hüpfte und drehte sich etwas. In meinem Kopf bewegte sich ebenfalls etwas: ein schreckliches schwarzgrünes Auge von der Farbe, die Wasser in großer Tiefe hat, bevor auch der letzte Lichtschimmer schwindet. Es betrachtete meine geheimsten Gedanken an dem Ort, wo Zorn über Wut hinausgeht und zu Mordlust wird. Es sah … *biss* in sie hinein, wie man in eine Pflaume beißen würde. Dieses Gefühl werde ich nie vergessen.

»Aufpassen, Jack – hier ist es ziemlich beengt. Wie in einem Mini-U-Boot. Sei so vorsichtig, wie du kannst.«

»Ich flippe aus, Boss. Ein Anflug von Klaustrophobie.«

»Hol tief Luft. Du schaffst es. Wir kommen hier bald raus. Hast du Zündhölzer?«

Er hatte keine. Auch kein Feuerzeug. Jack hatte vielleicht nichts gegen sechs Biere an einem Samstagabend, aber seine Lunge war rauchfrei. So folgten lange, albtraumhafte Minuten – nicht mehr als vier, sagt Wireman, aber mir kam die Zeit dreißigmal so lang vor, mindestens dreißigmal –, in denen Jack kniete, zwischen den Knochen umhertastete, aufstand, sich etwas weiterbewegte, sich wieder hinkniete, weiter umhertastete. Mein Arm wurde müde. Meine Hand wurde allmählich taub. Aus den Bisswunden auf meiner Brust lief weiter Blut, weil es nur langsam gerann oder überhaupt nicht gerinnen würde. Aber das Schlimmste war meine Hand. Sie wurde allmählich taub, und bald begann ich zu glauben, dass ich die Lampenhülse nicht mehr in den Fingern hielt, weil ich sie nicht nur nicht sehen konnte, sondern auch nicht mehr auf der Haut spürte. Das Gefühl, etwas Schweres in der Hand zu halten, war in dem müden Pochen meiner Muskeln untergegangen. Obwohl ich wusste, dass die Metallhülse mir dabei leicht entgleiten könnte, musste ich gegen den Drang ankämpfen, damit gegen die Zisternenwand zu klopfen, um mich zu vergewissern, dass ich sie noch hatte. Ich begann zu glauben, dass die Verschlusskappe in dem Durcheinander aus Knochen und Knochensplittern verloren gegangen sein musste und Jack sie ohne Licht niemals finden würde.

»Was ist da los?«, rief Wireman.

»Dauert nicht mehr lange!«, rief ich zurück. Blut tröpfelte in mein linkes Auge; es brannte, und ich blinzelte es weg. Ich versuchte an Illy, an mein If-So-Girl zu denken und stellte entsetzt fest, dass ich mich nicht an ihr Gesicht erinnern konnte. »Kleiner Hafen, kleine Verzierung, wir arbeiten dran.«

»Was?«

»*Haken!* Kleiner Haken, kleine Verzögerung! Scheiße, bist du taub, Wireman?«

Hielt ich die Lampenhülse schief? Ich befürchtete es. Vielleicht lief schon Wasser über meine Hand, und sie war zu taub, um es zu spüren. Wenn ich die Lampe aber doch noch immer gerade hielt, würde jeder Korrekturversuch alles schlimmer machen.

Wenn Wasser herausläuft, ist ihr Kopf binnen Sekunden wieder über der Oberfläche. Und dann ist alles aus. Das weißt du, nicht wahr?

Das wusste ich. Ich saß im Dunkeln mit erhobenem Arm

da und fürchtete mich davor, etwas zu tun. Blutete und wartete. Die Zeit stand still, und die Erinnerung war ein Gespenst.

»Da ist sie!«, sagte Jack endlich. »Sie hat sich in die Rippen von jemand verfangen. Augenblick … ich hab sie.«

»Gott sei Dank«, sagte ich. »Dem Himmel sei Dank.« Ich konnte Jack vor mir sehen: eine schemenhafte Gestalt mit einem Knie zwischen meinen unbeholfen hochgezogenen Beinen, die in dem Gewirr aus durcheinandergeworfenen Knochen standen, die früher einmal zu John Eastlakes Ältester gehört hatten. Ich streckte ihm die Hülse der Stablampe hin. »Schraub sie drauf. Aber vorsichtig, weil ich sie nicht mehr lange senkrecht halten kann.«

»Zum Glück«, sagte er, »habe ich zwei Hände.« Und er legte eine auf meine, um die mit Wasser gefüllte Stablampe zu stabilisieren, als er sich daranmachte, die Verschlusskappe wieder draufzuschrauben. Er hielt nur einmal kurz inne, um mich zu fragen, warum ich weinte.

»Erleichterung«, sagte ich. »Mach weiter. Bring's zu Ende. Beeil dich.«

Als er fertig war, nahm ich ihm die verschlossene Metallhülse aus der Hand. Sie war nicht so schwer, wie sie zuvor mit Monozellen Größe D gewesen war, aber das war mir egal. Ich wollte mich nur vergewissern, dass die Kappe gut festgeschraubt war. Das schien sie zu sein. Ich forderte Jack auf, sie von Wireman nochmals kontrollieren zu lassen, wenn er wieder oben war.

»Wird gemacht«, sagte er.

»Und versuch, keine weiteren Sprossen zu zertreten. Ich werde sie alle brauchen.«

»Sieh zu, dass du es über die zerbrochene schaffst, Edgar, dann ziehen wir dich ganz hoch.«

»Okay, und ich erzähle keinem, dass du dir den Hosenboden zerrissen hast.«

Er lachte tatsächlich. Ich beobachtete, wie seine dunkle Gestalt die Leiter hinaufstieg und einen großen Schritt machte, um die Lücke mit der fehlenden Sprosse zu überwinden. Mich befielen einen Augenblick lang Zweifel, und ich hatte eine Schreckensvision von winzigen Porzellanhänden, die die Verschlusskappe von innen aufschraubten, obwohl ich sicher war, dass das Süßwasser sie bewegungsunfähig gemacht hatte – aber Jack schrie nicht auf oder krachte rückwärts die Leiter herunter, und der schlimme Augenblick ging vorüber. Über mir sah ich einen Kreis aus etwas hellerer Dunkelheit, den er schließlich erreichte.

Als Jack oben und draußen war, rief Wireman herunter: »Jetzt du, *muchacho.*«

»Augenblick noch«, sagte ich. »Sind deine Freundinnen fort?«

»Weggelaufen. Der Landurlaub war zu Ende, vermute ich.«

»Und Emery?«

»Den musst du dir selbst ansehen, denke ich. Komm jetzt rauf.«

Ich wiederholte: »Augenblick noch.«

Ich lehnte den Kopf gegen die mit glitschigem Moos bewachsene Korallenwand, schloss die Augen und streckte meine Hand aus. So suchte ich den Boden ab, bis ich etwas Rundes und Glattes ertastete. Dann glitt ich mit Zeige- und Mittelfinger in eine Vertiefung, die eigentlich nur eine Augenhöhle sein konnte. Und da ich mir sicher war, dass Jack Adrianas Schädel zertreten hatte …

An diesem Ende der Insel hat alles so gut geendet wie nur möglich, erklärte ich Nan Melda. *Und das hier ist kein besonders tolles Grab, aber vielleicht liegst du nicht mehr lange darin, meine Liebe.*

»Darf ich deine Armreife behalten? Vielleicht gibt es noch mehr zu tun.«

Ja. Ich hatte Angst davor, dass es noch etwas zu tun gab.

»Edgar?« Wiremans Stimme klang besorgt. »Mit wem redest du?«

»Mit der, die sie wirklich gestoppt hat«, sagte ich.

Und weil die, die sie wirklich gestoppt hatte, mir nicht erklärte, sie wolle ihre Armreife wiederhaben, ließ ich sie an meinem Arm und machte mich an die langsame und schmerzhafte Arbeit, auf die Beine zu kommen. Losgelöste Knochenfragmente und bemooste Keramiksplitter regneten auf meine Füße herab. Mein linkes Knie – mein gesundes – fühlte sich unter dem zerrissenen Stoff meiner Hose heiß und geschwollen an. Mein Kopf pochte, und meine Brust schien in Flammen zu stehen. Die Leiter schien mindestens eine Meile hoch zu sein, aber ich konnte die dunklen Umrisse von Jack und Wireman sehen, die über den Rand der Zisterne hingen und darauf warteten, dass sie mich packen konnten, wenn – falls – ich es bis in Reichweite ihrer zupackenden Hände schaffte.

Ich dachte: *Heute Nacht steht der Mond im dritten Viertel, und du kannst ihn nicht sehen, bevor du aus diesem Loch heraus bist.*

Also begann ich den Aufstieg.

XIII

Der Mond war dick und gelb über dem östlichen Horizont aufgegangen, beschien die üppige Dschungelvegetation, mit der die Südspitze der Insel überwuchert war, und vergoldete die Ostseite von John Eastlakes Herrenhaus, in dem er früher mit seiner Haushälterin und seinen sechs Mädchen gelebt hatte – einigermaßen glücklich, vermutete ich. Bevor Libbits Sturz aus dem Ponywägelchen alles verändert hatte. Er vergoldete auch das uralte, mit Korallen überkrustete Skelett, das auf einem Bett aus zertrampelten Ranken lag, die Jack und Wireman ausgerissen hatten, um an den Deckel über der Zisterne heranzukommen. Beim Anblick von Emery Paulsons sterblichen Überresten fiel mir eine Zeile von Shakespeare aus meiner Highschoolzeit ein, und ich sprach sie laut: »Fünf Faden tief liegt Vater dein; Perlen sind die Augen sein.«

Jack zitterte heftig, als hätte ihn ein schneidend kalter, feuchter Wind getroffen. Er schlang tatsächlich die Arme um seinen Oberkörper. Diesmal hatte er verstanden.

Wireman bückte sich und hob einen dünnen ausgestreckten Arm auf. Er zerbrach lautlos in drei Teile. Emery Paulson hatte lange, sehr lange im *caldo* gelegen. Aus dem mit Muscheln besetzten Käfig seiner Rippen ragte eine Harpune. Wireman wollte sie wiederhaben und musste die Spitze aus dem Boden ziehen, um sie an sich nehmen zu können.

»Wie habt ihr die Zwillinge aus der Hölle abgewehrt, obwohl die Pistole nicht geladen war?«, fragte ich.

Wireman stieß mit der Harpune in seiner Hand zu wie mit einem Dolch.

Jack nickte. »Genau. Ich hab mir eine aus seinem Gürtel geangelt und dasselbe getan. Ich weiß allerdings nicht, wie lange das auf Dauer gut gegangen wäre – sie waren wie tollwütige Hunde.«

Wireman steckte die silberne Harpune, die er gegen Emery eingesetzt hatte, wieder in seinen Gürtel. »Weil wir gerade von Dauer reden … wir sollten vielleicht über einen anderen Behälter für deine neue Puppe nachdenken. Was hältst du davon, Edgar?«

Er hatte recht. Irgendwie konnte ich mir nicht vorstellen, wie Perse die nächsten achtzig Jahre im Zylinder einer Taschenlampe Marke Garrity verbrachte. Ich begann mich bereits zu fragen, wie dünn die Wand zwischen Batteriefach und Lampengehäuse sein mochte. Und der Korallenbrocken, der in der Zisterne von der Wand gefallen war und beinahe das Table-Whisky-Fässchen zertrümmert hätte: War das ein Zufall gewesen … oder nach Jahren geduldiger Arbeit der abschließende Sieg des Geistes über die Materie? Perses Version eines Gefangenenausbruchs, bei dem man sich mit einem zugeschliffenen Esslöffel durch die Mauer gräbt?

Trotzdem hatte die Stablampe ihren Zweck erfüllt. Gott segne Jack Cantoris praktische Veranlagung. Nein, das war zu billig. *Gott segne Jack.*

»In Sarasota kenne ich einen Silberschmied«, sagte Wireman. »*Mexicano, muy talentoso.* Miss Eastlake hat – hatte – ein paar Sachen von ihm. Ich wette, ich könnte ihm den Auftrag geben, eine wasserdichte Röhre herzustellen, in der Platz für die Stablampe wäre. Dann hätten wir das, was Versicherungsgesellschaften und Footballtrainer doppelte Deckung nennen. Das Ding wäre nicht billig, aber was macht das schon? Wenn's keine langen Erbstreitereien gibt, werde ich ein stinkreicher Mann. Da hab ich mal Glück gehabt, *muchacho.*«

»*La lotería*«, sagte ich, ohne nachzudenken.

»*Sí*«, sagte er. »*La* gottverdammte *lotería.* Helft mir jetzt, Emery in die Zisterne zu kippen.«

Jack verzog das Gesicht. »Okay, aber ich … ich möchte ihn wirklich nicht anfassen.«

»Ich helfe bei Emery mit«, sagte ich. »Du bewachst die Lampe. Wireman? Los, bringen wir's hinter uns.«

Wir wälzten Emery zu zweit in das Loch, dann warfen wir die von ihm abgebrochenen Stücke hinterher – oder so viele wir finden konnten. Ich erinnere mich noch an sein versteinertes Korallengrinsen, als er in die Dunkelheit purzelte, um sich zu seiner jungen Frau zu gesellen. Und natürlich träume ich manchmal davon. In diesen Träumen höre ich, wie Adie und Em mich aus dem Dunkel rufen und mich fragen, ob ich nicht zu ihnen runterkommen will. Und manchmal tue ich das in diesen Träumen. Manchmal stürze ich mich in diesen finsteren, übel riechenden Schlund, nur um meinen Erinnerungen ein Ende zu machen.

Dies sind die Träume, aus denen ich schreiend hochfahre und dabei in der Dunkelheit mit einer Hand um mich schlage, die nicht mehr da ist.

XIV

Wireman und Jack schoben den Deckel wieder über die Zisterne, und dann gingen wir zu Elizabeth' Mercedes zurück. Das war ein langer, schmerzhafter Fußmarsch, und zuletzt ging ich eigentlich gar nicht mehr; ich taumelte. Mir kam es vor, als wäre die Uhr auf vergangenen Oktober zurückgestellt worden. Ich dachte bereits an die wenigen Oxycontin-Tabletten, die im Big Pink auf mich warteten. Ich würde gleich drei auf einmal schlucken, beschloss ich. Drei würden mehr tun, als mir die Schmerzen zu nehmen; mit etwas Glück würden sie mich so betäuben, dass ich wenigstens ein paar Stunden Schlaf fand.

Meine Freunde fragten mich beide, ob ich nicht den Arm um sie legen wollte. Ich lehnte ab. Das hier würde heute Nacht nicht mein letzter Fußmarsch sein; auch diesen Entschluss hatte ich bereits gefasst. Mir fehlte noch das letzte Stück des Puzzles, aber ich hatte eine Idee. Was hatte Elizabeth zu Wireman gesagt? *Sie werden es wollen, aber Sie dürfen nicht.*

Zu spät. Zu spät. Zu spät.

Die Idee war noch recht vage. Gar nicht vage war jedoch das Geräusch der Muscheln. Es war überall im Big Pink zu hören, aber damit es seine volle Wirkung entfaltete, musste man sich ihnen im Freien nähern. Dann hatte man am deutlichsten den Eindruck, Stimmen zu hören. Ich hatte so viele Nächte mit Malen vergeudet, in denen ich hätte zuhören können.

Heute Nacht würde ich zuhören.

Außerhalb der Torsäulen blieb Wireman stehen. »Abyssus abyssum invocat«, sagte er.

»Der Abgrund ruft nach dem Abgrund«, sagte Jack und seufzte.

Wireman sah mich an. »Glaubst du, dass es auf der Heimfahrt Schwierigkeiten geben wird?«

»Jetzt? Nein.«

»Und wir sind hier fertig?«

»Das sind wir.«

»Kommen wir jemals wieder her?«

»Nein«, sagte ich. Ich blickte zu der im Mondschein träumenden Ruine hinüber. Sie barg keine Geheimnisse mehr. Mir fiel ein, dass wir die herzförmige Blechschachtel der kleinen Libbit zurückgelassen hatten, aber das war vielleicht nur gut so. Sie blieb am besten hier. »Niemand kommt jemals wieder her.«

Jack sah mich neugierig und ein wenig ängstlich an. »Woher willst du das wissen?«

»Ich weiß es«, sagte ich.

21

Die Muscheln bei Mondschein

I

Die Rückfahrt auf der Straße verlief glatt. Der Geruch war noch da, aber er war jetzt besser – teils weil der Seewind ziemlich aufgefrischt hatte, teils einfach deshalb, weil … nun alles besser war.

Die Außenbeleuchtung des *Palacio* wurde von einem Zeitschalter gesteuert und sah wundervoll aus, als sie in der Dunkelheit funkelnd vor uns erschien. Im Haus ging Wireman methodisch durch alle Räume und machte überall noch mehr Licht. Er schaltete *alle* Lampen ein, bis das Haus, in dem Elizabeth den größten Teil ihres Lebens verbracht hatte, wie ein um Mitternacht in einen Hafen einlaufendes Kreuzfahrtschiff aussah.

Als der *Palacio* in vollem Lichterglanz erstrahlte, gingen wir nacheinander unter die Dusche und gaben dabei die mit Wasser gefüllte Taschenlampe wie einen Staffelstab weiter. Irgendjemand hatte ihn immer in der Hand. Erst Wireman, dann Jack, dann ich. Wer geduscht hatte, wurde von den beiden anderen genau untersucht und bekam alle Schnittverletzungen und Hautabschürfungen mit Wasserstoffperoxid eingepinselt. Ich hatte am meisten abbekommen, und als ich mich endlich wieder anzog, brannte mein ganzer Körper.

Ich war dabei, mir die Stiefel anzuziehen und sie mühsam mit einer Hand zu schnüren, als Wireman mit ernster Miene ins Gästezimmer kam. »Unten auf dem Anrufbeantworter ist eine Nachricht, die du dir anhören musst. Von der Polizei in Tampa. Komm, lass dir helfen.«

Er kniete sich vor mich und machte sich daran, mir die Stiefel zuzubinden. Ohne überrascht zu sein, sah ich, dass seine Haare grauer geworden waren ... und plötzlich wurde ich unruhig. Ich streckte die Hand aus und umklammerte seine muskulöse Schulter. »Die Lampe! Hat Jack ...«

»Keine Aufregung. Er sitzt in Miss Eastlakes ehemaligem Porzellansalon und hat sie auf dem Schoß liegen.«

Ich beeilte mich trotzdem. Ich weiß nicht mehr, was ich zu finden erwartete – vielleicht den Raum leer, die aufgeschraubte Taschenlampe inmitten eines feuchten Flecks auf dem Teppich, oder dass Jack durch eine Geschlechtsumwandlung zu dem dreiäugigen Miststück mit Krallenhänden geworden war, das sich aus dem zertrümmerten Keramikfässchen befreit hatte –, jedenfalls saß er einfach mit der Stablampe da und wirkte beunruhigt. Ich fragte ihn, ob mit ihm alles in Ordnung sei. Und sah ihm dabei scharf in die Augen. Falls er etwa ... übergelaufen war, so bildete ich mir ein, würde ich es an seinem Blick erkennen können.

»Mir geht's gut. Aber was dieser Cop auf Band gesprochen hat ...« Er schüttelte den Kopf.

»Okay, dann hören wir's uns mal an.«

Ein Mann, der sich als Detective Samson vorstellte, sagte, dass er Edgar Freemantle und Jerome Wireman erreichen wolle, um ihnen ein paar Fragen zu Mary Ire zu stellen. Vor allem wolle er Mr. Freemantle sprechen, falls dieser nicht schon nach Rhode Island oder Minnesota abgereist sei –

wohin der Leichnam von dessen Tochter nach Samsons Informationen zur Beisetzung überführt werden solle.

»Ich weiß, dass Mr. Freemantle um seine Tochter trauert«, sagte Samson, »und es sich eigentlich um Fragen des Providence P. D. handelt, aber wir wissen, dass Mr. Freemantle der mutmaßlichen Täterin erst vor Kurzem ein Interview gegeben hat, deshalb habe ich den Kollegen angeboten, mit ihm zu sprechen – und möglichst auch mit Ihnen, Mr. Wireman. Wenn dieses Gerät lange genug aufzeichnet, kann ich Ihnen vorab am Telefon erzählen, was Providence am meisten interessiert …« Das Band reichte aus. Und das letzte Stück des Puzzles fiel an seinen Platz.

11

»Edgar, das ist verrückt«, sagte Jack inzwischen zum dritten Mal, und seine Stimme klang allmählich verzweifelt. »Total irre.« Er wandte sich an Wireman. »Sag du's ihm!«

»Poco loco«, bestätigte Wireman, aber ich kannte den Unterschied zwischen *poco* und *muy*, selbst wenn Jack da keinen sah.

Wir standen auf dem Innenhof des *Palacio* zwischen Jacks Viertürer und Elizabeth' altem Mercedes. Der Mond stand höher am Himmel, der Seewind hatte noch mehr aufgefrischt. Die Brandung donnerte an den Strand, und eine Meile von hier würden die Muscheln unter dem Big Pink alle möglichen seltsamen Dinge besprechen: *muy asustador.* »Aber ich glaube, ich könnte die ganze Nacht auf ihn einreden, ohne ihn umstimmen zu können.«

»Weil du weißt, dass ich recht habe«, sagte ich.

»*Tu perdón, amigo, vielleicht* hast du ja recht«, sagte er. »Ich will dir was sagen: Wireman hat die Absicht, sich auf seine fetten, alternden Knie niederzulassen und dafür zu beten, dass du recht hast.«

Jack deutete auf die Stablampe in meiner Hand. »Nimm wenigstens *die* nicht mit«, sagte er. »Entschuldige meine Ausdrucksweise, Boss, aber das ist echt eine beschissene Idee!«

»Ich weiß, was ich tue«, sagte ich und betete zu Gott, dass das stimmte. »Und ihr bleibt beide hier, verstanden? Versucht nicht, mir zu folgen.« Ich hob die Taschenlampe und zeigte damit auf Wireman. »Bei deiner Ehre.«

»Also gut, Edgar. Meine Ehre ist etwas zerschlissen, aber ich gebe dir mein Wort. Eine praktische Frage: Weißt du bestimmt, dass zwei Tylenol genügen, damit du auf zwei Beinen den Strand entlang zu deinem Haus kommst, oder legst du das letzte Stück kriechend zurück?«

»Ich komme aufrecht hin.«

»Und du rufst an, wenn du dort bist.«

»Das tue ich.«

Er breitete die Arme aus, und ich trat näher, damit er mich umarmen konnte. Er küsste mich auf beide Wangen. »Ich liebe dich, Edgar«, sagte er. »Du bist ein Teufelskerl. *Sano como una manzana.*«

»Was heißt das wieder?«

Er zuckte mit den Schultern. »Bleib gesund. Oder so was in der Art.«

Jack streckte mir die Hand hin – die linke, der Junge war gelehrig – und entschied dann, dass eigentlich doch eine Umarmung angebracht war. Dabei flüsterte er mir ins Ohr: »Gib mir die Lampe, Boss.«

Ich antwortete ebenso leise: »Kann nicht. Sorry.«

Ich folgte dem gepflasterten Weg, der zur Rückseite des Hauses führte, wo der Holzsteg hinunter zum Strand begann. Am Ende dieses Holzstegs hatte ich vor ungefähr tausend Jahren den bulligen Mann kennengelernt, den ich jetzt hinter mir zurückließ. Er hatte unter einem gestreiften Sonnenschirm gesessen. Er hatte mir grünen Eistee angeboten, sehr erfrischend. Und er hatte gesagt: *So – der hinkende Fremde trifft ein.*

Und nun geht er wieder, dachte ich.

Ich drehte mich um. Die beiden sahen mir nach.

»*¿Muchacho?*«, rief Wireman.

Ich dachte, er würde mich auffordern, zurückzukommen, damit wir über die Sache noch ein bisschen länger nachdenken und ein bisschen länger diskutieren konnten. Aber ich hatte ihn unterschätzt.

»*Vaya con Dios, mi hombre.*«

Ich winkte ihm ein letztes Mal zu, dann ging ich um die Hausecke weiter.

III So begab ich mich dann auf meine letzte Große Strandwanderung – hinkend und unter Schmerzen wie bei den ersten an diesem mit Muscheln übersäten Strand. Nur hatten sie damals alle im rosigen Licht des Tagesanbruchs stattgefunden, als die Welt am stillsten war und die einzigen Bewegungen von dem sanften Wellenschlag und den in braunen Wolken vor mir auffliegenden Piepser kamen. Diesmal war es anders. In dieser Nacht tobten der Sturm und die Wellen, die am Strand nicht sanft ausliefen, sondern dort Selbstmord begingen. Weiter draußen glänzten die Schaumkronen der Brecher im Mondschein, und ich glaubte mehrmals, aus den Augenwinkeln heraus die *Perse* zu erkennen, aber wenn ich wirklich hinsah, war nichts zu sehen. Vor meinem Strandabschnitt gab es in dieser Nacht nur mondhelles Meer.

Ich schlingerte weiter, hielt die Stablampe mit der Hand umklammert und dachte an den Tag, an dem ich hier mit Ilse gewandert war. Sie hatte mich gefragt, ob dies der schönste Ort der Welt sei, und ich hatte ihr versichert, dass es mindestens drei weitere gebe, die schöner seien … aber ich wusste nicht mehr, welche ich ihr genannt hatte, sondern nur noch, dass sie schwierig zu buchstabieren waren. Am deutlichsten erinnerte ich mich daran, dass sie gesagt hatte, ich hätte diesen schönen Ort verdient. Und die Zeit, um mich auszuruhen und zu genesen.

Dann kamen die Tränen, und ich versuchte sie nicht daran zu hindern. Die Hand, mit der ich sie hätte wegwischen können, hielt die Taschenlampe, also ließ ich sie kommen.

IV

Ich hörte das Big Pink, bevor ich es wirklich sah. Die Muscheln unter dem Haus waren noch nie so laut gewesen. Ich ging noch ein Stück weiter, dann machte ich halt. Es stand nun dicht vor mir: ein schwarzer Klotz, der die Sterne verdeckte. Nach weiteren vierzig oder fünfzig langsamen, hinkenden Schritten ließ mich der Mondschein allmählich Einzelheiten erkennen. Nirgends brannte Licht, auch nicht in der Küche und im Florida-Raum, wo ich das Licht immer anließ. Daran konnte ein vom Sturm verursachter Stromausfall schuld sein, aber das glaubte ich eigentlich nicht.

Ich merkte, dass die Muscheln mit einer Stimme sprachen, die ich erkannte. Kein Wunder; schließlich war es meine eigene. Hatte ich das nicht schon immer gewusst? Vermutlich schon. Ich glaube, auf irgendeiner Ebene, außer wir sind geistesgestört, kennen die meisten von uns die verschiedenen Stimmen der eigenen Fantasie.

Und natürlich die unserer Erinnerungen. Auch die haben Stimmen. Fragen Sie jeden, der jemals einen Arm, ein Bein, ein Kind oder einen lang gehegten Traum eingebüßt hat. Fragen Sie jeden, der jemals eine schlechte Entscheidung getroffen hat, im Allgemeinen in einem unbedachten Augenblick (der fast immer *rot* ist). Auch unsere Erinnerungen haben Stimmen. Oft traurige, die wie im Dunkel erhobene Arme Aufmerksamkeit zu fordern scheinen.

Ich ging weiter und hinterließ eine Fährte, der man den lahmenden Fuß ansah. Der verdunkelte Klotz des Hauses wurde größer. Das Big Pink war keine Ruine wie das Heron's Roost, aber heute Nacht spukte es darin. Heute Nacht wartete dort ein Geist. Oder vielleicht etwas, das ein wenig handfester war.

Eine Bö fiel über mich her, und ich sah nach links, in ihre drängende Kraft hinein. Jetzt lag das Schiff wirklich dort draußen: unbeleuchtet und still, mit im Wind flatternden zerfetzten Segeln, abwartend.

Könntest ebenso gut gehen, sagten die Muscheln, als ich im Mondschein keine zwanzig Schritt von meinem Haus entfernt stand. *Zieh einen Schlussstrich – das ist möglich, niemand weiß es besser als du –, und segle einfach davon. Lass diese Traurigkeit hinter dir.* If you want to play you gotta pay. *Und das Beste daran?*

»Das Beste daran ist, dass ich nicht allein gehen müsste«, sagte ich.

Wieder eine Bö. Die Muscheln murmelten. Und aus der Finsternis unter dem Haus, wo sie eine sechs Fuß hohe Kalkschicht bildeten, löste sich ein noch dunklerer Schatten und trat heraus ins Mondlicht. Er blieb einen Augenblick vornübergebeugt stehen, als würde er nachdenken, und kam dann langsam auf mich zu.

Sie kam langsam auf mich zu. Aber nicht Perse; Perse war ertränkt, damit sie weiterschlief.

Ilse.

V

Sie ging nicht; ich erwartete nicht, dass sie gehen konnte. Sie schlurfte. Es war ein Wunder – ein schwarzes Wunder –, dass sie überhaupt in der Lage war, sich zu bewegen.

Nach dem letzten Telefonat mit Pam (man konnte es eigentlich nicht als Gespräch bezeichnen) hatte ich das Big Pink durch die Hintertür verlassen und den Stiel des Besens abgebrochen, mit dem ich sonst den Sand von dem Weg zum Briefkasten fegte. Dann war ich zu dem Strandbereich hinuntergegangen, wo der Sand feucht glänzte. Was danach gekommen war, hatte ich verdrängt, weil ich mich nicht daran erinnern wollte. Natürlich nicht. Aber jetzt tat ich es, jetzt musste ich es tun, weil hier die Arbeit meiner Hände vor mir stand. Sie war Ilse … und doch nicht Ilse. Ihr Gesicht war da, dann verschwamm es und war nicht mehr da. Ihr Körper war da, dann verschwammen seine Umrisse, bevor die Konturen zurückkehrten. Während sie sich bewegte, fielen ihr kleine Stücke von dürrem Strandhafer und Muschelstückchen von Wangen, Brust, Hüften und Beinen. Im Mondschein glänzte ein Auge, das herzzerreißend klar, herzzerreißend *ihres* war, und dann war es fort, nur um kurz darauf erneut im Mondlicht zu strahlen.

Die Ilse, die auf mich zugeschlurft kam, war aus Sand.

»Daddy«, sagte sie. Ihre Stimme klang trocken, mit kratzigem Unterton – als ob in ihrem Stimmapparat ein paar Muscheln steckten. Das war vermutlich der Fall.

Sie werden es wollen, aber Sie dürfen nicht, hatte Elizabeth gesagt … aber manchmal können wir nicht anders.

Das Sandmädchen streckte einen Arm nach mir aus. Eine Bö kam, und die Finger am Ende der Hand verschwammen, als weggeblasene feine Sandkörner sie dünn wie Knochen werden ließen. Dann wirbelte um sie herum Sand auf und machte ihre Hand wieder dicker. Ihre Gesichtszüge veränderten sich wie eine Landschaft unter rasch ziehenden Sommerwolken. Das war faszinierend … hypnotisch.

»Gib mir die Taschenlampe«, sagte sie. »Dann gehen wir miteinander an Bord. Auf dem Schiff kann ich sein, wie du mich in Erinnerung hast. Oder … du brauchst dich an nichts mehr zu erinnern.«

Die Wogen waren auf dem Vormarsch. Sie tobten unter den Sternen heran, eine nach der anderen. Unter dem Mond. Unter dem Big Pink sprachen die Muscheln laut: meine Stimme, die mit sich selbst im Streit lag. Hol den Freund. Ich gewinne. Setz dich auf den Kumpel. Du gewinnst. Hier vor mir stand Ilse – aus Sand gemacht, eine sich wandelnde Huri im Licht des zu drei Vierteln vollen Mondes, ihre Züge keine zwei Sekunden hintereinander dieselben. Jetzt war sie Illy mit neun; jetzt war sie Illy mit fünfzehn auf dem Weg zu ihrem ersten richtigen Date; jetzt war sie Illy, wie sie ausgesehen hatte, als ich sie im Dezember am Flughafen abgeholt hatte: das Collegegirl Illy mit einem Verlobungsring am Finger. Hier stand die Tochter, die ich immer am meisten geliebt hatte – hatte Perse sie nicht deshalb ermordet? –, und streckte die Hand nach der Lampe aus. Die Lampe war meine Bordkarte für eine lange Kreuzfahrt auf dem Meer des Vergessens. Natürlich konnte dieser Teil eine Lüge sein … aber manchmal müssen wir etwas riskieren. Und meistens tun wir es. Wie Wireman sagt, wir betrügen uns so oft selbst, dass wir davon unseren Lebensunterhalt bestreiten könnten.

»Mary hat Salz mitgebracht«, sagte ich. »Mehrere Tüten voll. Sie hat es in die Wanne gekippt. Die Polizei wollte wissen, weshalb. Aber sie würde die Wahrheit nie glauben, nicht wahr?«

Sie stand vor mir, in ihrem Rücken die tosend gegen den Strand anbrandenden Wellen. Sie stand da, wurde weggeblasen und erneuerte sich aus dem Sand unter ihr und dem Sand, der sie umgab. Sie stand da und sagte nichts, hielt nur den Arm ausgestreckt, um in Empfang zu nehmen, was sie zu holen gekommen war.

»Dich in den Sand zu zeichnen war nicht genug. Selbst dass Mary dich ertränkt hat, war nicht genug. Sie musste dich in Salzwasser ertränken.« Ich sah hinunter auf die Taschenlampe. »Perse hat ihr genau gesagt, was sie tun soll.«

»Gib sie mir, Daddy«, sagte das sich ständig wandelnde Sandmädchen. Ihre Hand blieb ausgestreckt. Nur war sie wegen des stürmischen Windes manchmal eine Kralle. Obwohl immer wieder mit aufgewirbeltem Sand gefüttert, damit sie pummelig blieb, war sie manchmal eine Kralle. »Gib sie mir, dann können wir gehen.«

Ich seufzte. Manche Dinge waren eben unvermeidlich.

»Also gut.« Ich trat einen Schritt auf sie zu. Mir fiel eine weitere Redensart Wiremans ein: *Letzten Endes erschöpfen wir unsere Sorgen doch immer.* »Also gut, Miss Cookie. Aber das kostet dich etwas.«

»Kostet mich was?« Ihre Stimme klang wie Sand, der gegen eine Fensterscheibe geworfen wird. Wie das knirschende Mahlen der Muscheln. Aber auch wie Ilses Stimme. Die meines If-So-Girls.

»Nur einen Kuss«, sagte ich, »solange ich noch lebe, um ihn zu spüren.« Ich lächelte. Ich konnte meine Lippen nicht spüren – sie waren taub –, aber ich konnte spüren, wie die sie umgebenden Muskeln sich spannten. Nur ein wenig. »Ich schätze, er wird ziemlich sandig sein, aber ich stelle mir einfach vor, du hättest am Strand gespielt. Burgen gebaut.«

»Also gut, Daddy.«

Sie kam heran, bewegte sich mit eigenartig schlurfendem Schritt, der kein Gehen war, und aus der Nähe brach die Illusion völlig zusammen. Es war, als würde man mit den Augen ganz nah an ein Gemälde herangehen und beobachten, wie das Motiv – Porträt, Landschaft, Stillleben – sich in farbige Striche auflöst, von denen die meisten noch Pinselspuren tragen. Ilses Gesichtszüge verschwanden. Wo sie gewesen waren, sah ich jetzt nur einen rasenden Zyklon aus Sand und winzigen Muschelstückchen. Was ich roch, war nicht Haut und Haar, sondern nur Salzwasser.

Bleiche Arme griffen nach mir. Im Wind lösten sich dünne Sandfahnen von ihnen ab. Der Mond schien durch sie hindurch. Ich hielt die Stablampe hoch. Sie war kurz. Und ihr Zylinder bestand aus Kunststoff, nicht aus rostfreiem Stahl.

»Aber du solltest sie dir vielleicht genau ansehen, bevor du Küsse verteilst«, sagte ich. »Die hier kommt aus dem

Handschuhfach von Jack Cantoris Wagen. Die andere mit Perse darin ist in Elizabeth' Safe eingesperrt.«

Das Wesen erstarrte, und als es das tat, raubte der Seewind ihm die letzte Ähnlichkeit mit einem Menschen. In diesem Augenblick war ich mit nichts als einem wirbelnden Sandsturm konfrontiert. Ich ging jedoch kein Risiko ein; hinter mir lag ein anstrengender Tag, und ich wollte nicht leichtsinnig sein, zumal meine Tochter irgendwo … nun, irgendwo anders war … und auf ihre letzte Ruhe wartete. Ich hielt die Lampe mit der Faust umklammert und schwang den Arm mit voller Kraft, wobei Nan Meldas silberne Armreife nach unten über mein Handgelenk rutschten. Ich hatte sie in der Spüle im *Palacio* sorgfältig gesäubert, und sie klirrten.

Noch dazu hatte ich eine der Harpunen mit Silberspitzen hinter der linken Hüfte im Gürtel stecken, aber die brauchte ich nicht. Der Sandteufel explodierte in alle Richtungen. Ein Wut- und Schmerzensschrei gellte durch meinen Kopf. Gott sei Dank brach er rasch ab, ich glaube, sonst hätte er mich zerrissen. Dann nahm ich nichts mehr wahr außer dem Geräusch der Muscheln unter dem Big Pink und einer kurzen Verdüsterung der Sterne über den Dünen rechts von mir, als die letzten Sandreste in einem chaotischen Wirbel fortgeweht wurden. Der Golf war wieder leer bis auf die im Mondschein glänzenden Wogen, die sich auf den Strand zuwälzten. Die *Perse* war verschwunden, falls sie überhaupt jemals da gewesen war.

Meine Knie gaben nach, und ich plumpste in den Sand. Vielleicht würde ich das restliche Wegstück doch noch kriechend zurücklegen. Falls ja, war's kein weiter Weg. Im Augenblick wollte ich nur dasitzen und den Muscheln zuhören. Mich eine Weile ausruhen. Dann würde ich vielleicht aufstehen, die letzten etwa zwanzig Meter zurücklegen, hineingehen und Wireman anrufen können. Ihm sagen, dass mir nichts fehlte. Ihm sagen, dass es geschafft war, dass Jack jetzt kommen und mich abholen konnte.

Aber vorerst würde ich nur dasitzen und den Muscheln zuhören, die nicht mehr mit meiner Stimme, auch mit keiner anderen zu sprechen schienen. Vorerst würde ich nur allein hier im Sand sitzen, aufs Meer hinausblicken und an meine Tochter Ilse Marie Freemantle denken, die bei der Geburt 2830 Gramm gewogen hatte, deren erstes Wort *Hund* gewesen war, die einmal einen auf ein Blatt Pauspapier gekritzelten großen braunen Ballon heimgebracht und überglücklich gerufen hatte: »Hab ein Pild von dir demalt, Daddy!«

Ilse Marie Freemantle.

Ich erinnere mich gut an sie.

22 Juni

I

Ich steuerte den Außenborder mitten auf den Lake Phalen hinaus und stellte den Motor ab. Wir trieben auf die kleine orangerote Boje zu, die ich hier zurückgelassen hatte. Ein paar Sportboote flitzten auf der spiegelglatten Seefläche umher, aber keine Segelboote; der Tag war vollkommen windstill. Wir sahen ein paar Kinder auf dem Spielplatz, ein paar Ausflügler auf der Picknickwiese, ein paar Leute auf dem nächsten Wanderweg, der am Ufer entlangführte. Insgesamt jedoch, für einen See, der tatsächlich innerhalb der Stadtgrenzen liegt, war die Gegend fast menschenleer.

Wireman – der mit Anglermütze und Wikingerpullover ungewohnt unfloridamäßig aussah – äußerte seine Verwunderung darüber.

»Noch sind keine Ferien«, sagte ich. »Warte ein paar Wochen, dann wimmelt's hier von Booten.«

Er sah sich unbehaglich um. »Ist dies dann der richtige Platz für sie, *muchacho?* Ich meine, wenn sie einem Fischer ins Netz geht …«

»Netzfischerei ist auf dem Lake Phalen verboten«, erwiderte ich, »und Angler gibt's hier auch nicht viele. Dieser See gehört fast ausschließlich den Sportbooten. Und in Ufernähe den Schwimmern.« Ich beugte mich nach vorn und hob den Zylinder auf, den der Silberschmied in Sarasota angefertigt hatte. Er war fast einen Meter lang und wies an einem Ende einen massiven Schraubverschluss auf. Jetzt war er mit Süßwasser gefüllt und enthielt die ebenfalls mit Wasser gefüllte Stablampe. Perse war in doppelter Dunkelheit eingeschlossen, im Schlaf von zwei Schichten Süßwasser umgeben. Bald würde sie noch tiefer schlafen.

»Wunderschöne Arbeit«, sagte ich.

»Allerdings«, bestätigte Wireman und beobachtete, wie der Zylinder im Nachmittagssonnenschein glänzte, als ich ihn hin und her drehte. »Und nichts dran, worin sich ein Haken verfangen könnte. Trotzdem wär mir wohler, wenn wir das Ding in einem See oben an der kanadischen Grenze versenken würden.«

»Wo *wirklich* jemand kommen könnte, der ein Netz durch den See schleppt«, sagte ich. »Öffentlich sichtbar verstecken – das ist keine schlechte Methode.«

Drei junge Frauen in einem Sportboot flitzten an uns vorbei. Sie winkten. Wir winkten zurück. Eine von ihnen rief: *»Wir lieben süße Jungs!«*, und alle drei lachten.

Wireman salutierte lächelnd mit zwei Fingern am Mützenschirm, dann wandte er sich wieder mir zu. »Wie tief ist's hier draußen? Weißt du das? Diese kleine orangerote Flagge lässt darauf schließen, dass du's weißt.«

»Okay, ich erzähl's dir. Ich habe mich etwas genauer über den Lake Phalen informiert – was vermutlich überfällig war, nachdem Pam und ich das Haus in der Aster Lane vor fast fünfundzwanzig Jahren gekauft haben. Seine mittlere Tiefe beträgt achtundzwanzig Meter ... außer an dieser Stelle, wo sich eine Erdspalte befindet.«

Wireman entspannte sich und schob seine Mütze etwas aus der Stirn zurück. »Ah, Edgar. Wireman denkt, dass du noch immer *el zorro* bist, noch immer der Fuchs.«

»Vielleicht *sí*, vielleicht *no*, aber unter dieser kleinen orangeroten Flagge liegen hundertfünfzehn Meter Wasser. Mindestens hundertfünfzehn Meter. Das ist verdammt viel besser als eine dreieinhalb Meter tiefe Zisterne in Korallengestein an der Küste des Golfs von Mexiko.«

»Amen.«

»Du siehst gut aus, Wireman. Ausgeruht.«

Er zuckte mit den Schultern. »Mit dieser Gulfstream macht das Fliegen richtig Spaß. Man muss nicht anstehen und sich kontrollieren lassen, und niemand wühlt einem das Handgepäck durch, um sich zu vergewissern, dass man seine bescheuerte kleine Dose Rasierschaum nicht zu einer Bombe umgebaut hat. Und ich hab's zum ersten Mal in meinem Leben geschafft, ohne Zwischenlandung in Scheiß-Atlanta nach Norden zu fliegen. Danke … obwohl ich mir den Flug selbst hätte leisten können, wie's inzwischen aussieht.«

»Du hast dich wohl mit Elizabeth' Verwandten geeinigt?«

»Ja. Hab mich an deinen Vorschlag gehalten. Hab ihnen das Haus und den Nordteil der Insel angeboten, wenn ich dafür das Bargeld und die Aktien bekomme. Sie hielten das für einen äußerst fairen Deal, und ich konnte sehen, wie ihre Anwälte dachten: ›Wireman ist selbst Anwalt, aber heute hat er einen Trottel als Mandanten.‹«

»Ich bin anscheinend nicht der einzige *zorro* in diesem Boot.«

»Ich werde mit ungefähr achtzig Millionen Dollar in bar und in Aktien und mit verschiedenen Andenken aus dem Haus rauskommen. Unter anderem auch mit Miss Eastlakes Keksdose von Sweet Owen. Glaubst du, dass sie uns damit etwas zu erzählen versucht hat, *'chacho?*«

Ich dachte daran, wie Elizabeth verschiedene Porzellanfiguren in die Dose gesteckt und dann darauf bestanden hatte, dass Wireman sie in den Goldfischteich warf. Natürlich hatte sie versucht, ihm etwas mitzuteilen.

»Die Verwandten haben den Norden von Duma Key, Wert nach Erschließung ... nun, nach oben hin gibt's keine Grenze. Neunzig Millionen?«

»Zumindest glauben sie das.«

»Ja«, bestätigte er wieder ernst. »Zumindest glauben sie das.« Wir saßen uns einige Zeit schweigend gegenüber. Dann nahm er mir den Zylinder ab. Auf seiner Seite erblickte ich mein durch die Krümmung verzerrtes Spiegelbild. Mich so zu sehen störte mich nicht, aber ich betrachte mich nur noch sehr selten im Spiegel. Nicht, dass ich gealtert wäre; ich mache mir nur nichts mehr aus den Augen des Freemantle-Burschen. Sie haben zu viel gesehen.

»Wie geht's deiner Frau und deiner Tochter?«

»Pam ist draußen in Kalifornien bei ihrer Mutter. Melinda ist wieder in Frankreich. Nach Illys Beerdigung ist sie eine Zeit lang bei Pam geblieben, aber dann doch zurückgegangen. Das war die richtige Entscheidung, glaube ich. Sie lebt ihr Leben weiter.«

»Was ist mit dir, Edgar? Lebst du dein Leben weiter?«

»Ach, ich weiß nicht. Hat Scott Fitzgerald nicht gesagt, im amerikanischen Leben gebe es niemals einen zweiten Akt?«

»Ja, aber er hatte sich schon dämlich gesoffen, als er das gesagt hat.« Wireman legte den Zylinder vor seinen Füßen ab und beugte sich nach vorn. »Hör mir zu, Edgar, und hör mir gut zu. In Wirklichkeit sind es fünf Akte, nicht nur im amerikanischen Leben – in jedem Leben, das voll gelebt wird. Wie in jedem Bühnenstück von Shakespeare, egal, ob Komödie oder Tragödie. Aus diesen beiden Zutaten besteht unser Leben nämlich – Komödie und Tragödie.«

»Für mich waren Lacher in letzter Zeit eher selten«, sagte ich.

»Klar doch«, bestätigte er, »aber der dritte Akt besitzt Potenzial. Ich bin jetzt in Mexiko. Hab ich dir schon erzählt, stimmt's? In Tamazunchale, einer schönen Kleinstadt in den Bergen.«

Ich versuchte mich an dem Ortsnamen.

»Dir gefällt, wie klangvoll er von deiner Zunge rollt. Das merkt Wireman dir an.«

Ich lächelte. »Na ja, der Klang ist nicht schlecht.«

»Dort steht ein heruntergekommenes Hotel zum Verkauf, und ich überlege, ob ich es kaufen soll. Man müsste drei Jahre lang Verluste verkraften, bis der Laden Gewinn abwirft, aber ich schwimme neuerdings in Geld. Ich könnte jedoch einen Partner brauchen, der etwas von Bau und Instandhaltung versteht. Wenn du dich natürlich weiter auf die Malerei konzentrierst …«

»Ich glaube, das weißt du besser.«

»Was sagst du also? *Let us marry our fortunes together.*«

»Simon und Garfunkel, 1969«, sagte ich. »Oder um den Dreh. Ich weiß nicht recht, Wireman. Das kann ich im Moment noch nicht entscheiden. Ich muss noch ein weiteres Bild malen.«

»Das musst du allerdings. Wie stark wird dieser Sturm übrigens sein?«

»Weiß ich noch nicht. Aber Channel Six wird begeistert sein.«

»Allerdings mit reichlich Vorwarnung, stimmt's? Sachschäden sind in Ordnung, aber es gibt keine Toten.«

»Keine Toten«, bestätigte ich. Das stimmte hoffentlich, aber sobald mein Phantomarm sich ungehemmt austoben durfte, konnte ich für nichts garantieren. Deshalb musste ich meine zweite Karriere beenden. Aber dieses letzte Bild *würde* es geben, weil ich die Absicht hatte, mich gründlich zu rächen. Und nicht nur wegen Illy, sondern auch wegen all der früheren Opfer Perses.

»Hörst du manchmal was von Jack?«, fragte Wireman.

»Ungefähr einmal pro Woche. Er studiert ab Herbst an der FSU in Tallahassee. Auf meine Kosten. Bis dahin ziehen seine Mutter und er ein Stück weit die Küste hinunter nach Port Charlotte.«

»Auch auf deine Kosten?«

»Äh … ja. Seit Jacks Vater an Morbus Crohn gestorben ist, haben seine Mutter und er es wirklich nicht einfach gehabt.«

»Auch deine Idee?«

»Wieder richtig.«

»Du glaubst also, dass Port Charlotte südlich genug liegt, um ihn aus der Gefahrenzone zu halten.«

»Ich denke schon.«

»Und nach Norden hin? Wie steht's mit Tampa?«

»Höchstens Regenschauer. Der Sturm wird ziemlich eng begrenzt sein. Begrenzt, aber heftig.«

»Eine kompakte kleine Alice. Wie die von 1927.«

»Ja.«

Während wir dasaßen und einander ansahen, kamen die drei jungen Frauen mit ihrem Sportboot wieder vorbei, lachten noch lauter und winkten noch begeisterter. Ah, süßer Vogel Jugend, beflügelt von alkoholischen Mixgetränken am Nachmittag. Wir winkten zurück.

Als sie fort waren, sagte Wireman: »Miss Eastlakes Verwandte werden sich nie Sorgen wegen Baugenehmigungen auf ihrem neuen Besitz machen müssen, oder?«

»Ich glaube nicht, nein.«

Er dachte darüber nach, dann nickte er. »Gut. Schick die ganze Insel auf den Meeresgrund. Ist mir nur recht.« Er griff nach dem Silberzylinder, konzentrierte seine Aufmerksamkeit auf die kleine orangerote Flagge über der Spalte, die mitten durch den Lake Phalen lief, und sah wieder mich an. »Möchtest du irgendwelche abschließenden Worte sprechen, *muchacho?*«

»Ja«, sagte ich, »aber nicht viele.«

»Dann halt dich bereit.« Wireman drehte sich auf den Knien zur Seite und hielt den Silberzylinder über die Bordwand. Er glitzerte im Sonnenlicht – hoffentlich zum letzten Mal in mindestens tausend Jahren, aber ich hatte so eine Ahnung, dass Perse gut darin war, einen Weg zur Wasseroberfläche zu finden. Dass sie es schon früher geschafft hatte, dass sie es erneut schaffen würde. Selbst von Minnesota aus würde sie irgendwie in den *caldo* zurückfinden.

Ich sprach die Worte, die ich mir zurechtgelegt hatte. »Schlafe *auf ewig.*«

Wiremans Finger öffneten sich. Im nächsten Augenblick war ein leises Platschen zu hören. Wir beugten uns über den Bootsrand und verfolgten, wie der silberne Zylinder rasch außer Sicht kam, mit einem letzten Aufblitzen im Sonnenlicht, das seinen Abstieg markierte.

II Wireman blieb an diesem Abend und auch am nächsten. Wir aßen englisch gebratene Steaks, tranken nachmittags grünen Tee und sprachen über Gott und die Welt, nur nicht über alte Zeiten. Dann fuhr ich ihn zum Flughafen, von dem aus er nach Houston fliegen würde. Dort wollte er sich einen Mietwagen nehmen und nach Süden weiterfahren. Ein bisschen vom Land sehen, wie er sagte.

Ich bot an, ihn bis zu den Personenkontrollen zu begleiten, aber er schüttelte den Kopf. »Du solltest nicht zusehen müssen, wie Wireman auf Geheiß eines jungen Business-School-Absolventen seine Schuhe auszieht«, sagte er. »Wir sagen hier *adiós*, Edgar.«

»Wireman …«, begann ich, aber dann konnte ich nicht weitersprechen. Ich hatte einen Kloß im Hals.

Er zog mich in die Arme und küsste mich nachdrücklich auf beide Wangen. »Hör auf mich, Edgar. Es ist Zeit für den dritten Akt. Du verstehst, was ich meine?«

»Ja«, sagte ich.

»Komm nach Mexiko runter, wenn du so weit bist. Und wenn du möchtest.«

»Ich werde darüber nachdenken.«

»Tu das. *Con Dios, mi amigo; siempre con Dios.*«

»Gleichfalls, Wireman. Gleichfalls.«

Ich sah ihm nach, als er mit seiner Reisetasche über der Schulter davonging. Plötzlich erinnerte ich mich sehr deutlich an seine Stimme in der Nacht, in der Emery mich im Big Pink angegriffen hatte – wie Wireman *cojudo de puta madre* gebrüllt hatte, bevor er dem Untoten den Kerzenleuchter ins Auge gerammt hatte. Er war prachtvoll gewesen. Ich versuchte, ihn durch Willenskraft dazu zu bringen, sich ein letztes Mal umzudrehen … und das tat er. Er musste einen

Gedanken aufgeschnappt haben, wie meine Mutter gesagt hätte. Oder eine Intuition gehabt haben. Das hätte Nan Melda gesagt.

Ein Grinsen erhellte seine Gesicht, als er mich noch dastehen sah. »Lebe den Tag, Edgar!«, rief er. Leute drehten sich um, starrten ihn erschrocken an.

»Und lass den Tag dich leben!«, antwortete ich ebenso laut.

Er grüßte, indem er lachend zwei Finger an den Mützenschirm legte, und ging zu seinem Flugsteig davon. Und natürlich besuchte ich später tatsächlich seine Kleinstadt im Süden, aber obwohl Wireman durch seine Redensarten in mir weiterlebt – ich denke stets nur in der Gegenwartsform an sie –, habe ich den Mann selbst nie wiedergesehen. Er starb zwei Monate später an einem Herzinfarkt, während er auf dem Markt in Tamazunchale um frische Tomaten feilschte. Ich dachte, wir hätten noch Zeit, aber solches Zeug denken wir immer, nicht wahr? Wir betrügen uns so häufig selbst, dass wir davon unseren Lebensunterhalt bestreiten könnten.

III In dem Haus in der Aster Lane stand meine Staffelei im Wohnzimmer, wo das Licht gut war. Die darauf gestellte Leinwand war mit einem Handtuch abgedeckt. Daneben, auf dem Tisch mit meinen Ölfarben, lagen mehrere Luftaufnahmen von Duma Key, die ich jedoch kaum eines Blickes gewürdigt hatte. Ich sah Duma Key in meinen Träumen; ich sehe es noch immer.

Ich warf das Handtuch auf die Couch. Im Vordergrund

meines Gemäldes – meines letzten Gemäldes – stand das Big Pink, das so realistisch dargestellt war, dass ich fast hören konnte, wie jede hereinkommende Welle die Muscheln unter dem Haus knirschen ließ.

Gegen einen der Fundamentpfähle gelehnt, der perfekte surrealistische Touch, saßen nebeneinander zwei Stoffpuppen mit rotem Schopf. Links saß Reba. Rechts saß Fancy, die Kamen mir aus Minnesota mitgebracht hatte. Die Illys Idee gewesen war. Das Meer, das in meiner Zeit auf Duma Key meistens so blau gewesen war, hatte ich in einem stumpfen, unheilvollen Grün gemalt. Der Himmel über dem Golf war voller schwarzer Wolken, die sich am oberen Bildrand zusammenballten und sich in der Masse nicht mehr sichtbar abhoben.

Mein rechter Arm begann zu jucken, und dieses vertraute Gefühl, Macht zu besitzen, floss erst in mich hinein, dann durch mich hindurch. Ich konnte mein Bild fast mit dem Auge eines Gottes … oder einer Göttin sehen. Auf dies alles konnte ich verzichten, aber es würde nicht einfach sein.

Wenn ich Bilder malte, verliebte ich mich in die Welt.

Wenn ich Bilder malte, fühlte ich mich heil und ganz.

Ich malte eine Zeit lang, dann legte ich den Pinsel weg. Mit dem Daumenballen vermischte ich Gelb und Braun, und damit ging ich … ganz, ganz leicht … über den gemalten Strand, über dem nun die ersten kleinen Windstöße Sandschleier aufzuwirbeln schienen.

Unter dem dräuend schwarzen Himmel eines aufziehenden Sommergewitters kam auf Duma Key Wind auf.

Wie man ein Bild zeichnet (XII)

Erkennen Sie selbst, wann Sie fertig sind, und legen Sie dann augenblicklich Stift oder Pinsel weg. Der gesamte Rest ist nur noch Leben.

Februar 2006 – Juni 2007

Nachwort

Ich habe mir einige Freiheiten mit der Geografie von Floridas Westküste sowie ihrer Geschichte herausgenommen. Obwohl Dave Davis wirklich gelebt hat und tatsächlich verschwunden ist, wird er hier romanhaft verwendet.

Und niemand in Florida nennt außerhalb der Saison auftretende Stürme »Alice« – niemand außer mir.

Ich danke meiner Frau, der Schriftstellerin Tabitha King, die dieses Buch in einem frühen Entwurf gelesen und wertvolle Veränderungen vorgeschlagen hat; die Keksdose von Sweet Owen war nur eine davon.

Ich danke Russ Dorr, meinem alten Arztfreund, der mir geduldig die Funktion des Broca-Zentrums und die Physik von Schleudertraumata erklärte.

Ich danke Chuck Verrill, der das Buch mit seiner gewohnten Kombination aus Milde und Rücksichtslosigkeit lektoriert hat.

Teddy Rosenbaum, mein Freund und Redakteur: *Muchas gracias.*

Und Ihnen, meinem alten Freund Treuer Leser; immer aufs Neue Ihnen.

Stephen King
Bangor, Maine